JOHANNA LAURIN

Die Bucht der Lupinen

GOLDMANN
Lesen erleben

Buch ((**Nur E-Book**))

Als Annas Großmutter Lou stirbt, reist sie mit ihren beiden Schwestern nach Neufundland, wo Lou seit vielen Jahrzehnten gelebt hat. Während die drei das Haus am Meer ausräumen, wird ihnen bewusst, wie wenig sie über die Vergangenheit und das Leben ihrer Großmutter wissen. Doch dann stoßen die Schwestern auf ein verblichenes Foto, das ihre Großmutter mit einem unbekannten Mann zeigt. Es beginnt eine Reise in das Hamburg der 1930er Jahre, wo Lou als Tochter jüdischer Eltern heranwuchs und wo die Geschichte ihrer großen Liebe begann – einer schicksalhaften Liebe, die Lou in Zeiten der größten Finsternis den Weg wies wie ein leuchtender Stern …

Mehr Informationen zu Johanna Laurin finden Sie am Ende des Buches.

Johanna Laurin

Die Bucht der Lupinen

Roman

GOLDMANN

Sollte diese Publikation Links auf Webseiten Dritter enthalten,
so übernehmen wir für deren Inhalte keine Haftung,
da wir uns diese nicht zu eigen machen, sondern lediglich
auf deren Stand zum Zeitpunkt der Erstveröffentlichung verweisen.

MIX
Papier aus verantwortungsvollen Quellen
FSC® C014496

Penguin Random House Verlagsgruppe FSC® N001967

1. Auflage
Taschenbuchausgabe Mai 2022

Dieses Werk wurde vermittelt durch die Literarische Agentur Michael Gaeb
Umschlaggestaltung: UNO Werbeagentur GmbH, München
Umschlagmotiv: GettyImages/UpdogDesigns (Leuchtturm);
DEEPOL by plainpicture/Roberto Moiola; FinePic®, München
(Himmel/Vögel)
AG · Herstellung: ik
Satz: KompetenzCenter, Mönchengladbach
Druck und Bindung: GGP Media GmbH, Pößneck
Printed in Germany
ISBN: 978-3-442-49293-0
www.goldmann-verlag.de

Besuchen Sie den Goldmann Verlag im Netz

PROLOG

Sea Garden House, Seaborough, Neufundland, Januar 2016

Sie stand am Fenster. Der Winter hatte sich in den letzten Tagen mit seiner ihm eigenen Macht über Land und Meer gelegt. Die Wiese vor ihrer Veranda war mit einer Frostschicht bedeckt, ein leichter Nebel hing über dem mit Eisschollen bedeckten Wasser, und die Äste der schon blätterlosen Bäume bewegten sich sachte im Wind.

Sie mochte den Winter, die Kälte, den Frost, die unbarmherzigen Stürme. Schon immer. Er war ihr lieber als das grelle Licht und die Aufregung des Sommers oder die Nässe und Müdigkeit des Herbstes.

Von ihrem Fenster aus konnte sie das Meer sehen, den Atlantik mit seinem dunkelblauen Wasser, dem man die Kälte förmlich ansehen konnte.

Ihre Finger fuhren über das Holz der Fensterrahmen. Eiskristalle hatten sich auf dem Glas gebildet, die sich langsam ausbreiteten und nur noch an einigen Stellen den Blick auf das ruhige Wasser freigaben, auf die matte, müde Sonne, die sich durch die grauen Wolken zu kämpfen versuchte.

Sie liebte dieses Haus. Sea Garden House. Ihr Zuhause, ihre Zuflucht, ihr Heim.

Sie würde es vermissen. Wie viele Jahre hatte sie hier verbracht, waren es fünfzig, sechzig? Wie viele Jahre, in denen sie so dankbar für dieses Heim gewesen war, für die Geborgenheit und Wärme, die es ihr geschenkt hatte. Einen Platz zu haben, an den man gehörte. War es nicht das, was sich jeder Mensch wünschte?

Und jetzt sagten die Ärzte, dass ihr nur noch wenige Monate blieben.

Sie würde also langsam Abschied nehmen müssen. Von ihrem Haus, von dem glitzernden Meer, den Wäldern, Klippen und Buchten Neufundlands, von ihren Freunden, ihrer Familie – und von ihren Erinnerungen.

An einem Tag wie heute fühlte sie sich dem Damals besonders nahe, fühlte sich verbunden mit dem, was sie in ihrer Jugend gefühlt und erlebt hatte. Die Jahre waren dahingeflogen, und doch hatte sie sich immer erinnert. Jeden Tag und jede Nacht. Sie hatte ihre Gefühle von einst seitdem zigmal erlebt, ihre Sehnsüchte, Hoffnungen und Träume, ihre Angst, ihre Unsicherheit, ihren unbändigen Überlebenswillen. Ihre Liebe.

Sie dachte an ihr Leben zurück wie an eine Reise. Eine lange und stetige Reise. Sie dachte an jene Momente, die sich für immer in ihr Gedächtnis eingeprägt hatten.

Aber das, an das sie sich am besten erinnerte, war er.

Er.

Seine grünen Augen, die sie herausfordernd und doch so liebevoll ansahen. Seine starken und kräftigen Arme, in denen sie sich so geborgen und sicher fühlte. Nichts und niemand konnte ihr dann etwas anhaben.

Und jetzt, als sie da am Fenster stand und sich erinnerte, war sie ihm ganz nah. Sie erinnerte sich daran, wie er seine Hände um sie gelegt und sie in seine schönen Augen gesehen hatte. Sie spürte ihn in diesen Momenten so nah, atmete seinen vertrauten Duft ein.

Ja, in ihren Gedanken war er hier, bei ihr.

Und nichts wünschte sie sich sehnlicher, als endlich wieder mit ihm vereint zu sein.

KAPITEL I

Hamburg, Mai 2016

Anna legte den Kochlöffel zur Seite und wischte sich die Hände an ihrer Schürze ab. Sie warf einen Blick auf ihre Armbanduhr. Es war schon kurz nach acht. Wo blieb er nur?

Sie stellte den Herd aus, ging ins Wohnzimmer und nahm ihr Handy von der Anrichte. Er hatte eine SMS geschrieben. Typisch. Keine Zeit für Anrufe.

»Bin noch im Büro, muss eine Präsentation fertig machen. Es wird ein bisschen später.«

Anna ließ sich aufs Sofa fallen. Sie wusste schon, was *ein bisschen später* bedeutete. Bestimmt nicht, dass Philipp in zehn Minuten zu Hause sein würde. In letzter Zeit machte er oft Überstunden, daran hatte sie sich schon gewöhnt. Aber gerade heute wäre es schön gewesen, wenn er zur Abwechslung mal pünktlich nach Hause gekommen wäre.

Der Geruch von saftigem Fleisch und Salbei wehte aus der Küche. Sie war nach der Arbeit noch bei Antonio's gewesen, dem besten Laden für italienische Feinkost in der ganzen Stadt. Und nun stand sie seit zwei Stunden am Herd, hatte Kalbsschnitzel für das Saltimbocca geklopft, feine Tagliatelle in der Nudelmaschine hergestellt und unzählige Tomaten für ihre herrliche Soße püriert. Schließlich waren sogar die Schokoladenküchlein für den Nachtisch in den Ofen gewandert, und gerade wollte sie sich an die Zabaione machen.

»Hab gekocht«, tippte sie in ihr Handy, in der Hoffnung,

dass ihn das dazu bringen würde, sich zu beeilen. Ein vergeblicher Versuch.

»Tut mir leid, Süße, bin im Stress. Nicht böse sein. Stell das Essen doch in den Kühlschrank.« Es folgte ein Smiley.

»Okay«, schrieb sie. Was sollte sie darauf sonst antworten, wenn sie nicht wie eine meckernde Hausfrau klingen wollte?

Seufzend lehnte sie sich in die Kissen zurück und sah aus dem Fenster. Es war ein schöner Abend. Die schon tief stehende Maisonne hatte noch immer eine enorme Kraft und tauchte das Zimmer in ein magisches dunkelrotes Licht. Auf dem Geländer des kleinen Balkons, wo sie am Nachmittag noch mit ihrem Laptop gesessen und gearbeitet hatte, saßen zwei Spatzen und tschilpten aufgeregt, als würden sie sich über die Geschehnisse des Tages austauschen.

Anna strich sich eine verschwitzte Haarsträhne aus dem Gesicht. Beim Kochen wurde ihr immer warm, und sie vergaß dabei alles andere. Das war ihre Art der Entspannung. Und es half ihr, nicht den ganzen Tag zu grübeln.

Sie hatte so sehr gehofft, dass Philipp und sie heute endlich hätten reden können. Erst ein gemütliches Essen zu zweit. Und dann, danach, bei einem Glas Wein auf dem Balkon, hätte sie sagen können, was sie schon so lange bedrückte. Sie hatte sich ausgemalt, wie er ihr aufmerksam zuhörte, wie er ihr erklärte, dass auch er das Gefühl hatte, dass sie mehr Zeit zusammen verbringen und sich wieder einander annähern müssten.

Es war so viel schiefgelaufen zwischen ihnen, so viel war ungesagt geblieben. So konnte es nicht weitergehen. Und auch wenn sie sonst eher der Typ war, der sich in sich selbst zurückzog, hatte sie nun das Gefühl, sich alles von der Seele reden zu müssen. Nur so würde ihre Liebe noch eine Chance haben. Und vielleicht würde dann alles wieder wie früher werden, vielleicht würde da wieder dieses Feuer aufflammen, das sie früher verbunden hatte. Diese Leidenschaft, diese Lebensfreude, die Freude daran, immer wieder Neues auszuprobieren.

Philipp war anders als sie. Ganz anders. Er dachte nicht so viel nach, machte sich nicht so viele Sorgen oder grübelte über den Sinn des Lebens nach. Er war eher jemand, der die Dinge anpackte, der mitten im Leben stand, wie man so schön sagte. Und er war aufgeschlossen, hielt mit seiner Meinung nicht hinter dem Berg. Man konnte ihn meist lesen wie ein aufgeschlagenes Buch. Vielleicht war es das, was sie so an ihm mochte, was sie faszinierte. Denn sie wusste, wie es war, mit Geheimnissen und Schweigen aufzuwachsen, wie es war, in der eigenen Familie mit zu vielen unbeantworteten Fragen zu leben. Doch dann, irgendwann, hatte auch Philipp sein Geheimnis gehabt, und als sie dahintergekommen war, war der Zauber verflogen.

Anna dachte in der letzten Zeit oft an früher, an die Zeit, als sie sich Hals über Kopf in ihn verliebt hatte. Sie wünschte, sie könnte dieses kribbelnde, wundervolle Gefühl wieder heraufbeschwören, das Gefühl des Neuanfangs, des Aufbruchs. Sie erinnerte sich daran, wie sie jedem Treffen mit ihm entgegengefiebert hatte und welches Herzklopfen sie verspürt hatte. Sie dachte daran, wie ihre Freundinnen und ihre Schwestern sie aufgezogen hatten, weil sie zu nichts mehr zu gebrauchen war und ständig nur von ihm sprach. Er war der Mittelpunkt ihres Universums. Und nun stand sie da und versuchte, die Scherben wieder zusammenzusetzen, ihre Liebe zu kitten. Doch sie allein würde die Probleme, die sie hatten, nicht lösen können, das wusste sie. Dafür brauchte sie ihn. Die Frage war nur, ob er auch so dachte wie sie. Und ob er bereit war, etwas für ihre Liebe zu tun.

Sie stand auf und ging in die Küche, um Saltimbocca, Tagliatelle und Tomatensoße in den Kühlschrank zu verfrachten. Dann schenkte sie sich ein Glas Rotwein ein, setzte sich an den Küchentisch und klappte ihr Buch auf. Ihr blieb nichts anderes übrig, als zu warten.

Sie war so vertieft, dass sie es kaum bemerkte, als Philipp in der Tür stand.

»Hey!« Er ließ seine Laptop-Tasche fallen, ging auf sie zu und umarmte sie von hinten, so ungestüm, wie er es immer getan hatte. Er roch nach frischer Luft, nach Pfefferminzbonbons und seinem herben Männerparfum, und sie spürte für einen kurzen Moment wieder die Freude und Aufregung in sich aufsteigen, die sie schon vergessen geglaubt hatte.

Philipp schälte sich aus seiner Jacke, griff nach ihrem Weinglas und nahm einen großen Schluck. »Ich bin vollkommen ausgelaugt. Der Tag war so unglaublich anstrengend, das kannst du dir nicht vorstellen. Die Präsentation für unseren wichtigsten Kunden muss Ende der Woche fertig sein, und ich bin mal wieder der Einzige, der weiß, wovon er spricht.« Er verdrehte die Augen und ließ sich neben ihr nieder.

Anna schmunzelte. »Na sicher. Ohne dich würde die Firma pleitegehen, ganz bestimmt.«

»Hey, mach dich nicht lustig!« Er knuffte sie, und für einen kurzen Moment war alles zwischen ihnen so unbeschwert wie einst.

Sie sah ihn an. Seine Wangen waren gerötet, als wäre er ein bisschen aufgeregt, und in seinen Augen blitzte es schelmisch. Früher hätte sie gedacht, dass er etwas im Schilde führte. Aber es war so lange her, dass er sie überrascht hatte. Sie rechnete kaum noch damit.

»Anna? Träumst du?« Philipp sah sie auffordernd an.

»Entschuldige, was hast du gesagt?«

»Dass wir etwas zu feiern haben.«

»Was denn? Bist du befördert worden?«

Er rollte mit den Augen. »Es geht doch nicht immer nur um die Arbeit, mein Schatz.«

Sie verkniff sich eine spitze Bemerkung. Leider ging es viel zu oft um ihn und seine Arbeit. Aber sie wollte nicht schon wieder streiten. Das taten sie ohnehin viel zu oft.

Philipp stand auf und holte eine Flasche Champagner aus seiner Tasche.

»Champagner? Dann muss es ja etwas Besonderes sein.«

»Aber sicher! Ist immerhin unser Jahrestag. Fünf Jahre mit der besten Frau der Welt! Ich liebe dich.«

»Fünf Jahre? So lange hab ich's schon mit dir ausgehalten?« Irgendwie war ihr gerade nicht nach großen Liebesbekundungen.

»Kannst du dich noch an unser erstes Date erinnern? Ich war wahnsinnig aufgeregt. Du warst immer so unnahbar, wenn ich dich auf dem Campus oder auf Uni-Partys gesehen hab. Ich dachte, es wird ziemlich schwer, dich zu erobern.«

»Aha, ich war also eine Eroberung?«

»Ach komm, du weißt, wie ich das meine! Jedenfalls hab ich mich irgendwann getraut, dich anzusprechen, und du hast mich angeschaut, als wäre ich ein Marsmensch.«

»Ja, so was Ähnliches hab ich wirklich gedacht.« Philipp musste nicht wissen, dass ihr Herz so wild geklopft hatte, dass es fast aus ihrer Brust gesprungen wäre. Dass sie nie damit gerechnet hätte, dass er sie ansprechen würde. Dass sie ihn so toll fand, dass sie kein Wort herausgebracht hatte.

»Viel passiert seitdem«, sagte sie nachdenklich.

Er vermied es, sie anzusehen. »Ja, das stimmt. Anna …«

Sie hob abwehrend die Hände. »Du musst nichts sagen. Wirklich. Es ist lange her. Ich bin drüber hinweg.«

»Sicher?«

»Ja.«

»Okay.«

Und da war er, dieser Augenaufschlag, den sie so gut kannte. Manchmal erinnerte Philipp sie dann an ihren fünfjährigen Cousin Finn, wenn er von seiner Mutter gescholten wurde, weil er Süßigkeiten aus der Dose im Schrank stibitzt hatte. Ein Dackelblick, würde ihre Schwester Greta sagen. Und eine entsprechende Handlungsempfehlung würde sie gleich mitliefern: Bei Kindern ist der Blick niedlich, wenn er allerdings bei erwachsenen Männern auftritt, sollte man lieber die Beine in die Hand nehmen und sehen, dass man Land gewinnt.

Anna seufzte. Vielleicht war jetzt doch ein guter Zeitpunkt, um über ihre Gefühle zu sprechen. Darüber, wie verunsichert sie sich fühlte und dass sie der Meinung war, dass sie sich wieder mehr miteinander beschäftigen sollten. Wie lange hatten sie sich nicht mehr richtig unterhalten? Es ging ständig nur um Alltägliches, um Philipps Arbeit, den Haushalt, Einkäufe, Familienfeiern. Vielleicht musste sie einfach den ersten Schritt machen und ihm endlich sagen, was sie dachte.

Doch Philipp hatte schon den Champagner geköpft und sah nicht danach aus, als hätte er Lust auf ein ernsthaftes Gespräch. Er schenkte ihnen ein und hob sein Glas. »Auf uns! Und auf die beste und schönste Frau der Welt!« Er gab ihr einen langen und liebevollen Kuss. Sie schloss die Augen, und für einen kurzen Augenblick waren alle Sorgen vergessen. Da gab es nur sie und ihn, und es prickelte in ihrem Bauch, obwohl sie den Champagner noch gar nicht angerührt hatte. Philipp hatte einfach diese Wirkung auf sie, so war es schon immer gewesen.

»Vielleicht sollten wir erst mal etwas essen. Sonst steigt uns der Schampus noch zu Kopf«, flüsterte sie, nachdem sich ihre Lippen wieder voneinander gelöst hatten.

»Ja, ja, gleich.« Philipp schien auf einmal ziemlich nervös. Irgendetwas stimmte nicht mit ihm.

Und dann fiel er plötzlich vor ihr auf die Knie. Es passierte so schnell, dass Anna gar nicht wusste, wie ihr geschah. Doch als sie begriff, was er vorhatte, schlug sie erschrocken die Hand vor den Mund. Zum Glück sah er es nicht, weil er viel zu beschäftigt damit war, ein kleines schwarzes Schmucketui aus seiner Jacketttasche zu nesteln.

Er öffnete es, und sie sah, dass seine Finger dabei leicht zitterten. Es war ein hübscher Silberring mit einem für Annas Geschmack etwas zu auffälligen glitzernden Stein in der Mitte.

Sie hatte nie verstanden, warum Menschen Panikattacken bekamen, aber in diesem Moment kam es ihr vor, als würde sich bei ihr gerade eine solche anbahnen. Kalter Schweiß bildete sich auf ihrer Stirn, und ihr Herz raste.

»Anna, du bist meine große Liebe. Ich möchte mit dir mein Leben verbringen. Willst du meine Frau werden?«

»Ich …« Was sollte sie nur sagen?

Sie bemerkte, wie sich die fröhliche Erwartung in Philipps Gesicht von einem Moment auf den anderen in pure Enttäuschung verwandelte.

»Könntest du bitte etwas sagen? Meine Knie tun langsam weh.«

»Philipp … Das ist wirklich alles sehr romantisch … Aber zurzeit ist so viel los, du hast im Büro viel zu tun, meine Selbstständigkeit ist schwierig …«

»Du willst mich also nicht heiraten, weil gerade viel los ist?«

Er stand umständlich auf, rieb sich das Knie und steckte das Etui wieder in die Tasche.

»Ich meinte doch nur …«

»Was meintest du? Also, für mich klingt das nach Ausflüchten. Wenn du mich nicht heiraten willst, dann sag es einfach.«

Doch Anna wusste nicht, was sie sagen sollte. Wollte sie ihn heiraten? Wollte sie mit ihm ihr Leben verbringen? Wenn Philipp sie vor drei Jahren gefragt hätte, hätte sie begeistert »Ja« geschrien. Aber heute? Hatte sie überhaupt darüber nachgedacht? Nein. Sie wäre nicht im Traum darauf gekommen, dass Philipp ihr einen Antrag machen würde. In der letzten Zeit hatten sie sich nur noch weiter voneinander entfernt. Oder hatte er vielleicht auch gemerkt, dass etwas nicht stimmte? War das seine Art, ihr zu sagen, dass er sie immer noch liebte und bereit war, an ihrer Beziehung zu arbeiten? Oder hatte er einfach nur Angst, dass sie ihn eines Tages verlassen würde? Philipp fürchtete sich vor dem Alleinsein, das wusste sie.

Aber alles Grübeln half nichts. Sie konnte schließlich nicht in seinen Kopf schauen. Sie selbst musste eine Entscheidung treffen. Das konnte ihr niemand abnehmen.

»Ich brauche Zeit.« Das war alles, was ihr einfiel, auch wenn es klang wie ein Klischee.

Philipp sagte nichts, sondern stieß nur hörbar die Luft aus. »Ich weiß schon, was los ist.«

»Ach ja?«

»Natürlich! Es ist wegen der Sache damals.«

»Der *Sache*? Wie schön, dass es für dich nur eine *Sache* war! Für mich war es etwas mehr als das.«

»Vor ein paar Minuten hast du noch gesagt, du seist drüber hinweg.«

»Bin ich ja auch. Irgendwie.«

»Irgendwie?« Philipp schüttelte den Kopf. »Was soll ich denn noch tun, um dir zu beweisen, dass ich dich liebe?«

Seine Stimme klang so verzweifelt und verletzt, dass sie für einen Moment das Bedürfnis verspürte, ihn in den Arm zu nehmen und zu trösten.

»Lass uns etwas essen und in Ruhe darüber reden, ja?«, schlug sie vor.

»Mir ist der Appetit vergangen!« Wütend nahm Philipp seine Jacke.

Dann fiel die Tür lautstark hinter ihm ins Schloss, und sie blieb allein zurück.

Anna setzte sich im Dunkeln aufs Sofa und kuschelte sich unter die warme Kaschmirdecke. Philipp war schon seit Stunden fort, und sie erwartete nicht, dass er bald zurückkommen würde. Er war verärgert und enttäuscht, und sie konnte es ihm nicht verübeln. Und doch wusste sie nicht, wie sie anders hätte reagieren sollen. Sie konnte seinen Antrag doch nicht einfach so annehmen. Nicht jetzt, nicht so.

Sie seufzte. Sie war müde und erschöpft, aber schlafen konnte sie sicher nicht. Kurz dachte sie darüber nach, jemanden anzurufen, eine Freundin oder eine ihrer Schwestern, verwarf den Gedanken aber wieder. Sie hatte keine Lust zu reden, und außerdem konnte ihr gerade sowieso niemand etwas raten.

Sie blieb noch eine ganze Weile sitzen, starrte auf den nächtlichen Balkon, wo die Umrisse ihres frisch angelegten Kräuterbeets im Mondschein zu erkennen waren. Der Oregano wucherte inzwischen über das Geländer. Den muss ich mal wieder abernten, dachte sie und fragte sich im gleichen Augenblick, warum das jetzt irgendwie wichtig war. Sie wünschte, sie könnte einen klaren Gedanken fassen, würde wissen, was zu tun war. Könnte auf ihren Bauch hören. Oder ihren Verstand. Ganz egal.

Als sie aufstehen wollte, um ins Bett zu gehen, leuchtete ihr Handy auf, das neben dem Stapel Post auf dem Couchtisch lag.

Eine SMS. Von ihrer Mutter.

»Bitte ruf sofort an, wenn du wach bist. Es ist dringend.«

Annas Herzschlag setzte für einen Moment aus. War etwas mit ihrem Vater, mit ihren Schwestern? Ein Unfall? Wenn ihre Mutter mitten in der Nacht eine solche Nachricht schickte, ging es kaum um eine Lappalie.

Mit zitternden Fingern wählte sie die Nummer ihrer Eltern.

Es dauerte eine gefühlte Ewigkeit, bis ihre Mutter sich meldete. Ihre Stimme klang belegt, aber gefasst.

»Hallo, Anna. Es geht um deine Großmutter Lou. Sie ist gestern gestorben.«

Greta war nicht ganz pünktlich, aber das kannte Anna von ihrer kleinen Schwester. Sie hatte immer noch irgendetwas Dringendes zu erledigen, was ihr meist einfiel, wenn sie gerade aus dem Haus gehen wollte. Noch schnell die Miete überweisen. Noch schnell eine E-Mail an eine entfernte Bekannte schreiben. Noch schnell das Altpapier sortieren, das sich seit Wochen in der Küche stapelte.

Als das Taxi schließlich um die Ecke bog und direkt vor Anna und ihrem Koffer am Straßenrand hielt, stieg Greta aus und fiel ihr stürmisch in die Arme.

»Hallo, meine Kleine«, flüsterte Anna lächelnd. Gretas Haar roch nach Kokos und Orange, und Anna hörte ein paar unterdrückte Schluchzer an ihrem Hals.

»Nicht weinen«, sagte sie und strich Greta über den Kopf, so wie sie es schon früher immer getan hatte, wenn ihre kleine Schwester sich beim Spielen das Knie aufgeschlagen hatte.

Greta löste sich aus der Umarmung und sah Anna an. »Wir hätten sie öfter besuchen sollen.«

Anna nickte traurig. »Ja, das hätten wir tun sollen.« Greta war ein emotionales, aber manchmal auch etwas chaotisches Wesen, und sie trug ihr Herz auf der Zunge. Das machte sie so unglaublich liebenswert.

Anna bückte sich, um ihr Gepäck hochzuheben und es ins Taxi zu hieven. Als sie dort Gretas Koffer sah, der mit zahllosen bunten Stickern übersät war, musste sie lachen. »Was ist *das* denn?«

»Was denkst du, was es ist?« Greta zog eine ihrer vollen Augenbrauen in die Höhe, unmissverständlich empört über die Frage ihrer Schwester.

»Es könnte mal ein Koffer gewesen sein.«

»Es ist immer noch einer! Ich habe ihn nur ein bisschen aufgehübscht.« Greta warf mit einer schnippischen Geste ihr langes blondes Haar zurück.

»Aufgehübscht? Das Ding sieht aus wie ein Bild von Andy Warhol. Nur in hässlich.«

»Zum Glück bist nicht du die Kunstexpertin von uns beiden!«

Der Taxifahrer, der die Szene belustigt beobachtet hatte, schloss die Heckklappe mit einem lauten Knall, und Greta und Anna kletterten auf den Rücksitz. Kurz darauf setzte sich der Wagen in Bewegung.

»Wetten, dass unser geliebtes Schwesterherz zu spät kommt? Ich hab eh nicht verstanden, warum wir sie am Flughafen treffen sollen. Warum ist sie nicht mitgefahren, immerhin wohnt sie nur ein paar Straßen weiter?«, sagte Greta.

Anna zuckte mit den Schultern. »Sie hatte noch was Wichtiges zu erledigen. Wahrscheinlich irgendwas mit ihrem Job. Sie ist doch ständig im Stress.«

Sie schwiegen und sahen aus dem Fenster, sahen zu, wie die Häuserfassaden der Großstadt immer schneller an ihnen vorüberzogen.

»Anna?« Greta wandte ihr den Kopf zu. »Ich hab Lou sehr gerngehabt. Sie war einfach die tollste Großmutter der Welt, findest du nicht?«

Anna griff nach der Hand ihrer Schwester. »Ja, das war sie wirklich. Aber ich glaube, sie wusste, dass sie sterben würde. Schon in ihren letzten Briefen hatte sie oft so geklungen, als würde sie Abschied nehmen wollen. Und sie hatte zuletzt ein schönes, erfülltes Leben.«

Greta seufzte. »Ja. Eigentlich sollte man sich so was auch für sich selbst wünschen, meinst du nicht?«

Anna lächelte und drückte Gretas Hand so fest, dass es fast wehtat. Manchmal liebte sie ihre kleine Schwester sehr. »Ja, das stimmt, Gretalein, das stimmt.«

Das Taxi hielt vor dem Abflugterminal, und die Schwestern trugen, schoben und zerrten mit vereinten Kräften ihr Gepäck zum Check-in-Schalter.

»Da ist Judith!« Greta rief so laut, dass es sicher auch im letzten Winkel des Flughafens zu hören war, und winkte aufgeregt.

Judith war die älteste der Schwestern und mit ihren zweiunddreißig Jahren auch mit Abstand die erwachsenste. Das war sie aber auch schon als Sechsjährige gewesen.

Sie trug einen luxuriösen hellen Trenchcoat und schicke Stiefel, ihre Sonnenbrille mit den großen Gläsern hatte sie in ihr akkurat frisiertes Haar geschoben.

»Da seid ihr ja!«

Sie beugte sich zu ihren beiden Schwestern hinab und umarmte sie halbherzig. Obwohl sie es sich nicht anmerken ließ, war ihr anzusehen, wie sehr sie der Tod ihrer Großmutter mitnahm. Sie hatte dunkle Ringe unter den Augen und war ungewöhnlich blass. Aber Judith war nicht der Typ für emotionale Ausbrüche, ganz anders als Greta. Sie mochte es, die Kontrolle zu haben, und das in jeder Lebenslage.

»Ich hasse Flughäfen! Alles ist so voll und laut und absolut nervtötend! Lasst uns schnell einchecken.«

»Ich mag sie auch nicht!«, pflichtete Greta ihr sofort bei.

Anna schmunzelte. Seit wann waren die beiden denn einer Meinung?

Der Flug startete pünktlich. Anna hatte sich den Fensterplatz gesichert und war froh, als die Maschine in der Luft war. Vielleicht würde sie in den nächsten Stunden ein wenig abschalten können, um das, was in den letzten achtundvierzig Stunden passiert war, zu verarbeiten. Erst der Antrag von Philipp, dann die Nachricht vom Tod ihrer Großmutter Lou, die sie so gerngehabt hatte – und dann die Bitte ihrer Mutter an ihre Töchter, so schnell wie möglich nach Kanada aufzubrechen, um die Trauerfeier vorzubereiten.

Anna hatte zwei Bücher mitgenommen und hoffte, beim Lesen Ruhe zu finden. Vorausgesetzt sie würde mit ihren beiden Schwestern im Schlepptau überhaupt dazu kommen. Vor allem Greta gehörte zu den Menschen, die während eines Flugs kaum still sitzen konnten. Schon kurz nachdem sie die Sitzgurte öffnen durften, war sie aufgesprungen und wartete nun ungeduldig in der Schlange zu den Toiletten. Kein Wunder, wenn man am Flughafen noch einen großen Latte macchiato und eine Cola in sich reinschüttet, dachte Anna bei sich.

Judith saß auf dem Platz am Gang und tippte hoch konzentriert etwas in ihren Laptop. Judith war Anwältin. Eine sehr gute und sehr beschäftigte Anwältin. Wenn Anna es genau betrachtete, war ihre große Schwester eigentlich schon immer so etwas wie eine Anwältin gewesen. Oder eher eine Richterin. Auf jeden Fall hatte sie einen ausgeprägten Sinn für Gerechtigkeit. Als kleines Mädchen hatte sie Streitigkeiten zwischen ihren beiden Schwestern geschlichtet, hatte entschieden, wer wie lange mit der neuen Barbie-Puppe spielen und vorne an der Tür stehen durfte, wenn Papa nach Hause kam. Jetzt war Judith seit ein paar Jahren in einer großen Kanzlei beschäftigt, hatte ständig irgendwelche Meetings in allen Teilen der Erde und verdiente eine Menge Geld. Anna sah ihre große Schwester selten, sie hatte nie Zeit, und wenn sie sich doch mal auf einen Kaffee trafen, piepte alle fünf Minuten ihr Handy. Umso erstaunlicher, dass sie sich nun ganze zwei Wochen freigenommen hatte, um mit ihren Schwestern zur Beerdigung ihrer Großmutter zu fliegen. Aber auch Judith hatte Lou sehr gern gehabt. Wie sie alle.

»Puh. Das war ’ne Schlange … Ich musste soo dringend, es wäre fast in die Hosen gegangen«, verkündete Greta lautstark und ließ sich zwischen Anna und Judith auf den Mittelplatz fallen.

»Schön, das dürften jetzt auch die Passagiere ganz hinten mitbekommen haben. Finden die bestimmt interessant«, merkte Judith an und wandte sich kopfschüttelnd wieder ihrem Laptop zu.

Greta grinste nur. »So, Anna, was machen wir denn den ganzen Flug über? Nach Toronto sind’s immerhin noch ’n paar Stündchen. Judith wird sicher die ganze Zeit arbeiten, wie ich sie kenne. Und wir? Sollen wir was spielen?«

»Eigentlich wollte ich lesen.«

Greta knuffte ihre Schwester in die Seite. »Na, dann lies du mal, du Intelligenzbestie. Das Schwarze sind die Buchstaben!«

»Haha.«

Anna holte eines ihrer Bücher aus ihrer Handtasche, während ihre Schwester sich umständlich Kopfhörer auf die Ohren stülpte und an den in der Armlehne eingebauten Reglern herumdrückte.

Sie versuchte, sich in ihr Buch zu vertiefen, aber es wollte ihr nicht so recht gelingen. Ihre Gedanken schweiften immer wieder ab. Philipp war noch immer beleidigt. Als sie ihm am Morgen nach dem Antrag erzählt hatte, dass ihre Großmutter gestorben sei, hatte er nur ein kurzes »Tut mir leid« gemurmelt und war zur Tür raus.

Auch am Abend war er nicht viel gesprächiger gewesen.

»Ich fliege am Samstag. Mit Greta und Judith. Wir sollen uns um die Trauerfeier und den Verkauf des Hauses kümmern. Aber ich bin spätestens in zwei, drei Wochen wieder da. Dann reden wir, okay?«, hatte sie ihm erklärt, aber er hatte nur weiter auf seinen Laptop gestarrt.

»Das ist nicht fair«, hatte sie gesagt. Sie hasste es, wenn er kein Wort mehr mit ihr wechselte. So benahm er sich immer, wenn nicht alles genau so lief, wie er es sich vorgestellt hatte.

»Nicht fair?« Er hatte sie über den Rand des Bildschirms hinweg wütend angesehen. »Du nimmst meinen Antrag nicht an, kommst mit irgendwelchen Ausreden und haust dann auf unbestimmte Zeit ab – und ich bin nicht fair?«

»Ich kann leider nichts dafür, dass meine Großmutter gestorben ist. Hätte ich ihr sagen sollen, dass sie damit noch ein bisschen warten soll, damit es in deinen Zeitplan passt?«

»Ha!« Sein verächtliches Schnauben klang noch jetzt in ihren Ohren.

Aber das hatte sie nicht auf sich sitzen lassen können. »Du tust so, als würde das alles nur an mir liegen.«

»An wem denn sonst? Ich weiß, dass ich dich heiraten will, sonst hätte ich ja wohl kaum gefragt.«

»Und warum?«

»Was ist denn das für eine Frage? Fragst du mich wirklich, warum ich dich heiraten will?«

Sie hatte genickt. Jetzt konnte sie auch gleich die Karten auf den Tisch legen. »Ja, das frage ich.«

»Blöde Frage. Weil ich dich liebe.« Seine Stimme hatte genervt geklungen.

»Wow, das ist ja mal eine Liebeserklärung, die von Herzen kommt. Und warum gerade jetzt?«

»Wir sind seit fünf Jahren ein Paar, wohnen zusammen, es läuft gut zwischen uns. Muss ich mich wirklich rechtfertigen?«

Sie hatte den Kopf geschüttelt. »Es läuft gut zwischen uns? Findest du?«

»Ja, das finde ich. Ich hab einen klasse Job, verdiene viel Geld. Ich kann dir was bieten! Und wir haben eine schöne Wohnung. Ist doch alles super! Was willst du denn noch?«

»Es ist mir total egal, wie viel du verdienst, Philipp. Wirklich. Und wäre das damals nicht passiert …«

»Es ist zwei Jahre her! Und ich habe mich so oft entschuldigt, dass ich es nicht mehr zählen kann.«

»Ich weiß.« Sie war so erschöpft gewesen. Sie wollte ihm so gern endlich verzeihen, aber sie schaffte es einfach nicht. Immer wieder kamen die Erinnerungen an damals hoch und mit ihnen ein tiefes Gefühl der Verletzung.

Philipp hatte nichts mehr gesagt. Zwei Tage später war sie abgereist. Und sie war froh gewesen, ihn erst einmal nicht mehr sehen zu müssen. Auch wenn es ein trauriger Anlass war, diese Reise würde sie zumindest auf andere Gedanken bringen.

Sie sah zu ihren Schwestern. Hatten die beiden ähnliche Probleme wie sie? Wohl kaum. Judiths Leben verlief geordnet und geradlinig, sie hatte immer einen Plan. Und sie war schon seit Jahren mit Carsten zusammen, einem smarten Unternehmensberater. Die beiden führten ein »Yuppie-Leben«, wie Greta es bezeichnete, waren ständig auf Partys und Empfängen, gingen Golf spielen oder machten teure Club-Urlaube. Und Greta … Greta steckte in ihrem Kunstgeschichtsstudium und tanzte auf vielen Hochzeiten. Sie hatte Spaß am Leben und wollte sich noch nicht festlegen.

Ihre Schwestern waren wirklich ganz anders als sie. Und selbst wenn Anna die beiden manchmal auf den Mond schießen könnte, so liebte sie sie doch heiß und innig. Als Greta geboren wurde, waren Judith und Anna so aufgeregt gewesen, dass sie den ganzen Tag im Haus herumgelaufen waren, um Gretas Kinderzimmer vorzubereiten. Am Ende hatten in dem neuen Bett so viele Kissen, Decken und Kuscheltiere gelegen, dass kaum noch Platz für das Baby gewesen war. Anna erinnerte sich gern daran zurück und musste schmunzeln, als sie nun zu ihrer jüngeren Schwester blickte. Greta war tief und fest eingeschlafen. Ihr Kopf war zur Seite gerutscht, sodass er fast auf Annas Schulter lag, und ihr Mund war leicht geöffnet. Aus dem Kopfhörer, der von ihrem Ohr gerutscht war, erklang leise Popmusik.

»Hey.« Judith beugte sich über die schnarchende Greta hinweg zu Anna. »Ich hab vorhin noch einmal kurz mit Mama telefoniert. Die Probleme in der Firma scheinen größer zu sein als gedacht. Irgendein Zulieferer hat Mist gebaut. Sie wollten ja eigentlich in einigen Tagen nachkommen, aber jetzt scheint es wohl doch länger zu dauern.«

Anna nickte. Sie hatte sich so etwas schon gedacht. Ihren Eltern gehörte eine Reederei, die zwar sehr erfolgreich war, aber auch viel Arbeit und Zeit kostete. Ihr Vater war ganz der Geschäftsmann, ihre Mutter »das Herz der Firma«, wie ihr Vater zu sagen pflegte. Ja, Helene Berenberg war etwas Besonderes, nicht anders ihre Mutter Lou. Alle drei Berenberg-Schwestern hatten etwas von Helene. Judith hatte ihre Schönheit bekommen, Greta ihr aufbrausendes Temperament und sie, Anna, ihr großes Herz.

Erneut öffnete Anna ihr Buch, und dabei fiel eine Postkarte heraus, die sie als Lesezeichen benutzt hatte. Sie war von ihrer Großmutter Lou, sie hatte sie ihr vor einigen Monaten geschickt. Auf der Vorderseite war die raue, schneebedeckte Küste von Neufundland und das mit Eisschollen durchzogene Meer zu sehen, auf der Rückseite hatte Lou ein paar Zeilen verfasst, hatte geschrieben, dass der Winter die Gegend fest im Griff habe und dass sie ihren Enkeltöchtern eine schöne Weihnachtszeit wünschen würde. Geendet hatte sie so, wie sie ihre Briefe und Postkarten immer beendet hatte: »Liebe Grüße aus der Bucht der Lupinen.«

Anna seufzte. Eigentlich wussten sie wenig über ihre Großmutter. Sie hatten manchmal ein paar Wochen in Neufundland verbracht, und sie liebten ihre Granny, diese freundliche, fröhliche Frau, die immer einen guten Rat für ihre Enkeltöchter hatte. Doch über ihr Leben wussten sie so gut wie nichts. Sie kannten ihren Großvater nicht und konnten nur vermuten, warum ihre Großmutter damals nach Neufundland geflohen war. Und wenn sie das Thema bei ihrer Mutter angesprochen hatten, waren sie auf Schweigen und Unverständnis gestoßen. Eine Familie voller mysteriöser Geheimnisse, so hatte Philipp die Berenbergs manchmal scherzhaft bezeichnet, und Anna bezweifelte, dass er auch nur ansatzweise verstand, was es bedeutete, so wenig über die eigene Herkunft zu wissen.

»Judith?« Anna sah zu ihrer Schwester hinüber.

»Ja?«

»Glaubst du, dass Lou manchmal einsam war? Sie war zwar beliebt im Ort, aber sie hatte ja niemanden. Niemanden, der ihr richtig nahestand.«

»Ich glaube, es ging ihr gut damit, für sich zu sein. Sie war glücklich. Aber nach dem, was Mama erzählt hat, denke ich, dass die Ärzte mehr hätten tun können. Sie hätte noch nicht sterben müssen«, sagte Judith und betrachtete nachdenklich Gretas Kopf, der auf die andere Seite gewandert war und jetzt fast auf Judiths Schulter lag. »Also, wäre ich da gewesen, ich hätte denen ganz schön Dampf gemacht.«

»Das glaub ich dir sofort. Aber Lou war schon über neunzig. Sie hatte keine Kraft mehr, das durchzustehen«, erwiderte Anna.

»Unsinn. Sie hätte gut noch ein paar Jahre leben können. Immerhin ist sie täglich im Wald spazieren gegangen. Unsere Großmutter war fit wie ein Turnschuh!«

»Lou hatte Krebs.«

Judith schüttelte verständnislos den Kopf. »Ja und? Dafür gibt es Chemotherapie!«

»Aber ist es nicht besser, in Ruhe einzuschlafen, wenn man einen Krebs eh nicht mehr besiegen kann?«

»Das ist ja eine tolle Ansicht, Anna! Also soll man lieber sterben, statt zu kämpfen?«

»Keine Ahnung, Judith. Vielleicht ja. Vielleicht wusste Lou, dass ihre Zeit gekommen war. Und vielleicht war sie bereit zu gehen.«

»Was ist denn mit euch los? Müsst ihr euch direkt über meinem Kopf streiten?« Greta war aufgewacht. Sie fuhr sich durch ihr zerzaustes Haar und blickte von einer Schwester zur anderen.

»Ach, nichts ist los.« Anna wandte sich ab und sah wieder aus dem Fenster.

Über den Wolken war die Nacht sternenklar, und der Mond strahlte hell am Himmel.

In Toronto stiegen die Schwestern in ein kleineres Flugzeug um, das sie nach St. John's bringen sollte.

»Wie schön! Diesen Teil der Reise liebe ich am meisten!« Greta hüpfte auf ihrem Sitz auf und ab wie ein Schulmädchen.

»Und ich könnte gern darauf verzichten. Das Ding ist nicht viel größer als eine Propellermaschine«, sagte Judith, während sie ihren Gurt festzurrte.

»Es sollen ja schon häufiger Maschinen über dem Eismeer abgestürzt sein«, erklärte Greta mit ernster Miene.

Anna musste lachen. »Du schaust zu viele Filme, Greta. Wir fliegen nach Neufundland und nicht in die Antarktis.«

»Okay, okay. Dann lese ich euch was aus meinem Reiseführer vor.« Greta schlug die erste Seite auf und räusperte sich.

Anna und Judith seufzten. Gretas Lesungen aus ihrem Reiseführer gehörten zu einer Reise nach Neufundland definitiv dazu, also war Widerspruch zwecklos.

Stunden später setzte das Flugzeug auf dem Rollfeld auf, und die Schwestern schoben sich mit den anderen Passagieren zur Gepäckausgabe.

»So, Mädels«, warnte Greta, »das kann ungemütlich werden. Ich sag nur: MINUSGRADE!«

Von Minusgraden zu sprechen war zwar etwas übertrieben,

aber von einem warmen Neufundländer Frühsommer war auch nicht viel zu spüren. Jetzt, am frühen Morgen, war es noch empfindlich kühl und ungemütlich. Der Wind schlug den Schwestern mit voller Wucht ins Gesicht und ging ihnen durch Mark und Bein. Der Außenbereich des Flughafens war nicht groß, ihnen gegenüber befand sich ein fast leerer Parkplatz, und ein paar Taxen warteten vor dem Ausgang.

»Der Mietwagenservice ist dort vorn!«, rief Judith ihren Schwestern über eine Sturmbö hinweg zu und zeigte auf eine Leuchtreklame am anderen Ende des Terminals.

Eine halbe Stunde später saßen sie in einem schwarzen Land Rover, den Judith über den Highway lenkte, als hätte sie nie etwas anderes getan. Durch die Sitzheizung war ihnen schnell warm geworden. Obwohl es draußen langsam hell wurde, spürte Anna, wie eine bleierne Müdigkeit von ihr Besitz ergriff. An ihr vorbei zogen die bunten Holzhäuser und modernen Glasbauten von St. John's, die sich von dem dunklen Meer abhoben, die steinigen, zaghaft bewachsenen Hügel und Klippen in der Ferne, die weiten grünen Wiesen, von schimmerndem Morgentau bedeckt, und die dichten Wälder mit ihren hohen Kiefern und Fichten.

»Sind wir bald da?«, fragte Greta gähnend.

»Ja, wir nehmen die nächste Ausfahrt. Danach sind es nur noch zwei Meilen bis nach Seaborough«, erklärte Judith ihrer Schwester überraschend friedfertig.

Bald schon fuhren sie durch das kleine Fischerörtchen Seaborough, dann vorbei an dem wilden Lupinenfeld und schließlich über einen holprigen Waldweg. Wenige Minuten später waren sie endlich angekommen.

Müde krabbelten sie aus dem Wagen und hievten ihr Gepäck aus dem Kofferraum. Dann standen sie etwas unschlüssig vor dem roten Holzhaus, das vor dem fast schwarzen Wasser kalt und verlassen wirkte. »Sea Garden House« stand in geschwungenen Buchstaben auf einem schiefen Holzschild im Vorgarten, in dem sich neben Rhododendren und einem Kirschblütenbaum zahlreiche weiße Gänsefüße, Brennnesseln und Disteln ausgebreitet hatten.

Die riesige weiße Veranda erschien in der Morgendämmerung fast ein bisschen unheimlich. An dem schmalen Bootssteg, der sich direkt an sie anschloss, war ein altes Fischerboot festgemacht, das im Wind hin- und herschaukelte.

»Na dann. Der Schlüssel liegt unter dem braunen Blumenkübel, hat Mama gesagt.« Judith zog als Erste ihren Koffer über den steinigen Kiesweg, Greta und Anna folgten ihr.

Im Haus war es eiskalt, und Anna lief schnell die Kellertreppe hinunter, um die Heizung in Gang zu setzen. Als sie wieder nach oben kam, hatten Judith und Greta bereits alle Lampen angeschaltet und das Gepäck im Wohnzimmer abgestellt, wo das große Ecksofa mit den vielen bunten Kissen einen fast schon dazu aufforderte, es sich darauf bequem zu machen. Aber Anna widerstand der Versuchung. Stattdessen schaute sie sich um und nahm die gemütliche Atmosphäre des Hauses in sich auf. Unzählige Bilder hingen an den Wänden, Fotos, Ölgemälde, Aquarelle, Zeichnungen. Lous Leidenschaft für das Meer und die Fischerei spiegelte sich in den Miniatur-Segelbooten, Muscheln und Fischernetzen, die die hellen Regale und Kommoden zierten. Im ganzen Haus roch es nach Rosenholz und Lilien. Lou hatte ein Faible für Blumen und Aromen gehabt, und in jedem Winkel des Hauses fanden sich Vasen und Kästchen mit Dufthölzern. Auf einmal vermisste sie ihre Großmutter sehr, und für einen kurzen Moment musste sie sich zusammenreißen, um nicht in Tränen auszubrechen.

Greta ließ erschöpft ihren Mantel fallen und trat zu dem Kamin gegenüber der Couch. »Seht mal, Lou muss den Kamin noch benutzt haben.«

Tatsächlich, einige verkohlte Holzscheite und kleine Berge von Asche waren zu sehen.

Anna stellte sich an das große Wohnzimmerfenster mit den weißen Sprossen. Was für einen unglaublichen Ausblick auf das Meer man von hier aus hatte! Nur wenige Meter – und man konnte vom Steg aus ins Wasser springen.

»Was stimmt denn mit Judith nicht? Kann sie sich nicht mal für fünf Minuten hinsetzen? Die macht mich völlig kirre«, beschwerte sich Greta und ließ sich aufs Sofa plumpsen.

Judith war dabei, im ganzen Haus die Vorhänge aufzuziehen und in jedem Zimmer die Fenster aufzureißen.

»Ach, lass sie doch. Das braucht sie eben. Jeder geht mit Trauer anders um. Ich seh mal in der Küche nach dem Rechten.«

Anna liebte diesen Raum. Er war hell und einladend, mit tausend Gerätschaften versehen, einer großen Kaffee- und einer noch größeren Küchenmaschine, die Gemüse zerkleinerte, Obst zerhackte, Teig knetete und Sahne schlug. Ein Monstrum. Fehlte nur, dass man mit ihr auf den Mars fliegen konnte.

Lou hatte es gemocht, zu backen und zu kochen, und Anna hatte diese Leidenschaft mit ihr geteilt. Sie erinnerte sich, wie sie hier mit ihrer Großmutter Teig für Weihnachtsgebäck gerollt, an Halloween Kürbisse geschnitten und im Sommer Grillfleisch mariniert hatte. Und vor allem hatte sie hier Zeit allein mit ihr verbringen können. Lou war sonst immer von so vielen Leuten umgeben, von Bekannten, Freunden, Nachbarn. Oft kamen traurige oder verzweifelte Menschen zu ihr und holten sich bei einer Tasse Tee gute Ratschläge. Sogar der örtliche Pastor war ein häufiger Gast in dem gemütlichen Haus am Meer gewesen. Es schien, als hätte Lou in ihrem Leben vieles erlebt und wollte all dieses Wissen weitergeben. Über sich selbst sprach sie aber nie.

Anna stellte eine Kanne mit Teewasser auf den alten Gasherd und setzte sich an den Holztisch am Fenster.

»Ach, hier steckst du!« Judith kam herein. Sie hatte sich einen von Lous selbst gestrickten Wollschals um den Hals geschlungen und ließ sich Anna gegenüber nieder.

»Du weißt ja, die Küche ist mein liebster Raum im ganzen Haus.«

»Ja. Aber das Haus hat ohne Lou etwas Trauriges, findest du nicht? Als hätte das Haus keine Seele mehr.« Judith strich gedankenverloren über den Fenstersims. »Die Terrassentür klemmt übrigens noch immer. Das tut sie, seit ich denken kann. Ich hab Lou schon vor Jahren gesagt, dass sie das blöde Ding endlich reparieren lassen soll.«

»Du weißt ja, wie sie war. So etwas war ihr einfach nicht wichtig.« Anna stand auf, um den Tee aufzubrühen.

»Und was machen wir jetzt?«, fragte sie, als sie sich wieder setzte.

»Keine Ahnung.« Judith sah aus dem Fenster. Ihr Haar war von dem langen Flug durcheinandergeraten, und ihre Wimperntusche war verlaufen, sodass sie aussah wie ein müder Panda. »Wir werden hier Klarschiff machen, Sachen aussortieren, aufräumen, was halt so anfällt. Die Trauerfeier ist ja erst in zehn Tagen, da haben wir noch ein bisschen Zeit, um alles vorzubereiten. Wir müssen uns auf jeden Fall überlegen, wo das Ganze stattfinden soll. Aber ich kümmere mich darum.«

Anna musste schmunzeln. Natürlich würde sie sich darum kümmern. Judith kümmerte sich immer um alles.

Sie nippte an ihrem Tee. »Jedes Mal, wenn wir hier sind, habe ich das Gefühl, als würde dieses Haus Geschichten erzählen.«

»Stimmt. Nur dass wir viele Geschichten nicht kennen. Unsere Familie hat zu viele Geheimnisse. Und manchmal habe ich das Gefühl, als wäre dieses Haus der Ursprung aller Geheimnisse, als hätte Lou die Dinge, über die sie nie gesprochen hat, hier vergraben.«

»Hm.« Anna wusste, dass Judith in ihrer Jugend noch viel mehr als Greta und sie selbst über Lous Leben und ihre Vergangenheit nachgedacht hatte. Vielleicht hatte sie als Älteste das Gefühl gehabt, Verantwortung dafür zu tragen, etwas über die eigene Herkunft zu erfahren und dies an ihre Schwestern weiterzugeben. Und sie hatte Fragen gestellt. Aber Lou schwieg, und irgendwann hatte sie aufgegeben.

»Und trotz all dieser Geheimnisse sind wir hier und halten zusammen. So wie es unsere Familie schon immer getan hat«, fuhr Anna fort. Denn wenn es etwas gab, das sie an ihrer Familie wirklich schätzte, dann, dass man sich aufeinander verlassen konnte. Egal, wie sehr man sich zuvor gestritten hatte, wenn es hart auf hart kam, war man füreinander da. Und das zu jeder Tages- und Nachtzeit.

»Ich bin hundemüde. Wir sollten uns ein paar Stunden ausruhen.« Anna gähnte herzhaft.

Judith nickte. »Ich könnte auch ein Nickerchen gebrauchen. Und Greta ist sicher schon auf dem Sofa eingeschlafen.«

Sie schliefen bis zum frühen Abend. Als Anna sich noch etwas benommen aus den vielen Decken und Kissen wühlte, war es draußen schon fast dunkel. Sie stand langsam auf, schlüpfte in ihre warmen Hausschuhe und schlurfte nach unten.

Judith und Greta waren gerade dabei, die Küche nach etwas Essbarem zu durchforsten.

»Ich sterbe vor Hunger! Aber Bohnen und Reis? Oder Würstchen?« Greta verzog das Gesicht.

Anna trat neben sie und warf einen prüfenden Blick in die Speisekammer. »Tja, sieht so aus, als wäre Lou länger nicht einkaufen gewesen. Aber ich werde uns schon was zaubern. Keine Sorge.« Anna schob ihre maulende kleine Schwester zur Seite, um sich ans Werk zu machen.

Greta blieb neben ihr stehen und sah zu, wie sie Tomaten, Bohnen und Mais zum Köcheln brachte, würzte und die so entstandene Soße abschmeckte. Irgendwann schien Greta genug zu haben, setzte sich zu Judith an den Tisch und zündete sich eine Zigarette an.

»Das ist jetzt nicht dein Ernst, oder?« Judith sah von ihrem Magazin auf, nahm Greta die Zigarette aus der Hand und drückte sie energisch in einer alten Vase aus, die auf dem Tisch stand.

»Hey!«, protestierte Greta.

»Nichts hey! Wir sind im Haus unserer Großmutter, die gerade verstorben ist. Hier wird ganz sicher nicht geraucht!«

»Du Spießerin! Du kannst mir das wohl kaum verbieten! Dann geh ich eben auf die Veranda.« Trotzig stand Greta auf, schnappte sich ihre Zigaretten und verschwand türenknallend nach draußen.

»Kannst du mir verraten, wann unsere kleine Schwester zu so einem Satansbraten geworden ist?«, regte Judith sich auf.

Anna zuckte mit den Schultern und stellte Judith ein Glas Rotwein vor die Nase.

»Hier, du Spießerin! Oder ist Alkohol auch verboten?«

Judith lachte. »Nein. Ein bisschen Rotwein schadet nie!« Sie prostete ihrer Schwester zu, die ihr Glas fast in einem Zug leerte.

»Oha, da hat aber jemand Durst.« Judith musterte Anna besorgt. »Wie geht's dir eigentlich? Du wirkst die ganze Zeit schon so abwesend. Ist alles okay?«

Anna wandte sich wieder dem Herd zu und tat, als würde sie sich intensiv mit dem Umrühren der Tomatensoße beschäftigen.

»Bin nur etwas müde.«

»Na gut. Aber wenn was ist, sagst du es mir, nicht wahr?«

»Sicher.« Anna stellte den Herd aus. »So. Essen ist fertig. Dann werd ich wohl mal Greta holen.«

Greta saß auf der quietschenden Hollywoodschaukel, in der Lou in der Abenddämmerung so oft gesessen und ihre Quilts bestickt hatte, und zog an einer Zigarette.

»Na«, sagte Anna und setzte sich neben sie. »Ein bisschen kalt hier draußen, findest du nicht?«

»Nö.« Greta sah sie nicht an, sondern starrte weiter hinaus in die Dunkelheit.

»Judith meint es nicht so, das weißt du doch.«

»Ja, ja. Aber sie findet doch eh alles scheiße, was ich mache!«

»So ein Quatsch! Wir sind nur alle traurig und durcheinander wegen Lous Tod. Und es ist seltsam, hier zu sein. Das ist für uns alle schwierig, aber wir müssen miteinander auskommen. Das sind wir Lou schuldig. Und jetzt komm rein. Das Essen wird kalt.«

Gretas Miene hellte sich auf. »Da bin ich aber gespannt. Wenn du es wirklich geschafft hast, aus den Konserven was Essbares hingekriegt zu haben, bist du meine Heldin!«

Später gingen sie ins Wohnzimmer, und Judith stocherte im Kamin herum.

»Du kriegst das Ding nie im Leben angezündet«, verkündete Greta, immer noch leicht gereizt.

Anna begutachtete derweil die Fotos auf dem Kaminsims. »Seht mal. Standen die Bilder eigentlich schon immer hier?«

Judith, der es tatsächlich gelungen war, ein kleines Feuer anzuzünden, das eine wohlige Wärme verbreitete, warf ebenfalls einen kritischen Blick auf die Schwarz-Weiß-Bilder, einige schon etwas verblichen, die in schlichten hellen Holzrahmen steckten.

»Nein, die kenne ich nicht.« Sie nahm eines der Fotos in die Hand und betrachtete es genauer. »Ist das Lou?« Sie hielt Anna das Bild hin. Es zeigte ein Mädchen mit langem dunklem Haar in einem taillierten Baumwollkleid, das fröhlich lachte. Neben ihr stand ein junger Mann, ungefähr einen Kopf größer als sie. Er hatte kurzes blondes Haar und strahlte ebenfalls, wenn auch ein wenig verhaltener.

»Sieht so aus. Da war sie höchstens fünfzehn. Und sie ist Mama wie aus dem Gesicht geschnitten. Verblüffend«, stieß Anna hervor.

»Lass mich mal sehen!« Greta war aufgestanden, drängelte sich zwischen die beiden und riss Judith den Rahmen aus der Hand. »Stimmt. Mit Judith hat sie aber auch Ähnlichkeit!«, sagte sie etwas neidisch.

»Und der junge Mann neben ihr? Wer das wohl sein mag?«, fragte Judith mehr sich selbst als ihre Schwestern.

»Vielleicht ein Schulfreund. Oder ihr Geliebter!«, mutmaßte Greta.

»Genau, Greta, ihr Geliebter! Wie viele Geliebte hattest du denn mit fünfzehn?«, sagte Anna und sah sich Lous Gesicht genauer an. Es wirkte fröhlich, aber irgendetwas in ihren Augen machte Anna plötzlich sehr traurig. »Nein«, sagte sie dann. »Das war jemand, der Lou viel bedeutet hat.«

KAPITEL II

Eppendorf, Hamburg, September 1935

20. September 1935
Seit drei Tagen liege ich mit Grippe im Bett und kann mich kaum rühren, hab Fieber und fühle mich hundeelend. So langweilig war mir das letzte Mal vor drei Jahren, als ich mit meiner Schwester Hannah »in Quarantäne« war. Mama hatte das so genannt, weil alle Kinder in der Nachbarschaft Mumps hatten und wir uns nicht anstecken durften.

Mama war eben hier und hat mir Brühe gebracht. Sie sagt, ich soll mich ausruhen, damit ich schnell wieder auf den Beinen bin. Aber das Beste habe ich ja schon verpasst. Gestern war die Hochzeit von Mutters Cousine Rachel. Das war ein rauschendes Fest, wie Mama und Hannah berichtet haben. Eine traditionelle jüdische Hochzeit mit Tanz, Gesang und Akrobatik. Mama hatte mir sogar ein neues Kleid gekauft, ein rotes aus Satinstoff mit ausgestellten Ärmeln. Was für ein Ärger, dass ich ausgerechnet an einem solchen Tag krank im Bett liegen musste!

Ich werde versuchen, mich auf mein neues Buch zu konzentrieren: Der scharlachrote Buchstabe. *Durch die ersten Seiten musste ich mich ziemlich quälen. Aber jetzt gefällt es mir wirklich gut. Es handelt von einer jungen Frau, die wegen ihrer unehelichen Beziehung einen roten Buchstaben an ihrer Kleidung tragen muss. Ziemlich schlimm muss es sein, so gebrandmarkt zu werden …*

Louise erwachte von lautem Vogelgezwitscher. Müde und

schlaftrunken blinzelte sie zum leicht geöffneten Fenster, auf dessen Sims sich eine Amsel niedergelassen hatte. Mein Weckruf, dachte Louise.

Es war schon taghell in ihrem Zimmer, die Septembersonne schien auf ihre Bettdecke, und die Vorhänge plusterten sich bei jedem kleinen Windstoß auf, um dann wieder wie ermattet zusammenzusinken.

Louise goss sich aus dem Krug, den ihre Mutter Esther neben ihr Bett gestellt hatte, Wasser in ein Glas. Ob ihre Eltern schon wach waren?

Sie fühlte sich noch immer schlapp und müde, aber ihr Vater hatte ihr ein Medikament gegeben, das zumindest das Fieber gesenkt hatte.

Ja, manchmal war es ein wahres Glück, dass er Arzt war. Und David Blum war ein guter Arzt, ein sehr guter sogar. In seiner Praxis am Kellinghusenpark ging die gesamte Nachbarschaft ein und aus. Er hatte immer ein offenes Ohr, ließ die Menschen reden, von ihren Sorgen, Ängsten und Nöten erzählen.

Louise schloss die Augen und streckte sich ausgiebig. Es war ein wenig kühl durch das geöffnete Fenster, aber sie liebte es, mit frischer Luft um die Nase aufzuwachen und den morgendlichen Klängen der erwachenden Nachbarschaft zu lauschen. Auf der anderen Straßenseite öffnete gerade das Lederwarengeschäft der Ohmanns seine Tore, deutlich war das Rasseln des Schlüsselbundes zu hören. In der Ferne ratterte die Straßenbahn, und vor Louises Fenster spielten ein paar Jungs aus der Nachbarschaft schon Fußball.

Am meisten aber mochte Louise ihr Zuhause. Die sanften Geräusche, die morgens durch die Räume drangen. Sie hatten eine Wohnung im Erdgeschoss mit hohen Decken, großen

Fenstern und fließenden Vorhängen, die ihre Mutter aus feinster Seide hatte anfertigen lassen. Am besten war, dass man schnell über die Veranda in den Garten konnte. Auch die Außenalster mit ihren vielen verästelten Armen, kleinen Bächen und verwunschenen Bäumen lag nicht weit entfernt, und dort gab es immer etwas zu entdecken. Früher hatte sie oft mit ihrer kleinen Schwester Hannah im nahen Hayns Park mit seinen großen alten Eichen und Kastanien gespielt, am liebsten Fangen. Und Louise war in die Bäume geklettert, ganz hoch hinaus. »Wie ein wilder Junge«, hatte Esther dann immer kopfschüttelnd gesagt. Aber Louise hatte nun mal die »Jungs-Spiele« gemocht, mit Puppen oder Häkeln hatte sie nichts anfangen können.

Zum Glück gab es Carl. Beim Gedanken an ihn musste sie lächeln, und sie zog die Decke bis zur Nasenspitze hoch. Carl war der Sohn der Nachbarn, der von Hohenstettens. Er war zwei Jahre älter als sie, und als Kind war er ein schlimmer kleiner Teufel gewesen. Ständig hatte er sie an den Haaren gezogen oder mit anderen Gemeinheiten geärgert. Einmal – im schönsten Schneegestöber – hatte er ihr sogar ihren neuen Holzschlitten gestohlen. Damit war er dann beim Rodeln gegen ein Eisentor geknallt und hatte sich das Schienbein geprellt. Ein bisschen leidgetan hatte er ihr danach schon. Vor allem, weil sein Vater ihm dafür die Leviten gelesen hatte, und das ordentlich. Seinen donnernden Bass hatte man bis in den Garten hören können.

Obwohl die Knabenschule, die Carl besuchte, in einem ganz anderen Viertel lag, begleitete er sie seit ihrem ersten Schultag jeden Morgen bis zum schmiedeeisernen Tor der Mädchenschule. Als sie noch Kinder waren, hatten sie oft einen Wettlauf veranstaltet. Der Start war an der Ecke zum

Tewessteg – und wer als Erster das Tor berührte, hatte gewonnen.

Louise mochte Herausforderungen. Ihre Mutter sagte immer, dass ihre ungestüme Art sie alle noch ins Grab bringen würde. Carl hatte einmal gemeint, sie sei so etwas wie eine Jeanne d'Arc, eine Kämpferin. Das gefiel ihr irgendwie. Oft hatte sie das Gefühl, dass Carl sie sehr gut kannte, besser als sie sich selbst.

Seinem Vater Maximilian gehörte eine Firma, die Automobilteile herstellte, und er war gleichzeitig ein hohes Tier in der Partei. Er war ein großer Mann mit einem beachtlichen Bauchumfang und einer tiefen, sonoren Stimme, und er erzog Carl mit harter Hand, er sollte still sitzen, keine Widerworte geben, gehorsam sein. Aber Louise kannte Carl. Er hatte seinen eigenen Kopf. Deshalb hatte er auch so oft Stubenarrest. Carls Mutter, Franziska von Hohenstetten, war anders. Eine blasse, stille Frau, die wenig sprach, doch ihren Sohn sehr liebte und für ihn kämpfte. Schon oft hatte Louise mitbekommen, wie Carls Eltern sich laut stritten, wenn es um ihren Sohn ging. Sein Vater bestand auf seine harte, strenge Erziehung, während seine Mutter ihn einfach Kind sein lassen wollte.

Carl sprach nie viel von seiner Familie. Manchmal dachte Louise, es lag vielleicht daran, dass sie Jüdin war. Denn die Partei, der Carls Vater angehörte und die seit einigen Jahren an der Macht war, verunglimpfte Juden auf das Schlimmste. Und nicht nur das. Es gab inzwischen sogar Gesetze, die Juden bestimmte Dinge verboten. Zum Beispiel durften Juden und Nichtjuden nicht mehr heiraten. Und ihrem Onkel Gabriel war es seit Anfang des Jahres verwehrt, in seinem Beruf als Rechtsanwalt zu arbeiten.

Ab und an stahlen Carl und Louise sich davon, nachts,

wenn alle schliefen. Das war natürlich streng verboten, aber das machte es gerade so aufregend. Sie schlich sich dann auf Zehenspitzen hinaus, ganz vorsichtig, damit sie Hannah nicht aufweckte, denn ihre Schwester hatte einen leichten Schlaf.

Louise lehnte sich in ihren Kissen zurück und sah nach draußen. Die Amsel war verschwunden, stattdessen jagten sich nun auf dem Baum vor ihrem Fenster zwei Meisen von Ast zu Ast. Obwohl sie erst seit ein paar Tagen krank war, vermisste sie Carl schon jetzt. Sie mochte es, mit ihm zu sprechen, mit ihm Spaß zu haben, einfach in seiner Nähe zu sein.

Sie schloss die Augen. Werd gesund, dachte sie. Werd schnell gesund.

Als Louise zwei Tage später aus der Tür in die laue Herbstnacht trat, wartete Carl bereits an der Ecke zur Löwenstraße.

Im hellen Schein der Straßenlaterne konnte sie ihn schon von Weitem erkennen. Er trug kurze Hosen und auf dem Kopf eine Baskenmütze und lehnte an der Hauswand. Er sah ein bisschen aus wie Huckleberry Finn, wie er so dastand, die Hände in den Hosentaschen. Verwegen und tollkühn.

Und trotzdem wirkte er viel erwachsener als noch vor einigen Monaten. Erwachsener und nachdenklicher. Er hatte ein männlicheres, markanteres Gesicht bekommen, mit ausgeprägten Wangenknochen, und seine Arme schienen viel kräftiger. Louise dachte an früher, daran, wie sie sich mit den Kindern aus der Knauerstraße eine Schneeballschlacht geliefert oder Bäcker Hansen die ersten Brötchen des Tages stibitzt hatten. Das alles schien ihr jetzt so weit entfernt. Es verwirrte sie, dass Carl nicht mehr der kleine Junge war, mit dem sie sich balgen konnte.

Louise ging auf ihn zu, und sie liefen stumm nebeneinander

her. Nach wenigen Minuten erreichten sie ihr Versteck. Es war ein alter Schuppen neben einer leer stehenden Brauerei, am anderen Ende des Viertels. Sie hatten sich dort ihr eigenes Reich geschaffen. Louise hatte unbemerkt ein paar alte Decken und Kissen aus dem Keller ihrer Eltern verschwinden lassen, Carl hatte von einem Schulfreund einen ausrangierten Sessel mit einem hässlichen Polster bekommen. Außerdem hatten sie in dem Schuppen einen alten Plattenspieler gefunden, der zwar etwas leierte, aber auf dem man trotzdem noch wunderbar Marlene Dietrich oder Willy Fritsch hören konnte.

Die beiden packten ihre mitgebrachten Sachen aus. Louise hatte in ihrem Rucksack ein paar Kerzen, zwei belegte Brote und zwei Bücher, Carl nahm ebenfalls ein Buch und zwei Schallplatten aus seiner Umhängetasche.

Er war ungewöhnlich still. Normalerweise erzählte er ihr von der Schule und von seinen Wettkämpfen – Carl war ein begeisterter Schwimmer, einer der besten seines Jahrgangs. Doch an diesem Abend wirkte er irgendwie anders.

»Geht es dir gut?«, fragte Louise, während er die Kerzen anzündete.

Er nickte. »Ja. Ich hab nur ein ungutes Gefühl.«

»Was meinst du damit?«

Er runzelte die Stirn. »Lebst du auf dem Mond, Louise?«

»Nein. Natürlich weiß ich, was du meinst. Aber was hat das mit uns zu tun?«

»Alles. Es hat alles mit uns zu tun.«

»Das verstehe ich nicht.«

»Das musst du aber verstehen. Du bist Jüdin und …« Er zögerte kurz. »Mein Vater sagt, dass ich dich nicht mehr sehen soll. Er sagt, es sei schlimm genug, dass ihr noch in unserer Nachbarschaft wohnt.«

»Aha. Sehr freundlich von deinem Vater.« Louise schnaubte. »Und warum bist du dann hier? Weil du es willst? Oder nur weil es dich reizt, dich deinem Vater zu widersetzen?«

Er sah sie unverwandt an. Louise hielt seinem Blick stand, blinzelte nicht einmal. Dieses Spiel war ihr nicht fremd. Wer es länger schaffte, ohne mit den Lidern zu zucken, hatte gewonnen. Aber das hier war kein Spiel. Das hier war ernst.

»Ich bin bei dir, weil ich bei dir sein will. Das ist alles.«

Damit war die Unterhaltung für ihn beendet. Sie verbrachten die halbe Nacht zusammen, so wie sie es immer taten. Sie saßen auf dem großen Sessel, nebeneinander, mit einer Wolldecke über den Beinen. Carl las einen seiner Kriminalromane und sie ein Buch, das sie schon in- und auswendig kannte.

Krieg und Frieden. Eines ihrer Lieblingsbücher.

3. Januar 1936
Carl und ich gehen nicht mehr zusammen zur Schule. Sein Vater hat es verboten. Eine Zeit lang haben wir uns noch heimlich im Park getroffen und sind dann das letzte Stück zusammen gegangen. Aber das hat wohl jemand mitbekommen, ein Freund von Carls Vater. Solche Leute haben ihre Spitzel überall, sagt Mama immer und erntet dafür von Papa böse Blicke.

Also sehen wir uns nun nur noch nachts. Das ist komisch und ungewohnt. Vor ein paar Tagen bin ich mit Mama zum Einkaufen gegangen, und als Carl uns mit seinem Vater entgegenkam, hat er ihn auf die andere Straßenseite gezerrt. Niemals werde ich seinen vernichtenden Blick vergessen. Als hätten wir eine schlimme ansteckende Krankheit.

Louise packte in Windeseile ihre Schulsachen zusammen. Sie hatte mal wieder verschlafen und musste sich beeilen. Die halbe Nacht hatte sie wach gelegen und gegrübelt. Alles hatte sich verändert in der letzten Zeit, und sie spürte, dass selbst ihre Eltern nicht mehr so zuversichtlich waren wie früher.

Ihr Leben war bisher hell, freundlich und fröhlich gewesen, ein buntes Zusammenspiel aus Farben, Gerüchen und Abenteuern. Jede Straße, jeder Winkel in ihrem Viertel war ihr vertraut gewesen, jeder Nachbar bekannt. Es war ihre Heimat gewesen, ein großer, wunderbarer Spielplatz, der inzwischen nur noch eine sehnsüchtige Erinnerung war.

Sie hatte die Veränderungen wahrgenommen und doch nicht vollständig begriffen, was sie für ihr Leben bedeuteten, hatte die besorgten Gesichter ihrer Eltern gesehen, als zum Boykott jüdischer Geschäfte aufgerufen wurde, hatte gehört, wie ihr Vater mit versteinerter Miene davon berichtete, dass viele seiner Kollegen ihre Anstellungen in Krankenhäusern und an der Universität verloren hatten. Die Angst und mit ihr die Gewissheit, dass nichts mehr bleiben würde, wie es war, kam schleichend. Sie kam, als ihre Freundin Veronika im Deutschunterricht plötzlich nicht mehr neben ihr sitzen wollte. Sie kam, als ihre Schwester Hannah ihr erzählte, dass Rachel, die Cousine ihrer Mutter, bei ihrer Hochzeit von Passanten als »Judenhure« beschimpft worden sei.

Sie kam langsam, die Angst, aber sie kam. Und nun hatte sie sich in ihr festgesetzt und wurde von Tag zu Tag schlimmer. Sie, Louise, das fröhliche, unbekümmerte, mutige Mädchen, hatte plötzlich Furcht. Stück für Stück verlor sie das Gefühl, dass ihr nie etwas passieren könnte, weil ihre Eltern es schon richten würden. Und nun, seit ein paar Monaten, seit es diese neuen Gesetze gab, die keinen Zweifel daran ließen, dass Juden als Bürger zweiter Klasse angesehen wurden, nun beschlich sie das untrügliche Gefühl, dass sie würde kämpfen müssen. Und dass die Unbeschwertheit ihrer Kindheit ein Ende hatte.

Louise zog ihren dicken Mantel über, setzte den schweren ledernen Schulranzen auf und zog leise die Tür hinter sich ins Schloss.

Draußen war es noch finster und eisig kalt. Das neue Jahr hatte genauso ungemütlich und frostig begonnen, wie das alte aufgehört hatte. Die Straßen wirkten grau, neblig und trist, und die Häuserfassaden warfen unheimliche Schatten auf den Gehweg.

Plötzlich hörte sie hinter sich ein Geräusch, es klang wie ein Pfeifen. Louise drehte sich um, konnte im Dunkeln aber nichts erkennen.

Dann kamen zwei Jungs aus einem Hauseingang hervor. Louise kannte sie. Der eine war Rolf, der Sohn der Schröders, ein kleiner Dicker mit Sommersprossen, der wegen seines Asthmas schon häufig in der Praxis ihres Vaters gewesen war. Der andere hieß Peter Heinze, er trug ständig diese schrecklichen Knickerbocker, auch im Winter. Die Jungs auf dem Schulhof munkelten, das sei, weil seine Familie kein Geld für warme Kleidung habe, was er mit Schlägen vergalt.

Die beiden näherten sich ihr, aber Louise blieb ruhig stehen. Sie würde nicht weglaufen, nicht vor diesen Feiglingen, die zu zweit einem Mädchen auflauerten.

Peter hatte seine Mütze tief ins Gesicht gezogen und starrte sie aus seinen fischigen Augen listig an. »Na, Louise. Wo ist denn dein ständiger Begleiter? Passt er nicht mehr auf dich auf, der feine Herr?«

Sie antwortete nicht, sondern sah ihn nur an.

Rolf grinste blöde. »Bestimmt hat sie ihm zu sehr gestunken.« Er sog schnuppernd die Luft ein. »Die Juden stinken alle.«

Peter lachte böse. »Die stinken nicht nur, die klauen auch. Wie die Raben. Und die halten sich für was Besseres.« Er schubste Louise, sie wich einen halben Schritt zurück, um Halt zu finden. Trotzdem schaute sie ihm weiter fest in die Augen.

»Du kleine Drecksjüdin!«, rief Rolf und zog Louise so heftig an ihrem Zopf, dass ihr Kopf schmerzte. »Kannst du nicht sprechen? Oder sprichst du nur eure Judensprache?«

Peter streckte die Hand nach ihrem Gesicht aus. Instinktiv schlug sie sie herunter. Und dann tat er etwas, das sie niemals vergessen und ihm nie verzeihen würde.

Er spuckte ihr ins Gesicht.

Sie spürte seinen nassen, kalten Speichel auf ihrer Stirn, merkte, wie er langsam über ihren Nasenrücken lief. Dann trat er auf sie zu und riss ihr mit einem heftigen Ruck ihren Mantel auf, sodass sie nur noch in Rock und Bluse dastand. Peter drängte sie mit seinem Körper gegen die Hauswand hinter ihr, zerrte an ihrer Bluse und begrapschte ihren Hals, ihre Wangen, ihre Brust, während Rolf, höhnisch lachend, ihre Handgelenke festhielt.

Louise trat und schlug um sich, aber es half nichts. Sie spürte die schwitzigen Finger der beiden Jungen auf ihrer Haut und kämpfte mit den Tränen.

Plötzlich hörte sie Rufe und laute Schritte, die sich rasch näherten. Dann sah sie, wie Rolf von hinten gepackt und gegen die Hauswand geschleudert wurde. Peter ließ von ihr ab und hielt schützend die Arme vors Gesicht, während er ebenfalls angegangen wurde.

Es war Carl, der ihr zu Hilfe gekommen war. Er hatte Peter jetzt in den Schwitzkasten genommen und bearbeitete ihn mit seiner Faust. Sein Gesicht war rot und wutverzerrt. Rolf rappelte sich auf und lief davon, so schnell er es mit seinen kleinen, dicken Beinen konnte.

Peter schien fast keine Luft mehr zu bekommen, so fest war Carls Griff.

»Lass ihn los!«, rief Louise. »Carl, du bringst ihn noch um!« Keuchend ging sie auf ihn zu. »Lass ihn. Es lohnt sich nicht, seinetwegen Ärger zu bekommen.«

Carl sah sie an, und langsam wich der Zorn aus seinen Augen. Er entließ Peter aus der Umklammerung. Dieser machte sich genauso eilig von dannen wie sein feiger Freund.

»Alles in Ordnung?« Carl sah Louise besorgt an. Er atmete schwer.

»Ja.«

Sie sah an sich hinab und zog hastig ihre Bluse zurecht.

»Komm, ich bring dich nach Hause.« Carl griff nach dem Revers ihres Mantels und zog ihn sanft vor ihrer Brust zusammen. Dann ließ er die Hände sinken.

Louise schüttelte den Kopf. »Damit meine Eltern sich noch mehr Sorgen machen als ohnehin schon?«

»Aber … Du kannst doch jetzt nicht zur Schule gehen!« Carls Stimme bebte, und wenn sie es nicht besser gewusst hätte, hätte sie gedacht, dass er mit den Tränen rang. Aber Jungs weinen ja nicht.

»Lass gut sein«, bekräftigte sie und kämpfte gegen die Schwäche in ihrer Stimme an.

Carl zwang sich zu einem Lächeln. Er legte ihr vorsichtig den Arm um die Schultern, eine Geste, die ihr Herz zum Rasen brachte, anstatt es zu beruhigen.

Sie lehnte ihren Kopf für einen Moment an seinen Hals, er roch nach Moschus und den Kirschbonbons, die er so gern mochte. Erst jetzt merkte sie, wie sehr sie zitterte.

Als sie sich voneinander lösten, schob sie ihren Arm in Carls. Er hielt sie weiter fest, und so gingen sie zur Schule, Arm in Arm, mit ein paar blauen Flecken und Blessuren, aber erhobenen Hauptes.

9. April 1936
Ich bin heute gleich nach der Schule in Papas Praxis gegangen, um ihm zur Hand zu gehen. Vor ein paar Monaten musste er seine Sprechstundenhilfe Marianne entlassen, weil sie Deutsche ist. Marianne arbeitete schon seit über zehn Jahren für Papa. Als ich klein war, hat sie mir immer Bonbons zugesteckt, wenn Mama nicht geguckt hat. Und sie hat mir manchmal heimlich meine aufgeschrammten Knie verarztet, wenn ich mal wieder von einem Baum gesegelt war. Marianne war eigentlich da, seit ich denken kann. Als wir uns von ihr verabschiedeten, hatte sie Tränen in den Augen. »Passt auf euch auf!«, hat sie gesagt und uns Mädchen noch einmal fest an sich gedrückt.

Louise überquerte die Knauerstraße, bog in die Goernestraße ein und lief an dem imposanten Gebäude des Holthusenbads vorbei, in dem sie oft mit ihren Eltern gewesen war. Von dort konnte sie den Kellinghusenpark sehen, mit seinen hübsch angelegten Bäumen, den Parkbänken und dem Fischteich in der Mitte. Auf der Wiese neben den Buchen blühten blaue und gelbe Krokusse. In dem Eckhaus gegenüber vom Lebensmittelgeschäft der Wehners befand sich die Praxis ihres Vaters.

Louise hatte die Räumlichkeiten schon immer gemocht. Sie waren hell und freundlich eingerichtet, sodass man sich gar nicht fühlte, als wäre man bei einem Arzt. Ihre Mutter hatte damals die Farben für die Vorhänge und Stühle ausgesucht, und sie kam regelmäßig her, um Vasen mit frischen Blumen auf den Fensterbänken zu verteilen. »Die Menschen sollen sich hier wohlfühlen. Es ist schon schlimm genug, dass sie krank sind«, meinte sie.

Noch gut erinnerte sich Louise an die Eröffnung der Praxis, sie war damals gerade sechs geworden. Unzählige Menschen waren gekommen, es hatte Punsch gegeben, Russische Eier und Krabbencocktails, und die Räume waren mit bunten Lampions geschmückt gewesen. Ihr Vater hatte gestrahlt, selten hatte sie ihn so glücklich und gelöst erlebt wie an diesem Tag. »Das war immer sein großer Traum. Eine eigene Praxis!«, hatte Tante Deborah gesagt, als sie ihr Glas gehoben hatte, um einen Toast auszubringen. Und alle hatten applaudiert und gelacht, und ihre Eltern hatten sich umarmt und geküsst.

Nun stagnierte die zuvor florierende Praxis, und ihrem Vater war nur noch Lea, die Sprechstundenhilfe, geblieben, die ihn seit Mariannes Weggang unterstützte. Sie durfte weiter ihre Arbeit verrichten, weil man sie nach den deutschen Rassengesetzen als »Halbjüdin« eingestuft hatte; ihre Mutter war Jüdin und ihr Vater Deutscher.

Viele der früheren jüdischen Patienten hatten nach und nach das Land verlassen. Sie waren nach Frankreich, Belgien oder Portugal emigriert. Sogar nach Amerika und in das Gelobte Land, Palästina.

Doch für Louise und ihre Familie blieb Deutschland ihre Heimat. David würde das Land nicht verlassen, das hatte er schon oft gesagt. Er war hier aufgewachsen, und seine Eltern lebten hier. Niemals würde er seine Patienten im Stich lassen. Viele von ihnen, die geblieben waren, aus ähnlichen Gründen wie David oder weil ihnen das Geld fehlte, um auszuwandern, würden ohne ihn gar nicht mehr behandelt werden. Den meisten jüdischen Ärzten war die Kassenzulassung entzogen worden – oder sie hatten das Land schon längst verlassen. Und die deutschen Ärzte behandelten kaum noch Juden.

Die wenigen Patienten, die David noch geblieben waren, kannte Louise gut. Da war Frau Spielmann, die schon fast achtzig war und am Stock ging. Sie hatte immer ihren kleinen Pudel dabei, obwohl David ihr schon oft gesagt hatte, dass Hunde in der Praxis nichts verloren hätten. Aber ihr Hund sei ihr Ein und Alles, erklärte sie jedes Mal, niemals würde sie ihn allein lassen, noch nicht einmal vor der Tür anbinden würde sie ihn. »Wer weiß, was ihm da alles passieren kann in diesen schlimmen Zeiten.«

Dann waren da noch die Landauers, ein Ehepaar, beide um die fünfzig. Sie waren keine Juden, kamen aber trotz allem noch immer in die Praxis. Eigentlich waren sie gar nicht so oft krank, und Louise hatte die Vermutung, dass sie gern erschienen, weil sie es mochten, mit David zu reden, über Politik, das Weltgeschehen oder einfach nur über das Wetter.

Doch am liebsten hatte sie Itzhak Roth. Itzhak war noch ein bisschen älter als Frau Spielmann und wohnte in einem kleinen allein stehenden Haus. Er lebte von der Hand in den Mund, wie er sagte. Itzhak kam nur ungern, obwohl er sehr krank war. Eigentlich hätte er einen Spezialisten aufsuchen müssen, aber dagegen wehrte er sich vehement. David war der Einzige, den er ab und zu an sich heranließ. Und auch das nur widerwillig. Itzhak war ein Zauberer, früher hatte er in einem Zirkus gearbeitet, war um die ganze Welt gefahren. Mit seinem weißen Haarschopf und den dunklen Augen hatte er tatsächlich etwas sehr Geheimnisvolles. Manchmal gab er kleine Vorstellungen für die Kinder in der Nachbarschaft. Er ließ dann Münzen verschwinden oder holte ein weißes Kaninchen aus seinem Hut. Itzhak hätte es verdient, dass man ihm Respekt zollte, weil er sein Leben damit verbracht hatte, die Menschen zum Lächeln zu bringen.

An diesem Tag war es wieder einmal leer in der Praxis.

Louise legte ihre Sachen am Tresen ab und klopfte an die Tür zum Arztzimmer, bevor sie eintrat. Ihr Vater war allein und saß an seinem mit Papieren übersäten Schreibtisch, dem schönen alten Mahagonitisch, der schon im Salon von Louises Urgroßmutter gestanden hatte.

Er sah überrascht auf, als Louise eintrat. Anscheinend hatte er vergessen, dass sie sich angekündigt hatte. Erschöpft und müde sah er aus, aber seine Miene erhellte sich, als er sie erblickte.

»Schön, dass du da bist, Louise.«

Sie blieb etwas unsicher stehen. »Ist alles in Ordnung, Papa?«

»Ja.« Er wirkte kurz nachdenklich, dann setzte er wieder seinen professionellen Ärzteblick auf. »Frau Rosenthal wird bald mit ihrem Sohn da sein. Er hat seit Tagen hohes Fieber. Sag ihnen doch bitte, dass sie gleich reinkommen können, ja?«

»Das mache ich«, sagte Louise und wandte sich zur Tür. Ihre Stimme hatte irgendwie leise und mutlos geklungen, so war es ihr jedenfalls vorgekommen.

Sie ging zurück in den Flur und setzte sich hinter den Empfangstresen. Als sie gerade dabei war, die Patientenakten alphabetisch zu ordnen, stand plötzlich Lea vor ihr. Lea war noch jung, nur einige Jahre älter als Louise, und sie war sehr still und zurückhaltend.

»Ich bin zu spät. Sag deinem Vater doch bitte, dass es mir leidtut«, erklärte sie mit piepsiger Stimme. »Ich musste meiner Mutter im Geschäft zur Hand gehen.« Leas Eltern gehörte ein

Papierwarenladen im Abendrothsweg. Auch dort war es in der letzten Zeit leerer gewesen als früher.

Louise sah Lea an. Sie war blass um die Nase. »Ist etwas passiert?« Wie oft man die Frage in diesen Tagen stellen musste.

»Sie haben letzte Nacht unser Geschäft überfallen. Die Fenster eingeschlagen, die Regale zertrümmert ...« Lea bebte am ganzen Körper.

Louise ging schnell um den Tresen herum und führte sie zu einem der Stühle im Wartezimmer.

»Soll ich dir ein Glas Wasser holen?«

»Nein, es geht schon.« Lea räusperte sich.

Und dann erschien plötzlich ein klitzekleines Lächeln auf ihrem Gesicht. Schelmisch fast.

»Weißt du was?« Sie hielt sich die Hand vor den Mund, als wäre ihr Lächeln ihr unangenehm.

Sie sah sich um, als könnte sie jemand hören, dabei waren Louise und sie allein in der Praxis. Dann beugte sie sich zu Louise vor.

»Diese Männer, die das getan haben, letzte Nacht ... Die haben auch etwas an unsere Ladentür geschmiert.«

»Und was?«

»Drecksjude, verrecke. Und so haben sie es geschrieben: D-R-E-K-S-J-U-T-E, V-E-R-E-K-E«, buchstabierte sie. Sie kicherte, und Louise fiel mit ein. Auch wenn ihr eher nach Weinen zumute war.

Es war Sommer geworden. Ein heißer, drückender Sommer, der bleiern über der Stadt lag.

Wenn Louise auf der Straße stand, ihr Gesicht in die Sonne hielt und die Augen schloss, stellte sie sich vor, wieder mit Carl und Hannah durch den Park zu laufen, unbeschwert und heiter. Dann stieg ihr der Geruch von Kirschkuchen und frischen Erdbeeren in die Nase, und sie hörte ihre Eltern im Garten lachen. Jetzt schien diese Zeit unendlich fern.

Carl und Louise hatten vor Jahren eine einsame Stelle an einem Baggersee nördlich der Stadt entdeckt, die gerade einmal Platz für zwei Handtücher und einen Picknickkorb bot. Man musste eine Weile durchs Unterholz laufen, um dorthin zu gelangen, aber der wunderschöne Platz lohnte die Anstrengung. Den ganzen Tag lang schien dort die Sonne, erst am späten Nachmittag verschwand sie langsam hinter den Baumwipfeln. Hier hatte Carl ihr gezeigt, wie man Steine übers Wasser hüpfen ließ, hier waren sie zusammen zum dunklen Grund des Sees getaucht, hatten aus Zweigen und Ästen kleine Speere gebaut und sich einen schlimmen Sonnenbrand geholt.

An diesem Sonntag im Juli erzählte Louise zu Hause, dass sie mit ihrer Freundin Veronika zu einem Sommerfest eingeladen sei. Dass Veronika schon seit Monaten im Bund Deutscher Mädel war und Louise in der Schule keines Blickes mehr würdigte, konnte ihre Mutter ja nicht wissen.

Louise nahm heimlich zwei Handtücher aus dem Schrank und packte Limonade in ihre Tasche. Für das Essen würde Carl sorgen. In der Speisekammer seiner Mutter gab es genügend Köstlichkeiten.

Wie immer wartete Carl an der Ecke auf sie. Er hatte ein neues Fahrrad, es glänzte und funkelte in der Sonne. Sie blinzelte ihm entgegen, und er strahlte sie an.

Es war komisch, aber seit einiger Zeit fühlte sie sich unsicherer in seiner Gegenwart, fast ein bisschen schüchtern, obwohl sie das normalerweise nicht war.

Carl stieg auf sein Rad, und Louise tat es ihm nach. So radelten sie durch die Stadt, vorbei an den Vorgärten der Häuser an der Borsteler Chaussee, wo die Frauen ihre Wäsche aufgehängt hatten, die neben prächtigen Rhododendren leise im Wind flatterte, vorbei an kleinen Geschäften und Cafés, wo die Menschen, fröhlich plaudernd, ihr Frühstück einnahmen, und schließlich vorbei an den großen Einfamilienhäusern und Villen am Rande der Stadt, wo die Gärten parkähnlich angelegt waren und Magnolien- und Fliederbäume blühten. Alles schien so friedlich im Sonnenschein, und Louise spürte die Wärme auf ihrer Haut und ließ sich den Wind um die Nase wehen.

Als die Stadt ein ganzes Stück hinter ihnen lag, bogen sie auf einen Feldweg ab.

»Hast du es schon gehört?«, rief Carl Louise zu.

»Was gehört?«

»Na, Bernd Rosemeyer hat den Großen Preis von Deutschland auf dem Nürburgring gewonnen! Auf Auto Union! Eine Sensation ist das!«

»Fantastisch«, murmelte Louise, so leise, dass er es im Fahrtwind vermutlich gar nicht hören konnte. Sie hatte wahrlich anderes im Kopf als irgendein Autorennen.

Wenige Minuten später waren sie am Waldrand angekommen. Den Rest des Weges mussten sie zu Fuß gehen. Sie stellten die Fahrräder an einer großen Eiche ab, schulterten ihre Taschen und stapften durchs Unterholz. Die Zweige zerkratzten ihnen die Beine, und Louise stolperte ein paarmal über Baumstümpfe und Wurzeln, aber es machte ihr nichts aus. Sie sehnte sich so sehr nach der Badestelle, nach diesem ruhigen, sonnigen Ort, der nur Carl und ihr gehörte, fernab von allen Sorgen und Ängsten.

Als sie da waren, breitete Louise die Handtücher aus, und Carl öffnete die Limonadenflaschen, die sie in einem Zug austranken. Dann schlüpfte er ohne weitere Umschweife aus seinen kurzen Hosen und entledigte sich seines Hemds. Louise sah ihm verstohlen zu. Sollte sie sich ebenfalls ausziehen? Sie trug einen neuen Badeanzug unter ihrem Kleid. Er war schwarz-weiß gestreift und trägerlos und ziemlich schick. Aber so richtig wohl fühlte sie sich trotzdem nicht.

Carl stand in seinen Badehosen vor ihr und stemmte die Hände in die Hüften. »Was ist los? Ist dir nicht warm in all den Sachen?«

Louise lief rot an und zog zögerlich ihr Kleid aus. Sie waren schon so oft zusammen schwimmen gewesen, aber plötzlich genierte sie sich vor ihm.

Carl schien das jedoch nicht zu bemerken. Als sie in den See sprangen, fing er sofort an, sie mit Wasser zu bespritzen, er schwamm auf sie zu und drückte ihren Kopf unter Wasser. Prustend und etwas gelöster tauchte sie wieder auf und folgte Carl, der mit ein paar kräftigen Zügen fast bis zur Mitte des Sees geschwommen war.

Er hatte sich auf den Rücken gelegt und ließ sich von den leichten Wellen treiben. Wasserperlen glitzerten auf seinen Wangen. Sie schwamm neben ihn und versuchte, sich mit ein paar unbeholfenen Bewegungen an seiner Seite zu halten. Er musterte sie unverhohlen und grinste unverschämt. Doch plötzlich wurde er ernst.

»Du hast dich verändert, Lou.«

»Ja?«

»Du wirst erwachsen.«

»Du auch«, erwiderte sie, und es klang patziger als beabsichtigt.

»Das war ein Kompliment, Louise! Du wirst zu einer hübschen jungen Frau. Das ist doch etwas Schönes, oder nicht?«

Louise zuckte mit den Schultern und strich sich das nasse Haar aus der Stirn. Eigentlich hätte sie nichts dagegen gehabt, noch einige Zeit auf Bäume klettern zu können, ohne sich von ihrer Mutter anhören zu müssen, dass sich das für eine junge Dame nicht gehörte.

»Mein Vater will neue Fabriken bauen«, sagte er unvermittelt. »Das Geschäft läuft gut in der letzten Zeit. Wir sind jetzt sogar Zulieferer für die Meyer-Werke.«

»Hm.« Louise kam sich albern vor, wie ein hilfloser Käfer um ihn herum zu paddeln. Außerdem mochte sie nicht über Carls Vater sprechen. Vor ein paar Tagen hatte sie gesehen, wie er Frau Rosenthal wütend angefahren hatte, weil diese ihm keinen Platz auf dem Fußweg gemacht hatte. »Ihr Juden wollt alles für euch! Deutsche Straßen und Gehwege sind für Deutsche, merk dir das!«, hatte er geschrien.

»Vielleicht werde ich auch in unseren Hohen-Werken arbeiten, in den Schulferien«, sagte Carl leichthin. »Sie brauchen Unterstützung.«

»Und was willst du da machen?«

»Es wird sich schon was finden lassen. Mein Vater meint, ich solle mich in allen Bereichen mal umsehen.«

»Aha.« Maximilian von Hohenstetten wollte seinen Sohn sicher langsam in seine Geschäfte einführen, bis er sie eines Tages übernahm. Carl hatte diesen Moment immer herbeigesehnt, das wusste sie, sich aber auch davor gefürchtet.

»Gestern hat mich mein Vater zu einer stillgelegten Fabrikhalle mitgenommen«, fuhr Carl fort. »Sie ist nicht weit entfernt vom Hauptfriedhof in Ohlsdorf. Unheimlich ist's da. Aber auch spannend. Sollten wir beide uns jemals verstecken müssen, dann wüsste ich jetzt, wo.« Er grinste breit.

»Wovor sollten wir uns denn verstecken müssen?«

»Weiß ich nicht. Vielleicht vor deinem strengen Vater!«

»Na, wohl eher vor deinem!« Louise spritzte eine Handvoll Wasser nach ihm.

Dann schwammen sie zurück an Land, legten sich bäuchlings auf die Handtücher und ließen sich von der Sonne trocknen.

Nach einigen Minuten hob Louise ihren Kopf und sah Carl an. »Du hast doch neulich im Schuppen gesagt, dass sich alles ändern wird.«

Carl richtete sich ebenfalls auf. Sein Gesichtsausdruck war ernst, fast ein bisschen traurig. »Das wird es auch. Wenn ich meinen Vater höre ...« Er stockte. »Er schimpft über die Juden, die Kommunisten, die Zigeuner. Und in der Hitlerjugend, da reden sie auch nicht besser. Aber ...«

»Was aber? Findest du etwa auch, dass ich dumm bin, stehle und stinke, weil ich Jüdin bin?«, fauchte Louise.

»Nein! Jetzt lass mich doch mal ausreden!«, rief Carl. »Ich wollte doch nur sagen, dass sie geschickt sind. Sie reden einem ein, dass ihr schlecht seid, böse und hinterhältig. Und dann all diese Veranstaltungen, der Sport, das Singen ...«

»Das Singen?«

Carl lachte bitter. »Ja, wir singen. Früher gefielen mir die Heimatland-Lieder, sie geben einem ein Gemeinschaftsgefühl, wenn man am Lagerfeuer zusammensitzt, etwas, worauf wir wieder stolz sein können. Aber keine Angst, ich werde dir jetzt keine Kostprobe geben.«

Louise erwiderte nichts. Sie wusste, dass Carl schon lange in die Hitlerjugend ging und dass es ihm vor ihr unangenehm war, wie dort über die Juden gedacht wurde. Sicher hatte er deshalb bisher fast nie darüber gesprochen.

»Jedenfalls trichtern sie einem ein, dass die arische Rasse die

Herrenrasse ist, die einzig wahre. Die einzige, die etwas taugt.« Er lachte spöttisch. »Dabei sind da genug Dummköpfe, glaub mir.« Louise nickte stumm.

»Aber was ich eigentlich sagen wollte«, fuhr Carl fort, »sie sind ziemlich geschickt mit dem, wie sie es uns erzählen, sie haben ihre Methoden. Wenn ich dich nicht kennen würde, dann …«

»Dann was?«, fragte sie. »Dann würdest du uns auch für Verbrecher halten, für gierige Betrüger, so wie es überall in den Zeitungen steht?«

»Nein, so hab ich das nicht gemeint. Ich wollte damit doch nur sagen …«

Aber Louise hörte ihm nicht mehr zu. Sie sprang auf und rannte in den Wald, sie wollte nur fort, so weit weg von ihm wie möglich.

Doch Carl folgte ihr, sie hörte, wie das Geäst hinter ihr unter seinen Schritten knackte. Nach nur wenigen Metern hatte er sie eingeholt. Heftig fasste er sie am Arm und zog sie zu sich heran. »Was soll das, warum rennst du einfach weg?«

Louise versuchte, seine Hand abzuschütteln. »Lass mich los! Du weißt, warum. Du bist genau wie dein Vater! Du hast nichts begriffen, gar nichts!«

»O doch, das habe ich. Mehr, als du dir vorstellen kannst. Jede Nacht liege ich wach und mache mir Gedanken über das, was um uns herum geschieht. Ich weiß nicht, wie ich mit all dem umgehen soll, mit diesem unbändigen Hass, der überall zu herrschen scheint, den zornigen Parolen. Und mein eigener Vater …« Carl sah ihr direkt in die Augen. »Mein eigener Vater ist mittendrin.« Erschöpft ließ er ihren Arm los, ging einen Schritt zurück und ließ sich auf den Waldboden fallen.

Louise spürte, wie ihre Wut langsam nachließ. Carls Meinung über den Vater, den er früher einmal bewundert hatte, hatte sich in den letzten Monaten gewandelt. Offensichtlich setzte ihm das zu, offensichtlich hatte er erkannt, dass der eigene Vater kein guter Mensch war, sondern jemand, der sich gut damit fühlte, andere zu demütigen.

Sie ließ sich neben Carl auf den Boden sinken. »Es tut mir leid.«

»Es ist dein gutes Recht, aufgebracht zu sein. Wenn ich mir vorstelle, an deiner Stelle zu sein … Ich wäre so wütend, dass ich nicht mehr wüsste, was ich tun sollte.« Er nahm ihre Hand in die seine. »Louise …« Seine Stimme klang belegt. »Ich wünschte, ich könnte dich beschützen. Ich wünschte, ich könnte immer bei dir sein. Wenn dir etwas geschehen sollte …«

Sie versuchte, ein aufmunterndes Lächeln zustande zu bringen, doch es wollte ihr nicht recht gelingen. »Mir passiert schon nichts. Unkraut vergeht nicht, sagt meine Mutter immer.«

Carls Mundwinkel zuckten amüsiert. »Sie ist eine sehr weise Frau.« Dann wurde er wieder ernst. »Als ich noch klein war, hatte ich mal ein Kaninchen. Kannst du dich daran erinnern?«

»Natürlich! Es hatte einen langen hellen Strich auf dem Rücken, und wir haben es deshalb ›Silberrücken‹ genannt. Zu schade, dass es irgendwann krank wurde und kurz darauf starb.«

»Es wurde nicht krank. Mein Vater hat es schlachten lassen.«

Louise erschrak. »Wieso hast du mir das nie erzählt?«

Er zuckte mit den Schultern und wich ihrem Blick aus. »Es war eine Strafe. Ich war nicht mehr der Beste im Wettlaufen in der Schule. Vater sagte, ich müsse mich mehr anstrengen. Denn niemand interessiert sich für den Zweitplatzierten.« Carl lachte bitter auf. »Er sagt immer, ich sei viel zu weich. Wie meine Mutter.«

Louise wusste nicht, was sie erwidern sollte.

Carl wandte sich ihr wieder zu, seine Augen funkelten. »Alles, was ich im Leben möchte, ist, niemals so zu werden wie mein Vater. Niemals.«

»Du bist nicht wie er. Kein bisschen! Du bist freundlich und hilfsbereit und stark und …« Sie hielt inne. »Du bist mein ganzes Leben, Carl. Ohne dich wäre meine Welt dunkel und kalt.«

Sie spürte die Wärme seines Körpers, seine Nähe löste ein Kribbeln in ihr aus. Als sie einen Tropfen auf ihrem Arm spürte, zuckte sie zusammen, so intensiv hatte er sich auf ihrer erhitzten Haut angefühlt. Sie sah nach oben. Über ihnen hatte sich ein Gewitter zusammengebraut, in der Ferne hörte man es leise grollen.

Sie standen auf, liefen so schnell sie konnten zurück zur Badestelle und packten in Windeseile ihre Sachen zusammen. Innerhalb kurzer Zeit regnete es in Strömen, es blitzte und donnerte. Der Geruch von warmem Sommerregen stieg Louise in die Nase.

Carl nahm Louises Hand und zog sie in Richtung Wald, aber nicht dorthin, wo ihre Fahrräder standen. Nach ein paar Minuten kamen sie zu einer winzigen Hütte. »Schnell, hinein«, sagte Carl.

Louise war nass bis auf die Knochen, ihre Kleider klebten an ihrem Körper. Sie schüttelte sich wie ein nasser Hund, sodass das Wasser nur so umherspritzte.

»Du hast ja Gänsehaut«, sagte Carl und strich ihr über die kalten Arme. Ein Schauer lief über ihren Rücken. In ihr breitete sich ein unbekanntes Gefühl aus, ein leises Flattern in ihrem Bauch. Sie schloss die Augen.

Und dann spürte sie Carls Lippen auf ihren. Es fühlte sich sanft und warm an, angenehm und aufregend zugleich.

Und am liebsten wollte sie, dass es nie mehr aufhörte.

30. November 1936
Vor ein paar Tagen hatte Papa Besuch von unserem Vermieter, einem jungen Mann mit Schnauzbart und Monokel, der eine große Aktenmappe bei sich trug. Die beiden blieben lange im Wohnzimmer, bei geschlossener Tür. Mama schien nervös, sie lief in der Küche auf und ab, fegte ständig Brotkrümel vom Küchentisch und wischte immer wieder über die Anrichte.

Louise hörte, wie ihr Vater den Vermieter verabschiedete und die Wohnungstür schloss. Dann kam er in die Küche, er ging langsam und schleppend, als würde er schwer an etwas tragen. Er setzte sich an den Tisch und sah aus dem Fenster. Man hätte fast meinen können, er wolle Zeit gewinnen, Luft holen.

Aber Esther ließ das nicht lange zu.

»Kinder, geht auf eure Zimmer!«, sagte sie mit schneidender Stimme, aber David schüttelte müde den Kopf. Seine breiten Schultern, die immer so viel Sicherheit ausgestrahlt hatten, wirkten schlaff und erschöpft. »Sie werden es doch sowieso erfahren.«

»Was erfahren?« Esther schrie fast.

»Wir werden umziehen müssen.«

Sie sah ihn an, das Gesicht rot vor Zorn.

Louise hatte sie schon oft in Rage erlebt, ihre Mutter hatte ein aufbrausendes Temperament. »Aber … Die können uns doch nicht einfach hinauswerfen! Das dürfen sie nicht!« In ihrer Stimme lag nun etwas Panisches, Verzweifeltes.

David schüttelte abermals den Kopf, als wüsste er nicht, was er sonst tun sollte. »Doch, das dürfen sie, Esther. Du weißt, dass sie es dürfen.« Auch seine Stimme wurde lauter. Louise sah, dass Hannah neben ihr zu zittern anfing, und sie strich ihr beruhigend über den Arm.

»Es geschieht doch überall! Die Herzbergs haben ihren Laden verloren. Der Sohn der Ohmanns ist vor einigen Tagen verhaftet worden. Und Levi ...« Er stockte. Levi Bloch war ein Freund, David ging oft mit ihm in die Kneipe an der Ecke, wo sie mit anderen Karten spielten. »Levi darf nicht mehr in der Stadtverwaltung arbeiten. Er weiß nicht, wie er seine Familie ernähren soll.«

»Aber wir haben doch nichts getan! Und du bist Arzt!«

»Und was soll uns das bringen, wenn der Vermieter keine Juden mehr in seinem Haus haben will? Was willst du tun? Ihn zwingen? Sieh dich doch nur einmal im Viertel um. Wie viele Juden leben noch in dieser Gegend?«

Esther ballte die Hände unter dem Tisch zu Fäusten.

»Und was sollen wir tun?« Sie wischte ein paar unsichtbare Krümel von der Tischplatte. Sie schaute ihren Mann nicht an. Vielleicht kannte sie die Antwort.

»Uns eine neue Wohnung suchen«, sagte David schlicht. »Ich werde Levi fragen. Er kennt viele Leute. Vielleicht weiß er, ob irgendwo etwas frei ist.«

Esther stand auf, das Gesicht versteinert. »Ich mach uns Abendbrot. Die Kinder brauchen etwas zu essen.«

Louise blieb stumm sitzen. Wenn sie von hier wegzogen, war alles ungewiss, alles Bekannte verloren, woran sie sich noch hielt. Und obwohl sie sich bei all dem, was ihre Familie durchmachen musste, selbstsüchtig vorkam, so hatte sie schreckliche Angst davor, von Carl fortgehen zu müssen.

25. Januar 1937
Nun sind wir also umgezogen, mussten unser schönes altes Heim zurücklassen. Der neue Mieter ist durch unsere Wohnung geschritten und hat sich alles angesehen. Dann stellte er mit großmütiger Miene fest, dass wir nicht zu renovieren bräuchten, es sei alles bestens in Schuss. Papa hat sich glücklich bedankt, und Mama schien auch ganz erleichtert. Dann fügte Herr Winter hinzu, dass es gut wäre, wenn wir alles dalassen würden, denn wo wir hingingen, gäbe es ja ohnehin weniger Platz.

Die neue Gegend sei dreckig und heruntergekommen, meinte Louises Mutter. Die Häuser waren alt und marode, die Fassaden, einst weiß und hell, nun dunkel vom Ruß der Kohleöfen, und in den Ecken der kleinen Wohnung blätterte der Putz ab. Das Elternschlafzimmer war so klein, dass nur ein Bett hineinpasste, und Louise und Hannah mussten sich ein Zimmer teilen. Sie wohnten nun in einem Viertel, in dem es mehr Juden gab als in der Gegend, in der sie früher gelebt hatten. Hier war alles jüdisch geprägt, es gab koschere Lebensmittelgeschäfte und hebräische Buchhandlungen, die große Synagoge am Bornplatz und die Talmud-Tora-Realschule am Grindelhof sowie das Curio-Haus an der Rothenbaumchaussee, wo man sich auf einen Tee traf. Hier wurde Louise ihre jüdische Identität viel deutlicher bewusst. Ihre Eltern waren nie strenggläubig gewesen, auch wenn sie in die Synagoge gegangen waren, das Lichterfest Chanukka und Pessach feierten und versuchten, sich koscher zu ernähren. Doch sie hatten neben ihren jüdischen Freunden und den jüdischen Patienten ihres Vaters auch genauso viele nichtjüdische Bekannte und Freunde gehabt, Katholiken und Protestanten. Louise hatte sich selbst nie als anders oder fremd empfunden. Sie fühlte sich als Teil dieser Welt, dieses Landes, dieser Stadt, ganz egal, woran sie glaubte.

Sich in der neuen Wohnung einzuleben war für alle eine große Herausforderung. Esther musste in einer winzigen Küche kochen, und man sah ihr an, wie schwer ihr diese Umstellung fiel, obwohl sie das niemals zugegeben hätte. Kam David nach Hause, küssten und umarmten sich die beiden, als hätten sie sich jahrelang nicht gesehen.

Hannah litt darunter, dass sie kaum noch Geige üben konnte, weil die anderen Mieter sich über den Lärm beschwerten. Außerdem waren ihre Finger in der schlecht zu heizenden Wohnung so kalt, dass es ihr ohnehin schwerfiel. Hannah wurde noch stiller, und Louise hatte ständig Angst, dass ihr etwas zustoßen könnte.

An einem kalten Tag im Februar kam ein Brief von Onkel Aaron, Esthers Bruder, der in New York lebte. Er war schon vor vielen Jahren mit seiner Familie ausgewandert und besaß ein großes Restaurant in Manhattan.

Louise war von dem Geschrei der Nachbarn wach geworden. Die Wände des Hauses waren nicht viel dicker als Pappe, und die Eltern der Familie, die vor Kurzem die Wohnung nebenan bezogen hatte, hatten die Angewohnheit, ihre Eheprobleme mitten in der Nacht zu diskutieren. Und das sehr lautstark. Louise stand auf und beschloss, sich aus der Küche ein Glas Wasser zu holen.

Als sie in den Flur trat, hörte sie Stimmen. Vorsichtig ging sie weiter und lugte durch den Türspalt ins Wohnzimmer. Dort saßen ihre Eltern und tranken gewässerten Rotwein. Als Louise ihre ernsten Gesichter sah, blieb sie stehen und beobachtete sie.

Esther saß am Fenster und schaute auf die dunkle Straße.

Sie hatte ein Baumwolltuch um ihr langes Haar gewickelt, David strich ihr über den Rücken.

»Ich hab Angst«, wisperte sie, und er gab ihr einen zärtlichen Kuss auf die Stirn.

»Ich weiß. Aber es wird bald alles besser. Es kann doch nicht mehr lange so weitergehen. Irgendwann wird dieser Wahnsinn ein Ende haben, und dann ziehen wir wieder in eine schöne, große Wohnung, und die Kinder gehen auf die beste Schule der Stadt.«

Esther sah ihn an. »Glaubst du das wirklich?«

»Ja. Früher oder später wird auch anderen klar werden, dass das alles ein Irrsinn ist.«

»Wie kannst du nur so naiv sein? Ich habe heute Morgen Frau Hansen getroffen. Sie hat mir erzählt, dass ihre Schwester gestern auf offener Straße überfallen wurde, durch das ganze Viertel haben sie sie gehetzt. Und dann haben sie ihr ein Schild umgehängt, auf dem stand: ›Ich bin die Hure eines Juden.‹ Sie haben sie gezwungen, damit durch die Straßen zu laufen, den ganzen Nachmittag lang. Das ist jetzt unsere Realität, David.«

Louise hatte ihre Mutter noch nie so verzweifelt gesehen.

»Aaron gibt nicht auf, mich zu warnen, und vielleicht hat er recht.« Esther zeigte auf den geöffneten Umschlag und den Brief, der vor ihr lag. Sie sprach so leise, dass Louise die Tür ein Stück weiter öffnen musste, um sie zu verstehen.

David seufzte. »Er übertreibt ein bisschen, dein lieber Bruder, findest du nicht?«

»Nein. Er sorgt sich. Um uns und die Kinder. Vielleicht hätten wir in Amerika ein besseres Leben.«

»Wir haben das doch schon besprochen. Ich werde meine Praxis und meine Patienten nicht aufgeben. Und vor allem werde ich meine Eltern nicht im Stich lassen.«

Sie sprachen nicht oft über Großmutter Rena und Großvater Jonathan. Die beiden lebten etwas außerhalb von Hamburg, und sie sahen sie nicht oft. Sie waren nicht damit einverstanden gewesen, dass ihr Sohn David damals Esther heiraten wollte, denn sie hatten eine andere Frau für ihn vorgesehen. Esther war ihnen zu selbstbewusst und zu hübsch, und sie ging nicht oft genug in die Synagoge. Aber David hatte sich durchgesetzt und Esther zur Frau genommen, und das stand noch immer zwischen ihm und seinen Eltern.

Sie besuchten Rena und Jonathan meist nur an den Feiertagen, und Louise fühlte sich bei ihnen immer unwohl, weil sie und Hannah still sitzen mussten und weder spielen noch lachen durften. Rena und Jonathan waren sehr strenge Großeltern, und nach den Erzählungen ihres Vaters waren sie noch strengere Eltern gewesen. Doch trotz aller Schwierigkeiten liebte er sie und würde sie niemals ihrem Schicksal in Deutschland überlassen, das hatte er immer betont. Und eine Flucht in ein anderes Land kam für die beiden nicht mehr in Frage. Rena konnte seit einem Sturz vor ein paar Jahren nicht mehr richtig laufen, und Jonathan hatte eine chronische Bronchitis. Sie würden es nicht schaffen, und sie wollten auch nicht fort. Also würde David hierbleiben, komme, was wolle.

»Du weißt, dass wir sie nicht mitnehmen können. Rena schafft es nicht einmal mehr zum Einkaufen. Und überhaupt … Amerika! Was sollen wir dort? Wir kennen außer deinem Bruder niemanden, wir sprechen kein Englisch! Nein, nein, wir werden nicht auswandern.« Davids Stimme ließ keinen Widerspruch zu.

Esther erhob sich. Im schwachen Licht der Sabbatkerzen, die auf dem Tisch brannten, konnte Louise ihren müden, hoffnungslosen Gesichtsausdruck erkennen. Sie wusste, was ihre

Mutter dachte. Dass sie sich dem Willen ihres Ehemannes beugen musste.

Bevor Esther sie entdecken konnte, huschte Louise schnell wieder ins Bett.

Noch lange lag sie wach. Eine tiefe Angst hatte sich in ihr ausgebreitet. Und sie spürte, dass dieses Gefühl sie von nun an begleiten würde.

KAPITEL III

Sea Garden House, Seaborough, Neufundland, Mai 2016

Anna wurde von dem Geruch von frisch gebrühtem Kaffee wach. Unten aus der Küche war lautes Geklapper und Gemurmel zu hören. Sie warf einen Blick aus dem Fenster. Das Meer glitzerte im Schein der aufgehenden Sonne, und es sah so aus, als würde es ein wunderschöner Tag werden.

Sie zog sich an und schlurfte noch etwas müde nach unten. Die alten Dielen der Treppe knarrten unter ihren Schritten.

Greta und Judith saßen an dem runden Holztisch in der Küche, blätterten einträchtig in Magazinen und tranken Kaffee aus großen bunten Bechern.

»Wenn ich es nicht besser wüsste, würde ich vermuten, ihr wärt Schwestern«, sagte Anna, während sie sich ebenfalls einen Kaffee einschenkte.

»Aha«, sagte Judith, ohne vom Magazin aufzusehen.

»Wusstet ihr, dass ein Kabeljau zwanzig Jahre alt werden kann? Also theoretisch. Wenn er nicht vorher gefangen wird.« Das war Greta. Sie hatte ein Fischereimagazin vor sich liegen.

»Kabeljau ist ja eher nicht so meins«, sagte Judith und schob ihre dunkle Hornbrille zurecht, mit der sie strenger aussah, als sie war.

»Hab noch nie welchen gegessen«, meinte Anna, während sie sich neben Greta auf einen der Holzstühle fallen ließ. »Was liest du denn da? Schon wieder etwas über Neufundland?«

»Einen Artikel über die Kabeljaufischerei hier in der Gegend. Superspannend.«

Anna und Judith warfen sich schmunzelnd einen Blick zu. Bei jedem anderen hätte man die Aussage, dass ein solches Journal spannend sei, für Ironie gehalten. Doch nicht so bei Greta, sie meinte das zu hundert Prozent ernst.

»Habt ihr auch so schlecht geschlafen?«, fragte Judith. »Irgendwie bin ich kaum zur Ruhe gekommen. Es ist fast so, als wäre Lou noch überall, als würde ich ihre Stimme hören und ihr Lachen.«

»Ihr Lachen war großartig«, stellte Greta fest. »Und sie hat oft und gern gelacht. Sogar über meine schlechten Witze.«

Anna seufzte. »Ich vermisse ihre Geschichten. Sie hatte so viele davon auf Lager. Manche handelten von den Ureinwohnern Neufundlands und von Feen und Geistern. Erinnert ihr euch daran?«

»Klar. Sie war eine tolle Geschichtenerzählerin«, sagte Judith, und für einen Moment schwiegen sie alle.

»Wisst ihr, Lou hätte nicht gewollt, dass wir Trübsal blasen. Sie hätte gewollt, dass wir uns mit einem Lächeln an sie erinnern«, sagte Greta.

»Das stimmt. Sie hat immer gesagt, dass man nach vorn schauen soll.« Anna blickte zum Fenster hinaus, wo das Wasser im Sonnenschein glitzerte. »Wir können ja später mal an den Hafen fahren. Das bringt uns auf andere Gedanken«, schlug sie vor.

»Wir haben aber noch viel zu erledigen. Mama hat vorhin eine E-Mail geschrieben«, sagte Judith.

Anna seufzte wieder. »Lass mich raten: Es geht ihr alles nicht schnell genug. Sie möchte das Haus am besten schon gestern verkauft haben.«

»Sie hat halt viel zu tun und will das Thema abhaken, das ist alles.« Judith sah Anna über den Rand ihrer Brille hinweg an.

»Ich finde es schade, dass Helene das Thema so rasch abhaken will. Immerhin ist sie hier aufgewachsen. Das ist ihr Geburtshaus. Und es gibt so vieles, was wir nicht über Lou wissen. Hier hätten wir endlich die Gelegenheit, etwas herauszufinden über Lous Leben und damit auch über unsere eigene Geschichte. Aber langsam habe ich den Eindruck, dass Helene sich gar nicht erinnern möchte.« Anna wusste nicht, warum, aber sie war plötzlich wütend auf ihre Mutter. Alles musste sie im Griff haben, alles musste geregelt und geordnet werden, sogar aus der Ferne. Und wenn man nicht nach ihrer Pfeife tanzte, gab es Ärger. Das war schon immer so gewesen. Und natürlich nahm Judith sie in Schutz. Auch das war nichts Neues.

»Das ist nicht fair, Anna. Für Helene ist es schwer, dass ihre Mutter gestorben ist, das weiß ich. Aber sie hat eben ihre eigene Art, mit ihrer Trauer umzugehen. Und wir wissen ja gar nicht, was früher zwischen den beiden vorgefallen ist.«

»Eben, das ist es ja gerade. Wir wissen nicht, was vorgefallen ist! Wir wissen so vieles nicht über unsere eigene Familie!«

»Ach, Anna.« Judith verdrehte die Augen.

»Nichts *Ach, Anna!* Ich weiß, dass du das eigentlich genauso siehst, Judith! Du willst auch mehr über Lou erfahren, aber du willst Helene da nicht mit hineinziehen. Immer schön diplomatisch bleiben, nicht wahr? Aber manchmal muss man auch unangenehme Fragen stellen.«

Judith schüttelte den Kopf. Sie wirkte nicht wütend, sondern eher erschöpft. »Ich will nicht mit dir streiten, Anna. Aber glaub mir, ich hab viele Fragen gestellt. Und es hat nichts gebracht, außer dass Helene sauer war auf mich, und das für lange Zeit. Sicher ist es wichtig, etwas über die eigene Herkunft zu wissen. Aber nicht um jeden Preis!«

»Jedenfalls steht fest, dass Helene aus Neufundland abgehauen ist. Abgehauen nach Deutschland für ihr Studium, auch wenn sie es hier hätte absolvieren können.« Anna hatte nie verstanden, warum ihre Mutter ihrer Heimat schon so früh den Rücken gekehrt hatte.

»Na ja, ich glaube, mit der Uni von Seaborough ist es nicht so weit her«, antwortete Judith lapidar.

»Sehr witzig. Als ob es in Kanada keine Unis geben würde.«

»Herrje, Anna.« Judith nahm ihre Brille ab, wobei sie aussah wie eine Lehrerin, die ein störrisches Kind vor sich hat. »Wieso ist dir das denn so dermaßen wichtig? Helene wird schon ihre Gründe gehabt haben. Ist es denn wirklich von so großer Bedeutung für dich, dass sie ihre Heimat verlassen hat? Das tun doch jeden Tag Abertausende von Menschen auf der ganzen Welt. Vielleicht ist sie ja auch vor den vielen Schwierigkeiten geflohen, die es in der Familie gab. Vielleicht konnte sie das Schweigen nicht mehr ertragen.«

Anna zuckte mit den Schultern und nippte an ihrem Kaffee. Eigentlich war ihr selbst nicht klar, was gerade mit ihr los war. Aber manchmal hatte sie das Gefühl, unter all den Erinnerungen an Lou und dem Unausgesprochenen, das sie mit ins Grab genommen hatte, zu ersticken.

»Was stand denn jetzt in *Mamas* E-Mail?« Greta blickte von einer Schwester zur anderen. Sie hielt kurz inne und grinste spöttisch. »Entschuldigung, ihr kennt Mama ja gerade anscheinend nur unter dem Namen Helene.«

Judith blieb ernst. »*Mama* schreibt, dass Papa und sie noch immer ein Riesenproblem mit einem Zulieferer haben und dass es noch einige Tage länger dauern kann, bis sie kommen können. Um die Organisation der stillen Seebestattung, die Lou sich gewünscht hat, kümmern sie sich von zu Hause aus, aber wir sollen bei der Trauerfeier dranbleiben. Und – wie unsere liebe Anna schon vermutet hat – sie möchte das Haus so schnell wie möglich verkaufen. Wir sollen uns mal umhören hier im Dorf, vielleicht hat ja jemand Interesse. Aber nur zu einem guten Preis!«

»Natürlich«, konnte Anna sich nicht verkneifen zu sagen und erntete dafür erneut einen strafenden Blick von Judith.

Greta runzelte die Stirn. »Warum auch nicht? Das Haus hat eine tolle Lage, der Blick aufs Wasser ist umwerfend ... Aber so ganz auf dem neuesten Stand ist es nicht. Ich meine, ich kenn mich da nicht aus, aber eine kleine Renovierung wäre wohl fällig, oder?«

Judith setzte geschäftig wieder ihre Brille auf. »Ja, das müssen wir beim Verkaufspreis selbstverständlich berücksichtigen. Ich kenne mich hier auch nicht aus mit den Immobilienpreisen, aber ich bin dran.«

Jetzt war es an Greta und Anna, einen vielsagenden Blick auszutauschen. Natürlich war sie dran. Es war schließlich Judith.

»Hey, seht mal!« Greta deutete auf eine Anzeige in ihrem Magazin. »Heute Abend findet eine Feier statt, im Kayman's.«

Judith griff nach dem Heft. »Zeig mal. Ach, das kennen wir doch!« Sie lachte. »Da hat Anna mal zwei Portionen Waffeln mit Vanilleeies verdrückt und sich dann mitten auf der Straße übergeben!«

Anna verdrehte die Augen. »Das ist fünfzehn Jahre her!«

»Na und? Daran kann ja sogar ich mich erinnern!«, lachte Greta. »Was meint ihr, sollen wir da hin? Wäre doch eine gute Gelegenheit, Lous Nachbarn und Freunde zu treffen und über die Trauerfeier zu sprechen. Und ein bisschen Ablenkung kann uns auch nicht schaden.«

Judith nickte beiläufig, schien aber in Gedanken schon wieder ganz woanders zu sein. »Ja, ja, gute Idee.«

Anna seufzte. Partys waren eigentlich nicht so ihr Ding. »Na gut. Wenn es denn sein muss, bin ich dabei.«

Die Schwestern verbrachten den ganzen Tag mit Aufräumen und Ausmisten. Judith und Greta nahmen sich den Keller vor, und Anna kletterte über die alte Holzleiter auf den Dachboden.

Es war kühl und zugig dort oben, und der Geruch von modrigem Holz und Mottenkugeln stieg ihr in die Nase. Durch das Gitterfenster über den breiten Holzbalken schien die Sonne und warf kleine Kreise auf die unzähligen Koffer, Kisten und Kartons, die sich an den Wänden stapelten. Wo sollte sie nur anfangen? Sie entschied sich für die sperrigen Überseekoffer aus Leder, die unter einer kratzigen grauen Wolldecke neben dem Leiteraufgang standen.

Anna nahm die Decke ab, legte den ersten Koffer auf die knarzenden Dielen, entfernte Spinnweben und Staub und ließ das Schloss mit einem lauten »Plopp« aufspringen. Ein Sammelsurium aus Karten, Briefen, Fotos und anderen Erinnerungsstücken breitete sich vor ihr aus. Auch ein weißes Leinenhandtuch mit roten Streifen und einem Monogramm, das aus den Buchstaben »W. T.« bestand, war darunter.

Vorsichtig faltete sie das Tuch auseinander. Darin befand sich ein vergilbtes Schwarz-Weiß-Foto, auf dem eine junge Familie zu sehen war, Mutter, Vater, zwei dunkelhaarige kleine Mädchen. Anna betrachtete das Foto genauer. War das Lou mit ihren Eltern und ihrer Schwester? Die Mädchen waren noch sehr jung, Lou vielleicht vier oder fünf und ihre Schwester fast noch ein Baby. Anna drehte das Foto um. »25. Mai 1928« stand dort in schnörkeliger Handschrift. Sie musste schlucken. Eine glückliche junge Familie. Doch dieses Glück war nicht geblieben. Lou und ihre Familie waren Juden gewesen, und es standen ihnen schlimme Zeiten bevor, damals in Deutschland. Sehr schlimme Zeiten. Lou war ja dann auch nach Neufundland geflohen. Aber was genau sie dazu veranlasst hatte, das wusste Anna nicht. Weder Lou noch Helene hatten je darüber gesprochen. »Neufundland ist meine Heimat«, hatte Lou immer gesagt. »Deutschland hat mich vertrieben, und Neufundland hat mich aufgenommen. Das ist alles, was zählt.« Dass Helene als junge Frau in das Land zurückgekehrt war, aus dem Lou vertrieben worden war – hatte Lou das verletzt? Hatten Helene und sie deshalb so viel gestritten? Anna hielt für einen Moment inne. Auch sie wäre damals verfolgt worden, hätte um ihr Leben bangen müssen.

Sie legte das Leinenhandtuch sorgfältig wieder zusammen und nahm ein Fotoalbum in die Hand, das in blaues Leder eingebunden war.

»Unser Haus«, stand in schnörkeliger Schrift auf der ersten Seite, und darunter »Sea Garden House, Seaborough, NF«. Auf den ersten Bildern war das Grundgerüst eines Hauses aus hölzernen Balken zu sehen, fotografiert von allen Seiten.

War das wirklich das Sea Garden House? Hinter dem Gerüst war zwar noch kein Steg zu erkennen, aber der Blick aufs Meer war derselbe; in der Ferne war die steinige Landzunge zu sehen, hinter der sich die Bucht von Petty Harbour versteckte, und noch weiter hinten stand der Leuchtturm auf den felsigen Klippen. Das nächste Foto zeigte Louise, die vor einem riesigen grünen Sack mit Schutt posierte und dabei so tat, als wolle sie ihn hochheben. Die Ärmel ihrer karierten Bluse hatte sie hochgekrempelt, sodass ihre braun gebrannten Arme zum Vorschein kamen, und um ihr dunkles Haar hatte sie ein kariertes Band gebunden. Sie erinnerte Anna ein bisschen an die Frauen auf den Werbebildern aus den Fünfzigerjahren. Hübsch, anpackend, fröhlich.

Das Album zeigte die gesamte Entwicklung des Hauses in den ersten Monaten seiner Entstehung, von der Errichtung des Dachstuhls bis zum Einbau der wunderschönen gusseisernen Wanne mit den Füßen aus Emaille, die noch immer im Bad stand.

Auf vielen Bildern war Louise zu sehen, die überall mit anpackte, auf einigen aber auch Männer und Frauen, die Anna nicht kannte. Sie trugen helle Hemden und Hosen mit Hosenträgern und rauchten bei der Arbeit. Es wurde gehämmert und gesägt, Fundamente wurden mit großen Schaufeln ausgehoben und Holzlatten geschleppt. Obwohl es nach harter Arbeit aussah und man den Schweiß auf den Gesichtern der Helfer förmlich sehen konnte, schienen alle ausgelassen und entspannt. Die letzte Aufnahme zeigte die gesamte Mannschaft vor dem fertigen Haus, alle hatten die Arme umeinander gelegt und strahlten in die Kamera. Louise stand in der Mitte, sichtlich stolz.

Anna legte das Fotoalbum zurück in den Koffer. Wenn sie so weitermachte, würde sie nie fertig werden. Doch das hier, das war Lous Leben, und sie wollte endlich mehr darüber erfahren, das wurde ihr immer deutlicher bewusst.

Es war schon früher Abend, als die Schwestern sich in ihre Zimmer zum Umziehen zurückzogen. Anna hatte ausgiebig geduscht, bis Greta ungeduldig an der Tür geklopft hatte. Nun schaute sie in den großen Spiegel, der neben ihrem Schrank stand.

Sie hatte abgenommen in den letzten Monaten. Ihr dunkles Haar hatte sie im Frühjahr zu einem Bob schneiden lassen, was ihr gut stand, wie sie fand. Sie hatte nicht die Schönheit ihrer Mutter geerbt, aber sie hatte etwas Eigenes, Außergewöhnliches, vor allem durch ihre großen grünen Augen. Sie sah deutlich jünger aus als siebenundzwanzig, was ja an sich nicht schlecht war. Aber es störte sie, dass sie manchmal noch für eine Schülerin gehalten wurde.

Ihr Handy piepte. Eine SMS. Von Philipp.

»Sorry, dass ich so bescheuert war. Hoffe, ihr seid gut angekommen. Meld dich mal.«

Anna warf das Handy aufs Bett. Das war typisch für ihn. Eine SMS. Und damit war alles wieder in Ordnung? Andererseits hatte sie ein schlechtes Gewissen. Vielleicht tat es ihm wirklich leid. Immerhin hatte sie sich auch ziemlich mies verhalten. Seinen Heiratsantrag nicht anzunehmen, das musste ihn hart getroffen haben. Und doch hatte sie nicht einfach so »Ja« sagen können, das musste er doch verstehen!

Sie schlüpfte in eine frische Jeans und einen Pulli und ging hinunter ins Wohnzimmer, um auf ihre Schwestern zu warten.

Wenige Minuten später erschien Judith. Sie trug ein dunkelblaues Etuikleid und edle schwarze Stiefel, ihr Haar hatte sie zu einem eleganten Knoten zusammengebunden. Anna beobachtete ihre hektischen Bewegungen und musste lächeln. Sie hoffte, ihre Schwester würde sich das teure und für diese Gegend völlig unpassende Kleid nicht beim erstbesten Zusammenstoß mit einem betrunkenen Gast im Diner ruinieren.

Judith packte Portemonnaie und Schlüssel in ihre Handtasche und sah auf die Uhr. »Wo steckt denn Greta?«

Wie aufs Stichwort polterte es auf der Treppe, und wenig später stand ihre jüngste Schwester vor ihnen.

»Was ist denn das für ein Outfit?« Judith rümpfte die Nase.

Anna grinste. »Bist du in einen Farbtopf gefallen? Oder ist das auch Modern Art?«

Greta trug ein rotes Shirt, grüne Jeans und ein indigoblaues Tuch um den Hals.

»Also, mir gefällt's«, lachte sie fröhlich.

Judith nahm ihren Mantel und schüttelte missbilligend den Kopf. »Na, dann kommt. Auf nach Seaborough.«

Das Kayman's war ein typisch kanadisches Diner und befand sich in einem weißen Holzhaus am Hafen, gegenüber der kleinen Promenade.

Die Fischerboote und Kutter, die an der Mole befestigt waren, schaukelten leicht im purpurnen Licht der untergehenden Sonne. Anna wäre lieber über den Steg geschlendert, als sich in ein überfülltes Lokal zu begeben. »Du bist ein Partypuper«, hatte Greta ihr vor einiger Zeit gesagt, und damit hatte sie recht. Lärm und viele Menschen waren nichts für Anna. Und sie hasste es, sich mit fremden Menschen unterhalten zu müssen. Meistens fiel ihr schon nach wenigen Sätzen nichts mehr ein, und so erstarb jedes Gespräch relativ schnell.

Ihre Schwestern waren da ganz anders. Die beiden waren wie geschaffen für gesellschaftliche Zusammenkünfte jeglicher Art. Judith mit ihrem perfekten Auftreten, die zu jedem Thema etwas zu sagen hatte, sei es Politik, Kunst oder Kultur, höflich, freundlich, eloquent. Die stets aussah wie aus dem Ei gepellt und mit ihrer Schönheit und Eleganz sowieso jede andere Frau in den Schatten stellte. Und Greta, die Alleinunterhalterin. Witzig, spontan, neugierig, für jeden Spaß zu haben. Was haben unsere Eltern bei mir nur falsch gemacht?, dachte Anna manchmal.

»Das gibt es ja nicht!« Jemand schlug ihr von hinten kräftig auf die Schulter, und sie zuckte zusammen.

Sie drehte sich um. Es war Dan, der Besitzer des Kayman's.

»Da wollte ich doch gerade schauen, wo mein lieber Sohn mit meiner Getränkelieferung bleibt, und was sehe ich: hoher Besuch in unserem kleinen Dörfchen!« Er grinste.

Dan war ein Hüne mit einem Dreitagebart und gegerbter Haut, der nie etwas anderes trug als Holzfällerhemden, Basecaps und löchrige Jeans. Für Anna war er so etwas wie der Prototyp eines Kanadiers.

»Hallo, Dan«, flötete Greta, und ihr Gesichtsausdruck war nicht anders als verzückt zu beschreiben.

Anna musste ein Grinsen unterdrücken. Ihre kleine Schwester hatte eine seltsame Vorliebe für ältere Männer, die man schon fast als Vaterkomplex bezeichnen konnte. Gerade männliche Typen wie Dan hatten es ihr angetan. Hoffentlich würde sich diese Phase bald wieder legen.

»Ich hoffe, ihr seid nicht nur hergekommen, um den Hafen zu bewundern. Drinnen gibt es Waffeln mit Speck. Und meine berühmte Bowle. Und für dich, Greta, gibt es natürlich auch Limo.«

Greta machte ein empörtes Gesicht, aber da hatte Dan die drei Schwestern schon ins Innere des Diners geschoben.

Das Restaurant hatte sich in den letzten Jahren kaum verändert. Tische und Stühle waren – wie es sich für ein Diner gehörte – aus rotem Leder und Chrom, und die Bar bestand aus einem langen Tresen, an dem sich schon zahlreiche Gäste tummelten.

Dan bedeutete den Schwestern, sich an einen der noch freien

Tische zu setzen, verschwand kurz und kam wenig später mit einem Tablett wieder, auf dem sich zwei Gläser mit grüner Bowle, eine Flasche Limo und drei Portionen Waffeln befanden.

»Lasst es euch schmecken! Ich komm später wieder zu euch.«

Anna griff nach der Limo. »Ich bin kein Freund von Bowle. Du kannst sie haben, Greta. Aber lass das nicht Dan sehen, der ruft sonst den Sheriff.« Sie grinste.

»Wahnsinnig komisch, Anna.«

»Seht mal, da ist Kathleen!«, rief Judith. Kathleen war eine rundliche Frau, die Louises nächste Nachbarin gewesen war. Ihr Haus lag am anderen Ende des kleinen Waldgebiets. Sie trug ein weites geblümtes Kleid und hatte ein bisschen zu viel roten Lippenstift aufgetragen.

Kaum hatte sie die Schwestern erblickt, kam sie auch schon auf sie zu. »Wie schön, euch zu sehen! Das ist ja eine Ewigkeit her! Ihr seid aber groß geworden.«

»Wir geben uns Mühe«, sagte Judith. »Wie geht es dir, Kathleen? Setz dich doch zu uns.« Sie schob einen Stuhl vom Nachbartisch heran, auf dem Kathleen etwas umständlich Platz nahm.

»Mir geht's gut. Aber das mit Louise tut mir wahnsinnig leid.« Anna stellte fest, dass ihr Gesicht nicht mehr so glatt war wie in ihrer Erinnerung. Das Leben hatte sich darin eingegraben. »Sie war ein so guter Mensch. Aber jetzt ist sie ja bei Gott. Er hat ihre Seele zu sich genommen.«

»Wir vermissen sie sehr«, sagte Judith, und alle schwiegen einen Moment lang.

»Und was wird aus dem Haus?«, fragte Kathleen dann. »Wisst ihr, vielleicht wäre es was für meinen Sohn Eddie.« Sie deutete mit dem Kopf in Richtung Bar, wo ein rothaariger junger Mann mit Pausbacken auf eine junge Frau in Jeansjacke einredete, die gelangweilt auf einem Strohhalm herumkaute.

»Ach, er ist wirklich ein Schwerenöter!« Kathleen fasste sich beglückt an die Brust. Dann wandte sie sich wieder den Schwestern zu und wisperte: »Ich hoffe trotzdem, dass er bald sesshaft wird. Und wäre es da nicht schön, ihn ganz in meiner Nähe zu haben? Vielleicht mit einer kleinen Familie …«

»Also, das Haus steht auf jeden Fall zum Verkauf«, erklärte Judith, ohne weiter auf Kathleens Bemerkung einzugehen. Sie kritzelte etwas auf eine Serviette und reichte sie Kathleen. »Das ist meine Telefonnummer. Dein Sohn kann sich gern melden, wenn er Interesse hat.«

»Danke.« Kathleen steckte die Serviette in ihre Handtasche. Anschließend winkte sie aufgeregt ihren Sohn herbei. »Eddie, komm mal her!«

Man merkte Eddie an, dass er seine Eroberung, die den Strohhalm fast vollständig durchgekaut hatte, nur ungern allein ließ, sich aber auch nicht traute, sich dem Befehl seiner Mutter zu widersetzen.

Langsam trottete er auf den Tisch zu. »Hi!« Er hob die Hand zum Gruß.

»Hi!«, erwiderten die Schwestern wie aus einem Mund.

»Setz dich, Eddie.« Kathleen zog einen weiteren Stuhl herbei und klopfte einladend auf die Sitzfläche. Etwas missmutig ließ Eddie sich nieder.

»Erinnerst du dich an die Mädchen? Das sind die Enkelinnen von Lou«, erklärte Kathleen.

Eddies Miene erhellte sich augenblicklich. »Stimmt! Wir waren früher mal zusammen angeln, wisst ihr noch?«

Greta kicherte bei der Erinnerung daran. »O ja! Ist Judith nicht ins Wasser gefallen?«

»Ich hab mir fast den Tod geholt bei der Eiseskälte«, bestätigte Judith.

»Ich werd Lou vermissen. Sehr sogar. Sie war ein echter Pfundskerl«, sagte Eddie.

Anna, Greta und Judith mussten lachen. »Da ist was Wahres dran«, bekräftigte Anna.

»Sag mal, Kathleen.« Greta beugte sich verschwörerisch zu ihr hinüber. »Als wir Dan eben draußen getroffen haben, hat er etwas von einem Sohn erzählt! An den kann ich mich gar nicht erinnern.«

»Wirklich nicht? Nun ja, er war eine ganze Zeit weg, zum Studieren in Toronto. Aber seit einem Jahr ist er wieder hier und schmeißt zusammen mit Dan das Diner.«

»Das ist ja 'n Ding! Wer hätte das gedacht? Ich wusste gar nicht, dass Dan eine Familie hat.«

»Doch, doch. Logan und seine Mutter. Die war eigentlich eine ganz Nette. Und sehr hübsch! Aber irgendwann ist sie einfach fortgegangen.« Kathleen schüttelte ihren lockigen Kopf, als würde sie das noch immer verwundern.

»Und wie alt ist sein Sohn?«, fragte Anna.

»Sechsundzwanzig. Ein toller Junge. Kommt ganz nach seinem Vater.«

»Jetzt bin ich aber neugierig geworden!«, meinte Greta.

Wie aufs Stichwort öffnete sich die Eingangstür, begleitet von einem lauten Klingeln, und ein junger Mann trat ein, der eine große Kiste Budweiser trug. Er hatte längeres dunkles Haar, war groß und schlaksig und wirkte ein bisschen verwegen. Mit seinen markanten Gesichtszügen sah er Dan zum Verwechseln ähnlich.

»Das muss er sein!«, wisperte Greta, bevor Kathleen etwas sagen konnte.

»Richtig. Das ist er. Logan O'Connor. Soll ich euch vorstellen?«, fragte Kathleen, aber Logan war schon hinter der Bar verschwunden und räumte die Bierflaschen in den Kühlschrank. Kurz darauf war auch Dan bei ihm, um ihm zu helfen.

»Die scheinen sich ja gut zu verstehen«, hauchte Greta verzückt. »Und sehen auch noch super aus, findet ihr nicht?«

Judith warf einen verzweifelten Blick gen Decke. »Greta, Greta«, murmelte sie.

Kathleen und Eddie verabschiedeten sich, um sich eine Portion Waffeln zu holen, und kurz darauf war Dan wieder bei ihnen. »Ganz schön was los heute.« Er öffnete seine Bierflasche an der Tischkante. »So, jetzt erzählt mal. Wie geht es euch? Das mit Louise tut mir wahnsinnig leid. Hab den alten Haudegen echt gerngehabt.«

»Danke, Dan«, sagte Judith. »Wir sind sehr traurig über Lous Tod.«

»Aber wie geht es dir, Dan?«, fragte Greta. »Wir haben gehört, dein Sohn ist wieder da?« Sie versuchte nicht einmal, ihre Neugier zu verbergen.

Dan stellte sein Bier ab. »Richtig. Ich kann ihn euch gleich mal vorstellen. In vielerlei Hinsicht ist er wirklich mein Sohn. Den Sturkopf hat er jedenfalls nicht von seiner Mum. Na, sieh einer an, da ist er ja!«

Logan servierte dem älteren Paar am Nachbartisch zwei Gläser Weißwein.

»Hey, Logan, komm mal rüber und begrüß die Ladys!«, rief Dan.

Logan wischte sich die Hände an einem Geschirrtuch ab, das über seiner Schulter hing, und grüßte kurz in die Runde.

»Das sind Greta, Anna und Judith, die Enkelinnen von Louise«, stellte Dan vor.

Logan nickte ihnen zu. »Lou war eine tolle Frau. Mein Beileid.«

»Du hast sie gekannt?«, fragte Judith.

»Na klar. Sie war in den letzten Monaten öfter hier. Erdbeer-Milchshakes mochte sie am liebsten. Wir haben uns manchmal unterhalten.«

Dan warf seinem Sohn einen ungläubigen Blick zu. »Aha. Unterhalten habt ihr euch.«

Logan lachte. »Ja, Lou war eine tolle Zuhörerin und konnte einem klasse Tipps geben. In vielen Lebenslagen. Was du sicher weißt.« Dan nickte.

»Und ihr zwei seid jetzt die Chefs vom Kayman's?«, fragte Greta.

»Na ja, ich bin schon immer noch der einzige Chef! Aber Logan ist mit eingestiegen. Ist was ganz Neues, so viel Zeit miteinander zu verbringen. Aber jetzt haben wir endlich Gelegenheit, unser liebevolles Vater-Sohn-Verhältnis ein bisschen auszubauen«, sagte Dan, wofür er sich einen Schulterknuff von seinem Sohn einheimste.

»Zahlen bitte!«, rief eine junge Frau von der Bar aus in Logans Richtung.

»Mein Typ wird verlangt. Bis später.« Logan warf noch einen kurzen Blick in die Runde und verschwand.

Auch Dan erhob sich. »Ich seh mal in der Küche nach dem Rechten.«

Als er fort war, pustete Greta hörbar die Luft aus. »Was für ein Gespann. Wie aus einem Film.«

»Nun übertreib mal nicht«, meinte Anna und nahm einen Schluck aus ihrer Limoflasche.

»Ach komm, Anna! Logan ist doch genau dein Typ. Zu dumm, dass du schon vergeben bist.«

»Tja, so ist das eben«, sagte Anna. Sie hatte ihren Schwestern nichts von dem Antrag erzählt und auch nichts von dem Streit. Sie hatte überhaupt niemandem etwas gesagt. Irgendwie würde es zur Realität werden, wenn sie es aussprach. Dann würde sie sich mit ihren Gefühlen auseinandersetzen, würde eine Entscheidung treffen müssen. Aber so weit war sie noch nicht. Und außerdem hatte Greta nicht ganz unrecht. Logan war wirklich ihr Typ. Aber schließlich war sie nicht hier, um Männer anzuhimmeln oder sich den Kopf verdrehen zu lassen. Sie wollte Abstand gewinnen und sich um andere Dinge kümmern als um das Gefühlschaos in ihrem Inneren. Auf ein weiteres Durcheinander konnte sie gut und gerne verzichten.

Judith musterte sie, und Anna fragte sich, ob ihre Schwester merkte, dass etwas nicht stimmte. Schnell wich sie ihrem prüfenden Blick aus. Judith neigte dazu, andere ein bisschen zu gut lesen zu können. Zum Glück hatte schon wenig später etwas anderes ihre Aufmerksamkeit auf sich gezogen. »Ich hab da hinten gerade Mrs Patterson entdeckt, die Richterin. Vielleicht kann sie uns bei dem Hausverkauf helfen.« Judith stand auf und ging zu einer älteren Dame mit grauem Kurzhaarschnitt und auffälliger Brille, die sie freundlich empfing.

Anna schaute aus dem Fenster. Auf der anderen Seite der Promenade lag der kleine Supermarkt von Mr und Mrs Richards, in dem sie mit Lou manchmal Zuckerstangen und Lakritz gekauft hatte. Wie hatte sie Kanada geliebt! Immer wenn sie zu ihrer Großmutter flogen, war sie schon Wochen vorher aufgeregt gewesen, hatte ihr rotes Köfferchen gepackt und wäre am liebsten sofort losgestapft. »Der Weg ist ein bisschen weit, wenn du zu Fuß gehen möchtest«, hatte ihre Mutter ihr erklärt und ihr den Koffer wieder abgenommen. »Aber bald geht's los, versprochen!«

Und dann, wenn sie endlich da waren, war alles so groß und weitläufig, dass man sich unendlich frei fühlte. Sie mochte es, nicht so eingeengt zu sein wie zu Hause. Und sie mochte Seaborough mit seinen kleinen, ruhigen Straßen, den bunten Häusern, dem hübschen Hafen und den freundlichen Menschen. Manchmal hatte sie mit Lou Spaziergänge am Strand gemacht, sie hatten Muscheln gesucht und Vögel beobachtet. Schade, dass sie nicht häufiger hier gewesen waren. Und dass sie Lou nicht besser gekannt hatte.

»Hey!« Greta schnippte mit den Fingern vor Annas Gesicht. »Träumst du?«

Anna blinzelte. »Ist das verboten?«

»Nö. Aber ich muss mal dringend auf die Toilette. Du kennst mich ja, Bowle muss bei mir immer sehr schnell wieder raus.«

»Danke für die Information.«

»Gern geschehen. Kann ich dich kurz allein lassen?«

»Greta, ich bin doch keine fünf mehr! Los, geh!« Anna machte eine Handbewegung, als wolle sie eine lästige Fliege verscheuchen.

Sie sah sich um. Fast alle Gäste waren in Gespräche vertieft. Judith unterhielt sich angeregt mit Mrs Patterson, Kathleen hatte sich zu Mr und Mrs Richards gesetzt, die eine große Portion Pommes frites vor sich stehen hatten, und redete auf sie ein. Ihr Sohn Eddie baggerte am Tresen nun eine hübsche Brünette an, die sich davon aber ähnlich unbeeindruckt zeigte wie ihre Vorgängerin.

Annas Blick streifte die zahlreichen Bilder an den Wänden. Fotos, Postkarten und Zeitungsartikel. Wie in fast jedem Diner durften auch hier die obligatorischen Fotos von Dan mit Prominenten samt Unterschrift nicht fehlen.

Die leise Folkmusik im Hintergrund erinnerte Anna an die Gartenfeste ihrer Eltern im Sommer. Am späteren Abend war dann immer ausgelassen getanzt, manchmal auch gesungen worden. Als Teenie hatte sie diese Tanzerei total peinlich gefunden. Jetzt dachte sie fast ein bisschen wehmütig daran zurück. Ob ihre Mutter diese Musik mitgebracht hatte, aus Seaborough? Warum war sie nur so verschlossen, wenn es um ihre Kindheit und Jugend ging? Warum hatten Lou und Helene nie wirklich vertraut miteinander gewirkt, eher so, als würde etwas zwischen ihnen stehen?

Anna nippte an ihrer Limo und sah erneut zum Fenster hinaus. In der Ferne waren die Eisberge zu sehen, die sich langsam an der Küste vorbeischoben. Majestätisch ragten sie aus dem Wasser empor, weiße massige Kolosse aus Eis. Die Fischerboote und Kutter sahen neben ihnen wie Spielzeugschiffe aus.

Was Philipp wohl gerade machte? Ihren ersten gemeinsamen Urlaub hatten sie auf einer griechischen Insel verbracht. Sie hatten geschnorchelt, waren mit einem Schlauchboot unterwegs gewesen. Mit Philipp wurde es nie langweilig, er hatte immer neue Ideen. Und abends, im Restaurant des Hotels, waren sie selten allein geblieben, Philipp hatte gern den Unterhalter gespielt. Anna ertappte sich dabei, wie sie überlegte, ob es damals schon Anzeichen gegeben hatte. Hatte er mit anderen Frauen geflirtet, und hatte sie es einfach nur nicht bemerkt?

»Darf ich?«

Anna drehte sich erschrocken um.

Logan stand mit einem Bier neben ihrem Tisch und zeigte fragend auf den Stuhl, auf dem eben noch Greta gesessen hatte.

»Gerne«, sagte sie, und er ließ sich ihr gegenüber nieder. Er nahm einen großen Schluck aus seiner Bierflasche und sah sie aufmerksam an. »Ich erinnere mich an dich.«

»Wie bitte?«

»Du warst manchmal mit deiner Großmutter hier, als kleines Mädchen.«

»Daran kannst du dich erinnern?«

Logan grinste entwaffnend. »Aber klar! Hab selten jemanden gesehen, der mit einer solchen Ernsthaftigkeit Eis in sich hineinlöffelt. Mir hat das gefallen.«

Anna wurde rot. »Das ist ja schon ein paar Jahre her …«, murmelte sie. »Und es war allein Dans Schuld! Sein Eis ist einfach fantastisch.«

»Meine Rede! Ich hab ihm schon vor Jahren gesagt, dass er mehr aus dem Laden machen sollte. Aber er hat nie auf mich gehört.« Logan schüttelte den Kopf. »Er ist halt ein Sturkopf, das liegt bei uns in der Familie.«

»Das kenne ich. Ist bei uns ähnlich.«

Logan musterte sie aufmerksam. »Kannst du ein Geheimnis bewahren?«

Sie sah ihn überrascht an. »Natürlich«, antwortete sie dann.

»Ich hab da was aufgezogen in den letzten Monaten … Aber es ist noch topsecret!« Er schaute sich um, als könnte sie jemand belauschen, dann beugte er sich zu ihr. »Ein Zusatzgeschäft für das Kayman's. Ich verkaufe Eis an Restaurants und Imbissketten in der ganzen Provinz, ein paar Privatpersonen haben auch schon angefragt.«

»Wow. Klingt spannend.«

»Aber es ist noch nicht … perfekt. Also das Eis, meine ich. Es schmeckt super, ja. Aber das allein reicht heutzutage nicht mehr. Man braucht ganz besondere Sorten.« Logan legte die Stirn in Falten. Anna fiel auf, dass er ein Grübchen am Kinn hatte, das im Kontrast zu seinen kantigen, männlichen Gesichtszügen stand.

»Hmmm …« Anna überlegte. »Also, wenn ich das perfekte Eis kreieren müsste, dann würde ich etwas von meinem Cheesecake hineinmischen. Ich will ja nicht angeben, aber der ist schon ziemlich lecker.«

Logan lehnte sich zurück und musterte Anna eingehend. »Scheint, als hätte ich meine Muse gefunden.«

Sie spürte, dass sie wieder rot wurde. Was machte sie hier eigentlich? Das war ja eine tolle Art, um Abstand zu gewinnen.

Die Tür ging auf, und eine Frau in Motorradkluft kam herein. Sie schüttelte ihr langes braunes Haar, in dem sich bereits einige graue Strähnen abzeichneten, und sah sich um. Sie musste um die fünfzig sein, schätzte Anna, wobei die Haare das einzige Indiz dafür waren, sie wirkte viel jünger. Dann schien die Frau gefunden zu haben, wen sie suchte, und ging auf Mr und Mrs Richards zu, die sie freudig begrüßten.

»Wer ist denn das?«, fragte Anna. Sie fühlte sich ein bisschen wie in einer amerikanischen Fernsehserie. Ständig tauchten Leute auf und gingen, und alle kamen ihr vage bekannt vor.

Logan seufzte. »Das ist Alicia.«

»Und was gibt's da zu seufzen?«

»Wirst du gleich sehen.«

Es dauerte ein paar Sekunden, dann tauchte Dan am Tisch von Alicia und den Richards auf. Nervös wischte er sich die Hände an seiner Jeans ab und warf Alicia immer wieder verstohlene Blicke zu. Sein Gesicht war hochrot. Hastig kritzelte er die Bestellung auf seinen Notizblock, wandte sich zum Gehen und stieß dabei fast zwei Stühle um.

»Ach herrje«, platzte es aus Anna heraus. »Also, ich bin ja auch eher schüchtern. Aber das ist ja …«

»Eine Katastrophe? Du sagst es. So geht das schon seit Monaten. Alicia ist neu in der Gegend …«

»… und Dan hat sich verliebt«, vollendete Anna den Satz.

»Genau.«

»Das klingt doch vielversprechend.«

»Hoffentlich. Mein Vater hätte eine neue Liebe nämlich wirklich verdient.«

In diesem Moment kam Greta zurück. Erschöpft ließ sie sich neben Anna nieder. »Puh, jetzt hab ich mich bestimmt 'ne halbe Stunde von diesem Typen da drüben vollquatschen lassen.« Sie deutete auf einen älteren Mann in einem Hawaiihemd, der an der Theke saß und gerade ein neues Bier bestellte.

Logan sah sie bedauernd an. »Da bist du in die Fänge von Dirty Blue Eyes geraten.«

»Wie bitte?« Greta sah ihn an, als hätte sie ihn nicht richtig verstanden.

»Sein Spitzname. Eigentlich heißt er Ken.« Logan überlegte einen Moment. »Oder Ben? Hm, da habt ihr's, ich kenne nicht mal seinen richtigen Namen. Na ja, jedenfalls hält er sich für Frank Sinatra. Früher ist er tatsächlich mal mit einer Sinatra-Show aufgetreten, in einigen schummrigen Bars in St. John's.« Logan senkte die Stimme. »Und weil er hinter allem her ist, was einen Rock trägt, nennt man ihn nicht Ol' Blue Eyes, sondern Dirty Blue Eyes.«

»Wenn ich das gewusst hätte. Da hätte ich doch gleich mal eine Kostprobe verlangen können«, meinte Greta und begann, »New York, New York« zu summen.

Wenig später kehrte auch Judith an den Tisch zurück. »Immer wieder spannend, sich mit einer Richterin zu unterhalten. Die machen hier wirklich alles ganz anders als wir«, erzählte sie und griff nach Gretas Bowle.

Logan stand auf. »Ich werde Dan mal hinter der Theke helfen.« Er lächelte Anna zu, bevor er sich umdrehte.

Sie schmunzelte. Logan wusste sicher, wie gut er aussah und dass er eine Frau leicht für sich einnehmen konnte, aber seine Aufmerksamkeit schien nicht vorgetäuscht zu sein. Anna spürte einen Stich, als würde etwas in ihr angestoßen, das lange geschlummert hatte. Wann hatte Philipp ihr das letzte Mal das Gefühl gegeben, dass ihr seine volle Aufmerksamkeit gehörte? Natürlich schwebte man im Alltag nicht dauernd auf Wolke sieben durch die Welt, das war ganz normal. Aber trotzdem fehlte etwas zwischen ihnen, und das schon seit langer Zeit. Wenn Philipp abends nach Hause kam, freute sie sich auf einen schönen Abend mit ihm: kochen, sich unterhalten, spazieren gehen. Schließlich war sie den ganzen Tag allein gewesen und hatte von zu Hause ihre Aufträge erledigt. Doch Philipp hatte dazu meist keine Lust. Entweder, er wollte ausgehen und sich mit Leuten treffen, oder er stellte nur den Fernseher an und legte die Füße auf den Couchtisch. Fehlte bloß noch, dass er fragte, wann sie ihm Schnittchen und Bier servieren würde.

»Anna?« Judith musterte sie erneut. »Ist alles in Ordnung mit dir? Du wirkst schon die ganze Zeit so abwesend.«

»Alles bestens. Wirklich.« Anna merkte selbst, dass sie nicht sehr überzeugend klang. »Ich bin nur müde. Die Zeitumstellung macht mir zu schaffen.«

»Aha.«

Anna wich dem forschenden Blick ihrer Schwester aus und wechselte schnell das Thema. »Ich hab vorhin beim Aufräumen übrigens ein paar alte Fotos von Mama als Kind gefunden. Sie sah schon damals aus wie aus dem Ei gepellt. Perfekt frisiert und damenhaft, mitten im tiefsten kanadischen Wald. Ich glaube, sie hat nie wirklich hierhergepasst.«

»Das denk ich auch. Sie wusste schon früh, was sie wollte. Und das war sicher nicht für den Rest ihres Lebens in Anglerhosen Kabeljau fangen«, stellte Greta nüchtern fest.

»Aber warum waren Lou und sie so uneins? Die Stimmung war doch immer angespannt, wenn wir hier waren, oder nicht?« Anna sah ihre Schwestern an.

Judith zuckte mit den Schultern. »Keine Ahnung. Ich kann mich nur erinnern, dass sie mal am Telefon heftig gestritten haben. Es ging um etwas, das Lou verschwiegen hatte. Helene war schrecklich wütend auf Lou und hat immer wieder gesagt, dass sie ihr das nie verzeihen würde. Vermutlich ging es um unseren Großvater. Immerhin wissen auch wir fast nichts über ihn. Außer dass er im Krieg gefallen sein soll.«

»Das ist gut möglich«, sagte Anna. »Aber Helene wird uns bestimmt nichts erzählen. Da wird sie wieder abblocken.«

Sie schwiegen für einen Moment, jede von ihnen hing ihren eigenen Gedanken nach. Als Dan am Nachbartisch Alicia und den Richards die bestellten Getränke brachte, drangen im allgemeinen Stimmengewirr ein paar Wortfetzen zu Anna hinüber. Irgendetwas von einem Dinner und einer Einladung. Anscheinend hatte Dan sich ein Herz gefasst und Alicia endlich um ein Date gebeten. Als Anna zur Theke sah, wo Logan gerade Gläser trocknete, nickte er ihr zu. Sie musste lächeln, als sie sah, wie ernst sein Gesichtsausdruck dabei war.

Es war später Abend, als Anna und ihre Schwestern zurück zum Sea Garden House fuhren.

»Was für ein Abend. Und was für freundliche Leute«, seufzte Judith.

Greta gähnte herzhaft. »O ja. Und Anna hat den ganzen Abend geflirtet.«

»Das wüsste ich aber. Wir haben uns nur unterhalten. Logan ist einfach nett.«

»Nett?« Judith hob skeptisch eine Augenbraue. »Also, das hat selbst ein Blinder gesehen, dass ihr euch nicht nur *nett* findet.«

»Hm.« Was sollte sie dazu sagen? Sie mochte Logan. Und die Unterhaltung mit ihm hatte ihr gutgetan. Aber ihre Probleme löste das nicht. Das Handy in ihrer Tasche, das den Abend über mindestens dreimal gepiept hatte, erinnerte sie ständig daran. Obwohl sie noch nicht draufgeschaut hatte, wusste sie, dass es weitere SMS von Philipp waren. Sie hatte auf seine letzte Nachricht nicht geantwortet, und deshalb würde er sie jetzt so lange bombardieren, bis sie reagierte.

Sie fuhren durch den dunklen Wald, in dem sie mit Lou früher manchmal Stöcke gesucht hatte, um später damit Marshmallows ins Lagerfeuer halten zu können. Damals war ihr alles so leicht erschienen, ihre Zukunft hatte vor ihr gelegen wie ein großes Versprechen. Sie hatte sich ihr Leben ausgemalt wie ein spannendes Buch in bunten Farben. Ein Leben, das sie mit den Menschen verbringen würde, die sie liebte, denen sie vertraute. Niemals hätte sie gedacht, dass sich alles so falsch anfühlen konnte. Aber musste man nicht bereit sein, Kompromisse einzugehen, und sich für etwas entscheiden, auch wenn man Zweifel hatte? War es nicht besser, den Heiratsantrag anzunehmen und sich mit Philipp eine Zukunft aufzubauen? Immerhin liebte er sie, das hatte der Antrag ja gezeigt. Er bereute das, was passiert war. Und er wollte sein Leben mit ihr verbringen. Aber reichte das?

KAPITEL IV

Grindelviertel, Hamburg, Februar 1937

15. Februar 1937
Hannah hat eine schreckliche Lungenentzündung. Das ist auch nicht verwunderlich, es war ein kalter, nasser, eisiger Winter, und wir waren alle wochenlang krank, haben gehustet und geschnieft. Und Hannah, die sowieso schon viel zu dünn ist, hat irgendwann einfach nicht mehr aufgehört zu husten. Dazu bekam sie plötzlich hohes Fieber und hatte keinen Appetit mehr. Papa wusste schnell, was los ist.

Und er hat alles versucht, wirklich alles. Jedes für sie verfügbare Medikament, jede Therapie, er ist sogar bei befreundeten Ärzten im Krankenhaus gewesen, aber niemand konnte helfen.

Mama ist verzweifelt. Ich habe sie noch nie so gesehen. Ihre Augen sind dunkel geworden, fast schwarz, und es scheint, als wäre das Leben aus ihnen entwichen. Gestern Abend stand sie am Wohnzimmerfenster, schaute hinaus in die Dunkelheit, und ich hörte sie weinen. Es war ein leises, tiefes Schluchzen, das aus tiefster Seele zu kommen schien.

Louise saß seit Tagen jeden Abend am Bett ihrer Schwester, streichelte ihre Hand mit der durchscheinenden Haut, kühlte ihre heiße Stirn und wechselte ihre Wadenwickel. Die Eltern hatten alle Decken, die sie besaßen, zusammengetragen und über Hannah ausgebreitet. Ihr schmaler, blasser Körper schien fast unter den Bergen von Kissen und Decken zu verschwinden.

An diesem Abend ging es Hannah besonders schlecht. Sie hatte seit zwei Tagen kaum etwas gegessen, und ihr Husten war noch schlimmer geworden.

»Kannst du mir meine Noten bringen?«, fragte sie Louise mit schwacher Stimme.

Louise stand auf und holte die Blätter aus dem Wohnzimmer.

Hannah fuhr mit ihrem Zeigefinger darüber. »Ich wünschte, ich könnte etwas spielen«, sagte sie und sah ihre Schwester bittend an.

Louise schüttelte entschieden den Kopf. »Mama wird entsetzlich böse, wenn sie bemerkt, dass ich dir deine Geige gegeben habe. Du musst dich ausruhen.«

»Aber was … Was, wenn ich nie wieder spielen kann? Wenn das meine letzte Möglichkeit ist?«

»Hör auf, so einen Unsinn zu reden. Wie du weißt, bin ich davon überzeugt, dass du in einigen Jahren bei den Philharmonikern in der Staatsoper spielen wirst. Also wirst du die nächsten Jahre brav mit Üben verbringen. Verstanden?«

Hannah versuchte zu lächeln, musste aber sofort wieder husten. Es klang trocken und rau, und Louise fühlte sich ebenso hilflos wie wütend. Wütend darüber, dass sie in dieser kalten Wohnung saßen, dass es schwer geworden war, an Lebensmittel zu kommen, dass sie sich keine teuren Medikamente leisten konnten. Dass es keine Rolle spielte, dass ihr Vater ein hervorragender Arzt war, denn auch der beste Arzt der Welt konnte ohne die richtigen Medikamente nichts gegen eine handfeste Lungenentzündung ausrichten.

Am nächsten Tag schickte ihre Mutter sie schon frühmorgens in die Stadt. Sie sollte versuchen, Zutaten für eine Hühnerbrühe zu bekommen, die Hannah wieder neue Kraft geben sollte.

Louise zog sich zwei Paar dicke Wollsocken und den warmen Lodenmantel ihrer Mutter an und machte sich auf den Weg.

Es war schneidend kalt, der Wind peitschte ihr entgegen, als sie sich durch graue Straßen kämpfte. Nur einige bis zur Unkenntlichkeit vermummte Gestalten waren unterwegs.

Sie bog in die Hellbrookstraße ein, um bei Werthers Lebensmittelgeschäft nach Sellerie und Möhren zu fragen.

Als sie gerade die Ladentür öffnen wollte, spürte sie plötzlich eine Hand auf ihrer Schulter. Ihr Herzschlag setzte für einen Moment aus. Die Angst, ein weiteres Mal überfallen zu werden, steckte ihr noch immer in den Knochen. Ruckartig drehte sie sich um.

Es war Carl. Sie hätte ihn fast nicht erkannt. Er trug einen dicken Mantel und einen großen Hut, der ihn viel älter erscheinen ließ.

Louise umarmte ihn stürmisch.

»Endlich«, flüsterte sie. »Du hast mir so sehr gefehlt.« Fast zwei Wochen hatten sie einander nicht gesehen. Sich mitten in der Nacht unbemerkt davonzustehlen war in der kleinen Wohnung kaum möglich. Louises Mutter hatte einen leichten Schlaf, und ihr Vater saß häufig nachts in der Küche und las bei Kerzenschein in alten Büchern. Louise lag dann in ihrem Bett, starrte in die Dunkelheit und stellte sich vor, was Carl wohl gerade tat. Musik hören, lesen? Fehlte sie ihm, fragte er sich, was sie machte, ob es ihr gut gehe? Sie selbst vermisste ihn in diesen Momenten sehr. Es war ein nagendes Gefühl, eine tiefe Unruhe, die sich in ihr ausbreitete. Sie wollte ihn sehen, ihn berühren, seine Stimme hören. Sie wollte in seinem Arm liegen, ihm ganz nah sein. Nichts weiter. Allein das machte sie glücklich.

Wenn es ihnen doch gelang, einander zu sehen, sagte Carl,

dass er sich um sie sorgen würde, wenn sie nachts allein durch die Dunkelheit lief, um ihn zu treffen. Es seien zu viele suspekte Gestalten unterwegs, und die Polizei selbst sei inzwischen sehr gefährlich. Also wartete er alle paar Tage nachts vor ihrer Haustür. Wenn sie nicht wegkonnte, hängte sie ein rotes Taschentuch aus dem Fenster ihres Zimmers, damit er Bescheid wusste. Dann lugte sie zwischen den Vorhängen hindurch und konnte die Umrisse seiner Gestalt auf dem Gehweg vor dem gegenüberliegenden Hauseingang erkennen. Manchmal sah er genau in diesem Moment nach oben und hob leicht die Hand zum Gruß. Wenn er schließlich fortging und sie den Widerhall seiner Schritte auf dem Kopfsteinpflaster hören konnte, fühlte es sich an, als würde ihr jemand ein Messer in die Brust bohren.

Seit Hannah krank war, hatten sie sich noch seltener gesehen. Louise hatte ein schlechtes Gewissen, wenn sie ihre Schwester allein im Zimmer zurückließ, obwohl ja ihre Eltern da waren. Aber jedes Mal, wenn sie aus dem Haus trat, hatte sie Angst, dass Hannah bei ihrer Rückkehr nicht mehr da sein würde.

Als sie nun Carls vertrauten Duft einatmete, wurde ihr einmal mehr schmerzlich bewusst, wie sehr sie ihn brauchte.

»Ich hab dich auch vermisst«, sagte er und küsste ihre Stirn. »Komm.« Er nahm sie an der Hand, und sie huschten schnellen Schrittes durch das Morgengrauen, hasteten vorbei an den schmutzigen Häusern der Stadt und den langsam erwachenden Geschäften. Wenig später waren sie in ihrem Versteck angelangt. Sie setzten sich in den großen Sessel und kuschelten sich eng aneinander.

»Wie geht es Hannah?«, fragte Carl.

»Nicht gut.« Ihre Stimme klang brüchig und müde. »Wir wissen nicht mehr, was wir tun sollen.«

Carl nahm sie fest in den Arm. »Sie wird ganz bestimmt wieder gesund werden.«

»Aber sie ist so schwach. Sie hat keine Kraft mehr. Wenn nicht bald ein Wunder geschieht ...«

»Es gibt keine Wunder«, sagte Carl. »Aber es gibt Medikamente.«

»Ich weiß. Doch wir haben nicht mehr viel Geld. Papa hat keine Kassenzulassung mehr. Er darf nur noch einige Privatpatienten behandeln. Außerdem ist es ihm nicht möglich, die Medikamente zu besorgen, die ihr helfen könnten.«

»Vielleicht kann ich ja etwas tun.«

»Du?« Louise sah ihn an. »Bist du auf die Schnelle Arzt geworden?«

»Nein. Aber mein Vater hat wegen seiner Herzbeschwerden ständig Ärzte im Haus. Die haben jedes Mal riesige Koffer dabei, mit Tabletten, Hustensäften oder sonstigen Mitteln. Wenn du mir sagst, was ihr braucht – vielleicht könnte ich ...«

»Du willst Medikamente stehlen? Und wenn dein Vater was mitkriegt? Oder der Arzt?«, unterbrach Louise ihn.

»Dann behaupte ich, es sei für einen Freund, der zu arm ist, die Medikamente zu kaufen. Mir fällt schon was ein.«

»Ein guter Schauspieler bist du, das kann ich bestätigen. Aber glaubst du wirklich, dass das klappen könnte?«

»Sicher. Oder fällt dir was Besseres ein?«

Louise biss nervös auf ihrer Unterlippe herum. »Was sage ich dann meinen Eltern?«

»Die Wahrheit?«

»Da kennst du sie aber schlecht. Das ist immerhin Diebstahl. Meine Eltern würden nicht mal einen Krumen Brot stehlen, selbst wenn sie kurz vorm Verhungern wären.«

»Denk an Hannah ...« Er zögerte. »Sie kann sterben, Louise.«

Louises Herz schlug wild. Sie musste ihre Eltern davon überzeugen, dass Carl ihre letzte Hoffnung war. Dass man manchmal Dinge tun musste, die man nicht für richtig hielt, um zu überleben.

Es lag nun an ihr.

Als sie am Abend beim Essen saßen, nahm sie allen Mut zusammen.

»Ich hab Carl getroffen. Gestern, beim Einkaufen.«

Ihr Vater schaute nicht auf. Er löffelte weiter seine Suppe, als hätte er nicht gehört, was sie gesagt hatte.

»Wir haben dir doch erklärt, dass du dich nicht mehr mit ihm abgeben sollst. So wie sein Vater uns zuletzt behandelt hat … Eine gute Nachbarschaft war das nicht mehr!« Ihre Mutter hatte ihr Besteck zur Seite gelegt und sah Louise eindringlich an. Ihre großen dunklen Augen lagen in tiefen Höhlen.

»Ich weiß. Aber wir befinden uns in einer Notlage.«

Jetzt legte auch ihr Vater seinen Löffel neben den Teller. »Soll das heißen, du hast ihm von Hannah erzählt?«

Sie rutschte unruhig auf ihrem Stuhl hin und her und wich seinem Blick aus. »Ja … Vielleicht kann er uns helfen!«

»Helfen? Diese Leute helfen niemandem!« Seine Stimme war unangenehm schneidend, und Esther legte ihm beruhigend die Hand auf den Arm. »Nicht so laut, du wirst Hannah aufwecken.«

Doch er ließ sich nicht beirren: »Du bist viel zu jung, Louise, um zu wissen, was die Menschen im Schilde führen. Du bist ein verliebtes Kind!« Seine Faust donnerte mit einer solchen Wucht auf den Tisch, dass die Wassergläser zitterten.

»Das ist nicht wahr!« Tränen traten ihr in die Augen.

Esther vergrub ihr Gesicht in den Händen. »Hört auf zu streiten, bitte«, sagte sie leise.

»Aber Carl kann uns helfen, Mama! Er kann die Medikamente besorgen, die Hannah so dringend braucht. Wir haben nicht mehr viele Möglichkeiten. Was sollen wir denn sonst tun?« Sie hielt inne. Sie musste es aussprechen. »Hannah könnte sterben.«

Esther schluchzte auf.

»Du gehst jetzt sofort auf dein Zimmer, Louise!« Es war klar, dass ihr Vater keinen Widerspruch duldete.

Langsam erhob sie sich. »Denkt darüber nach. Bitte. Tut es für Hannah.«

Irgendwann in der Nacht erwachte sie. Ihre Mutter saß an ihrem Bett und strich ihr über das Haar. Trotz der Dunkelheit im Zimmer konnte Louise sehen, dass sie weinte.

»Ich habe mit David gesprochen«, sagte ihre Mutter leise.

Louise war sofort hellwach. »Und?«

»Er ist einverstanden, dass Carl uns hilft. Wir wollen aber nicht mehr wissen, in Ordnung? Hier ist eine Liste mit den Arzneien, die sie braucht.« Ihre Mutter legte ein Blatt Papier auf Louises Nachttisch. Dann strich sie ihr noch einmal über das Haar und gab ihr einen Kuss auf die Stirn. »Du bist ein mutiges Mädchen, Louise.«

Louise lag noch lange wach. Sie war erleichtert, dass ihre Eltern eingewilligt hatten. Aber in ihre Erleichterung mischte sich auch Angst. Es war das erste Mal, dass sie Hilfe von ihr annahmen, dass sie selbst nicht weiterwussten. Wie sollte denn alles werden, wenn nicht einmal ihre Eltern einen Ausweg kannten?

Am nächsten Morgen wartete Carl an der Ecke Adlerstraße auf

Louise. Er trug wieder seinen Hut, der ihn so erwachsen aussehen ließ.

»Die Liste mit den Medikamenten.« Sie reichte ihm den Zettel, und er nahm ihn wortlos entgegen. »Ich danke dir, Carl.«

Er zeigte keine Regung. »Dank mir erst, wenn ich sie besorgt habe.«

»Wann sehe ich dich wieder?«

»Ich komme zu euch, sobald ich die Sachen habe.«

Damit drehte er sich um. Louise sah ihm nach, wie er hinter der nächsten Häuserecke verschwand.

»Viel Glück«, flüsterte sie.

Louise verbrachte den ganzen Tag mit Hannah. Ihre Mutter sagte nichts dazu, dass sie nicht zur Schule ging, sie kochte schweigend das Mittagessen, und die Mädchen durften im Bett essen. Das hatte Louise das letzte Mal als kleines Kind getan, und es erinnerte sie an Zeiten, in denen ihre größte Sorge war, ob sie später noch zum Spielen mit Carl nach draußen durfte oder ob es zum Nachtisch Schokoladenpudding geben würde. Zeiten, die für immer verloren waren.

Nach dem Essen gab sie Hannah ihre Geige, und sie spielte eines ihrer Lieblingsstücke von Beethoven. Sie wirkte so glücklich wie lange nicht. Irgendwann schlief sie erschöpft ein, und Esther und Louise setzten sich in die Küche.

Schon am Nachmittag klopfte es an der Tür. Louise öffnete.

Es war Carl. Er schwitzte trotz der Kälte und sah sich ständig um, als würde ihn jemand verfolgen.

»Was ist passiert?« Sie nahm ihm Mantel und Hut ab und bat ihn, sich an den Küchentisch zu setzen.

»Jetzt rede schon!« Louise ließ sich ihm gegenüber nieder und sah ihn gespannt an.

»Hier.« Er legte ein graues Baumwollbündel auf den Tisch.

Louise warf ihrer Mutter einen Blick zu.

»Jetzt nehmt es«, sagte Carl und schob das Bündel von sich weg.

Mit zitternden Fingern öffnete Esther die Kordel. Zum Vorschein kamen zwei Fläschchen mit Pillen, eine Packung mit Tabletten und ein hellbraunes Fläschchen mit Hustensaft.

»Fast alles, was auf der Liste stand«, erklärte Carl.

Esther sank neben Louise auf einen Küchenstuhl. Ein tiefer Seufzer entwich ihrer Kehle.

»Danke, Carl«, flüsterte sie.

Er nickte nur.

»Ich lasse euch kurz allein. Ich werde nach Hannah sehen.« Esther nahm die Medikamente und stand auf.

»Carl.« Louise nahm seine Hand. »Das werden wir dir nie vergessen.«

Er wich ihrem Blick aus. »Hoffentlich hilft's.«

»Willst du erzählen, wie du an die Sachen gekommen bist?«

»Es war nicht so einfach, wie ich es mir vorgestellt habe. Der Koffer, den Dr. Berg dabeihatte, war gerade heute fast leer, nur ein paar Herztropfen waren darin. Ich hab's sofort gesehen, als er ihn öffnete, um meinen Vater zu behandeln. Es gab also nur eine Alternative, ich musste mit ihm in seine Praxis.«

Ihr Herzschlag setzte kurz aus. »Wie ist dir das denn gelungen?«

Ein müdes Lächeln erschien auf Carls Gesicht. »Mir fällt doch immer was ein. Ich hab Dr. Berg gesagt, dass ich schon seit Wochen schlimmes Kopfweh hätte, es würde einfach nicht besser werden. Er hat sofort darauf bestanden, den Sohn von Maximilian von Hohenstetten in seiner Praxis ordentlich zu untersuchen.« Carl hielt kurz inne. »Im Arztzimmer hab ich gesehen, dass er die Medikamente in einem Glasschrank neben der Tür verwahrt. Dr. Berg hat mich ausgiebig untersucht, und als er fast fertig war, erschien plötzlich seine Arzthelferin. Sie meinte, es gäbe einen Notfall, und Dr. Berg sagte, ich solle kurz warten. Das war die Gelegenheit!« Carl rieb sich mit der Hand über die Stirn. »Gerade als ich die Tür vom Medikamentenschrank schließen wollte, kehrte er zurück.«

»O nein.«

»Ich hab alles schnell unter meinem Hemd versteckt und ihm erklärt, dass ich auch Arzt werden möchte und mich deshalb für seine Medikamente interessiere.«

»Und das hat er dir geglaubt?«

»Ich befürchte, nein. Aber er schien zu zögern, mich auf meine Lüge anzusprechen.«

»Irgendwann wird er aber merken, dass etwas fehlt. Und dann wird er sich daran erinnern, dass du an dem Schrank warst, vor allem, da er schon Verdacht geschöpft hat.«

»Dann lasse ich mir was Neues einfallen.«

»Was soll ich sagen, Carl? Danke.«

»Hör auf, Louise, bitte. Lass es gut sein.«

Sie schaute ihn an. Er wirkte weder stolz noch erleichtert, er sah einfach nur traurig aus. Traurig und erschöpft.

»Ich muss gehen. Mein Vater wird sonst misstrauisch.«

Sie umarmten sich. Louise legte den Kopf an seine Brust und spürte seinen schnellen Herzschlag. Sie wünschte, sie könnte ihn begleiten, könnte mit ihm nach Hause gehen, mit seinen Eltern den Nachmittagstee einnehmen, sich über das Wetter oder sportliche Ereignisse unterhalten. Wenn doch nur andere Zeiten wären.

»Wir sehen uns bald, Lou.« Er gab ihr einen flüchtigen Kuss auf die Stirn.

Dann war er fort.

Wenig später kehrte David zurück, und sie setzten sich alle gemeinsam an Hannahs Bett.

»Wirken die Medikamente, wird es dir schnell viel besser gehen«, sagte David.

»Wie hat Carl das nur geschafft?«, fragte Hannah, nachdem Louise ihr erzählt hatte, wer die Arzneien besorgt hatte. Ihre Stimme war noch immer schwach, aber ihre Augen glänzten zum ersten Mal wieder.

»Ihm fällt immer etwas ein. Und ich glaube …«, Louise wurde plötzlich warm ums Herz, »… er hat uns noch nicht aufgegeben.«

10. April 1938
Seit ein paar Monaten gehen Hannah und ich auf eine andere Schule. An unserer alten Schule konnten wir nicht bleiben. Hannah wurde von den anderen Schülern zu sehr gedemütigt. Nachdem ein paar von ihnen sie auf dem Heimweg mit Steinen beworfen hatten, entschied Papa, dass es besser für uns wäre, eine jüdische Schule zu besuchen. Nun gehen wir also auf die Israelitische Töchterschule in der Karolinenstraße.

Vom einen auf den anderen Tag hatte die eisige Kälte die Stadt verlassen, es verschwanden die Eiskristalle an den Fenstern, und der neblige Dunst, der sich jeden Morgen über die Stadt gelegt hatte, war einem frischen und klaren Frühlingswind gewichen. Begleitet wurde er von zaghaften Sonnenstrahlen, und die Menschen befreiten sich von den dicken Mänteln, Mützen und Handschuhen, die ihnen in den letzten Monaten Wärme gespendet hatten. Langsam kamen wieder Gesichter zum Vorschein, graue und müde Gesichter, die vorsichtig in die Sonne blinzelten, noch unsicher, ob sie der frühen Wärme trauen konnten.

Trotzdem war die Lage noch schlimmer geworden, schlimmer, als Louise es sich je hätte vorstellen können. Kaum etwas war ihnen noch erlaubt. Die Worte »Juden unerwünscht« und »Kauft nicht bei Juden« prangten an jeder Straßenecke, an jedem Geschäft, und auch die Parkbänke waren nur noch für »Arier« bestimmt. Es war grausam. Sie ging stets mit gesenktem Kopf durch die Straßen, am liebsten wäre sie unsichtbar geworden. Ihr Mut hatte sie schon lange verlassen. Wortlos nahm sie es hin, wenn auf der Straße vor ihr ausgespuckt, wenn mit dem Finger auf sie gezeigt wurde. Jeden Tag aufs Neue bemühte sie sich, alles zu vermeiden, um die Aufmerksamkeit auf sich zu lenken und sich unauffällig zu verhalten. Doch es nützte nichts. Sie musste nichts tun, um den Hass auf sich zu ziehen. Es reichte, dass sie da war, dass sie atmete, sich bewegte.

Wenn sie sich auf den Weg in die Hellbrookstraße machte, um die Einkäufe zu erledigen, die ihre Mutter ihr aufgetragen hatte, hatte sie jedes Mal ein mulmiges Gefühl im Bauch. Zu oft hatte sie in der letzten Zeit von Misshandlungen gehört, alles geschehen auf offener Straße. Einmal, als sie gerade über den Marktplatz neben der Synagoge huschte, sah sie, wie Uniformierte zwei Männer und zwei Frauen die Straße hinunterzerrten. Sie hatten alle eine Tafel umhängen auf der stand: »Dieses arische Schwein kauft bei einem Juden ein.« Kein Wunder, dass sie die Landauers lange nicht mehr in Vaters Praxis gesehen hatte. Inzwischen wurde man schon gedemütigt, wenn man Kontakt mit Juden hatte.

Einzig die Schule machte Louise Spaß, obwohl sie früher nicht gern dorthin gegangen war. Aber inzwischen mochte sie es, sich zwischen Büchern zu verstecken, sich mit Dingen zu beschäftigen, die nichts mit dem zu tun hatten, was ihr jeden Tag widerfuhr. Auch Hannah schien es auf der jüdischen Schule zu gefallen, vor allem im Musikunterricht blühte sie auf. Die Lehrer waren streng, aber niemand drangsalierte oder ärgerte sie. Hier fühlten sie sich sicher, anders als auf der Straße.

Und die Schule gab ihnen einen Anschein von Normalität. Als wäre es wichtig, welche Note sie für ihr Diktat bekommen würden, als würde es eine Rolle spielen, ob sie Napoleons Feldzüge kannten, wenn ihnen kaum noch etwas erlaubt war, außer zu atmen und zu essen. Doch hier zählte es, hier hatte es eine Bedeutung. Ihre Lehrer ließen keine Schwäche zu, gaben keine guten Noten, nur weil sie Mitleid mit ihren Schülern hatten. Außer Geschichte standen auch Handarbeit, Englisch und Hebräisch auf dem Lehrplan. Man wollte die Kinder vorbereiten, denn immer mehr Familien planten, Deutschland zu verlassen.

Louise spürte langsam wieder Stolz, spürte Zorn, spürte Wut. Vielleicht würde auch wieder ihr Mut zurückkehren und ihre Kraft. Sie wusste klarer denn je, dass sie noch viel davon brauchen würde, um durch diese Zeiten zu kommen.

An einem Mittwoch im April wollten Louise und Hannah nach der Schule ihren Vater aus der Praxis abholen. Es kamen ohnehin kaum noch Patienten, und so erschien er fast jeden Mittag zu Hause, um mit der Familie zu essen. »Das hat auch sein Gutes. Endlich kann ich mehr Zeit mit meinen drei Frauen verbringen!«, sagte er und lächelte dabei tapfer. Bald würde er seine Praxis schließen müssen, denn er konnte die Miete dafür kaum noch aufbringen.

Als sie vor der Praxis standen, packte Hannah ihre Schwester plötzlich am Arm. »Sieh nur.«

Louise folgte Hannahs Blick. Durch das große Glasfenster konnten sie in das Wartezimmer schauen, wo die verzierten Holzstühle ihrer Großmutter standen und ihre Mutter ihre Lieblingsbilder aufgehängt hatte. Auf einem der Stühle saß Itzhak, der Magier. Vor ihm hatten sich zwei junge Männer aufgebaut, sie trugen die Uniform der Hitlerjugend: braune Hemden, dunkle kurze Hosen, einen schwarzen Schlips und die rote Armbinde mit dem Hakenkreuz. Louise durchzuckte der Gedanke, auch Carl schon in dieser Aufmachung gesehen zu haben. Der eine der Halbstarken trug einen dünnen Schnurrbart und einen strengen Seitenscheitel, der andere war kleiner und dicker und schwitzte so sehr, dass sich dunkle Flecken unter seinen Armen abzeichneten.

»Was machen die in Papas Praxis?«, fragte Hannah ängstlich.

Louise zog ihre Schwester schnell in den Hauseingang gegenüber. Von dort konnten sie beobachten, wie die Männer Itzhak befahlen aufzustehen. Dann schubsten sie ihn hin und her, sodass er ein paarmal heftig gegen die Wand krachte. Sie schienen dabei einen unbändigen Spaß zu haben. Nach ein paar Minuten kam ihr Vater herein, hinter ihm erschien Lea.

Louise spürte, wie Hannah neben ihr zu zittern anfing. »Sie werden Papa doch nichts tun, oder?«, wisperte sie, aber Louise legte nur den Zeigefinger an die Lippen. Konnte sie irgendetwas tun? Hilfe holen? Aber wer würde ihnen beistehen? Fieberhaft überlegte sie, aber es wollte ihr nichts einfallen, was Hannah nicht in Gefahr bringen würde.

Ihr Vater sagte nun etwas, aber die beiden Männer in ihren HJ-Uniformen lachten nur. Der mit dem Schnurrbart feixte und warf Itzhak etwas zu, eine Münze vielleicht. Dann wartete er kurz, doch als nichts passierte, trat er ganz nah an den Zauberer heran und drohte ihm mit der Faust.

Itzhak fing daraufhin an, sich im Kreis zu drehen, erst langsam und wackelig, dann immer schneller, wie eine tanzende Marionette. Der Schnurrbärtige und der Dicke klatschten dazu und grinsten hämisch.

»Warum tun sie das?«, flüsterte Hannah.

»Um ihn zu demütigen«, erwiderte Louise tonlos, ohne den Blick abzuwenden. Sie musste hinsehen, musste in sich aufnehmen, was dort geschah, direkt vor ihren Augen, so grotesk es auch war. Sie versuchte, ruhig zu bleiben, aber in ihrem Inneren kochte es.

David stellte sich nun vor Itzhak, hob beschwichtigend die Hände, als wolle er den Männern zu verstehen geben, dass es nun gut sei. Aber das schien sie nur noch mehr anzustacheln. Der Dicke schob ihn zur Seite, ging auf Lea zu und schleuderte sie grob in Itzhaks Richtung. Auch sie musste tanzen und sich drehen. Trotz der Entfernung konnte Louise die Verzweiflung ihres Vaters ausmachen. Er konnte nichts tun, konnte sich nicht wehren. Insgeheim war sie froh, dass er die beiden Männer nicht angriff oder versuchte, sie mit Gewalt aus seiner Praxis zu befördern, auch wenn dies sein gutes Recht gewesen wäre. Sie hatte gesehen, was mit Juden geschah, die aufbegehrten, um sich ihre Würde zu bewahren. Sie wurden fast zu Tode geprügelt, oder sie verschwanden spurlos. Doch sie mochte sich kaum ausmalen, was in ihrem Vater gerade vorging. Seine Praxis, ein Ort der Zuflucht und des Zuspruchs, an dem Menschen Hilfe erhielten, an dem er schon so viele Patienten behandelt hatte – dieser Ort war nun entweiht.

»Lass uns gehen«, sagte Louise.

»Aber Papa …«

»Wir sind da machtlos, Hannah. Und kein Wort zu ihm, dass wir alles mit angesehen haben, hast du mich verstanden? Es ist schon so schrecklich genug.«

Hannah nickte gehorsam, und sie gingen allein nach Hause. Alles, woran Louise denken konnte, war die Angst in Davids Augen. Und Carl fiel ihr ein, der die gleiche Uniform trug wie diese Männer.

Am nächsten Morgen kam Frau Fredenbeck zu Besuch. Sie war die Frau des Bäckers, der im Eckhaus gegenüber seinen Laden hatte. In der letzten Zeit tauchte sie öfter auf, um mit Louises Mutter zu sprechen und zu hören, wer das Land verlassen hatte oder wer seinen Beruf hatte aufgeben müssen.

Frau Fredenbeck war dünn, fast mager, ihre Schulterknochen traten unter dem dünnen Baumwollkleid hervor, und ihr Haar war strohig und schütter. Louise fragte sich, ob Frau Fredenbeck früher anders ausgesehen hatte, ob sie eine typische Bäckersfrau gewesen war, fröhlich und mit rundem Gesicht, so wie Frau Hansen, die Bäckersfrau aus der Gegend, in der sie früher gewohnt hatten.

Es half ihrer Mutter, mit Frau Fredenbeck zu sprechen. Jeder Bericht über eine geglückte Auswanderung schien ihr Hoffnung zu geben, und immer öfter erzählte sie ihrem Mann von den Geflohenen. Sie hatte es noch nicht aufgegeben, ihn davon zu überzeugen, dass es richtig sei, nach Amerika zu gehen. Aber er blieb stur. Wie so oft. Gib nach, dachte Louise dann, wenn sie eines dieser Gespräche belauschte. Gib doch nur dieses eine Mal nach.

An diesem Morgen hatte Frau Fredenbeck aber anderes mitzuteilen.

»Unser Neffe hat erzählt, dass es an seiner Universität eine Gruppe junger Medizinstudenten gibt, die sich gegen die Regierung auflehnen. Und nicht nur das …« Frau Fredenbeck hielt inne und blickte Esther verschwörerisch an. »Angeblich schmieden sie Pläne. Gegen die Partei«, flüsterte sie heiser.

»Was denn für Pläne?«, fragte Esther.

Louise schälte weiter in der Küche Kartoffeln und tat so, als würde sie nicht zuhören. Dabei interessierte es sie brennend, was Frau Fredenbeck zu berichten hatte.

»So genau weiß ich das nicht. Es ist aber ganz sicher ein Verbrechen.« Frau Fredenbecks Tonfall ließ keine Schlüsse darüber zu, was sie von einem solchen »Verbrechen« hielt. Es klang mehr wie eine Feststellung. »Sie hetzen die Menschen gegen den Nationalsozialismus auf.«

Esther sagte nichts, sondern schenkte Frau Fredenbeck stumm ein Glas Wasser ein, das diese hastig leerte. »Mein Neffe kennt diese Leute.« Die Bäckersfrau umfasste plötzlich Esthers Hand, als wolle sie sich vergewissern, dass diese auch aufmerksam zuhörte. »Meinst du, er sollte sie verraten? Denn wenn herauskommt, dass er von ihren Plänen gehört hat, ist er ein Mitwisser. Wer weiß, was sie dann mit ihm machen.« Frau Fredenbecks Stimme war nur noch ein furchtsames Wispern. Sie suchte Esthers Blick, das konnte Louise gut erkennen. Als könnte ihre Mutter helfen. Als könnte irgendjemand helfen.

Esther schüttelte den Kopf und wich Frau Fredenbecks Blick aus, ohne jedoch ihre Hand loszulassen. »Das kann ich dir nicht beantworten, Selma. Er muss tun, was er für richtig hält.«

»Aber er ist noch ein Kind! Er weiß nicht, was richtig oder falsch ist.«

Ihre Mutter schwieg. Früher hätte sie einen Rat gehabt,

dachte Louise. Doch nun war alles anders. Nun wusste selbst ihre Mutter nicht mehr weiter, nahm hilflos hin, was geschah, und ließ Dinge geschehen, gegen die sie einst gekämpft hätte.

»Denkst du, dass das, was diese Studenten tun, irgendetwas bringt? Dass es irgendeinen Einfluss hat?« Esthers Stimme war leise, aber hoffnungsvoll.

Frau Fredenbeck machte ein irritiertes Gesicht und schüttelte dann den Kopf. »Es ist gefährlich, Esther. Sehr gefährlich«, sagte sie, ohne auf ihre Frage zu antworten.

Louise warf die Kartoffelschalen in den Abfalleimer, ließ Wasser in den großen Emaillekochtopf laufen und zündete den Gasherd an. Als die kleine blaue Flamme vor ihr zu lodern begann, spürte sie, dass eine Träne über ihre Wange lief.

Zwei Wochen später feierte Louise ihren fünfzehnten Geburtstag. Ihre Mutter hatte einen Kuchen gebacken, und sie bekam sogar ein Geschenk überreicht, ein rotes Portemonnaie. »So was haben auch die feinen Damen in Paris«, sagte Esther, und Louise schämte sich, dass ihre Eltern dachten, sie müssten ihr mit einem solchen Geschenk eine Freude machen. Trotzdem bedankte sie sich. Später spielte Hannah etwas auf ihrer Geige, und sie sangen »Hoch soll sie leben«.

In der Nacht schlich sich Louise auf leisen Sohlen nach draußen, um Carl zu treffen. Er wartete wie immer unten auf sie, damit sie nicht allein durch die Dunkelheit gehen musste.

»Herzlichen Glückwunsch zum Geburtstag«, sagte er, beugte sich zu ihr hinab und küsste sie auf die Wange. Er roch anders als sonst, herber, und sie schob schnell ihre Hand in die seine.

In ihrem Versteck gab Carl ihr ein kleines Päckchen. Louise öffnete die Verpackung, und zum Vorschein kam eine Schachtel mit einem glänzenden, durchsichtigen Stein, der an einem dunklen Lederband baumelte.

»Der ist aber schön.« Louise strich über die glatte Oberfläche.

»Das ist ein Bergkristall. Ich hab ihn von meiner Großmutter. Er soll Kraft schenken.« Vorsichtig schob er ihr Haar zur Seite und legte ihr das Band um den Hals. Dabei berührten seine Hände sanft ihren Nacken, und ein warmes Gefühl strömte durch ihren Körper.

Sie drehte sich um und sah ihm in die Augen. »Danke«, flüsterte sie. Er erwiderte ihren Blick und strich über ihre Wange, berührte ihren Hals, die empfindliche Stelle hinter ihren Ohren. Sie schloss die Augen, spürte seine Lippen auf ihrer Haut, spürte, wie sie zärtlich ihr Gesicht abtasteten, ihre Wangen, ihre Stirn, ihre Nasenspitze, ihre Lider, bis sich endlich ihre Lippen fanden und in einem verzweifelten Kuss versanken.

14. November 1938
Lange habe ich nicht geschrieben, und doch ist so viel geschehen, dass ich gar nicht weiß, wo ich beginnen soll. Es liegen entsetzliche Tage hinter uns. Wenn es jemals so etwas wie Ordnung und Gerechtigkeit in diesem Land gab, so ist sie verschwunden, und geblieben ist nichts als Zerstörung, Trauer und Wut.

Ein kalter Wind fegte durch die Straßen, und Louise und Hannah begannen schon gleich nach dem Aufstehen mehrere Schichten Kleidung anzuziehen. Dicke wollene Socken über dünne Strümpfe, zwei Paar Unterhemden. Ging es nach draußen, wurden Mäntel, Mützen, Fäustlinge und Schals hervorgeholt. Louise und ihre Eltern beäugten Hannah ängstlich, wenn sie auch nur hüstelte.

Es war Anfang November, als ihr Vater nach Hause kam und aufgeregt die Zeitung auf den Küchentisch legte.

»Ein polnischer Jude soll ein Attentat auf ein deutsches NSDAP-Mitglied in Paris verübt haben. Hier.« Er zeigte auf die Überschrift auf der ersten Seite. »Erstes Verhör des jüdischen Mordbuben«, stand dort in großen Buchstaben.

»Die anderen Zeitungen haben noch viel schlimmere Titel«, sagte er und lief in der Küche auf und ab. »Sie machen uns verantwortlich. Uns!«

»Ich verstehe deine Aufregung nicht. Es ist doch nichts Neues, dass wir an allem die Schuld haben«, sagte Esther und schnitt weiter am Küchentisch das Brot in dünne Scheiben, das Louise am Morgen auf dem Marktplatz ergattert hatte.

»Diesmal ist es anders.« David blieb am Fenster stehen und starrte nach draußen. Louise erhob sich von ihrem Platz am Küchentisch, wo sie gerade versucht hatte, Hannahs Socken notdürftig zu stopfen, und trat neben ihren Vater. Unten auf der Straße zog ein alter Mann sein Hab und Gut in einem klapprigen Wägelchen hinter sich her.

»Wir schaffen das schon«, sagte sie. Etwas anderes fiel ihr nicht ein.

Er sah sie an und strich ihr über die Wange. In seinen Augen schimmerte es feucht. »Es ist Zeit zu reden«, sagte er dann. »Setzt euch bitte.« Er deutete auf den Küchentisch.

Louise zögerte einen Moment. Sie spürte, dass ihr Vater ihnen etwas mitteilen würde, was ihr nicht gefallen würde, aber schließlich gehorchte sie und rutschte auf einen der Stühle. Auch Hannah kam vom Herd herüber, wo die Bohnensuppe für das Abendessen auf schwacher Flamme vor sich hin köchelte.

Louise registrierte, dass ihre Eltern sich einen kurzen Blick zuwarfen, bevor ihr Vater anfing zu sprechen.

»Wie ihr wisst, hat sich alles verändert. Wir hätten vor einiger Zeit selbst nicht geglaubt, dass sich alles so entwickeln würde …« Er sah wieder zu seiner Frau, die Hände auf der Tischplatte gefaltet. »Aber wir sorgen uns um euch. Und wir glauben, dass …« Er holte tief Luft. Louise kannte diesen Ausdruck in seinem Gesicht. Er musste ihnen eine Entscheidung mitteilen, die er schweren Herzens gefällt hatte. Und er war sich selbst nicht sicher, ob er sie nicht vielleicht schon bald bereuen würde. »… dass es besser ist, wenn ihr zu Onkel Aaron nach Amerika fahrt.«

Louises Herzschlag setzte für einen Moment aus. Sie schaute zu ihrer Schwester, deren Augen vor Schreck geweitet waren.

»Ohne euch?«, fragte Louise ungläubig.

»Ja.« Die Stimme ihrer Mutter klang fester als die ihres Vaters. Fast schien es, als hätte sie sich lange auf diesen Augenblick vorbereitet. »Wir können hier nicht fort. David hat seine Patienten. Sie haben doch niemanden mehr außer ihm. Und wir müssen uns um Rena und Jonathan kümmern. Aber wir haben genügend Geld gespart, um euch die Überfahrt nach Amerika zu bezahlen.«

»Nein.« Louise sah ihre Mutter fest an. »Wir werden nicht allein fortgehen.«

»Das ist nicht verhandelbar, Louise«, sagte ihre Mutter scharf. Man merkte ihr an, wie viel Überwindung es sie kostete, streng zu bleiben. Ihre Töchter fortzuschicken, in ein unbekanntes, ungewisses Leben, war sicher das Furchtbarste, was sie je hatte entscheiden müssen.

»Es ist das Beste so«, bemerkte nun ihr Vater. »Es ist ja nicht für lange. Wenn sich hier alles wieder beruhigt hat, kommt ihr natürlich sofort zurück.«

»Und wenn das nie passiert?«, fragte Louise.

»Was soll das heißen?« Davids Stimme klang nun genauso streng wie zuvor die von Esther.

»Vielleicht wird ja nie alles besser, vielleicht wird es nur schlimmer!« Louise schrie nun fast.

»Niemand weiß, was passieren wird«, erklärte ihr Vater, nun etwas ruhiger. »Aber wir möchten euch in Sicherheit wissen. Bitte, versteh das doch, Louise.«

»Nein.« Louise spürte, wie ihre Wangen vor Aufregung ganz heiß wurden. »Ich werde nicht fortgehen.« Niemals würde sie davonlaufen und ihre Eltern und Carl zurücklassen.

Ihr Vater seufzte. »Du bist schon immer stur gewesen.«

»Von wem habe ich das wohl?«, murmelte Louise.

»Ich will nicht nach Amerika«, flüsterte Hannah so leise, dass man sie kaum verstehen konnte. Sie war schrecklich blass geworden.

Louise beugte sich zu ihr hinüber und drückte ihre Hand. Dann wandte sie sich wieder an ihren Vater. »Wir müssen zusammenbleiben. Wir müssen einander unterstützen. Ich bin alt genug und kann Mutter im Haushalt zur Hand gehen oder auch eine Arbeit annehmen. Und Hannah wird schnell krank, eine wochenlange Überfahrt über den Atlantik mitten im Winter ist da bestimmt keine gute Idee.«

Ihre Eltern sahen sich wieder an. Sie hatten darüber auch schon nachgedacht, das war offensichtlich. Und sie waren sich keineswegs sicher, ob sie die richtige Entscheidung getroffen hatten, sie wollten einfach das Beste für ihre Töchter. Doch niemand konnte ihnen sagen, was das Beste war.

Ihr Vater ließ sich erweichen. »Wir werden bis zum Frühjahr warten, in Ordnung?«

Louise nickte erleichtert, aber Esther schaute ihren Mann zornig an. Er hatte einen Entschluss gefasst, ohne sie zu fragen, und das war etwas, was sie nicht akzeptieren konnte. Sie würden sicher bis spät in die Nacht hinein streiten, da war Louise sich sicher.

Sie selbst war hingegen nur froh, noch etwas Zeit zu haben. Aus irgendeinem Grund hatte sie das Gefühl, dass ihnen nichts passieren würde, solange Carl da war. Auch wenn sie das ihren Eltern nicht sagen konnte.

Carl würde sie alle beschützen, das wusste sie.

Am nächsten Tag klingelte Frau Fredenbeck an der Tür. Sie hatte rote Flecken am Hals und erzählte, dass die Synagoge brennen würde. Lichterloh, sagte sie und hatte dabei Tränen in den Augen.

»Geht es dem Rabbi gut?«, fragte Esther besorgt.

»Ja. Aber passt auf eure Kinder auf. Macht die Lichter aus, schließt die Tür ab. Es ist noch nicht vorbei.«

Den restlichen Tag verbrachten sie zusammengekauert im Wohnzimmer, wagten kaum, sich zu bewegen, aus Angst, auf sich aufmerksam zu machen. Die ganze Nacht über vernahmen sie Schreie, quietschende Autoreifen, wummernde Schläge an Türen, krachendes Holz, wüstes Brüllen und vor allem das Zersplittern von Glas. Es war, als würden tausend Spiegel, tausend Gläser in Abertausende kleine Splitter zerspringen.

Irgendwann hörten sie Stimmen im Hausflur, laute Stimmen, die schneidende Befehle brüllten. Aber es kam niemand an ihre Tür. Doch für wie lange, dachte Louise, wie lange werden wir verschont? Ihr kam es vor, als müsste sie diese Angst, die sich schleichend und hinterlistig in jeder Pore ihres Körpers festsetzte, ewig aushalten.

Erst am nächsten Morgen wurde es ruhiger. Ihr Vater wollte sofort in die Praxis, um nach dem Rechten zu sehen, und obwohl Esther zuerst dagegen war, ließ sie ihn schlussendlich ziehen. Sie sahen ihm vom Küchenfenster aus nach, wie er die von Scherben übersäte Straße hinunterging.

Gegenüber waren die großen Fensterscheiben der Bäckerei eingeschlagen worden, die Tür war eingetreten und mit einer ekelhaften dunklen Farbe besudelt. Frau Fredenbeck kniete vor dem Geschäft, um die Scherben mit einem Handfeger zusammenzuschieben. Ein paar junge Männer kamen vorbei, lachten und feixten. Plötzlich nahm einer von ihnen Anlauf und trat der Bäckersfrau mit seinem Stiefel gegen die Beine. Sie versuchte noch, sich mit den Händen abzustützen, doch dann fiel sie nach vorn, sodass ihr Rock ein Stück nach oben rutschte. Sie blieb für einen Moment auf dem Bauch liegen, das Gesicht zum Boden gewandt. Eine Scherbe hatte sich bei dem Sturz in ihren Arm gebohrt, und dunkelrotes Blut floss auf das Pflaster. Die Männer machten sich mit lautem Gejohle von dannen.

Esther schloss schnell den Vorhang. »Ich werde nach Frau Fredenbeck sehen. Ihr bleibt hier«, sagte sie bestimmt.

Louise und Hannah beobachteten durch einen Spalt im Vorhang, wie ihre Mutter sich vorsichtig einen Weg durch die Scherben suchte und der Bäckersfrau auf die Beine half. Sie verschwanden im Laden, und Hannah und Louise setzten sich an den Küchentisch und warteten. Nach einer halben Stunde war Esther zurück. An ihren Händen war Blut. Ihr Gesichtsausdruck hielt Louise davon ab, irgendwelche Fragen zu stellen.

»Ich muss zur Schule, vielleicht kann ich helfen«, sagte Louise. Sie konnte nicht den ganzen Tag herumsitzen, während die Welt dort draußen vollkommen aus den Fugen geraten war.

Doch sie durfte zwei weitere Stunden nicht fort. Dann hielt es sie nicht mehr, und sie verließ wortlos die Küche. Ihre Mutter widersprach nicht. Vielleicht fehlte ihr dazu die Kraft.

Auf den Straßen bot sich Louise ein schreckliches Bild. Die Synagoge am Bornplatz war tatsächlich vollkommen ausgebrannt. Das Dach war eingestürzt, die Türen zerstört, die Fenster zerborsten, nur die äußersten Steinmauern ragten noch trotzig in die Höhe, als wollten sie ein letztes Stück Widerstand leisten. Asche und Staub wehten über die Straße.

Der Laden von Leas Eltern im Abendrothsweg war noch schlimmer zugerichtet als die Bäckerei der Fredenbecks. Und auch bei vielen anderen jüdischen Geschäften waren die Fensterscheiben eingeschlagen, Ladenschilder beschmiert und Türen eingetreten worden. Vor einem Lebensmittelladen, der vollkommen geplündert worden war, saß ein alter Mann auf einer Tasche und weinte. Louise wandte den Blick ab.

Auch die edlen Eppendorfer Modegeschäfte waren nicht verschont geblieben, nichts mehr war zu sehen von den üppigen, farbenfrohen Stoffen, die früher im Schaufenster ausgelegen hatten. Einige Fetzen grellgelber Seide hatten sich in den Glasscheiben auf dem Fensterbrett verfangen, sie flatterten wie Menetekel im Wind.

Auf den Gehsteigen lagen zerschlagenes Geschirr, zertrümmerte Möbel, aufgeschlitzte Mehlsäcke, Bettwäsche, Vorhänge, Kleidung. Manches war schon zu Haufen zusammengekehrt worden, anderes lag noch verstreut herum. Postkarten, Papiere und zerfledderte Bücher bedeckten die Trottoirs. Es ist eine Sünde, so mit dem geschriebenen Wort umzugehen, schoss es Louise durch den Kopf. Der Wind wirbelte die Blätter immer wieder auf und ließ sie über den Gehweg tanzen.

Vor einem Kaufhaus hatte sich eine Traube von Menschen

versammelt. Sie standen eng beieinander und unterhielten sich aufgeregt. Louise erkannte Levi Bloch, seinen Sohn und die Ohmanns. Sie senkte schnell den Kopf und ging vorbei. Sie wollte nicht aufgehalten werden, wollte nicht über das sprechen, was geschehen war.

An der nächsten Ecke entdeckte sie mitten auf der Straße ein Klavier, die Füße waren abgehackt worden und lagen ein paar Meter entfernt neben einem Schutthaufen. Am oberen Fenster stand eine alte Frau in Schwarz und weinte.

Louise sah die Menschen das tun, was auch Frau Fredenbeck getan hatte, sie räumten auf. Vielleicht ist es das, was man macht, wenn man schwer getroffen wurde, dachte Louise. Man steht auf, klopft sich den Staub von den Hosenbeinen und beginnt damit, Ordnung zu schaffen. Bis man irgendwann nicht mehr aufstehen kann.

Vor der Schule waren Scherben zu einem Berg zusammengekehrt worden, sie rührten wohl von den zerborstenen Fenstern im oberen Stockwerk her. Die helle Backsteinfassade des Gebäudes war übermalt worden, und auf der großen Wiese vor dem Eingang lagen Stühle und Tische. Sie sahen aus, als hätte sie jemand mit einem Hammer zertrümmert.

Vorsichtig bahnte sie sich einen Weg daran vorbei und öffnete die Eingangstür. Im Inneren war es still und kalt, und es roch nach verkohltem Papier, Linoleum und nassem Holz.

Das Klassenzimmer war völlig leer. Keine Stühle, keine Tische, keine Tafel. In der Mitte des Raumes ein Haufen Asche. Sie hatten Bücher und Hefte verbrannt.

»Louise!«

Erschrocken drehte sie sich um. Frau Heibacher, ihre Geschichtslehrerin, stand hinter ihr. Ihr kastanienbraunes Haar war im Nacken zu einem strengen Dutt gebunden, und sie trug ein langes, gedecktes Kleid, das ihre üppigen Formen noch unförmiger erscheinen ließ.

»Was tust du denn hier?«, fragte sie.

»Ich wollte nur … Was ist hier geschehen?«

»Es war eine schlimme Nacht. Ich räume gerade das Gröbste zusammen.« Sie deutete auf einen großen Müllsack hinter sich, der bis oben gefüllt war.

»Kann ich helfen?«

Frau Heibacher nickte stumm, und so begannen sie, die Räume der Schule zu säubern.

Nach einer Weile blieb die Lehrerin stehen, stützte sich auf ihren Besen und sagte: »Sie haben Direktor Stern mitgenommen.«

Louise runzelte die Stirn. »Wer hat das getan?«

»Die Gestapo. Sie haben ihn verhaftet. Heute Nacht.«

»Warum?«

»Das weiß ich nicht. Auch Herr Veitner, Herr Goldmann und Herr Krasnitzer sind fort.«

»Aber das kann nicht sein! Das darf nicht sein! Das sind alle unsere Lehrer!« Louise musste an Hannah denken, die bei Herrn Goldmann Musikunterricht hatte.

Frau Heibacher senkte den Kopf. »Ich weiß«, murmelte sie. »Und es ist nicht sicher, ob wir den Unterricht wieder aufnehmen können.«

»Aber dann haben wir keine Schule mehr. Das geht doch nicht …«

Die Geschichtslehrerin zuckte mit den Schultern. »Geh nach Hause, Louise. Du hast genug getan. Morgen ist auch noch ein Tag.«

So machte sie sich wieder auf den Weg. Es war fast dunkel, und die Straßen wirkten verlassen und leer. Sie versuchte, die

Verzweiflung hinunterzuschlucken, die sich in ihr breitmachte. Wenn so etwas möglich war, wenn so etwas zugelassen wurde, wenn ein solcher Hass in nur einer Nacht so viel zerstören konnte – was konnte, was würde dann noch alles passieren? Ihr wurde schwindlig, wenn sie darüber nachdachte. Es ging nicht mehr nur um die alltäglichen Demütigungen, daran hatte sie sich schon fast gewöhnt. Nein, dies hier war schlimmer als alles, was zuvor gewesen war. Dies hier ließ einen mit einem entsetzlichen Schaudern zurück.

Louise blieb stehen und betrachtete eine Krähe, die sich über Essensreste hermachte. Hatten ihre Eltern doch recht damit, dass es besser sei, wenn Hannah und sie nach Amerika gingen? Aber nein, das kam nicht in Frage, ohne ihre Eltern würde sie nirgendwo hingehen. Und ohne Carl auch nicht. Wenn sie zusammenhielten, würden sie alles überstehen.

Unterwegs beschloss sie, ihren Vater in seiner Praxis zu besuchen, auch wenn dies ein großer Umweg war. Sie hatte ein ungutes Gefühl im Magen, als würde eine Schar schwarzer Vögel in ihm wüten.

Schon von Weitem sah sie, dass auch die Praxis nicht verschont geblieben war. Die Fenster waren eingeschlagen und die Tür mit Farbe beschmiert. Sie trat ein. Ihr Vater saß hinter dem Empfangstresen und ordnete Unterlagen. Er sah erschöpft aus. Als er sie erblickte, wurden seine Gesichtszüge ernst.

»Louise! Was machst du hier? Warum bist du nicht zu Hause?«

»Ich konnte nicht untätig herumsitzen.« Sie sah sich um. »Wie konnten sie das nur tun, Papa?«

»Das weiß ich nicht, Louise. Ich weiß es wirklich nicht. Lass uns nach Hause gehen. Esther ist sicher schon außer sich vor Sorge.«

Als sie gerade die Tür hinter sich abschließen wollten, kam eine Frau auf sie zu. Sie wirkte gehetzt, ihr Haar war ganz durcheinander, und sie hatte rote Flecken im Gesicht.

»Bitte, Herr Doktor, helfen Sie mir. Er ist verletzt, schwer verletzt.« Sie keuchte.

David nahm ihren Arm und hielt sie fest, weil sie wankte und hinzufallen drohte. »Wer ist verletzt?«

»Mein Onkel. Sie haben ihn verprügelt. Und dann liegen lassen. Ich hab ihn eben erst gefunden. Bitte helfen Sie uns.« Sie zerrte David mit sich, und Louise blieb nichts anderes übrig, als ihnen zu folgen.

Sie durchquerten den Kellinghusenpark und kamen zu einem Mehrfamilienhaus. »Ich hab ihn mit Nachbarn hergebracht, er lag mitten im Park«, erklärte die Frau, während sie die Tür zu ihrer Wohnung öffnete. Auf dem Sofa im Wohnzimmer lag ein alter Mann mit dem Gesicht zur Wand, er krümmte sich vor Schmerzen.

Als sie näher traten, drehte er sich stöhnend um.

Louise erschrak.

Es war Itzhak. Sein Vollbart war dunkelrot vor verkrustetem Blut, die Augen waren blau und geschwollen, und an seiner Stirn klaffte eine große Wunde.

David setzte sich neben ihn und legte ihm beruhigend die Hand auf den Arm. Itzhak wollte etwas sagen, aber aus seiner Kehle kam nur ein dumpfes Krächzen.

»Er hat vielleicht innere Verletzungen«, sagte David, nachdem er Itzhaks Bauch abgetastet hatte. »Wir müssen ihn in eine Klinik bringen.«

»Sind Sie sicher?«, fragte die Frau, die die ganze Zeit schwer atmend hinter ihm gestanden hatte. »Die werden ihn doch nicht behandeln.«

David sagte nichts. Aus Itzhaks Kehle drang erneut ein Krächzen.

»Ich glaube, er will uns etwas sagen, Papa«, sagte Louise, und sie beugten sich über ihn, um ihn besser verstehen zu können.

»Kein Krankenhaus«, stöhnte Itzhak heiser. Er ergriff mit schwachen Fingern die Hand ihres Vaters, und Louise sah, wie er sie mit letzter Kraft fest drückte.

KAPITEL V

Sea Garden House, Seaborough, Neufundland, Mai 2016

Anna schlief in dieser Nacht tief und traumlos. Vielleicht war es die salzige Meeresluft, vielleicht das Glas Wein, zu dem Greta und Judith sie am späteren Abend noch überredet hatten, vielleicht war es aber auch deshalb, weil sie endlich einmal nicht den ganzen Tag mit Grübeln verbracht hatte. Sie fühlte sich irgendwie befreit. Sie gähnte und streckte sich. Wenn sie an die letzten Wochen und Monate dachte, kam es ihr vor als wäre sie in ihrer komplizierten Gefühlswelt gefangen gewesen und hätte verzweifelt nach irgendeinem Ausweg gesucht. Vor Kurzem hatte sie sogar mit dem Gedanken gespielt, in eine andere Stadt zu ziehen, ganz neu anzufangen. Konnte es sein, dass sie das gedacht hatte, während Philipp eine gemeinsame Zukunft mit ihr aufbauen wollte? Anna wusste nicht, woher diese Fluchtgedanken kamen. Früher war sie ganz anders gewesen, ruhig und besonnen. Doch wenn sie an den Antrag dachte, sah sie ihr ganzes Leben vor sich, eine Aneinanderreihung von vorhersehbaren Tagen. Von Jahr zu Jahr würde sie unglücklicher und frustrierter werden. Und das Schlimmste: Sie konnte sich nicht mehr aus diesem Leben befreien.

Sie wünschte sich nicht zum ersten Mal, dass sie ein klein bisschen mehr von dem Temperament und der Entschlossenheit ihrer Schwestern hätte. Und ihres Selbstbewusstseins.

Greta malte nachts wilde Bilder, sogar eine Galerie hatte an ihnen schon Interesse gezeigt. Ihre kleine Schwester war jemand, die sagte, was sie dachte, und machte, was sie wollte. Und Judith hatte so viel Scharfsinn. Carsten und sie würden sicher bald heiraten. Die beiden waren ein Traumpaar, das sah man auf den ersten Blick. Und nun gehörte auch Anna zu denen, die bald vor den Altar treten könnten.

Sie blinzelte in die Sonne, die durch die hellen Stoffvorhänge schien, schlug die Bettdecke zurück und machte sich auf den Weg nach unten. Schon auf der Treppe stieg ihr der Duft von Pancakes und Kaffee in die Nase.

»Guten Morgen, Schlafmütze!«, rief Greta, die gerade einen leicht angebrannten Pancake in der Pfanne wendete und ihn kurz darauf auf einen Teller gleiten ließ.

Anna nahm einen Becher und goss sich Kaffee ein.

»Wo steckt unsere Große?«

»Im Wohnzimmer. Telefoniert. Irgendwas wegen der Trauerfeier.«

»Soll ich den Tisch decken?«

»Nein, lass mal. Jeder schnappt sich einen Teller, tut sich ordentlich Ahornsirup auf die Pancakes, und dann ab aufs Sofa.«

»Gute Idee. Wie früher.« Anna nahm sich einen Teller und folgte ihrer kleinen Schwester ins Wohnzimmer.

Judith stand am Fenster und telefonierte, sie schien genervt zu sein.

»Was ist denn da los?«, flüsterte Anna, während sie sich neben Greta niederließ.

Greta zuckte mit den Schultern. »Keine Ahnung.«

Judith legte auf. »Mist!«, fluchte sie und warf ihr Handy auf die Fensterbank. »Helene wollte doch, dass die Trauerfeier im noblen Weller's Club in St. John's stattfindet. Aber die haben am selben Tag eine Hochzeitsgesellschaft, für die der ganze Partybereich reserviert ist. Und sie wollen partout nicht ihren Speisesaal opfern.« Judith holte tief Luft. »›Der Speisesaal ist für unsere Tagesgäste‹«, äffte sie ihre Gesprächspartnerin nach. »Furchtbar. So was nennt sich Hotelmanagerin. Pah.«

»Helene wird das bestimmt verstehen. Und wir werden schon einen anderen Ort für die Trauerfeier finden, irgendwo, wo es Lou gefallen hätte«, sagte Anna beschwichtigend.

»Wie auch immer, ich häng mich später noch mal ans Telefon. Aber gleich sollten wir uns wieder ans Aufräumen machen. Wir haben gestern nur die Hälfte geschafft, weil Greta zwei Stunden lang damit verbracht hat, Lous alte Gemälde anzustarren.«

»Ein paar von den Landschaftsmalereien sahen aus wie Originale«, erklärte Greta mampfend. »Wir sollten sie schätzen lassen.«

»Wenn du meinst.« Judith zuckte mit den Schultern und nahm ihr Tablet zur Hand.

Anna spießte mit ihrer Gabel das letzte Stück Pancake auf und schaute aus dem Fenster. Das Meer war ruhig und tiefblau, und das kleine Boot, das am Steg festgemacht war, lag fast still, bewegte sich nur sachte hin und her.

Und auf einmal sah sie sich selbst, ein kleines Mädchen, das mit Lou auf dem groben Kies am Ufer stand und Steine ins Meer warf. Die Erinnerung war plötzlich gekommen und hatte sie so heftig übermannt, dass sie für einen kurzen Moment die Luft anhielt. Sie war fünf oder sechs Jahre alt gewesen, einer ihrer ersten Besuche bei ihrer Großmutter, und Lou wollte ihr zeigen, wie man Steine übers Wasser hüpfen ließ. Lou trug ein geblümtes Kleid, ihr Haar hatte sie mit einem Tuch zu einer Art Turban hochgebunden. »Mir hat das Steinehüpfen auch mal jemand gezeigt. Vor langer Zeit«, hatte sie Anna erzählt. Dann war sie in die Hocke gegangen und hatte mit ihr zusammen beobachtet, wie der Stein flink übers Wasser sprang, bestimmt drei- oder viermal, bis er schließlich versank.

Anna hatte versucht, es ihrer Großmutter nachzutun, aber es wollte ihr nicht gelingen. Als sie schließlich enttäuscht aufgab, hatte Lou nur gelächelt. »Das lernst du noch, Anna. Dafür hast du noch viel Zeit. Nur nicht aufgeben, hörst du?« Anna erinnerte sich genau an ihren Gesichtsausdruck, daran, wie sie ihr eindringlich und doch freundlich in die Augen gesehen hatte, mit einer Mischung aus Strenge und Zuneigung.

»Anna? Kommst du mit?« Judith stand vor ihr und wippte nervös mit dem Fuß.

»Ja klar«, murmelte Anna. Sie stand auf und folgte ihren Schwestern in den Keller. Sie hatte keine Lust, wieder allein den Dachboden aufzuräumen.

Dort unten sah es nicht viel anders aus als auf dem Dachboden. Unzählige Kisten, Kartons und Koffer stapelten sich bis fast unter die Decke. Wo kam nur dieses ganze Zeug her? Lou schien in den letzten Jahrzehnten nicht ein einziges Mal ausgemistet zu haben.

Es roch etwas modrig, doch dazu mischte sich ein leichter, fast frischer Duft von Zitrone. Das war das Parfum, das Lou immer getragen hatte, erinnerte sich Anna. All ihre Kleider dufteten danach.

»Wow, die sehen toll aus.« Anna begutachtete die Ölgemälde, die auf einem Regal standen. Es waren größtenteils Landschaftsbilder, aber einige zeigten auch Porträts. Bei einem stutzte Anna.

»Ist das Lou?«

Greta und Judith, die gerade dabei waren, Lous Kleider zu sortieren, sahen erstaunt auf.

»Ja, das kann sein.« Greta kam näher, nahm das Bild in die Hände und betrachtete es eingehend. »Sie sieht traurig aus. Sehr traurig.« Das Porträt zeigte eine junge Frau mit offenem Haar und großen dunklen Augen, die den Betrachter schwermütig ansahen.

»Sie muss Furchtbares erlebt haben«, sagte Anna. »Vor allem damals, in Deutschland, als Jüdin.«

»Wir wissen noch nicht einmal, wann genau sie geflohen ist«, sagte Greta nachdenklich. »Und wie sie es hierher geschafft hat.«

»Und was aus ihrer Familie geworden ist«, ergänzte Anna. »Und aus unserem Großvater …«

»Sie wollte eben nicht darüber reden.« Judith strich eines von Lous geblümten Sommerkleidern glatt. »Aber ich weiß, dass sie es auch nach dem Zweiten Weltkrieg nicht leicht hatte, hier in Neufundland, als geflüchtete junge Frau, ohne Ehemann, mit einem Kind. Sie hat immerzu gekämpft, ihr ganzes Leben lang. Und vielleicht waren die Dinge, die sie erlebt hat, so schlimm, dass sie sie tief in ihrer Seele vergraben hat. Ich meine, sie hat ja noch nicht mal viel über ihre Religion gesprochen. Und Helene hat die jüdischen Traditionen auch nicht weitergeführt.« Judith faltete das Kleid ordentlich zusammen und verstaute es in einer Kiste.

Anna konnte den Blick nicht von Lous traurigen Augen abwenden. Lou war immer so fröhlich gewesen, deshalb vergaß man oft, dass sie so grausame Zeiten durchgemacht hatte.

»Vielleicht war es ja auch Liebeskummer«, mutmaßte Greta. »Dieser junge Mann auf dem Kaminsims-Foto, der könnte ihr das Herz gebrochen haben.«

»Möglich. Aber da war sie noch viel jünger. Auf diesem Gemälde ist sie bestimmt schon in unserem Alter«, sagte Anna gedankenverloren. Sie sah sich das Bild genauer an, strich mit dem Finger vorsichtig über die raue Leinwand. »Hier stehen die Initialen des Künstlers. COC.«

»Hm. Sagt mir nichts.« Greta zuckte mit den Schultern. »Vielleicht ein Kanadier.«

»Anna, wir müssen jetzt wirklich weitermachen. Wir schauen uns die Sachen später an, ja?« Judith sah sie bittend an.

Anna nickte, stellte das Bild zurück an seinen Platz und nahm sich eine Kiste mit der Aufschrift »Spielzeug Helene« vor.

Doch Louises traurige Augen auf dem Bild ließen sie den ganzen Tag über nicht mehr los.

Nach zwei Stunden Sortieren und Packen waren sie ziemlich geschafft. Und obwohl Judith immer wieder zur Eile gemahnt hatte, hatten sie viel Zeit damit verbracht, sich zu erinnern – die gefundenen Dinge gehörten zu Lou, trugen ihre Handschrift. Es war, als würde man ihr Leben aussortieren, ein Leben, das für die Schwestern vertraut und geheimnisvoll zugleich erschien.

»Ich wusste ja, dass es traurig wird, Lous Sachen durchzusehen, aber dass es mich so mitnimmt, hätte ich nicht gedacht«, sagte Judith. Ein paar Haarsträhnen hatten sich aus ihrem Zopf gelöst und umrahmten ihr Gesicht mit den leicht geröteten Wangen. »Und meine Hände riechen nach Mottenkugeln«, fügte sie dann hinzu und spreizte mit angeekeltem Gesicht die Finger.

»Ich brauch ’nen Kaffee«, sagte Greta gähnend.

»Wir brauchen alle eine Pause«, meinte Anna. »Was haltet

ihr von einer kleinen Fahrradtour? Es gibt doch diesen alten Leuchtturm oben am Cape Spear, in der Nähe des Blackhead. Wir waren vor ewigen Zeiten mit Lou mal dort, erinnert ihr euch? Von den Klippen aus soll man sogar Wale beobachten können. Auf dem Rückweg könnten wir noch kurz nach Seaborough, um ein paar Lebensmittel einzukaufen.«

»Und dann vielleicht im Kayman's vorbeigehen und einen netten jungen Mann namens Logan treffen.« Greta fing an zu pfeifen, und Anna strafte sie mit einem bösen Blick ab.

»Na gut. Eine kleine Verschnaufpause wäre nicht schlecht.« Judith stand auf. »Wollen wir los?«

Die Fahrräder, die in dem alten Holzschuppen standen, hatten ihre besten Tage schon lange hinter sich. Lenker und Felgen waren verrostet, und die Reifen waren stark abgefahren. Trotzdem schienen sie noch fahrtüchtig zu sein.

Über einen schmalen, holprigen Pfad radelten sie durch das kleine Waldgebiet. Hochgewachsene Lärchen und breite Fichten säumten den Weg, es duftete nach Tannennadeln, Moos und feuchtem Gras. Die Sonne schien durch die Baumwipfel und warf kleine Lichtkegel auf den Pfad, als wolle sie ihnen den Weg zeigen.

Nach einigen Minuten bogen sie auf einen Kiesweg ab, der sie aus dem Wald heraus und in Richtung Meer führte. Und da lag es vor ihnen, das wilde purpurrote Lupinenfeld, das sich bis nach Seaborough die Küste hinunter erstreckte und das der Bucht ihren Namen gegeben hatte.

Ein Schwarm Papageientaucher erhob sich gerade in die Lüfte, um sich anschließend im Sinkflug zurück ins Wasser zu stürzen.

Von der See wehte eine leichte, salzige Brise. Anna blieb

absichtlich etwas zurück, um einen Blick auf das Meer und die zerklüftete Küste werfen zu können. In der Ferne waren die Klippen vor Petty Harbour zu sehen, zahlreiche Meeresarme, die sich durch das Landesinnere schoben wie Schlangen, Buchten und Fjorde, Brücken, Dämme, einsame Häuser in rauer, unwirtlicher Landschaft. Ein kleines Stück weiter glitzerte ein riesiges altes Schiffswrack im Sonnenschein.

Der Weg schlängelte sich durch grüne Wiesen, durch die Bucht von Seaborough und am Atlantik entlang, wo sie ein paar Fischer dabei beobachten konnten, wie sie ihren Tagesfang aus ihren Booten hievten.

Nach ungefähr einer halben Stunde erreichten sie Petty Harbour. Der malerische Ort lag am Ufer der Halbinsel Avalon in einer wunderschönen Bucht und war berühmt für seine hübschen Holzhäuser und den kleinen Hafen.

Einige Meilen weiter befand sich das Cape Spear. Es ging eine schmale Landzunge hinauf, die tief in den Ozean hineinragte, und schließlich erreichten sie die zerklüfteten Klippen, auf denen ein weißer Leuchtturm stand. Es wehte ein kräftiger Wind, sodass die Schwestern von ihren Rädern absteigen und sie den Rest des Weges hinaufschieben mussten.

»Wahnsinn«, hauchte Greta, als sie am Leuchtturm angekommen waren. »Was für ein Ausblick.«

Auch Anna und Judith blieben stehen. Der Blick war wirklich atemberaubend. Hunderte Meter unter ihnen schlugen die Wellen mit lautem Getöse gegen die steinigen Felsen und ließen Gischt aufsteigen. Vor ihnen schimmerten die Umrisse riesiger Eisberge, die mächtig und erhaben im Wasser thronten. Fischerboote schaukelten über das Meer.

»Lou war oft da draußen«, sagte Anna plötzlich. »Mitten in der rauen See.« Früher hatte Lou viel von der Fischerei erzählt, hatte mit leuchtenden Augen von der spröden Schönheit des Atlantiks geschwärmt, von der wilden See und der salzigen Luft, dem Wind, der einem den Kopf durchpustete. In diesem Moment spürte sie schmerzhaft, wie sehr sie ihre Großmutter vermisste.

»Ja, Lou war taff«, bestätigte Greta.

»Wir sollten uns auch mal ein Boot ausleihen«, sagte Judith unvermittelt.

Greta grinste. »Du willst ein Boot ausleihen? Wirklich? Ein richtiges Boot? Du weißt aber schon, dass man damit aufs Wasser fährt, oder?«

»Sehr witzig. Ich bin längst nicht mehr wasserscheu. Mit Carsten war ich schon mehrmals segeln. Seine Eltern haben zwei Yachten.«

»Soso«, sagte Greta nur und sah wieder in die Ferne.

Anna konnte sich ein Schmunzeln nicht verkneifen. Wie beiläufig Judith immer Carstens Vermögen in eine Unterhaltung einfließen ließ – aber sie bewegte sich eben seit einer Weile in Kreisen, wo das dazugehörte.

»Ich will mir den Leuchtturm mal genauer ansehen. Kommt ihr mit?« Greta schob ihr Fahrrad in Richtung des Turms, Anna und Judith folgten ihr.

Neben dem Leuchtturm befand sich ein Schuppen, davor lagen ein uraltes Boot mit weiß-blauer Beplankung und grüne Netze, in denen noch Krabbenbeine und andere Kadaver klebten. Es roch nach Fisch und altem Öl.

»Ob der Leuchtturm bewohnt ist?« Anna schirmte ihre Augen mit der Hand vor der Sonne ab und betrachtete die helle Fassade.

»Glaub ich nicht«, meinte Judith. »Ist doch viel zu einsam hier.«

»Aber schön. Keine nervigen Nachbarn, kein Straßenlärm, nur das Meer und die Möwen«, sagte Greta.

»Ach komm, als ob du es in der Einsamkeit lange aushalten würdest.«

Greta und Judith zogen sich damit auf, dass keine von ihnen es auch nur einen Tag ohne Handy und Internet aushalten würde, aber Anna schwieg. Ihr war es irgendwie peinlich zu erklären, dass sie überhaupt nichts dagegen hätte, hier zu leben. Sie brauchte keinen Trubel. Das war noch nie ihr Ding gewesen.

Die Schwestern ließen sich auf einer Bank neben dem Leuchtturm nieder. Sie packten ihre mitgebrachten Kekse und die Thermoskanne mit Kaffee aus.

Eine Weile blickten sie schweigend aufs Meer und hörten den tosenden Wellen zu, die gegen die Klippen schlugen, bis Judith plötzlich die Stille durchbrach: »Carsten hat übrigens ein Angebot für einen neuen Job. In London.« Sie strich sich eine Locke aus der Stirn.

Anna und Greta sahen sie verdutzt an.

»Und, wird er ihn annehmen?«, fragte Greta.

Judith zuckte mit den Schultern. »Ist ein tolles Angebot, wäre für seine Karriere perfekt.«

»Aber was ist mit dir und deinem Job?«, fragte Anna.

»Ich könnte dort auch als Anwältin arbeiten, meine Kanzlei hat in London ja eine Niederlassung. Aber eine Umstellung wär's schon.«

»Also, ich find's nicht gut, wenn ihr wegzieht. Wir bekommen dich sowieso schon kaum zu Gesicht. Wenn ihr in London wohnt, sehen wir dich bestimmt gar nicht mehr«, sagte Greta, dann überlegte sie einen Moment und fügte hinzu: »Und Mama wird davon auch nicht begeistert sein.«

»Sie weiß es schon. Sie meinte, ich soll tun, was ich für richtig halte. London ist ja nicht so weit weg.«

»Hm.« Jetzt fiel auch Greta nichts mehr ein.

Anna sah zum Horizont, wo das helle Blau des Himmels, durchzogen von weißen Schleierwolken, langsam in das tiefe Blau des Ozeans überging. Sie hatte keinen Rat für ihre Schwester. Und Judith war auch nicht der Typ, der um Rat fragte. Aber so richtig überzeugt von der Idee, nach London zu ziehen, schien sie nicht zu sein, wie sie dort saß und gedankenverloren aufs Wasser blickte. Sie sah sogar fast ein bisschen traurig aus.

Mit Philipp war Anna einmal in einer ähnlichen Situation gewesen. Doch da war sie es gewesen, die ein Jobangebot bekommen hatte. Es war zwar nicht London, aber München, achthundert Kilometer von Hamburg entfernt. Sie hätte es wahnsinnig gern angenommen, denn die Position als stellvertretende Art-Direktorin hatte vielversprechend geklungen. Philipp hatte aber wenig Verständnis gezeigt. Sein Job war immer noch um einiges besser bezahlt, und er hatte keine Lust gehabt, sich etwas Neues zu suchen. Für ihn hatte es da kaum Diskussionsbedarf gegeben. Als sie noch einmal mit ihm darüber sprechen wollte, hatte er sie ziemlich unwirsch abgebügelt.

Vielleicht hätte ich damals einfach gehen sollen, dachte sie. Vielleicht hätte ich ihm die Stirn bieten sollen, anstatt immer nur nachzugeben. Doch dann fiel ihr ein, dass Philipp ihr zwei Wochen später eine Reise geschenkt hatte. Einen Kurztrip nach Paris, wo sie schon immer hingewollt hatte. Er hatte gesagt, das sei eine kleine Entschädigung dafür, dass sie den Job nicht angenommen hätte. Und dass er sie immer auf Händen tragen, ihr jeden Wunsch erfüllen würde. Sie müsse noch nicht mal arbeiten, er würde für alles sorgen. Eigentlich war es ungerecht, ständig wütend auf ihn zu sein.

»Anna?« Greta schaute sie an. »Träumst du? Judith ist auch so abwesend. Ich führe ungern Selbstgespräche.«

»Entschuldige«, sagte Anna, um sich dann Judith zuzuwenden. »Ich würde mich jedenfalls freuen, wenn ihr nicht nach London geht. Ich fände es schön, wenn ihr bleibt.«

Judith sah überrascht auf. »Das freut mich.« Für einen kurzen Moment wirkte sie richtig glücklich.

»Guckt mal, da vorn!« Greta zeigte plötzlich zum Horizont und ließ vor Aufregung fast ihren Becher fallen. Judith und Anna folgten ihrem Blick.

Einige hundert Meter vor dem Ufer erhob sich etwas Großes und Dunkles aus dem Wasser, das eine Fontäne aufsteigen ließ und schließlich wieder abtauchte.

»Mein Gott, ein Wal!«, rief Anna.

Gebannt sahen sie zu, wie sich das Schauspiel ein paar Sekunden später wiederholte. »Er will uns grüßen«, flüsterte Greta, ohne den Blick von dem Wal abzuwenden, und Judith hatte es ganz die Sprache verschlagen.

Nach dem zweiten Mal schien der Wal genug zu haben und tauchte nicht mehr auf.

»Ich könnte den ganzen Tag hier verbringen«, stellte Greta fest. »Aber jetzt lasst uns den Leuchtturm ansehen, okay?«

»Was meinst du mit *ansehen*? Wir können da wohl kaum einfach so hineinspazieren«, gab Judith zu bedenken, aber Greta war schon aufgesprungen. Entschlossen machte sie sich auf in Richtung Eingangstür.

»Ist nicht verschlossen!«, rief sie, nachdem sie ein wenig an der Klinke geruckelt hatte. Doch dann blieb sie plötzlich wie versteinert stehen. Kurz darauf trat sie einen Schritt zurück, und Anna und Judith konnten sehen, dass ein alter Mann im Türrahmen stand, der nicht gerade begeistert dreinschaute.

»Entschuldigung«, stammelte Greta und stolperte ein paar Schritte rückwärts. »Ich wusste nicht …« Sie lief zurück zu ihren Schwestern. Der Mann starrte ihr nach.

Anna konnte aus der Entfernung nur einen kurzen Blick auf sein Gesicht erhaschen. Er hatte raspelkurzes graues Haar, und auf einer Wange prangte ein großer Leberfleck.

»Oje. Wir sollten lieber schnell abhauen.« Greta schnappte sich ihren Rucksack. »Der sieht aus, als wäre mit ihm nicht gut Kirschen essen.«

»Ich hab dir doch gesagt, dass du da nicht einfach so reinspazieren kannst«, zischte Judith, während sie hastig Thermoskanne und Kekse in ihrem Rucksack verstaute.

Sie nahmen ihre Fahrräder und liefen eilig zurück auf den schmalen Kiesweg, der nach Petty Harbour führte. Als sie sich ein ganzes Stück entfernt hatten, drehte Anna sich noch einmal um. Der alte Mann stand noch immer vor der Tür, und kurz sah es so aus, als würde er lächeln.

Sie radelten ein Stück an der Küste entlang und durch einen Kiefernwald, bis sie schließlich Seaborough erreichten. Die Straßen des kleinen Orts waren so gut wie verlassen, von einem Hundebesitzer abgesehen, waren sie allein unterwegs.

Am Bootssteg vor dem Kayman's saß Dan auf einem Liegestuhl und blätterte in einer Zeitung.

»Hey!«, rief er, als er sie entdeckte. »Hab ja nicht gedacht, dass ich euch so schnell wiedersehe!«

»Wir stehen eben auf Waffeln«, erklärte Greta, während sie es Anna und Judith gleichtat und ihr Fahrrad an eine Hauswand lehnte.

»Ich hab zwar gerade Pause, aber für euch öffne ich natürlich gern.« Dan stand auf, ging zum Diner, schloss die Tür auf und drehte das Blechschild um, sodass von außen nun das Wort »Open« zu sehen war.

Sie setzten sich an einen Tisch am Fenster. Dan brachte heißen Kaffee und ließ sich neben Judith nieder. »Ihr habt eine Fahrradtour unternommen?«

»Ja, und wir hatten ein unheimliches Erlebnis. Eine Begegnung der dritten Art sozusagen.« Greta war anzumerken, dass sie noch immer ein wenig erschrocken war.

»Na, das klingt ja spannend.«

»Es war am Cape Spear, beim Leuchtturm. Da wohnt ein alter Mann, ganz allein. Ich hab gedacht, der holt gleich seine Schrotflinte raus. Ich hatte echt Angst.«

»Du hast vergessen zu erwähnen, dass du Hausfriedensbruch begehen wolltest«, erinnerte Judith ihre Schwester.

»Ach, ich wollte doch nur mal gucken. Und wenn der seine Tür nicht verschließt …«

Dan lachte. »Jack verschließt nie seine Tür. Alte Gewohnheit.«

»Du kennst den Mann?«, fragte Anna.

»Ja, das kann man so sagen. Er ist mein Vater.«

»Oh«, sagte Greta und lief rot an.

Aber Dan schien ihr ihren Bericht nicht übel zu nehmen. »Jack ist eigentlich gar nicht so, er ist sogar sehr gastfreundlich. Aber gerade bei schönem Wetter tummeln sich immer Touristen oben am Leuchtturm, die alles niedertrampeln und überall ihren Müll hinterlassen. Das geht ihm ziemlich auf die Nerven, versteht ihr?«

»Absolut«, versicherte Greta schnell. »Aber wir haben unseren Müll wieder mitgenommen.«

»Wohnt er ganz allein in dem Leuchtturm?«, erkundigte sich Judith.

»Ja. Meine Mum ist leider vor einem Jahr verstorben, die beiden haben vorher in der Nähe von St. John's gelebt. Jack hatte dort eine kleine Reparaturwerkstatt. Seit ihrem Tod lebt er in dem Turm.« Dan zeigte hinter sich. Neben den treppenartig angeordneten, dicht beieinanderstehenden Holzhäusern von Seaborough ragte in der Ferne der Leuchtturm hervor.

In diesem Moment ging die Tür auf, und Logan trat ein. Anna freute sich, ihn zu sehen. Sie konnte nicht leugnen, dass seine Anwesenheit etwas mit ihr machte.

Logan begrüßte sie knapp und ging dann in die Küche. »Unser Koch hat heute Urlaub«, erklärte Dan. »Aber Logan kann das auch sehr gut.«

Eine halbe Stunde später kam er mit einem großen Teller voller goldgelber Küchlein und frischem Brot zurück.

»Das sind unsere berühmten Fish Cakes«, erklärte er.

Greta griff sich sofort eins und biss hinein. »Mmmhh, lecker«, stieß sie mit vollem Mund hervor. Judith und Anna langten ebenfalls zu.

»Seit gestern Abend wird übrigens ein Fischerboot vermisst«, sagte Dan und stand auf, um Kaffee nachzuschenken. »Manche unterschätzen immer noch den Wellengang.«

»Die Küste hier ist rau, und das Meer macht, was es will«, pflichtete Logan ihm bei. »Als Junge bin ich mal zu weit hinausgepaddelt. Obwohl mein Großvater Jack und Dan mich vor der Strömung gewarnt haben, hat sie mich dann doch überrascht. Ein Wunder, dass ich es zurück ans Ufer geschafft habe.«

»Ein großes Glück. Nicht weit von hier, an der Neufundlandbank, da geht es richtig hoch her.« Dan senkte die Stimme.

»Ich könnte euch Geschichten erzählen … Denn dort, wo der kalte Labradorstrom auf den warmen Golfstrom trifft, da versteht der Atlantik keinen Spaß. Vor ungefähr zwanzig Jahren wurde dort die höchste Welle überhaupt gesichtet. Dreiunddreißig Meter. Wenn so eine Wand auf einen zukommt, da kann einem schon angst und bange werden.«

»Hast du auch mal solch hohe Wellen erlebt?«, fragte Greta.

»Na ja, dreiunddreißig Meter waren es nicht oft, aber den einen oder anderen Sturm hab ich auch mitgemacht. Als ich früher mit Jack draußen fischen war, bei jedem Wind und Wetter.«

»Es muss schön auf dem Wasser sein«, sagte Anna. »Fühlt man sich da nicht ganz frei?«

»Sehr. Nur ich, das Wasser und der Himmel. Es gibt nichts Schöneres, als bei Sonnenaufgang auf dem weiten Meer im Boot zu sitzen und darauf zu warten, dass ein Kabeljau anbeißt.«

»Also, für mich wär das nichts, da hätte ich keine Geduld für. Aber Lou war ja auch eine begeisterte Anglerin«, meinte Judith und griff erneut nach einem Fish Cake.

»Das kann man so sagen. Eure Grandma hat eine Zeit lang die lokale Fischerei bestimmt. Sie hat das ganze Land mit ihrem Fisch versorgt. Schade, dass es irgendwann vorbei war damit. Aber die Überfischung hat die ganze Gegend hart getroffen.«

»Ich glaube, ihr Geschäft aufzugeben war für sie nicht ganz so schlimm«, meinte Anna. Helene hatte einmal erzählt, dass Lou ganz froh gewesen war, als sie sich wieder anderen Dingen zuwenden konnte. Genug Geld verdient hatte sie allemal.

»Braucht ihr eigentlich noch Hilfe bei den Vorbereitungen der Trauerfeier?«, fragte Logan.

Judith seufzte. Das war nicht gerade ihr Lieblingsthema.

»Da erinnerst du mich an was. Wir haben noch kein Restaurant gefunden. Ich muss mich noch mal ans Telefon hängen.« Sofort hatte sie wieder ihr besorgtes und geschäftiges Judith-Gesicht aufgesetzt.

»Ihr könnt die Trauerfeier doch hier abhalten«, schlug Dan vor. »Ich weiß, wir sind kein Luxusrestaurant, aber Lou war immer gern hier.«

Die Schwestern sahen sich an. »Ich weiß nicht«, meinte Judith zögernd. »Das ist nett von dir, Dan, aber unsere Mutter hat ziemlich klare Vorstellungen bei solchen Sachen.«

»Na ja, es ist ja nicht *ihre* Beerdigung. Ich möchte auch nicht, dass meine Trauerfeier in einem Luxusrestaurant bei Schampus und Hummer abgehalten wird.«

»Eigentlich hat Dan recht«, mischte Anna sich ein. »Lou hätte es hier bestimmt besser gefallen als in irgendeinem Restaurant in St. John's.«

»Trotzdem …« Judith schien nicht überzeugt zu sein. Sie hatte schon immer den besten Draht zu Helene gehabt, vielleicht, weil sie sich in vielem so ähnlich waren.

»Überlegt es euch. Wir können auch kurzfristig etwas auf die Beine stellen«, sagte Dan.

Er räumte ab und verschwand hinter der Theke, um neuen Kaffee aufzusetzen.

»Wir müssen langsam los, wir wollen ja noch einkaufen«, drängte Judith und sah auf die Uhr.

»Okay. Ich muss aber noch mal auf die Toilette.« Greta sprang auf.

»Das war ja klar«, murmelte Judith. »Dann warte ich draußen. Bis gleich!« Sie winkte noch kurz zu Dan hinüber, bevor sie das Diner verließ.

Anna und Logan blieben allein am Tisch zurück.

»Ihr scheint euch gut zu verstehen, deine Schwestern und du.«

»Meistens ja. Nicht immer.« Anna schmunzelte.

»Na ja, das ist wohl bei allen Geschwistern so.« Er überlegte kurz. »Meine Band und ich spielen übrigens heute Abend im Claddagh's, das ist ein irischer Pub in Petty Harbour. Nur falls du Lust hast.«

»Ja, gern.« Viel zu schnell kam die Antwort. Es war sicher nicht die cleverste Idee, mehr Zeit mit Logan zu verbringen.

»Schön.« Logan freute sich. »Wir beginnen um acht. Soll ich dir den Weg beschreiben?«

Anna schüttelte den Kopf. »Nicht nötig. Heute gibt es ja Internet.« Sie grinste. »Und sind meine Schwestern auch erwünscht?«

»Na klar.«

Während Judith nach dem Einkauf weiter mit der Planung der Trauerfeier befasst war und Greta sich im Wohnzimmer einen Film anschaute, zog Anna sich in ihr Zimmer zurück.

Sie freute sich darauf, Logan wiederzusehen. Wenn sie ehrlich war, hatte sie sich schon lange nicht mehr so sehr auf einen Abend in einer Bar gefreut. Und ihre Schwestern hatten sofort zugestimmt, mit ins Pub zu kommen. Sie waren sich einig gewesen, dass ein bisschen Ablenkung nicht schaden konnte.

Etwas widerwillig nahm sie ihr Handy in die Hand, das sie absichtlich den ganzen Tag auf dem Nachttisch hatte liegen lassen. Drei Anrufe in Abwesenheit, eine SMS. »Ich erreich dich nicht! Bitte meld dich mal. Vermiss dich sehr. Phil.«

Anna legte das Telefon zur Seite und ließ sich aufs Bett fallen. Sie wünschte, Philipp hätte ihr in den letzten Monaten so viel Aufmerksamkeit geschenkt wie in den vergangenen Tagen.

Jetzt konnte man fast den Eindruck gewinnen, dass er Angst hatte, etwas zu verlieren, von dem er angenommen hatte, dass es ihm gehörte.

Sie stand auf und ging zum Kleiderschrank. Von unten war Judiths laute Stimme zu hören, die eindringlich auf jemanden einredete. Dazu mischte sich der dumpfe Ton des Fernsehers, den Greta auf volle Lautstärke gestellt hatte. Anna musste lächeln. Sie kam aus einer lauten, manchmal etwas anstrengenden Familie, aber eigentlich wollte sie für ihr Leben genau das: eine große, lebhafte und ein bisschen verrückte Familie. In der man sich zankte und wieder vertrug, in der man zusammen lachte und weinte, in der man die anderen liebte und manchmal aus tiefstem Herzen hasste. Eigentlich hatte sie das alles einst mit Philipp geplant. Doch nun waren diese Pläne ins Wanken geraten. Und was nützte eine Beziehung, wenn man dies alles nicht mehr in Betracht zog? Oder machte sie sich mal wieder zu viele Gedanken? War nicht jede Partnerschaft eine Berg-und-Tal-Fahrt, in der man die Täler eben überstehen musste? Und in was für eine Zukunft würde sie überhaupt aufbrechen, wenn Philipp nicht mehr in ihrem Leben war? War eine solche überhaupt vorstellbar?

Sie öffnete den Kleiderschrank und nahm ihr rotes Lieblingskleid heraus. Genug der Grübeleien.

Wie aufs Stichwort klopfte es.

»Anna, bist du fertig? Wir müssen gleich los!« Das war Greta.

»Aye, aye, Chef! Komme sofort!«

Es war schon dunkel, als sie aus dem Taxi stiegen. »Das letzte Stück müsst ihr laufen, da darf ich nicht langfahren«, erklärte der Fahrer.

»Hübsch hier«, sagte Greta. Die Holzhäuser waren genauso bunt wie die in St. John's, die Eingänge waren mit Blumen dekoriert, und in einigen Fenstern brannte ein behagliches Licht. In der Ferne war das Rauschen des Meeres zu hören.

Greta und Judith begannen, über die neufundländische Architektur zu diskutieren – Greta fand sie erfrischend und mutig, während Judith eine klare Linie fehlte –, und Anna lief schweigend neben ihnen her. Kurz bevor sie losgefahren waren, hatte sie versucht, Philipp anzurufen, aber er hatte nicht abgenommen. Wahrscheinlich arbeitete er. Oder er ließ sie zappeln.

Sie dachte daran, dass sie in der letzten Zeit kaum mehr Lust gehabt hatte, etwas zu unternehmen, immer hatte es sich wie eine Pflicht angefühlt. Aber hier, weit von ihrem Zuhause entfernt, packte sie plötzlich die Neugier. Und das lag nicht an Logan. Oder nur ein kleines bisschen.

»Das hört sich doch schon mal super an!« Greta wippte im Takt der Gitarrenmusik, die man bis auf die Straße hören konnte. Sie standen vor dem Eingang zum Claddagh's. Ein paar junge Leute rauchten und unterhielten sich laut.

»Logan spielt um acht«, sagte Anna mit Blick auf ihre Uhr.

»Ich gehe uns schnell noch ein Bier holen!«, rief Greta.

Im Pub war ordentlich was los. Es war in einem alten Haus untergebracht, die Dielen und die Bar waren aus dunklem Holz, während die Wände dunkelrot gestrichen waren. Es war stickig und heiß, und an der Theke tummelten sich zahlreiche Gäste.

»Viel Spaß beim Bierholen«, sagte Judith zu Greta, während sie hineingingen. »Wenn du da durchkommst, hast du meinen vollsten Respekt.«

»Dann pass mal auf.«

Greta schlängelte sich an einem dickbäuchigen Mann vorbei, duckte sich unter Gläsern hindurch, die eine Frau auf einem Tablett balancierte, drängte sich zwischen ein turtelndes Paar – und stand schließlich vorn an der Theke. Wenig später war sie zurück – drei gezapfte Biere in der Hand.

»Wow, nicht schlecht. Machst du so was öfter?«, fragte Judith.

»Kein Kommentar«, antwortete Greta und prostete ihnen zu.

Auf der kleinen Bühne, die sich im hinteren Bereich des Pubs befand, wurden gerade Mikrofone und Verstärker aufgebaut, und ein bulliger Typ mit Basecap machte den Soundcheck, indem er aufs Mikro klopfte und heiser »Trinkt, trinkt, eins, zwei« hineinsprach. Das Mikro pfiff und quietschte, schien aber schließlich zu funktionieren.

Dann räusperte er sich und rief laut: »Hey, Leute!«

Schlagartig wurde es ruhig im Pub, fast alle drehten sich zur Bühne.

»Hi«, sagte der bullige Typ ins Mikro und sah sich um. »Schön, dass ihr so zahlreich erschienen seid. Wer mich noch nicht kennt: Ich bin Ethan, mir gehört dieser Schuppen hier. Und ich bin stolz, euch heute The Great Pretender's präsentieren zu dürfen!«

Tosender Beifall.

Drei Männer stiegen die wenigen Stufen zur Bühne hinauf, und eine erwartungsvolle Stille breitete sich aus.

Logan ging mit seiner Gitarre zum Mikro, er schien der Sänger und Gitarrist der Band zu sein. Ein etwas kleinerer Typ setzte sich hinter ihm ans Schlagzeug, und neben ihm stand ein weiterer Gitarrist.

»Hi«, sagte Logan. »Wir freuen uns, hier zu sein!«

Sie begannen mit einem ruhigen Song, der Anna an Irish Folk erinnerte, dann folgten ein paar rockigere Nummern. Logan sang und spielte mit großer Leidenschaft. Das ein oder andere Mal hatte sie das Gefühl, dass er ihr zuzwinkerte. Wie konnte sie überhaupt an so was denken?

Den nächsten Song schien jeder im Raum zu kennen, denn alle sangen lauthals mit und klatschten.

»Hey, das ist klasse!«, rief Greta und tanzte ausgelassen. »›The Ferryman‹. Sagt bloß, den Song kennt ihr nicht?«

Judith schüttelte nur verständnislos den Kopf, während Anna vage nickte, was Greta aber sowieso nicht mehr bemerkte, weil sie sich mit geschlossenen Augen im Takt der Musik bewegte.

»Und bevor wir in die Pause gehen, haben wir noch einen tollen Cover-Song für euch.« Logan war inzwischen ziemlich erhitzt, seine Wagen waren gerötet, und ein paar Haarsträhnen klebten an seiner Stirn, aber er strahlte vor Enthusiasmus. Der Auftritt schien ihm sichtlich Spaß zu machen. »›Nothing Else Matters‹«, rief er, aber seine Worte gingen schon nach den ersten Silben in lautem Beifall und begeisternden Rufen unter.

Während alle um sie herum mitsangen – sogar Judith hatte die Augen geschlossen und wirkte vollkommen gelöst –, trat Anna unwillkürlich einen Schritt zurück. Jeder hier im Raum verband mit dem Lied sicher irgendeine Geschichte. Auch Anna. Doch bei ihr war es keine schöne Geschichte.

Es war vor zwei Jahren gewesen, im Sommer, der brütend heiß war und einem die Luft zum Atmen nahm. Sie hatte in den letzten Zügen ihres Studiums gelegen, nur noch ein paar Wochen, und es war geschafft. Keine Prüfungen mehr, kein nächtelanges Durcharbeiten halb fertiger Entwürfe, die sie für ihre Abschlussarbeit brauchte. Endlich frei! Endlich einen Job finden, das wahre Leben beginnen. Natürlich mit Philipp. Er war ihre große Liebe, sie waren unzertrennlich. Noch nie hatte sie so starke, so leidenschaftliche Gefühle für jemanden empfunden. Jede Berührung war ein kleines Abenteuer, entfachte ein Feuer in ihr, selbst nach drei gemeinsamen Jahren. Sie hätte alles für ihn getan. Und dann kam dieser Dienstag im August, der heißeste Tag des Jahres, wie die Meteorologen sagten, dieser schreckliche Tag, der alles veränderte.

Es war kurz nach Mitternacht, Anna saß noch am Computer. Durch das offene Fenster wehte ein Hauch von einem lauen Lüftchen, und sie konnte sich nach der Hitze des Tages nun halbwegs konzentrieren. Philipp war noch nicht zu Hause. Er hatte vor ein paar Stunden angerufen und gesagt, dass es später werden würde, vielleicht würde er mit den Kollegen noch ein Bier trinken. Das kam in der letzten Zeit öfter vor, aber es hatte sie nicht beunruhigt. Sie war so vertieft in ihre Arbeit, dass ihre Gesellschaft sicher nicht besonders spannend war, also sollte er sich ruhig woanders amüsieren.

Doch als es immer später wurde, fing sie langsam an, sich Sorgen zu machen. Sie rief auf seinem Handy an, doch es ging nur die Mailbox ran. Sie schrieb zwei SMS, aber auch darauf reagierte er nicht. Um kurz vor zwei klappte sie schließlich ihren Laptop zu und stand auf. Sollte sie losfahren, in die Bar, wo Philipp meist mit seinen Kollegen hinging? War das nicht ein bisschen albern? Vielleicht hatte er nur die Zeit vergessen, hatte sein Handy auf stumm geschaltet oder einfach schlechten Empfang. Wenn sie da jetzt als besorgte Freundin auftauchen würde, wäre das sicher ziemlich peinlich. Andererseits: Was, wenn er auf dem Nachhauseweg einen Unfall gehabt hatte? Manchmal fuhr er noch Auto, obwohl er getrunken hatte. Als die Uhr kurz vor drei anzeigte und sie fünf Nachrichten auf seiner Mailbox hinterlassen hatte, nahm sie Handtasche und Autoschlüssel und machte sich auf den Weg.

Die Poison Bar hatte ein kühles Ambiente mit weißen Barhockern, einer langen Theke aus Glas und Barkeepern, die weiße Hemden und schwarze Fliegen trugen.

Sie verharrte einen Moment lang unschlüssig vor dem Eingang, dann trat sie ein. Drinnen war es schon ziemlich leer, nur an zwei Tischen am Fenster standen noch ein paar Leute, die sich unterhielten. Der Barkeeper trocknete gerade Gläser und nickte ihr kurz zu.

An einem der Tische entdeckte sie eine Gruppe junger Männer, darunter auch Stefan mit seinen dichten blonden Haaren, er war Philipps Teamkollege. Mit ihm und seiner Frau Caro waren sie schon mehrmals ausgegangen. Caro war Model und redete meist über Laufsteg-Klatsch. Ein wahres Vergnügen.

Als Stefan sie erblickte, verschluckte er sich fast an seinem Cocktail. Im Nachhinein hatte sie oft gedacht, dass sie in diesem Augenblick schon hätte misstrauisch werden sollen. Aber damals hatte sie geglaubt, dass Stefan nur überrascht war, sie um diese Uhrzeit zu sehen, in einer Bar, in die sie sonst eher selten kam.

»Anna! Wieso bist du hier?«, stammelte er und schaute nervös zur Tür.

»Ich hab mir Sorgen gemacht. Ist Philipp noch hier?« Sie sah sich suchend um.

»Nein, der ist schon weg. Ihr habt euch knapp verpasst«, sagte Stefan. »Du kannst also gleich wieder los«, schob er noch schnell hinterher. Die anderen Männer am Tisch nickten bestätigend.

»Hm, das ist komisch. Sein Wagen steht doch noch vor der Tür. Oder hat er ein Taxi genommen?«

»Klar, ein Taxi. Er hatte schon einiges getrunken.«

»Okay.« Sie war erleichtert. Auch wenn die Jungs sich ein bisschen komisch benahmen, schien alles in Ordnung zu sein. Sie hatte sich umsonst gesorgt.

»Dann werd ich mal wieder. Schönen Abend noch!« Sie wollte sich gerade umdrehen, als die Tür, die zu den Toiletten führte, mit Schwung aufgestoßen wurde.

Immer wenn sie daran zurückdachte, sah sie alles in Zeitlupe. Philipp, dessen Hemd bis zur Brust geöffnet war, seine glasigen Augen, sein Arm, der um die Hüften von Sina lag. Sina, ihre Freundin, die sie schon seit dem Kindergarten kannte. Sie sah Philipps Hand, die bis zu Sinas Po gerutscht war. Und sie sah Sina in dem für sie ganz untypisch kurzen Kleid, mit dem verschmierten Lippenstift und dem offenen Haar, sah, wie sie Philipps Hals küsste und ihre Finger auf seinem Hosengürtel lagen. Sie sah das alles und nahm es doch nicht wahr, fast als würde nicht ihr es passieren, sondern jemand anderem.

Als Philipp sie bemerkte, ließ er Sina los, stand für einen Moment reglos da, bis er schließlich auf sie zuging. Doch sie drehte sich um und rannte aus der Bar. Verzweifelt suchte sie nach ihrem Autoschlüssel. Sie kam sich vor wie in einem schlechten Film, aber das hier war traurige Wirklichkeit. Sie spürte Philipps Hände, wie er versuchte, sie zu beruhigen und sie an sich heranzuziehen. Er roch nach Alkohol und Zigaretten und nach einem viel zu süßen Parfum. Sie schlug wild um sich, weil sie nicht wusste, was sie sonst tun sollte. Sie war so wütend, so zornig, so angeekelt. Sie hasste ihn, sie hasste sich selbst, sie hasste die ganze Welt.

»Bitte, lass es mich erklären, Anna. Bitte.« Er klang fast so verzweifelt, wie sie sich fühlte. Das war zumindest etwas.

»Erklären? Was willst du denn erklären?«

»Es war dumm. Ein dummer Ausrutscher. Aber es bedeutet nichts.«

»Dumm? Dumm ist es, wenn ich meinen Bus morgens verpasse. Oder wenn meine Lieblingsmarmelade ausverkauft ist. Aber das?« Sie schrie. »Das ist absolut bescheuert, scheiße, mies, hinterhältig, widerwärtig.« Sie spuckte die Wörter aus, schleuderte sie ihm entgegen wie Pistolenkugeln. »Sina? Musste es Sina sein? Meine Freundin? Ein bedeutungsloser Ausrutscher?« Sie war so fassungslos, dass sie kaum noch atmen konnte.

Als sie ihren Schlüssel gefunden hatte, stieg sie zitternd in den Wagen und ließ Philipp mit offenem Hemd auf dem Gehweg stehen.

Zwei Wochen lang sprach sie kein Wort mit ihm. Sie konnte dieses ekelhafte, schmutzige Bild nicht aus ihrem Gedächtnis verbannen.

Doch irgendwann war sie es leid gewesen, weiter wütend zu sein, war erschöpft von all den hässlichen Gefühlen, die in ihr tobten. Philipp hatte sich in dieser Zeit sehr bemüht und ihr jeden Tag Blumen mitgebracht, manchmal auch ihre Lieblingspralinen. Und er hatte sie nicht bedrängt. Er beteuerte nur, dass es vorbei sei, dass er und Sina sich ohnehin nur ein, zwei Monate getroffen hätten, dass es »rein körperlich« gewesen sei, ohne Gefühle …

Aber ausgerechnet Sina, ihre Sandkastenfreundin, der sie immer alles erzählt hatte, die fast wie eine Schwester war. Und obwohl sie Philipp verziehen hatte – zumindest hatte sie das geglaubt –, hatte sie mit Sina nie wieder ein Wort gewechselt. Das war nicht fair, schließlich gehörten zu einem Betrug immer zwei, aber seltsamerweise war sie auf Sina noch wütender als auf Philipp.

Am Ende hatte sie Philipp gebeten, nie wieder ein Wort

über die Sache zu verlieren. Sie wollte vergessen, was passiert war. Aber verdrängen heißt nicht verarbeiten, wie Anna feststellte, und das Erlebnis holte sie immer wieder ein. Sie ertappte sich, wie sie Philipp beobachtete, wie sie misstrauisch jeden seiner Schritte kontrollierte. Tief in ihrem Inneren war etwas zerbrochen, und so sehr sie sich bemühte, sie schaffte es nicht, es wieder zusammenzusetzen.

Damals, in der Poison Bar, hatte sie auch das Lied gehört, das ihr jetzt in der Version von Logans Band entgegenschallte. Sie hatte es nie wieder hören können. Bis jetzt.

Der Song war vorbei, und die Great Pretender's verließen die Bühne, aber sie bemerkte es nur am Rande. Sie hatte sich in eine dunkle Ecke des Pubs zurückgezogen, um mit sich und ihren Erinnerungen allein zu sein.

Sie sah erst wieder auf, als Logan zu ihr kam.

»Hey.« Er blieb vor ihr stehen und nahm einen Schluck aus seiner Bierflasche. Er hatte noch immer Schweißperlen auf der Stirn.

»Das war ein toller Auftritt«, sagte sie, vielleicht nicht ganz so überzeugend, wie es der Band gebührte.

»Danke.« Er schien ihre Stimmung nicht zu bemerken. »Wir haben uns heute extra Mühe gegeben. Wussten ja, dass hoher Besuch aus Deutschland da ist.«

»Na, da haben wir aber Glück gehabt.«

»Lust auf einen kleinen Spaziergang?« Er streckte seine Hand aus.

Sie zögerte, sah zu ihren Schwestern hinüber, die sich mit irgendwelchen Leuten unterhielten.

»Warum nicht.« Sie ergriff seine Hand, die voller Schwielen war, sich aber stark und warm anfühlte, und ließ sich von ihm nach draußen ziehen.

Die Nacht war sternenklar. Schweigend liefen sie nebeneinander her, Hand in Hand. Je weiter sie sich vom Pub entfernten, desto ruhiger wurde es. Irgendwann hörten sie nur noch das Meeresrauschen.

Logan führte sie einen kleinen Hang hinunter, und wenig später standen sie an einem Pier, wo einige Fischkutter vertäut waren. Vor ihnen lag die Bucht, die ins endlose Meer mündete. Eine Flagge war gehisst, die im Wind flatterte. Die Wellen schwappten gegen die Holzplanken, und das Wasser glitzerte im Mondschein.

Sie setzten sich und ließen die Beine baumeln. Logan hatte ihre Hand noch immer nicht losgelassen, sie lag wie selbstverständlich in der seinen.

»Früher bin ich oft hergekommen. Hier hatte ich meine Ruhe und konnte nachdenken«, erzählte Logan. »Ich hab das alles ziemlich vermisst, als ich zum Studieren wegging.«

»Kann ich mir vorstellen. Es ist wunderschön hier.«

Sie war ihm so nahe, dass sie sein herbes Rasierwasser riechen konnte, ein Duft, der neu und aufregend war. Er strich ihr über den Rücken, sanft und vorsichtig, und in ihrem Bauch fingen ein paar Schmetterlinge an zu tanzen. Gegen ihren Willen natürlich.

Sie sahen eine Weile schweigend aufs Wasser, bis Logan schließlich sagte: »Ich muss leider gleich zurück. Die Jungs können schlecht ohne mich weiterspielen.«

»Okay. Judith und Greta wundern sich sicher auch schon, wo ich geblieben bin.«

Langsam gingen sie den Weg wieder zurück.

Den Rest des Abends ignorierte Anna die Blicke ihrer Schwestern und die Nachrichten auf ihrem Handy.

KAPITEL VI

Grindelviertel, Hamburg, September 1939

15. September 1939
Wir befinden uns im Krieg.

Vor zwei Wochen sind Deutschland und Polen in Kriegshandlungen eingetreten. Hitler hat gesagt, dass die Polen den Sender Gleiwitz überfallen haben, und die Deutschen haben zurückgeschossen. In den Zeitungen steht, dass die Polen die deutschen Minderheiten im Land schlecht behandeln, dass sie den Krieg provoziert haben.

Louise und Carl liefen die Frickestraße entlang. Sie hatten beschlossen, sich heute einmal nicht zu verstecken, sondern einen Nachmittag wie früher miteinander zu verbringen. »Mein Vater hat in diesen Tagen sowieso andere Sorgen, als uns hinterherzuspionieren«, hatte Carl gesagt.

Die Septembersonne schien strahlend herab, und nichts ließ darauf schließen, dass unentwegt Gräueltaten geschahen. Auf den Straßen spazierten Menschen, sie saßen in Cafés und gingen in Geschäfte, als wäre nichts geschehen, plauderten, lachten, machten Späße. Vor der Trinkhalle am Kellinghusenpark zeichneten kleine Mädchen mit Zöpfen Hopsefelder aufs Pflaster, die Straßenbahn kreischte und quietschte, wie Louise es seit frühester Kindheit kannte, und sogar die Vögel in den Baumwipfeln hielt nichts davon ab, laut zu zwitschern.

»Was sollen die Menschen denn sonst tun?«, fragte Carl, als

Louise ihr Unverständnis über diese seltsame Gleichgültigkeit kundtat. Er ging neben ihr, ein Eis in der Hand. Auch wenn er unbekümmert tat, merkte man ihm seine Anspannung trotzdem an.

»Ich weiß nicht. Es scheint mir nur irgendwie falsch weiterzumachen, als wäre nicht eben der Krieg ausgebrochen.«

»Im Moment merkt eben noch niemand was. Viele schwenken sogar voller Begeisterung ihre Fahnen.« Carl leckte weiter an seinem Eis.

»Aber es scheint, als hätte niemand Angst.«

»Warum sollten sie Angst haben? Wovor? Es sieht doch alles gut aus für unser Vaterland.«

Louise musste schlucken. *Unser Vaterland.* Es war nicht ihr Vaterland, schon lange nicht mehr. Sie fühlte sich fremd, die Menschen, die sie einst zu kennen geglaubt hatte, waren längst keine Freunde mehr. Nur Carl war ihr geblieben.

»Aber dein Vater, der muss doch wissen, was passiert? Ich meine, was haben die Deutschen vor?«

»Na ja …« Carls Blick verdüsterte sich. »Dass wir viel vorhaben, ist ja nichts Neues, nicht wahr?«

»Ja. Aber was genau?«, bohrte Louise weiter.

»Woher soll ich das wissen, Louise? Ich bin kein Hellseher. Außerdem solltest du dich ein bisschen zurückhalten mit deinen vielen Fragen.«

»Warum denn das?«

»Weil es nicht gut ist. Das weißt du doch. Du lebst nicht erst seit gestern hier.« Er sah sie an, fast ein wenig wütend.

Louise lenkte ein. »Ich versteh ja, was du meinst. Wusstest du, dass man nicht mal mehr ausländische Radiosender hören darf?«

»Ja. Bei uns zu Hause wurden die sowieso nie gehört.«

»Wäre aber vielleicht interessant.«

»Louise, bitte.«

»Ja, ja, ich hör schon auf.«

Er nahm ihre Hand und zog sie in einen Hauseingang. Seine Finger waren eiskalt. Eindringlich sah er sie an. »Versprich mir, dass du vorsichtig bist. Versprich es mir.«

Sie hatte plötzlich Angst, viel mehr noch als in den letzten Wochen. Es könnte noch viel Schlimmeres kommen, alles, was bisher geschehen war, könnte nur der Anfang von etwas unvorstellbar Grausamem gewesen sein. Zurück blieb eine nagende Furcht, die alles andere überschattete.

Im letzten Frühjahr hatten ihre Eltern noch einmal mit Hannah und Louise über eine Flucht nach Amerika zu Onkel Aaron gesprochen. Aber am Ende hatten sie entschieden, dass es besser sei zusammenzubleiben. Denn auch eine Flucht bedeutete in diesen Tagen nicht mehr unbedingt die Rettung, sondern war mit vielen Schwierigkeiten und Hindernissen verbunden. Es gab Bekannte von ihnen, die ihre Pläne wieder aufgeben mussten, weil die Überfahrten zu teuer geworden waren. Andere wurden auf der Flucht getrennt oder wussten nicht, wohin, denn die meisten Länder verweigerten Juden inzwischen die Einreise. Auch Amerika fiel darunter, und obwohl Onkel Aaron ihnen versprach, alles zu tun, um ihnen ein Visum zu organisieren, war es keineswegs sicher, dass Louise und Hannah bei ihm bleiben konnten. Und so waren sie noch immer hier, sahen gemeinsam dem entgegen, was da kommen möge.

Louise blickte Carl zum ersten Mal an diesem Tag richtig an. Seine Augen lagen tief in ihren Höhlen, dunkle Schatten hatten sich unter ihnen gebildet. Seine Unbekümmertheit schien längst ein Schutzschild zu sein, hinter dem er sich verbarg.

»Ich verspreche es dir«, flüsterte sie.

Er zog sie zu sich heran, strich ihr übers Haar, küsste ihre Stirn. Eine ganze Weile standen sie so da. Dann löste er sich von ihr. »Wir müssen weiter«, sagte er. »Wenn wir zusammen gesehen werden …«

»Ich weiß«, sagte sie.

»Hör zu.« Carl packte sie fest an den Schultern. »Vielleicht solltet ihr euch für einige Zeit verstecken. Irgendwo, wo es sicher ist. Mein Vater hat erzählt, dass sie bald Ernst machen.«

»Ernst machen?« Louise sah ihn verständnislos an.

»Hitler hat das doch schon vor Monaten angekündigt, sollte es Krieg geben. Glaubst du, dass er so etwas nur leichthin sagt? Sie verhaften doch immer mehr Juden. Jeden Tag. Sogar Levi Bloch, der Freund deines Vaters, sitzt ein.«

»Er soll bei irgendwelchen krummen Geschäften mitgemacht haben. So erzählen es die Leute.«

»Und natürlich stimmt das, wenn die Leute es erzählen, so wie immer, wenn sie sich das Maul zerreißen!« Carl klang verzweifelt. »Ich weiß nicht mehr, was ich tun soll. Ich wünschte, ich könnte immer bei dir sein, um dich zu beschützen, aber das kann ich nicht.«

Louise zitterte. Das Schlimme war, dass Carl recht hatte. Den Dingen, die passierten, war mit gesundem Menschenverstand nicht mehr beizukommen. Auch ihr Vater konnte verhaftet werden. Irgendeinen Grund würden sie schon finden, vielleicht, weil er einem SS-Offizier auf der Straße keinen Platz gemacht hatte, vielleicht, weil er immer noch Patienten behandelte. Ihre Kehle schnürte sich zu, wenn sie daran dachte. Ihre Mutter war in der letzten Zeit nur noch ein Schatten ihrer selbst, blass, dünn und ständig in Sorge um Hannah und Louise. Sie verließ kaum noch die Wohnung, nicht weil sie

Angst hatte, dass jemand sie als Jüdin schikanieren könnte, das würde sie erhobenen Hauptes ertragen. Es war vielmehr die Angst vor den Dingen, die auf der Straße erzählt wurden, die Geschichten, die die Frauen wispernd berichteten, wenn sie morgens in der Schlange für ein bisschen Brot und Fleisch anstanden. Die Berichte von Misshandlungen und Verhaftungen, von Frauen, die geschändet, die als Huren beschimpft wurden. Mutter ertrug es nicht. Und so war es Louise, die meist noch vor Schulbeginn losging, um Besorgungen zu machen. Die Lebensmittelkarten in ihrer Tasche hütete sie wie ihren Augapfel.

»Aber wo sollen wir denn hin, Carl? Wo sollen wir uns verstecken, wo uns Juden doch niemand mehr haben will?«

»Das weiß ich noch nicht. Aber ich werde mich umhören.«

»Und wenn ich fortgehe … Was wird dann aus uns?«, flüsterte sie.

Carl wich ihrem Blick aus. »Das spielt keine Rolle.«

»Es spielt keine Rolle?« Der Satz traf sie mitten ins Herz. Es war das Einzige, was in dieser schrecklichen Zeit eine Rolle für sie spielte. War sie ihm denn nicht mehr wichtig? Aber das war ungerecht. Carl sorgte sich um sie. Und er hatte Hannah geholfen, das durfte sie nicht vergessen.

»Es darf keine Rolle spielen, Lou. Denn wenn dir etwas passiert, dann …« Er stockte. »Wenn dir etwas passiert, wäre das das Schlimmste für mich.«

Louise nahm seine Hand in die ihre und küsste ihn auf die Wange. Dann löste sie sich von ihm und verschwand, ohne sich noch einmal umzusehen.

Als Louise heimkam, waren alle in heller Aufregung. Ihre Eltern und Hannah saßen schon am Küchentisch, der Suppentopf mit den abgestoßenen Rändern stand dampfend in der Mitte. »Wo warst du denn?«, herrschte Esther sie an, als sie hereinkam. Sie trug trotz des lauen Herbstabends eine dicke wollene Strickjacke und einen Schal um den Hals.

»Spazieren«, sagte Louise und schob sich auf den letzten freien Holzstuhl.

»Spazieren? Es ist fast Sperrstunde!«

»Ich weiß.« Aber das war ihr heute egal gewesen. Nach ihrem Treffen mit Carl war sie ziellos durch die Straßen gelaufen. Durch dunkle Gassen und leere Straßen, vorbei an all den Schildern mit den Aufschriften »Für Juden verboten«, »Zutritt nur für Deutsche«. Jüdische Kaufmannsläden oder Handwerksbetriebe suchte man inzwischen vergeblich.

Sie hatte Ruhe gebraucht, einen Platz, an dem sie nachdenken konnte. All diese Gefühle, die in ihrer Brust tobten und die sie nicht bändigen konnte. Wut, Trauer, Enttäuschung. Aber auch die Wärme und Zärtlichkeit, die sie für Carl hegte. Wie konnte das alles in nur eine Seele passen?

»Ich muss mit euch reden.« Sie räusperte sich.

»Muss das beim Essen sein?«, fragte ihr Vater streng.

»Ja. Es ist wichtig.«

»Nun gut. Dann sag, was du zu sagen hast.« David legte den Löffel zur Seite und sah seine Tochter abwartend an.

»Carl sagt …« Sie stockte. Auch wenn Carl Hannah geholfen hatte, waren ihre Eltern noch immer nicht gut auf ihn zu sprechen. Für sie war er der Junge von Maximilian von Hohenstetten, einer der Männer, die für ihr Elend verantwortlich waren. Sie sollte also besser anders anfangen. »Es wird immer gefährlicher, hier in der Stadt zu sein. Vielleicht sollten wir aufs Land ziehen. Irgendwohin, wo es ruhiger ist. Wo wir unbehelligt leben können.«

Ihr Vater runzelte die Stirn. Das war seine Art, ihr zu zeigen, dass sie sich wieder zu forsch verhielt. Schließlich trafen die Eltern die Entscheidungen, und sie mischte sich in Dinge ein, die sie nichts angingen.

»Warum sollte es dort anders sein?«, fragte er und nahm seinen Löffel wieder zur Hand.

»Weil dort nicht an jeder Ecke ein SS-Mann lauert, die Gestapo oder sonst irgendwer, der uns schikaniert.«

»Und wo sollen wir hin?« Ihre Mutter richtete sich auf. »Was schlägt dein feiner Carl vor?«

»Das weiß ich nicht.« Louise verschränkte die Arme vor der Brust. »Vielleicht zu Rena und Jonathan?«

Esther schüttelte den Kopf. Louise wusste, dass ihre Mutter zu stolz war, um von den Schwiegereltern Hilfe anzunehmen.

»Rena und Jonathan haben doch kaum Platz. Wo sollen wir da wohnen? Im Hühnerstall?« Ihr Vater klang gereizt. »Außerdem warst du es doch, die um keinen Preis nach Amerika wollte. Jetzt bleibt uns nichts weiter, als abzuwarten.« Er nahm sich noch etwas von dem Eintopf, es roch nach Kartoffeln und dünner Brühe.

»Aber … Wir können es doch versuchen. Irgendeinen Ausweg muss es doch geben«, stammelte Louise.

Plötzlich stand Hannah, die wie immer stumm dagesessen hatte, auf. »Ich möchte nicht fort.«

Alle sahen sie verblüfft an.

»Gestern ist meine Freundin Agnes nicht zur Schule gekommen. Chaim, der Sohn der Lichtenbergs, hat erzählt, dass Agnes und ihre Eltern ausgewandert sind. Sie wollen ins Gelobte Land«, sagte sie. »Alle gehen weg, weil sie die Hoffnung verlieren. Aber ich will weiter zur Schule gehen, ich will nicht aufs Land.«

»Ich denke, Agnes' Eltern haben die richtige Entscheidung getroffen. Vielleicht hätten wir auch gehen sollen, als wir noch die Gelegenheit dazu hatten.« Esther sah zu ihrem Mann, doch der löffelte weiter seinen Eintopf.

Nach einer Weile sagte er, an Louise gewandt: »Es ist genug. Kein Wort mehr darüber.«

Louise zuckte mit den Schultern. »Ich fühle mich sowieso schon wie jemand, der nur noch schweigen darf.« Sie stand auf und ging in ihr Zimmer.

Sie war plötzlich schrecklich müde.

15. März 1940
Wir sind nicht aufs Land gezogen. Nein, wir sind geblieben, und inzwischen spricht auch niemand mehr davon. Wir sprechen ohnehin kaum noch miteinander, sondern leben nebeneinanderher, versuchen stumm zu überleben. Unser einziger Halt ist die Hoffnung. Doch sie schwindet Tag um Tag.

An einem kalten Tag im späten Winter hörten Louise und ihre Mutter von den Fredenbecks, dass ihre polnischen Verwandten umgesiedelt worden waren und inzwischen in einem eingezäunten Ghetto lebten.

»Das können die doch nicht einfach so machen«, sagte Esther, als Frau Fredenbeck blass am Küchentisch saß und mit dünner Stimme davon berichtete.

»Doch, das können die«, widersprach Louise, und ihre Mutter warf ihr einen scharfen Blick zu.

Frau Fredenbeck schüttelte erschöpft den Kopf. Sie war nur noch Haut und Knochen. Ihr schlichtes Haushaltskleid schlackerte um ihren Körper. Seit sie die Bäckerei hatten schließen müssen, arbeitete ihr Mann in einer Dreherei, aber dort verdiente er kaum etwas. »Es ist ja schon passiert. Meine Cousine hat mir eine Nachricht zukommen lassen. Es muss schrecklich gewesen sein.« Sie knetete nervös ihre Hände, sodass die Fingerknöchel weiß hervortraten. »Meine Tante und mein Onkel hatten Vermögen. Das ist jetzt alles weg.«

»Die nehmen sich einfach, was sie haben wollen. Denken, sie können das mit uns machen«, mischte sich Louise erneut ein. »Gestern hab ich Herrn Hansen mit dem Pelzmantel von Papas Bekanntem Uri Moisberg gesehen. Uri und seine Familie sind fort, sie mussten alles zurücklassen. Und Herr Hansen hat jetzt Uris Mantel. Er schämt sich noch nicht einmal. Wie ein stolzer Gockel läuft er damit herum. So ist das heutzutage.«

Frau Fredenbeck blickte sie unverwandt an. Sie schien von der Art und Weise, wie sie von all dem sprach, überrascht. Auch ihrer Mutter schien ihr Tonfall gar nicht zu gefallen. »Louise, vielleicht ist es an der Zeit, auf dein Zimmer zu gehen.«

Louise zuckte nur mit den Schultern und gehorchte.

Hannah saß am Fenster und übte Geige. Vieles andere war schon dem Hunger der Familie zum Opfer gefallen, denn fast jeden wertvollen Gegenstand hatten sie verkauft oder eingetauscht. Mutters schöne alte Uhr, Vaters geliebte Bilder, Louises silbernes Armband. Nur die Geige hatten sie behalten.

»Frau Fredenbeck erzählt, dass ihre Verwandten in Polen enteignet wurden«, sagte Louise und setzte sich aufs Bett.

»Hm«, sagte Hannah. Sie war noch stiller geworden, saß oft nur mit gesenktem Kopf da. Vielleicht, so dachten alle, war es besser für sie, wenn sie sich in sich selbst zurückzog.

»Weißt du, was ich gestern erlebt habe?«, fragte sie plötzlich.

Louise schüttelte den Kopf und sah sie neugierig an.

»Auf dem Nachhauseweg habe ich gesehen, wie Chaim von

ein paar Schülern aus der deutschen Schule geärgert wurde. Dann ist plötzlich ein Polizist gekommen und hat die Schüler verjagt.«

»Ein deutscher Polizist?«

»Ja. Ich habe Chaim gefragt, ob er ihn kennt, und er hat gesagt, dass er ihm schon zweimal geholfen hat. Und dass er früher oft bei seinen Eltern eingekauft hat. Als sie ihren Laden noch hatten.«

»Der scheint ein anständiger Mann zu sein.«

»Ja.« Hannah legte ihre Geige beiseite und schaute Louise an. »Die meisten sind nicht so nett.«

»Das stimmt.« Louise wünschte, sie könnte etwas sagen, um ihrer Schwester das Gefühl zu geben, dass schon bald alles besser werden würde. Mit ihren dreizehn Jahren hatte Hannah schon zu viele Dinge sehen müssen, die Louise ihr gerne erspart hätte.

»Ich wünschte, ich wäre so stark wie du, Lou.«

Louise stand auf, setzte sich zu ihrer Schwester und drückte ihre Hand. »Du bist stärker, als du glaubst. Wir werden das überstehen. Zusammen.«

»Du hast wenigstens Carl. Ihr … ihr wart immer so unzertrennlich. Früher war ich manchmal eifersüchtig auf ihn, weil du so viel Zeit mit ihm verbracht hast. Ihr habt immer Unsinn ausgeheckt, bei dem ich nicht dabei sein durfte.«

»Ich weiß. Es tut mir leid. Ich hätte dich öfter mitnehmen sollen.«

»Es ist nicht schlimm«, sagte Hannah schnell. »Wenn ich es mir recht überlege, stand mir sowieso nie der Sinn nach Schabernack.«

Louise spürte, wie ihr die Tränen kamen, aber sie versuchte mit aller Kraft, sie zu unterdrücken.

»Carl ist mir sehr wichtig«, flüsterte sie leise.

Hannah sagte nichts, strich ihr nur liebevoll über das Haar. Es tat gut, getröstet zu werden.

Carl arbeitete inzwischen fast jeden Tag in der Fabrik seines Vaters. Die Firma hatte noch vor dem Krieg expandiert, neue Hallen und Produktionsstätten waren entstanden, in allen Teilen des Landes, so wie Carl es Louise einst berichtet hatte. Und der Krieg hatte noch mehr Geschäftsfelder eröffnet. Carl, der das Geschäft von der Pike auf gelernt hatte, wie sein Vater es verlangt hatte, war ein wertvoller Mitarbeiter geworden. Man schätze ihn, erzählte er, nicht nur, weil er der Sohn des Chefs war. Deshalb habe sein Vater entschieden, dass er weiter in der Firma arbeiten solle, obwohl er eigentlich zur Wehrmacht hätte gehen müssen. Durch die Kontakte von Maximilian von Hohenstetten wurde dies dann auch offiziell bestätigt.

Früher hatte Carl oft mit glühender Begeisterung von der Fabrik erzählt, inzwischen schwieg er meistens, wenn Louise und er sich trafen und sie ihm Fragen dazu stellte. Dabei war sie sich gar nicht so sicher, ob sie genau wissen wollte, was in der Firma denn so Kriegswichtiges hergestellt wurde.

Durch seine Arbeit sahen sie sich noch seltener. Sie hatte insgeheim Angst, dass er sich verändern könnte, dass sie sich entfremden und die jungen Frauen, die in der Fabrik arbeiteten, sich ihm an den Hals werfen würden. Es waren die gleichen Frauen, die vor Louise und ihrer Mutter ausspuckten, wenn sie zum Bäcker liefen. Die ihre Kinder vor den dreckigen Juden warnten.

Der Krieg mit all seinen Grausamkeiten und Unwägbarkeiten hatte es für Louises Familie noch schlimmer gemacht. Es war, als wären alle Hemmungen gefallen, als hätte man nun noch mehr Grund, sie aus diesem Land zu verjagen, das bald die ganze Welt beherrschen und niemanden mehr dulden würde, der dieses Ziel gefährdete. Misshandlungen gehörten inzwischen so sehr zum Alltag, dass sie nicht mal mehr darüber redeten. Zu sehr waren sie mit dem bloßen Überleben beschäftigt.

Immer wieder wurden Menschen verhaftet und nie wieder gesehen. Es gab auch andere, die sich selbst das Leben nahmen, manchmal sogar zusammen mit ihren Liebsten. Die aus dem Leben schieden, um dem zu entgehen, was noch folgen mochte. Bislang waren es noch Gerüchte, Geschichten, die man sich auf der Straße erzählte, begleitet von furchtsamem Raunen. Doch es kam näher. Viel näher.

All dies hinterließ bei Louise Spuren. Es gab Tage, an denen sie Carl nicht mehr in die Augen sehen konnte. Sie schämte sich für ihr Aussehen, ihre graue, fahle Haut, ihr unfrisiertes Haar, ihre alte Kleidung. Und sie konnte es auch kaum noch ertragen, wie er sie ansah, mit dieser Mischung aus Sorge und Mitgefühl.

Und da war noch etwas anderes, etwas, das sie bislang verdrängt hatte. Sein Vater verkörperte für sie all das, was sie hasste, was sie verabscheute, weil er sie verabscheute. Und inzwischen, in diesem Grauen, sah sie immer öfter Maximilian von Hohenstetten, wenn sie Carl ansah. Wie konnte Carl mit diesem Menschen unter einem Dach leben, der das, was den Juden angetan wurde, befürwortete, ja sogar begünstigte? Sie ertrug es nicht. Und so war sie manchmal fast erleichtert, wenn sie sich eine Zeit lang nicht sehen konnten.

Doch es gab auch Tage, an denen Carl ihr einziger Halt war, an denen sie ihn brauchte, an denen er ihr Hoffnung gab. Hoffnung, die sie weiterleben ließ.

Es war ein schöner Frühlingstag, als Louise und Carl sich das nächste Mal in ihrem Versteck trafen. Carl hatte Essen mitgebracht, Lachs und Leberpastete und frisches Brot. Obwohl Louise schon lange nicht mehr ein so üppiges Mahl gesehen hatte, wollte sie nichts anrühren.

»Hast du keinen Hunger?«, fragte Carl.

»Doch. Es ist nur … Meine Mutter weiß kaum, wie sie uns abends etwas Ordentliches vorsetzen soll, und ihr habt zu viel davon.«

»Daher weht der Wind also. Wir haben das doch schon so oft besprochen. Ich kann euch helfen, Lebensmittel zu bekommen, gute Lebensmittel. Du brauchst nur ein Wort zu sagen.«

»Und wie soll ich das Mutter erklären? Sie würde niemals etwas von dir und deiner Sippe annehmen. Die Sache mit Hannah, das war eine Ausnahme. Und es hat meine Eltern genug von ihrem Stolz gekostet.« Louise klang wütender als beabsichtigt, und sie merkte sofort, wie verletzend ihre Worte gewesen sein mussten.

Carls Miene versteinerte. »Meine Sippe?«

Sie bemerkte, dass sich etwas in seine Augen schlich, das mehr mit Angst als mit Wut zu tun hatte. Vielleicht schämt er sich ja auch, mit einem Scheusal verwandt zu sein, dachte Louise.

»Es tut mir leid.« Sie strich ihm über den Arm. »Bitte versteh doch. Ich …« Ihre Stimme versagte. So vieles blieb ungesagt zwischen ihnen, schon lange.

»Hast du von den neuesten Entwicklungen gehört?«, fragte Carl unvermittelt.

»Wenn du Afrika meinst, dann ja«, sagte Louise. »Hitler will wohl tatsächlich die ganze Welt einnehmen.«

»Dieser Rommel ist ein harter Hund. Mein Vater kennt ihn gut.«

»Ich will nicht über den Krieg reden«, sagte sie müde.

Carl nickte, dann sagte er: »Die Produktion unserer Werke in Reinbek ist jedenfalls kaum noch aufrechtzuerhalten. Wir verlieren immer mehr Arbeiter und Fachkräfte. Alle müssen nach und nach an die Front. Wir haben so viele Aufträge, können aber nicht schnell genug Nachschub liefern.«

»Dann müsst ihr eben schließen«, erwiderte sie trotzig. Was interessierten sie die Probleme der Hohen-Werke?

»Das war auch mein erster Gedanke. Das wäre eine Genugtuung. Mein Vater wäre außer sich. Aber weißt du, was noch besser ist als Genugtuung?«

Sie zuckte mit den Schultern.

»Wenn ich … etwas verändere.«

»Was meinst du damit?«

»Wenn ich mehr Einfluss in der Firma hätte, dann könnte ich all den Menschen Arbeit geben, die mein Vater bekämpft, Juden, Kommunisten … Ich hab von einem Industriellen in Krakau gehört, der Juden eingestellt hat. Sie waren auf der Suche nach Arbeit, um die Stadt nicht verlassen zu müssen. Und die Automobilwerke, an die wir liefern, beschäftigen auch schon vermehrt Ostarbeiter.«

»Ostarbeiter?«

»Arbeiter aus Polen und der Sowjetunion.« Er hielt inne und wich ihrem forschenden Blick aus. »Sie wurden zwangsrekrutiert.«

»Und du willst zwangsrekrutierte Arbeiter für dich schuften lassen? Ob sie wollen oder nicht?«

»Ich könnte sie vor der Verfolgung retten, das wäre doch gut!«

»Vor der Verfolgung retten …« Sie schnaubte verächtlich. »Du bist wirklich nicht besser als dein Vater.«

Sie sah in seinen Augen, dass er enttäuscht war und eine andere Reaktion erwartet hatte. Und es war doch Carl, ihr Carl, den sie liebte, der sie beschützen würde, komme, was wolle. Aber sie konnte ihren Zorn nicht bändigen. Sie musste an die misshandelte Lea denken, an den fast zu Tode geprügelten Itzhak, an die Juden in der Nachbarschaft, die gekrümmt und gebückt zum morgendlichen Einkauf schlichen. Sie hatte SS-Männer und Gestapoleute vor Augen, die auf wehrlose Kinder und Alte einschlugen. Sie konnte die Bilder nicht vertreiben, wenn sie Carl anblickte.

»Louise, hör mir zu. Ich bin nicht nur der Sohn meines Vaters. Ich bin mein eigener Herr. Doch du musst mir vertrauen. Ohne dich kann ich das alles nicht schaffen.«

Sein Blick war fest und mutig und voller Liebe.

»Warum, Carl? Warum willst du das tun? Du setzt dabei viel aufs Spiel.«

»Das fragst du noch? Weißt du nicht, wie sehr ich dich liebe? Und was dir und deinem Volk angetan wird, das ist nicht recht, es ist nicht menschlich!« In seinen Augen schimmerte es feucht. »Als Kind hat mir meine Mutter oft Geschichten erzählt. Märchen meist. In diesen Märchen ging es um Gut und Böse. Meine Mutter hat gesagt, dass es manchmal schwierig ist, den Unterschied zu erkennen. Doch wenn man ihn erkannt hat, muss man danach handeln. Ohne Kompromisse. Meine Mutter hat mich auch gelehrt, dass man für andere einstehen muss. So wie sie es immer für mich getan hat. Und nun ist es an der Zeit zu beweisen, dass ich anders bin als mein Vater. Ich habe Möglichkeiten, die andere Menschen nicht haben. Und diese Möglichkeiten muss ich nutzen. Was wäre ich sonst für ein Mensch?«

Eine Träne löste sich aus einem seiner Augenwinkel, er wischte sie schnell fort.

»Ich weiß jetzt, was richtig ist. Ich weiß, was ich zu tun habe.«

Er berührte vorsichtig Louises Wange, und sie schloss die Augen. Seine Finger strichen über die empfindsame Stelle hinter ihrem Ohr.

Wenn doch nur andere Zeiten wären.

12. Dezember 1940
Es ist etwas Schreckliches passiert. Es war vor einigen Tagen, ich hatte in der Nacht heimlich unsere Wohnung verlassen und war durch die Dunkelheit gelaufen. Ein gefährliches Unterfangen in diesen Tagen, wo die Sperrstunde gilt. Doch was dann passierte, war schlimmer als alles, was ich mir hätte vorstellen können …

Als Louise in dieser kalten Dezembernacht zum Schuppen kam, war Carl nicht da, was nichts Ungewöhnliches war. Er tauchte manchmal später auf, gerade an den Tagen, an denen sein Vater Abendessen veranstaltete, bei denen bis spät in die Nacht hinein gezecht wurde. Carl sollte immer häufiger an ihnen teilnehmen, sodass es schwierig für ihn wurde, sich davonzustehlen. Hin und wieder erzählte er ihr von diesen Abenden, von den großen Tafeln mit knusprigem Schweinebraten, dampfenden Klößen, saftigem Rotkohl und viel dunklem Wein in wertvollen Kristallgläsern, von Offizieren, Kaufleuten, Ärzten, Universitätsprofessoren, die sich die Bäuche vollschlugen und sich gegenseitig selbstzufrieden auf die Schultern klopften. Er erzählte von Gauleitern und Polizeiführern, von Kommandanten und Adjutanten, die sich über Kriegsstrategien, das »Dritte Reich« und die Neuordnung Europas unterhielten, niemals zweifelnd, niemals zögernd, stets siegesgewiss.

Louise konnte sich all die Namen und Titel kaum merken,

doch machte es für sie auch keinen Unterschied. Es war eine fremde, ferne Welt, von der er berichtete, die so weit weg erschien und doch über ihr Leben bestimmte. Und er, Carl, gehörte dazu, aß mit diesen Männern, schüttelte ihnen die Hände, stieß mit ihnen an. Doch war es seine Welt? Gehörte er wirklich dazu?

Louise nahm ihr Buch und machte es sich in dem großen Sessel bequem. Irgendwann hörte sie, wie sich die Tür knarrend öffnete. Es war Carl. Er trug einen dicken Mantel, und seine Wangen waren von der Kälte gerötet. Sein Haar war streng zur Seite gekämmt, was irgendwie lustig aussah, weil es überhaupt nicht zu ihm passte. Früher hätte sie ihn deshalb aufgezogen, ihn einen Streber genannt. Aber auch diese Zeiten waren vorbei.

Er zog seinen Mantel aus und setzte sich neben sie. »Ich hasse diese Abendessen. Und vor allem diesen General, Freiherr von Ederstein. Ein übler Geselle. Mein Vater hat ihn mal als eine soldatische Erscheinung mit großgermanischer Einstellung bezeichnet. So bewundernd spricht er selten von jemandem. Dabei ist das ein wirklich furchtbarer Mann, der von Menschen redet, als wären sie Tiere.«

Louise strich ihm über die Stirn. »Ach, diese Leute zu hassen ist vergeudete Zeit«, entgegnete sie.

»Seit wann bist du denn so friedfertig?«

Sie zuckte mit den Schultern. »Ich benötige meine Kraft für andere Dinge.«

Er nickte nachdenklich. »Sie haben heute wieder über diesen Film gesprochen«, sagte er, ohne sie anzusehen.

»Tja, vielleicht solltest du ihn dir auch mal anschauen. Scheint ein echter Kassenschlager zu sein. Allein der Titel, *Jud Süß*, wirklich fabelhaft.«

»Das ist nichts für mich, das weißt du doch. Ich könnte es

nicht ertragen zu sehen, wie die Juden dort verunglimpft werden.«

Sie lächelte ihn an. Carl erwiderte ihr Lächeln und wollte sich gerade vorbeugen, um sie zu küssen, als es plötzlich an der Tür klopfte. Erschrocken sahen sie sich an.

Carl bedeutete Louise mit einer Geste, sitzen zu bleiben. Er selbst schlich auf Zehenspitzen zum Fenster. »Von hier aus ist niemand zu sehen«, flüsterte er, nachdem er einen vorsichtigen Blick hinausgeworfen hatte.

Es klopfte erneut. Laut und deutlich.

Louise spürte kalten Schweiß auf ihrer Stirn. Die Tür war der einzige Weg nach draußen. Wenn gleich die Gestapo hereinkam, wäre alles vorbei.

Die Tür öffnete sich knarzend, und Louise hielt die Luft an.

Ein paar Sekunden später stand Maximilian von Hohenstetten vor ihnen. Er trug einen schweren braunen Ledermantel mit Pelzbesatz, der seinen umfangreichen Körper noch massiger erscheinen ließ. Seine Gesichtshaut glänzte ölig. Ein herbes Parfum und eine Schnapswolke umhüllten ihn. Er baute sich vor ihnen auf, ein großer Koloss, der nichts und niemanden an sich vorbeilassen würde.

Carl wich unwillkürlich einen Schritt zurück.

Sein Vater grinste breit und sah von Louise zu Carl, dann wieder zu Louise. »Hab ich es mir doch gedacht.« Seine tiefe Stimme dröhnte durch den Schuppen. »Mein Sohn hat eine Judenhure!« Er stieß ein verächtliches Schnauben aus.

Carls Gesicht wurde rot vor Zorn, und Louise konnte erkennen, wie er die Fäuste ballte. Sie saß noch immer auf dem Sessel, unfähig, sich zu rühren.

»Das ist es nicht, was wir hier tun!«, presste Carl hervor. Er hob seine Hände, die noch immer zu Fäusten geballt waren.

Sein Vater lachte so heftig, dass sein dicker Bauch sich auf und ab bewegte. »Und jetzt will er für die Hure auch noch kämpfen.« Dann machte er einen Schritt auf seinen Sohn zu und schlug ihm unvermittelt ins Gesicht. Es geschah so schnell, dass Carl zu überrascht war, um sich zu verteidigen. Louise biss sich in die Hand, um nicht aufzuschreien. Die Finger seines Vaters hatten deutlich sichtbare Abdrücke auf Carls Wange hinterlassen, es sah aus, als hätte ein Bär ihn mit seinen dicken Pranken erwischt.

»Hör zu, Carl. Du kannst froh sein, dass ich ein so friedfertiger Mensch bin und dass ich trotz allem immer noch daran glaube, dass aus dir eines Tages einmal etwas werden kann. Sonst würdest du nämlich in wenigen Stunden in einer einsamen Zelle sitzen.« Er atmete hörbar die Luft ein. »Mein eigener Sohn! Widerwärtig ist das!« Sein Gesicht war vor Abscheu verzerrt, seine Nasenflügel bebten. »Ich werde dir jetzt sagen, was du tun wirst. Du wirst mit mir kommen und dieses Judenmädchen niemals wiedersehen. Hast du mich verstanden? Denn wenn du das nicht tust, wird ihre ganze Familie schneller fort sein, als du gucken kannst.«

Louise traten Tränen in die Augen. Sie hatte das Gefühl, dass sich eine Schlinge um ihren Hals legte, die langsam zugezogen wurde. Carl funkelte seinen Vater wütend an. Wenn der Schlag ihn erniedrigt hatte, so ließ er es sich nicht anmerken.

»Das war keine Frage oder höfliche Bitte, Carl. Das war ein Befehl.«

»Du kannst mir gar nichts befehlen!«, zischte Carl.

Maximilian von Hohenstetten griente. »Aber sicher kann ich das. Denn wenn du es nicht tust, kann ich deiner Judenhure und ihrer Familie Dinge antun, von denen du noch nicht einmal weißt, dass es sie gibt.«

Carl drehte sich um und blickte Louise an, und in seinen Augen sah sie die Angst, die Ohnmacht, den Zorn, all die Gefühle, die sie beide in den letzten Jahren ständig begleitet hatten. Sie wusste, dass er gehen musste, sie wusste es, weil er sie beschützen würde. Und doch hätte sie in diesem Moment alles dafür gegeben, wenn er hätte bleiben können.

Sie senkte den Kopf, hörte, wie die Tür geöffnet wurde, zuckte zusammen, als ein kalter Luftzug durch den Raum zog und die Tür mit einem Knall ins Schloss fiel.

Verzweifelt brach sie zusammen, ein ersticktes Schluchzen drang aus ihrer Kehle. Carl war fort. Und ihr wurde bewusst, dass das Zusammensein mit dem einzigen Menschen, bei dem sie sich sicher fühlte, fortan nicht mehr möglich war, nicht mal im Geheimen. Denn sonst würde ihr törichtes Herz noch alles zerstören.

Louises Angst vor den Androhungen von Carls Vater war in den nächsten Wochen fast unerträglich. Sie war so nachlässig und schreckhaft bei der Hausarbeit, dass ihre Mutter sie ein paarmal ordentlich schalt. Sie riss sich zusammen, aber es fiel ihr schwer. Ständig hatte sie Furcht, wenn ihr Vater später von der Arbeit nach Hause kam, wenn Hannah eine Freundin oder ihre Mutter eine Nachbarin besuchte.

Als nach drei Wochen noch nichts geschehen war, beruhigte sie sich ein wenig, aber ihr Herz blieb schwer. Sie vermisste Carl und war doch wütend auf ihn, war enttäuscht, dass sie nichts von ihm hörte.

Und dann, an einem kalten Morgen im Januar, las sie in der Zeitung eine kleine Notiz: Carl war zum Geschäftsführer der Hohen-Werke ernannt worden! Louise konnte es kaum fassen. Sie versuchte, sich vorzustellen, wie er zwischen Fließbändern und großen Maschinen stand, wie er mit Mitarbeitern sprach, Anweisungen gab und Dokumente unterzeichnete.

Er bewegte sich in einer anderen Welt, ihr Carl, einer Welt, zu der sie keinen Zutritt hatte. Und obwohl dies schon immer so war, empfand sie es nun als endgültiger, unveränderlicher. Carl war kein Teil ihres Lebens mehr.

Sie war allein.

26. Februar 1941
Carl. Es vergeht keine Nacht, in der ich nicht wach liege, ihn vor mir sehe, den Klang seiner Stimme höre, die mein Herz beruhigt. Ich vermisse ihn. Ich vermisse es, neben ihm zu sitzen, seinen Worten zuzuhören, seine Nähe zu spüren. Ich vermisse seine Berührungen, seine Wärme, seine Finger, die sanft über mein Gesicht streichen.

Louise wartete viele Wochen, doch sie erhielt kein Lebenszeichen von Carl. Keinen Brief, keine verschlüsselte Nachricht. Nichts. Sie versuchte, sich auf andere Dinge zu konzentrieren, auf die Schule, den Haushalt. Sie verbrachte Zeit mit Hannah, half ihrer Mutter beim Waschen und Kochen, übernahm weiter die Einkäufe. Inzwischen bekamen Juden kein Fleisch mehr, keine Eier, kein Obst, kein richtiges Brot. Und die Geschäfte, in denen sie noch ihre Besorgungen machen durften, öffneten ihre Türen nur zu ganz bestimmten Zeiten. Die Schlangen davor wurden länger und länger.

Wenn sie in einer Schlange in der Kälte stand, zwischen all den anderen vermummten Gestalten, und den eisigen Wind auf den Wangen spürte, schweiften ihre Gedanken ab. Dann dachte sie an Carl, stellte sich vor, was er gerade tat, mit wem er zusammen war. Als Geschäftsführer hatte er sicher viele wichtige Aufgaben zu erfüllen, musste Mitarbeiter einstellen und entlassen, entscheiden, welche Produkte hergestellt wurden, musste über alle Abläufe im Betrieb Bescheid wissen. Und er hatte bestimmt Kontakte zu wichtigen politischen Leuten, so wie sein Vater. Vielleicht versuchte er, auf Abstand zu dieser furchtbaren Diktatur zu gehen, vielleicht genoss er aber auch seine neue Macht.

Manchmal, wenn ein Mann in Hut und Mantel an ihr vorbeiging, war sie fest davon überzeugt, Carl an seinem Gang erkannt zu haben. Einmal war die Ähnlichkeit so verblüffend, dass sie dem Mann nachlief. Doch als dieser sich umdrehte, war es nicht Carl, sondern ein älterer Mann, der sie abschätzig, fast angewidert musterte. Als sie zurück an ihren Platz in der Schlange wollte, machte niemand Platz, keine der Frauen bewegte sich auch nur einen Zentimeter. Sie starrten stur geradeaus, taten, als würden sie Louise nicht bemerken. Schließlich blieb ihr nichts anderes übrig, als sich wieder hinten anzustellen. Sie bekam nur noch eine trockene Brothälfte und ein winziges Stück Käse.

Monate vergingen. Das Leben schlich dahin, so fühlte es sich jedenfalls für Louise an. Sie mochte morgens nicht mehr aufstehen, sich nicht mehr die klamme Kleidung überstreifen, nicht mehr diesen nagenden Hunger im Bauch spüren. Sie war es leid, Nachrichten zu hören, jedenfalls die über den Krieg, über Siege oder Niederlagen, über Ost- und Westfront, über Luftangriffe und zerstörte Städte. Gefallene Soldaten wurden als Verluste bezeichnet, als wären sie keine Menschen, sondern gesichtslose Figuren, die auf den zahlreichen Schlachtfeldern fielen. Sie wollte nicht über all das nachdenken, denn sie musste Hannah und ihre Eltern unterstützen, musste jeden einzelnen Tag überstehen. Und alles ohne Carl. Dunkel kam ihr das Leben vor, so dunkel, wie sie es selten empfunden hatte.

Es war ein kalter, trüber Herbstmorgen, als Louise es nicht mehr aushielt. Sie hatte die ganze Nacht kaum ein Auge zugetan, hatte sich hin und her gewälzt, und war sie in einen leichten Halbschlaf geglitten, hatte sie Carl vor sich gesehen. Sie musste zu ihm, sie musste ihn sehen. Nur ein einziges, ein letztes Mal. Sie wollte wissen, wie es ihm ging, ob alles in Ordnung war. Doch das war nicht alles. Sie musste herausfinden, ob er sie noch liebte, sonst würde sie den Verstand verlieren.

Louise stand auf, zog sich an und ging zu ihrer Mutter in die Küche. Sie hatte auf dem Tisch das ausgebreitet, was sie noch hatten: ein paar trockene Scheiben Brot, ein kleines Stück Butter und zwei Schüsseln mit dünner Milchsuppe.

»Ich habe keinen Appetit«, sagte Louise und ging zur Tür. »Hannah kann meine Portion haben.«

Ihre Mutter blickte sie unverwandt an. Sie war so dürr, dass Louise es kaum ertrug, sie anzusehen. »Aber du musst etwas essen«, sagte Esther mit schwacher Stimme. Früher hätte sie keine Widerrede geduldet. »Wohin willst du denn so früh?«

»Zur Schule. Muss da noch was erledigen.«

»Sei vorsichtig, ja?« Esther ging auf sie zu, legte ihre kalte Hand an ihre Wange.

»Natürlich.« Louise versuchte, Zuversicht zu zeigen, aber es gelang ihr nicht.

Nachdem sie aus der Straßenbahn gestiegen war, musste sie noch ein Stück zu Fuß gehen. Der Weg zu den Hohen-Werken nach Reinbek war weit, da sie viele Kilometer vor den Toren der Stadt lagen, aber das hielt sie nicht von ihrem Vorhaben ab. Bei dem Gedanken an Carl wurden ihre Schritte schneller.

Als es dämmerte, erkannte sie die Türme der Hohen-Werke,

bedrohlich und dunkel lagen sie vor ihr, dicke graue Wolken stiegen aus den Schornsteinen auf, die schnell über den Himmel zogen.

Louise atmete tief durch. Carl begann pünktlich um acht Uhr seine Arbeit. Inständig hoffte sie, dass er diese Gewohnheit nicht abgelegt hatte.

Sie versteckte sich hinter einer Mauer und wartete. Ein paar Arbeiter eilten vorbei, die sie unverhohlen musterten. Louise glaubte für einen Moment, Esra gesehen zu haben, einen Jungen, mit dem sie früher auf der Straße gespielt hatten. Aber das konnte nicht sein, was hatte ein jüdischer Arbeiterjunge in den Hohen-Werken verloren?

Endlose Minuten vergingen. Ihr Herz klopfte wie wild. Was, wenn er nicht auftauchte? Dann muss ich es gut sein lassen, dachte sie. Dann soll es nicht sein.

Nur wenig später fuhr ein schwarzer Wagen vor, am Kotflügel war eine Hakenkreuzstandarte befestigt. Das Auto hielt nur einige Meter vor dem großen Tor zur Werkshalle. Ein älterer Mann in dunklem Anzug stieg aus und öffnete die hintere Tür. Kurz darauf kletterten zwei Männer aus der Limousine.

Louise hielt den Atem an. Einer von ihnen war Carl! Er trug einen schweren Mantel und einen tief sitzenden Hut, sodass sie Statur und Gesicht kaum erkennen konnte, aber er war es, ohne Zweifel! Carl war in Begleitung eines Mannes in SS-Uniform. Die beiden blieben vor dem Werkseingang stehen, während der Wagen sich langsam entfernte.

Louise beobachtete die zwei Männer eine Weile. Carl gestikulierte viel, er schien sein Gegenüber von etwas überzeugen zu wollen, denn er redete die ganze Zeit auf ihn ein, während der SS-Mann mehrmals den Kopf schüttelte und seine Hände abwehrend in die Höhe hob.

»Was machst du hier?«

Louise fuhr herum. Sie hatte sich so sehr auf Carl und den SS-Mann konzentriert, dass sie nicht bemerkt hatte, wie jemand hinter sie getreten war. Sie blickte in ein grimmiges Gesicht. Ihr Gegenüber trug eine graue Arbeitsuniform, so wie die anderen.

»Ich hab dich gefragt, was du hier machst?« Der Mann hatte ein hageres Gesicht mit einer dicklichen Nase und kleine, listige Augen. »Schwarze Augen, schwarzes Haar … Bist wohl ein dreckiges Judenmädchen, was?«

»Ich … ich wollte nur …«, stotterte Louise. Sie überlegte fieberhaft. Warum hatte sie sich auf einen solchen Moment nicht vorbereitet? »Ich interessiere mich für die Hohen-Werke.«

»Aha.« Der Arbeiter rümpfte die Nase. »Spionierst du hier herum?«

Sie schüttelte rasch den Kopf und wollte sich weiter erklären, aber der Mann hatte sie schon gepackt und zerrte sie zur Werkshalle.

»Herr Direktor!«, rief er laut und schleifte Louise mit sich. »Diese kleine Jüdin hat Sie beobachtet! Bestimmt eine Spionin!«

Louise hielt den Kopf gesenkt, sie konnte Carl nicht ansehen, zu groß war ihre Angst, dass sie sich verraten könnte.

»Danke, Ferdinand«, hörte sie Carls Stimme wie aus weiter Ferne. Sie fühlte, wie ihr auf einmal kalt wurde. Das war nicht mehr ihr Carl! Das war ein Fremder, der dort sprach, beherrscht und ungerührt.

»Sieht wirklich wie eine Jüdin aus«, bemerkte der SS-Mann kühl. »Wie kommt so ein Ding hierher?«

»Sie will spionieren!«, ereiferte sich erneut der Mann, den Carl Ferdinand genannt hatte und der sie noch immer am Ärmel festhielt. »Was soll ich mit ihr machen, Herr Direktor?«

Louise hob leicht den Kopf, blinzelte in Carls Richtung.

Carl schwieg für einen Moment, auf seinem Gesicht zeigte sich keinerlei Regung. Dann blickte er Louise an. »Geh nach Hause. Geh dorthin, wo du hergekommen bist, und komm nie wieder. Hast du verstanden? Komm nie wieder!«

Louise spürte einen dicken Kloß im Hals, alles um sie herum schwankte. Carl!, wollte sie schreien, wollte ihn schütteln. Doch stattdessen ließ sie die Arme sinken, drehte sich langsam um und verließ das Gelände. Mit jedem Schritt, den sie zurücklegte, entfernte sie sich weiter von ihm.

In ihrem Inneren zerbrach etwas.

5. November 1941
Wie soll ich anfangen? Wie soll ich das, was geschehen ist, zu Papier bringen, in Worte fassen? Wie soll ich beschreiben, was uns passiert ist, etwas, das ich selbst noch nicht begreifen kann?

Der Tag, an dem sich alles veränderte, war ein Mittwoch. Louise wusste das noch so genau, weil es mittwochs im Lebensmittelladen immer einen großen Laib Käse gab, der unter den Wartenden aufgeteilt wurde.

Und sie erinnerte sich daran, dass ihre Eltern in den Tagen zuvor noch angespannter gewirkt hatten als ohnehin schon. Levi Bloch war vor einigen Tagen aus dem Gefängnis entlassen worden. Als er sie besuchte, hatte er besorgt ausgesehen, und ihr Vater und Levi hatten sich im Wohnzimmer leise unterhalten. Nachdem er wieder gegangen war, hatte Louise ihren Vater gefragt, was denn los sei, aber er hatte nur den Kopf geschüttelt und gesagt, es gäbe Gerüchte, sie solle sich keine Sorgen machen, er würde sich um alles kümmern. Ihre Mutter hatte Hannah und sie jeden Abend früh ins Bett geschickt und gebeten, keine Fragen zu stellen. Trotzdem hatte Louise oft noch lange wach gelegen und nachgedacht. Gerüchte. Waren es nicht immer Gerüchte gewesen, Gerüchte, von denen man geglaubt hatte, sie würden sich nicht bewahrheiten? Weil sie so schrecklich waren? Und wurde man nicht jedes Mal eines Besseren belehrt? Doch was Vater und Levi auch besprochen hatten, es schien schlimmer zu sein als alles, was zuvor geschehen war.

In dieser Nacht, der Nacht, bevor es passierte, hatte Louise einen wunderschönen Traum gehabt. Carl und sie wohnten in einem großen Haus am See. Es war Sommer, und sie saßen im Garten bei Tee und Apfelkuchen, ihre Kinder tollten um sie herum. Sie glaubte sogar, die Geranien und Rosen riechen zu können. Nie hatte sie aus diesem Traum erwachen wollen, aber es gab keine andere Wahl.

Louise war früh aufgestanden und hatte sich stundenlang für einen trockenen Laib Brot und ein kleines Stück Käse die Beine in den Bauch gestanden. Der Weg zu dem Geschäft war weit, und seit einigen Wochen musste sie einen gelben Stern an ihrer Kleidung tragen, einen Stern, der sie als Jüdin kennzeichnete. Seitdem war alles noch furchtbarer geworden, sie wurde immer häufiger beschimpft, Kinder warfen Steine nach ihr, ein anderes Mal rempelten zwei Frauen sie auf dem Gehweg so heftig an, dass sie zu Boden fiel und sich das Knie aufschürfte. Sie stand wieder auf, ging weiter, weil sie musste. Sie brauchten das Nötigste zum Leben.

Als am frühen Abend ihr Vater heimkehrte, brachte er gute Nachrichten mit: Er hatte gehört, dass in einer Chemiefabrik Arbeiter gesucht wurden, vielleicht würde er dort eine Tätigkeit finden. Die Praxis würde er bald schließen müssen, das stand fest. Seine jüdischen Patienten, die er noch behandeln durfte, wurden immer weniger. Über eine mögliche Auswanderung brauchten sie auch nicht mehr nachzudenken, die Ausreise war Juden inzwischen verboten. Und doch sahen sie ab und zu noch Nachbarn, die sich mit ihren Koffern auf den Weg machten. Wohin sie wollten, wusste Louise nicht.

Esther begann gerade, das Abendessen vorzubereiten, als sie auf der Straße lautes Motorengeheul hörten, quietschende Reifen, das Zuschlagen von Automobiltüren.

»Was ist da draußen los?«, fragte David und spähte aus dem Fenster. Die anderen taten es ihm nach.

Vor dem Haus standen mehrere Lastwagen. Ein paar Gestapomänner in schwarzen Ledermänteln und derben Stiefeln stürmten in die Wohnung der Fredenbecks und zerrten das Bäckerehepaar kurz darauf auf die Straße. Selbst vom Fenster aus konnte Louise die Angst in ihren Augen sehen. Brutal wurden sie zu einem der Lastwagen geschoben, einer der Männer schlug dem Bäcker, der sein Bein aufgrund einer Verletzung leicht nachzog, mit voller Wucht seinen Gewehrkolben in den Nacken, sodass er hinfiel. Als die Plane angehoben wurde, konnte Louise erkennen, dass dort bestimmt schon zehn andere Menschen kauerten. Ein paar kleine Kinder waren darunter, die in den Armen ihrer Mütter lagen.

Louise erstarrte. Sie erinnerte sich an Carls Worte. *Es wird noch schlimmer werden.* Sie hatte ihm nicht geglaubt. Sie hatte nicht gedacht, dass es noch schlimmer werden könnte.

Sie hatte sich getäuscht. Sie alle hatten sich getäuscht.

»Ihr müsst euch verstecken, sofort!« Die Stimme ihres Vaters klang fremd. »Ich weiß nicht, was hier gerade geschieht, aber ...« David keuchte, er hatte rote Flecken am Hals, sein Blick war schreckgeweitet. Noch nie hatte Louise ihn so gesehen, so verzweifelt. Und das machte ihr mehr Angst als alles andere.

Esther saß zusammengekrümmt auf einem Stuhl, hielt sich an der Tischplatte fest, presste dann ihre Hände vor den Mund, um nicht laut aufzuschreien.

»Nein, ich will mich nicht verstecken«, wisperte Hannah furchtsam. Sie wollte ihre Mutter umarmen, bei ihr Schutz suchen, aber diese wehrte sie ab. »Tut, was euer Vater euch sagt«, stieß sie hervor und wischte sich die Tränen weg. »Bitte. Versteckt euch.« Flehentlich suchte sie Louises Blick. Und Louise verstand.

»Mama hat recht. Komm«, sagte sie zu Hannah und nahm ihre Hand. Sie sahen zu, wie ihr Vater in ihrem Zimmer den Kleiderschrank öffnete, Kleider und Mäntel zur Seite schob und die Rückwand des Schranks vorsichtig abnahm.

Vor Monaten hatte er sich um das Versteck gekümmert, hatte einige Planken aus dem Holz gebrochen und den Raum dahinter vergrößert, sodass zwei Menschen in ihm Platz fanden. Zuvor war an dieser Stelle ein winziger Hohlraum gewesen, eine Art Abseite, die aber seit Jahrzehnten nicht genutzt worden war. Ihr Vater musste geahnt haben, dass es so weit kommen würde.

»Hannah, du zuerst. Ich lass dich nicht allein, versprochen.« Louise versuchte, stark und fest zu klingen. Dabei klopfte ihr Herz in rasender Geschwindigkeit, als würde es gleich aus der Brust springen.

Hannah schlüpfte in die Abseite, Louise folgte ihr.

Nur wenig später, die Rückwand des Kleiderschranks hatte ihr Vater vorsichtig wieder eingesetzt, hörten sie, wie laut an die Wohnungstür geschlagen wurde.

»Aufmachen, Polizei!«, brüllte eine Männerstimme.

Hannahs Hand lag schweißnass in der ihren, der Atem ihrer Schwester rasselte. Oder war es ihr eigener? Sie wusste es nicht.

Sie konnte keinen klaren Gedanken fassen. Bloß kein Geräusch machen, das war das Einzige, was ihr durch den Kopf ging.

Sie schloss die Augen. Die Männer würden nicht einfach wieder gehen, sie wollten auch gar keine Antworten, denn die hatten sie sich schon selbst gegeben. Die Juden waren schuld. An allem. Und deshalb wurden sie verhaftet, gedemütigt und misshandelt. Das war ihre Antwort.

»Aufmachen!«, schrie die Stimme nochmals. Sie klang dumpf und unheimlich durch die dünnen Wände.

Dann ein Schuss. Louise hielt Hannah die Hand vor den Mund, damit sie keinen Laut von sich gab. Sie lauschte. Die Wohnungstür wurde unter lautem Gegröle gewaltsam geöffnet.

Getrampel, wieder Gebrüll und mehrmals ein dumpfes Geräusch, als würden Möbelstücke zu Boden fallen. Louise hielt den Atem an. Es war eng und stickig in ihrem Versteck, sie wagte sich kaum zu rühren.

Tränen liefen über Hannahs Gesicht.

Alles wird gut, wir müssen nur ruhig bleiben, versuchte Louise sich selbst zu beruhigen. Sie strich Hannah über die Wange.

Dann wurde es plötzlich still. Eine unheimliche Stille. Aber nur für einen Augenblick.

»Da sind sie ja! Kriechen unters Bett wie räudige Hunde. Typisch für Juden!«, bellte plötzlich eine raue Männerstimme.

Louise meinte einen schwachen Aufschrei zu hören. Mutter, dachte sie.

»Abführen!«, befahl die Reibeisenstimme. »Aber hier sollen noch mehr von denen sein. Halten sich wohl für ganz schlau. Los, durchsuchen!«

Louise hielt Hannah fest, die wie Espenlaub zitterte.

Die Männer stampften durch die ganze Wohnung, Louise konnte ihre Schatten durch einen schmalen Spalt in der Rückwand des Kleiderschranks erkennen, nachdem einer von ihnen diesen geöffnet hatte. Er schmiss Mäntel und Kleider auf den Boden. Louise hatte Angst, dass ihr panisches Herz sie verriet, so laut trommelte es. Das kleinste Geräusch würde auf sie aufmerksam machen.

»Hier ist niemand!«, sagte der Uniformierte, der die Kleidung rausgeworfen hatte und nun achtlos auf sie trat.

»Vielleicht haben sie sich bei einem der Nachbarn versteckt. Los, los!« Der Befehl kam von der Reibeisenstimme.

Die Haustür wurde zugeschlagen. Als die Schritte sich über die Treppe entfernten, schluchzte Hannah laut auf, es klang so verzweifelt, dass es Louise fast das Herz zerriss.

»Bitte beruhige dich, Hannah! Sie könnten zurückkommen … Bitte«, flehte Louise ihre Schwester an. Aber Hannah hörte sie nicht.

Louise schloss die Augen und betete still, dass sie nicht zurückkehren, sie nicht doch noch finden würden.

Einige Minuten später vernahmen sie das Zuschlagen von Autotüren und Motorengeheul.

»Sie fahren weg.« Louise atmete hörbar aus. Sie krochen vorsichtig aus ihrem Versteck, liefen durch alle Räume. Aber ihre Eltern waren fort.

»Wir müssen fliehen«, sagte Louise. Es war das Einzige, was ihr einfiel. Sie hatte das Gefühl, als würde ihr alles entgleiten. Sie dachte an das, was ihr Vater immer gesagt hatte: »Sollte uns jemals etwas zustoßen, bist du für Hannah verantwortlich. Du musst sie in Sicherheit bringen.« Zu gerne hätte sie sich auf den staubigen Boden gelegt, um selbst zu Staub zu werden.

Aber sie hatte keine Wahl, sie war gezwungen, sich zusammenzureißen, durchzuhalten, für Hannah.

Hastig packte sie eine Tasche mit ein paar Kleidungsstücken und etwas Proviant. Dann legte sie Hannah den Mantel um die Schultern und sah ihre Schwester eindringlich an. »Es ist jetzt wichtig, dass wir stark bleiben, verstanden?«

Louise griff nach Hannahs Hand.

»Wir müssen überleben.«

KAPITEL VII

Sea Garden House, Seaborough, Neufundland, Juni 2016

Anna erwachte von einem lauten Schrei. Sie brauchte einen Moment, um sich zu orientieren, aber dann wusste sie, was los war. Sie tastete nach dem Schalter der Nachttischlampe und schlug in ihrem schwachen Schein die Bettdecke zurück. Danach sprang sie auf, lief ins Nebenzimmer und machte Licht an.

Greta saß aufrecht im Bett, ihr schweißnasses Haar klebte an ihrer Stirn, sie atmete heftig.

Anna legte ihr behutsam die Hand auf die Wange, nachdem sie sich auf der Bettkante niedergelassen hatte. »Du hast nur geträumt, Gretalein. Komm, leg dich wieder hin.«

Greta ließ sich widerstandslos in die Kissen fallen.

»Was ist denn hier los?« Judith stand in der Tür. Sie trug einen gelben Satinpyjama und hatte eine hellblaue Schlafmaske halb über die Stirn gezogen. »Oje, das muss aber ein schlimmer Traum gewesen sein.« Sie setzte sich auf die andere Seite des Betts und kraulte Greta das Handgelenk, um sie zu beruhigen.

»Ich kann mich nicht richtig an den Traum erinnern. Er hatte irgendwie mit Mama zu tun. Sie war in einem brennenden Haus oder einer Höhle gefangen, und ich wollte sie retten …« Greta schloss für einen Moment die Augen.

Anna und Judith sahen sich besorgt an. Greta hatte schon als Kind furchtbare Alpträume gehabt. Zeitweise waren sie so schlimm gewesen, dass Helene mit ihr zu einem Psychologen gegangen war.

»Ich weiß, was hilft! Heiße Milch mit Honig!« Anna sah ihre Schwestern an.

»Eine hervorragende Idee!«, rief Judith, obwohl alle wussten, dass sie heiße Milch mit Honig hasste. Sie behauptete, von jeglichen Milchprodukten Pickel zu bekommen.

Greta sah müde von einer Schwester zur anderen. »Ich weiß nicht, es ist mitten in der Nacht.«

»Na und?« Anna stand auf.

»Okay.« Greta schälte sich mühsam aus ihrer Decke und schlurfte hinter ihren Schwestern die Treppe hinunter. Im Wohnzimmer steuerte sie sofort das Sofa an.

Anna brachte drei große Becher mit heißer Milch und ein Glas mit Honig. Greta sah ihre Schwestern misstrauisch an. »Ihr müsst mich nicht wie ein Baby behandeln. Ich bin schon groß.«

»Wer sagt das?«, fragte Anna.

»Haha. Die Alpträume sind jedenfalls weniger geworden. Ich muss nur ab und zu zur Ruhe kommen, das ist alles.«

»Und wie machst du das?«, wollte Judith wissen.

»Yoga, lesen, Musik hören. Aber es fällt mir schwer. Irgendwie beschäftigt mich immer so viel.«

»Das kenn ich. Ich hab ständig das Gefühl, etwas erledigen zu müssen. Das kann einen ganz wahnsinnig machen.« Judith seufzte. »Da beneide ich dich, Anna.«

»Mich?«

»Ja, du bist die Ruhe in Person. Irgendwie kannst du dich gut abschirmen.«

»Das stimmt«, bestätigte Greta. »Du konntest dich schon immer gut auf Dinge einlassen und alles andere dabei ausblenden.«

Anna sah ihre kleine Schwester an. Sie hätte nie gedacht, dass Greta sie so sah.

Plötzlich hatte sie das Bedürfnis, ihre Schwestern einzuweihen. »Ich muss euch was erzählen.«

Judith und Greta sahen sie erwartungsvoll an.

»Philipp hat mir einen Antrag gemacht. Kurz vor unserer Abreise.« So, jetzt war es raus.

»Das ist ja toll!«, rief Judith. »Wie aufregend! Meine kleine Schwester heiratet noch vor mir!«

»Moment. Anscheinend hat sie noch nicht ›Ja‹ gesagt«, gab Greta zu bedenken.

»Es ist kompliziert«, sagte Anna.

»Das versteh ich nicht. Was soll daran kompliziert sein? Ihr seid seit Jahren zusammen, versteht euch gut, Philipp liebt dich, du ihn … Das Komplizierte ist mir wohl entgangen.« Judith machte ein ratloses Gesicht.

»Es ist noch die Sache von damals«, erklärte Anna. »Ich kann ihm nicht so richtig vertrauen.«

»Aber du hast ihm doch verziehen«, sagte Judith.

»Hab ich das? Weißt du denn, wie es ist, wenn man betrogen wird? Hat Carsten das schon mal getan?« Annas Tonfall war heftiger als beabsichtigt.

»Nein. Ich dachte … Ich wünsch mir einfach nur, dass du glücklich bist.«

»Ich weiß.« Anna seufzte. »Ich brauch einfach ein bisschen Abstand, das ist alles.«

»Ich kann übrigens auch noch etwas zur großen Familienbeichte beitragen«, sagte Greta auf einmal. Blonde Haarsträhnen umspielten ihr mädchenhaftes Gesicht mit den großen blauen Augen. »Ich hab mein Studium geschmissen.«

»Ach Greta!« Das war Judith. Klar.

»Jetzt reg dich nicht gleich auf! Auch wenn es mir keiner von euch zutraut, aber ich habe es mir lange und reiflich überlegt. Ich werde nie in einem Museum oder einer Galerie arbeiten. Ich will nicht Kunstgeschichte studieren, ich will selbst Kunst machen!«

»Klingt plausibel«, stellte Anna fest.

Judith warf ihr einen bösen Blick zu. Aber Greta schien wirklich entschlossen, ihre Entscheidung wirkte nicht impulsiv oder unüberlegt. Und nicht jedes Studium führte zu einem Ziel, das wusste Anna aus eigener Erfahrung. Sie hatte studiert, an einer renommierten Design-Akademie, hatte tolle Praktika absolviert, sehr gute Noten bekommen. Und was hatte es ihr gebracht? Seit zwei Jahren versuchte sie, sich als Grafikdesignerin über Wasser zu halten, und Aufträge zu bekommen war verdammt schwer.

»Weiß Helene davon?«, fragte Judith, als würde ohne die Zustimmung der Mutter sowieso nichts laufen.

»Nein. Ich erzähl es Ma und Pa, wenn sie hier sind. Sie werden es schon verstehen.« Greta klang entspannt. Im Zweifel würde sie sich mit ihren Eltern streiten. Das hatte ihr noch nie etwas ausgemacht.

Anna knipste die Stehlampe aus, legte ihr Buch zur Seite und sah zum Fenster hinaus. Ein Spatz war auf dem Verandageländer gelandet und tschilpte, als wolle er den Beginn des neuen Tages ankündigen.

Greta und Judith waren wieder schlafen gegangen, aber sie hatte sich entschieden, sich mit einer Decke aufs Sofa zurückzuziehen. Es gingen ihr zu viele Gedanken im Kopf herum, sie hätte nur stundenlang wach im Bett gelegen und gegrübelt. Im Wohnzimmer konnte sie sich besser ablenken. In dem Buch, in dem sie eben noch gelesen hatte, ging es um eine junge Frau, die sich im Ersten Weltkrieg in einen Soldaten verliebte, der schwer verwundet von der Front zurückkehrte.

Die Geschichte gefiel ihr, konnte sie aber nicht so fesseln, dass sie darüber ihre eigenen Gedanken vergaß. Wieso hatte sie sich nicht gewehrt, als Logan ihre Hand nahm? Das passte nicht zu ihr. Vielleicht hatte sie Philipp ja eins auswischen wollen. Wirklich sehr erwachsen. So etwas machte man als Teenager. Aber in ihrem Alter sollte man sich Besseres einfallen lassen. Dennoch: Sie mochte Logan, sie fühlte sich wohl in seiner Gegenwart. Hatte sie, als sie am Wasser saßen, überhaupt an Philipp gedacht? Oder einfach nur den Augenblick genossen?

Draußen wurde es langsam hell. Das schwache Licht der Morgendämmerung ließ vage die Umrisse der Möbel erkennen: den Kiefernholzschrank, die Vitrine, in der Lou Porzellanfiguren aufbewahrt hatte, den Couchtisch mit den bunten Keramikvasen, auf dem Greta und Judith nahezu ihr gesamtes Hab und Gut ausgebreitet hatten. Anna musste schmunzeln. Sie dachte daran, was Lou früher immer gesagt hatte: »Wenn ihr hier seid, bringt ihr alles durcheinander. Und ich finde es toll!«

Sie erinnerte sich daran, wie Lou bei einem Spaziergang am Wasser von der Fischerei erzählt hatte, von dem Meer, das sie so sehr liebte, von ihren Freunden in Seaborough. Doch selten hatte sie Geschichten von ihrer Granny als junger Frau gehört. Anna sah zu den Fotos auf dem Kaminsims. Wer war der junge Mann? War das ihr Großvater, über den sie alle so gut wie nichts wussten? Der Grund, dass Lou kaum von ihrer Vergangenheit gesprochen hatte? Genauso wenig wie ihre Mutter, die sonst jedes Problem bis ins kleinste Detail ausdiskutieren musste und sich hierbei in Schweigen hüllte. Als Judith angefangen hatte, über ihre Granny und ihr Leben nachzuforschen, hatte sie Helene gefragt, ob Lou ihr denn niemals etwas über die Herkunft ihres Vaters erzählt hätte. Judith war fünfzehn gewesen und fest davon überzeugt, dass ihr Großvater Südamerikaner gewesen sein musste, da sie unbedingt Salsatänzerin werden wollte. Helene hatte ihr jedoch unmissverständlich zu verstehen gegeben, dass dieses Thema tabu sei. Auch eine Art der Vergangenheitsbewältigung.

Anna schlüpfte in ihre Hausschuhe, legte sich die Decke um die Schultern und ging zum Fenster. Über dem Meer stieg langsam die Sonne auf, mühsam kämpfte sie sich durch graue aufgeplusterte Wolken, bis sie schließlich einen gleißenden Strahl aufs Wasser warf. Selten hatte sie etwas so Schönes gesehen. Alles wirkte so ruhig und friedlich, und doch hatte sie das Gefühl, einen Blick auf die ganze Welt in ihrer Rätselhaftigkeit zu werfen.

Sie öffnete die Tür zur Veranda und trat auf die kühlen Holzdielen. Eine Möwe, die sich auf dem Bootssteg niedergelassen hatte, flog kreischend davon. Anna ließ sich auf der Hollywoodschaukel nieder, den Blick auf den Horizont gerichtet.

»Anna? Hey!«

Anna fuhr sich verschlafen mit der Hand über die Augen.

»Was machst du hier? Du wirst dir den Tod holen!«

Es war Judith. Über ihrem Satinschlafanzug trug sie eine grobe Strickjacke.

»Ich muss eingeschlafen sein. Der Sonnenaufgang war so wunderbar.«

»Na komm. Ich wollte gerade Kaffee kochen.«

Anna folgte ihrer Schwester ins Haus, wo es herrlich warm war.

»Ist alles in Ordnung? Du siehst müde aus.« Judith warf ihr einen kritischen Blick zu, während sie den gemahlenen Kaffee in den Filter häufte.

»Bin ja grad erst geweckt worden. Aber es geht mir auch viel im Kopf rum.« Anna ließ sich am Küchentisch nieder und wickelte sich fester in die Decke ein.

»Kann ich verstehen. So ein Heiratsantrag kann einen durcheinanderbringen. Doch ich glaube, du hast nur Angst vor der Entscheidung. Philipp und du, ihr seid ein tolles Paar. Wirf das nicht weg.«

Anna nickte stumm. Es hatte keinen Zweck, Judith nochmals darauf hinzuweisen, dass Philipp sie betrogen hatte. Ihre Schwester dachte in anderen Kategorien als sie: Du hast ihm verziehen, abgehakt, weitermachen. Wenn es nur so leicht wäre.

»Wir haben übrigens einen potenziellen Käufer für das Haus«, sagte Judith.

»So schnell?«

»Ja, ich war auch überrascht. Heute Morgen kam eine E-Mail. Ein Geschäftsmann aus Toronto. Er will sich mittags mit uns im Kayman's treffen.«

»Er will sich das Haus nicht ansehen?«

»Doch, aber später. Er meinte, wir sollten uns erst mal kennenlernen, damit wir wissen, dass das Haus in gute Hände gerät.«

»Sehr gewieft.«

»Oder nur nett«, erwiderte Judith und goss Kaffee in zwei Becher.

Der Gedanke, das Haus aufzugeben, versetzte Anna einen Stich.

Judith bemerkte ihre Traurigkeit. »Ach Anna. Wir können nicht ewig hierbleiben. Und wenn es ein gutes Angebot ist …«

»Ja, ja.« Anna nippte an ihrem Kaffee. »Dann müssen wir es wohl annehmen. Ich werde Greta Bescheid sagen …«

Im Kayman's war es ziemlich voll, als sie eintrafen. Ein paar Fischer saßen vor Burgern und Bier, zwei ältere Damen schnatterten bei Kaffee und Apfelkuchen über Gott und die Welt, und am Fenster hatte sich ein Touristenpärchen in Wanderstiefeln niedergelassen.

»Euch scheint es hier zu gefallen«, sagte Dan, als sie sich an den Tresen setzten. »Seid ja fast schon Stammgäste.«

»Soll das beste Diner in der Gegend sein«, erklärte Anna.

Judith sah sich suchend um. »Er scheint noch nicht da zu sein.«

»Wie heißt ›er‹ denn eigentlich?«

»Ryan Vanderbaek. Er managt ein Unternehmen in Toronto und sucht wohl einen ruhigen Landsitz für sich und seine Familie.«

»Könnte er das sein?«, raunte Greta und deutete zur Tür.

Ein schlanker, hochgewachsener Mann, nicht viel älter als Judith, war eingetreten. Er trug einen maßgeschneiderten Anzug, seine Schuhe waren auf Hochglanz poliert, und in seiner ganzen Erscheinung passte er so gar nicht hierher. Alle drehten sich um und starrten ihn unverhohlen an. Davon ließ er sich jedoch nicht beirren, sondern ging schnurstracks auf Judith zu.

»Sie müssen Miss Berenberg sein.«

»Ja. Sehr erfreut. Das sind meine Schwestern, Anna und Greta.«

Sie schüttelten sich die Hände, und Mr Vanderbaek führte die drei Frauen zu einem Tisch in der Ecke des Lokals.

»Schön, dass Sie Zeit haben«, sagte er freundlich. Sein Gesicht war genauso glatt wie sein Auftreten. Das dunkle Haar war akkurat geschnitten, und seine stahlblauen Augen hatten etwas Unnahbares.

»Sie wollen also nach Seaborough ziehen?«, fragte Judith, während Dan ihnen Kaffee einschenkte.

»Nicht ganz. Das Haus ist nicht für mich. Vielleicht irgendwann einmal. Aber vorerst möchte es meine Großmutter kaufen.«

Judith warf ihren Schwestern einen vielsagenden Blick zu.

»Aha«, sagte sie.

»Entschuldigen Sie, ich hätte das gleich erwähnen sollen. Aber meine Großmutter hat mich gebeten, mich um alles zu kümmern. Sie kennt das Haus von ihren vielen Besuchen in Seaborough und fand es immer wunderschön. Und ich dachte, es ist besser, wenn wir das persönlich besprechen.« Er räusperte sich. »Meine Großmutter hat mir schon früher von diesem Ort vorgeschwärmt.«

»Wir lieben das Haus auch«, sagte Anna. Eine unpassende Äußerung, wie sie zugeben musste.

Judith sah sie streng an, dann wandte sie sich wieder Mr Vanderbaek zu. »Lebt Ihre Großmutter hier in der Gegend?«

»Nein.« Für einen Moment schien es, als müsste er seine nächsten Worte abwägen. »Aber den Rest ihres Lebens möchte sie hier verbringen. Dann könnte sie auch uns häufiger sehen.«

»Hm«, brummelte Greta, die sich bislang, äußerst ungewöhnlich für sie, zurückgehalten hatte.

Mr Vanderbaek fuhr unbeirrt fort: »Meine Großmutter reist aber erst in ein paar Tagen an. Und so, wie ich sie kenne, würde sie das Haus sicher auch ohne weitere Besichtigung kaufen, aber ich denke, es wäre gut, wenn meine Frau und ich es uns ansehen, bevor sie den Vertrag unterzeichnet. Nur um auf Nummer sicher zu gehen.«

»Selbstverständlich!«, sagte Judith. »Kommen Sie vorbei, wann immer es Ihnen passt.«

»Vielleicht morgen? Am Vormittag?« Er stand auf.

»Das passt gut. Auf Wiedersehen.« Judith erhob sich ebenfalls und reichte ihm die Hand. Mr Vanderbaek nickte Anna und Greta kurz zu, dann verließ er das Diner.

»Ihr habt euch unmöglich benommen«, sagte Judith.

»Na und? Der Typ ist doch komisch. Mit seinem teuren Anzug und dem Fünfhundert-Euro-Haarschnitt. Der will ein Haus für seine Großmutter kaufen? Nie im Leben!«, ereiferte sich Greta.

»Glaub ich auch nicht«, stimmte Anna ihr zu.

»Aha. Und woher wollt ihr das wissen, ihr Experten? Habt ihr gerade ein ausführliches psychologisches Gutachten erstellt?«

»Aber was, wenn er was ganz anderes mit Lous Haus vorhat?«, fragte Anna, ohne auf Judiths Frage einzugehen.

»Was soll er denn vorhaben? Meinst du, er will daraus ein Luxushotel machen?«

»Wer weiß?«, mischte Greta sich wieder ein.

»Das glaubt ihr doch selbst nicht!« Judith schüttelte den Kopf. »Also, ich finde es nett, dass er das für seine Granny tut. Wahrscheinlich ist sie nicht mehr so gut zu Fuß, und deshalb kümmert er sich um alles.«

»Und dann will sie nach Seaborough ziehen? In ein Haus, das so abgelegen liegt? Das macht doch keinen Sinn!«, konterte Greta.

»Außerdem sollten wir das Haus nicht vorschnell verkaufen. Es gibt sicher noch andere Interessenten! Es sollte jemand sein, der das Haus wertschätzt und es erhält, so wie es ist.« Anna gefiel es gar nicht, dass Judith den erstbesten Käufer verteidigte.

»Und du vermutest, dass die Vanderbaeks das nicht tun werden?«, fragte Judith schnippisch.

Bevor Anna etwas erwidern konnte, wurden sie von Dan unterbrochen, der an ihren Tisch getreten war. »Was war denn das für ein Typ?«, fragte er.

»Einer, der Lous Haus verschandeln will«, brummte Greta.

»Wie bitte?« Dan sah sie irritiert an.

»Ach Quatsch«, korrigierte Judith. »Ein potenzieller Käufer.«

»Er sah auf jeden Fall aus, als hätte er dafür das nötige Kleingeld.«

»Eben«, stimmte Judith ihm zu, als wäre das das Wichtigste. »Und wie geht es dir, Dan? Alles okay?«

»Alles im grünen Bereich.«

»Schön. Vielleicht komm ich übrigens auf dein Angebot zurück, die Trauerfeier hier zu veranstalten.«

»Wirklich?«, fragte Greta.

»Und das besprichst du nicht mit uns?« Anna betrachtete Judith eingehend.

»Ich hab mir das alles noch mal durch den Kopf gehen lassen.«

»Toll.« Dan lächelte, sah aber etwas gequält aus.

Judith runzelte die Stirn. »Stimmt was nicht?«

»Nein, das ist kein Problem. Wann genau soll das Ganze denn stattfinden?«

»In einer Woche. Warum?«

»Nun ja …« Er betrachtete verlegen die Kaffeekanne in seiner Hand. »Ach, was soll's. Das kriegen wir schon hin.« Damit verschwand er hinter der Theke.

»Was war denn das? Bin ich heute nur von Verrückten umgeben?« Judith schien verärgert.

»Vielleicht hat er an diesem Tag einen anderen Termin. Wär

ja auch kein Wunder bei dem ganzen Hin und Her«, meinte Greta.

Anna stand auf. »Ich geh mal kurz zur Toilette«, erklärte sie. Judith und Greta nahmen kaum Notiz von ihr.

Als Anna die Theke passierte, beobachtete sie, dass Dan an der Tür zur Küche stand und mit jemandem sprach, den sie nicht sehen konnte. Sie blieb stehen und tat, als würde sie sich ein Magazin anschauen, das auf dem Tresen lag, während sie sich anstrengte, etwas von dem Gespräch aufzuschnappen.

»Das geht dich nichts an, das ist meine Sache. Warum schnüffelst du überhaupt in meiner Post herum?«, sagte Dan aufgebracht.

»Natürlich geht mich das was an! Du musst das doch schon seit Monaten wissen! Nein, was sag ich, seit Jahren! Wie konntest du das nur so lange verheimlichen?«

War das Logan? Es klang nach ihm. Und er schien mindestens so aufgewühlt zu sein wie sein Vater.

»Jetzt schrei doch nicht!«, versuchte Dan ihn zu beschwichtigen. »Das muss ja nicht gleich alle Welt mitkriegen.«

»Willst du lieber, dass deine Gäste in ein paar Wochen vor verschlossenen Türen stehen?«

Anna blickte erschrocken auf. Was war hier los? Doch als sie ihre Position verändern wollte, um besser hören zu können, kam Logan aus der Küche und schob seinen Vater zur Seite. Er erblickte Anna, und seine Miene erhellte sich schlagartig.

»Das ist aber eine schöne Überraschung!« Er lächelte.

»Hallo.« Sie lächelte zurück.

»Kann ich dir was anbieten? Einen frisch gefangenen Kabeljau vielleicht?« Er deutete mit dem Kopf in die Küche, wo ein Fisch auf einem Schneidebrett lag. »Bin gerade dabei, ihn auszunehmen.« Er grinste.

»Sieht verführerisch aus, aber danke nein, ich hab gerade keinen Hunger.«

Dan goss indessen am anderen Ende der Bar Cola in ein Glas. Misstrauisch beäugte er sie.

Logan schien es nicht zu bemerken. »Unser Gig war übrigens ein voller Erfolg. Die Lokalzeitung hat sogar darüber berichtet.« Er hielt ihr die neueste Ausgabe der *St. John's News* entgegen. Ein kleiner Artikel auf der ersten Seite berichtete von dem grandiosen Konzert der Great Pretender's in Petty Harbour.

Anna überflog die Zeilen, die einer wahren Lobeshymne gleichkamen. »Toll! Das freut mich für euch. Wart's ab, bald habt ihr einen Vertrag in der Tasche.«

»Mal schauen. Im Moment hab ich hier genug zu tun.« Er vermied es, sie anzusehen.

»Ist alles okay? Du klingst erschöpft.«

»Alles bestens. Sag mal, hast du Lust auf eine Bootstour, vielleicht morgen Nachmittag? Da hab ich frei.«

»Ähm …« Anna stockte. Natürlich hatte sie Lust. Große Lust sogar. Aber war es richtig, Zeit mit jemandem zu verbringen, der ihr nahekommen könnte, während ihr Fast-Verlobter zu Hause auf eine Antwort wartete?

»Wenn es dir nicht passt, können wir es auch verschieben.«

»Nein, es ist nur … Also gut, ich bin dabei.«

»Klasse. Dann bis morgen.« Er schien sich zu freuen, und Anna spürte ein Kribbeln in ihrer Bauchgegend.

Als sie zum Tisch ihrer Schwestern zurückkehrte, sah Judith sie ernst an. »Ich weiß wirklich nicht, ob du das tun solltest.«

»Was denn?«

»Mit diesem Logan flirten.«

»Ich flirte doch gar nicht!«

»Natürlich flirtest du!«, sagte Greta. »Und das ist okay.«

»Ich finde das nicht«, meinte Judith. »Immerhin hat Philipp ihr einen Antrag gemacht!«

»Na und?«, widersprach Greta. »Es steht nirgendwo geschrieben, dass man Heiratsanträge annehmen muss.«

»Wie schön, dass ihr beide genau wisst, was ich zu tun und zu lassen habe. Aber können wir das zu Hause besprechen?« Anna griff nach ihrer Tasche.

Beim Hinausgehen warf sie noch einen Blick zur Theke.

Doch Logan war beschäftigt und sah sie nicht.

Es war Nachmittag, als sie mit ihren Fahrrädern wieder im Sea Garden House eintrafen.

Greta murmelte etwas von »Muss noch E-Mails schreiben« und wollte in ihr Zimmer entschwinden, aber Anna hielt sie und Judith zurück.

»Wartet mal, ich muss euch noch was erzählen. Es geht um das Kayman's. Irgendwas stimmt da nicht. Ich glaube, Dan steckt in Schwierigkeiten. Hab da was mitbekommen zwischen Logan und ihm.«

»Meinst du finanzielle Schwierigkeiten?«, fragte Judith.

Anna nickte.

»Und wie schlimm ist es?«

»Das weiß ich nicht. Aber es klang so, als müsste er bald schließen.«

»Deswegen war er auch so komisch, als ich ihn wegen der Trauerfeier gefragt hab.«

»Gefragt? Du hast ihm deine Entscheidung mitgeteilt«, sagte Greta.

»Das ist jetzt egal.« Anna sah ihre Schwestern an. »Ich hab nur gedacht … Vielleicht können wir irgendwie helfen.«

»Bis jetzt wissen wir offiziell nichts. Wie sollen wir denn da helfen? Ihm Geld leihen? Wir kennen ihn nicht einmal wirklich.«

Anna erwiderte nichts. Natürlich hatte ihre Schwester recht. Sie wusste ja selbst nicht, warum sie das Ganze so beschäftigte. Aber aus irgendeinem Grund tat ihr der Gedanke von Seaborough ohne das Kayman's weh.

»Also, ich bin dabei, wenn du Dan helfen willst«, verkündete Greta.

»Danke. Aber wir müssen tatsächlich erst mal herausfinden, was überhaupt dahintersteckt. Vielleicht kann ich ja Logan mal fragen.«

»Ich glaube nicht, dass das eine gute Idee ist«, sagte Judith. »Sei vernünftig, Anna. Je mehr Zeit du mit ihm verbringst, desto komplizierter machst du alles.«

»Jetzt sei doch nicht so melodramatisch, Judith!« Greta lachte. »Du tust gerade so, als wollte Anna mit Logan durchbrennen.«

»Gar keine schlechte Idee.« Anna grinste. »Nein, im Ernst: Wir verstehen uns gut, aber da ist nicht mehr. Und außerdem: Ich würde Philipp niemals betrügen.« Sie hielt inne. »Obwohl er es verdient hätte.«

»Eben.« Greta verschränkte die Arme vor der Brust und sah Judith an, als wolle sie sagen: »Siehst du, ich hab gewonnen.«

»Egal, es ist deine Entscheidung.« Judith schaltete ihr Tablet ein. »Ich hab noch zu tun. Helene will sicher ein Update, was die Trauerfeier angeht.«

Anna beschloss, den Rest des Nachmittags im Schaukelstuhl am Fenster zu verbringen. Sie konnte sich natürlich weiter auf dem Dachboden nützlich machen, aber eine kleine Pause würde ja wohl erlaubt sein. Also kochte sie sich einen Tee, schnappte sich einen der Schokomuffins, die sie am Abend zuvor gebacken hatte, und legte die Füße hoch. Den Schaukelstuhl hatte sie sofort zu ihrem Lieblingsplatz erklärt. Wahrscheinlich würden Judith und Greta sie am Abreisetag von hier wegtragen müssen. In Lous Sachen hatte sie ein Buch über die Französische Revolution gefunden, das sie gern lesen wollte, aber sie spürte auf einmal, wie müde sie war. Die letzte Nacht machte sich bemerkbar. Trotzdem zwang sie sich, das Buch aufzuschlagen. Dabei entdeckte sie etwas, das in der Mitte zwischen den Seiten steckte. Ein Kuvert. Das Papier war vergilbt und zerknittert. Auf der Vorderseite stand nur ein Wort, in geschwungenen, mit Füllfederhalter geschriebenen Lettern. *Louise.*

Vorsichtig zog sie einen Brief aus dem Umschlag. Das feste Büttenpapier war an den Seiten leicht angesengt, als hätte es jemand gerade noch rechtzeitig vor einem Feuer gerettet. Anna holte tief Luft und begann zu lesen.

Meine liebste Louise,
seit fünf Tagen habe ich nichts von Dir gehört. Fünf Tage, in denen ich voller Sorge und Angst um Dich bangte. Fünf Tage, in denen ich kaum schlafen konnte, in denen ich ständig Dein wunderschönes Gesicht vor mir sah, wie Du mich anblickst, voller Liebe und Zuneigung. Du bist stark, Louise, stärker, als Du denkst. Wir werden diese schlimme Zeit überstehen, werden uns herauskämpfen aus diesem Grauen, dieser Ungerechtigkeit. Unsere Liebe wird größer sein, sie wird uns Kraft und Mut schenken, um alles zu schaffen.
Mein Vater ist noch immer misstrauisch. Ich kenne ihn, weiß um seine Niederträchtigkeit, seinen blanken Hass. Habe ich jemals an das Gute in ihm geglaubt? Ja, das habe ich. Ich

habe gehofft, dass in ihm etwas Menschlichkeit steckt, dass er einsehen wird, dass ich Dich liebe und dass er uns unsere Liebe lassen wird. Es hat mich nachts ruhiger schlafen lassen. Doch es hat mich in einer Sicherheit gewiegt, die es nicht gab und niemals geben wird.

Ich wünschte, ich könnte Dir Deinen Schmerz nehmen. Ich kann nur erahnen, wie Du Dich fühlst und wie sehr Deine Seele schmerzt. Wie ich mir doch wünsche, ich könnte bei Dir sein, Dich trösten, über Dein weiches Haar streichen, Deine Stirn küssen.

Ich hoffe so, dass der Ort, an dem Du nun bist, ein sicherer Ort ist. Ich weiß, dass die Menschen, bei denen Du bist, alles tun werden, um euch zu beschützen. Sie würden ihr Leben dafür geben. Ich werde versuchen, Dich bald wieder zu besuchen, aber ich muss vorsichtig sein.

Ich denke daran, was wir beide haben könnten, in einer anderen Welt.

Bleib stark, meine liebste Louise!

In Liebe

Carl

Anna las die Zeilen immer und immer wieder, versuchte das, was dort stand, irgendwie einzuordnen.

Was war das für ein *sicherer Ort*, an dem Lou damals gewesen war? Hatte sie sich dort versteckt, war sie dort untergetaucht? Und wer war dieser Carl? War er Louises große Liebe gewesen? Warum wollte sein Vater ihn von Lou fernhalten? Weil Carl kein Jude war? Plötzlich durchzuckte sie ein Gedanke. War Carl etwa ihr Großvater?

Sie war drauf und dran aufzuspringen und ihren Schwestern ihren Fund zu zeigen. Aber dann besann sie sich. Vielleicht sollte sie noch ein bisschen warten. Judith und Greta würden wahrscheinlich versuchen, es auf ihre Art zu regeln. Judith würde sagen, solche Nachforschungen seien Zeitverschwendung – ganz im Sinne von Helene. Und Greta würde Annas Aufregung zwar teilen, aber sie konnte genauso schnell wieder verfliegen, wie sie gekommen war. Nein, dafür war diese Entdeckung viel zu wichtig. Sie würde ihr kleines Geheimnis noch ein bisschen für sich behalten, auch weil es ihr Herz seltsam anrührte und sie nicht wollte, dass ihre Schwestern das merkten. Sie strich über das vergilbte Papier. Ob Lou seine Liebe erwidert hatte, verrieten die Zeilen nicht. Nur dass sie den Brief aufgehoben hatte, sprach eine ganz eigene Sprache.

Auf die Französische Revolution konnte sie sich jetzt jedenfalls nicht mehr konzentrieren. Also ging sie ins Haus. Greta war in ihrem Zimmer und schrieb E-Mails, Judith saß am Küchentisch und telefonierte offenbar mit Carsten. Es klang ernst. Wahrscheinlich ging es um sein Londoner Jobangebot. Da gab es bestimmt Gesprächsbedarf.

Anna schlich an ihr vorbei und stieg hinauf zum Dachboden. Sie wollte den Koffer mit den Fotoalben noch einmal genauer in Augenschein nehmen. Als sie ihn geöffnet hatte, fand sie in ihm jedoch fast nur Postkarten von Freunden – ein Carl war nicht darunter – und Fotoalben mit Bildern von Helene. Anna musste schmunzeln. Helene war ein typisches Sixties-Girl gewesen, mit toupiertem Haar, Petticoat und schwarzem Kajal um die Augen. Doch danach gab es keine Aufnahmen mehr von ihr. Als hätte Lou aufgehört, Fotos und Erinnerungsstücke ihrer Tochter aufzubewahren, nachdem diese Neufundland verlassen hatte.

Anna räumte sämtliche Alben und Karten zur Seite, bis sie nur noch einen alten Schuhkarton vor sich hatte, der sich auf dem Boden des Koffers versteckt hatte. Vorsichtig öffnete sie den Deckel. Zum Vorschein kam ein rotes Tagebuch, um das eine Kordel gebunden war. Darunter lag ein Brief, auf dessen Umschlag »Nur für meine Tochter. Erst nach meinem Tod zu öffnen« stand.

Anna hielt den Atem an. Das musste Lous Tagebuch sein. Sie strich über den ledernen Einband. Sie wusste, sie durfte es nicht öffnen, aber die Verlockung war groß.

»Was treibst du denn hier?«

Anna hielt sich die Hand ans Herz. »Greta! Du hast mich zu Tode erschreckt! Schleich dich doch nicht so an!«

»Von wegen schleichen! Bin fast die Treppe runtergefallen. Hast du das nicht gehört?«

»War wohl abgelenkt.«

»Was hast du da?« Greta schaute neugierig auf das Tagebuch in Annas Hand.

Sie reichte es ihr. »Ist nicht für uns.« Sie konnte die Enttäuschung in ihrer Stimme nicht verbergen.

»Wow«, sagte Greta, nachdem sie die Worte auf dem Umschlag gelesen hatte.

»Das hab ich auch gedacht.«

»Aber wir müssen ihren Wunsch respektieren.«

»Selbstverständlich.« Anna nahm das Tagebuch wieder an sich und legte es zurück in den Pappkarton. Seufzend schloss sie den Deckel. Sie hätte zu gern gewusst, was es mit dem geheimnisvollen Brief und Lous Vergangenheit auf sich hatte.

Greta trat zum Gitterfenster, das über den Holzbalken die einzige Lichtquelle war, und stellte sich auf die Zehenspitzen. »Ich wette, von hier oben könnte man ein tolles Landschaftsbild malen.«

»Dann mach das! Das wäre eine schöne Erinnerung.«

»Nix da. Ich bin keine Landschaftsmalerin. Ich finde abstrakte Sachen spannender. Oder Porträts. So richtig festgelegt hab ich mich noch nicht.«

»Abstrakte Porträts«, murmelte Anna. »Na schön. Aber du bist dir sicher, dass du dein Studium aufgeben willst?«

»Ich war mir noch nie einer Sache so sicher. Früher wollte ich immer sein wie Judith und du. Vernünftig und schlau und hübsch und anständig. Aber bei mir funktioniert das nicht. Ich hab das akzeptiert. Und jetzt will ich das machen, was mir wirklich Freude macht.«

»Hoffentlich hast du die auch noch, wenn du davon leben musst.«

»Ich will es wenigstens ausprobieren. Und mir ist noch was klar geworden: Ich will keine Familie.«

Anna sah ihre Schwester verständnislos an. Hatte sie sich verhört?

»Ich will keine Familie«, wiederholte Greta. »Keinen Mann, keine Kinder. Also einen Mann vielleicht schon, aber nicht mit Zusammenziehen und Heiraten und diesem ganzen Kram.«

»Aha.« Anna grinste. »Das sagst du jetzt. Wenn du erst den Richtigen getroffen hast …«

»Wo hast du denn diesen Blödsinn her? Aus einem Groschenroman?«

»Hey, du musst nicht gleich beleidigend werden! Ich dachte doch nur …«

»Ich weiß, alle denken immer nur. Aber kann mir eigentlich auch gleichgültig sein. Ich bin mir jedenfalls sicher. Eigentlich wusste ich schon immer, dass ich keine Kinder will, aber ich hab mich nicht getraut, es zu sagen.«

Sie schien es ernst zu meinen. Was waren sie doch nur für Schwestern! Judith, die Karrierefrau, bei der eine Familie kaum an erster Stelle stehen würde, Greta, die jetzt schon wusste, dass sie nie eine haben will, und dann sie selbst, Anna, die es nicht mal schaffte, sich für einen Mann, der sie anscheinend wirklich liebte und mit dem sie eine Familie gründen könnte, zu entscheiden.

»Ach Greta.« Anna seufzte. »Wir sind schon drei komische Schwestern. Jede auf ihre eigene Art.«

»Findest du? Ich finde uns ziemlich toll. Wir sind halt wilde Lupinen. So wie Lou.«

Anna lächelte. »So wie Lou«, wiederholte sie leise.

Am nächsten Tag klingelte es um halb elf an der Tür. Mr Vanderbaek hatte seine Frau mitgebracht. Sie war jung und sehr hübsch, hatte langes dunkles Haar und trug eine weiße Jeans und einen Poncho aus dunklem Strick. Auch Mr Vanderbaek sah in Jeans und Poloshirt nicht mehr ganz so geschniegelt aus wie am Tag zuvor.

»Kommen Sie rein!« Judith ließ die beiden eintreten. Nachdem sie auch Anna und Greta begrüßt hatten, begann Judith die Hausführung. Sie erschlug das Ehepaar förmlich mit Zahlen und Fakten, kannte von jedem Zimmer die Quadratmeterzahl, das Material der Fensterrahmen, die Durchschnittstemperaturen im Sommer und im Winter und und und …

»Woher weiß sie das alles?«, flüsterte Greta.

»Ich hab keinen blassen Schimmer«, sagte Anna. »Manchmal denke ich, sie hat einen Computer im Kopf.«

Mr und Mrs Vanderbaek stellten kaum Fragen, nickten und lächelten nur freundlich.

»Wahrscheinlich interessiert es sie nicht die Bohne, ob die Fliesen im Bad aus Steingut oder Terrakotta sind«, giftete Greta, und Anna musste schmunzeln.

»Ich denke, Sie haben hier drinnen nun alles gesehen«, sagte Judith schließlich zu den Vanderbaeks. Sie war die perfekte Immobilienmaklerin. »Wir sollten noch in den Garten gehen, aber darf ich Ihnen vorher einen Kaffee anbieten?« Sie führte die Vanderbaeks zurück ins Wohnzimmer, wo Greta und Anna auf der Couch saßen. Judith bedeutete ihnen mit einem unmissverständlichen Blick aufzustehen, und Anna und Greta gehorchten.

Die Vanderbaeks lächelten wieder. »Das ist nett von Ihnen, vielen Dank. Aber wir müssen zurück, die Kinder warten. Ich glaube, wir haben genug gesehen«, sagte Mr Vanderbaek. »Es scheint alles in Ordnung zu sein. Und …«, er holte tief Luft, »… wir … ich meine, meine Großmutter … sie würde gerne fünfundzwanzig Prozent mehr bieten.«

Sogar Judith blieb für einen Moment der Mund offen stehen. »Wirklich? Oh … Das ist … toll. Vielen Dank«, stammelte sie.

Anna und Greta sahen das Ehepaar nicht weniger verblüfft an. War das Haus wirklich so viel wert?

»Lassen Sie uns in den nächsten Tagen telefonieren, um die Formalitäten zu klären.« Mr Vanderbaek schüttelte Judith die Hand, die immer noch irritiert wirkte. Auch Mrs Vanderbaek verabschiedete sich, jedoch ohne einen Ton zu sagen.

Als die Vanderbaeks weg waren, lief Judith sofort in ihr Zimmer. Wahrscheinlich wollte sie Helene die gute Nachricht so schnell wie möglich überbringen.

Anna ließ sich erneut aufs Sofa fallen. »Ich glaub nicht, dass der Verkauf jetzt noch aufzuhalten ist. Das Angebot ist unschlagbar.«

»Hm.« Greta legte den Zeigefinger an die Lippen, um besser nachzudenken. »Findest du das nicht komisch?«

»Was denn?«

»Na ja, warum bieten die einfach fünfundzwanzig Prozent mehr an?«

Anna zuckte mit den Schultern. »Vielleicht wollten sie sichergehen, dass ihnen das Haus kein anderer wegschnappt. Die Großmutter scheint es wirklich sehr zu mögen.«

»Aber sie wissen doch gar nicht, ob es andere Interessenten gibt! Und seien wir mal ehrlich: Das Haus hat kaum den Wert, den Judith veranschlagt hat. Und dann noch mal fünfundzwanzig Prozent drauf?« Greta schüttelte den Kopf. »Da ist was faul!«

»Und was soll da faul sein?«

»Keine Ahnung! Vielleicht haben die was völlig anderes mit dem Haus vor. Wollen es abreißen und nach einer Goldmine graben. Oder es vermieten.«

Anna lachte. »Und was wäre daran so schlimm?«

»Ich mag das Haus! Ich will, dass es genau so bleibt, wie es ist«, sagte Greta trotzig.

»Ach Greta. Ich mag das Haus auch. Mehr, als du dir vorstellen kannst. Und ich möchte ebenso wenig, dass es abgerissen wird. Aber als Eigentümer können die Vanderbaeks damit tun und lassen, was sie wollen.«

»Du klingst aber nicht sehr überzeugt«, stellte Greta fest.

»Ich versuch nur, mich vernünftig zu verhalten.«

»Dann sei du mal vernünftig. Ich für meinen Teil werde herausfinden, was diese Vanderbaeks vorhaben. Das mit der Großmutter glaube ich keine Sekunde!«

KAPITEL VIII

Ohlsdorf, Hamburg, November 1941

20. November 1941
Jetzt sind wir also geflohen, müssen uns verstecken. Und doch gibt es Tage, an denen ich mich tatsächlich wieder fühle wie ein Mensch. Tage wie heute.

Tage, an denen ich mich fast sicher fühle, voller Hoffnung.

Doch sind wir wirklich in Sicherheit? Gibt es so etwas wie Sicherheit überhaupt noch?

Louise und Hannah standen vor den Toren der alten Fabrik, die seit Jahren stillgelegt war. Das hohe Gitter aus rostigem Stahl war mit einer dicken Kette verschlossen. Die Morgendämmerung hatte eingesetzt und tauchte das Gelände in ein gespenstisches Licht.

Sie waren die ganze Nacht gelaufen, durch dunkle Gassen, über weite Landstraßen und einsame Feldwege, sie hatten sich in Hauseingängen versteckt, hastig Marktplätze und Straßenbahnschienen überquert und waren schließlich an den Toren des Hauptfriedhofs angekommen. Von dort waren es nur noch zwei Straßenblöcke bis zu der alten Fabrikhalle gewesen.

Hannah war immer wieder weinend stehen geblieben, und Louise hatte sie beruhigt, hatte ihr gesagt, dass sie bald in Sicherheit sein, dass sie ihre Eltern finden würden. Aber in Wahrheit besaß sie keine Gewissheit. Sie hatte einfach nur das getan, was ihr in den Sinn gekommen war.

Doch war das die richtige Entscheidung gewesen? Und was sollten sie tun, wenn sie sich geirrt hatte, wenn er nicht hier war?

Louise wusste es nicht. Dieser Ort war der einzige, der ihr eingefallen war. Sie hatte die Hoffnung, hier auf den Menschen zu treffen, der ihnen helfen konnte. Doch was, wenn diese Hoffnung sich in Luft auflöste?

Sie schloss für einen kurzen Moment die Augen, suchte nach etwas, das sie beruhigen könnte. Doch in ihrem Inneren tobte es. Ohne ihn, das wusste sie, wären sie verloren. Sie starrte weiter auf das düstere Gelände, versuchte im schwachen Licht des heraufziehenden Morgens, etwas auszumachen.

Und dann sah sie ihn.

Zunächst erblickte sie nur die Umrisse einer männlichen Gestalt, die aus dem Hauptgebäude trat. Und dann wusste sie, dass er es war, sie erkannte ihn an seinem Gang. Im gleichen Moment spürte sie, wie Tränen der Erleichterung über ihre Wangen rannen.

Als er sie entdeckt hatte, lief er auf sie zu. Louise legte die Hände an die Gitterstäbe, streckte sehnsüchtig ihre Hände nach ihm aus.

Er öffnete das Tor, und alles, an das sie sich später erinnerte, waren seine Arme, die sie umschlossen. Sie küsste ihn, bedeckte jeden Zentimeter seines Gesichts mit ihren Lippen.

Erst nach einigen Minuten besann sie sich. Sie redeten beruhigend auf Hannah ein, aber das Gesicht ihrer Schwester blieb wie versteinert.

»Wir müssen reingehen, schnell«, erklärte Carl. Er verschloss das Tor hinter ihnen, und sie folgten ihm in das dunkle Fabrikgebäude.

Carl hatte eine Pritsche mit ein paar Wolldecken in das ehemalige Büro gestellt, und auf dem Schreibtisch lagen ein Laib Brot und ein großes Stück Butter.

»Ihr müsst was essen.« Carl legte den Schwestern Wolldecken über die Schultern, als sie sich setzten.

Hannah und Louise schüttelten die Köpfe. Auch wenn sie seit vielen Stunden nichts gegessen oder getrunken hatten, verspürten sie weder Hunger noch Durst.

Carl nickte nur. Louise war sich sicher, dass er ahnte, was ihnen passiert war.

»Woher wusstest du, dass wir herkommen würden?«, fragte sie.

»Ich habe mir gedacht, dass du dich an diesen Ort erinnern würdest, oft genug habe ich dir von dem Werk erzählt.«

Louise nahm seine Hand. Manchmal war es geradezu beängstigend, wie sehr ihre Herzen miteinander verbunden waren.

»Unsere Eltern … Sie haben sie mitgenommen …« Ihre Stimme erstarb.

Carl drückte ihre Hand, bedeutete ihr, dass sie nicht weitersprechen solle. »Ich weiß. Gestern nach dem Abendessen stand ein Gestapomann vor unserer Tür, ein schrecklicher Kerl namens Friedrich Keller. Er überbringt meinem Vater häufig Nachrichten. Vor allem über das, was mit den Juden passiert.« Er schüttelte den Kopf. »Sie sind in den Salon gegangen, um Cognac zu trinken. Ich hab an der Tür gelauscht. Dieser Keller …« Carl stockte. Er sah Louise und Hannah an, als wolle er erst prüfen, ob sie die Wahrheit vertragen könnten. »Er hat davon erzählt, die Juden in Konzentrationslager zu bringen. Nicht nur einzelne Personen, nein, die Bewohner ganzer Straßenzüge würden deportiert werden. Mein Vater wusste wohl schon lange davon, er klang jedenfalls nicht überrascht. Zunächst, so Keller weiter, solle es die Juden aus dem Viertel um die Moorweide treffen, dann die aus dem Grindelviertel. Das betraf euch«, fuhr Carl fort. »Diejenigen, die den Deportationsbescheid missachten würden, sollten mit Lastwagen abgeholt werden. Als ich das hörte, bin ich sofort zu eurer Wohnung gelaufen … Aber ich kam zu spät … Und doch war ich davon überzeugt, dass ihr fliehen konntet, Hannah und du. Ich habe euch die ganze Nacht gesucht. Und dann ist mir eingefallen, dass du den gleichen Gedanken haben könntest wie ich.«

Louise dachte fieberhaft nach. Hatten ihre Eltern von der bevorstehenden Deportation gewusst, hatten sie einen solchen Befehl erhalten und es Hannah und ihr verschwiegen?

»Ich kann mir das nicht erklären«, murmelte sie.

Carl schien zu wissen, was in ihr vorging. »Vielleicht haben eure Eltern den Bescheid nicht ernst genommen. Vielleicht haben sie angenommen, es wäre nicht so schlimm, wenn sie nicht erschienen, hofften, dass die Gestapo sie womöglich vergessen würde.« Er vergrub sein Gesicht in den Händen. »Es tut mir so leid. Wenn ich euch doch nur früher hätte warnen können. Ich hätte viel aufmerksamer sein müssen. In den letzten Tagen habe ich schon gespürt, dass etwas Entsetzliches bevorsteht.«

Louise drückte seine Hand. »Du kannst nichts dafür, Carl.«

»Ich werde eure Eltern finden, das verspreche ich. Ich werde sie finden und in Sicherheit bringen.«

Louise traten Tränen in die Augen. »Ich weiß.« Sie zog ihn zu sich heran, vergrub ihren Kopf an seinem Hals. Irgendwann würden sie über all das sprechen, was passiert war, irgendwann würde er ihr erklären, warum er sie vor den Hohen-Werken weggeschickt hatte. Doch im Moment war das nicht wichtig. In diesem Moment zählte nur, dass sie zusammen waren, dass sie einander hatten, dass sie sich festhalten konnten. Nichts anderes würde sie überleben lassen.

Louise und Hannah konnten nur zwei Nächte in dem Fabrikgebäude bleiben. Carl sagte, es sei zu gefährlich. Die Fabrik stünde zwar leer, aber ab und zu würde sie noch für die Zwischenlagerung von Metallteilen genutzt und somit überwacht.

Hannah hatte kaum gesprochen, sie fuhr bei jedem Geräusch zusammen, schrie im Schlaf. Louise konnte sie kaum beruhigen. Sie konnte sich ja selbst kaum beruhigen. In ihrem Kopf drehte sich alles. Wieder und wieder fragte sie sich, ob sie das Richtige getan hatte. Hätten sie nicht bei ihren Eltern bleiben müssen? Hatte sie sie im Stich gelassen? Und was würde aus Hannah und ihr werden? Sie waren gerade fünfzehn und achtzehn Jahre alt und besaßen nichts mehr außer der Kleidung, die sie am Leib trugen. Wo konnten sie jetzt noch hin, wenn sie von der Gestapo gesucht wurden? Vielleicht zu ihren Großeltern? Aber wenn man die Juden jetzt deportierte, wären sie auch dort nicht sicher. Falls die beiden überhaupt noch in ihrem Haus waren …

Doch Carl hatte einen Plan. Sein Onkel – Walter von Tauentzien – lebte in einem alten Gutshaus in der Nähe von Dannenberg, nicht weit von Hamburg entfernt. Er sei ein guter Mann, einer, der sich noch immer für eine bessere Welt einsetzen würde. Von diesen Männern gäbe es nicht mehr viele, stellte Carl bitter fest. Walter von Tauentzien sei der Bruder seiner Mutter, beide entstammten einem alten Adelsgeschlecht aus Pommern, im Großen Krieg sei sein Onkel ein ranghoher Offizier gewesen. Schwer verwundet sei er zurückgekehrt, seitdem verabscheue er jegliches sinnlose Blutvergießen.

Carl meinte, sie beide, Hannah und Louise, könnten bei ihm unterkommen, ihm auf dem Hof helfen.

Louise konnte sich kaum vorstellen, dass er zwei jüdische Mädchen bei sich verstecken und damit sein Leben aufs Spiel setzen würde, aber sie hatte keine Kraft, um Carl zu widersprechen. Auch wenn der Gedanke, ihn wieder verlassen zu müssen, ihr Herz noch schwerer werden ließ.

Am kommenden Morgen fuhr Carl mit Louise und Hannah los. Louise saß vorn auf dem Beifahrersitz. Werden wir angehalten, so hatte Carl gesagt, geben wir uns als ein frisch verliebtes Paar aus, das nichts als eine Ausfahrt ins Grüne im Sinn hat, begleitet von einer Bekannten. Was für eine Ironie, dachte Louise. Eigentlich waren sie tatsächlich ein verliebtes Paar.

Die Fahrt war nicht lang, und doch kam sie Louise wie eine Ewigkeit vor. Hinter jeder Ecke, jedem Gemäuer, am Ende eines jeden Straßenzugs lauerte die Gefahr. Sie konnten auffliegen, jederzeit. Ihr Herz pochte schneller, wenn sie anhalten mussten, um Fußgänger über die Straße zu lassen. Panisch sah sie sich immer wieder um. Carl legte ihr beruhigend die Hand auf den Arm. »Ich bin bei dir«, sagte er so leise, dass sie es kaum verstehen konnte.

Schließlich erreichten sie das Anwesen, auf dem Carls Onkel mit seiner Frau Pauline lebte. Es lag abgeschieden in der Nähe eines Waldgebiets, weit entfernt vom nächsten Dorf. Das Haus war ein stattlicher Backsteinbau mit einem imposanten Vorplatz inmitten von Feldern und grünen Wiesen. Carl parkte den Wagen in der weitläufigen Auffahrt.

Walter von Tauentzien war ein schmaler, grauhaariger Mann mit einer randlosen Brille und mehreren Schmissen im Gesicht. Er schüttelte ihnen die Hand, in seinem Blick lag etwas Trauriges, trotzdem wirkte er kühl und unnahbar. Kurz darauf erschien Carls Tante Pauline, eine Frau, die einen strengen Dutt und ein langes, fließendes Gewand trug. Sie entstammte ebenfalls einem alten Adelsgeschlecht, hatte Carl erzählt. Seinen Onkel hätte sie kennengelernt, als es noch die Weimarer Republik gab. Schon kurz nach der Machtergreifung hätten sich die beiden vom Nationalsozialismus abgewandt und sich auf ihr Anwesen zurückgezogen. Mehr hatte Carl nicht erzählt. »Mehr müsst ihr nicht wissen«, hatte er gesagt und sie dabei nicht angesehen.

Die Tauentziens ließen sie eintreten. Während Carl und sein Onkel ins Arbeitszimmer gingen, nahm Pauline Louise und Hannah an den Händen und führte sie ins Wohnzimmer, wo ein behagliches Kaminfeuer brannte.

»Setzt euch«, sagte sie, und die Schwestern ließen sich schüchtern auf dem dunklen Ledersofa nieder.

Das Wohnzimmer war ein eindrucksvoller Raum mit einer stuckverzierten Decke und alten Kreuzstockfenstern. Die Wände waren mit unzähligen Gemälden bedeckt. Carls Tante brachte ihnen Tee und setzte sich zu ihnen. Louise musterte sie verstohlen. Ihr Gesicht hatte etwas Hartes, und doch strahlten ihre Augen Freundlichkeit aus. Sie fragte sich, was für ein Schicksal dahinterstecken mochte.

Nach einer Weile trat Carl ins Wohnzimmer. Er nickte seiner Tante kurz zu, die sofort zu verstehen schien.

»Komm«, sagte sie zu Hannah. »Ich zeige dir euer Zimmer.«

Als die beiden fort waren, setzte sich Carl zu Louise aufs Sofa, nahm ihre Hand.

»Du siehst müde aus«, sagte sie, doch er lächelte nur.

»Worüber habt ihr gesprochen, dein Onkel und du?«

»Darüber, was wir tun müssen, Walter, ich und so viele andere, die noch an das Gute glauben.«

»Du sprichst in Rätseln.«

»Es tut mir leid, dass ich dir nicht mehr sagen kann, Lou.

Aber so ist es besser, glaub mir. Hör zu …« Er sah sie eindringlich an. »Ihr seid hier erst mal sicher. Aber ihr müsst vorsichtig sein. Walter und Pauline werden tun, was sie können, aber ihr müsst auch auf euch selbst aufpassen. Versprich mir das.«

»Ja.«

»Ich werde euch nur selten besuchen können. Es ist zu gefährlich. Sollte mir jemand folgen, wäre alles umsonst gewesen …«

Sie senkte den Blick, Tränen traten ihr in die Augen. »Ich weiß.«

»Wir können uns schreiben. Zumindest ab und zu. Wir haben einen Kurier.« Er hielt kurz inne, hob ihr Kinn leicht an. »Erinnerst du dich an das, was ich dir erzählt habe? Dass ich mein eigener Herr bin?« Seine Augen funkelten.

Sie nickte.

»Ich werde alles tun, um deine Eltern zu finden.«

»Ich will im Moment nicht darüber sprechen, Carl. Aber danke, dass du uns hierhergebracht hast. Danke, dass du auf uns aufpasst.«

Er nahm sie in den Arm.

»Ich werde dich vermissen«, wisperte sie.

»Ich dich auch. Aber es wird nicht lange dauern, dann können wir wieder zusammen sein.«

Das war der Moment, in dem ihr Herz einen schmerzhaften Satz machte, als würde es nach langem Schlaf erwachen. Sie keuchte kurz auf, und Carl ließ sie los. Später erinnerte sie sich oft an diesen Moment zurück, dachte an all den Hass, der damals in ihr brodelte, an die Furcht, die sie hatte, und daran, wie sich all das in diesem einen kurzen Moment in seinen Augen gespiegelt hatte.

Louise und Hannah lebten sich in den nächsten Monaten auf dem Anwesen erstaunlich gut ein. Es lag zwar weit abseits der großen Straßen, aber Walter und Pauline meinten, es sei trotzdem besser, wenn die Schwestern nicht auffielen. So färbten Hannah und Louise sich die Haare blond und bekamen von Carls Tante Kleidung, die sie wie richtige deutsche Mädel aussehen ließ.

Es wurde Frühling, und es wurde Sommer, und sie arbeiteten auf dem Hof, ernteten Obst und Gemüse, wie sie es seit Jahren nicht gesehen hatten, Kartoffeln, Kohlrabi, Rüben und Radieschen. Abends pellten sie Kartoffeln und schnitten Kohl, kochten zusammen mit Carls Tante einen Eintopf. Manchmal halfen sie dabei, für die Frauen im Dorf Marmelade einzukochen und Weizenbrot zu backen. Beim Abendessen erzählte Carls Onkel von Hitlers vielen Fronten, vom Widerstand der Engländer und von den Amerikanern, die seit dem Angriff auf Pearl Harbor an der Seite der Briten kämpften. Er berichtete auch von dem Großen Krieg, in den er als Offizier gezogen war, von den unzähligen Toten, dem Blutvergießen, von den Soldaten, die sich für ihr Vaterland eingesetzt hatten und getötet worden waren, von den vielen Fehlern, die die Mächtigen damals gemacht hatten. Und von dem Ende, dem Frieden, der der Welt neue Hoffnung gegeben hatte. Er habe geglaubt, so etwas würde sich niemals wiederholen. Doch nun stand die Welt erneut in Flammen.

Louise und Hannah sprachen nicht viel in dieser Zeit, sie hatten beide mit sich selbst zu tun, nach allem, was geschehen war. Irgendwann neigte sich der Sommer dem Ende zu, die Tage wurden kürzer, die Nächte schwärzer, die Luft kälter. Die Arbeit auf dem Feld wurde anstrengender, und der Herbstwind peitschte über die Äcker, so wie er es nur im Norden des Landes tat, er rüttelte an den Türen, pfiff durch die Ritzen der Fenster, heulte durch den Schornstein.

Carls Onkel sahen sie nicht oft. Er fuhr oft frühmorgens los, kam spätabends oder sogar erst nach Tagen zurück. Er sei im Baugeschäft tätig, hatte Pauline ihnen erklärt, aber Louise glaubte ihr kein Wort. Sie erinnerte sich an das, was Carl auf der Autofahrt gesagt hatte: »Walter ist ein Mann mit Prinzipien. Ein idealistischer Mensch. Für diese Ideale würde er alles tun.«

War ihr Mann fort, kümmerte sich Pauline um das Haus und die Beete, pflegte den großen Obst- und Gemüsegarten. Sie war eine Person, der man nicht zu widersprechen wagte. Auch ließ sie keine Empfindungen erkennen.

Ein ganzes Jahr waren sie nun schon auf dem Anwesen der von Tauentziens, und der Winter hielt Einzug. Die Bäume waren kahl, über den Äckern lag leichter Frost. Seit Kriegsbeginn bedeutete jeder Wintereinbruch, dass alles schwieriger wurde. Der Hunger nagte noch mehr an einem, das ungewisse Gefühl beim Aufwachen ließ einen noch stärker frösteln, das Wasser bei der Morgentoilette war noch kälter. Eiskristalle bedeckten die Fenster. Louise legte Schichten von Zeitungspapier unter ihre Kleidung, um die Kälte abzuhalten, aber das half nur wenig. Jede Nacht drängte sie sich an Hannah, damit sie sich gegenseitig wärmten.

An einem Abend im Dezember saßen sie am Kamin im Wohnzimmer. Pauline strickte an einem Pullover, Hannah häkelte Topflappen, und Louise bestickte Leinenhandtücher mit Verzierungen und Monogrammen. Einträchtig gingen sie ihren Arbeiten nach. Plötzlich klopfte es an der Eingangstür, einmal, zweimal. Pauline und die Mädchen wechselten einen Blick. Es war draußen schon dunkel, und Walter war nicht zu Hause. Was sollten sie tun? Das Klopfen wurde lauter, drängender.

Pauline legte ihr Strickzeug beiseite und ging in den Flur. Louise und Hannah blieben sitzen und sahen ihr gebannt nach. Von ihrem Platz aus konnten sie nichts sehen, aber sie hörten, wie Pauline die Tür öffnete und ihr ein Schrei entfuhr, ein Schrei, der durch Mark und Bein ging. Dann hörten sie eine junge Männerstimme, jemand schritt mit derben Stiefeln über die Holzdiele.

Kurz darauf erschien Pauline wieder im Wohnzimmer, hinter ihr tauchte ein junger Mann auf, etwa in Carls Alter. Sein Gesicht war weiß wie eine Wand, und er hatte sich eine braune, löchrige Decke um die Schultern gehängt, an den Füßen trug er Lederstiefel. Er sieht aus wie ein Gespenst, schoss es Louise durch den Kopf. Er schlurfte über den Boden, als würde er schwer an etwas tragen. Am Kopf hatte er einige kahle Stellen, als hätte man ihm das Haar herausgerissen, und seine dunklen Augen lagen tief in ihren Höhlen. Pauline führte ihn zu einem Sessel, wo er sich keuchend niederließ.

Pauline nahm ihm die zerrissene Decke ab, und zum Vorschein kam eine Wehrmachtsuniform. Hannah hielt sich vor Schreck die Hand vor den Mund, aber Pauline schüttelte nur den Kopf. »Keine Angst«, sagte sie heiser. »Er wird euch nichts tun.« Louise konnte den Blick nicht von ihm abwenden.

»Ich mach dir etwas zu essen«, sagte Pauline leise und legte dem jungen Mann kurz die Hand auf die Schulter, bevor sie das Zimmer verließ.

Louise nahm ihr Stickzeug wieder auf und bedeutete Hannah, das Gleiche zu tun. Es war nichts zu hören außer dem Knacken des Feuerholzes und dem schweren Atem des Mannes.

Wenig später kam Pauline mit einem Tablett zurück, darauf ein Teller mit Erbseneintopf, ein Stück Weizenbrot und ein großes Glas Milch. Der junge Mann aß hastig, so als hätte er seit Tagen nichts gegessen, die Suppe lief ihm über das Kinn, aber er schien es kaum zu bemerken. Schließlich stellte er den Teller weg und warf Pauline einen dankbaren Blick zu. Sie setzte sich zu ihm, nahm seine Hand und strich sanft darüber. Einige seiner Fingerkuppen wiesen eine bläuliche, fast schwarze Farbe auf, sie sahen aus wie abgestorben.

»Du kannst nicht bleiben, Fritz. Hier werden sie dich zuerst suchen.«

»Ich kann nicht zurück.«

»Ich weiß.« Paulines Stimme klang dünn. »Wir bringen dich an einen sicheren Ort, mein Junge. Dein Vater wird bald da sein.«

Louise bearbeitete weiter ihr Leinenhandtuch. Fritz war also Paulines und Walters Sohn. Ein Soldat. Der an der Front gekämpft hatte. Obwohl er lebte, schien nichts Lebendiges mehr in ihm zu sein. Als hätte der Krieg ihm alles genommen, was ihn zu einem Menschen machte. Plötzlich fühlte sie sich auf seltsame Art mit ihm verbunden.

Fritz blieb nur für eine Nacht. Er schlief im Gästezimmer neben dem Wohnzimmer, und Louise hörte ihn im Schlaf schreien. Sie wusste nicht, was ihm passiert war, aber sie ahnte, dass es keine Worte gab, um es zu beschreiben.

Am folgenden Tag kehrte Walter zurück. Als er seinen Sohn sah, nahm er ihn fest in den Arm, doch Fritz erwiderte die Geste nicht. Er schien wie gelähmt. Am Nachmittag fuhren die beiden Männer fort, und Walter kehrte für einige Tage nicht zurück.

Als Louise am Abend in die Küche kam, um Pauline beim

Kochen zu helfen, fand sie diese am Tisch vor. Sie hatte das Gesicht in den Händen vergraben und schluchzte.

Es war das erste und einzige Mal, dass Louise sie weinen sah.

Der Januar brachte neuen Schnee.

An manchen Tagen standen nun Frauen mit Kopftüchern vor den Toren des Hofs, die ihre kleinen Kinder an den Händen hielten und Pauline um ein bisschen Brot und Milch baten. Sie wollten mit alten Porzellantassen, manchmal sogar mit Kleidung oder Möbeln bezahlen. Die Brotrationen seien gekürzt worden, erklärte Pauline, deshalb kämen die Frauen zu ihnen. Die Menschen in der Stadt hätten nicht genug zu essen. Meist versteckten sich Louise und Hannah vor ihnen. Zu groß war die Angst, verraten zu werden.

Louise nahm sich selbst mit ihren blonden Haaren wie eine Fremde wahr, wenn sie in den Spiegel sah. Gewöhnen konnte sie sich an diesen Anblick nicht. Selbst Carl hatte sie, als er sie bei einem seiner Besuche das erste Mal mit blonden Haaren sah, fast nicht erkannt. Er kam nur selten auf das Anwesen. Meist stand er plötzlich vor der Tür, ohne sich vorher angekündigt zu haben, und sie fiel ihm erleichtert um den Hals. Louise hatte schreckliche Angst, ihn zu verlieren. Seitdem ihre Eltern fort waren, schlich sich diese Angst in jeden Moment ihres Lebens.

Von Mal zu Mal sah Carl angespannter aus. Louise wollte ihm so gern sagen, dass es nichts nützen würde, wenn er sich so aufrieb, dass er bald keine Kraft mehr haben würde. Doch sie wusste, er würde sowieso nicht auf sie hören.

Er sprach viel vom Krieg, wenn sie zusammen am Kamin saßen. Die Schlacht um Stalingrad hatte über Monate kein Ende genommen. Es wurde von einem heldenmütigen Abwehrkampf gesprochen, Hitler verkündete sogar einen großen Sieg. Doch dann wendete sich das Blatt. An einem kalten Tag im Februar wurde im Rundfunk eine Sondermeldung verlesen: Die 6. Armee habe vorbildlich bis zum letzten Atemzug gekämpft, doch nun sei sie einer Übermacht erlegen.

Es war ein eisig kalter Winter. Louise sorgte sich um Hannah, die an einer schlimmen Erkältung gelitten hatte, aber es ging ihrer Schwester nie so schlecht wie damals, als sie fast gestorben wäre.

Carl war schon seit Wochen nicht mehr aufgetaucht, aber sein Onkel sagte, Louise solle sich keine Gedanken machen, er habe sicher viel in der Fabrik zu tun, es seien schwere Zeiten.

Louise erwachte an diesem Morgen lange vor allen anderen. Eine seltsame Unruhe hatte sie gepackt, schon seit Tagen fand sie kaum Schlaf. Sie schloss die Augen, versuchte, ruhig zu atmen, bemühte sich, an Carl zu denken, an seine Berührungen. Doch es wollte ihr nicht gelingen. Immer wieder schoben sich dunkle Bilder dazwischen, drängten sich unaufhaltsam in ihren Kopf. Bedrohlich und düster aussehende Gestalten, die Fenster einschlugen, Möbel zertrümmerten, auf Menschen einschlugen. Die alles zerstörten, was Bedeutung hatte.

Und dann hörte sie ein Geräusch. Es kam zunächst aus weiter Ferne, ein stetiges Brummen, das aber lauter wurde. Sie brauchte nicht lange, um zu erahnen, was es war.

Sie lief zum Fenster und lugte zwischen den Vorhängen in den dämmrigen Morgen. Die Wagenkolonne war noch etwas entfernt, doch dann nahm das erste Auto den Weg, der zum Anwesen führte. Die Scheinwerfer durchbrachen die Dunkelheit wie giftige Pfeile.

Louise zog rasch Hemd und Hosen an und rüttelte Hannah

wach, die sie schlaftrunken und verwirrt ansah. Sie solle sich schnell etwas anziehen, raunte sie ihrer Schwester zu, und Hannah verstand. Dann stolperte sie ins Wohnzimmer, hoffte inständig, dass Walter und Pauline schon wach waren. Aber dort und auch in der Küche war noch alles still, kalt und dunkel.

Louise holte tief Luft. Dies war ein Notfall. Sie musste es tun, sie hatte keine Wahl. Unwillkürlich sah sie das Gesicht ihrer Mutter, wie sie missbilligend den Kopf schüttelte. In das Schlafzimmer eines Ehepaars hereinzuplatzen! Wie peinlich! Doch Louise hatte keine Zeit, sich darum Gedanken zu machen.

Sie klopfte an die Tür, wartete kurz und trat dann ein. Pauline und Walter lagen in ihrem großen Ehebett, Pauline trug ein weißes Nachthemd und Walter auf dem Kopf eine Schlafmütze. Er schnarchte leise. Louise fasste sich ein Herz und rief laut nach ihnen.

Augenblicklich setzte sich Walter auf. Als er Louise erblickte, wirkte er weder überrascht noch ängstlich, sondern eher resigniert. Fast als wüsste er, was gleich passieren würde.

»Dann ist es also so weit«, sagte er und stieg aus dem Bett. Er fasste Louise an den Schultern und blickte sie eindringlich an. »Ihr müsst fliehen, Louise. Erinnerst du dich an die Lichtung, zwei Kilometer südöstlich von hier?«

»Ja. Aber ich verstehe nicht … Ihr müsst mitkommen!«

Walter schüttelte den Kopf. »Nein, wir laufen nicht fort. Das haben wir noch nie getan.«

Louise konnte kaum fassen, dass er so ruhig blieb. Die Gestapo musste herausgefunden haben, was hier geschah. Deshalb kamen sie. Sie wollten Walter und Pauline holen.

»Ihr müsst mit uns flüchten!« Sie schrie fast.

»Nein, Louise. Wir bleiben. Wir haben immer damit gerechnet, dass dies passieren kann. Es war nur eine Frage der Zeit.«

Louise dämmerte langsam, dass es ihr nicht gelingen würde, die beiden umzustimmen. Und langsam begriff sie. Geahnt hatte sie es schon lange. Schon damals, als Carl ihr sagte, dass Walter und Pauline sehr viel gegen die Nazis unternehmen würden, aber dass es besser sei, wenn Louise und Hannah nichts darüber wüssten. Sie hatte nicht weiter nachgefragt, aber trotzdem war ihr einiges aufgefallen. Walter kehrte von seinen tagelangen Reisen meist mit besorgter Miene zurück, er saß oft an seinem Schreibtisch und verfasste Briefe, die wenig später von Männern in dunkler Kleidung abgeholt wurden. Und Louise hatte gehört, wie Pauline und Walter sich mit gedämpften Stimmen in der Küche unterhielten, hatte Wörter wie »Neuordnung« und »Umsturz« aufgeschnappt. Die beiden hatten wesentlich mehr getan, als zwei jüdische Mädchen bei sich arbeiten zu lassen und ihnen Unterschlupf zu gewähren, dessen war Louise sich plötzlich sicher.

»Aber … Sie müssen gleich hier sein. Ich habe sie gesehen … Wir können euch nicht einfach zurücklassen«, versuchte sie es ein letztes Mal, aber Walter schüttelte den Kopf.

»Hör mir zu«, sagte jetzt Pauline, die sich im Bett aufgesetzt hatte. »Wenn ihr an der Lichtung seid, gibt es neben einer Eiche einen Hochsitz. Von dort geht ein kleiner Pfad ab. Nach ungefähr zwei Stunden kommt ihr zu einer Hütte, in der ihr einen Schlafplatz und etwas zu essen findet. In der Hütte könnt ihr ein, zwei Nächte bleiben. Aber nicht länger! Du musst versuchen, Carl zu erreichen, aber sei vorsichtig. Verstanden?« Pauline trat nun zu Walter und Louise. »Du hast schon ganz andere Dinge gemeistert, Louise«, fuhr sie fort. »Passt auf euch auf. Und jetzt geht. Schnell.«

Louise hörte das immer lauter werdende Brummen der Motoren, hörte, wie der Sand des holprigen Kieswegs unter den Reifen knirschte. Gleich würden sie hier sein. Sie blickte Pauline und Walter an. »Danke. Wir werden nie vergessen, was ihr für uns getan habt.« Dann lief sie zu Hannah, die zitternd in der Tür stand.

Louise griff nach ihrer Jacke und ihrem Rucksack und dann nach Hannahs schmaler Hand. Sie nahmen den Hinterausgang, liefen durch den großen Garten, vorbei an dem Schuppen, in dem Walters Mercedes stand, vorbei an Wiesen und Feldern. Sie rannten durch die Morgendämmerung und sahen nicht zurück.

Irgendwann hatten sie die Lichtung erreicht, von der Walter und Pauline gesprochen hatten. Sie verschnauften für einen kurzen Moment.

»Was werden sie mit Walter und Pauline machen?«, fragte Hannah atemlos.

»Ich weiß es nicht«, antwortete Louise.

Für ein paar Minuten blieben sie auf der Lichtung stehen, zwischen den von Raureif bedeckten Gräsern, dem anschwellenden Gezwitscher der Vögel, den sich leise im Wind bewegenden Ästen der Bäume.

»Wir müssen weiter«, sagte Louise schließlich und sah sich um. »Da lang«, flüsterte sie dann und zeigte zu einem Pfad am Rande der Lichtung. Die aufgehende Sonne schob sich zwischen den Baumwipfeln hindurch und warf Lichtfetzen auf den holprigen Weg.

Louise versuchte, sich auf den Pfad zu konzentrieren. Doch sie konnte die Bilder nicht aus ihrem Kopf vertreiben, sie sah Walter vor sich, der wusste, was ihm bevorstand, und doch so besonnen blieb, sah die Fredenbecks, sah den Lastwagen mit den zusammengepferchten Menschen auf der Ladefläche, die nicht ahnten, was sie erwartete. Doch machte es einen Unterschied, wenn man wusste, was einem bevorstand? Würde es einem helfen zu überleben, wenn man die Gefahren kannte? Und wenn Carl auch aufflog, wenn jemand bemerkte, dass er kein überzeugter Nationalsozialist war wie sein Vater und geholfen hatte, zwei jüdische Mädchen zu verstecken?

Louise wurde schwindlig. Einen Fuß vor den anderen setzen, ermahnte sie sich selbst. Du musst nichts weiter tun als das. Hannah lief vor ihr, ihre Füße hinterließen schwache Abdrücke auf dem nassen Waldboden. Was sollten sie machen, wenn sie in dem Schuppen angekommen waren? Pauline hatte gesagt, sie solle versuchen, Carl zu erreichen. Aber wie? Sie konnten doch niemandem vertrauen.

Ruhig atmen und weiterlaufen. Zunächst mussten sie den Schuppen erreichen, dort würde sie sich etwas überlegen.

Die Sonne stand schon hoch am Himmel, als sie endlich vor einer kleinen Holzhütte standen. »Das muss es sein«, sagte Louise erleichtert und öffnete die knarrende Tür.

Der Verschlag war winzig, die Möbel wirkten wie aus einem Puppenhaus. Ein Bett, in dem kaum ein Kind Platz fand, ein Schrank, ein wackeliger alter Tisch, zwei klapprige Holzstühle. In dem kleinen Raum war es kalt und dunkel, und es roch nach Schimmel und Tierkot. Es sah aus, als wäre vor Kurzem jemand hier gewesen, Landstreicher vielleicht. Die Türen des Schranks waren geöffnet, ein paar leere Blechdosen lagen auf dem Boden. Dies war wohl der Essensvorrat gewesen, von dem Pauline gesprochen hatte. Trotzdem war Louise froh, dass sie hier Unterschlupf finden konnten. Sie musste überlegen, wie es weitergehen sollte, und dafür brauchte sie einen klaren Kopf.

Sie ließ sich erschöpft auf dem Bett nieder, das eher eine Pritsche war, und Hannah setzte sich neben sie, nicht weniger entkräftet.

Als sie wieder ein wenig zu sich gekommen waren, fragte Hannah: »Was machen wir jetzt?«

»Ich weiß es nicht. Wir müssen Carl finden. Er ist der Einzige, der uns helfen kann.«

»Aber wie sollen wir das anstellen? Wir können ja nicht einfach in die Stadt spazieren und nach Herrn von Hohenstetten fragen!«

»Natürlich nicht!«, sagte Louise barsch. Sie wusste selbst um ihre ausweglose Situation. »Wir bleiben erst mal hier. Bestimmt erfährt Carl von dem, was Pauline und Walter passiert ist, und wenn wir Glück haben, kennt er diese Hütte.«

»Woher denn? Einen solch verlassenen Ort?«

»Ich weiß es nicht!« Louise wurde immer wütender. »Es wäre besser, wenn du dir Gedanken machen würdest, was wir tun können, anstatt alles, was ich sage, in Frage zu stellen!«

Hannah zuckte zurück. »Tut mir leid, ich wollte dich nicht verärgern. Aber wir sind hier ganz allein im Wald. Ich hab einfach Angst.«

»Ich auch, Hannah«, sagte Louise etwas versöhnlicher. »Ob Carl uns finden wird, weiß ich nicht, aber im Moment fällt mir keine andere Lösung ein. Lass uns warten, ja? Zumindest für ein, zwei Tage.«

»Aber wir haben nichts zu essen.«

Louise griff in ihre Jackentasche, aber alles, was sie fand, war das Leinenhandtuch, an dem sie zuletzt gearbeitet hatte. Wie war es nur dahin gekommen? Sie nahm es in die Hand und strich über den Stoff. »W. T.« hatte sie mit rotem Faden darauf gestickt, wobei dem T am oberen Rand noch eine kleine Ecke fehlte. Walter von Tauentzien. Nie wird er es in der Hand halten. Sie spürte, wie sich alles in ihr zusammenkrampfte, und sie beschloss im gleichen Moment, dieses Tuch für immer in Ehren zu halten.

»Lou? Was hast du?« Hannah sah ihre Schwester besorgt an.

»Nichts, es ist alles gut.«

Sie verbrachten den Tag in der Hütte, schliefen ein paar Stunden, und Louise fand ganz hinten im Schrank noch einen Dosenöffner und eine Dose mit Bohnen, die sie am Abend kalt aßen. Die Nacht war unruhig, die Geräusche des Waldes waren ungewohnt für sie. Sie schreckten bei jedem Windhauch auf, der die dünnen Bretter des Schuppens knarren ließ, hörten Eulen rufen, Füchse bellen, Dachse schnaufen. Manchmal knackte es laut im Unterholz, und Louise hoffte, dass es keine Wildschweine auf Nahrungssuche waren.

Am nächsten Tag suchten sie draußen nach etwas Essbarem, aber sie fanden nichts außer ein paar Löwenzahnblättern. Sie lauschten nach Geräuschen, die auf Carl hinwiesen, und hatten doch Angst davor, denn nicht nur er könnte sie finden wollen. Sie waren in der Hütte nicht sicher.

Als auch am nächsten Tag nichts geschah, gab Louise die Hoffnung auf. Carl würde nicht kommen. Er wusste nichts von dem Verschlag – und Hannah hatte recht: Wie sollte er auch davon erfahren haben? Sie hatte sich an diesen Gedanken geklammert, aber insgeheim hatte sie geahnt, dass es sehr unwahrscheinlich war. Sie waren hungrig und froren. Sie mussten weiter. Aber wohin?

»Wir gehen nach Süden«, erklärte sie Hannah schließlich. »Bis zur nächsten Ortschaft kann es nicht mehr weit sein.« Pauline hatte einmal von einer kleinen Siedlung namens Jameln gesprochen. »Dort kennt uns niemand, und Wehrmacht, Gestapo und SS werden dort bestimmt nicht sein.« Sie hielt inne. Eigentlich wusste sie das überhaupt nicht, und wie es dann weitergehen sollte, wusste sie ebenso wenig. Aber was blieb ihr übrig? Wenn sie es nach Jameln schafften, könnten sie vielleicht etwas zu essen auftreiben, das wäre ein Anfang. Schritt für Schritt. Das hatte ihr Vater immer gesagt, wenn sie mal wieder mit dem Kopf durch die Wand wollte. Mach einen Schritt nach dem anderen, das Ziel klar vor Augen, dann wirst du erfolgreich sein.

Sie verließen die Hütte am späten Nachmittag. Sie wateten durch kleine Bäche, kletterten über Baumstümpfe, liefen durch Unterholz. Als die Sonne am Horizont unterging, blieb Louise stehen. Sie waren am Ende des Waldgebiets angekommen, vor ihnen lagen weite Felder und Wiesen. In der Ferne war ein Bauernhaus mit Reetdach zu erkennen, ein großer Stall und eine Scheune. Dahinter weitere Häuser und eine kleine Siedlung, durch die sich ein Fluss schlängelte. Jameln, dachte Louise, und ihr Herz machte einen Freudensprung.

»Los«, sagte sie zu Hannah, und sie liefen den Hügel hinab, vorbei an Äckern, bis sie vor dem Gehöft standen. Der Bauernhof schien verlassen, keine Menschenseele war zu sehen. Stall und Scheune wirkten morsch, das Wohngebäude heruntergekommen. Vor dem Stall stand ein halb mit Heu beladener Pferdewagen. Es roch nach Kuhmist, Gülle und feuchter Erde.

»Hier scheint niemand zu sein«, flüsterte Louise.

»Und jetzt?«

»Wir brauchen etwas zu essen«, sagte Louise und atmete tief durch. »Wir schauen im Stall nach.«

»Du willst stehlen?« Hannah blickte Louise entgeistert an.

»Hast du einen anderen Vorschlag? Ich glaube kaum, dass uns jemand einfach zum Essen einladen wird. Du bleibst hier und rufst laut, wenn jemand auftaucht.« Entschlossen ging sie auf den Stall zu und schob eine wackelige Tür beiseite. Lautes Geschnatter und Gegacker ertönte. Als sich ihre Augen endlich an das schummrige Licht gewöhnt hatten, erkannte sie eine große Hühnerschar.

Louise überlegte nicht lange. Jetzt gab es kein Zurück mehr. Sie krempelte die Ärmel hoch und griff sich eines der Hühner, jedoch ohne Erfolg. Sie stoben auseinander und machten schrecklichen Lärm. Flink folgte sie den Tieren, die sich alle in eine Ecke gedrängt hatten, und erwischte schließlich eins an seinem Flügel. Es wehrte sich zuerst, doch dann schien es sich langsam zu beruhigen. Zufrieden verließ sie mit dem Huhn auf dem Arm den Stall – und blieb abrupt stehen.

Hannah befand sich nicht mehr an der Tür zum Stall, sondern vor dem Bauernhaus. Sie wurde von einem Mann festgehalten, der ein Gewehr bei sich hatte und Louise grimmig anschaute. Vor Schreck ließ Louise das Huhn fallen, das sofort zurück in den Stall flüchtete.

Das war es nun. Die Flucht war vorbei. Beim Hühnerdiebstahl auf einem Bauernhof hatte sie ein Ende gefunden.

Zögernd ging sie auf die beiden zu und hob beschwichtigend die Hände. Der Mann war klein und drahtig und trug einen Hut, der fast sein ganzes Gesicht verdeckte. Als sie sich näherte, hob er sein Gewehr in die Höhe.

»Es tut uns sehr leid, wir hatten nur Hunger, unsere Eltern sind arm!«, rief Louise. Ihr ganzer Körper bebte. »Bitte, lassen Sie uns gehen«, flehte sie.

Er antwortete nicht, packte Hannah nur noch fester am Arm.

Louise spürte, wie ihr Schweiß übers Gesicht lief. Es war das erste Mal, dass sie vor jemandem mit einem Gewehr stand. So fühlte sich also Todesangst an.

»Ins Haus, rein mit euch!«, rief der Bauer. Seine tiefe Stimme war angsteinflößend. Er schubste Hannah von sich weg und richtete sein Gewehr auf sie.

Louise erschauderte. In ein paar Stunden würden Gestapo oder SS hier sein. Oder der Mann hatte Schlimmeres mit ihnen vor. Wie hatte sie ihre Schwester nur in eine solche Gefahr bringen können!

Hannah war so bleich, sie sah aus, als würde sie gleich umfallen. »Komm.« Louise nahm ihre Hand. »Wir schaffen das«, flüsterte sie.

»Wird's bald?« Der Mann ließ sie nicht aus den Augen.

Sie betraten das Haupthaus und befanden sich kurz darauf in einer großen Diele, in der Stiefel, Werkzeug und andere Dinge herumstanden.

»Hinsetzen!« Der Bauer deutete mit dem Gewehr auf eine Holzbank neben einer breiten Treppe.

Louise und Hannah taten, was er befohlen hatte, senkten die Köpfe und verschränkten die Hände im Schoß. Hannah schluchzte leise.

Aus den Augenwinkeln konnte Louise sehen, dass der Mann sein Gewehr sinken ließ, seinen Hut abnahm und sich ihnen gegenüber in einem Schaukelstuhl niederließ. Umständlich zündete er sich eine Pfeife an. Ein süßlicher Geruch stieg auf und verbreitete sich in der ganzen Diele.

»Woher kommt ihr?«

Louise hob den Kopf. »Dannenberg.«

»Ein weiter Weg, um ein Huhn zu stehlen.«

»Wir … wir wollten jemanden in der Gegend besuchen.«

»Aha.« Der Mann musterte Louise eingehend. »Wen denn?«

»Unsere Tante. Sie ist auch Bäuerin. Nur einen Steinwurf von hier entfernt«, log Louise.

»Hm.« Es klang nicht so, als würde der Mann ihr glauben. »Wieso hast du dir die Haare gefärbt, Mädchen?«

Louise erstarrte. Woher wusste er das?

»Oben am Haaransatz sind sie braun«, erklärte er, als hätte er ihre Gedanken erraten. »Na ja, eher schwarz.« Er grinste, und ein paar Goldzähne kamen zum Vorschein. Überhaupt war er ihr unheimlich. Sein Gesicht war vernarbt und zerfurcht, seine Augen tiefschwarz wie die Nacht. Er sah aus, wie sie sich einen Verbrecher vorstellte. Oder einen Piraten.

»Also?« Er schaute sie eindringlich an. »Warum die goldenen Locken?«

»Meine Mutter meinte, dass mir blond besser steht.«

Sie hörte, wie der Mann tief einatmete. Dann sprang er auf. »Jetzt ist aber Schluss mit den Lügen!«

Louise zuckte zusammen, Hannahs Schluchzen wurde lauter.

Er wandte sich ab, blickte zum Fenster hinaus. »Ich sag euch, was ich glaube.« Er drehte sich wieder zu ihnen um. »Ihr seid Jüdinnen. Ihr habt euch versteckt. Eure Eltern sind tot oder abgeholt worden, und ihr seid auf euch allein gestellt.« Der Mann stützte sich auf seinem Gewehr ab und sah sie prüfend an. »Kommt mit. Ich werde euch was zeigen.«

Er schob Louise und Hannah eine Treppe hinunter in einen großen Kellerraum, in dem alle möglichen Dinge lagerten, Kisten, Truhen, Holzbottiche, verrostete Milchkannen, ein verdreckter Webstuhl. Der Mann hockte sich mitten im Raum auf den Boden und öffnete eine kleine Luke. Von unten drang ein leises Rascheln zu ihnen hinauf.

Louise und Hannah sahen sich an. Was hatte der Mann dort versteckt? Tiere? Oder sogar Menschen?

Sie beobachtete den Bauern, der noch immer über der Luke hockte und in die Tiefe starrte.

Hannah stand zitternd neben ihr, sie war blass und ihr Gesicht tränenverschmiert.

»Wollt ihr nicht näher kommen?«, fragte der Mann. Ein Lächeln umspielte seine rissigen Lippen.

Vorsichtig machte Louise einen Schritt auf die Luke zu und spähte über den Rand hinweg nach unten. Eine schmale Leiter führte ungefähr zwei Meter in eine dunkle Tiefe. Sie erkannte nur Heu, das verstreut herumlag, und die Umrisse einer Wolldecke. Dann schob sich plötzlich eine Gestalt in ihr Blickfeld, ein Mensch, der auf Knien kroch, den Kopf hob und ins Licht blinzelte. Eine junge Frau, ein Mädchen eher, ungefähr in Louises Alter.

Das Mädchen umfasste die Leiter mit ihren Händen und stieg die Sprossen hinauf.

»Das ist Meret«, erklärte der Mann und zog an seiner Pfeife.

Meret war dünn und hatte ein spitzes, mausartiges Gesicht. Ihre dunklen krausen Haare standen in alle Himmelsrichtungen ab. Sie funkelte Louise und Hannah an.

Louise zögerte. »Wir sind Hannah und Louise«, sagte sie dann leise. Was ging hier vor? Wer war Meret, und warum hauste sie dort unten in einem Verschlag?

»Sie ist Jüdin, wie ihr«, bemerkte der Mann.

»Was wollen die hier, Toni?«, fragte Meret. Ihre Augen verrieten, dass sie schon mehr erlebt hatte, als es einer jungen Frau guttat.

»Wir behalten sie erst mal hier. Du machst ihnen was zu essen«, befahl der Mann, ohne auf Merets Frage einzugehen.

Louise sah von einem zum anderen. Sie hatte ein ganz komisches Gefühl in der Magengegend, aber sie konnte sich nicht erklären, was genau der Grund dafür war. Der Mann, den Meret Toni genannt hatte, versteckte eine Jüdin. Wenn das aufflog, würde es Konsequenzen für ihn haben. Er tat also etwas Gutes, oder nicht?

Meret gab Louise und Hannah zu verstehen, dass sie ihr folgen sollten. Nacheinander stiegen sie die Kellertreppe hinauf. Wenig später befanden sie sich in der großen Küche. Stumm zündete Meret den Gasherd an und begann Eier in eine Pfanne zu schlagen, während Toni sich an den Tisch setzte und Louise und Hannah bedeutete, es ihm gleichzutun.

Er betrachtete sie eine Weile, bevor er zu sprechen begann. »Ihr seid also weggelaufen, ja?«

Louise nickte zögerlich. Sie war sich noch nicht sicher, ob sie ihm trauen konnten. »Wir haben in der Nähe von Dannenberg gelebt«, sagte sie. »Haben dort auf einem Hof geholfen.«

Toni runzelte die Stirn. »Und warum musstet ihr dort weg?«

Louise sah zu Hannah. »Die Leute, für die wir gearbeitet haben, mussten fort und konnten uns nicht mitnehmen«, erklärte sie knapp. Das war noch nicht mal gelogen.

»Hm«, brummte Toni. Er schien nicht ganz zufrieden mit Louises Antwort, wollte wohl aber auch nicht weiter nachfragen.

Meret verteilte Eier und Speck auf die Teller und brachte sie zum Tisch. Meret warf Hannah und Louise immer wieder böse Blicke zu, während sie sich auf das Essen stürzten.

Schließlich sagte Toni: »Ihr könnt für ein paar Tage hierbleiben. Meret wird euch alles zeigen. Haltet euch nur im Haus auf, geht nicht nach draußen. Schlafen müsst ihr unten bei Meret. Und macht euch nützlich! Es ist genug Arbeit für alle da.« Er lachte, aber es klang wie ein kehliges Husten.

Meret passte das gar nicht. »Wieso dürfen sie hierbleiben? Wir kennen sie doch kaum! Vielleicht sind sie Diebinnen, oder sie wollen uns ausspionieren!«

Für einen kurzen Moment dachte Louise, dass Toni die

Hand heben und Meret schlagen würde, aber er schüttelte nur verächtlich den Kopf. »Für wen sollen sie denn spionieren? Stell dich nicht so an, Meret. Und wag es nicht noch einmal, mir zu widersprechen, verstanden?« Mit diesen Worten ging er nach draußen.

Merets Gesicht wirkte wie versteinert. »Kommt«, sagte sie barsch, ohne die Schwestern anzusehen, und Hannah und Louise folgten ihr.

Meret zeigte ihnen das Haus und trug ihnen die unterschiedlichsten Aufgaben auf. Sie sollten Wäsche waschen, die unteren Räume und die Diele putzen, Tonis Hosen und Hemden nähen, stopfen und flicken, die Vorräte sortieren. Meret gab Anweisungen wie eine Hausherrin, und Louise und Hannah hatten Mühe, mit ihr Schritt zu halten.

Im großen Wohnraum ließ sich Meret in einem Ohrensessel nieder. »Worauf wartet ihr? Beginnt mit der Arbeit.« Sie machte eine Handbewegung, als wolle sie die beiden verscheuchen. Louise und Hannah sahen sich an. Meret schien es ernst zu meinen.

Sie fingen im Keller an, befreiten Kisten und Koffer von Spinnweben und Staub, danach sortierten sie die Wäsche in der Wäschekammer.

»Dieser Toni macht mir Angst«, sagte Hannah leise.

»Mir auch. Und was hat er mit Meret zu schaffen?«

»Vielleicht ist sie die Tochter von Nachbarn oder Freunden. Das würde erklären, warum er sie versteckt. Er macht sonst nicht den Eindruck, als würde er freiwillig sein Leben aufs Spiel setzen.«

»Immerhin hat er uns angeboten zu bleiben. Nein … Da ist noch etwas anderes. Meret sieht uns als Bedrohung. Ich kann mir nur nicht erklären, warum. Sie ist doch auch Jüdin.«

»Das allein heißt doch nichts«, wandte Hannah ein. »Aber viel wichtiger ist: Was machen wir? Bleiben wir hier, laufen wir weg?«

»Ich weiß es nicht, Hannah. Wir können froh sein, dass Toni uns nichts angetan hat. Wer weiß, was ein anderer Bauer an seiner Stelle getan hätte. Und trotzdem fühle ich mich hier nicht wohl.«

»Ich auch nicht.«

»Aber es ist hier besser, als allein da draußen! Wir werden gesucht. Da bin ich mir sicher. Und auch wenn dieser Toni nicht gerade einen vertrauenswürdigen Eindruck macht, glaube ich nicht, dass er uns verraten wird. Lass uns ein paar Tage bleiben, ja? Meret mag uns nicht, aber das halten wir aus. Solange es Essen gibt und wir ein Dach über dem Kopf haben.«

»Ich weiß nicht, Louise.«

»Wir haben schon ganz andere Dinge gemeistert. Bitte, vertrau mir.« Louise drückte die Hand ihrer Schwester.

Sie blieben länger auf dem Hof als geplant. Auch fanden sie heraus, warum Meret sich so abweisend benommen hatte. Sie war eifersüchtig. Toni und Meret küssten und umarmten sich manchmal, wenn sie sich unbeobachtet fühlten, und in der Nacht verschwand Meret oft. Louise fühlte sich deswegen unbehaglich, schließlich war Meret nicht viel älter als sie selbst. Sie versuchte, sich einzureden, dass es sie nichts anging. In Zeiten, in denen es ums Überleben ging, passierten Sachen, die keinen Sinn ergaben, die fernab aller Vernunft geschahen. Louise und Hannah sprachen nicht darüber, obwohl Louise wusste, dass ihre Schwester Merets nächtliche Abwesenheit ebenfalls bemerkt hatte.

Doch seit Louise von dem Verhältnis wusste, hatte sie ständig Angst. Sie sah, wie Toni sie manchmal gierig ansah, wie er im Vorbeigehen wie zufällig ihren Arm streifte. Es war klar, was folgen würde, auch wenn sie versuchte, es zu verdrängen.

Meret trug ihnen weiterhin Arbeit auf, zu der sie selbst keine Lust hatte, und bei den Mahlzeiten erhielten sie von ihr immer nur die schlechtesten Fleischstücke und die kleinsten Kartoffeln. Aber sie hatten zu essen, und sie hatten einen Schlafplatz. Das war mehr, als Louise sich es bei ihrer Flucht erhofft hatte. Dafür sollten sie dankbar sein.

Doch ihr Herz, es kam nicht zur Ruhe.

KAPITEL IX

Seaborough, Neufundland, Juni 2016

»Anna?«

Logan stand vor ihr. Sie hatte ihn nicht kommen gehört, während sie auf den Stufen vor dem Kayman's saß und aufs Wasser schaute. Sie hatte gegrübelt, wie so oft in der letzten Zeit.

»Sorry, war wohl in Gedanken.«

»Du musst dich nicht entschuldigen. Bereit für die Bootstour deines Lebens? Wirst du seekrank?«

»Ich hoffe nicht. Meine Schiffstauglichkeit beschränkt sich bislang aber eher aufs Tretbootfahren.«

»Dann wird der Atlantik dir kaum was anhaben können.«

Logan ging voraus, den schmalen Steg entlang. Anna fiel einmal mehr auf, dass er gut aussah. Männlich, mit markanten Wangenknochen. Einer dieser Männer, die einen Reifen wechseln und einen Fisch mit bloßen Händen fangen konnten, aber auch nichts gegen ein romantisches Candle-Light-Dinner hatten.

Ob er wusste, dass er dieses gewisse Etwas hatte? Bislang konnte sie ihn nicht einschätzen. Die meiste Zeit wirkte er sehr selbstsicher, aber das konnte Fassade sein. Unsicherheit ließ sich leicht überspielen, das wusste Anna aus eigener Erfahrung.

»Da wären wir.« Logan blieb vor einem Segelboot stehen. »Das ist *Emily*.«

»Ein schöner Name. Und ein hübsches Boot.«

Emily war ungefähr vier Meter lang und hatte einen weißen Bug, auf den mit hellblauer Schrift ihr Name gemalt worden war. Ob es damit etwas Besonderes auf sich hatte? Hatte Logan eine Emily gekannt? Kannte er sie immer noch? Vielleicht eine Freundin? Schluss jetzt, Anna, das geht dich nichts an. Und interessieren sollte es dich in deiner jetzigen Situation auch kaum.

Logan half ihr aufs Boot, und wenig später waren sie auf offener See. Es war windig, und *Emily* schaukelte kräftig hin und her.

»Keine Angst, das wird gleich besser«, beruhigte Logan sie, als sie sich etwas ängstlich an der Reling festhielt.

Nachdem Logan das Segel gesetzt hatte, hörte das Schaukeln tatsächlich schlagartig auf, und der Wind trieb das Boot mit Kraft voran. Anna beobachtete, wie die Küste hinter ihnen immer kleiner wurde. Der Hafen von Seaborough und das leuchtende Lupinenfeld, das fast bis zu Lous Haus reichte, die Klippen und Seearme, all das war nur noch ein fernes Zusammenspiel von Farben und Formen. Seitlich verlief eine felsige Landzunge ins Meer, hinter der sich die Bucht von Petty Harbour befand. Dahinter waren die steinigen Hügel des Blackhead zu sehen, der ins Wasser hineinragte, und der weiße Leuchtturm des Cape Spear, der den Seeleuten den Weg wies. Vom Wasser wirkte alles wie gemalt.

»Wie gefällt's dir?« Logan ließ sich Anna gegenüber nieder.

»Herrlich. Leider bin ich keine große Hilfe.«

»Das wär ja noch schöner. Ich habe dich zu einem Törn eingeladen, nicht zum Arbeiten.« Er grinste.

»Hast du *Emily* schon lange?«

»Seit einem Jahr. Ein eigenes Segelboot ist immer mein Traum gewesen. Dan und Jack haben mich ausgelacht. Die neumodischen Boote sind für sie Firlefanz. Da müsste man ja gar nichts mehr selbst machen. Ein ordentlicher Kutter mit einem Kompass, das ist für sie das einzig Wahre.«

»Ich finde so etwas wie ein Navi und einen Bordcomputer ganz beruhigend. Wer will schon gegen einen Eisberg stoßen?«

Ein Moment der Stille entstand, der aber nicht unangenehm war. Logan gehörte offenbar nicht zu den Menschen, die ständig die eigene Stimme hören müssen. Das gefiel ihr.

»Erzähl mal, Anna Berenberg. Was treibst du so?«

»Ich bin Grafikdesignerin. Selbstständig. Der Job macht Spaß, aber das Akquirieren von Kunden ist ziemlich schwierig.«

»Kann ich mir vorstellen. Das steht mir für meinen Eis-Online-Shop noch bevor. Werbung, Marketing ...«

»Ich find's toll, dass du so was aufziehen willst. Würd ich mich nicht trauen.«

»Wieso nicht? Da hast du dich doch schon getraut.«

»Stimmt eigentlich.« Sie sollte vielleicht besser nicht sagen, dass sie unfreiwillig in die Selbstständigkeit geraten war. Und dass sie häufig kurz davor gewesen war, alles hinzuschmeißen.

»Ich hab früher in Toronto gewohnt, hab da studiert. Aber ich wollte irgendwann wieder hier leben.« Er sah in die Ferne, als würde er an etwas denken, das er in Toronto zurückgelassen hatte. Anna ertappte sich dabei, sich auszumalen, wie es wäre, mit den Fingern über sein Gesicht zu streichen, seine Haut zu berühren, seine Lippen. Hatte sie jetzt völlig den Verstand verloren?

Ein großes Kreuzfahrtschiff erschien am Horizont. Sie legte die Hand über die Augen, um im Sonnenlicht besser sehen zu können. »Ich glaube, es gibt kaum etwas, das einen trauriger machen kann, als ein langsam am Horizont vorbeiziehendes Schiff.«

»Das stimmt. Ich frage mich jedes Mal, wo das Schiff hinfährt, was für Menschen an Bord sind, ob sie glücklich sind, traurig oder einsam. Komisch, wenn ich ein Kreuzfahrtschiff im Hafen sehe, sind mir die Passagiere herzlich egal.«

Sie beobachteten gemeinsam, wie das Schiff zu einem winzigen Punkt wurde und dann aus ihrem Sichtfeld verschwand.

»Sieh mal, ich hab uns was mitgebracht.« Logan kramte aus seiner Tasche eine Flasche Wein und zwei Pappbecher hervor. »Trinken ist auf hoher See natürlich strengstens verboten. Zumindest für den Steuermann.« Er öffnete die Flasche, schenkte großzügig ein und reichte ihr einen Becher. »Aber ich bin ja ein Rockstar. Die müssen leider ständig verbotene Sachen machen, sonst werden sie nicht ernst genommen.«

»Verstehe. Was der Beruf einem nicht alles abverlangt …« Sie prostete ihm zu. »Wolltest du schon immer Musiker werden?«

»Wenn ich es mir recht überlege … Nein. Mir hat das Gitarrespielen Spaß gemacht. Die Band ist eher zufällig entstanden. Auf der Highschool. Jeder sollte etwas für die große Weihnachtsfeier vorbereiten. Das Krippenspiel war nicht unser Ding, und da haben Gary, Chris und ich schnell eine Band gegründet. Unser Auftritt war sicher das Schlechteste, was die Welt je gesehen und gehört hat – sogar für ein Schulkonzert. Die Songs von Metallica klangen wie eine Mischung aus Britney Spears und Kermit. Aber das Publikum mochte unsere Lieder. Das hat unseren Ehrgeiz gepackt.«

»Ihr seid richtig gut.«

»Danke.« Er nippte an seinem Wein und sah sie über den Rand des Bechers hinweg aufmerksam an. Seine Augen blitzten, und sie sah schnell weg. Aber es war schon zu spät. Sie spürte, wie ihre Wangen glühten. Sie hasste dieses Rotwerden wie die Pest. Früher hatte sie gehofft, dass es irgendwann besser werden würde – immerhin war sie keine zwölf mehr –, aber das tat es nicht. Nicht nur ihr Kopf, nein, auch ihr Hals sah dann aus wie der eines Puters. Feuerrote Flecken im Nacken kamen auch noch hinzu, als hätte sie die Masern. Oder eine andere ansteckende Krankheit. Eigentlich konnte sie sich gleich ein Schild um den Hals hängen, auf dem stand: »Hey, Logan, ich steh auf dich.«

Logan zog ein locker gewordenes Tau fest und blickte nach oben. »Wir sollten umkehren. Sieht nach Regen aus.«

»Wirklich?« Anna schaute zum Horizont, dort türmten sich ein paar Wolkenberge, die aber nichts Bedrohliches an sich hatten. »Schade.«

»Ganz so eilig haben wir es noch nicht. Aber ob wir es wirklich bis zum Eisberg schaffen …«

Anna machte große Augen. »Du wolltest mit mir zum Eisberg?«

»Das hatte ich vor.«

»Dann los!« Nun hatte sie die Abenteuerlust gepackt. Außerdem machte der Segeltörn mit Logan wirklich Spaß. Das schlechte Gewissen konnte sie sich für später aufheben.

»Bist du dir sicher? Könnte bald windig werden.«

»Egal. Ich bin seefest. Ganz bestimmt.« Es klang eher, als müsste sie es sich selbst einreden.

»Ganz wie du willst. Ich bin nur der Steuermann.«

Langsam bewegten sie sich auf den Eisberg zu. Majestätisch ragten die weißen Klippen aus dem Wasser, fast konnte man die Kälte spüren, die von ihm ausging.

»Der Berg ist auf Grund gelaufen, schon vor einigen Wochen«, erklärte Logan, als sie nur noch wenige Meter entfernt waren. »Jetzt thront er hier, so nah vor unserer Küste. Ein echtes Spektakel.«

»Er ist atemberaubend«, flüsterte Anna. Sie hatte noch nie etwas so Eindrucksvolles gesehen. Das Eis glitzerte im Sonnenlicht wie klares Kristall. Zackige Schatten zeichneten sich auf der Wasseroberfläche ab.

»Das ist er. Aber er ist auch nicht ungefährlich. Viel näher heran können wir nicht. Wir wollen ja nicht wie die *Titanic* enden.« Logan grinste. »Ein Bekannter von Dan, Larry, hat eine Brauerei, nicht weit weg. Er fährt regelmäßig im Frühjahr hier raus, mit Lastkahn und Bagger, und erntet das Eis. Reines Wasser, 25 000 Jahre alt. Larry macht daraus ein tolles helles Bier.«

»Wow.« Anna war so gebannt von dem Anblick des Eisbergs, dass sie gar nicht bemerkte, wie das Sonnenlicht verschwand und es ziemlich dunkel am Himmel wurde. Plötzlich wirkte der Eisberg nicht mehr majestätisch, sondern bedrohlich und düster.

»Ich hab's geahnt«, sagte Logan, als die erste heftige Windbö das Boot traf. »Das kann jetzt ungemütlich werden. Wir müssen versuchen, möglichst lange zu segeln und nicht den Motor einzuschalten. Immer mit dem Bug voran.«

Anna wurde mulmig zumute. »Müssen wir uns Sorgen machen?«

»Nein.« Logan setzte ein aufmunterndes Gesicht auf.

»Du bist ein schlechter Lügner«, stellte sie fest. Logan war aber ein erfahrener Segler, er würde sie schon sicher an Land bringen, oder?

Eine Bö ergriff das Boot, sodass es in eine gefährliche Schieflage geriet. Anna hielt sich mit beiden Händen an der Reling fest. Es regnete inzwischen in Strömen, und sie spürte, wie ihr nasses Haar sich wie ein schwerer Helm um ihren Kopf legte. »Kentern wir?«, rief sie Logan zu, der das Steuerrad fest in seinen Händen hielt.

»Dazu wird es nicht kommen!«, rief er. »Halt dich gut fest, okay?«

»Aye, aye, Käpt'n!« Sie strich sich immer wieder mit dem Ärmel über die Augen, aber der Regen war erbarmungslos und gönnte ihr nur für den Bruchteil einer Sekunde freie Sicht.

»Siehst du die Liegeplätze da vorn?« Logan deutete in Richtung Ufer. Als das Boot aus dem Wellental heraus war, konnte Anna erkennen, dass sich in einiger Entfernung ein kleiner Steg an der Landzunge von Cape Spear befand, an dem zwei Ruderboote befestigt waren.

»Da willst du hin?« Ihr kam es vor, als wären zwischen ihnen und dem Steg Hunderte Meilen und unüberwindbare Wassermassen, die sich wie riesige Wände vor ihnen auftürmten. Das war doch niemals zu schaffen!

»Ja! Ich starte jetzt den Motor. Es bringt nichts mehr, weiter zu segeln.«

Anna hielt sich krampfhaft an der Reling fest, während sie auf Logan zuwankte. Der Boden war rutschig, sie schlitterte mehr, als dass sie ging. Auf was hatte sie sich nur eingelassen! Sie würde gleich in den Atlantik fallen und ertrinken. Oder erfrieren. Oder beides. Und das Schlimme war, dass es auch noch ihre eigene Schuld war.

»Gut festhalten«, wiederholte Logan.

»Mach ich.« Sie beobachtete, wie er den Außenborder startete.

Der Motor fing leise an zu brummen, und das Boot stemmte sich gegen die ständig höher werdenden Wellen. Anna klammerte sich an die Reling, in ihrem Bauch rumorte es. Von wegen seefest. Ihr war hundeelend zumute, und am liebsten hätte sie sich auf der Stelle übergeben. Jedes Mal, wenn das Segelschiff auf eine Welle traf, stürzte es danach wie im freien Fall in die Tiefe, um dann gleich darauf die nächste Wand zu erklimmen. Ein bisschen erinnerte es sie an Achterbahnfahren. Früher war das ein großer Spaß gewesen, aber jetzt … Sie würden niemals Cape Spear erreichen! Logan konnte kaum die eingeschlagene Richtung halten. Immer wieder trieben sie ab.

»Wir schaffen es nicht!«, rief Anna. Panik stieg in ihr hoch.

»Hör mir zu.« Entschlossen sah Logan sie an, beide Hände weiter am Steuerrad. »Wir werden nicht kentern. Ich weiß, dass wir es packen.«

Anna konnte vor lauter Angst nichts sagen, sie schnürte ihr die Kehle zu. Sie dachte an ihre Schwestern, an ihre Eltern, an Philipp. Doch als sie sich umdrehte, sah sie auf einmal den Steg am Leuchtturm von Cape Spear immer näher kommen. Es war nicht mehr weit! Sie wollte Logan das zurufen, doch da hörte sie seine Stimme: »Anna, pass auf, der Mastbaum!«

Dann spürte sie einen stechenden Schmerz, und alles um sie herum wurde dunkel.

Als Anna erwachte, erblickte sie eine weiße Zimmerdecke. Leises Gemurmel drang in ihr Ohr, das aus weiter Ferne zu kommen schien. Wo war sie? Ihr Kopf pochte wie wahnsinnig. Sie fasste an ihre Stirn und fühlte einen dicken Verband.

»Sie ist aufgewacht«, hörte sie eine Stimme flüstern. War das Logan?

»Na endlich«, sagte eine andere Stimme, die sie nicht zuordnen konnte.

Logans Gesicht erschien über ihr. Sie blinzelte. Er trug einen ausgeleierten blauen Strickpullover und sah ziemlich erschöpft aus. Sein Haar stand zerzaust in alle Richtungen ab.

Zärtlich strich er ihr über die Wange. »Du hast mir einen ganz schönen Schrecken eingejagt.«

»Was ist denn passiert? Wo bin ich?«

»In Sicherheit«, sagte die andere Stimme. Anna reckte den Kopf. Hinter Logan stand ein Mann, der ihr irgendwie bekannt vorkam. Sie überlegte angestrengt. War er schon einmal im Kayman's gewesen? Hatte sie ihn früher bei Lou gesehen?

»Einen solchen Orkan hab ich selten erlebt. Es ging alles so schnell«, erklärte Logan, während er sich auf einen Stuhl neben ihrem Bett setzte. Sie wollte etwas sagen, erklären, dass es nicht seine Schuld war, aber sie war einfach zu schwach. »Du hast den Mastbaum gegen den Kopf bekommen«, fuhr er fort. »Zum Glück nicht mit voller Wucht, aber heftig genug, dass du bewusstlos wurdest. Es tut mir so leid. Ich hätte dich niemals in eine solche Gefahr bringen dürfen.« Er vergrub das Gesicht in den Händen.

Sie richtete sich ein wenig auf, doch ein stechender Kopfschmerz ließ sie wieder zurücksinken.

»Es war nicht deine Schuld«, sagte sie matt. »Ich wollte doch unbedingt zu dem Eisberg.«

Er schaute hoch. »Ich hätte dir widersprechen sollen. Aber das hab ich irgendwie nicht geschafft.« Da war es wieder, dieses Blitzen in seinen Augen. Anna spürte ihr Herz schneller schlagen. Für einen Moment waren die Qualen in ihrem Kopf vergessen. Wahrscheinlich würde auch gleich wieder das Rotwerden einsetzen. Würde im Kontrast zu dem weißen Kopfverband sicher hervorragend aussehen.

»Hier, ich hab einen Tee gemacht. Vorsicht, er ist heiß.«

Der Mann, der hinter Logan gestanden hatte, war an Annas Bett getreten. Und plötzlich wusste sie, wer er war. Jack, der Mann vom Leuchtturm! Logans Großvater!

Er stellte eine dampfende Tasse und einen Teller mit Crackern auf den kleinen Nachttisch neben ihrem Bett.

Anna beobachtete ihn. Sein Gesicht sah aus wie das eines Mannes, der den Großteil seines Lebens auf See verbracht hatte. Von Wind und Sonne gegerbt, etwas zerfurcht, so wie die Küste Neufundlands. Seine grauen Augen waren von Falten umrahmt, die an fein gesponnene Netze erinnerten. Über seiner rechten Braue verlief eine lange Narbe, die sich über seine Stirn bis zum Haaransatz zog, und auf der Wange hatte er einen großen Leberfleck, der Anna schon am Leuchtturm aufgefallen war. Er war sicher fast so alt wie Lou. Ob er sie gekannt hatte? Anna konnte sich nicht erinnern, ihn früher einmal in Seaborough gesehen zu haben, aber vielleicht hatte sie ihn auch nur nicht wahrgenommen. Wenn es doch in ihrem Kopf nur nicht so stechen würde!

»Danke«, stieß sie hervor. »Verratet ihr mir jetzt, wo ich bin?«

Jack und Logan warfen sich einen Blick zu.

»Im Leuchtturm«, sagten sie dann wie aus einem Mund.

»Hier kannst du dich erst mal ausruhen«, fügte Jack hinzu. »Versuch ein wenig zu schlafen.«

»Aber ich muss zum Sea Garden House! Judith und Greta machen sich bestimmt schon Sorgen.«

»Deine Schwestern wissen Bescheid. Ich hab sie angerufen«, erklärte Logan. »Sie sind auf dem Weg hierher.«

»Danke.« Anna schaffte es nun doch, sich ein Stück aufzurichten. Logan reichte ihr den heißen Tee. Er schmeckte nach Ingwer und Zitrone.

»Ich lass euch dann mal allein«, sagte Jack und stieg eine Treppe hinunter.

Anna sah sich um. Der kleine Raum war nur mit einem Bett, einem Schaukelstuhl und einer Kommode möbliert. Das Fenster war leicht geöffnet, eine frische Brise wehte herein, sie roch salzig. Das Unwetter war vorüber, und die Abenddämmerung hatte eingesetzt.

Gegenüber an der Wand hingen ein kleiner Spiegel und zwei Aquarelle. Die Landschaft von Seaborough und Petty Harbour waren darauf abgebildet, und sie erinnerten Anna an etwas, das sie schon einmal gesehen hatte. Ihrem geschundenen Kopf wollte es nur nicht einfallen.

»Was ist mit *Emily*? Wie hat sie den Sturm überstanden?«, fragte sie.

»*Emily* hat einiges abbekommen, aber das kriege ich hin.« Logan lächelte traurig, dann wandte er sich ab. Anna hatte das seltsame Gefühl, dass sie einem sehr intimen Moment beiwohnte, einem, der nur Logan allein etwas anging.

»Ich helf dir, sie wieder in Ordnung zu bringen«, sagte sie.

Logan drehte sich wieder um und sah sie an. Und dann beugte er sich zu ihr und küsste sie. Es ging so schnell, dass sie nicht darüber nachdenken konnte, ob es richtig oder falsch war, geschweige denn dagegen zu protestieren. Sie ließ es einfach geschehen. Der Kuss dauerte nur ein paar Sekunden, ein sanftes Berühren ihrer beider Lippen, und doch war er von großer Innigkeit. Er fühlte sich warm und schön an, sanft und fordernd, aufregend, geheimnisvoll und doch vertraut. Logan schmeckte nach salzigem Meer, Sonne und Wind.

»Anna?« Greta stand auf einmal im Raum. Sie sah aus, als wäre sie gerade aus dem Bett gestiegen. Ihr Haar hatte sie zu einem strubbeligen Pferdeschwanz gebunden, und sie trug einen pinkfarbenen Jogginganzug aus Frottee, über den sie eine grüne Regenjacke geworfen hatte. Ihre Füße steckten in groben Stiefeln, die sie sicher irgendwo in Lous Haus gefunden hatte.

Sie stürmte auf Anna zu und umarmte sie heftig.

»Vorsicht, ich bin noch leicht lädiert«, lachte Anna.

»Ich war noch nie so froh, dich zu sehen«, stieß Greta hervor.

Logan war ein paar Schritte zurückgetreten und beobachtete die beiden Schwestern.

»Hallo, Anna.« Nun war auch Judith da. »Was machst du nur für Sachen?« Sie strich ihr über die Wange.

»Alles halb so schlimm.«

»Aber das hätte auch ganz anders ausgehen können.« Judith warf Logan einen durchdringenden Blick zu.

»Er kann nichts dafür, wirklich«, erklärte Anna schnell. »Ich wollte unbedingt zu dem Eisberg. Es war alles meine Schuld.«

»Ist ja auch egal. Wir müssen dich sofort ins Krankenhaus bringen. Du hast bestimmt eine Gehirnerschütterung.«

»Es geht ihr gut«, mischte Logan sich ein. »Jack hat sie untersucht, er hat lange als Freiwilliger beim Roten Kreuz gearbeitet, er kennt sich aus …« Er verstummte sofort, als Judith ihm nun einen vernichtenden Blick zuwarf.

»Ich muss wirklich nicht ins Krankenhaus, Judith. Ich hab Kopfschmerzen, aber das ist schon alles. Ein paar Stunden Ruhe, und ich bin wieder topfit!«

»Wir werden das nicht diskutieren, Anna. Wir fahren ins Krankenhaus.«

»Judith! Ich bin erwachsen! Den Befehlston kannst du dir sparen. Jack hat mich untersucht. Ich vertrau ihm.«

Logan trat entschlossen einen Schritt vor. »Ich glaube, es ist wirklich besser, wenn Anna hierbleibt. Die Autofahrt ins Krankenhaus nach St. John's dauert über eine Stunde, und die Strecke ist mehr als uneben. Es ist besser, wenn Anna die Nacht hierbleibt.«

Anna lächelte ihm dankbar zu. Er hatte verstanden, wie man mit Judith umgehen musste. Das Einzige, was sie umstimmen konnte, waren gute Argumente.

»Okay.« Judith seufzte. »Aber wenn etwas sein sollte …«

»… fahren wir sofort ins Krankenhaus«, ergänzte Anna.

»Einverstanden. Hier sind ein Schlafanzug und frische Wäsche. Für den Fall, dass du doch …« Judith beendete den Satz nicht und stellte eine Reisetasche neben das Bett. Dann sah sie zu Greta. »Und was machen wir beide jetzt?«

»Ihr könnt auch bleiben«, schlug Logan vor. »Jack hat unten ein zweites Bett. Wenn euch die Lichtsignale des Leuchtturms nicht stören, könnt ihr dort übernachten.«

»Überhaupt nicht!«, rief Greta sofort. »Ich wollte schon immer mal in einem Leuchtturm schlafen.«

Judith und Greta verließen den Raum, und Anna hörte, wie sie sich unten im Turm leise mit Jack unterhielten.

»Jack und ich werden in der Nacht nach dir schauen«, sagte Logan.

»Danke.« Das war alles, was sie sagen konnte. Sie war aufgewühlt, und zugleich spürte sie, wie sie eine bleierne Müdigkeit überfiel. Am liebsten hätte sie Logan gebeten, sie noch einmal zu küssen. Doch sie sehnte sich auch danach, allein zu sein, ihre Gedanken und Gefühle zu ordnen. Es war so viel passiert, und das in so kurzer Zeit.

»Ruh dich aus«, sagte Logan. »Morgen sieht die Welt ganz anders aus.«

Sie lächelte. Das hatte Lou früher auch immer gesagt. »Morgen sieht die Welt ganz anders aus, und jeder Tag kann der Anfang einer neuen Geschichte deines Lebens sein.«

Als Anna erwachte, war es taghell. Ihr Kopf schmerzte längst nicht mehr so sehr wie am Abend zuvor, und sie fühlte sich ausgeruht. Sie schlug die Decke zurück und setzte behutsam einen Fuß auf den kühlen Steinboden. Noch einen Moment blieb sie sitzen, und als sie sich sicher war, dass ihr nicht schwindlig wurde, stand sie langsam auf. Auf dem Schaukelstuhl unter dem Fenster lag ein Bademantel, den sie überzog.

An der Wendeltreppe vernahm sie Stimmen und Lachen. Es roch nach frischem Kaffee und leicht verbranntem Brot. Sie umfasste das Treppengeländer und stieg mit etwas zittrigen Beinen hinab. Neben einer Kochnische befand sich eine Tür zu einer Terrasse, die auf den Klippen gebaut war. Ein Stahlgeländer schützte vor dem Fall in die Tiefe.

Alle saßen in der Sonne um einen Tisch, unmittelbar über dem glitzernden Meer, das so ruhig wirkte, als wolle es sich für das gestrige Unwetter entschuldigen: Logan und Jack, Greta und Judith. Sie trugen warme Pullover, hatten sich in Wolldecken gewickelt und tranken Kaffee aus Keramikbechern. Auf dem Tisch entdeckte sie einen Teller mit Toastscheiben und eine Schale mit frischem Obst. Es war ein schöner Anblick, wie sie dort beisammensaßen, lachten, sich unterhielten, aßen und tranken.

»Anna!« Logan hatte sie zuerst entdeckt. Er sprang sofort auf und kam auf sie zu, frisch sah er aus, wie nach einem langen Schlaf und einer ausgiebigen Dusche.

»Du bist schon wach? Vor einer halben Stunde hast du noch tief und fest geschlafen.«

»Ja, aber jetzt habe ich mich lange genug ausgeruht.« Sie setzte sich auf den Stuhl, den Logan ihr hinschob und griff nach einem Toast. Sie hatte einen Bärenhunger.

»Hier ist es aber schön«, stieß sie zwischen zwei Bissen hervor. »Eine Terrasse über dem Atlantik, was für ein Ausblick …«

»Ja, hier lässt es sich leben«, sagte Jack und goss Kaffee in ihren Becher.

»Und wie geht es dir, Anna?«, fragte Judith.

»Viel besser. Kaum noch Kopfschmerzen.« Anna griff nach einem zweiten Toast.

»Du scheinst wirklich wieder fit zu sein, wenn man sieht, wie du zulangst«, stellte Greta zufrieden fest. »Jack und Logan haben die ganze Nacht nach dir geschaut. Judith und ich durften es uns im Alkoven gemütlich machen, wir hätten sie gern abgelöst, durften aber nicht.«

Anna wandte sich an Jack. »Mr O'Connor, ich weiß gar nicht, wie ich Ihnen danken soll. Erst retten Sie mir das Leben, und dann vertreibe ich Sie noch aus Ihrem Bett.«

»Nenn mich Jack. Und ich hab dir nicht das Leben gerettet, Anna. Das war Logan. Außerdem spielten Logan und ich letzte Nacht die beste Partie Schach seit Ewigkeiten, nicht wahr, mein Junge?«

»Sicher«, antwortete Logan, ohne Anna aus den Augen zu lassen. Es war offensichtlich, dass sich etwas zwischen ihnen verändert hatte.

»Wir müssen bald zurück«, sagte Judith. »Die Vanderbaeks wollen den Kaufvertrag für das Haus haben, und ich bin damit noch längst nicht fertig.«

»Ihr wollt das Haus verkaufen? Lous Haus?«, fragte Jack. Er klang überrascht, aber auch ein bisschen vorwurfsvoll.

»Es ist so gut wie unter Dach und Fach«, erwiderte Judith. »Der Käufer zahlt sogar mehr als von uns veranschlagt.«

Jack runzelte die Stirn. »Aber warum wollt ihr das Haus denn nicht behalten?«

»Ganz einfach, wir leben nicht in Seaborough.«

»Wäre doch aber ein schönes Sommerhaus«, gab Logan zu bedenken.

»In Zukunft werden wir kaum die Sommer hier verbringen«, sagte Greta. »Jeder hat andere Pläne.« Sie wirkte traurig.

Anna wurde in diesem Moment schlagartig bewusst, dass sie bald nach Hause fliegen und vermutlich nie zurückkehren würden.

»Schade«, meinte Jack. »Es ist schön, wenn ein Haus in Familienbesitz bleibt.«

»Stimmt. Ich würde ja auch das Kayman's gern übernehmen, irgendwann. Aber zurzeit sieht es nicht danach aus«, sagte Logan, mehr zu sich selbst als zu den anderen.

»Was meinst du damit?«, fragte Greta.

»Dan steckt in großen finanziellen Schwierigkeiten.«

»Geht das genauer?« Das war Jack. Er schien ebenfalls nicht von Dans Problemen gewusst zu haben.

»Das Kayman's wird zwangsversteigert. In ein paar Wochen. Wenn nicht ein Wunder geschieht.«

»Zwangsversteigert? So einfach funktioniert das nicht«, stellte Judith ungerührt fest. Sie ließ sich nicht so schnell aus der Ruhe bringen, schon gar nicht durch Dinge, mit denen sie sich besser auskannte als die meisten anderen.

»Ich befürchte, die dürfen das«, sagte Logan. »Der Bescheid des Gerichts sieht verdammt echt aus.«

»Und was für ein Wunder müsste das sein?«, erkundigte sich Anna.

»Ein 200 000-Dollar-Wunder«, sagte Logan knapp.

Mit einer solchen Summe hatte keiner von ihnen gerechnet.

Anna war die Erste, die ihre Sprache wiederfand. »So viel hat keiner von uns. Aber wie konnte es so weit kommen?« Was musste geschehen sein, um einen solchen Schuldenberg anzuhäufen?

»Es fing mit der Finanzkrise vor ein paar Jahren an. Danach sah es lange düster aus für das Kayman's. Die Leute sind nicht mehr oft essen gegangen, und die Touristen blieben auch aus.

Dan musste sich irgendwie durchschlagen, hat sich hier und da was geliehen, war bei allen möglichen Banken. Und dann ist er an diese Bank in St. John's geraten. Die hat ihm einen größeren Kredit angeboten, vor allem mit niedrigen Zinsen. Aber leider war es ein variabler Zinssatz, und vor ein paar Monaten stand er dann da und konnte seine Zinsen nicht mehr bezahlen. Ich selbst wusste bis vor Kurzem auch nichts von alldem.«

»Ich hasse diese Aasgeier.« Auf Judiths Stirn bildete sich eine tiefe Falte. »Aber vielleicht kann ich helfen.«

Anna und Greta schauten sie erstaunt an. »Hast du so viel Geld?«, fragte Anna. Judith verdiente zwar gut, aber so gut?

»Quatsch. Aber ich weiß, wie man mit diesen Bankleuten verhandelt.«

Logan nickte, er glaubte ihr wohl sofort. »Das ist sehr nett von dir, Judith. Aber so wie ich Dan kenne …«

»… wird sein Stolz das nicht zulassen«, vervollständigte Jack den Satz.

»Das werden wir ja sehen.« Judith schien keinen Zweifel daran zu haben, dass Dan ihre Hilfe annehmen würde. »Aber jetzt sollten wir wirklich langsam aufbrechen.« Sie warf Anna einen prüfenden Blick zu. »Fühlst du dich fit genug?«

»Gib mir noch ein paar Minuten, okay?«

»Sicher. Greta und ich werden inzwischen unser Chaos aufräumen.«

Auch Jack folgte Judith und Greta in den Leuchtturm. Es schien allen klar zu sein, dass Anna und Logan kurz allein sein wollten.

»Es ist wunderbar hier.« Anna stellte sich ans Geländer und schaute aufs Meer hinaus. Geifernde Möwen und Papageientaucher kreisten auf der Suche nach Nahrung über dem Wasser. An einer Klippe hatten sich Basstölpel Nistplätze gebaut, einige von ihnen kehrten gerade laut rufend zu ihrer Brutkolonie zurück. Für einen Augenblick dachte sie, dass sie unten an den rauen Felsen eine Gestalt gesehen hätte, die zu ihnen nach oben blickte. Ganz sicher war sie sich aber nicht. Vielleicht war es nur ein Angler gewesen.

Logan trat neben sie, ihre Hände berührten sich fast.

»Im letzten Jahr war ich oft hier. Jack und ich haben so manche Schachpartie gespielt.«

»Jack ist nett. Ein echter Seemann.« Anna schaute weiter aufs Meer, traute sich nicht, Logan anzusehen. »Tut mir leid, dass ich zu dem Eisberg wollte. Hoffentlich ist *Emily* bald wieder fahrtüchtig.«

Logan zuckte bei dem Namen zusammen. »Alles halb so schlimm.«

Er drehte sich zu ihr, und einen Moment lang dachte sie, dass er sie erneut küssen würde, aber er sah sie nur an. »Schön, dass es dir besser geht.«

Anna musste schlucken. Das klang jetzt ein bisschen formell. Sie waren sich gestern doch so nah gewesen. Warum ging er auf Abstand? Und warum störte sie das so sehr? Es war doch genau das, was er tun sollte, damit ihre Gefühle nicht noch mehr durcheinandergerieten. Das Beste, das Vernünftigste.

»Ich will heiraten«, hörte sie sich sagen.

»Ich weiß. Judith hat vorhin so etwas durchblicken lassen. Es tut mir leid. Ich hätte das gestern nicht tun sollen. Dich küssen, meine ich. Da ist irgendwas mit mir durchgegangen.« Logan stand unmittelbar neben ihr und schien doch meilenweit entfernt. Die Nähe, die sie zu ihm gespürt hatte, die war jetzt fort, als hätte das Meer sie weggespült.

»Ich sollte reingehen. Judith und Greta warten sicher schon.«

Sie löste sich vom Geländer, registrierte noch, dass ihre Hände nasse Abdrücke auf dem Stahl hinterlassen hatten.

Logan sagte nichts.

Sie wusste nicht, was gerade passiert war. Aber es schmerzte.

»Ich hol noch schnell meine Sachen von oben«, sagte sie zu Judith und Greta, die schon an der Tür warteten. Judith hantierte mit ihrem Handy.

»Ich begleite dich!«, rief Greta. »Nicht dass du uns die Treppe runterpurzelst.«

Gemeinsam stiegen sie nach oben. Anna schlüpfte in ihre Sachen, während Greta die Aquarelle begutachtete.

»Sieh mal. Das ist der gleiche Künstler, der Lou gemalt hat.«

Anna betrachtete eine der Landschaften genauer. »Stimmt. Die gleichen Initialen. COC.«

»Dann kennt Jack den Künstler. Wir könnten ihn fragen. Vielleicht kann er uns was über ihn erzählen.«

»Meinst du?« Anna war nicht nach Vergangenheitsrecherche zumute. Aber ein wenig neugierig war sie dennoch.

Sie fanden Jack in der schmalen Küche. Er spülte gerade die Keramikbecher.

»Wir wollen dich was fragen«, sagte Greta ohne Umschweife. »Die Bilder in deinem Schlafzimmer … Wer hat die gemalt?«

Jack sah sie überrascht an. »Meine Frau. Charlotte.«

»Oh … Wir wussten nicht …«, stotterte Greta.

Jack lächelte. »Charlotte war eine großartige Künstlerin.«

»Das war sie. Sie hat auch Lou gemalt. Wir haben die Bilder vor ein paar Tagen gefunden«, erklärte Anna.

Über Jacks Gesicht huschte ein Schatten, sein Lächeln war schlagartig verschwunden.

Anna und Greta warfen sich einen Blick zu. Jack wusste etwas, da waren sie sich sicher. Nur was?

»Sie schien … sehr traurig auf diesen Bildern«, sagte Anna vorsichtig.

»Es waren auch traurige Zeiten«, antwortete Jack knapp.

»Warum?« Greta. Direkt wie immer.

»Wir haben einiges durchgemacht. Nach dem Zweiten Weltkrieg war alles entzweigebrochen. Die meisten Leben ebenfalls. Ich hatte Charlotte, Gott sei Dank.«

»Und Lou? Hatte Lou auch jemanden?« Anna musste an den Brief von dem geheimnisvollen Mann denken, den sie gefunden hatte, an das Foto auf dem Kaminsims und an das Tagebuch. Wenn sie doch nur einen Blick hineinwerfen könnte …

Jack nickte bedächtig. »Ja. Einen ganz besonderen Menschen. Aber das Leben verläuft nicht immer wie geplant.« Er wandte den Blick ab. Mehr wollte er nicht sagen, das war eindeutig.

»Wir sollten gehen«, sagte Anna zu Greta. Sie verabschiedeten sich von Jack und dankten ihm für alles. Bevor sie zur Tür gingen, warf Anna noch einen Blick auf die Terrasse.

Logan starrte noch immer aufs Meer.

Judith lenkte den Land Rover schweigsam über die holprigen Straßen, während Anna und Greta still aus dem Fenster sahen. Jede von ihnen hing ihren eigenen Gedanken nach. Erst als sie sich im Sea Garden House in der Küche einen Tee machten, sagte Greta: »Ich hab gestern noch ein bisschen recherchiert. Über Herrn Vanderbaek. Es wurde mal gegen ihn ermittelt, weil er in einen Korruptionsskandal in der Immobilienbranche verwickelt gewesen sein soll.«

Judith sah nicht sonderlich überrascht aus. Wahrscheinlich hatte sie bei ihren Nachforschungen Ähnliches gelesen, es aber für sich behalten. »Die Vorwürfe haben sich aber nicht bestätigt, das Verfahren wurde eingestellt«, erklärte sie ärgerlich.

Greta zuckte mit den Schultern. »Kann sein. Aber ich hab ein ungutes Gefühl bei ihm.«

»Wir sollten also das Angebot von einem solventen Käufer, das sogar noch weit über unseren Vorstellungen liegt, ausschlagen, weil du ein ungutes Gefühl hast?«

»So wie du es formulierst, klingt es gemein«, grummelte Greta. »Anna, sag du auch mal was!«

»Wie bitte?« Anna sah Greta verstört an.

»Wo bist du denn mit deinen Gedanken?«

»Nirgendwo … Worum geht es denn?«

Greta machte ein entnervtes Gesicht. »Na, um Mr Vanderbaek! Der ist ein Verbrecher. Alarmstufe Rot!«

Judith lachte laut. »Greta, du bist eine Drama-Queen!«

»Judith hat recht. Lass es gut sein, Greta.« Anna nahm ihren Tee und ließ ihre Schwestern einfach stehen. Ihr war nicht nach Diskussionen, sie wollte allein sein, allein mit sich und ihren Gefühlen und Gedanken.

In ihrem Zimmer ließ sie sich aufs Bett fallen und starrte die Decke an. Warum war sie überhaupt so enttäuscht, so durcheinander? Wegen eines kurzen Kusses?

Sie nahm ihr Handy aus der Tasche. Philipp hatte viermal angerufen und sechs Nachrichten geschrieben. Unwillkürlich musste sie lächeln. Seine Hartnäckigkeit hatte sie immer bewundert. Und sie hatte ihn einmal dafür geliebt.

Und nun? War wirklich alles vorbei? Oder war Logans Distanz ein Zeichen? Dafür, dass Philipp der Mann ihres Lebens war und nicht irgendein kanadischer Möchtegernrockstar, der offenbar ein Paket an Problemen aus der Vergangenheit mit sich herumtrug?

Anna überlegte nicht lange und wählte Philipps Nummer.

»Hey.« Es war schön, seine Stimme zu hören. »Wo hast du denn gesteckt? Ich versuch schon eine halbe Ewigkeit, dich zu erreichen.« Sie hörte den Vorwurf in seiner Stimme, spürte plötzlich Wut in sich aufsteigen, schluckte sie aber schnell wieder hinunter. Womöglich hatte er sich nur Sorgen gemacht.

»Ich war mit Judith und Greta viel unterwegs. Vorbereitungen für die Trauerfeier.«

»Ach so … Anna, es tut mir leid, dass ich so sauer war. Ich hatte mir das alles ganz anders vorgestellt. Ich dachte, du freust dich über den Antrag.«

»Ich hab mich auch gefreut! Wirklich. Aber es kam so überraschend. Ich war davon ausgegangen, wir wären noch nicht an diesem Punkt.«

»Und glaubst du das immer noch?« Es war das erste Mal, dass seine Stimme unsicher klang, verletzlich. Tiefe Rührung stieg in ihr hoch. Sie hatte das Bedürfnis, ihn in den Arm zu nehmen, sein dichtes Haar zu streicheln.

»Ich komm hier auf jeden Fall zur Ruhe«, antwortete sie ausweichend. »Seaborough ist traumhaft.«

»Ich wollte eigentlich wissen, ob du über den Antrag nachgedacht hast.«

»Ich kann dir noch keine Antwort geben, Philipp. Heiraten ist eine große Sache. Ich will mir einfach sicher sein, dass …«

»Dass was? Dass ich dich nicht wieder betrüge, das willst du doch sagen, oder? Herrje, wie lange willst du mir diese Sache noch vorhalten? Es war eine kurze Affäre, und es ist ewig her. Es wird nie wieder passieren, das schwöre ich dir.«

»Okay.«

»Das ist keine Antwort!«

»Was willst du hören, Philipp? Warum bedrängst du mich?«

»Ich liebe dich!« Er klang trotzig.

Anna seufzte. »Lass uns darüber sprechen, wenn ich zurück bin, ja?«

»Wie lange soll ich denn noch warten?«

»Mach's gut, Philipp.« Sie legte auf. Früher hätte sie so etwas nie gemacht. Doch sie hatte inzwischen den nötigen Abstand zu ihm. Er musste warten. Das würde er schon aushalten.

»Anna?« Es klopfte, und kurz darauf steckte Greta den Kopf zur Tür rein. »Du warst so schnell weg. Ist alles in Ordnung?«

Anna klopfte neben sich auf den hübsch bestickten Quilt. Greta ließ sich das nicht zweimal sagen. »Willst du reden?«, fragte sie, als sie beide auf dem Bett lagen.

»Worüber denn?«

»Philipp, Logan, deine Gefühle. Liebeskram eben.«

Anna sah zur Decke. »Ich hab immer gedacht, Philipp ist der Mann meines Lebens.«

»Das hab ich nie gedacht.«

»Wie meinst du das?«

»Ich mochte ihn nie. Der liebt sich selbst mehr als alles andere auf der Welt. Und er ist ein Schleimer.«

»Nur raus damit, bloß keine Zurückhaltung, wenn es um meinen Fast-Verlobten geht.«

»Hey, du hast mich gefragt.«

»Aber vielleicht will ich lieber hören, dass er ein toller Typ ist und ich ihn heiraten und mit ihm eine Familie gründen soll.«

Greta verzog das Gesicht. »Warum das denn?«

»Wäre irgendwie einfacher.«

»Versteh ich nicht.«

»Überleg doch mal. Wenn ich Philipps Antrag nicht annehme, würde ich das später vielleicht bereuen.«

»Und was ist mit Logan?«

»Was soll mit ihm sein? Er ist ein netter Kerl, aber er ist auch nicht einfach.«

»Und deshalb entscheidest du dich lieber für Philipp? Weil du bei dem schon weißt, dass er ein Idiot ist? Was ist daran besser?«

»Hey! Du bist unfair!«

»Logan ist ein klasse Typ, das sagt mir mein Bauchgefühl.«

»Und deinem Bauchgefühl soll ich trauen?«

Greta grinste. »Unbedingt solltest du das.«

»Diese Ruhe hier ist wirklich unglaublich. Manchmal hab ich das Gefühl, dass ich meinen eigenen Gedanken zuhören kann.« Judith saß mit angezogenen Beinen auf der Hollywoodschaukel. Sie wirkte blass, aber das konnte auch an der kleinen Lampe liegen, die die Veranda in ein gespenstisches Licht tauchte.

Die Sonne war gerade untergegangen, wie ein glühender orangefarbener Feuerball hatte sie sich hinter die Hügel verzogen. Judith und Anna hatten sich Fisch gebraten und wollten den Abend nun mit einem Glas Wein auf der Veranda ausklingen lassen. Greta hatte sich zu einem Spaziergang verabschiedet und war noch nicht wiederaufgetaucht.

Anna zog die Wolldecke bis zur Nasenspitze hoch. Sie liebte es, auf Louises altem Schaukelstuhl zu sitzen. »Vielleicht sollten wir das Haus einfach behalten.« Sie nippte an ihrem Wein.

»Jetzt fang du nicht auch noch an. Ich bin schon von Gretas Verschwörungsgeschichten bedient.«

»Um die Vanderbaeks geht's mir gar nicht. Aber das Haus ist toll, findest du nicht?«

»Klar, ich mag es ja auch. Aber wann würden wir es denn

nutzen? Für einen Wochenendtrip ist Neufundland definitiv zu weit weg. Und hier zu leben wäre nichts für mich. Viel zu einsam, viel zu ruhig.«

Anna blickte auf das Meer, in dem sich bald der weiße Mond spiegeln würde. »Wieso hast du Logan eigentlich von Philipp erzählt?«

»Tut mir leid. Ich könnte jetzt sagen, dass es mir einfach so rausgerutscht ist, aber das wäre nicht die Wahrheit. Irgendwie dachte ich, er sollte es wissen. Ich weiß, ich soll nicht immer dazwischenfunken. Aber wenn ich denke, dass es das Richtige ist …«

»Und du meinst, für mich ist Philipp das … ich meine, der Richtige?« Anna kniff die Augen zusammen.

»Davon bin ich überzeugt.« Judith stockte. »Ich möchte wirklich nur, dass du glücklich wirst. Und nicht irgendwas anstellst, das am Ende in ein großes Chaos führt. Wir beide sind nicht wie Greta. Wir brauchen Beständigkeit, wir wollen wissen, was in der Zukunft passiert.«

Anna wusste nicht, ob Judith recht hatte. Vor ein paar Wochen hätte sie ihr zugestimmt, ohne zu zögern. Verlässlichkeit, Sicherheit, all das war ihr wichtig gewesen. Aber jetzt, nach der Sache mit Logan, der Zeit in Seaborough, den Dingen, die sie über Lous Leben erfahren hatte … Etwas in ihr hatte sich verändert.

»Das ist ja komisch …« Judith hielt sich plötzlich die Hand vor den Mund.

»Was ist los? Geht's dir nicht gut?«

»Mir ist übel. Ich muss ins Bad.«

»Warte.« Anna nahm Judiths Arm und führte sie in Richtung Badezimmer.

Judith hockte sich sofort vor die Toilette und übergab sich.

Anna strich ihr beruhigend über den Rücken, bis es vorüber war. Dann lehnte sich ihre Schwester erschöpft gegen die Wandkacheln.

»War das vielleicht der Fisch?«, fragte Judith.

»Kaum. Das war der frischeste Fisch, den wir je gegessen haben. Gerade gefangen.«

»Aber was dann?«

»Könnte es sein …«, begann Anna zögerlich, hielt dann aber inne.

»Daran hab ich gar nicht gedacht.« Judith schien fieberhaft zu überlegen. »Unmöglich«, stellte sie schließlich fest. »Außerdem: Ich fühl mich gar nicht schwanger.«

»Wie fühlt man sich denn schwanger?«

»Keine Ahnung. Ich war noch nie schwanger.« Stumm starrten beide auf den grün gefliesten Boden. »Vielleicht mach ich doch einen Test. Nur um sicher zu sein.«

»Das klingt sinnvoll.« Anna legte ihrer Schwester eine Hand auf den Arm. »Wäre es denn schlimm, wenn du schwanger wärst?«

»Schlimm? Nein. Aber ich hab einen Job.«

»Das haben andere Leute auch. Und die bekommen auch Kinder.«

»Aber Kind und Karriere gleichzeitig zu schaffen, das ist unmöglich, auch wenn viele etwas anderes behaupten. Nicht in meinem Job als Anwältin.«

»Klingt, als hättest du deine Entscheidung schon getroffen.«

»Wie bitte?«

»Ich mein ja nur. Ich weiß, wie sehr du deinen Beruf liebst. Und wenn ein Kind bedeutet, dass du ihn nicht mehr machen kannst oder zumindest nicht mehr so gut, dann hat es in deinem Leben keinen Platz.«

»Das hab ich doch gar nicht gesagt! Ich hab nur gesagt, dass es schwer ist, mit Kind weiter Karriere zu machen.«

Anna zuckte mit den Schultern. »Ist sowieso deine Entscheidung.«

»Genau! Carsten und ich hatten es zumindest nicht geplant.« Sie überlegte kurz. »O Gott, wir müssten uns dann ja eine neue Wohnung suchen.«

Anna versuchte, sich vorzustellen, wie ein Baby durch die schicke Penthouse-Wohnung mit dem hellen Mohairteppich krabbelte. »Also, bevor du Umzugspläne schmiedest und womöglich schon einen Kindergarten aussuchst, solltest du vielleicht erst einmal einen Schwangerschaftstest machen.«

»Klar. Es ist nur …« Judith schloss die Augen. »Denkst du, dass jemand wie ich eine gute Mutter sein kann?«

Anna sah sie erstaunt an. Judith, die immer alles regelte, immer einen Plan hatte und jeden von sich überzeugen konnte, hatte Zweifel, ob sie eine gute Mutter sein würde?

»Natürlich wärst du das! Du würdest das Kind über alles lieben, wie eine Löwin für es kämpfen! So wie du immer für Greta und mich kämpfst.«

»Ich hab Angst«, gab Judith zu und legte ihren Kopf auf Annas Schulter.

Sie strich ihr über das Haar und überlegte, ob sie Judith schon jemals zuvor hatte trösten müssen. Aber es wollte ihr keine Gelegenheit einfallen.

KAPITEL X

Jameln, Niedersachsen, März 1943

16. März 1943
Als ich klein war, hat Mutter mir jeden Abend vorgelesen. Am liebsten hatte ich das Buch der Hasengeschichten. Es war voll mit bunten Bildern, die mir noch lange im Gedächtnis blieben. Ich mochte die Geschichten, die von Abenteuern handelten, die man im Leben meistern muss. Nie war die Lage aussichtlos, nie gab der Hase auf. Das Leben ging weiter. Daran muss ich heute oft denken.
Es gibt immer einen Weg.

Es war ein kühler Morgen im März, als Louise sich entschloss, Tonis Hof zu verlassen. Seit ihrer Ankunft auf dem Gehöft waren einige Wochen ins Land gezogen, und Louise fühlte sich von Tag zu Tag unwohler. Einmal hatte sie beobachtet, wie Toni und Meret sich vor den Ställen stritten. Toni hatte Meret dabei an den Armen gepackt und geschüttelt, dann hatte er ihr mitten ins Gesicht geschlagen. Tagelang lief Meret mit einem blutunterlaufenen Auge herum. Louise wollte etwas tun, ihr irgendwie helfen, aber jedes Gespräch erstarb schon nach wenigen Sätzen. Sie ließ niemanden an sich heran.

Toni wurde indes immer zorniger. Er schimpfte über die Wäsche, die ihm nicht schnell genug gewaschen wurde, über das Abendessen, das ihm nicht heiß genug war, über die schlecht sauber gemachten Löffel. Es kam vor, dass er Hannah grob schüttelte, wenn ihm etwas nicht passte, und mit einem fiesen Grinsen versicherte er ihr, dass es spürbare Folgen für sie hätte, würde sie sich seinen Anordnungen widersetzen. Louise hätte gern etwas gesagt, aber Toni wäre dann nur noch brutaler geworden.

Doch es war nicht nur Toni, der Louise Angst machte. Sie hatte das Gefühl, dass sie verraten werden könnten. Ab und an kamen Menschen auf den Hof, Bekannte von Toni, ebenfalls Bauern, die mit ihm am Küchentisch saßen und über die Ernte und den Krieg redeten. Die Mädchen versteckten sich dann, aber es war nur eine Frage der Zeit, bis jemandem etwas auffiel. Ein vergessenes Haarband, eine Strickjacke, irgendetwas, das darauf hindeutete, dass sich im Haus Frauen aufhielten. Und dann würden Fragen gestellt werden, Fragen, die Toni nicht würde beantworten können. Und nach dem, was mit Walter und Pauline passiert war … Die Gestapo hatte sicher herausgefunden, wen die beiden versteckt hatten. Hannah und sie wurden bestimmt gesucht. Was, wenn jemand aus dem Dorf der Geheimpolizei einen Tipp gab?

Aber was Louise am meisten beschäftigte, war der Verbleib ihrer Eltern. Was war mit ihnen geschehen? Sie erinnerte sich an Carls Worte, daran, dass er Juden einstellen wollte, Juden und andere Verfolgte. Carl hatte Kontakte, er würde ihr helfen können, ihre Eltern zu finden. Doch sie war nicht bei ihm, konnte nicht mit ihm sprechen, ihn um Rat fragen.

Es machte sie ganz verrückt, auf diesem Hof zu sitzen und zu warten. Aber worauf warten? Darauf, dass Carl sie finden würde? Auf das Ende des Krieges? Keins von beidem würde bald geschehen. Sie musste ihrer beider Schicksal selbst in die Hand nehmen, aber das ging nur ohne ihre Schwester.

Als sie Hannah von ihrem Plan erzählte, wurde diese wütend.

»Aber du hast doch gesagt, dass wir bei Toni in Sicherheit sind! Du warst diejenige, die hierbleiben wollte, nicht ich!«

»Ich weiß. Aber ich hab meine Meinung geändert.«

»Und davon konntest du mir nicht früher erzählen? Ich bin kein kleines Kind mehr! Ich werde mit dir gehen, ich bleibe nicht allein auf diesem Hof.«

»Hannah, es ist einfacher, wenn ich es ohne dich versuche.« Sie hielt inne. »Toni wird dir nichts antun. Sonst hätte er es schon längst getan. Verhalte dich ruhig, tu, was er dir sagt. Und mit Meret wirst du schon fertig. Ich komme zurück, so schnell ich kann.«

Hannah weigerte sich weiterhin, ohne ihre Schwester bei Toni auszuharren, aber Louise blieb hart. Sie war schneller, wenn sie allein ging. Sie hoffte nur, dass Toni und Meret ihre Schwester nicht zu sehr schikanieren würden.

Am darauffolgenden Morgen teilte sie Toni und Meret ihre Entscheidung mit. Lange hatte sie darüber nachgedacht, ob sie Toni überhaupt etwas sagen sollte. Er würde womöglich versuchen, sie aufzuhalten. Genoss er doch die Macht, die er über die Mädchen hatte. Aber würde sie einfach verschwinden, würde er seine Wut vermutlich an Hannah auslassen.

Toni zuckte nur mit den Schultern, als sie von ihrem Vorhaben erzählte. »Das ist deine Sache. Dass du dabei draufgehen kannst, brauch ich dir nicht zu sagen.«

Louise nickte nur. Sie wusste, was sie tat.

Später, als Louise neben Hannah im Heu lag, rüttelte sie jemand an der Schulter. Im Halbdunkel konnte sie Meret erkennen, die sich neben sie gekniet hatte.

»Komm«, sagte sie.

Louise überlegte kurz, entschloss sich dann aber, ihr zu folgen. Was auch immer Meret ihr zu sagen oder zu zeigen hatte, wenn sie sie mitten in der Nacht weckte, schien wichtig zu sein.

Sie gingen ins Wohnzimmer und setzten sich an den Kamin. Meret zündete eine Kerze an, und die Flamme flackerte schwach auf, als wäre sie noch unentschlossen, ob sie in der klammen Kälte wirklich brennen wollte.

Louise wusste nicht, was das Ganze zu bedeuten hatte. Meret sprach sonst nie freiwillig mit ihr.

»Hör zu, ich weiß, du magst mich nicht«, begann Meret. Sie trug – wie Louise und Hannah – fast alle Kleidung, die sie besaß, am Körper, und doch zitterte sie am ganzen Leib.

Louise schwieg. Sie war nicht diejenige gewesen, die von Anfang an unfreundlich war.

»Ich kann das verstehen, ich war ziemlich garstig zu euch«, fuhr Meret fort. Sie stand auf, ging zum Kamin, nahm eine weiß-blau gemusterte Keramikvase vom Sims und griff hinein. Dann hielt sie Louise ein paar Reichsmark hin. »Die hab ich für dich aus Tonis Geldbeutel genommen. In Dannenberg wirst du den Zug nehmen müssen, dafür brauchst du Geld.«

Louise sah sie überrascht an, nahm die Scheine aber an sich. »Danke«, murmelte sie.

»Auf dem Weg wird es zahlreiche Kontrollen geben, du musst sehr vorsichtig sein. Ich war auch mal auf der Flucht, ich weiß das«, erklärte Meret, während sie sich wieder zu Louise setzte.

Louise war noch immer unschlüssig, was sie davon halten sollte. Warum half Meret ihr auf einmal?

»Vielleicht könntest du etwas für mich tun?«, fragte Meret plötzlich.

»Das kommt darauf an«, antwortete Louise vorsichtig. Eigentlich hatte sie wenig Lust, Meret zu helfen.

»Du musst jemanden für mich finden, wenn du bei deinem Carl bist.«

»Es ist schwer in diesen Zeiten, jemanden zu finden, Meret. Egal, wen.«

»Ist mir bewusst. Aber du musst mir versprechen, dass du es zumindest versuchst, ja?«

Louise seufzte. »Na gut. Erzähl, um was geht es?«

Meret holte tief Luft. »Meine Eltern sind ja schon lange tot. Ich habe bei meinem älteren Bruder gelebt, Moshe. Er hat sich um mich gekümmert.« Ein Lächeln huschte über ihr Gesicht. »Im letzten Sommer bekamen wir die Aufforderung, uns zu melden, am Bahnhof. In der Halle war eine Art Lager eingerichtet. Hunderte Menschen waren dort versammelt, sie saßen auf ihren Koffern und Taschen. Keiner wusste, was passieren würde. Am Eingang standen Leute von der Gestapo, die unser Gepäck durchsuchten und sich nahmen, was sie brauchen konnten.« Meret hielt für einen Moment inne. »Die Menschen waren aufgeregt, es wurde getuschelt über das, was nun passieren würde. Ein alter Mann beruhigte Moshe und mich, sagte, er wisse, dass man uns in den Osten bringen würde, dort könnten wir arbeiten und uns ein neues Leben aufbauen.« Meret sah Louise an, ihre Augen waren mit Tränen gefüllt. »Ich hab mir so gewünscht, ihm glauben zu können. Aber ich ahnte, dass es nicht die Wahrheit war. Irgendwann hielten dann Züge an den Bahnsteigen, in die wir einsteigen mussten. Plötzlich musste alles ganz schnell gehen. Unser Gepäck sollten wir am Bahnsteig zurücklassen, es würde uns nachgeschickt werden, hieß es. Der alte Mann …« Sie stockte. »Er hatte ein lahmes Bein, er war zu langsam. Sie haben ihn mit Knüppeln geschlagen, er ist gestrauchelt und gefallen. Ich wollte zu ihm, ihm helfen, aber es ging nicht, überall waren Menschen. Und dann nahm Moshe mich beiseite, sagte, sein Freund Adam habe ihm erzählt, er habe vor, aus dem Zug zu fliehen, habe sogar mit ein paar anderen eine Säge geschmuggelt. Und als wir in diesem höllisch engen Waggon waren, fing Adam an, ein Loch in die Rückwand zu sägen. Die Menschen gerieten in Panik, ein Tumult brach los. Die Gestapo hatte gedroht, jeden Fluchtversuch mit dem Tode zu bestrafen. Dann hat Moshe meine Hand genommen, und wir sind gesprungen.«

Louise schaute sie entgeistert an. »Ihr seid wirklich aus dem fahrenden Zug gesprungen?«

»Ja, einer nach dem anderen, durch das Loch in der Wand. Ich habe noch gesehen, wie Adams Arme unter die Räder geraten sind. Überall war Blut.« Merets Stimme wurde immer leiser. »Moshe hat gesagt, er müsste Adam helfen, ich solle in den Wald laufen, mich verstecken. Er würde mir bald folgen.« Meret blickte zu Boden, knetete ihre knochigen Finger. »Ich hab gewartet und gewartet. Aber er ist nie gekommen.«

Louise wusste nicht, was sie sagen sollte. Sie griff nach Merets Hand und drückte sie.

»Wenn du diesen Carl findest, kannst du ihn bitten, Moshe zu suchen?« Meret ging zum Regal, nahm ein zerknittertes Schwarz-Weiß-Foto in die Hand, das hinter ein paar Büchern versteckt war, und reichte es Louise. »Hier, das ist er.«

Auf dem Bild war ein junger Mann mit Halbglatze und randloser Brille zu sehen. »Moshe Schlomberg heißt er«, sagte sie. »Mein Bruder ist Arzt«, fügte sie stolz hinzu.

Louise musste schlucken. »Wie Papa«, flüsterte sie. Sie nahm das Bild an sich. »Ich tue, was ich kann.«

Louise brach am nächsten Morgen früh auf.

Als sie die Küche betrat, stand Meret schon am Herd, kochte dünnen Tee und strich salzige Butter auf ein Stück Brot.

»Es hat in der Nacht geschneit, und ein schneidend kalter Wind herrscht draußen. Pass gut auf dich auf«, sagte Meret.

»Kälte macht mir nichts aus.«

»Hier.« Meret reichte ihr das Brot, das sie in Pergamentpapier eingewickelt hatte, und eine Feldflasche. »Sei vorsichtig.«

»Ja.« Louise war froh, dass sie sich schon am Abend von Hannah verabschiedet hatte und ihr nun keine Abschiedsszene bevorstand. Sie packte alles in ihren kleinen Rucksack.

»Auf Wiedersehen, Meret.« Sie reichten sich die Hand.

»Viel Glück, Louise.«

Louise stapfte über den dunklen, in der Morgendämmerung unheimlich wirkenden Hof, vorbei an dem Schuppen, wo sie einst ein Huhn hatte stehlen wollen.

Tat sie das Richtige? Aber was war überhaupt das Richtige?

Ihr Weg führte sie am Wald entlang, vorbei an Eschen, Birken und Buchen, deren kahle Äste sich im Wind bogen. Der Morgen zog herauf, neblig und klamm, die Sonne nur ein trübes, fernes Licht hinter grauen Wolken, die sich am Horizont türmten.

Sie sah auf den gefrorenen Waldboden, auf den weißen Neuschnee. Sie versuchte, nur an den nächsten Schritt zu denken, an die nächste Abzweigung.

Ein Feldhase hoppelte vorbei, und im Unterholz knirschte es. Sie hatte keine Angst, nicht vor dem Wald oder der Dunkelheit. Angst hatte sie nur vor dem, was sie nicht fassen konnte, vor dieser grausamen Welt, in der nichts mehr zählte außer dem eigenen Überleben. Sie dachte an ihre Eltern, an Carl. Kein Tag war vergangen, an dem sie ihn nicht schmerzlich vermisst hatte. Würde sie ihm bald sagen können, wie sehr sie ihn liebte? Würde er noch der Mann sein, den sie so gut kannte? Aber erst einmal musste sie ihn finden.

Es wurde Mittag, und Louise machte an einer Lichtung Rast. Sie setzte sich auf einen Baumstamm, nachdem sie ihn vom Schnee befreit hatte, aß ihr Brot und trank den Hagebuttentee aus der Feldflasche. Meret hatte ihr eine kleine Karte gezeichnet, anhand derer sie sich orientieren konnte. Wenn sie dicht am Waldesrand blieb, würde sie bald ein kleines Dorf passieren. »Lauf vorbei, so schnell du kannst. Sprich mit niemandem. Die Leute dort verraten dich, ohne mit der Wimper zu zucken«, hatte Meret ihr noch eingebläut. Sie schulterte ihren Rucksack und setzte ihren Weg fort. Wenn sie sich beeilte, würde sie am späten Abend am Ziel sein. Ihre Füße schmerzten in den viel zu engen Schuhen, die Meret ihr gegeben hatte, aber sie biss die Zähne zusammen. Sie durfte sich nicht selbst bemitleiden.

Schließlich kam sie zu einem kleinen Hügel. Vor sich im Tal sah sie das Dorf liegen, ein paar Höfe und Häuser inmitten eines Kiefernwalds. Weit und breit keine Menschenseele. Mit schnellen Schritten stieg sie den Hang hinab.

Vor einem großen Anwesen balgten sich ein paar junge Katzen, ein rostiges Fahrrad lehnte neben der Gartenpforte. Als Louise eines der Bauernhäuser passierte, trat eine junge, magere Frau mit Kopftuch aus der Tür, ein Baby auf dem Arm. Sie starrte Louise nur an, sagte aber nichts.

Louise beschleunigte ihren Schritt. Sie durchquerte ein weiteres Waldstück und erreichte endlich Dannenberg. Einige Menschen standen vor dem Bahnhofsgebäude. Sie trugen warme Mäntel, die Köpfe bedeckt mit Hüten oder Wollmützen. Sie hatten schwere Koffer und Taschen dabei oder waren mit leichtem Gepäck unterwegs, Frauen mit Handtaschen, Männer mit Aktenmappen.

Louise ging langsam an den Menschen vorbei, den Blick

gesenkt. Am Schalter kaufte sie sich von dem Geld, das Meret ihr gegeben hatte, eine Fahrkarte. Dann setzte sie sich auf eine Bank und wartete. Der nächste Zug, der einfuhr, fuhr gen Osten, nach Neuruppin. Etwas später hörte sie abermals eine Lok sich nähern. Dies war endlich der richtige Zug. Fast zwei Stunden würde sie in ihm zubringen müssen. Sie konnte nur hoffen, dass niemand ihre Papiere kontrollieren wollte.

Sie fand ein leeres Abteil und setzte sich ans Fenster. Sie wünschte, sie hätte ein Buch dabei, denn nur aus dem Fenster zu starren wirkte auch schon wieder verdächtig. Am nächsten Halt setzte sich eine junge Frau zu ihr, die aber kaum Notiz von ihr nahm.

Langsam wurde es Abend, die Sonne tauchte die vorbeiziehenden Straßen und Häuser in ein glutrotes Licht. Als sich der Zug Hamburg näherte, schöpfte Louise Hoffnung, dass sie es unbehelligt bis zu den Hohen-Werken schaffen könnte. Der Zug würde nur noch zweimal halten. Misstrauisch sah sie immer wieder zur Abteiltür, beäugte das Treiben auf dem Gang durch die milchige Glasscheibe. Diese beiden Frauen dort, die vorbeigingen, hatten die sie nicht angeschaut, als ob sie wüssten, wer sie sei? Nein, sie blieben nicht stehen. Sie musste ruhig bleiben! Verhalte dich unauffällig, ermahnte sie sich immer wieder.

Schließlich passierte der Zug einen Baggersee am Rande der Stadt. Er erinnerte sie an unbeschwerte Stunden, daran, wie sie mit Carl in der Sonne gelegen hatte. Wie fern ihr das alles vorkam. Der See war zugefroren, die kristallene Eisfläche würde bald im Schein des aufgehenden Mondes glitzern.

Harburg war der letzte Halt, bevor sie endlich aussteigen konnte. Und da geschah es – just in dem Moment, in dem sie sich schon fast in Sicherheit wähnte. Zwei SS-Männer standen am Bahnsteig, sie hatte sie beim Einfahren des Zuges entdeckt. Der eine war groß und schlank, der andere gedrungen und mit Bauchansatz, jünger als sein Kollege. Louise beobachtete, wie sie einstiegen. Dann verschwanden sie aus ihrem Blickfeld.

Sie spürte Furcht in sich aufsteigen. Vielleicht würden sie sich ja in ein Abteil setzen und Louise gar nicht bemerken. Sie müsste nur noch ein wenig durchhalten, nur bis zum nächsten Halt!

Doch ein solches Glück hatte sie nicht. Es dauerte nur ein paar Minuten, bis die beiden Männer sich ihrem Abteil näherten. Sie hörte die schweren Stiefel, hörte, wie sie mit jemandem im Nachbarabteil sprachen, Fragen stellten. Sie wurde immer unruhiger. Suchten sie nach ihr? Was sollte sie sagen, was sollte sie tun? Ihr Haaransatz war immer dunkler geworden, als blond ging sie kaum noch durch.

Die Abteiltür öffnete sich. »Guten Tag, die Damen«, sagte der ältere. Er hatte ein glatt rasiertes, faltenloses Gesicht, und seine Stimme hatte einen näselnden Klang. Der jüngere stand stramm daneben, blond, blauäugig, kräftig. »Wir müssen Sie bitten, sich auszuweisen.«

Die junge Frau kramte in ihrer Handtasche, während Louise sich an ihrem Rucksack zu schaffen machte, um Zeit zu gewinnen. Fieberhaft überlegte sie, wie sie erklären sollte, dass sie keinen Ausweis bei sich hatte. Sie hatte die ganze Zeit gedacht, dass sie einer solchen Situation schon irgendwie würde entgehen können, dass sie sich verstecken oder den Uniformierten anders entkommen könnte. Doch nun war es zu spät, um zu fliehen.

Kurz darauf reichte die Mitreisende den Männern ihre Papiere. Der ältere prüfte sie kurz, nickte und gab sie der Frau zurück.

Dann sah er Louise an. Ein eisiger, durchdringender Blick. »Und Sie, junge Dame?«

Louise suchte weiter in ihrem Rucksack. »Ich kann meine Papiere nicht finden. Ich muss vergessen haben, sie einzupacken«, murmelte sie.

Die beiden Männer wechselten einen Blick. »Wenn Sie sich nicht ausweisen können, müssen wir Sie bitten, uns zu begleiten, Fräulein«, sagte der jüngere.

»Aber ich habe Papiere, ich kann sie nur nicht finden …« Sie konnte ihre Angst kaum noch kontrollieren.

»Das tut nichts zur Sache«, unterbrach der ältere sie. »Wenn Sie uns keine Papiere zeigen können, müssen Sie mitkommen.«

Louise bemerkte, wie der jüngere dem älteren etwas zuflüsterte. Dieser runzelte die Stirn und erwiderte leise, aber doch laut genug, dass Louise es aufschnappen konnte: »Das ist keine Jüdin, die erkenne ich auf den ersten Blick, auf tausend Meter Entfernung kann ich das Gesindel riechen.«

Und dann fiel es ihr ein. Später dachte sie oft, dass Carl sich in ihren Kopf gesetzt und ihr die Worte eingegeben hatte.

»Ich komme selbstverständlich mit, natürlich«, sagte sie plötzlich ruhig und fest. »Auch wenn der Herr Direktor nicht froh sein wird, wenn ich ihm heute Abend nicht wie verabredet bei der Vorbereitung für einen morgigen Termin helfen kann. Er sagte, es gehe um Panzer für die Ostfront.« Sie senkte den Blick. »Aber dafür können Sie ja nichts. Vorschrift ist Vorschrift.«

»Richtig«, sagte der jüngere, warf dem älteren jedoch einen unsicheren Blick zu.

Der ältere runzelte die Stirn. »Wovon reden Sie da? Wollen Sie damit sagen, Sie arbeiten für die Rüstungsindustrie?«

»Nun, ich weiß nicht, ob ich darüber sprechen darf.« Louise hüstelte verlegen.

»Sie wissen wohl nicht, wen Sie vor sich haben! Das ist Hauptscharführer Meydrich!«, ereiferte sich der jüngere.

Dann wandte er sich der jungen Frau zu, die die Unterhaltung inzwischen unverhohlen verfolgte. »Gnädige Frau, wären Sie so freundlich, uns kurz allein zu lassen?«

Die Frau blickte ihn etwas unwillig an, nahm aber ihre Tasche und verließ das Abteil.

»Nun?« Der Hauptscharführer sah Louise abwartend an.

»Ich arbeite als Sekretärin für Herrn von Hohenstetten, es geht um die nächste Lieferung an die Meyer-Werke. Alles streng geheim, wissen Sie.«

»Aha«, ließ der jüngere verlauten und flüsterte dem älteren erneut etwas zu. Diesmal konnte Louise nicht verstehen, was er sagte.

»Wie ist Ihr Name?«, fragte der ältere.

Louise überlegte. Sie konnte nicht ihren richtigen Namen nennen. Doch es musste ein Name sein, bei dem Carl sofort wissen würde, wer sie war. Dieser Hauptscharführer würde Carl ganz sicher kennen und sich nach ihr erkundigen.

»Margarete Hansen«, sagte sie. Carl würde sich bestimmt an die dicke Bäckersfrau erinnern, der sie als Kinder die Sonntagsbrötchen stibitzt hatten.

»Fräulein Hansen also …«, sagte der ältere und grinste süffisant. »Mit Verlaub, aber Ihre Kleidung ist einer Sekretärin der Rüstungsindustrie nicht gerade angemessen.«

»Ich hab meiner Tante auf ihrem Hof geholfen«, log Louise schnell. »Bin gerade auf dem Rückweg.«

»Aha.« Der ältere runzelte erneut die Stirn. »Nun, wenn Sie für Herrn von Hohenstetten arbeiten, dann wissen Sie ja sicher, wie er aussieht, nicht wahr?«

»Er ist blond, groß, hat grüne Augen«, antwortete sie wie

aus der Pistole geschossen. »Und er hat eine Narbe am Kinn. Die hat er sich als Kind bei einer Schlittenfahrt geholt.« Sie biss sich auf die Lippe. »Das hat er mir mal erzählt.«

Die Männer wechselten abermals einen Blick. »Und wie lange arbeiten Sie schon für ihn?«, fragte der jüngere.

»Erst zwei Monate.«

»Hm.« Der ältere schien mit ihrer Antwort nicht unzufrieden zu sein. Wusste er, dass Carl vorher eine Sekretärin mit anderem Namen gehabt hatte?

»Na gut.« Er warf ihr noch einen prüfenden Blick zu. »Wenn Sie wirklich kriegswichtige Dinge erledigen müssen …«

Louise fiel ein Stein vom Herzen, versuchte aber, sich nichts anmerken zu lassen. »Vielen Dank. Wenn Sie darauf bestehen, komme ich aber selbstverständlich mit. Es ist nur wegen des Termins …«

»Fräulein Hansen, wir haben verstanden.« Für den älteren schien die Sache erledigt, und er wollte sich schon zum Gehen wenden. Doch der jüngere war anscheinend nicht überzeugt. Er flüsterte seinem Hauptscharführer wieder etwas zu, Louise schnappte die Worte »Liste« und »Fahndung« auf. Der ältere legte die Stirn in Falten, er schien wenig Lust zu haben, Louise mitzunehmen, wollte aber offensichtlich auch keinen Fehler begehen.

»Fräulein Hansen, leider gibt es unzählige Fluchtversuche, Verbrecher, Juden, Sie wissen schon. Deshalb müssen wir Sie vorerst mitnehmen. Wenn Herr von Hohenstetten uns bestätigt, dass Sie seine Sekretärin sind, können Sie sofort gehen. Es ist einfach zu dumm, dass Sie Ihre Papiere vergessen haben.«

Louise schluckte. Sie war so nahe dran gewesen.

Sie nahm ihren Rucksack und folgte den beiden Männern.

Der jüngere wartete mit ihr an der Tür, während der ältere noch zwei weitere Abteile kontrollierte. Als er zurückkam, raunte er dem jüngeren zu: »Fehling war nicht dabei. Wir müssen weitersuchen.«

Wenige Minuten später fuhr der Zug in den Hamburger Hauptbahnhof ein. Schon von Weitem sah Louise das große eiserne Hakenkreuz über der Halle.

Als sie ausstiegen, merkte sie sofort, wie sie von den Passanten angesehen wurde, sie, das junge Mädchen, das zwischen zwei SS-Männern ging und in ihren Augen folglich etwas Schlimmes getan haben musste. Blicke voller Abscheu. Es war wie früher, als sie noch den gelben Stern getragen hatte. Sie senkte den Kopf.

Sie verließen den Hauptbahnhof, der voller Menschen war. An der Straße wartete neben einem Militärlaster ein dunkler Wagen, in den die Männer Louise einstiegen ließen und ihr dann folgten.

Der Fahrer startete den Motor und lenkte das Auto durch die dunklen Straßen. Schemenhaft sah Louise die Stadt an sich vorbeiziehen. Sie fuhren stadtauswärts, vorbei an herrschaftlichen Villen mit großen Vorgärten, an Geschäften, Handwerksbetrieben, Gründerzeitbauten und Gasthäusern. Hier war sie mal zu Hause gewesen. Im schwachen Licht der Abenddämmerung sah sie Hakenkreuzflaggen aus den Fenstern hängen.

Louise zwang sich, ruhig zu bleiben. Sie musste nachdenken. Aber sie wusste ja noch nicht einmal, wo Carl sich gerade befand, ob er überhaupt in der Stadt war. Wenn dieser Hauptscharführer Meydrich ihn nicht ausfindig machen konnte oder wenn Carl nicht schnell genug begriff, dass sie es war …

Schließlich hielt der Fahrer auf einem großen Gelände mit

Schießständen und einer Kaserne. Pferde wurden gerade von Männern in Reitstiefeln in die Stallungen getrieben, Häftlinge in einen Verschlag nebenan geführt, der keine Fenster hatte.

Sie betraten das größte Gebäude auf dem Gelände, das das Hauptquartier der SS zu sein schien. Unzählige Menschen in Uniformen liefen herum, und Louise sah Männer, die Lagepläne studierten, Frauen, die Telefonate führten oder auf Schreibmaschinen herumtippten, und überall Schreibtische und Lampen, die den Raum bis in die letzte Ecke ausleuchteten.

Meydrich, der Hauptscharführer, gab dem jüngeren, den er Beck nannte, zu verstehen, bei Louise zu bleiben. Er führte ein kurzes Telefonat an einem der Schreibtische und kehrte dann zurück.

»Herr von Hohenstetten hat bestätigt, dass sie seine Sekretärin ist«, sagte er. Louise blickte nach unten, damit die Männer ihre Erleichterung nicht sehen konnten. Carl hatte sich erinnert. »Er kommt her, um sie abzuholen«, erklärte Meydrich weiter. Er zog an seiner Zigarette und betrachtete sie abschätzig.

»Wenn er sich selbst herbemüht, scheint ihm seine Sekretärin ja einiges wert zu sein«, meinte Beck und grinste anzüglich.

»Hm.« Meydrich musterte sie noch immer.

»Was machen wir so lange mit ihr?«, fragte Beck.

»Behalten Sie sie im Auge«, befahl Meydrich, sein Blick verengte sich. Dann ging er zurück zu seinem Schreibtisch.

In weniger als einer Stunde war Carl da. Sie sah ihn durch die Tür kommen, erkannte seinen leicht wippenden Gang. Er war schlank geworden, viel schlanker, als er es beim letzten Mal gewesen war. Er trug einen dunklen Anzug, offenbar maßgeschneidert, und Schuhe, die sehr teuer aussahen. Seine Haare waren wieder zur Seite gekämmt.

Es war Carl, der ihr so vertraut war und doch so fremd wirkte.

Meydrich erhob sich von dem Schreibtischstuhl und trat auf Carl zu, sie schüttelten sich die Hände. Meydrich zeigte in die Richtung, wo Louise saß. Carl sah zu ihr, und ihre Augen trafen sich. Sie versuchte, eine Regung in seinem Gesicht auszumachen, doch da war nichts. Ausdruckslos sah er sie an. Die beiden Männer kamen nun auf sie zu, und ihr Herz begann zu klopfen.

»Fräulein Hansen? Herr von Hohenstetten ist hier, um Sie abzuholen.« Meydrichs graue Augen wanderten zwischen Louise und Carl hin und her, als könnte er dadurch feststellen, ob die beiden die Wahrheit sagten.

Louise räusperte sich. »Vielen Dank, Herr von Hohenstetten. Bitte entschuldigen Sie, dass ich Ihnen solche Umstände gemacht habe.«

»Sie sollten dafür sorgen, dass sie nicht noch einmal ihre Papiere vergisst«, sagte Meydrich zu Carl.

Carl nickte nur. Seine Augen verrieten nichts von dem, was in ihm vorging.

Louise stand auf. Sie war Carl jetzt ganz nah, sie könnte ihn berühren.

»Ich nehme sie mit«, sagte Carl zu Meydrich. Seine Stimme war tonlos. Grob packte er Louise am Arm, schob sie vor sich her. Sie dachte an all die Berührungen von früher, Carls sanfte Hände, die sie streichelten. Da war nichts mehr von alledem. Und doch fühlte sie sich sicher.

Louise konnte Meydrichs Blick im Nacken spüren, während Carl sie weiterzog. Sie wagte nicht, den Kopf zu heben, wagte es nicht, ihn anzusehen.

Draußen wartete ein schwarzer Wagen auf sie. Carl öffnete

die hintere Tür, und Louise setzte sich auf den Rücksitz. Er blickte sich um, bevor er einstieg und sich neben sie setzte.

»Fahr los, Manfred. Wir müssen so schnell wie möglich von hier fort und Louise in Sicherheit bringen, nimm am besten die Abkürzung«, sagte er zu dem Fahrer.

Und dann sah er sie zum ersten Mal wirklich an. Die Kälte, die Gleichgültigkeit, die Strenge, all das war plötzlich aus seinem Blick verschwunden. Nun entdeckte sie Erleichterung, Freude, Liebe in seinen Augen.

Nach einer Weile nahm Carl sie fest in den Arm. Sie konnte nicht aufhören zu zittern, konnte ihre Gedanken nicht ordnen. Stattdessen weinte sie. Sie weinte, wie sie noch nie in ihrem Leben geweint hatte, die Tränen strömten, liefen unentwegt über ihre Wangen. Carl sprach auf sie ein, beruhigend, leise, behutsam. Er bedeckte ihr Gesicht mit Küssen, strich über ihr Haar. Auch seine Augen schimmerten.

»Ich bin so froh, Louise, dass du endlich bei mir bist. Über Wochen habe ich dich gesucht. Als Walter und Pauline verhaftet wurden, hab ich zuerst gedacht, ihr seid tot, Hannah und du. Aber Walter hat mir eine Nachricht überbringen lassen, wie auch immer er das schaffte, und so wusste ich von eurer Flucht. Doch ich konnte euch nicht finden. In den Wäldern am Schaalsee glaubte ein Milchbauer euch gesehen zu haben, aber es war nur eine falsche Fährte. Ich hatte schon fast aufgegeben, als der Anruf von Meydrich kam.«

»Wir waren bei einem Bauern, Toni heißt er. Wir haben uns dort versteckt. Hannah ist noch immer dort. Ich wollte dich kontaktieren, aber ich wusste nicht, wie. Ich hatte solche Angst, dass man uns verraten könnte.«

»Du bist jetzt in Sicherheit. Und Hannah holen wir auch.«

»Aber denkst du, dass Meydrich uns geglaubt hat?«

»Ich weiß nicht. Doch die Idee mit Fräulein Hansen war gut.«

»Ich war mir sicher, dass du dich an sie erinnern würdest.«

»Natürlich! Ich wusste sofort, dass du es bist. Aber die SS, die Offiziere, Generäle, die verstehen nur eine Sprache. Wenn man fest und bestimmt auftritt, respektieren sie einen. Wer sich weich oder verzweifelt gibt, den bringen sie um.«

Louise schwieg. Sie blickte aus dem Wagenfenster. Vom Krieg war in Hamburg nicht viel zu sehen.

»Bis jetzt ist noch alles ruhig«, erklärte Carl, der ihren Blick verfolgt hatte. »In manchen Teilen Deutschlands sieht es jedoch anders aus. Seit Stalingrad hat sich alles verändert. Die Rote Armee hat uns ordentlich zugesetzt. Und Goebbels hat den ›totalen Krieg‹ ausgerufen.«

»Was ist mit Walter und Pauline geschehen?«

»Sie sind in Haft. Meine Mutter fleht meinen Vater an, etwas für ihren Bruder zu tun, aber er bleibt stur. Er sagt, Walter sei ein Verräter der übelsten Sorte, und es sei gut, dass ihm endlich das Handwerk gelegt worden sei.«

»Was wird ihm zur Last gelegt? Ich meine …« Louise zögerte. »Er hat doch nicht nur Hannah und mich bei sich arbeiten lassen.«

»Stimmt«, antwortete Carl. »Walter gehört einem Kreis von Menschen an, die sich schon lange gegen all das wehren, was in Deutschland passiert. Sie werden wegen Hochverrats angeklagt.« Carl senkte den Blick. »Darauf steht die Todesstrafe.«

Wenig später hielt der Wagen vor dem verlassenen Fabrikgebäude in Ohlsdorf, in dem Louise und Hannah die Nacht nach der Deportation ihrer Eltern verbracht hatten.

»Wir sind da«, erklärte der Fahrer, den Carl Manfred genannt hatte, und drehte sich um. Sein Gesicht kam Louise bekannt vor, aber sie konnte es nicht zuordnen. Er musste ein Freund sein, jemand, dem Carl vertraute.

Im Büro kamen all die Erinnerungen hoch, all die schrecklichen Szenen, Hannahs verzweifeltes Weinen, ihre eigene Angst, das Grauen, das sich an jenem Tag ereignet hatte.

Der Fahrer tauchte aus einem Nebenraum auf. Er hatte einen Teller mit belegten Broten in der Hand.

»Danke, Manfred«, sagte Carl.

Während Louise am Schreibtisch aß, unterhielten sich Carl und Manfred mit gedämpften Stimmen. Louise erinnerte sich plötzlich, woher sie Manfred kannte. Er war ihr ab und zu in der Nähe der elterlichen Wohnung begegnet, in der Zeit, als Carl Geschäftsführer der Hohen-Werke geworden war. Hatte er Manfred damals gebeten, nach Louise zu sehen?

»Wir müssen Hannah ebenfalls holen«, sagte Carl gerade, und Manfred machte sich ein paar Notizen. Er hatte ein rundes Gesicht mit buschigen Augenbrauen und war von kräftiger Statur.

»Ich fahre gleich los«, sagte Manfred.

»Gut. Ich kümmere mich um die Papiere.«

»Welche Papiere?«, fragte Louise zwischen zwei Bissen Brot.

»Deine Papiere. Du bist jetzt schließlich Fräulein Hansen, meine Sekretärin.«

Louise blieb vor Schreck ein Stück Käse im Halse stecken. »Ich soll mit gefälschten Papieren bei dir arbeiten?«

»Ja. Oder wie soll ich meinem Vater erklären, dass du, eine geflohene Jüdin, die von der Gestapo gesucht wird, noch dazu unsere frühere Nachbarin, jetzt meine neue Sekretärin bist? Glaubst du, er wird darüber erfreut sein? Und Meydrich? Der hat uns im Blick.«

»Kann ich mich nicht weiter verstecken?« Bei dem Gedanken, jeden Tag in einem Büro zu sitzen, in dem sie ständig der Gefahr ausgesetzt war, entdeckt zu werden, lief ihr ein kalter Schauer über den Rücken.

»Ich habe darüber nachgedacht.« Carl setzte sich zu ihr. »Es gibt keine andere Möglichkeit. Meydrich wird uns beobachten. Er ist nicht dumm. Wenn du nicht bei mir arbeitest, wird er garantiert Nachforschungen anstellen. Und das …« Er hielt inne. »Das kann ich nicht gebrauchen, Louise. Verstehst du?« Er sah sie eindringlich an. »Ich werde dich immer beschützen, das weißt du. Aber es geht nicht mehr nur um uns. Es geht inzwischen um mehr. Viel mehr.«

»Was meinst du damit?«

Carl rieb sich über die Stirn. »Wo soll ich anfangen? Ich hab dir doch davon erzählt, dass ich Juden und andere Verfolgte bei uns arbeiten lassen möchte. Inzwischen habe ich dieses Vorhaben umgesetzt. Mein Vater, die SS, alle wollten die ›Entjudung‹ der Belegschaften in den kriegswichtigen Betrieben, aber sie mussten einsehen, dass das nicht möglich ist. Nicht wenn fast alle deutschen Männer an der Front sind. Die Hohen-Werke haben inzwischen mehr als zweihundert jüdische Mitarbeiter, und es werden jeden Tag mehr.«

»Du beschützt sie«, sagte Louise, mehr zu sich selbst als zu Carl. »Aber ist das nicht gefährlich?«

»Nicht wenn man es schlau anstellt.« Er sah sie fest an. »Es geht ihnen nicht schlecht bei uns, glaub mir. Ich kann sie vor dem Tod bewahren.«

»Vor dem Tod bewahren? Carl! Wovon redest du?«

Carl presste die Lippen aufeinander. »In den Konzentrationslagern bekommen die Häftlinge kaum zu essen, werden geschlagen, gedemütigt, müssen schwerste Arbeit verrichten.« Carl sah sie prüfend an, als wolle er herausfinden, ob sie die

Wahrheit ertragen könnte. »Und in Auschwitz gibt es Kammern, in denen sie getötet werden.«

Sie sah ihn entsetzt an. »Ist es wirklich so schlimm?«

»Ja, Lou. Alle Dämme sind gebrochen, jegliche Moral verloren. Es wird gemordet und gequält, und niemand hält die Nazis auf. Manchmal wünschte ich, ich würde weniger wissen. Würde nicht all diese Dinge hören, von meinem Vater, von den Leuten, die Einfluss haben. Ich wünschte, ich müsste nicht so tun, als wäre ich ein Teil von all dieser Grausamkeit. Und deshalb versuche ich, zumindest einigen Unterschlupf zu gewähren. Das ist alles, was ich tun kann. Und ich habe Leute um mich herum, die mich unterstützen, die noch anständig sind. Viele gibt es davon nicht.«

Louise wollte begreifen, was sie eben vernommen hatte, aber es wollte ihr nicht gelingen. »Mama und Papa, was ist … mit ihnen?«

»Sie sind im Lager Neuengamme. Ich hab ihre Namen auf einer Liste entdeckt.«

Louise hielt sich erschrocken die Hand vor den Mund. »Und sind sie gesund?«

»Das weiß ich nicht, Lou.«

»Wir müssen sie da rausholen, Carl. Wenn es so ist, wie du sagst, sind sie in großer Gefahr!« Sie griff nach seiner Hand.

»So einfach ist das nicht. Ich kann nicht in ein Lager spazieren und Leute herausholen.«

»Warum nicht? Du kannst andere beschäftigen, aber nicht meine Eltern? Neuengamme, das ist nicht einmal weit weg.«

»Lou! Hör zu! Was ich mache, erfordert sehr viel Überzeugungskraft. Und manchmal muss ich Dinge tun, auf die ich nicht stolz bin. Wir werden alles versuchen, um deine Eltern zu retten, aber wir müssen vorsichtig sein. Hörst du?«

Sie nickte. Sie musste an all ihre Verwandten denken, an ihre Tanten und Onkel, Cousinen und Cousins, ihre Großeltern. Was würde aus ihnen werden? Waren sie überhaupt noch am Leben?

»Es ist schwer, das nachzuvollziehen, ich weiß«, sagte Carl sanft. »Aber gib mir ein bisschen Zeit. Wir dürfen nicht auffliegen. Unter keinen Umständen!«

»Ja.« Ihre Stimme war nur noch ein leises Krächzen.

»Ich verspreche dir, ich werde dich nicht mehr allein lassen, nie wieder. Aber du musst erschöpft sein, du musst jetzt schlafen.«

Zusammen legten sie sich auf eine Pritsche, deckten sich mit einer Wolldecke zu, hielten sich fest im Arm. Nach ein paar Stunden kam Manfred zurück. Louise hörte im Halbschlaf, wie Carl aufstand und leise mit ihm sprach. Sie hörte auch noch eine andere Stimme, eine weibliche, und sie wollte die Augen öffnen, aber sie schaffte es nicht. Ihr Körper wollte ihr nicht mehr gehorchen.

Sie erwachte erst am nächsten Morgen, dämmriges Licht fiel durch das trübe Fensterglas.

»Louise?« Carl saß auf der Kante der Pritsche.

»Du siehst müde aus«, sagte sie.

»Ich hab wenig geschlafen«, antwortete er. »Aber Hannah ist hier.« Er deutete hinter sich, und Louise erblickte ihre Schwester, die am Tisch saß und ein Marmeladenbrot aß.

Louise setzte sich auf, und Hannah flog in ihre Arme. Dann sah Louise ihre Schwester prüfend an.

»Geht es dir gut?«

»Ja. Meret hat's mir nicht einfach gemacht, aber sie war plötzlich netter zu mir.«

»Und Toni?«

Für einen Moment glaubte Louise, ein Flackern in Hannahs Blick zu erkennen, war sich aber nicht sicher. »Er war bestimmt froh, als ich weg war«, sagte Hannah ausweichend. Ihr Gesichtsausdruck verriet, dass da noch etwas war, irgendetwas, das sie nicht erzählen wollte. Louise zögerte kurz, entschied sich dann aber, ihre Schwester nicht weiter zu bedrängen. Es war schwer, über manche Dinge zu sprechen, Dinge, die zu schrecklich waren.

»Und wie geht es weiter?«, fragte sie Carl, als Hannah sich wieder über die Brote hermachte.

»Jemand, den ich kenne, wird für dich Papiere ausstellen. Und dann wirst du für mich arbeiten. Meine neue Sekretärin, Frau Haller, ist eine glühende Anhängerin der NSDAP. Sie kann es kaum erwarten, wieder nur für meinen Vater tätig zu sein.«

»Aber wie willst du verhindern, dass dein Vater mich entdeckt? Ihm gehören die Werke, er wird doch ab und zu dort sein …«

»Das lass mal meine Sorge sein.«

Sie fuhren zu einem abgelegenen Fachwerkhaus. Eine alte Frau mit Kopftuch öffnete ihnen. Sie mussten sich ducken, um nicht mit dem Kopf gegen die Deckenbalken zu stoßen. An einer abgenutzten Werkbank saß ein kleiner alter Mann mit gebeugtem Rücken. Er trug eine Schürze, die wie die eines Schlachters aussah, seine Füße steckten in schweren Holzpantoffeln, die seine schmalen Beine noch schmächtiger erscheinen ließen.

»Das ist Zilinski«, sagte Carl.

Der Mann schüttelte Louise die Hand.

»Wir brauchen einen Ausweis.«

»Name?«, fragte Zilinski.

»Margarete Hansen.« Carl fügte noch ein paar weitere Angaben hinzu.

»Es wird eine halbe Stunde dauern«, erklärte Zilinski. Sein linkes Auge wanderte beim Sprechen leicht nach außen, und als er lächelte, sah Louise, dass ihm zwei Schneidezähne fehlten.

Sie setzten sich auf zwei Stühle und sahen Zilinski zu, wie er mit flinken Fingern ein bestimmtes Papier ordentlich faltete und stanzte, sorgfältig beschriftete und stempelte. Am Schluss patinierte er den Ausweis.

Louise wusste nun, Carl würde sie nie wieder allein lassen.

Nach ein paar Tagen konnten Louise und Hannah das Fabrikgebäude verlassen. Carl sagte, Hannah würde ebenfalls für ihn arbeiten, in der Produktion. Sie würde als Jüdin im Lager leben, so wie die anderen Arbeiter und Arbeiterinnen. »Es darf niemand merken, dass ihr Schwestern seid«, schärfte er ihnen ein. Man sah ihm an, dass er selbst nicht so ganz sicher war, ob sein Plan funktionieren würde.

Carl hatte in unmittelbarer Nähe der Hohen-Werke ein Lager errichten lassen, wo er seine eigenen Fabrikarbeiter unterbringen durfte. Wie er das geschafft hatte, hatte er Louise nicht erzählt, aber es musste ihn viel Kraft und Geld gekostet haben. Um das Lager herum waren Wachtürme errichtet und vor den Toren SS-Männer postiert. Betreten wurde das Lager von der SS jedoch nur selten.

Louise war nun Margarete Hansen, eine junge deutsche Frau, die für Carl von Hohenstetten arbeitete. Es war nicht leicht, sich an ihre neue Identität zu gewöhnen. Manfreds Frau Freya hatte ihr Kleidung gebracht, schmale, knielange Röcke, hochgeschlossene Blusen, taillierte Blazer, dunkle Pumps und sogar einen kleinen Hut.

Carl hatte ein schönes Büro mit großen Fenstern und einem Schreibtisch aus Kirschholz. Louises Platz war im Vorzimmer, mit einem Telefon und einer Schreibmaschine. Die Arbeit fiel ihr nicht schwer. Sie musste Briefe tippen, Carls Termine planen, Besucher empfangen. Nicht anders als das, was sie früher in der Praxis ihres Vaters ab und an gemacht hatte. Doch sie würde auch mit Gestapobeamten sprechen, hochrangige SS-Generäle begrüßen müssen, und sie würde vielleicht Dinge mitbekommen, die sie gar nicht hören wollte. Carl hatte sie vorgewarnt, gemeint, sie dürfe dabei keinerlei Gefühlsregung zeigen.

Unter den Angestellten gab es einige, die Carl nicht mochten, voller Neid und Missgunst waren ob seines einnehmenden Wesens. Und einige verachteten ihn dafür, was er für die Juden tat. »Sie sehen sich als ›Herrenmenschen‹. Und weil ich das nicht tue, bin ich ihnen unheimlich«, erklärte Carl.

Louise spielte ihre Rolle gut. Sie war höflich, charmant und zuvorkommend zu Carls Besuchern, blieb im Hintergrund und war doch zur Stelle, wenn sie gebraucht wurde. Niemand sollte etwas anderes in ihr sehen als eine fleißige, zurückhaltende Sekretärin. Und auch Hannah lebte sich ein. Carl hatte sie in der Fertigung von Karosserieschrauben eingesetzt, eine Arbeit, die nicht schwer, aber doch kriegswichtig war.

Carl war erleichtert, dass sich niemand für seine neue Sekretärin und die Gründe ihrer Einstellung interessierte. Manchmal gingen sie gemeinsam heim, denn Louise wohnte nun in einer winzigen Wohnung in der Jüthornstraße, unweit von Carls Wohnung, in der er seit ein paar Monaten lebte. Manfreds Frau hatte Louise die kleine Wohnung unter dem Dach vermittelt. Sie gehörte ihrem Bruder, der nach Großbritannien ausgewandert war. Sie bestand nur aus einem Zimmer und einer Kochnische. Das Bad befand sich auf dem Flur.

Es schmerzte Louise jeden Tag, Hannah nicht bei sich haben zu können, aber es ging nicht anders. Ihre Schwester erzählte, dass sie viele liebe Menschen um sich hätte, und auch Louise kannte inzwischen die meisten der jüdischen Arbeiter, kannte ihre Schicksale, ihre Geschichten. Da waren Daniel und Therese Breslauer, ein junges Paar mit einer Tochter, Sarah, ein freches, selbstbewusstes Mädchen, das mit seinen gerade mal fünf Jahren darauf bestand, seine Eltern jeden Tag zu den Drehmaschinen zu begleiten. Seine Eltern und Geschwister seien in einem Lager in Polen, er hätte seit zwei Jahren nichts mehr von ihnen gehört, erzählte Daniel Louise, als er eines Tages ins Büro kam, um mit Carl über den Zustand der Maschinen zu sprechen. Carl legte großen Wert darauf, unmittelbaren Kontakt mit den Arbeitern zu haben. Er hörte sich an, was sie zu sagen hatten, nahm Verbesserungsvorschläge an.

Dann gab es die Familie Sternheim. Clara Sternheim war eine schlanke, ernste Frau, einst eine Pianistin. Hannah erzählte Louise, dass sie mit ihr über Chopin und Beethoven philosophieren könne. Claras Ehemann Ezra war klein, kompakt und hatte eine zupackende Art. Joscha war ihr Sohn und sieben Jahre alt. Sarah und Joscha spielten oft auf der Wiese vor dem Eingangstor der Fabrik. Manchmal sah Louise ihnen dabei zu. Sie wirkten so unbeschwert, fast als wüssten sie nichts von der allgegenwärtigen Brutalität.

Es arbeiteten auch einige ältere Menschen in der Fabrik, Menschen, die schon alles gesehen hatten und doch nicht begreifen konnten, was gerade um sie herum geschah. Die nicht fassen konnten, dass die Welt an einem Abgrund stand, dass sie nur knapp dem Tod entkommen waren. Louise unterhielt sich häufig mit Herrn Bromberg, einem weißhaarigen Mann, ehemals ein Lehrer. Geschichte hatte er unterrichtet, und Hebräisch. Die jüdische Schule war geschlossen worden, weil keine Kinder mehr da waren, die man hätte unterrichten können. Die Art, wie Herr Bromberg sprach, erinnerte Louise an ihren Großvater, den Vater ihrer Mutter, der gestorben war, als Louise noch klein war. Ebenso seine Frau, ihre Großmutter mütterlicherseits. Zum Glück hatten sie all das nicht mehr erleben müssen.

Carl gelang es, dass SS und Gestapo sich weiterhin von seiner Fabrik fernhielten, dass Misshandlungen und willkürliche Hinrichtungen hinter den Fabrikmauern nicht passierten, wie es andernorts inzwischen alltäglich war. Auch wenn der eine oder andere Vorarbeiter dies nicht guthieß und sein Vater dagegen war. Doch Carl hatte sich durchgesetzt. Wie so oft. Sein Argument: Jede Aktion gegen seine jüdischen Rüstungsarbeiter würde die kriegswichtige Produktion stören.

Viele der führenden SS-Männer und Gestapobeamten waren Freunde seines Vaters, alte Bekannte, Nachbarn. Einige der Jüngeren waren mit Carl in der Hitlerjugend gewesen. Er kannte sie, wusste, wie man sie überzeugen konnte, welche Worte man gebrauchen musste. Und wenn alles nichts half, ließ er ihnen Dinge zukommen, Geld, Schmuck für ihre Frauen, Alkohol. Er bestach Offiziere und Generäle, er traf sich mit den übelsten Gauleitern im ganzen Großdeutschen Reich, er erweiterte Produktionsbereiche, nur um rechtfertigen zu können, dass er mehr Arbeiter bräuchte. »Es ist nicht viel, was ich tun kann, aber das, was ich mache, hilft immerhin einigen«, sagte er immer wieder.

Für Louise wurde es jedoch mit der Zeit schwieriger, ihren Hass zu unterdrücken. Der Schlimmste von allen war SS-

Hauptsturmführer Speth, Kommandant eines Lagers in der Nähe von Fallersleben. Unter dessen Kontrolle standen Carls Rüstungsbetrieb und das dazugehörige Lager. »Zum Glück liegt es weit von den Hohen-Werken entfernt, mehr als hundertfünfzig Kilometer«, hatte Carl Louise erzählt. Und solange Carl dem Kommandanten das Gefühl gab, dass in den Hohen-Werken alles hervorragend lief, blieb er von häufigen Besuchen verschont.

Doch Speth war, Carl zufolge, grausam. Seine zwei Doggen waren darauf abgerichtet, Menschen tödliche Bisswunden zuzufügen. Der SS-Hauptsturmführer liebte es, auf seinem Vollblutaraber durch das Lager zu reiten, zusammen mit seinen Hunden. Ein Wort von ihm, und die beiden Doggen stürzten sich auf einen missliebigen Arbeiter. »Weißt du, was er häufig sagt: ›Wer zuerst schießt, hat mehr vom Leben‹«, erzählte Carl weiter. »Aber ich muss Kontakt zu ihm halten, auch wenn jede Minute, die ich mit ihm in einem Raum verbringen muss, meinen Ekel ihm gegenüber verstärkt. Kommt er hierher, möchte ich, dass du dich so normal wie möglich verhältst. Sei freundlich, aber nicht zu freundlich. Speth hat eine Vorliebe für … Frauen. Wenn du verstehst, was ich meine.«

Ja, Louise verstand. Sie hatte sich von Carl abgeschaut, wie man mit diesen Bestien umging. Sie musste gute Miene zum bösen Spiel machen. Nur nachts ließ sie ihren Gefühlen freien Lauf, weinte in ihr Kissen, stieß stumme Schreie aus.

Als Louise Speth das erste Mal sah, ließ er sich nicht durch sie anmelden, sondern schritt einfach durch das Vorzimmer und öffnete die Tür zu Carls Büro. Insgeheim war sie froh darüber, dass sie nicht mit ihm reden oder womöglich sogar einige Minuten mit ihm allein verbringen musste. Trotzdem tat sie das, was jede gute Sekretärin getan hätte. Sie lief ihm nach, drängte sich vor ihm durch die Tür zu Carls Büro und sagte: »Es tut mir sehr leid, Herr Direktor, dieser Herr hat sich nicht angemeldet.«

Carl saß an seinem Schreibtisch, über einen Plan gebeugt. Er wollte das Lager, das zur Fabrik gehörte, erneut vergrößern, um noch mehr Arbeiter unterbringen zu können; daran arbeitete er schon seit Monaten. Als Louise und Speth eintraten, sah er auf, und Louise hoffte, dass sie die Einzige war, die das Verlorene in seinem Blick bemerkte. Doch im Bruchteil einer Sekunde veränderte sich sein Gesichtsausdruck. Er breitete die Arme aus und ging auf Speth zu. »Helmuth! Mein Guter! Was verschlägt dich denn hierher?«

Sie zog sich schnell zurück und schloss die Tür hinter sich.

Es vergingen Stunden, bis die beiden Männer wieder herauskamen. Louise bemerkte, dass sie getrunken hatten. Speth schwankte leicht beim Gehen, und Carl hatte gerötete Wangen wie früher, wenn sie sich in ihrem Geheimversteck trafen und er beim Abendessen zu viel Rotwein getrunken hatte.

»Ich werde darüber nachdenken, Carl«, sagte Speth laut.

Carl schüttelte ihm die Hand. »Tu das, Helmuth.«

Speth stieß beim Vorbeigehen an Louises Tisch. »Entschuldigung, verehrte Dame.« Er machte eine Bewegung, als wolle er sich verbeugen, und betrachtete Louise aus wässrigen Augen. War es Abscheu oder Gier?

Als seine Schritte auf dem Flur verhallten, bat Carl sie, in sein Büro zu kommen.

»Ich habe ihn fast so weit, dass er mir noch hundert Arbeiter schickt! Hundert! Fast so viele, wie ich angefordert habe!« Carl war ganz aus dem Häuschen und vergaß, leise zu sprechen, so wie sie es sonst immer taten.

»Das ist großartig, Carl!« Louise freute sich. Hundert Menschen, denen er das Leben retten, hundert Menschen, die er diesem Scheusal entreißen konnte!

»Und noch etwas …«

»Ja?«

Carl holte tief Luft. »Ich habe ihm gesagt, dass ich dringend einen Arzt für mein Lager bräuchte. Ich hätte gehört, in Neuengamme solle es einen sehr guten jüdischen Doktor geben. Einen, der tut, was man ihm sagt. Und dass ich ihn sowie seine Frau in mein Lager holen möchte.«

»Papa«, flüsterte Louise. Endlich konnte sie wieder ein wenig Hoffnung schöpfen, ihre Eltern wiederzusehen.

»Was hat er dazu gesagt?«

»Er wird sehen, ob er etwas tun kann. Aber …« Carls Blick wurde ernst. »Er hat einen Wunsch. Nein, vielmehr eine Bedingung. Er braucht Kinder.«

Louise runzelte die Stirn. »Kinder?«

»Er will in seinem Lager mehr Kinder haben. Kinder, die bestimmte Arbeiten verrichten.«

»Was für Arbeiten?«

»Ich weiß es nicht, Louise.«

»Viele?«, hörte Louise sich fragen, und im gleichen Moment schämte sie sich.

»Ein oder zwei. Speth ist natürlich klar, dass ich Kinder nicht in der Produktion einsetzen kann. Wenn ich jedoch versuche, ihm diese Bedingung auszureden, weiß er, dass ich sie beschützen will. Dann glaubt er mir nicht. Dann glaubt mir irgendwann niemand mehr.«

»Wir können das nicht tun«, stieß sie hervor. »Wir dürfen das nicht.«

»Ich glaube kaum, dass wir eine Wahl haben.«

In der Nacht konnte Louise nicht schlafen, stundenlang wälzte sie sich unruhig hin und her. Irgendwann warf sie sich ihren Mantel über und verließ die Wohnung. Draußen war es stockfinster, und sie war froh, dass es nur ein kurzer Weg zu Carl war. Sie sah sich dennoch immer wieder um, beschleunigte ihren Schritt.

Sie musste nur einmal klopfen, bevor Carl öffnete. Er sah nicht aus, als hätte er schon geschlafen. Er trug ein weißes Hemd, dessen obere Knöpfe geöffnet waren, dazu weite Stoffhosen. Sein kurzes Haar war nicht mehr streng zur Seite gekämmt, und er roch nach Kaffee und seinem Moschusparfum.

»Louise! Was machst du denn hier? Bist du verrückt geworden?« Er trat ein Stück auf den Flur, sah sich um und drängte sie dann in die Wohnung. »Hoffentlich hat dich niemand gesehen.«

»Tut mir leid. Ich hab es einfach nicht mehr ausgehalten.«

»Gib mir deinen Mantel«, sagte Carl schon etwas versöhnlicher. Sie schlüpfte aus ihrem Trenchcoat.

Er sah sie an. Sie hatten sich schon immer ohne Worte verstanden, und doch war in diesem Moment alles anders. In Carls Blick lag etwas Forderndes, etwas, das in ihr ein Verlangen auslöste, wie sie es noch nie zuvor gespürt hatte.

Er nahm ihre Hand und führte sie in sein Schlafzimmer. Dort zog er sie ganz langsam aus. Streiften seine Finger ihre nackte Haut, löste das in ihrem Inneren ein Beben aus. Als sie nur noch ihr weißes Leinenhöschen trug, küsste er sie, berührte sie erst zart, dann begehrender. Dabei entkleidete er sich, ließ ihr Höschen nach unten gleiten. Er zog sie zu sich heran, seine Lippen kosten ihren Bauch, seine Hand strich über ihre Oberschenkel. Sie drängten aneinander, sie spürte, wie sehr er sie begehrte, wie er eins mit ihr sein wollte. Sie liebten sich verzweifelt und leidenschaftlich, in diesem einen Moment, der nur ihnen gehörte.

Es vergingen zwei Wochen, bis Speth erneut bei Carl auftauchte. Louise wusste nicht, was sie in seinem Büro besprachen, aber sie konnte es sich denken. Sie versuchte, sich auf ihre Arbeit zu konzentrieren, aber es wollte ihr nicht gelingen. Immer wieder vertippte sie sich, musste das Blatt aus der Schreibmaschine ziehen und von vorn beginnen.

Carl hatte Angst, dass Speth seine wahren Motive erkennen würde, wenn er nicht auf seinen Vorschlag einging. Aber wäre das so schlimm? Es war ja nicht ungesetzlich, dass Carl die Kinder in seinem Lager hatte, sie waren bei ihren Eltern, er tat nichts Verbotenes. Louise hatte jedoch nur ein paar klägliche Versuche unternommen, ihn umzustimmen. Kläglich, weil da diese Hoffnung war, dieser kleine Schimmer am Horizont, dass sie vielleicht ihre Eltern wiederbekommen würde, wenn Carl auf Speths Vorschlag einging. Eine Hand wäscht die andere, so war es nun einmal. Und Speth war jemand, der überall seine Finger im Spiel hatte, der mit den Kommandanten der anderen Lager in gutem Kontakt stand. Sie zweifelte keine Sekunde, dass er es schaffen würde, ihre Eltern aus Neuengamme herauszuholen und in Carls Betrieb unterzubringen. Aber nur wenn er etwas dafür bekam. Carl müsste einen Preis bezahlen. Einen hohen Preis.

Nach ungefähr einer Stunde kamen sie aus seinem Büro. Speth grinste zufrieden, und Louise musste sich zusammennehmen, um sich ihre Gefühle nicht anmerken zu lassen. Carl wirkte gefasst. Er hat seine Entscheidung getroffen, dachte Louise. Und mit dieser Entscheidung würde er leben müssen.

Carl befahl nun, dass sich alle Kinder vor dem Produktionsgebäude sammeln sollten. Louise blieb oben im Vorzimmer und sah vom Fenster aus zu. Sie wusste, sie würde sich nicht beherrschen können, wenn sie neben den Kindern stehen, ihre ungläubigen Gesichter sehen würde.

Sie kannte die meisten von ihnen. Auch Joscha und Sarah waren darunter, die sich an den Händen hielten. Es waren sicher dreißig Kinder, die sich dort aufgereiht hatten und nicht wussten, was mit ihnen geschehen würde. Wofür benötigte Speth sie? Einige waren noch sehr klein, manche konnten gerade laufen, andere waren schon größer, kräftiger. Auch Rebekka war unter ihnen, die wegen eines Gehfehlers wohl kaum zum Arbeiten eingesetzt werden könnte. Aber wozu dann? Sie konnte keine Gemeinsamkeiten erkennen.

Speth sah jedem Kind prüfend ins Gesicht, ließ sich Hände und Zähne zeigen. Wie bei einer Viehbeschau, fuhr es Louise durch den Kopf. Wie konnte Carl das nur zulassen!

Schließlich ließ der Kommandant ungefähr die Hälfte der Kinder vortreten. Speth sagte etwas zu ihnen, das Louise vom Fenster aus nicht hören konnte. Dann wandte er sich Carl zu, der mit versteinertem Gesichtsausdruck und verschränkten Armen neben ihm stand. Speth flüsterte ihm etwas zu, es wirkte fordernd. Doch Carl sah an ihm vorbei, sah zu den Kindern, und Louise glaubte, dass er für einen ganz kurzen Moment auch zu ihr hinaufschaute.

Dann schüttelte Carl entschieden den Kopf, worüber Speth ziemlich verärgert erschien. Er gestikulierte und schimpfte, während die Kinder weiter regungslos in Reih und Glied standen, den Blick gen Boden gerichtet.

Es ging noch eine ganze Weile so weiter, Speth und Carl diskutierten, der SS-Mann schien sehr aufgebracht, aber Carl blieb eisern, schüttelte immer wieder den Kopf. Irgendwann winkte Speth seine Männer zu sich und befahl ihnen etwas. Die Männer hoben ihre Waffen und gingen auf die Kinder zu.

Nun wurde Carl wütend, er stellte sich zwischen sie und die Kinder, hob die Hände, als wolle er sie beschwichtigen, ihnen erklären, dass das, was sie taten, falsch war. Doch plötzlich richtete einer der Männer seine Pistole auf Carl, zielte auf seinen Kopf. Louise hielt den Atem an, es war, als würde ihr das Blut in den Adern gefrieren. Speth trat neben Carl, sein Gesicht war verzerrt vor Empörung, er zischte ihm etwas zu, selbst von ihrem Beobachtungsposten aus konnte Louise erkennen, wie die Spucke dabei aus seinem Mund flog. Sein Blick war vernichtend und voller Verachtung.

Carl ließ die Hände langsam sinken, trat einen Schritt zurück, ließ die Männer gewähren. Sie gingen auf Rebekka zu, das Mädchen mit dem Gehfehler, packten sie an den Armen, schleiften sie mit sich. Sie wehrte sich nicht. Auch Benjamin, ihr Bruder, rührte sich nicht, obwohl er seine Hände zu Fäusten geballt hatte.

Carl stand etwas abseits, musste mit ansehen, wie die Männer Rebekka in den Wagen verfrachteten. Speth sagte noch etwas zu Carl, das Gesicht zornesrot. Dann stieg er ebenfalls ins Auto, mit der Eskorte brauste es davon. Die Kinder blieben zurück, trauten sich noch immer nicht, sich zu rühren.

Louise überlegte nicht lange, sie lief die Treppen hinab nach draußen. Carl hatte Benjamin die Hand auf die Schulter gelegt, redete auf ihn ein. Der Junge hielt den Kopf gesenkt, presste die Lippen aufeinander.

Louise bemerkte sofort die Verzweiflung, die Fassungslosigkeit in Carls Blick. Doch bevor sie zu ihm ging, beruhigte sie zuerst die anderen Kinder, sagte ihnen, dass der Spuk vorbei sei und sie wieder zu ihren Eltern gehen könnten. Erst als alle Kinder den Hof verlassen hatten, trat sie auf Carl zu.

»Was ist passiert?«, fragte sie.

»Nicht hier«, sagte er.

Stumm stiegen sie die Treppen hinauf. Im Büro ließ sich Carl in seinen Sessel fallen und vergrub das Gesicht in den Händen. Für ein paar Minuten saß er nur da.

»Speth wollte eines der Kinder, die nach vorn getreten waren, mitnehmen«, sagte er schließlich. »Doch wieder sagte er mir nicht, warum er es braucht.« Carl holte tief Luft. »Ich hab ihm gesagt, dass ich ihm kein Kind geben würde, wenn ich das nicht wüsste. Dann hat er gedroht, mein Lager zu schließen und allen zu erzählen, dass ich ein Judenfreund sei, der Kinder versteckt.« Carl hielt inne. »Er hat gesagt, dass er sich nun ein Kind nehmen würde, ein Mädchen. Ich wollte ihn aufhalten …«

Louise legte ihm die Hand auf den Arm. Sie konnte nichts sagen, ihr ganzer Mund fühlte sich taub an.

»Er hat sie mitgenommen. Einfach so …« Noch nie hatte Louise ihn so verzweifelt gesehen.

»Du kannst nichts dafür, Carl. Man hat eine Waffe auf dich gerichtet. Du hättest nichts tun können.«

»Er hätte mich nicht erschossen!« Carl sprang von seinem Sessel auf, lief unruhig im Zimmer auf und ab. »Er hätte nicht Carl von Hohenstetten erschossen! Ich bin ein Feigling. Ich hätte mich niemals auf diese Sache einlassen dürfen. Niemals.«

»Du wolltest uns beschützen. Uns alle. Und du wolltest noch mehr Menschen retten. Und meine Eltern …«

Carl schüttelte den Kopf. »Geh.«

»Wie bitte?«

»Geh. Lass mich allein.«

»Aber …«

Er machte eine unwirsche Handbewegung und drehte sich von ihr weg.

Sie machte noch einen Schritt auf ihn zu, doch sie spürte, dass es keinen Sinn hatte. Sie würde ihm nicht helfen können. Nicht jetzt.

Die nächsten Tage sprach Carl kaum ein Wort. Er vergrub sich in seine Arbeit, war manchmal stundenlang fort, ohne dass Louise wusste, wo er sich aufhielt.

Im Lager herrschte Unruhe. Hannah erzählte ihr, dass die Sache mit Rebekka für Erbitterung, aber auch Angst unter den Arbeitern und ihren Familien gesorgt hatte. Alle fürchteten, dass Speth wiederkommen und sich noch mehr Kinder holen würde.

»Carl wird das nicht zulassen«, versicherte Louise.

»Ich weiß das«, erwiderte Hannah. »Aber die Menschen sind verunsichert. Sie fürchten sich. Man hört schreckliche Dinge über Speth. Und Carl lässt sich kaum noch im Lager blicken. Er muss dafür sorgen, dass hier wieder Ruhe einkehrt. Bitte, Lou, sprich mit ihm.«

Doch das war einfacher gesagt als getan. Denn Carl ließ niemanden an sich heran, auch Louise nicht.

Zwei Wochen später klopfte es frühmorgens an Louises Wohnungstür. Es war Carl. Er sagte nichts, setzte sich, als er eingetreten war, nur an ihren Küchentisch. Sie schenkte ihm etwas von dem dünnen Getreidekaffee ein, den sie sich gekocht hatte.

»Ich muss Rebekka zurückholen. Nach dem, was ich höre, lässt Speth Mädchen für sich im Haushalt schuften. Er schlägt sie mit seiner Peitsche, wenn sie seiner Meinung nach nicht ordentlich arbeiten. Und wer weiß, was er ihnen noch antut …« Seine Stimme erstarb.

Louise lief ein Schauer über den Rücken. »Aber Speth wird niemals zulassen, dass du Rebekka wieder mitnimmst. Eher wird er dich umbringen.«

Carl hob den Kopf. »Nein, das wird er nicht. Ich hab dir doch gesagt, dass man nur dann von denen akzeptiert wird, wenn man ihnen selbstbewusst gegenübertritt.«

Louise schluckte. »Wenn du meinst.«

Er umfasste ihre Hand, sie sah in seine leeren, düsteren Augen. »Ich brauche dich«, flüsterte er.

Sie liebten sich an diesem Morgen anders als beim letzten Mal, ruhiger, leiser, vorsichtiger. Und doch nicht weniger verzweifelt.

Später am Tag erschien Carl im Lager und ließ alle jüdischen Arbeiter und ihre Familien zusammenrufen. Er stellte sich auf ein paar alte Kisten vor den Zäunen, die das Lager begrenzten. Louise wusste, dass er das mit Absicht tat. Die Arbeiter und ihre Familien sollten sehen, dass er sie abschirmen würde vor der Gewalt der Welt draußen.

Als sich alle versammelt hatten, erhob er seine Stimme, als wollte er jeden wissen lassen, dass Carl von Hohenstetten noch da war und dass er nicht aufgeben würde, niemals.

»Ich weiß, dass ihr Angst habt und euch Sorgen macht. Rebekka ist fort, und das ist unvorstellbar und entsetzlich.« Er sah zu Rebekkas Eltern und Benjamin, die ganz vorn standen und die Köpfe gesenkt hielten. »Es tut mir sehr leid, dass ich es nicht verhindern konnte. Aber ich werde es wiedergutmachen. Ich werde sie zurückholen, und ich werde nicht noch einmal zulassen, dass in diesem Lager solche Dinge geschehen. Unrechtmäßige Dinge.« Er schaute jeden von ihnen an, suchte ihre Blicke. »Ich weiß, ihr vertraut mir nicht mehr, aber ich werde euer Vertrauen zurückgewinnen. Zusammen werden wir das überstehen.« Mit diesen Worten endete er. Die Versammlung löste sich langsam auf, die Männer und Frauen kehrten zurück zu ihrer Arbeit. Carl ging noch einmal zu Rebekkas Familie, reichte ihnen die Hand. Dann verschwanden auch sie.

Louise, die hinten gestanden hatte, ging auf Carl zu. »Das war sehr gut«, sagte sie.

»Es war notwendig. Ich hätte es schon viel früher tun sollen.«

Zwei Tage später fuhr Carl morgens nach Fallersleben und kam spät am Abend mit Rebekka zurück.

Als Louise ihn am nächsten Morgen fragte, wie er das geschafft habe, sagte er nur: »Es hat mich viel Geld, zwei Flaschen besten Scotch und die goldene Armbanduhr meines Großvaters gekostet.«

»Aber die Uhr war das Wertvollste, was du besessen hast!«

»Wertvoller als Rebekkas Leben?« Bitter kamen die Worte aus seinem Mund. »In Speths Lager harren die Gefangenen unter den unmenschlichsten Bedingungen aus. Er hat einen Stiefelputzer, einen Jungen von zwölf, dreizehn Jahren, den er jeden Morgen auspeitscht. Einfach so.« Carl verstummte.

»Du tust, was in deiner Macht steht. Du kannst nicht alle retten, auch wenn du es möchtest. Es ist unmöglich.«

»Aber doch werde ich alles versuchen.«

Kurz darauf kam Carl nach einer geschäftlichen Reise mit einigen jüdischen Ostarbeitern zurück, Gefangene einer »Säuberungsaktion« durch SS-Männer.

»Die haben dich einfach gewähren lassen?«, fragte Louise ungläubig.

»Ja. Ich habe erzählt, dass ich die Leute für meine kriegswichtige Produktion benötige. Weil alle mit der Situation überfordert waren, haben sie am Ende ihre Zustimmung gegeben. Nur einer hat sich gesträubt, bis ich damit gedroht habe, seinen Vorgesetzten zu informieren, er würde die Waffenproduktion des Deutschen Reichs absichtlich behindern.«

»Aber hier werden doch gar keine Waffen hergestellt!«

Carl zuckte mit den Schultern. »Das weiß der SS-Mann ja nicht.«

Am nächsten Tag traf ein Brief aus dem Lager Fallersleben ein. Man würde ihm die hundert Facharbeiter schicken, die Carl angefordert hatte, so stand es dort, und Louise stürmte in Carls Büro, vergaß jede Vorsicht, umarmte, küsste ihn.

Doch er wehrte sie ab. »Deine Eltern sind nicht darunter«, sagte er.

Sie wich einen Schritt zurück, der Brief fiel aus ihrer Hand.

»Ich habe alles versucht. Ich habe auch in diesem Fall viel Geld geboten, aber mehr als diese hundert jungen Männer wollte Speth mir nicht geben. Und in Neuengamme habe er sowieso kaum Einfluss, hat er behauptet.« Carl schüttelte verzweifelt den Kopf. »Ich weiß nicht einmal, ob deine Eltern noch in Neuengamme sind.«

Louise wurde schwarz vor Augen. »Wo sollen sie denn sonst sein?« Der Gedanke, dass sie tot sein könnten, nahm ihr die Luft zum Atmen.

»In einem anderen Lager vielleicht. Ich konnte es jedenfalls nicht herausfinden.«

Louise ließ sich auf einen der Ledersessel fallen, auf denen sonst Carls Gäste Platz nahmen.

»Immerhin konntest du hundert Menschen retten. Das ist viel.«

»Wir werden deine Eltern finden. Aber ich muss Speth erst wieder für mich gewinnen. Dann sehen wir weiter, ja?«

Sie erwiderte nichts. Sie hatte gelernt, mit Ungewissheit zu leben, Angst auszuhalten. Ja, das hatte sie.

Die Wochen und Monate vergingen, und ein Ende des Krieges, ein Ende des Blutvergießens war nicht absehbar. Manchmal schien es sogar, als würde es von Tag zu Tag in weitere Ferne rücken. »Hitler macht weiter«, sagte Carl. »Die Niederlagen an der Ostfront halten ihn nicht ab, sie spornen ihn nur an.«

Ganz selten, wenn niemand mehr in der Firma war, hörten Louise und Carl »feindliche Sender«. Louise zitterte jedes Mal, wenn sie das Erkennungszeichen der BBC, das Eingangsmotiv von Beethovens Fünfter Sinfonie, hörte. »Hier ist England, hier ist England«, tönte der deutsche Dienst des Senders dann aus dem Radio. Sie hörten die Meldungen über den Vormarsch der Roten Armee, die Kapitulation der deutschen Truppen in Tunesien, über die Landung der Alliierten in Sizilien.

Es folgte der heiße Sommer 1943. Die Arbeiter schwitzten in den Fabrikhallen, und das Trinkwasser wurde knapp. Wenn Louise an der Schreibmaschine saß und sich mit einer Ausgabe des großformatigen *Hamburger Fremdenblatts* ein wenig Luft zufächelte, dachte sie an die eisig kalten Wintertage, an denen sie sich nichts sehnlicher gewünscht hatte als ein paar warme Sonnenstrahlen.

An einem schwülen Tag Ende Juli ging Louise früh nach Hause. Ihr war nicht wohl, vielleicht hatte sie sich den Magen verdorben. Carl hatte gesagt, sie solle sich hinlegen, bestimmt würde es ihr am nächsten Tag besser gehen.

Der Westen Hamburgs war kurz zuvor von Engländern und Amerikanern bombardiert worden. Ganze Stadtteile brannten, Altona, Eimsbüttel, das Grindelviertel. Die Straßen, die Louise als Kind gekannt hatte, waren nur noch Trümmer, Schutt und Asche. Tausende hatten ihr Zuhause verloren und wanderten heimatlos durch die Stadt, auf der Suche nach Nahrung und Wasser.

Carl hatte Louise eingeschärft, bei Bombenalarm so schnell wie möglich in den nächsten Luftschutzkeller zu laufen. Doch an diesem Tag fühlte sie sich so elend, dass sie nur hoffte, dass ihr der Bunker erspart blieb und sie ein paar Stunden durchschlafen konnte.

Es sollte anders kommen.

Es war tiefste schwarze Nacht, als die Sirenen sie weckten. Wie immer in der letzten Zeit hatte sie in ihrer Kleidung geschlafen, jederzeit musste sie bereit sein, aufzustehen und die Wohnung zu verlassen. Als sie durch ihr fast vollständig verdunkeltes Fenster die Flakscheinwerfer erahnen konnte, die den sternenklaren Himmel abtasteten, nahm sie die kleine Tasche mit ihren Papieren, die griffbereit auf der Anrichte an der Tür stand, und machte sich auf den Weg zum Hochbunker am Eilbeker Weg.

Auf der Straße waren viele Menschen unterwegs, die Schutz suchten. Sie hasteten mit kleinen Koffern und Taschen an Louise vorbei, einige hatten schreiende Kinder auf dem Arm, andere stützten ältere Menschen, manche weinten.

Louise beschleunigte ihre Schritte, fing an zu rennen. Sie stolperte, fiel hin, rappelte sich wieder auf. Und dann hörte sie das Detonieren einer Luftmine, sah, wie das Dach eines Hauses von der Wucht der Explosion vollständig abgedeckt wurde. »Schnell, kommen Sie!« Ein Mann griff sie am Arm und zog sie in einen Hauseingang, wo schon ein paar andere Menschen kauerten, eine Frau, in eine Wolldecke gehüllt, ein alter Mann, ein paar Kinder, die sie mit angstverzerrten Gesichtern anschauten.

Kurz darauf donnerte es erneut, eine Sprengbombe durchschlug den Dachstuhl und die obersten Stockwerke des Wohnhauses gegenüber. »Dort drüben ist ein Luftschutzkeller, da wollten unsere Nachbarn hin!«, rief eines der Kinder plötzlich und zeigte auf ein rotes Ziegelhaus am Ende der Straße. Louise nahm das Mädchen an der Hand, und die anderen folgten ihr über die von Trümmern bedeckte Straße. Schließlich standen sie vor dem Haus, an dem zwischen den Fenstern im Erdgeschoss mit weißer Farbe die Buchstaben »LSK« für Luftschutzkeller und ein Pfeil nach unten gemalt waren.

Das Gewölbe bestand aus mehreren Räumen mit tiefen Decken und einfachen Holzbänken an den Seiten. Es war so eng, heiß und stickig, dass man kaum atmen konnte. Unzählige Menschen saßen dicht gedrängt beieinander, Kinder wimmerten, Frauen weinten, alte Männer starrten stumm vor sich hin. Die Erwachsenen hatten ausgemergelte Gesichter, große, müde Augen betrachteten die Neuankömmlinge misstrauisch.

Louise ließ sich auf dem kalten Steinboden nieder und vergrub die Hände im Schoß. Von draußen war Geschützdonner zu hören und das dumpfe Geräusch herabfallender Bomben. Die Hitze wurde unerträglich. Es roch nach Schweiß und Ruß, neben Louise übergab sich ein Kind, und ein älterer Mann fiel von einem Schemel. Es scherte niemanden, dass er ohnmächtig geworden war.

Und dann sah sie ihn. Zunächst dachte sie, sie hätte sich

getäuscht, die Hitze hätte ihren Verstand vernebelt. Aber als sie genauer hinschaute, war sie sich sicher. Es war Peter Heinze, der Junge mit den Knickerbockern, der sie und andere Juden ständig drangsaliert hatte. Er trug ein Hemd mit Hakenkreuzbinde, aber keine richtige Uniform und saß auf einer Treppenstufe am anderen Ende des Kellers. Schnell wandte Louise den Blick ab. Hatte er sie gesehen? Er würde sie wiedererkennen, auch mit blondem Haar, da war sie sich sicher. Sie senkte den Kopf, spürte den Schweiß auf ihrer Stirn, in ihrem Nacken, an ihren Händen. Wenn sie Peter Heinze in die Hände fiel, wäre alles vorbei. Er würde sie sofort verraten, niederträchtig und gemein wie er war. Und alles, was Carl und sie aufgebaut hatten, würde in sich zusammenstürzen wie ein Kartenhaus.

Immer wieder dröhnte es von draußen, ab und zu zitterte es über ihnen, als würde das Haus über dem Keller in sich zusammenstürzen. Das schale Licht der Glühbirnen an den Decken flackerte gespenstisch.

Vorsichtig drehte Louise den Kopf noch einmal dorthin, wo Peter gesessen hatte. Voller Entsetzen registrierte sie, dass er aufgestanden war und einige Schritte in ihre Richtung machte. Er schob eine Frau mit einem schreienden Baby auf dem Arm zur Seite und reckte den Kopf, als würde er nach etwas suchen. Panisch schaute Louise sich um. Was sollte sie tun? Sie konnte nicht fliehen, sie war hier gefangen.

In ihrer Angst hatte sie gar nicht bemerkt, dass sich eine alte Frau neben sie gehockt hatte. Sie hielt sich ein Tuch vor den Mund und atmete schwer. Erst auf den zweiten Blick erkannte Louise, dass es eine alte Frau war, die bei ihr im Haus wohnte.

»Schnell, kommen Sie, wir müssen hier raus«, sagte sie, die Stimme heiser und rau. Sie griff nach Louises Arm, aber diese schüttelte nur verständnislos den Kopf.

»Sind Sie verrückt? Das ist viel zu gefährlich. Draußen werden wir sterben!« Louise versuchte, sich aus dem erstaunlich festen Griff der alten Frau zu befreien. Aus den Augenwinkeln sah sie, dass Peter, der nur noch wenige Meter von ihnen entfernt war, gerade an einer Gruppe Frauen vorbeikam, die eng beieinanderhockten und beteten.

Der Griff der Nachbarin wurde noch fester. »Nein, wenn wir hierbleiben, werden wir sterben! Glauben Sie mir, in ein paar Minuten sind alle erstickt. Mein Mann war bei der Feuerwehr, ich weiß, wovon ich rede.«

Louise schüttelte den Kopf. »Es ist zu gefährlich«, wiederholte sie, aber als sie sich umschaute, erkannte sie, dass die Menschen schwitzten, schwer atmeten, husteten.

»Jetzt kommen Sie endlich!« Fingernägel bohrten sich in Louises Oberarm.

Sie hatte keine Wahl, Peter würde gleich bei ihnen sein. Also folgte sie der alten Frau zum Ausgang.

Als sie die schwere Tür des Kellers öffneten, kam ihnen eine gewaltige Druckwelle entgegen, die sie taumeln ließ. Louise hustete und versuchte, sich im dichten Feuerdunst zu orientieren. Doch schon hatte die Alte erneut ihren Arm gepackt, zerrte sie mit sich, dicht an den Häuserfassaden die Straße entlang.

Feuer, dachte Louise, überall Feuer. Das Pflaster kam ihr vor wie glühende Lava. Die Flammen schossen aus den Fenstern, breiteten sich in Sekundenschnelle aus. Louise spürte den beißenden Rauch in ihrem Hals, in den Augen. Immer wieder entdeckte sie auf dem Boden verkohlte Menschen. Louise beobachtete, wie eine Mutter sich schützend über ihr Kind warf, doch die Flammen erfassten beide. Ihre Körper brannten lichterloh.

»Wir müssen weiter!«, rief die Nachbarin, und Louise lief ihr hinterher, wie betäubt.

Schließlich erreichten sie eine Hauptstraße. Schutt und Steine versperrten den Gehweg. Langsam lichtete sich der Rauch und gab den Blick frei auf die Gebäude, die von den Sprengbomben vollständig zerstört worden waren.

Irgendwann kam ihnen aus einer riesigen Aschewolke ein Wagen entgegen. Auf der Ladefläche hockten eine junge Familie mit zwei kleinen Kindern und drei ältere Männer, die Gesichter schwarz vor Ruß.

»Rasch, springt auf, die Räder fangen gleich an zu brennen!«, rief der Fahrer ihnen zu, und Louise half der Alten hinauf. So holperten sie aus der Stadt hinaus, vorbei an riesigen Trümmerbergen, brennenden Häusern, Leichen. Louise saß wie erstarrt da, sie nahm kaum wahr, wie die alte Frau sie rüttelte, ihr etwas zu sagen versuchte. Irgendwann drehte sie ihr den Kopf zu, dabei bemerkte sie, dass sie am Arm blutete, eine große Wunde, die die Nachbarin mit ihrem Kopftuch verband.

Viel später erreichten sie Jenfeld, wo der Fahrer sie aussteigen ließ. »Lauft Richtung Osten, immer weiter aus der Stadt hinaus. Ich fahre zurück und suche weiter nach Überlebenden«, sagte er. Louise wollte ihn aufhalten, ihm zu verstehen geben, dass es zu gefährlich sei, aber ihre Stimme wollte ihr nicht gehorchen, alles, was aus ihrer Kehle drang, war ein leises Wimmern.

Sie rannten weiter, bis sie das Gefühl hatten, in Sicherheit zu sein. Hier standen die Häuser noch, es gab keine Bombeneinschläge. Erschöpft setzten sie sich auf den Bürgersteig, und ein paar Anwohner brachten ihnen Wasser und etwas Brot. Louise brachte es kaum fertig, sich zu bedanken. Und doch wurde ihr bewusst, wie viel Glück sie gehabt hatten.

Erst Stunden später erreichte Louise die Hohen-Werke. Sie erfuhr, dass Carl und Hannah nichts geschehen war. Carl war an diesem Abend gar nicht in seine Wohnung gefahren, sondern hatte in der Fabrik in Reinbek übernachtet. Reinbek lag zwar nah an der Grenze zu Hamburg, war aber nicht das primäre Ziel der Angriffe gewesen. Obwohl die Bomben die Rüstungsindustrie zerstören sollten, waren die Hohen-Werke nicht angegriffen worden. Bislang.

Carl rief einen Arzt, der Louises Wunde versorgte. Doch sie registrierte die Schmerzen kaum. Sie stand unter Schock. Die schrecklichen Bilder von dem Inferno verfolgten sie und ließen sie ständig aufschrecken. Meine Heimat ist zerstört und verloren, das war es, was Louise durch den Kopf ging.

Erst Mitte August konnte sie wieder arbeiten. Sie war zwar noch sehr schwach, aber froh über jede Ablenkung.

Ausgerechnet Ferdinand Geier hatte sich angekündigt, der Vorarbeiter, der Carl ständig Ärger bereitete. Geier war ein schmächtiger Mann mit einem schmalen Oberlippenbart, sein schütteres Haar war gescheitelt, und seine Augen blickten gierig in die Welt. Louise erinnerte sich an ihre erste Begegnung mit ihm, damals, als sie Carl gesucht hatte. Sie erinnerte sich an sein geiferndes Gesicht, als er sie Carl als Spionin präsentierte. Doch zu ihrem Glück konnte er sich nicht daran erinnern. Zumindest hoffte sie das.

»Ich muss zu Carl«, sagte er. Seine Lippen waren spröde, und beim Sprechen machte er seltsame Geräusche, als würde er die Zähne fletschen. »Es ist sehr wichtig. Hab Belszki und Szomiak schon wieder beim Klauen erwischt. Elende Diebe, stinkendes Polengesindel. Nachlässig und faul.« Er machte eine Mundbewegung, als wolle er ausspucken. »Ich hätte ihnen mit der Reitgerte gezeigt, was mit Dieben passiert. Aber das verbietet er ja.« Er deutete auf Carls Büro.

Louise verzog keine Miene. Sie durfte sich nicht anmerken lassen, dass sie diesem Mann am liebsten die Kehle durchschneiden würde. Solche Gefühle kannte sie nicht von sich, es erschreckte sie, aber sie hatte eine unbändige Wut in sich, die einen immer größeren Platz in ihrem Inneren einnahm und nicht verschwinden wollte.

Aber sie setzte ihr freundlichstes Lächeln auf und sagte: »Herr von Hohenstetten ist in einem Gespräch. Darf ich Sie bitten, hier zu warten?« Sie deutete auf einen Holzstuhl, der am Fenster stand.

»Herr von Hohenstetten … Pah! Der Jungspund ist nicht Herr von Hohenstetten. Maximilian von Hohenstetten, das ist der wahre Herr von Hohenstetten, der, der diese Werke aufgebaut hat. Sein Sohn …« Geier schnaubte verächtlich. »… ist kein wahrer Geschäftsmann. Hat keinen Schimmer davon, wie man eine Firma führt. Wie man Zucht und Ordnung in einen solchen Sauhaufen bringt.« Weiter vor sich hin schimpfend setzte er sich auf den Stuhl und beobachtete Louise. Sie versuchte, seine Blicke nicht zu beachten und sich weiter auf das Tippen eines Briefes zu konzentrieren.

Nach einigen Minuten öffnete sich die Bürotür, und Carl kam mit einem General heraus. Dieser reichte Carl zum Abschied die Hand und nickte Louise zu.

Louise erhob sich. »Herr von Hohenstetten, Herr Geier wünscht, Sie zu sprechen.«

Auch Geier war aufgestanden, vielmehr aufgesprungen, es drängte ihn danach, Carl von den beiden Dieben zu erzählen.

Carl und Louise wechselten einen Blick, einen jener vertrauten Blicke, die nur für den Bruchteil einer Sekunde andauerten und doch so viel sagten, wie es tausend Worte nicht konnten.

Geier blieb fast eine Stunde in Carls Büro. Louise hörte, wie es ab und zu lauter wurde, wie Carl die Stimme erhob und Geier keifte wie ein kläffender Hund. Schließlich traten beide aus dem Büro. Geier sah zufrieden aus und verließ das Vorzimmer, ohne Louise weiter zu beachten.

»Was ist passiert?«, fragte Louise.

Carl ließ sich auf dem Stuhl nieder, auf dem Geier zuvor gesessen hatte, und strich sich über die Stirn. »Er will, dass ich Belszki und Szomiak nach Auschwitz schicke. Er hat Zeugen, dass sie Brot gestohlen haben. In jedem anderen Lager wären sie schon längst erschossen worden, gab er mir zu verstehen. Ich habe ihm entgegnet, dass wir die zwei Männer brauchen. Sie sind die Einzigen, die mit den neuen Gewinderollmaschinen umgehen können.«

»Genau! Du darfst sie nicht wegschicken. Du hast den Arbeitern versprochen, dass sie hier sicher sind! Das wäre ihr Tod!«

»Glaubst du, das weiß ich nicht? Aber diesmal ist es anders. Die beiden haben wirklich schon das eine oder andere Mal etwas gestohlen. Und sie machen Ärger.«

»Und deswegen darf man sie in den Tod schicken?«

Louise ging in die Hocke, legte die Hand auf Carls Knie, wollte seine Wange berühren, doch er zuckte zurück. »Nicht. Du weißt, das geht nicht …«

Sie richtete sich wieder auf und ging zum Fenster. Von hier aus konnte sie die Produktionsstätte sehen, dieses graue Gebäude ohne Fenster, das so unheimlich wirkte, fast beklemmend, und doch so vielen Menschen ein Leben ohne tägliche Angst und Schikanen ermöglichte. Dahinter erstreckte sich das Lager, zuerst das der Männer und dann das der Frauen, wo auch Hannah untergebracht war. Louise schämte sich noch immer, dass sie in einer Wohnung in der Stadt leben und sich frei bewegen konnte, während ihre Schwester auf einem Feldbett in einem Raum mit vielen anderen Frauen schlafen musste. Doch Hannah sagte, dass ihr das lieber sei, als in Freiheit zu sein und ständig Furcht haben zu müssen, entdeckt zu werden. Und es ging ihr nicht schlecht in dem Lager. Carl kaufte auf dem Schwarzmarkt Lebensmittel, mit denen er die Essensrationen der Arbeiter ergänzte. »Und es ist sowieso nur noch eine Frage der Zeit, bis wir befreit werden«, sagte Hannah immer wieder, und Louise wünschte sich so sehr, dass sie recht behalten möge.

»Louise?« Carl war hinter sie getreten. Und so standen sie für einen Moment da, sahen aus dem Fenster, wo die Morgensonne zarte Strahlen auf die Straße warf. »Ich werde Belszki und Szomiak nach Auschwitz schicken müssen. Mir bleibt keine Wahl. Wenn ich darauf bestehe, sie zu behalten, wird Geier noch misstrauischer. Und das wäre im Moment das Schlimmste, was uns passieren kann. Wenn Geier mich anschwärzt, sind wir in großer Gefahr.«

»Ich verstehe«, sagte Louise. Sie drehte sich zu ihm um. »Gestern, als ich auf dem Heimweg war …« Sie stockte. »Da standen zwei SS-Männer am Bahnhof, hinter den Gleisen. Vielleicht fühlten sie sich dort unbeobachtet. Eine Jüdin stand vor ihnen, sie hatte ihr kleines Kind an der Hand, es war vielleicht zwei oder drei Jahre alt.« Louise musste sich räuspern, um weitersprechen zu können. »Sie haben ihr das Kind weggerissen und es an den Straßenrand geschleudert, sodass es sich den Kopf aufschlug und regungslos liegen blieb. Und die Männer sind einfach gegangen, haben gelacht und sich Zigaretten angezündet. Als wäre das, was sie getan hatten, das Normalste auf der Welt.«

Carl sagte nichts. Er nahm sie in den Arm, und sie spürte seine Wärme.

Nur für einen kurzen Moment wollte sie in Sicherheit sein.

KAPITEL XI

Seaborough, Neufundland, Juni 2016

Es war einer dieser Tage, an denen Anna sich einmal mehr fragte, ob sie vielleicht bei der Geburt vertauscht worden war. Konnte es wirklich sein, dass diese Frau in dem strengen Kostüm, die dort auf der Veranda stand und ungeduldig mit dem Fuß wippte, ihre leibliche Schwester war?

»Seid ihr endlich startklar?« Judith schaute nervös auf ihre Armbanduhr.

Anna nahm ihre Tasche, und Greta und sie traten zu Judith nach draußen. »Keine Panik, wir haben noch massenhaft Zeit«, sagte Anna zu Judith, aber die war schon auf dem Weg zum Wagen.

Es hatte die ganze Nacht geregnet, und die Straßen waren noch immer nass und glitschig. Anna, die am Steuer saß, damit Judith sich innerlich auf das Gespräch vorbereiten konnte, musste mehrmals tiefen Pfützen ausweichen. Sie fluchte über die unbefestigten Straßen.

»Die Bank liegt in der Brightsstreet«, erklärte Judith, als sie durch die breite Hauptstraße von St. John's fuhren. »Da vorne links.«

Anna bog ab und parkte den Wagen vor einem großen grauen Messingschild, auf dem »Lesting Bank of Canada« stand. Das Gebäude aus Stahl und Glas wirkte zwischen all den hübschen kleinen Häuschen ziemlich abweisend.

»Da ist Dan!«, rief Greta, als alle ausgestiegen waren.

Dan trug einen grauen Anzug, der an den Beinen ein bisschen zu kurz war, und eine schlecht sitzende rote Krawatte. Er wirkte schrecklich nervös.

»Sollen wir?«, fragte Judith und blickte in die Runde.

»Wir haben wohl keine Wahl«, stellte Dan fest. Er sah aus, als würde man ihn zur Schlachtbank führen.

Durch eine verglaste Drehtür betraten sie das Gebäude. Der Eingangsbereich wirkte steril, und es war sehr kühl in der Halle. Am Empfangstresen saß eine perfekt frisierte Dame in hochgeschlossener Bluse. »Kann ich Ihnen behilflich sein?«

»Wir haben einen Termin. Mit Mr Dellingham«, sagte Judith.

»Wen darf ich anmelden?« Ihr Blick blieb für einen Moment abschätzig an Gretas grünem Tanktop hängen.

»Dan O'Connor. Und mein Name ist Judith Berenberg.«

Die Dame sah auf ihren Bildschirm. »Ja, Sie sind eingetragen. Mr Dellingham wird Sie gleich abholen.«

Wenig später erschien ein Mann in maßgeschneidertem Anzug mit grau meliertem Haar. Er reichte allen die Hand und bat Judith und Dan in den hinteren Bereich des Gebäudes. Anna und Greta setzten sich auf die Stühle neben dem Empfang.

Anna war nervös. Dan musste sein Diner behalten. Es war unfair, dass er das verlieren sollte, wofür er so gekämpft hatte.

»Die Frau am Empfang sieht ein bisschen aus, als hätte sie Botox gespritzt«, flüsterte Greta. »Wenn sie versucht zu lächeln, sieht sie aus wie eine Barbiepuppe.«

»Stimmt.« Anna verkniff sich ein Lachen. »Meinst du, Judith schafft es?«

»Daran hab ich keinen Zweifel!«

»Hm. Ich hoffe, sie ist nicht zu forsch.«

»Ach Quatsch! Sieh dich doch mal um! Mit Zurückhaltung

kommst du hier nicht weit. Hier geht es nur um eins: Geld. Und wer am lautesten und hartnäckigsten ist, der kriegt das meiste.«

Plötzlich erklang draußen ein Rattern, dann quietschten Bremsen, und jemand schlug mit Wucht eine klapprige Tür zu. Kurz darauf kam ein Mann durch die Drehtür.

»Jack!«, rief Greta und winkte ihm zu.

Die Empfangsdame rümpfte erneut die Nase. Jack sah aus, als würde er direkt von einem Kutter kommen. Man konnte die Fische beinahe riechen.

»Er gehört zu uns«, erklärte Anna schnell, bevor die Empfangsdame sich äußern konnte.

»Was machst du denn hier?«, fragte Greta, während Jack sich neben ihnen niederließ.

»Denkt ihr, dass ich meinen Sohn im Stich lasse?« Er kniff die Augen zusammen. »Er wollte zwar nicht, dass ich mitkomme, aber ich wollte wenigstens an Ort und Stelle sein, wenn er die Höhle des Löwen wieder verlässt.« Er reckte den Kopf, um den hinteren Bereich der Bank in Augenschein zu nehmen. »Und, wie sieht es aus?«

»Keine Ahnung«, sagte Greta. »Judith versucht, die Bank zumindest zu einem Aufschub zu bewegen.«

»Hoffentlich klappt's.«

»Ganz bestimmt.«

Sie warteten eine weitere halbe Stunde, dann tauchten Dan und Judith endlich auf.

»Wir haben einen Teilsieg errungen«, erklärte Judith zufrieden und nahm ihre Brille ab, um mit ihrem Schal die Gläser zu putzen. »Wir haben Zeit gewonnen, das ist doch schon mal was.«

»Wie schön!«, rief Greta.

»Jack! Was machst du denn hier?« Dan umarmte seinen Vater. Wenn es sich nicht um zwei echte kanadische Kerle gehandelt hätte, denen selbst eine raue See nichts anhaben konnte, ja, dann hätte man meinen können, dass es in ihren Augen in diesem Moment feucht schimmerte.

»Also, ich brauch jetzt erst mal ein Bier«, sagte Dan, als Vater und Sohn sich voneinander gelöst hatten. »Aber in Seaborough.«

Als sie dort angekommen waren und Dan die Tür zum Kayman's aufschloss, blieb er wie angewurzelt stehen.

»Überraschung!«, tönte es von drinnen.

»Was ist denn hier los?« Greta drängelte sich an Dan vorbei, die anderen folgten ihr.

Das Diner war gerammelt voll. Anna erkannte ein paar bekannte Gesichter; Kathleen und Eddie, Alicia, die Richards, die Richterin Mrs Patterson.

»Was macht ihr denn hier?« Dan stand noch immer wie vom Donner gerührt in der Tür.

Kathleen kam auf ihn zu und reichte ihm ein Bier. »Wir haben gehört, was passiert ist, Dan. Und wir stehen dir bei. Das Kayman's gehört zu Seaborough wie Ahornsirup zu Pancakes. Und niemand wird es dir wegnehmen. Dafür werden wir sorgen.«

»Wow … Ich freu mich.« Dan war sichtlich gerührt.

»Setz dich, trink dein Bier und entspann dich.«

Dan tat, wie ihm geheißen, und wirkte erleichtert, dass ihn nun nicht mehr alle anstarrten, sondern sich langsam wieder ihren Gesprächen widmeten.

Anna ließ sich auf einem Barhocker nieder und hielt verstohlen nach Logan Ausschau. Doch er schien nicht da zu sein. Komisch, denn eigentlich war es doch auch sein Diner, um das es hier ging. Es hatte sie sowieso gewundert, dass er bei dem Gespräch mit der Bank nicht dabei gewesen war. Ging er ihr aus dem Weg? Und warum konnte sie es nicht lassen, jedes Mal zur Tür zu schauen, wenn diese sich öffnete?

Sie versuchte, sich auf etwas anderes zu konzentrieren, und sah sich um. Judith war von Mrs Patterson und ihren Freundinnen in Beschlag genommen und wurde mit Fragen gelöchert. Greta lieferte sich mit Eddie im hinteren Bereich des Diners ein Dart-Duell. Anna war gerührt von der Unterstützung, die man Dan entgegenbrachte. Es schien so selbstverständlich, dass man sich gegenseitig half, dass man füreinander einstand.

»Hallo, Anna.« Jack stand vor ihr. »Darf ich mich setzen?«

»Na klar.« Anna mochte Jack sehr. Er strahlte eine Art Weisheit aus, die sie selbst gern einmal hätte.

»Du siehst traurig aus.«

Irgendwie hatte sie das Gefühl, dass er wusste, was los war.

»Vielleicht ein bisschen.«

»Es wird besser mit der Zeit.«

»Ich weiß.« Ihr wurde schmerzlich bewusst, wie sehr sie Logan mochte. Und dass womöglich alles vorbei war, bevor es angefangen hatte.

»Ihr wollt mehr über Lous Leben erfahren, nicht wahr?«, wechselte Jack das Thema. In seinem Blick lag etwas Wehmütiges.

»Ja.«

»Lou hat viel durchgemacht, aber das ist dir nicht unbekannt, oder?«

»Sie hat nie viel über Vergangenes gesprochen. Auch unsere Mutter war in dieser Hinsicht immer sehr verschwiegen. Aber vor allem haben wir keine Ahnung, wer unser Großvater war.

Er soll im Krieg gefallen sein, mehr hat Lou nicht über ihn erzählt.«

Jacks Gesichtsausdruck verriet nicht, was in ihm vorging. »Das ist schade. Aber ich kann verstehen, dass sie nie über ihn gesprochen hat. Es ist so viel passiert damals. Doch eines kann ich dir sagen: Dein Großvater war ein guter Mann.«

»Du hast ihn gekannt?« Anna war überrascht.

»O ja. Leider nicht sehr lange. Aber ich denke noch jeden Tag an ihn. Voller Hochachtung. Ich verdanke ihm mein Leben. Und vielen anderen hat er ebenfalls das Leben gerettet. Wenn auch auf andere Weise.«

»Wie meinst du das? War er Jude, so wie Lou?«

»Nein. Es tut mir leid, aber mehr kann ich dir nicht sagen. Es ist nicht meine Entscheidung. Wenn Lou nicht darüber geredet hat, wird sie ihre Gründe gehabt haben.«

Natürlich verstand Anna das. Aber ihre Neugier war trotzdem groß. Sie war drauf und dran, Jack von dem Tagebuch zu erzählen, als plötzlich Judith auftauchte und sich zu ihnen setzte. »Mrs Patterson sagt, dass wir uns nicht allzu viele Hoffnungen machen sollten. Sie kennt die Lesting-Bank gut, kann sein, dass das unser einziger Aufschub ist. Die Summe sollte also so schnell wie möglich aufgetrieben werden.«

»Aber woher sollen wir so viel Geld nehmen?«, fragte Jack.

»Keine Ahnung«, sagte Judith. »Ich gebe gern etwas dazu, aber das wird längst nicht reichen.«

»Dan würde sowieso nichts annehmen«, stellte Jack fest.

»Na ja, er wird wohl keine andere Wahl haben. Oder er wird sich was leihen müssen. Mit dem Kayman's wird er kaum in kurzer Zeit so viel einnehmen«, sagte Judith.

Anna überlegte einen Moment. Dann hatte sie einen Geistesblitz. »Es sei denn, es gibt eine neue Einnahmequelle.«

Jack und Judith sahen sie verdutzt an.

»Und was sollte das sein?«, fragte Jack.

Anna zögerte. Sollte sie den beiden überhaupt von Logans Online-Eis-Shop erzählen? So wie sie die drei O'Connor-Männer kennengelernt hatte, würde Logan wahrscheinlich noch ewig brauchen, bis er seinem Vater davon berichten würde. Und dann wäre es vielleicht zu spät. Manchmal musste man dem Glück einfach ein bisschen nachhelfen.

»Logan hat einen Online-Eis-Shop eröffnet. Er wollte euch erst mal nichts davon erzählen, aber ich glaube, jetzt wäre ein guter Zeitpunkt, damit durchzustarten.«

»Was für 'n Ding?«, fragte Jack.

»Na ja, Logan verkauft Eis über das Internet. Er hat mir erzählt, dass es schon richtig gut läuft. Das Eis kommt super an. Versteht ihr nicht? Das ist eine riesige Chance für das Kayman's!« Anna war richtig aufgeregt. »Judith, wenn man der Bank einen Businessplan vorlegt und zeigt, dass man Geld mit dem Shop verdienen kann – wie sollen sie da nein sagen?«

»Na ja, ein bisschen mehr als einen Plan sollte man schon vorweisen können«, erklärte Judith.

»Okay. Dann muss Logan eben offenlegen, was er bis jetzt verdient hat.« Anna war sich selten einer Sache so sicher gewesen.

»Vielleicht sollten wir erst einmal Logan fragen, was er davon hält«, gab Jack zu bedenken.

Anna wich Judiths forschendem Blick aus. »Ja, du hast natürlich recht. Das solltest vielleicht du übernehmen, Jack.«

»In Ordnung. Ich werde mein Glück versuchen. Mal sehen, wo ich den Jungen finde.« Jack stand auf und sah sich um. »Solche Partys sind sowieso nichts für mich.« Schon war er zur Tür hinaus.

»Anna.« Judith sah sie tadelnd an.

»Du hörst dich an wie Helene. Ich will nur, dass dem Kayman's geholfen wird.«

»Na ja, eigentlich geht es mich auch nichts an.« Judith sah auf einmal nachdenklich aus.

»Hast du inzwischen den Schwangerschaftstest gemacht?«

»Ja.«

»Und wie ist das Ergebnis?«

»Positiv.«

»Das ist doch toll!« Anna umarmte ihre Schwester.

Judith rang sich ein Lächeln ab. »Schon. Aber …«

»Du sorgst dich um deine Karriere.«

»Richtig. Und um Carsten.«

»Du hast es ihm noch nicht erzählt?«

»Ich wollte, aber es ist kompliziert. Da ist der Job in London.«

»Na und? In London soll man auch Kinder bekommen können.«

»Ich weiß.«

»Carsten wird sich sicher wahnsinnig freuen.«

»Bestimmt«, antwortete Judith, aber es klang nicht sehr zuversichtlich.

Greta hatte ihr Dart-Duell mit Eddie beendet. »Eddie ist eigentlich ein lustiger Kerl«, erklärte sie, als sie sich wieder bei ihren Schwestern einfand. »Und was ist mit euch los? Ihr seht so ernst aus.«

Judith winkte ab. »Nichts Dramatisches. Aber ich werde jetzt aufbrechen.«

»Ich komm mit«, sagte Greta.

»Und was ist mit dir?« Judith sah Anna an.

»Ich will noch einen kleinen Spaziergang machen.«

Anna schlenderte am Wasser entlang. Am Steg saßen ein paar Männer in Anglerhosen auf breiten Klappstühlen und tranken Kaffee aus der Thermoskanne. Sie dachte an Philipp, an ihre gemeinsame Wohnung, den Antrag. Doch all das schien ihr so fern. Sie wollte nicht darüber nachdenken, wie ihr Leben weitergehen sollte.

Sie blieb stehen und sah aufs Meer hinaus. Am Horizont thronten die Eisberge, die Neufundland so einzigartig machten. Vielleicht bleib ich hier, dachte sie. Werde Fischerin. Oder Kellnerin im Diner.

Sie setzte sich auf den Steg. Hohe Wellen schlugen an die Klippen. Es fiel ihr ein Gespräch mit Lou ein. Sie hatte die Herbstferien bei ihrer Großmutter verbracht, und zusammen hatten sie einen Blaubeerkuchen gebacken. Es hatte nach den Beeren gerochen, nach zerlassener Butter und Kuchenteig und nach den Chrysanthemen, die in Lous Garten blühten.

»Also, was bedrückt dich?«, hatte Lou gefragt.

»Warum sollte mich etwas bedrücken?«

»Das ist ziemlich offensichtlich, Anna. Außerdem hast du mich noch nie allein besucht.«

»Ich musste mal raus. Zu Hause sind alle laut und irre.«

»Das klingt ja schlimm.«

»Ist es auch.«

»Aha. Vielleicht solltest du mal einen Winter in Seaborough verbringen. Dann wirst du dich nach Gesellschaft sehnen.«

»Glaub ich nicht. Ich mag die Einsamkeit.«

»Einsamkeit kann hart sein«, hatte Lou gesagt.

»Alles ist besser als der Berenberg-Clan.«

»Und wie stellst du dir dein Leben vor, Anna? Ich meine, was ist dir wichtig?«

»Eigentlich wünsche ich mir eine Familie. Irgendwann.

Aber ich frage mich, ob ich je jemanden finde. Ich bin irgendwie kompliziert.«

»Jeder Mensch ist kompliziert. Jeder auf seine Weise, jeder trägt sein Päckchen mit sich herum. Du machst dir viele Gedanken. Das ist nicht kompliziert, sondern interessant.«

»Meinst du?« So hatte sie das noch nie gesehen. Ihr war das immer anstrengend vorgekommen. Nicht nur für sie selbst, sondern auch für andere.

Das Gespräch mit Lou hatte ihr geholfen. Danach war ihr alles nicht mehr ganz so schwierig vorgekommen, nicht mehr ganz so aussichtslos. Natürlich gab es immer noch Tage, an denen sie großen Weltschmerz empfand. Aber die gingen vorbei. Sie hatte sich gefreut auf alles, was noch kommen würde. Und nun saß sie hier, so weit von ihrem Zuhause entfernt, das weite Meer vor sich, und hatte das Gefühl, als müsse sie ihre Ziele und Träume ganz neu überdenken. Sie wollte sich wieder freuen, wieder neugierig sein auf ihr Leben, so wie damals. Sie wollte wieder glücklich sein.

»Wach endlich auf, Schlafmütze! Ich hab noch was herausgefunden!« Greta stand am nächsten Morgen mit einem Kaffeebecher an Annas Bett. »Wollte das gestern Abend vor Judith nicht erzählen. Sie hält ja nicht viel davon, dass ich ein bisschen recherchiere. Brauch also deine Rückendeckung.«

Anna rieb sich schlaftrunken über das Gesicht. »Dann schieß mal los!«

»Ich hab gestern lange mit Kathleen und Eddie gesprochen. Die beiden kennen jeden in der Gegend, und Kathleen hat vor einiger Zeit gehört, dass eine große Hotelkette eine Filiale in Seaborough eröffnen will.«

»Aha. Und was haben wir damit zu tun?«

»Das liegt doch auf der Hand! Vanderbaek!«

»Den Zusammenhang versteh ich nicht.«

»Ach Anna! Manchmal bist du wirklich schwer von Begriff! Vanderbaek will aus Lous Haus ein Hotel machen! Das hatte ich ja schon vermutet!«

»Warum sollte er das tun?«

»Um Geld zu verdienen. Mr Vanderbaek ist früher mal Chef einer Hotelkette gewesen. Das stinkt doch zum Himmel!«

»Ich weiß nicht«, sagte Anna. »Das allein hat nichts zu bedeuten. Du steigerst dich da in was rein. Außerdem: Der Kaufvertrag wird doch mit seiner Großmutter abgeschlossen und nicht mit ihm!«

»Das glaub ich erst, wenn ich es sehe. Nachher heißt es, dass die ganz plötzlich krank geworden ist und er es für sie erwirbt. Das mit dem Hotel ist doch logisch! Lous Haus hat die beste Lage hier, alle Zimmer hätten Meerblick! Vielleicht ist Vanderbaek nur ein Strohmann!«, spann Greta ihre Theorie weiter. »Er kauft das Haus und veräußert es dann an die Inhaber der Hotelkette. Könnte doch sein!«

Anna zuckte mit den Schultern. »Möglich ist alles, Greta. Lass uns später mit Judith darüber sprechen.«

Greta grinste breit. »Okay!«

Beim Frühstück erfuhr auch Judith von Gretas neuesten Theorien zu Vanderbaek. Diese reagierte erst entnervt, hörte dann aber zu. Schließlich räumte sie ein: »Also, auch wenn ich deine Vermutungen immer noch absurd finde, muss ich zugeben, dass ich vielleicht wirklich etwas vorschnell mit dem Hausverkauf war. Wenn es diese Großmutter gibt, ist es unser gutes Recht, sie vor dem Hausverkauf kennenzulernen. Aber darum kümmere ich mich erst in ein paar Tagen, abgemacht?«

Greta nickte zufrieden und biss in ihr Käsebrot.

Nach dem Frühstück räumten sie endlich den Keller auf. Greta und Judith erklärten sich danach bereit, ins Gemeindezentrum nach St. John's zu fahren, um Lous alte Sachen zu spenden, während Anna die restlichen Sachen sortieren wollte. Abermals betrachtete sie die Fotos auf dem Kaminsims. War der Mann, der neben Lou stand, der Mann, der ihr den Brief geschrieben hatte? War das Carl? Hatte Lou ihn wirklich nie erwähnt oder irgendetwas gesagt, was einen Hinweis auf ihn geben könnte? Doch, eine Begebenheit kam ihr in den Sinn. Es war bei ihrem letzten Besuch in Seaborough gewesen, im Sommer vor drei Jahren. Anna und Helene waren gemeinsam zu Lou geflogen. Lou hatte damals um ihr Kommen gebeten, etwas, das sie nie zuvor getan hatte. Vielleicht hatte sie geahnt, dass sie krank war und es nicht mehr viele Gelegenheiten geben würde, ihre Familie zu sehen. Anna war viel mit Lou spazieren gegangen, und sie hatte ihr dabei von der Kabeljaufischerei erzählt. In ihren Worten schwang immer ein Stück Wehmut mit, fast als hätte sie dieses Leben zwar genossen, aber stets etwas vermisst.

Und sie selbst? Sie hatte von Philipp geschwärmt, wie harmonisch und toll alles zwischen ihnen sei. Lou hatte sich gefreut, hatte Anna gesagt, dass man die Liebe festhalten müsse, wenn man ihr begegnete. Fehler sollte man verzeihen, denn niemand sei perfekt. Sie hatte damals nicht verstanden, was ihre Großmutter damit meinte. Schließlich war Philipp perfekt, da gab es keine Fehler. Jetzt, nach allem, was passiert war, wusste sie, was Lou ihr hatte erklären wollen. Manchmal musste man um die Liebe kämpfen, musste Kompromisse eingehen, die eigenen Wünsche zurückstellen. Doch sicher konnte man nicht ewig Kompromisse eingehen. Wann wurde es notwendig, einen Schlussstrich zu ziehen? Sie wünschte, sie könnte Lou danach fragen. Könnte ihr alles erzählen, was sie bedrückte, was sie beschäftigte.

Sie hatte sich in ihren Gedanken verloren, als sie an die Begebenheit dachte, die einen Hinweis auf den Briefeschreiber geben konnte. Lou hatte eines Abends in ihrem Schaukelstuhl am Fenster gesessen und in einem Bildband geblättert. Es ging dabei um Automobile und ihre Geschichte, dabei hatte sie sich nie sonderlich für Technik oder Autos interessiert. Lou fuhr einen Ford, der seine besten Tage lange hinter sich hatte. Anna hatte ihre Großmutter gefragt, was es mit dem Bildband auf sich habe, und Lou hatte geantwortet, dass sie vor langer Zeit jemanden gekannt hätte, der in der Automobilbranche tätig gewesen sei und ihr sehr viel beigebracht habe. Als Lou ihre Verwunderung bemerkt hatte, korrigierte sie sich. Er habe ihr etwas über das Leben beigebracht, nicht über Autos, hatte sie hinzugefügt.

Ob es diesen Bildband noch gab? Anna ging zum Bücherregal und überflog die Rücken der Bücher. Romane und Reiseführer standen neben Biografien, Kochbüchern und Ratgebern über Gartenarbeit. Als sie schon fast alles durchgeschaut hatte, sah sie ihn.

Sie zog den schweren Band aus dem Regal, setzte sich damit an den Küchentisch und blätterte ihn durch. Bilder und kurze Beschreibungen von Cadillacs, Rolls-Royces, Ferraris und Land Rovers. Als sie das Buch gerade wieder zurückstellen wollte, weil sie nichts Interessantes entdecken konnte, fiel ihr ein kleiner gelber Zettel entgegen. »Seite 205« stand darauf. Rasch schlug sie die Seite auf. Zu sehen war ein großes Foto von einem zerfallenen Fabrikgebäude. Daneben waren Karosserieteile abgebildet, und die Überschrift zum daneben stehenden kurzen Text lautete: »Die Hohen-Werke – Automobilzulieferer bis 1945«.

Der Name kam ihr bekannt vor, aber sie konnte ihn nicht zuordnen. Hatte Lou ihn einmal erwähnt? Sie überflog die Zeilen. Als kriegswichtiger Betrieb erlebten die Hohen-Werke während des Zweiten Weltkriegs ein rasantes Wachstum.

Sie loggte sich in Judiths Laptop ein. Ihre Schwester würde sicher nichts dagegen haben. Sie gab den Begriff »Hohen-Werke« in eine Suchmaschine ein, und es erschienen unzählige Einträge. Auf den meisten Seiten stand aber nicht mehr als das, was sie schon kannte. Sie scrollte weiter nach unten und stieß schließlich auf einen Artikel, der den Titel »Die Hohen-Werke im Dritten Reich« trug. Neugierig begann sie zu lesen:

Die Hohen-Werke profitierten schon seit Beginn der Dreißigerjahre vom Nationalsozialismus. Der Firmeninhaber, Maximilian von Hohenstetten, war seit der Machtergreifung NSDAP-Mitglied und ein fanatischer Antisemit. Die Hohen-Werke waren Zulieferer für alle großen deutschen Automobilfirmen, und Maximilian von Hohenstetten galt als Vertrauter vieler hochrangiger Nazigrößen. Durch seine Verbindungen konnte er viele Mitbewerber vom Markt verdrängen. 1940 zog er sich aus dem aktiven Geschäft zurück und wurde stellvertretender Leiter der Reichswirtschaftskammer. Den Posten des kaufmännischen Direktors übertrug er seinem Sohn Carl, der die Geschäfte an seiner Stelle weiterführte.

Sie hielt inne. Carl. Carl, der den Brief geschrieben hatte? Carl, der Louise geliebt hatte? Carl von Hohenstetten. Was war aus ihm geworden? War er ihr Großvater? Und war er ein Nazi gewesen wie sein Vater? Am liebsten hätte sie sofort das Tagebuch geöffnet.

Aus der Ferne hörte sie den Land Rover näher kommen. Kurz darauf standen Judith und Greta in der Tür.

»Haben alles im Gemeindezentrum abgeliefert«, sagte Greta.

»Ihr glaubt nicht, was ich herausgefunden habe.« Aufgeregt erzählte Anna den beiden von ihrer Entdeckung und dem Artikel im Netz. Dass sie auf den Brief von Carl schon vor ein paar Tagen zufällig gestoßen war, verschwieg sie besser. Greta hätte ihr sofort vorgeworfen, »Lebenswichtiges zu verheimlichen«.

»Das ist ja unglaublich! Schade nur, dass wir das Tagebuch nicht lesen können«, sagte Greta.

Judith schien weniger beeindruckt. »Müsst ihr denn in Lous Vergangenheit herumwühlen? Sie hatte sicher ihre Gründe, dass sie uns nie etwas davon erzählt hat. Ich denke, wir sollten ihren Wunsch respektieren.«

»Meinst du damit Lous oder Helenes Wunsch?«, giftete Greta.

Anna winkte ab. »Womöglich hat Judith recht. Lou hätte uns bestimmt davon erzählt, wenn sie darüber hätte sprechen wollen. Wir sollten abwarten, was Helene zu dem Tagebuch sagt. Kann ja sein, dass wir am Ende alles von ihr erfahren …«

»Wer's glaubt, wird selig.« Greta hatte nie einen Hehl aus der schwierigen Beziehung zu ihrer Mutter gemacht.

»Da fällt mir ein, Anna, dass du Helene anrufen sollst. Sie hat mich darum gebeten.« Judith tat ganz zerknirscht.

»Wieso will sie mich denn sprechen?«

»Da musst du sie selbst fragen.«

Anna ahnte, worum es gehen konnte. Judith hatte den Mund nicht halten können.

»Hallo, Mama.« Anna war in ihr Zimmer gegangen, um in Ruhe zu telefonieren.

»Von dir hab ich ja ewig nichts gehört!«

Rumms, der erste Vorwurf. Mal sehen, wie viele noch folgen, dachte Anna.

»Hier ist viel zu tun. Aber das weißt du sicher von Judith.«

»Stimmt. Ihr kommt mit dem Hausverkauf gut voran? Dieser Vanderbaek klingt sehr vielversprechend.«

»So ganz wissen wir bislang nicht, was wir von ihm halten sollen.« Anna zögerte. »Ich finde es jedenfalls sehr schade, Lous Haus zu verkaufen.«

Es wurde kurz still in der Leitung.

»Lou war sich bewusst, dass wir das Haus nicht behalten würden. Sie hat immer gesagt, dass wir damit machen können, was wir wollen.«

»Das klingt jetzt nicht so, als hätte sie sich gewünscht, dass wir es verkaufen. Vielleicht hat sie insgeheim gehofft, dass wir es behalten. Dass es in der Familie bleibt.«

»Wir können sie kaum dazu befragen. Lou war nicht sehr sentimental. Sie hat sich nie an Sachen geklammert. Das haben wir gemeinsam.«

»Aber es ist das Haus, in dem du aufgewachsen bist! Du musst damit doch etwas verbinden!«

»Es ist nur ein Haus, Anna! Können wir es dabei belassen? Ich wollte mit dir aber über etwas ganz anderes reden.«

Anna wusste, was jetzt kommen würde.

»Bevor du etwas sagst: Ich weiß noch nicht, ob ich Philipps Antrag annehme. Und ich brauche auch keine guten Ratschläge. In meinem Kopf ist genug Chaos.«

»Ach ja? Das Chaos wurde bestimmt von diesem Logan verursacht. Hab ich nicht recht?«

Anna musste sich zwingen, ruhig zu bleiben. Judith hatte mal wieder ganze Arbeit geleistet. »Das ist meine Angelegenheit.«

»Das sehe ich anders. Wir sind eine Familie, und da sollte man so etwas diskutieren dürfen! Dein Vater findet das auch nicht gut! Was ist nur in dich gefahren? Du warst doch immer so vernünftig, und vor allem hast du Philipp gern, oder nicht? Willst du das alles aufs Spiel setzen wegen eines Urlaubsflirts?«

Anna fielen unzählige Dinge ein, die sie erwidern könnte. Dass Logan kein Urlaubsflirt war, dass Philipp derjenige war, der sie betrogen hatte, dass sie sich in Neufundland so gut fühlte wie lange nicht mehr … Aber nichts davon kam über ihre Lippen. »Mama, ich hab einen Vorschlag: Ich rede nicht mehr über das Haus und du nicht mehr über mein Liebesleben. Okay?«

»Es war nur gut gemeint«, sagte Helene. Ihre Stimme klang gereizt. »Wir sorgen uns um dich. Und dein Vater …«

»Halt Papa da raus. Er soll mir selbst seine Meinung sagen.«

»Na gut. Ich merke, dass du mal wieder auf stur schaltest. Wir haben übrigens unseren Flug gebucht. In vier Tagen sind wir bei euch.«

»Schön!« Anna bemühte sich, erfreut zu klingen. Eigentlich freute sie sich tatsächlich. »Ich hab beim Aufräumen etwas gefunden«, fügte Anna hinzu. Sie musste es ihr erzählen, auch wenn die Schwestern beschlossen hatten, damit noch zu warten.

»Aha. Und was?« Helenes Stimme klang zum ersten Mal während des Telefonats unsicher, fast ein bisschen ängstlich.

»Lous Tagebuch. Da ist ein Zettel dran, dass nur du es lesen darfst.«

Abermals Stille.

»Bist du gar nicht neugierig?«

»Doch, klar. Es kommt nur etwas überraschend.«

»Also, ich bin wahnsinnig gespannt. Musste mich ziemlich zusammenreißen, nicht reinzuschauen.«

»Tu das auf keinen Fall!« Helenes Stimme wurde auf einmal schrill. Ungewöhnlich schrill.

»Keine Sorge, mache ich nicht.« Anna seufzte. Ihr fiel nichts mehr ein, was sie ihrer Mutter sagen könnte. Offenbar gab es gerade kein unverfängliches Thema.

»Ich muss jetzt meinen Schwestern was kochen, nicht dass die beiden vom Fleisch fallen.« Sie versuchte, lustig zu klingen, aber das schien bei ihrer Mutter nicht wirklich anzukommen.

»Ja. Greta ist schrecklich dünn geworden.«

»Ist mir nicht aufgefallen. Egal. Bis in ein paar Tagen.« Anna legte auf. Das war ja mal wieder ein tolles Gespräch gewesen. Ihre Mutter konnte manchmal wirklich anstrengend sein.

»Und, wie war's?«, fragte Greta, als Anna ins Wohnzimmer zurückkehrte. Mit einer Tüte Erdnüsse hatte sie es sich auf dem Sofa bequem gemacht.

Anna setzte sich zu ihr, nahm ihr die Erdnüsse aus der Hand und griff in die Tüte. »Du kennst die Antwort.«

Greta grinste nur breit.

Kurz darauf stand Judith in der Tür. »Puh, bin ich geschafft.«

»An Tagen wie heute sollte man ausgehen«, sagte Greta.

»Ausgehen? Ich möchte nur noch schlafen.«

»Aber das werden die besten Abende! Wenn man eigentlich keine Lust hat, sich dann aber doch aufrafft.«

Judith und Anna sahen sich kopfschüttelnd an.

»Glaub ich nicht. Jedes Mal, wenn ich müde bin und noch etwas unternehme, bereu ich es hinterher«, sagte Anna.

»Da hattest du dann wohl mich nicht dabei!«

»Vielleicht hat Greta recht«, mischte sich Judith ein. »Vielleicht sollten wir uns aufraffen.«

Anna sah Judith ungläubig an. »Wirklich? Und wo soll's hingehen?«

Greta lächelte geheimnisvoll. »Das verrat ich nicht. Ist 'ne Überraschung.«

Anna gab sich geschlagen. »Aber vorher wird gegessen!«

»Ich weiß nicht, warum das Pub, in dem Logan mit seiner Band gespielt hat, eine Überraschung sein soll.« Anna sah sich um. Es war leerer als bei ihrem letzten Besuch, aber immer noch so voll, dass die beiden Frauen hinter der Bar einiges zu tun hatten.

»Ich dachte, es wär 'ne nette Idee … Ich geh mir ein Bier holen«, sagte Greta und war kurz darauf im Gedränge verschwunden.

»Ich glaube, sie wollte dir etwas Gutes tun«, sagte Judith. Sie war ungeschminkt und trug Jeans und ein altes Sweatshirt. Dennoch sah sie hübsch aus, alles an ihr strahlte.

»Ich weiß. Aber ausgerechnet dieses Pub …« Rasch warf sie Judith einen Blick zu. Hatte sie zu viel verraten? Hatte sie offenbart, dass Logan doch mehr war als nur eine flüchtige Bekanntschaft?

»Du kennst Greta. Sie geht Problemen nicht aus dem Weg. Sie nennt das Konfrontation.«

»Hast du Carsten inzwischen eigentlich von der Schwangerschaft erzählt?«

»Hab mich noch nicht getraut. Aber morgen sag ich es ihm. Ganz bestimmt.«

»Du hast Angst davor, Mutter zu werden, oder?«

»Ein bisschen. Dabei hab ich Jura studiert, und da hat man nicht mehr vor vielen Dingen Angst.«

»Du wirst das ganz wunderbar machen. Besser als viele andere.«

In diesem Moment kam Greta zurück.

»Wieso trinkst du eigentlich Cola? Schmeckt dir der Rotwein hier nicht?«, fragte sie Judith.

Anna und Judith wechselten einen Blick. Dann holte Judith tief Luft.

»Ich bin schwanger.«

»Wie bitte? Wie konnte das denn passieren? Ich dachte, unsere Eltern hätten dich ausreichend aufgeklärt.«

Judith grinste. »Sehr witzig.«

»Ich hätte nur nicht gedacht, dass du Kinder haben willst.«

»Falsch gedacht.« Judith nahm einen Schluck aus ihrer Colaflasche. Sie sah nicht so aus, als wollte sie das Thema vertiefen.

»Tut mir leid. Ich freu mich natürlich für euch«, schob Greta schnell hinterher. Doch dann schien etwas anderes ihre Aufmerksamkeit erregt zu haben. Sie zeigte wortlos zum Eingang.

Anna drehte sich um – und zuckte zusammen. An der Tür stand Logan und unterhielt sich mit einem älteren Mann in Lederweste. Er trug ein helles Sweatshirt, das ihn blass erscheinen ließ, und seine Haare hingen strähnig herab.

»Ich würde lieber gehen«, sagte Anna.

»Klar«, erwiderte Judith und nahm ihre Tasche.

»Okay.« Etwas widerwillig wandte auch Greta sich zum Gehen.

In diesem Augenblick bemerkte Logan die Schwestern. Er verabschiedete sich von dem Mann und kam auf sie zu.

»Hallo, Logan«, sagte Anna.

»Hallo, Anna.« Seine Augen schienen zu sagen: »Bitte verzeih mir.«

Sie wich seinem Blick aus.

Er holte tief Luft. »Es tut mir leid. Ich hab mich unmöglich benommen. Hast du ein paar Minuten Zeit?«

Sie sah sich nach Judith und Greta um, beide lächelten ihr aufmunternd zu.

»Ja.«

Sie setzten sich an einen Tisch, der etwas abseits stand, und Logan holte zwei Bier.

»Es war alles ein bisschen viel für mich«, fing er an. »Hab nicht damit gerechnet, dass mir so was passiert. Dass ich … dich mögen würde.« Er strich sich nervös durchs Haar. »Ach, was rede ich da für einen Blödsinn. Als würde das mein bescheuertes Verhalten rechtfertigen.«

»Du musst mir nichts erklären, Logan. Wirklich. Ich hätte dir auch gleich alles sagen sollen.«

Er nahm einen Schluck aus seiner Bierflasche. »Meinst du, wir könnten Freunde sein?«

Sie sah ihn überrascht an, nickte dann aber. »Na klar.« Sie hob ihre Flasche, und sie stießen an. Sie war erleichtert. Freunde, das hörte sich gut an. Das klang nicht nach Problemen, nicht nach Herzklopfen, Gefühlschaos, nicht nach Liebeskummer, nicht nach Enttäuschung. »Mach dir doch nichts vor«, sagte eine Stimme in ihrem Kopf, die sie schnell verdrängte. Sie würde sowieso nicht mehr lange hier sein, es wäre also nicht schlimm, ein bisschen Zeit mit Logan zu verbringen.

»Wie geht es Dan?«, fragte sie. »Judith konnte bei der Bank ja einen Aufschub erreichen.«

»Das war klasse. Ich hab aber auch noch was anderes gehört.« Er schmunzelte. »Irgendwer hat Dan von meinem Eis-Shop erzählt.« Anna spürte, wie sie rot wurde.

»Tut mir leid. Ich wollte nur helfen.«

»Ist nicht schlimm. So richtig begeistert ist Dan zwar nicht, aber das krieg ich schon hin. Er denkt sogar darüber nach, für das Kayman's eine Website einzurichten.«

Anna freute sich darüber, wurde dann aber ernst. »Wir werden Lous Haus bald verkaufen …« Plötzlich hatte sie das Bedürfnis, Logan alles zu erzählen. Sie waren jetzt Freunde, und Freunden erzählte man von Dingen, die einen beschäftigten. »Ich habe Lous Tagebuch gefunden. Und alte Briefe. Es ist komisch, aber als sie noch lebte, habe ich sie nie nach ihrer Vergangenheit gefragt. Ich war viel zu beschäftigt mit meinen eigenen Dingen. Alles erscheint einem immer so wichtig. Der Job, irgendwelche familiären Streitigkeiten, Geld … Und im Nachhinein kommt einem vieles so unwichtig vor.« Sie nestelte an dem Etikett der Flasche herum. »Ich rede dummes Zeug.«

»Überhaupt nicht. Ich weiß genau, was du meinst. Wenn man etwas wirklich Wichtiges verloren hat, weiß man, worauf es im Leben ankommt.« Er sah vor sich hin, und sie hatte wieder das Gefühl, dass ihm etwas Einschneidendes passiert war.

»Und was steht in dem Tagebuch?«, fragte Logan weiter.

»Keine Ahnung. Es ist für meine Mutter. Wir dachten, Jack würde vielleicht etwas wissen …«

»Jack ist stumm wie ein Fisch. Er hat mir auch nie etwas von damals, vom Krieg erzählt. Ich weiß nur, dass er Pilot war und in Europa stationiert. Er hat nie über das gesprochen, was er dort erlebt hat. Charlotte, meine Großmutter, sagte einmal, er sei als ein anderer Mensch zurückgekehrt. Er hätte mit sich und dem Leben gehadert.«

»Ich wusste nicht, dass er Soldat war.« Anna schwieg für einen Moment, dann sagte sie: »Ich muss los … Sehen wir uns auf Lous Trauerfeier?«

»Sicher. Aber vielleicht könntest du mir vorher noch bei meinem Shop helfen. Natürlich nur wenn du Zeit hast. Ich bräuchte jemanden, der meine neuesten Kreationen probiert und mir bei der Gestaltung der Flyer hilft.«

»Gern. Wir kommen morgen sowieso ins Kayman's, also Judith, Greta und ich. Dann können wir alles Weitere besprechen.«

Logan lächelte. Es war wieder sein früheres Lächeln, das sie von Anfang an so gemocht hatte.

Entwaffnend war es. Das war wohl der richtige Ausdruck.

KAPITEL XII

Reinbek bei Hamburg, September 1943

26. September 1943
Manchmal kann ich kaum glauben, welche Kraft und Stärke Carl besitzt. Wie er all die Grausamkeiten, die um ihn herum geschehen, aushält. Wie er mit diesen Menschen, die uns diese schrecklichen Dinge antun, trinken und feiern kann. Ich könnte das nicht.

Es wurde Herbst, und Louise verrichtete ihre Arbeit, so gut sie konnte. Doch es gab Tage, an denen es sie fast zerriss. Carl arbeitete unermüdlich, er schien wie besessen davon, immer noch mehr zu tun, noch jemanden ins Lager zu holen. Doch er musste auch Opfer bringen. So wie Belszki und Szomiak. Carl hatte sie nach Auschwitz geschickt. Nie würde Louise Geiers Gesicht vergessen, als die beiden Männer in den Lastwagen verfrachtet wurden. Nun würden sie in eines der grausamsten Lager kommen. Nicht nur Carl hatte ihr von Auschwitz erzählt. Es gab genügend Gerüchte, es wurde darüber getuschelt, was in Konzentrationslagern wie diesen passierte. Aber niemand sprach es aus.

Carl hatte nichts weiter zu Belszki und Szomiak gesagt. Louise dachte, er würde sich schämen. Erst viele Wochen später erzählte er ihr die Wahrheit. Der Lastwagen war auf seinem Weg nach Auschwitz von einer Widerstandsgruppe überfallen worden. Die SS-Männer, die den Lkw begleitet hatten, waren alle ermordet worden. Von Belszki und Szomiak fehlte jede Spur. Carl sagte nicht, ob er von dem Überfall gewusst, ob er vielleicht sogar seine Finger im Spiel gehabt hatte. Und sie fragte nicht.

Maximilian von Hohenstetten wurde inzwischen kaum noch in der Firma gesehen. Als angesehener Politiker schien er andere Interessen zu verfolgen. Er hatte Carls neue Sekretärin somit noch nie zu Gesicht bekommen, und das sollte auch so bleiben. Kaum auszudenken, was passieren würde, wenn er herausfand, wer wirklich hinter Margarete Hansen steckte …

Fast jede Nacht trafen sich Carl und Louise in seiner Wohnung, sie liebten sich, klammerten sich aneinander wie Ertrinkende. »Wir müssen uns noch immer heimlich treffen. Wie früher. Ob das je aufhören wird?«, flüsterte Louise an seiner Brust, und Carl erwiderte nichts, küsste nur ihre heiße Stirn.

Sie hatten es geschafft, ihre Tarnung aufrechtzuerhalten. Auch wenn es Mitarbeiter wie Geier gab, die nur darauf warteten, dem Direktor etwas anhängen zu können, so hatte Carl doch einflussreiche Leute auf seiner Seite. Nicht zuletzt seinen Vater. Selbst wenn Maximilian von Hohenstetten Juden abgrundtief hasste, so wollte er seinen eigenen Sohn und sein Unternehmen nicht in die Bredouille bringen.

Weil Carl Louises Eltern trotz aller Nachfragen nicht fand, begab Louise sich schließlich selbst auf die Suche. Durch ihre Arbeit hatte sie Zugang zu Deportationslisten, zu Transportgenehmigungen und Arbeitsbescheinigungen. Immer wieder ging sie die Dokumente durch, rief unter falschem Namen in SS-Zentralen an, gab sich als Gestaposekretärin aus, um an Informationen über Gefangene zu kommen. Doch sie blieb erfolglos. Als Carl herausfand, was sie tat, wurde er so zornig, dass er eine Tasse gegen die Wand warf. »Du wirst uns mit diesem Unsinn alle verraten! Du hast schon einen falschen Namen! Und dann denkst du dir noch einen zweiten aus?«

»Aber ich muss was tun! Ich kann nicht untätig herumsitzen, während meine Eltern eingesperrt sind, womöglich gequält werden – wenn sie nicht sogar schon tot sind! Niemand hat etwas gemerkt, ich bin vorsichtig, wirklich!«

Carl schüttelte den Kopf. »Du weißt gar nicht, was du tust, Louise. Du kennst diese Leute nicht.«

»O doch! Mehr, als mir lieb ist. Und ich weiß genau, in welcher Gefahr wir sind, Hannah und ich«, fauchte sie. Carl war nicht der Einzige, für den etwas auf dem Spiel stand, das sollte er ruhig wissen!

»Beruhige dich, Lou.« Er trat auf sie zu. »Ich muss dir noch etwas anderes sagen.«

Etwas in seiner Stimme ließ sie erschaudern. Sie wollte, konnte keine Hiobsbotschaften mehr hören. Am liebsten hätte sie sich die Ohren zugehalten. »Ja?«, fragte sie stattdessen.

»Walter und Pauline sind gestern hingerichtet worden.«

»Nein! Es tut mir so leid, Carl.« Sie wollte ihn trösten, doch er stand stocksteif da, sein Körper zeigte keinerlei Regung.

»Sie wussten, dass es so kommen konnte. Sie haben es immer gewusst«, sagte er tonlos.

»Woher weißt du davon?«

»Von Fritz. Ihrem Sohn. Er hat sich den Partisanen angeschlossen und hat mir die Nachricht überbringen lassen.«

»Fritz lebt?« Trotz der schlimmen Nachricht von Walters und Paulines Tod war Louise froh, dass ihr Sohn den Kampf noch nicht aufgegeben hatte.

Carl nickte. »Aber er und wir, wir stehen genauso dicht am Abgrund, Lou. Es ist gefährlich, was wir tun. Verstehst du?«

»Ja. Ich werde ab jetzt vorsichtiger sein«, sagte sie leise.

Und dann kam der Tag, an dem alles zusammenzubrechen drohte. Nicht wegen Louises Versuch, ihre Eltern zu finden. Nein, es war viel banaler.

Daniel Breslauer war bei der Arbeit mit seinem Zeigefinger in die Drehmaschine geraten. Es blutete stark, und der Finger an seiner Hand hing nur noch an einer Sehne. Der Vorarbeiter verständigte Carl, damit dieser einen Arzt herbeirief. Eigentlich gab es eine Absprache mit einem Doktor in der Nähe, nur eine halbe Stunde Fußmarsch vom Werk entfernt. Doch der war an die Front geordert worden, nur wenige Tage zuvor.

»Mit einer solchen Verletzung müssen wir ihn in ein Spital bringen«, sagte Louise, als sie neben Carl in der Werkshalle stand, um die Wunde zu begutachten.

»Es gibt hier kein Krankenhaus, das einen Juden behandeln würde. Aber …« Carl zog Louise zur Seite. »Ich kenne ein paar Leute«, flüsterte er.

Louise ahnte, was für Leute das waren. Carl sprach selten über seine Kontakte, aber seit sie bei Walter und Pauline gewesen war, wurde ihr Bild von diesen Menschen immer klarer.

»Widerständler?«, wisperte sie.

»Unter ihnen gibt es einen Arzt, einen guten sogar. Und sie haben Medikamente.«

»Das geht nicht, Carl. Wenn das rauskommt, werden sie dich verhaften!«

»Das wird nicht geschehen, Lou.« Er war fest entschlossen, es hatte keinen Sinn, es ihm auszureden.

Sie holte tief Luft. »Ich werde gehen, dann wird niemand misstrauisch.«

»Bist du dir sicher? Es ist gefährlich, Lou.« Seine Stimme verriet, dass er insgeheim gehofft hatte, dass sie diesen Vorschlag machen würde.

»Jeder Tag meines Lebens ist gefährlich.«

Carl erklärte ihr daraufhin den Weg, und sie brach auf.

Es war nicht weit, nur ein paar Minuten musste sie über die Landstraße laufen, bis sie zu einem Haus kam, das etwas abseits der Straße an einem Hügel lag. Sie konnte kaum glauben, dass in so unmittelbarer Nähe des Lagers eine Widerstandsgruppe existierte.

Der vordere Bereich des villaartigen Gebäudes war dunkel, fast sah es aus, als seien die früheren Bewohner überstürzt ausgezogen. Ein kaputter Schaukelstuhl stand auf der Veranda, zerfledderte Zeitschriften lagen überall verstreut.

Sie ging zum Hintereingang und durchquerte dabei den großen, verwilderten Garten. Auch hier wirkte alles verlassen. Vorsichtig öffnete sie die Tür und trat ein. Es roch nach nasser Erde. War sie hier richtig? Bei jedem Schritt knarrten die Holzdielen. Über den Möbeln lag ein Staubfilm, und unzählige Spinnweben hingen an den Fenstern und Lampen. An den Wänden waren weiße Stellen, dort, wo einst wohl Bilder gehangen hatten.

Am Ende des Flurs befand sich eine Tür. Louise öffnete sie vorsichtig und stand vor einer schmalen Kellertreppe. Der Geruch von Zigarettenrauch wehte zu ihr hinauf, und sie hörte leises Gemurmel, das plötzlich verstummte. Kurz darauf erkannte sie einen Mann am unteren Ende der Treppe, er sah im fahlen Licht zu ihr hinauf. Er hatte eine Schrotflinte in der Hand, sein Gesicht wirkte durch das schummrige Licht wachsartig und unheimlich.

»Wer bist du? Was willst du?« Seine Stimme klang rau.

»Mein Name ist Louise. Carl von Hohenstetten schickt mich. Ich suche Emil. Emil Zander. Er soll hier bei euch sein. Wir hatten einen Unfall im Werk und brauchen dringend einen Arzt.«

Der Mann ließ seine Schrotflinte sinken und sagte etwas Unverständliches, offenbar zu jemandem, den sie nicht sehen konnte. Dann tauchte ein hagerer, groß gewachsener Mann mit Bart und Brille auf.

»Ich bin Emil«, sagte er. »Warte, ich hole meine Sachen.«

Auf dem Weg zum Lager liefen sie stumm nebeneinander her. Zu gern hätte Louise gefragt, wer die Leute in dem Haus seien, was sie taten, um die Nazis zu bekämpfen. Aber sie schwieg. Es war besser, nicht alles zu wissen.

Emil konnte Daniel retten. SS und Gestapo hatten nichts von dem Vorfall erfahren, und keiner der Vorarbeiter hatte etwas über den neuen Arzt verlauten lassen. So schien es zumindest. Doch ein paar Tage später erhielt Carl eine Vorladung, er solle sich bei der Staatspolizeileitstelle in Hamburg melden. Man habe einige Fragen an ihn, in der Nähe der Fabrik würden Verschwörer agieren. Er blieb zwei Tage fort, und Louise kam fast um vor Sorge. Als er endlich zurückkehrte, erzählte er, man habe ihn denunziert. Jemand habe der Gestapo gesteckt, dass er judenfreundlich sei, Kontakte zu Widerstandsgruppen pflegen würde und Volksverrätern zur Flucht verholfen habe. Doch schließlich sei er freigelassen worden. Ohne weitere Begründung. »Es war mein Vater«, sagte Carl. »Er hat meine Freilassung bewirkt. Obwohl er verabscheut, was ich tue, beschützt er mich.«

»Du musst vorsichtiger sein«, sagte Louise. »Bitte.«

»Ich weiß.«

28. März 1944
Es ist alles zusammengebrochen. Nun beginnt der Kampf von Neuem, der Kampf ums Überleben. Wem können wir noch trauen? Wo sollen wir hingehen? Wer steht einem zur Seite, wenn man gejagt wird?

Nach dem Vorfall mit Daniel wurde es eine Zeit lang ruhiger. Carl zeigte sich auf Empfängen der NSDAP, versuchte, sich mit Gestapobeamten und SS-Männern gut zu stellen. Einmal inspizierte die SS das Lager. Louise war in heller Aufregung, aber Carl blieb ruhig. Die Mitarbeiter der Hohen-Werke wurden durch einen Signalton gewarnt. Und so fand die SS nichts Auffälliges, nichts, was sie hätte veranlassen können, das Lager zu schließen.

Auch wenn es noch immer keinen Hinweis auf den Verbleib ihrer Eltern gab, so war Louise jedoch etwas anderes gelungen. Sie hatte das Versprechen, das sie Meret gegeben hatte, nicht vergessen. Sie hatte Carl gebeten, nach Moshe Schlomberg zu suchen. Obwohl er ihr zu verstehen gegeben hatte, dass auch dies nicht einfach werden würde, wollte er sich darum kümmern. Und eines Tages wurden zwei junge Männer ins Lager gebracht, einer von ihnen war Moshe. Carl sagte, er habe sie einem Lagerkommandanten »abgekauft«.

Moshe war ernst und ruhig und sah Meret erstaunlich ähnlich, wie Louise fand. Endlich hatten sie wieder einen Arzt im Lager, der die häufigen Infekte der Arbeiter behandeln konnte. Louise beobachtete Moshe, sprach ihn aber nicht an. Wenn sie ihm erzählt hätte, warum er in den Hohen-Werken war, wenn sie ihm von seiner Schwester berichtet hätte, er hätte sicher versucht, Meret zu finden. Und wäre unterwegs vermutlich getötet worden.

Louise wusste nicht, wen Carl alles schon bestochen hatte, mit welchen Männern er verkehrte. Manchmal lag sie nachts wach, und in ihrem Kopf spielten sich alle möglichen Szenarien ab. Wie Carl sich mit hübschen, elegant gekleideten Frauen unterhielt, ihnen vielleicht sogar Avancen machte. Sie spürte, wie Eifersucht sich in ihre Gedanken schlich. »Das darfst du nicht zulassen«, sagte sie sich. »Niemals dürfen deine dummen Ängste Carls Pläne in Gefahr bringen.« Doch sie hatte das Gefühl, dass sie sich weiter und weiter voneinander entfernten. Und sie konnte es nicht aufhalten. Carl schien Louises Befürchtungen zu bemerken, aber er sagte wieder nur, dass sie durchhalten müssten.

»Es kann nicht mehr lange dauern, dann hat dieser Wahnsinn ein Ende. Hitler kann die Alliierten nicht mehr lange aufhalten.«

Louise hatte nur stumm genickt. Sie machte sich keine Hoffnungen mehr, was das Ende des Krieges anging. Denn wenn man nicht hoffte, wartete man auch nicht.

Es war Ende März, als sich Maximilian von Hohenstetten ankündigte. Carl sollte ihm das Werk zeigen. Louise hielt sich im Hintergrund. Das einzig Gute an seiner selbstgefälligen Art war, dass Maximilian von Hohenstetten meist nichts anderes wahrnahm als sich selbst. So schritt er auch an den Mitarbeitern vorbei, die sich in Reih und Glied aufgestellt hatten, um den Firmengründer zu begrüßen, ohne nur einen von ihnen wirklich anzusehen. Louise hatte sich in einem der Nebenräume versteckt und beobachtete das Geschehen durch die leicht geöffnete Tür aus sicherer Entfernung.

Dann zogen Carl und sein Vater sich zurück. Sie blieben lange in seinem Büro. Oft hatte Louise sich gewünscht, mit im

Raum zu sein, um zu hören, was dort gesprochen wurde. Doch noch nie war der Wunsch so groß gewesen wie an diesem Tag. Sie hatte das Gefühl, dass das, was Carl und sein Vater dort drinnen besprachen, alles verändern würde.

Louise hatte Manfreds Frau Freya gebeten, sie für ein paar Stunden in Carls Vorzimmer zu vertreten. Sie selbst zog sich in die Küche zurück, wo das Abendessen für Carl und seinen Vater zubereitet wurde. Rinderbraten mit grünen Bohnen und Kartoffeln. Es duftete verführerisch. Sie ließ sich auf einen Schemel nieder und half, Kartoffeln zu schälen. Das war allemal besser, als untätig herumzusitzen.

Es war schon dunkel, und in den Gängen brannten zahlreiche Kerzen, als Stimmengewirr zu ihr drang. Das konnte nur eines bedeuten. Carl und sein Vater begaben sich in das große Besprechungszimmer, wo sie gleich speisen würden. Vorsichtig spähte sie in den Flur. Carls engste Mitarbeiter huschten durch die Gänge, hektisch und nervös. Es war etwas passiert, dessen war Louise sich sicher. Sie hielt Jaron, der sich um Carls Buchhaltung kümmerte, am Ärmel fest. »Was ist los?«

»Der alte Herr von Hohenstetten ist fort«, sagte er hastig. »Er hat das Büro überstürzt verlassen. Sie haben Streit gehabt. Jetzt können wir den Direktor nicht finden.« Sein Atem ging schnell. Jeder wusste, dass das Schicksal aller allein von Carl abhing. Wenn er nicht mehr da war …

Louise lief in den Vorratskeller. Hinter den Regalen mit den Konserven hatten sie sich schon so manches Mal ausgetauscht. Dann, wenn sie sich in seinem Büro nicht sicher fühlten. Und tatsächlich, dort saß er. Er hatte die Beine angezogen und den Rücken an die Wand gelehnt. Hilflos und traurig sah er aus.

Sie ließ sich neben ihn auf den kalten Boden sinken. Er hob nicht einmal den Kopf, starrte weiter vor sich hin.

»Ich kann sie nicht im Stich lassen.« Seine Stimme war so leise, dass sie ihn kaum verstand. »Ich kann doch all diese Menschen nicht im Stich lassen.«

Louise nahm seine Hand. »Was ist geschehen, Carl?«

»Wir müssen fliehen«, sagte er, ohne auf ihre Frage zu antworten.

»Wohin?«, fragte sie.

»Ich kenne Menschen, die uns helfen können. Aber sie sind weit weg, in den Niederlanden. Wir haben einen langen Weg vor uns.« Langsam stand er auf, sah sie endlich an, traurig, aber entschlossen. »Hol Hannah.«

Es war ein klammer, nebliger Morgen, Louise fühlte sich an ihren Marsch von Tonis Bauernhof zum Bahnhof erinnert. Hannah stand neben ihr, sie trug einen Lodenmantel, einen Schal und eine viel zu große Wollmütze, die ihr immer wieder über die Augen rutschte. Carl war noch einmal in seine Wohnung gegangen, um einen Rucksack zu packen und »Vorkehrungen für das Lager zu treffen«, wie er sagte. Er würde die Arbeiter nun nicht mehr beschützen können. Also musste er eine andere Lösung finden.

Nachdem Louise Hannah geholt hatte, hatte Carl ihnen erzählt, was passiert war. Sein Vater hatte ihn von den Ermittlungen gegen ihn in Kenntnis gesetzt. Die Gestapo wusste nun, wer Louise war, dass Carl sie unter falschem Namen beschäftigt und ihr Papiere besorgt hatte. Sie hatten Zilinski aufgespürt, den Fälscher, und so lange gefoltert, bis er die Namen derer preisgab, für die er die Papiere angefertigt hatte – und die der Auftraggeber. »Mein Vater hat mir erzählt, wie sie mit Gummiknüppeln und Nilpferdpeitschen auf Zilinski einschlugen, bis er irgendwann geredet hat.«

Weiterhin, so Carl, sei der Gestapo bekannt, dass er auf der Suche nach Louises Eltern den Kontakt zu Kommandanten von Konzentrationslagern aufgenommen hatte. Man werfe ihm auch die Verbindung zu einer Widerstandsgruppe vor und wolle ihn wegen Hochverrats anklagen.

Es war Meydrich gewesen. Er hatte sie verfolgt. »Er weiß alles«, hatte Carl gesagt. Für kurze Zeit hatte sein Vater sich vor ihn stellen können. »Er hat mich tatsächlich geschützt. Aber nur aus Angst um seinen guten Ruf.« Carl hatte bitter gelacht. »Er wollte, dass ich zu einem Bekannten von ihm in die Schweiz reise und mich dort verstecke, bis Gras über die Sache gewachsen ist. Und dich, Louise, sollte ich verraten.«

Carl hatte abgelehnt. Er hatte mit seinem Vater gestritten, es waren heftige Worte gefallen. Und dann war Maximilian von Hohenstetten gegangen. »Uns beiden war bewusst, dass wir uns nie mehr sehen würden. Aber er gibt uns ein paar Stunden Vorsprung. Das, so meinte er, sei das Letzte, was er für mich tun könne.« Er ist trotz allem sein Vater, hatte Louise gedacht. Und sie hatte voller Trauer an ihren eigenen Vater denken müssen. An seine gütige Art, seine warme Stimme, sein freundliches Wesen. Wie gern hätte sie ihn jetzt bei sich, wie gern würde sie ihn um Rat fragen. Wie schön wäre es, einfach nur seine beruhigende Stimme zu hören.

Sie gingen nach Westen. Es hatte geschneit, pappiger Schnee lag auf den Wegen, der an einigen Stellen zu einem dunklen, matschigen Brei geworden war und an ihren Schuhen klebte wie Kleister. Carl hatte gesagt, dass sie bis nach Bremen laufen müssten. »Von dort nehmen wir den Zug.«

»Den Zug?«, hatte Louise gefragt. »Aber die Züge werden doch von der Gestapo überwacht.« Sie erinnerte sich an ihre letzte Fahrt.

»Wir haben keine Wahl. Von Hamburg aus wäre es noch gefährlicher, dort wird man an jeder Ecke kontrolliert, und die SS ist auch überall«, hatte Carl geantwortet. Sie würden mit dem Zug nach Münster fahren, sagte er, und von dort müssten sie sich zu Fuß bis zu einem Ort an der Küste in Holland durchschlagen, denn die Grenze zu den Niederlanden ließe sich nur so überqueren. Dort würden Carls Kontakte ihnen dann helfen, nach England zu fliehen.

Louise horchte auf die Geräusche um sich herum, ein paarmal dachte sie, sie würde in der Ferne etwas hören, Rufe, Schüsse, irgendetwas, was ihre Verfolger ankündigen würde. Sie war sich sicher, dass man ihnen auf den Fersen war, dass sie nur einen geringen Vorsprung hatten. Sie überquerten eine Brücke, liefen über gepflasterte Straßen, steinige Wege, lehmigen Waldboden, kämpften sich durch Gebüsch und Unterholz.

Nach Bremen war es ein viertägiger Fußmarsch. Carl ging schnellen Schrittes voran, und Louise und Hannah folgten, so gut sie konnten. Sie machten nur selten Rast, schliefen für ein paar Stunden in abgelegenen Hütten oder Schuppen und aßen den Proviant aus ihren Rucksäcken.

Am Vormittag des vierten Tages erreichten sie schließlich den Bahnhof. Nachdem Carl drei Fahrkarten gekauft hatte, begaben sie sich zum völlig überfüllten Bahnsteig. Die Menschen drängten sich aneinander vorbei, die Lok dampfte laut, und der Geruch von Schmieröl und Zigarettenqualm hing in der Luft. Zwischen all den winkenden und rufenden Menschen waren auch SS-Beamte mit ihren hohen, blank geputzten Lederstiefeln und kantigen Mützen erkennbar.

Louise lief ein paar Schritte hinter Carl, Hannah zwischen ihnen. Ein sperriger Reisekoffer wurde ihr in die Seite gerammt, sie spürte den Atem fremder Menschen im Nacken. Sie hatte Angst, im nächsten Moment die Hand eines SS-Mannes auf ihrer Schulter zu spüren, festgenommen und von Carl und Hannah getrennt zu werden.

Carl lotste sie ans Ende des Zuges, wo es etwas ruhiger war. Schließlich standen sie vor einem Abteil, das fast leer war. Nur eine ältere Dame saß darin, sie hatte ein Buch in der Hand, in das sie völlig vertieft zu sein schien.

»Entschuldigen Sie bitte, ist hier noch frei?«, fragte Carl und deutete auf die freien Plätze. Die Angesprochene nickte. Sie hatte graues Haar, das sie im Nacken zusammengebunden hatte, und trug einen mehrmals um den Hals geschlungenen Wollschal, dazu einen dunklen Wintermantel. Sie sah freundlich aus, aber Louise traute ihrem eigenen Urteil nicht mehr. Ein freundliches Lächeln konnte in dieser Zeit alles Mögliche bedeuten.

Carl verstaute die Rucksäcke in der Gepäckablage über ihnen, dann ließen sie sich auf den Sitzen nieder. Louise beobachtete die alte Dame aus den Augenwinkeln, aber sie war wieder mit ihrem Buch beschäftigt und schien sich nicht für ihre Mitreisenden zu interessieren.

Nach langen Minuten des Wartens setzte sich der Zug endlich in Bewegung. Winkende, Taschentücher schwenkende Menschen blieben am Bahnsteig zurück. Carl und Louise tauschten einige Blicke, dann rief Carl fröhlich: »Ich freu mich schon sehr auf Tante Hannelore in Münster! Wie schön, dass wir sie besuchen können!«

»Wir haben sie ja auch ewig nicht gesehen. Bestimmt hat sie wieder ihren Apfelkuchen gebacken! Ein Gedicht!« Louise bemühte sich ebenfalls um einen unbeschwerten Tonfall.

Die alte Dame las unbeirrt weiter. Es war gar nicht nötig,

ein solches Theater zu spielen. Carl nahm nun auch ein Buch aus seiner Jackentasche, während Louise und Hannah aus dem Fenster sahen.

An der nächsten Station stieg die Mitreisende aus. Louise atmete auf.

»Sie hat nichts bemerkt, oder?«, fragte Hannah ängstlich.

»Ich denke nicht.« Louise wandte sich nun an Carl. »Wie weit ist es noch bis Münster?«

»Noch ungefähr vier Stunden«, antwortete er.

Louise schloss kurz die Augen. Vier Stunden. Eine kleine Ewigkeit. Dann sah sie zu Hannah, doch diese wirkte weit weniger ängstlich, als Louise es befürchtet hatte. Ihre Schwester hatte sich in den letzten Monaten verändert. Ihr einst blond gefärbtes, aber inzwischen wieder dunkelbraunes Haar hatte sie abgeschnitten, trug es nun streichholzkurz. Es stand ihr sehr gut. Ihre großen dunklen Augen fielen mehr auf, es ließ sie erwachsener und reifer erscheinen. Ohne dass Louise es bemerkt hatte, war Hannah zu einer jungen Frau geworden.

Und Carl? Sie konnte nur erahnen, was in ihm vorgehen mochte. Nie hatte er fliehen wollen, und doch hatte alles am Ende nichts genützt, nicht seine Verbindungen zu hochrangigen Offizieren, nicht die vielen Empfänge, nicht die Bestechung von SS und Gestapo. Was würde aus dem Lager werden? Was aus all denen, die in den Hohen-Werken lange Zeit sicher waren? Carl hatte nicht darüber gesprochen, aber er hatte Maßnahmen ergriffen. Trotzdem: Würden die Arbeiter im Lager ohne ihn überleben?

Louise beobachtete, wie die Landschaft am Fenster vorbeiflog. Schneebedeckte Felder, zugefrorene Seen, kahle Bäume, deren Äste vom Schnee niedergedrückt wurden.

Wenig später war sie eingeschlafen.

Louise wurde von lautem Gebrüll wach. In dem Abteil war es inzwischen dämmrig, die Gepäckablage warf gezackte Schatten auf den Boden, und sie war allein. Als sie auf den Gang trat, entdeckte sie Hannah und Carl am Fenster neben zahlreichen anderen Passagieren, die die Köpfe reckten, um besser sehen zu können.

Louise stellte sich hinter Hannah. »Was ist denn los?«

»Sie haben Verräter gefasst«, antwortete Hannah, ohne den Blick von dem, was draußen geschah, abzuwenden.

Louise folgte ihrem Blick. SS-Beamte mit Gewehren im Anschlag trieben einige Männer zusammen, die trotz des eisigen Windes nur dünne Hosen und Hemden trugen. Es war deutlich zu sehen, wie sie in der Kälte schlotterten.

Louise wandte sich ab. Sie könnten auch dort unten im kalten Wind stehen, zitternd. Könnten eine Kugel in den Kopf bekommen und unter Beifall in den matschigen Schnee fallen, dort liegen bleiben, bis sich irgendwer erbarmen würde, ihre Leichen zu vergraben.

Sie schaute sich vorsichtig um. Keiner der Mitreisenden zeigte Mitleid. Ganz im Gegenteil. Die meisten lachten und klatschten in die Hände. »Bravo! Zeigt's den Verrätern!«, rief ein feister Mann mit kahl geschorenem Kopf. Sein Gesicht war hochrot vor Begeisterung. Eine junge Frau, die ein Baby trug, schrie schrill: »Ihr habt meinen Peterle auf dem Gewissen! Wer mit dem Feind unter einer Decke steckt, gehört aufgehängt!«

Plötzlich wurden mehrere Schüsse abgefeuert, und die Männer sanken zu Boden. Keine Gnade, dachte Louise. Sie hatten keine Gnade erfahren. Und wahrscheinlich hatten sie damit auch nicht gerechnet.

Der Zug setzte sich bald darauf wieder in Bewegung, und die Menschen kehrten zu ihren Plätzen zurück. Man nickte sich bestätigend zu. Vereint in ihrer elenden Vaterlandsliebe, dachte Louise. Ob sie je begreifen werden, welchem Irrtum sie erlegen sind, wie sehr sie sich haben blenden lassen?

Als Louise, Hannah und Carl in ihr Abteil zurückkehrten, waren ihre Plätze besetzt. Drei jüngere Damen hatten sich auf ihnen niedergelassen. Trotz der Kälte trugen sie nur kurzärmelige Blusen und knielange Röcke, und sah man genau hin, war deutlich zu erkennen, dass die Nähte auf ihren Waden nur aufgemalt waren. Echte Nylonstrümpfe waren rar geworden.

»Entschuldigung, aber das waren unsere Plätze«, sagte Carl freundlich.

Eine der Frauen, sie hatte ein bisschen zu viel roten Lippenstift aufgetragen, setzte ein pikiertes Lächeln auf. »Dann hätten Sie besser sitzen bleiben sollen.« Die beiden anderen fingen lauthals an zu lachen.

»Ich muss Sie leider bitten aufzustehen.« Carls Stimme klang nun weit weniger höflich.

Louise wurde unruhig. Er würde auf sich aufmerksam machen, und das war das Letzte, was sie gebrauchen konnten.

Die Frau sah Carl wütend an. »Wir denken nicht daran«, fauchte sie. Sie hatte schiefe Zähne und bei genauerer Betrachtung etliche Fältchen um die Augen.

»Dann werde ich wohl den Schaffner holen müssen«, sagte Carl kühl.

»Tun Sie, was Sie nicht lassen können.« Sie verschränkte trotzig die Arme vor der Brust.

Louise spürte ihr Herz schneller klopfen. Carl musste verrückt geworden sein. Auch Hannah, die dicht neben ihr stand, wurde immer nervöser.

Carl trat tatsächlich auf den Gang. Louise hielt ihn fest. »Was machst du denn nur?«, zischte sie.

»Vertrau mir.« Er drückte ihre Hand. Dann verschwand er mit schnellen Schritten.

Wenig später kam er mit dem Schaffner zurück, einem untersetzten Mann mit Schnauzer.

»Der Herr sagt, dass Sie auf seinen Plätzen sitzen. Darf ich die Damen bitten?« Der Schaffner sah die drei Frauen abwartend an.

Die Frau mit dem roten Lippenstift erhob sich als Erstes, ihre beiden Freundinnen folgten ihr. Als sie sich an Louise vorbeidrängten, stieg ihr ein penetrantes Parfum in die Nase.

»Ich bedauere die Unannehmlichkeiten.« Der Schaffner hatte sich nun Carl zugewandt.

»Ich danke Ihnen jedenfalls für Ihre Hilfe«, sagte Carl.

»Darf ich noch darauf hinweisen, dass an der nächsten Station, in Münster, Hauptscharführer Meydrich unseren Zug besteigen wird? Doch wir werden ein wenig auf ihn warten müssen, denn er soll sich verspäten.« Die Augen des Schaffners leuchteten, als würde er von einem Filmstar sprechen.

Carls Lächeln gefror. »Oh, welch ein illustrer Gast«, presste er zwischen den Zähnen hervor.

»Ein großartiger Mann. Hat so viel für das Vaterland getan«, fügte Louise schnell hinzu.

Der Schaffner nickte bestätigend. »Noch eine gute Reise«, sagte er in Carls Richtung. »Ihnen und Ihren …«

»Schwestern«, sagte Carl.

Der Schaffner musterte Louise und Hannah, und für einen Moment sah es aus, als würde er zögern. Doch dann kehrte die Freundlichkeit in sein Gesicht zurück, und er verschwand.

»Wenn wir auf Meydrich treffen, ist alles aus«, raunte Louise Carl zu, als der Schaffner außer Hörweite war.

»Denkst du, das weiß ich nicht? Du hast es ja auch gehört,

Meydrich wird sich verspäten. Wir werden lange vor ihm weg sein. Ich frage mich nur, was er in dieser Gegend verloren hat.«

Louise lief ein kalter Schauer über den Rücken. Er war auf der Suche nach ihnen. Er wollte die beiden Menschen, die ihn getäuscht hatten, persönlich ausfindig machen und ihrer gerechten Strafe zuführen.

Kurz vor der Einfahrt in den Bahnhof verlangsamte sich der Zug. Louise spähte aus dem Fenster, aber es war weit und breit keine SS-Eskorte zu sehen. Sie atmete auf. Sie würden es unbemerkt aus dem Bahnhof schaffen. Von dort aus war es nur noch ein zweitägiger Fußmarsch bis zur niederländischen Grenze, hatte Carl gesagt.

Der Zug hielt quietschend, und sie stiegen hinter ein paar anderen Passagieren aus. Ein eiskalter Wind schlug ihnen entgegen, und Louise knotete ihr Tuch fester um ihren Hals. Vor ihnen lag das Bahnhofsgebäude, ein hübscher Klinkerbau. »Wir müssen durch das Gebäude«, sagte Carl und schulterte seinen Rucksack.

Die Bahnhofshalle war von innen noch schöner. Die hohen Decken waren mit Stuck verziert, und ein großes altes Madonnenbild in einem üppigen Goldrahmen prangte an der Wand. Es schien, als stamme es aus einer anderen, einer längst vergangenen Zeit.

Der Schaffner und zwei ältere Ehepaare standen in der Nähe des Schalters und beäugten unverhohlen ihre Mitmenschen. Neben dem Eingang der Halle hing ein Plakat mit einem Judenstern, darunter war zu lesen: »Wer dieses Zeichen trägt, ist ein Feind unseres Volkes.«

Louise stupste Hannah an, die ihrem Blick zu dem Plakat folgte. Als sie es wahrgenommen hatte, funkelten Hannahs Augen kämpferisch. Und auf einmal, mitten in diesem kalten

Bahnhofsgebäude, die Furcht vor Entdeckung allgegenwärtig, empfand Louise Stolz. Sie war stolz auf ihre Schwester, auf Carl, auf ihre Eltern, auf sich selbst, auf all die Menschen, die ihr geholfen hatten, die ihr Leben für sie riskiert hatten, sie war stolz auf die, die sich widersetzten. In diesem Moment gab sie sich das Versprechen, dass sie niemals aufhören würde, stolz zu sein. Dass dieses Gefühl alles überdauern, alles überstehen musste.

Sie verließen das Gebäude und marschierten weiter, auf schwach beleuchteten Wegen, vermieden die großen Hauptstraßen. Doch je weiter sie sich von der Stadt entfernten, desto schwieriger wurde es, in der Dunkelheit überhaupt etwas zu erkennen. Carl hatte zwar eine Taschenlampe dabei, aber er wollte ihr Licht nicht »verschwenden«, wie er sagte. Denn wer wusste schon, was noch auf sie zukommen würde. Vielleicht würde einmal von ein bisschen Licht ihr Leben abhängen.

Sie bogen in eine breite Chaussee ein, alte Buchen und Eichen säumten den Weg, dahinter weites Ackerland. Ein Bauer ruckelte mit einem Pferdewagen an ihnen vorbei, und in der Ferne war der Ruf eines Uhus zu hören.

Plötzlich blieb Carl stehen, den Zeigefinger an den Lippen, und zerrte dann Louise und Hannah eine Böschung hinunter. »Los, duckt euch«, befahl er. »Hinter uns kommt ein Wagen.«

Sie hielten die Luft an. Die Böschung bestand nur aus wenig Geäst, schon bei der kleinsten Bewegung würden sie von der Straße aus zu sehen sein. Sie drängten sich so dicht zusammen, dass Louise Hannahs Herzschlag hören konnte. Carl hockte hinter ihnen, die Arme schützend um ihre Schultern gelegt.

Die Scheinwerfer des Wagens kamen näher, durchbrachen die Dunkelheit.

»SS«, flüsterte Carl.

Louise schloss zitternd die Augen.

Kurz darauf hielt der Wagen an, der Motor verstummte. Louise drehte sich erschrocken zu Carl, aber der schüttelte nur den Kopf. Im Mondschein konnte sie sehen, dass Schweißperlen auf seiner Stirn standen.

Männer stiegen aus, Türen wurden mit Wucht zugeschlagen, Stiefel waren auf dem Pflaster zu hören. Die Lichter von Taschenlampen blitzten auf, tanzten hastig über die Baumwipfel.

»Wir werden hier alles durchforsten. Dem Schaffner zufolge können sie nicht viel weiter sein!«, rief eine Stimme, die Louise sofort als die von Meydrich erkannte.

»Beck, Sie durchsuchen das Waldstück da vorn«, befahl er. »Großner, wir beide übernehmen die Gräben am Straßenrand.«

»Wir müssen hier schleunigst weg«, raunte Hannah.

»Aber wo sollen wir hin? Hinter uns ist nichts als freies Ackerland«, gab Louise zu bedenken.

»Die Dunkelheit wird uns schützen«, mischte sich Carl ein. »Wir müssen es nur bis zum Wald schaffen. Folgt mir!« Geduckt lief er rasch über das Feld, Louise und Hannah rannten ihm nach. Louise spürte den grellen Schein der Taschenlampen in ihrem Nacken. Sie hatte das Gefühl, dass sie von einem Lichtstrahl erfasst, dass jemand mit einer Pistole auf sie zielen würde. Sie glaubte, Meydrichs grausam kalte Stimme zu hören, wie sie aufgefordert wurde, stehen zu bleiben und sich umzudrehen. Das rettende Waldstück lag vor ihnen, die dunklen Umrisse der Eschen und Kastanien, zwischen denen sie Schutz suchen konnten, zeichneten sich ab. Und doch beschlich sie das Empfinden, dass sie unerreichbar blieben. Keuchend sah sie sich um. Lichtkegel flackerten weiterhin auf, suchend, abtastend. Ein Strahl schien sie zu verfolgen. Doch kurz bevor er sie erfasst hatte, schwenkte er in die entgegengesetzte Richtung.

Schließlich hatten sie den Waldrand erreicht, wurden von der Finsternis verschluckt. Sie wichen Ästen aus, stiegen über moosbedeckte Baumstümpfe und entfernten sich immer weiter von den SS-Männern. Dennoch glaubte Louise, sie wären unmittelbar hinter ihr, meinte, Schritte von schweren Lederstiefeln zu hören. Beck muss irgendwo in der Nähe sein, dachte sie. Er ist hier, und er wird nicht aufgeben.

Und dann sah sie ihn. Er stand auf einer kleinen Lichtung, unmittelbar vor ihnen. Sie erkannte seine Uniform, das Gewehr in seiner Hand. Er leuchtete mit seiner Taschenlampe alles um sich herum ab, drehte sich mehrmals um die eigene Achse. Es dauerte nur den Bruchteil einer Sekunde, bis Louise von der Taschenlampe erfasst wurde, bis sie in das grelle Licht schaute.

»Schnell. Lauft!« Das war alles, was sie rufen konnte. Sie sah, wie Carl und Hannah durchs Unterholz flohen. Carl schaute sich mehrmals zu ihr um, doch sie konnte sein Gesicht nicht erkennen. Panik stieg in ihr auf. Dann hörte sie Schüsse. Sie schlugen neben ihr ein, trafen Baumstämme, Äste, krachend durchschnitten sie immer wieder die Stille. Er kann nicht gut schießen, schoss es Louise durch den Kopf. Sie spürte den Luftzug einer Kugel an ihrem Hals, doch sie rannte weiter.

Irgendwann wurden die Schüsse weniger, leiser. Aber Louise konnte nicht stehen bleiben, kopflos lief sie weiter. Erst als Carl sie am Arm packte, ließ sie sich von ihm zu einem Baumstumpf führen, wo auch schon Hannah war. Behutsam half er ihr, sich hinzusetzen.

»Wir haben es geschafft«, wisperte Carl.

Louise wollte etwas sagen, doch ihre Stimme versagte, nicht mal ein Nicken vermochte ihr Kopf zustande zu bringen.

So blieben sie stumm sitzen, hielten sich aneinander fest.

Bis die Sonne aufging.

In der Morgendämmerung brachen sie auf. Sie mussten noch vorsichtiger sein, denn Meydrich und Beck würden alles daransetzen, sie zu finden.

»Wir meiden Landstraßen und jede größere Ortschaft«, sagte Carl, während er die Zweige eines Busches nach oben drückte, damit Louise und Hannah hindurchschlüpfen konnten. »Das wird zwar etwas länger dauern, aber so können wir Meydrich vielleicht abhängen.«

Sie liefen den ganzen Tag ohne Pause. Erst am späten Abend zündeten sie ein kleines Feuer an, um sich auszuruhen. Hannah war wenig später eingeschlafen. Louise setzte sich zu Carl, sie tranken Wasser aus der Feldflasche, die er an einem Bach aufgefüllt hatte.

»Wir haben bald nichts mehr zu essen«, sagte Louise.

»Ich werde morgen etwas auftreiben.« Carl zog sie zu sich heran. »Ich bin so froh, wenn all dies hinter uns liegt.«

»Und dann? Selbst wenn wir es bis nach Holland schaffen, ist unsere Flucht ja nicht zu Ende! Glaubst du wirklich, dass es möglich sein wird, England zu erreichen?«, fragte Louise.

Carl strich ihr eine Haarsträhne aus dem Gesicht. »Hab Vertrauen, Lou. Mein Kontakt hat mir versichert, dass sie oft Juden nach England schleusen. Wenn wir Glück haben …«

»Glück? Wer glaubt noch an Glück?«

Doch Carl ließ sich nicht beirren. »Ich werde alles tun, damit wir bald in Sicherheit sind«, sagte er. »Und jetzt leg dich hin. Wir sollten auch schlafen. Wir sind noch lange nicht am Ziel.«

Am nächsten Morgen erwachte Louise vor den anderen. Sie versuchte, nicht an ihre schmerzenden Füße zu denken, die voller Blasen und Druckstellen waren. Es war klamm und kalt. Sie hatte gehört, wie Hannah im Schlaf gesprochen hatte. Verstanden hatte sie nichts, aber es hatte geklungen, als hätte sie jemanden abgewehrt, manchmal hatte sie auch mit den Armen um sich geschlagen. Louise vermutete, dass Toni sie damals, als Louise fortgegangen war, bedrängt hatte, aber sie spürte, dass Hannah noch nicht bereit war, darüber zu sprechen.

Louise sah zu ihrer Schwester hinüber, die die Augen noch geschlossen hatte. Wir sind keine Kinder mehr, dachte sie. Unsere Kindheit ist vorbei. Sie hat schon lange vor der Deportation unserer Eltern aufgehört.

Wieder unterwegs passierten sie kleine Dörfer und Höfe. Manchmal trafen sie auf Bauern, Landfrauen, spielende Kinder. Sie sahen niemanden an, sprachen kein Wort. Nur einmal machte Carl eine Ausnahme und tauschte seine letzten Lebensmittelmarken gegen etwas Brot und Butter.

Gegen Mittag machten sie Rast auf einem Hügel. Ihnen bot sich ein weiter Blick über die Felder, bis zu einer Ortschaft an einer Bahntrasse. Rauch stieg am Horizont auf, und man hörte Geschützdonner und das Detonieren von Bomben. »Das muss die Bahnstrecke nach Süden sein«, meinte Carl. »Die Alliierten versuchen, die Versorgungswege der Wehrmacht zu unterbrechen. Keine Güterzüge bedeuten keine Waffen und keine Lebensmittel. Wird alles Kriegswichtige zerstört, kann man kaum kämpfen.« Er wandte den Kopf ab. Louise wusste, dass er an die Hohen-Werke dachte. Ob es sie überhaupt noch gab?

Sie gingen weiter und kamen eine Stunde später zu dem Ort, an dem die Bomben abgeworfen wurden. Ein Geruch von Fäulnis und kalter Asche lag in der Luft. Die Gegend schien nicht zum ersten Mal angegriffen worden zu sein. Im Dachstuhl eines Hauses brannte ein Feuer. Nur wenige Gebäude waren noch heil, die meisten waren ausgehöhlte schwarze Ruinen, andere sahen aus, als hätte man sie in der Mitte entzweigebrochen.

Plötzlich hörten sie ein Brummen über sich. Carl zog Louise und Hannah mit sich.

»Tiefflieger!«, rief er. »Schnell, zurück in den Wald.«

Sie rannten und rannten. Erst als sie den morastigen Boden unter sich spürten, ließen sie sich fallen. Vom Waldrand aus beobachteten sie, wie sich die Tiefflieger näherten.

»Das sind Engländer«, sagte Carl.

Weitere Flugzeuge tauchten am Himmel auf. »Und deutsche Jäger. Sturzkampfbomber.«

Die Flugzeuge peitschten durch die Lüfte, jagten sich, flogen Bögen, Kreise und Schleifen und drehten sich schnell. Dann wieder stießen sie gen Boden und beschossen sich gegenseitig, was in den Ohren noch Minuten später nachhallte.

Einer der englischen Tiefflieger fing plötzlich Feuer und geriet ins Straucheln. Das brennende Flugzeug verlor schnell an Höhe. Dann lösten sich drei Gestalten aus den Flammen und sprangen in die Tiefe. Kurz darauf öffneten sich ihre Fallschirme, und sie segelten langsam in Richtung Boden.

Sie warteten noch eine Weile, bis sie sich aus ihrem Versteck wagten. Sie liefen in Richtung der Absturzstelle, und nach ein paar hundert Metern sahen sie einen der abgesprungenen Piloten. Sie duckten sich hinter eine Böschung und beobachteten, wie der Soldat, der mitten auf dem Feld lag, versuchte, sich von seinem Fallschirm und den Bändern und Schnüren, die sich um seine Arme und Beine gewickelt hatten, zu befreien. Es war nicht auszumachen, ob er verletzt war.

»Wir müssen zu ihm«, sagte Hannah, aber Carl hielt sie zurück.

»Warte. Wir wissen nicht, ob wir ihm trauen können. Und wir wissen nicht, wer den Absturz noch beobachtet hat.«

»Aber hier ist niemand«, sagte Louise. »Weit und breit ist keine Menschenseele zu sehen.«

Doch Carl sollte recht behalten. Ein paar Minuten später näherte sich eine kleine Gruppe von Männern und Frauen dem Soldaten, der sofort die Hände hob. Louise fragte sich, woher sie kamen – wahrscheinlich aus der zerbombten Ortschaft.

Hilflos sahen sie zu, wie die Menschen auf den Soldaten zugingen. Einige von ihnen trugen Holzknüppel oder Spaten bei sich, ein Junge hatte ein großes Jagdmesser in der Hand, ein älterer Mann eine Schaufel.

Der Soldat taumelte ein paar Schritte rückwärts, stolperte und fiel hin, richtete sich wieder auf, während die Gruppe dicht vor ihm stand. Ein paar Frauen begannen Steine nach ihm zu werfen. Er hielt sich schützend die Arme vor den Kopf, aber trotzdem lief ihm bald Blut über die Schläfe, tropfte auf seine Uniform.

Louise wandte den Blick ab, hörte nur, wie die Menschen sich gegenseitig anfeuerten, hörte die dumpfen Schläge.

»Wir sollten wieder in den Wald«, raunte Carl.

Sie liefen zurück und hockten sich unter eine Eiche, jeder war mit seinen eigenen Gedanken beschäftigt, versuchte, die grausamen Bilder aus dem Kopf zu vertreiben, die hasserfüllten Gesichter der Menschen zu vergessen, die hilflosen Schreie des wehrlosen Soldaten. Dies war nicht mehr menschlich, dachte Louise. Was musste diesen Leuten passiert sein, dass sie zu so etwas Schrecklichem fähig waren?

Irgendwann stand Louise auf und setzte sich zu Hannah. Ihre Schwester war leichenblass, ihre Augen schwammen in Tränen.

»Wir müssen weiter«, sagte Louise behutsam, doch Hannah drehte den Kopf zur Seite.

Carl schulterte seinen Rucksack. »Wir müssen weiter«, sagte er. »Es ist schlimm, was eben passiert ist, aber wir dürfen uns keine Schwäche erlauben.«

Hannah folgte nun still Carl und Louise.

Doch plötzlich blieb sie stehen.

»Da! Seht nur!«, rief sie aufgeregt und zeigte zum Himmel.

In den kahlen Ästen einer Esche hatte sich ein Fallschirm verfangen. Der Soldat versuchte gerade, vom Baum hinunterzuklettern, er hatte sich schon von den Schnüren und Gurten befreit. Bevor Carl oder Louise sie aufhalten konnten, war Hannah bei ihm und half ihm bei den letzten Metern. Unten angekommen klopfte er sich einige Zweige von den Hosen. Seine Uniform war an einigen Stellen zerrissen, an seinem Oberarm klaffte eine blutende Wunde.

Carl und Louise sahen sich an. Ein englischer Soldat – aber konnten sie ihm trauen? Sie waren Deutsche, zwar auf der Flucht, aber trotzdem immer noch Feinde. Louise sah, wie Carl nach seinem Taschenmesser tastete, das hinten im Hosenbund steckte.

Auch der Engländer schien nicht zu wissen, was er tun sollte. Etwas unbeholfen bewegte er sich rückwärts. Einzig Hannah schien keine Furcht zu verspüren. Sie ging entschlossen auf den Soldaten zu und streckte ihm die Hand entgegen. »Ich bin Hannah«, sagte sie auf Englisch. Der Soldat zögerte, sah zu Carl und Louise und ergriff schließlich vorsichtig Hannahs Hand.

»Pete«, sagte er.

Auch Carl und Louise traten zu ihm.

»Wir sind Carl und Louise.« Carl sprach ebenfalls Englisch.

Pete schaute sie aufmerksam an. Er war noch jung, nicht viel älter als Louise, und hatte Grübchen in den Wangen.

»Was tut ihr hier?«, fragte er.

»Wir sind auf der Flucht«, erklärte Louise.

Pete sah sie überrascht an, fragte aber nicht weiter nach. »Ich muss meine Kameraden suchen. Sie sind alle abgesprungen«, erklärte er stattdessen.

»Wir müssen uns zuerst um deine Wunde kümmern«, sagte Carl. »Danach helfen wir dir.«

»Wo wollt ihr hin?«, fragte Pete, als er wenig später, die Wunde mit einem Stück Stoff umwickelt, an einen Baumstamm lehnte.

Louise beschloss, Pete die Wahrheit zu erzählen. Dieser schüttelte bei ihrem Bericht mehrmals fassungslos den Kopf. »Wir haben von all den Grausamkeiten gehört. Aber dass das wirklich wahr ist, das konnten wir kaum glauben«, sagte er, als Louise geendet hatte. »Kurz vor unserem Absturz haben wir über Funk gehört, dass in den Niederlanden eine Gruppe existiert, die englische Piloten versteckt und zurück in die Heimat bringt. Wir sollten sie kontaktieren, sollten wir in feindlichem Gebiet abstürzen. Das werden sicher die gleichen Leute sein, die ihr auch sucht.«

»Dann haben wir denselben Weg«, sagte Carl. »Und deine Kameraden …«

»Jack und Dave. Ich muss sie vorher finden«, erklärte Pete noch einmal.

Carl erzählte ihm in knappen Worten, was mit einem von ihnen passiert war.

Pete schwieg. In seinem Gesicht war all das auszumachen, was Louise schon seit vielen Jahren kannte. Wut, Zorn, Angst, Hilflosigkeit.

»Trotzdem muss ich meinen anderen Kameraden suchen«, sagte Pete und stand auf. »Das bin ich ihm schuldig.«

»Wie schon gesagt, ich werde dir dabei helfen«, sagte Carl.

Louise schluckte. »Sei vorsichtig«, flüsterte sie.

Er gab ihr einen Kuss auf die Stirn. »Ich bin bald zurück.«

Die beiden Männer verließen die Lichtung.

Louise und Hannah warteten viele Stunden auf ihre Rückkehr. Es wurde dunkel, aus der Ferne drang Eulengeschrei zu ihnen, und es knackte und knirschte im Unterholz. Louise drückte Hannah fest an sich. Was sollten sie tun, wenn Carl nicht zurückkehrte?

Es war früher Morgen, als Carl und Pete wiederauftauchten. Louise war in einen leichten Schlaf hinübergeglitten, schreckte aber sofort auf, als sie Schritte hörte.

Sie hatten den anderen Soldaten gefunden, er lief hinter ihnen, mit schmerzverzerrtem Gesicht.

»Das ist Jack, mein kanadischer Kamerad«, sagte Pete.

Jack war ein kräftiger Mann mit hellem Haar und einem Leberfleck auf der Wange, der einem sofort ins Auge sprang, ebenso die klaffende Wunde an seiner Schläfe.

Carl und Pete zündeten ein Feuer an, und Hannah und Louise versorgten auch die Wunde von Jack, so gut es ging.

»Da wird eine Narbe zurückbleiben«, konstatierte Louise, als sie fertig waren.

Jack schien nicht besonders beeindruckt. »Ich weiß«, antwortete er knapp.

Eine Weile saßen sie schweigend beisammen und starrten in die Glut. Irgendwann fing Pete an, von England zu erzählen, von den zerstörten Städten, von dem Hass, den Deutschland weltweit auf sich zog.

»Wir werden das niemals wiedergutmachen können«, sagte Carl.

Pete und Jack erwiderten nichts. Wahrscheinlich wussten sie, dass er recht hatte. Niemand konnte sich vorstellen, wie es nach diesem Krieg weitergehen sollte. Wenn er denn überhaupt jemals ein Ende nehmen sollte.

»Wir treffen unseren Kontaktmann morgen Abend«, wechselte Carl das Thema. »Er wird uns über die Grenze bringen. Dann müssen wir weiter in Richtung Küste, wo wir die Gruppe der Widerständler in einer Mühle treffen. Und von dort aus werden wir mit einem Schiff nach England fahren.«

»Wenn wir es überhaupt bis zu eurem Kontaktmann schaffen«, gab Jack zu bedenken. »Hier wimmelt es nur so von Krauts.«

»Aber eine andere Möglichkeit haben wir nicht«, sagte Pete.

»So ist es« bestätigte Carl. »Wir brechen in einer Stunde auf.«

KAPITEL XIII

Sea Garden House, Seaborough, Neufundland, Juni 2016

»Aha, ihr seid jetzt also Freunde?« Judith hob skeptisch eine Augenbraue.

Die Schwestern standen in der Küche und aßen Erdnusskekse. Nach ihrem Ausflug in den Pub hatten sie auf einmal Hunger gehabt.

»Ja, Freunde«, bestätigte Anna. »Logan und ich wollen Freunde bleiben. Ist das denn so komisch?«

Judith biss in ihren Keks. »Kann mir nicht vorstellen, dass das funktioniert. Aber wir sind in ein paar Tagen eh wieder zu Hause. Dann seid ihr höchstens noch Brieffreunde.«

»Brieffreunde?« Greta kicherte. Sie hatte offensichtlich ein Bier zu viel gehabt. »Das Wort hab ich ja seit Jahren nicht mehr gehört.«

»Und Philipp?«, fragte Judith.

Anna zuckte mit den Schultern. »Ich hatte gehofft, hier einen klaren Kopf zu kriegen, aber das hat bislang nicht funktioniert. Vielleicht muss ich uns ein bisschen Zeit geben.«

»Das glaub ich auch.« Judith nickte zufrieden. »Eine Beziehung geht manchmal durch schwere Zeiten, das ist doch ganz normal. Du wirst sehen, in ein paar Monaten lacht ihr über diese kleine Krise.«

»Kleine Krise …« Greta nahm sich noch einen Keks. »Also, wenn das Bauchgefühl nein sagt, sollte man darauf hören. Und ich glaube, Annas Bauchgefühl hat schon lange nein zu Philipp gesagt. Aber das ist nur meine bescheidene Meinung.«

»Lasst uns das Thema wechseln, okay?« Anna seufzte. Sie hatte genug von all den gut gemeinten Ratschlägen.

»Ich hab übrigens wieder was rausgefunden«, sagte Greta und wischte sich einen Kekskrümel aus dem Mundwinkel. Ihr Haar hatte sie zu einem unordentlichen Knoten auf dem Kopf zusammengebunden. »Und bevor ihr etwas sagt: Es ist wirklich keine Theorie, es ist Gewissheit. Vanderbaek will kein Haus kaufen, zumindest nicht für seine Großmutter.«

»Und warum nicht?«, fragte Judith.

»Weil diese Großmutter in den Niederlanden lebt.«

»Und warum darf die nicht nach Kanada auswandern? Sich ein hübsches Häuschen in der Nähe ihrer Familie kaufen?« Judith machte ein Gesicht, als hätte sie von Gretas Hypothesen langsam genug.

»Aber komisch ist es schon.« Anna drehte nachdenklich den Keks in ihrer Hand. »Ich meine, warum spielt er uns was vor?«

»Na schön.« Judith seufzte. »Damit ihr endlich Ruhe gebt, werd ich Vanderbaek gleich morgen früh bitten, sich nochmals mit uns zu treffen. Und zwar zusammen mit seiner Großmutter. Zufrieden?«

»Ja«, erwiderten Anna und Greta einträchtig.

Als Anna erwachte, war es schon taghell, und sie hörte von unten die Stimmen von Judith und Greta. Sie streckte sich, genoss es, noch für einen Moment für sich zu sein.

Als sie nach unten kam, bot sich ihr ein seltsames Bild. Judith trug ein schickes Sportoutfit und war auf dem Teppich im Wohnzimmer in den Vierfüßlerstand gegangen, den Po nach oben gedrückt. Aus Lautsprechern erklang esoterische

Musik, und Judith ließ ihre Hüften kreisen. Ihr Kopf hatte eine rote Farbe angenommen.

Anna musste grinsen. »Was wird das, wenn es fertig ist?«

»Schwangerschaftsyoga«, hechelte Judith. »Man kann gar nicht früh genug damit anfangen.«

»Aha.« Anna ging in die Küche, schenkte sich einen Kaffee ein und trat auf die Terrasse. Greta saß mit einem Magazin und einer Decke über den Beinen auf der Hollywoodschaukel.

Anna ließ sich neben ihr nieder, und zusammen schauten sie auf die ruhige See, bis Judith mit einem Handtuch um den Hals und einer Wasserflasche in der Hand auftauchte.

»Puh, das war anstrengend.« Judith wischte sich mit dem Handtuch über das Gesicht, obwohl kein einziger Schweißtropfen zu sehen war. »Ich hab übrigens eine Nachricht von Vanderbaek. Wir können ihn und seine Großmutter in den nächsten Tagen treffen ... So, ich geh duschen.«

Im Kayman's war nicht viel los, als die Schwestern am frühen Nachmittag ankamen, der mittägliche Ansturm war vorbei. Nur ein älterer Mann saß am Fenster. Er kam Anna vage bekannt vor, aber das erging ihr in Seaborough inzwischen häufig so. Als sie sich an den Tresen setzten, stand der Mann auf, zog grüßend seinen Hut und verschwand.

»Hey, Dan«, sagte Greta. »Können wir einen Kaffee haben?«

»Kommt sofort.« Dan füllte vier große Becher und nahm einen davon selbst. »Ich hab letzte Nacht lange nachgedacht. Vielleicht ist die Idee mit dem Eis doch gar nicht so schlecht.«

»Das solltest du besser deinem Sohn erzählen und nicht uns.«

»Das mach ich. Er sollte gleich hier sein. Allerdings ...« Dan zögerte. »Ich glaub nicht, dass wir die Bank allein damit überzeugen können. Es fehlt einfach zu viel Geld.«

»Dann müssen wir uns noch was einfallen lassen«, sagte Greta leichthin.

»Und was? Es geht ja nicht um ein paar Dollar.«

»Ich hab da so eine Idee.« Greta lächelte wieder geheimnisvoll, und Anna fragte sich, was ihre Schwester schon wieder ausheckte.

In diesem Moment kam Logan herein. Er sah frischer und ausgeruhter aus als am Abend zuvor. Fröhlich begrüßte er die Schwestern und seinen Vater, um dann von einem neuen Auftrag für seinen Online-Eis-Shop zu erzählen. Eine große Supermarktkette war interessiert, in ein paar Tagen hatte er einen Termin dort.

»Das ist ja fantastisch«, meinte Dan. Er war sichtlich beeindruckt und wohl auch ein bisschen überrascht von den Fähigkeiten seines Sohnes.

»Na, seht ihr, das ist doch etwas, was wir der Bank nächste Woche erzählen können«, freute sich Judith. »Was ist eigentlich mit der Trauerfeier? Kann sie hier stattfinden, Dan?«

»Natürlich. Ihr müsst mir nur noch sagen, was es zu essen geben soll.«

»Burger, Pommes, Waffeln – und natürlich Eis. Lou hat Eis geliebt. Eis und Käsekuchen«, antwortete Greta.

»Das lässt sich einrichten.« Dan drehte sich um.

Hinter ihm war ein wohlbeleibter Mann mit Halbglatze erschienen, der ein weißes Hemd mit Stehkragen trug und einen Teller mit Pommes missmutig auf den Tresen knallte.

»Das ist übrigens José, unser Koch«, erklärte Logan, während José schon wieder in der Küche verschwunden war. »Im Servicebereich liegen nicht gerade seine Stärken. Greift zu.«

Draußen bauschten sich grauschwarze Wolken über dem Meer auf und kündigten ein Gewitter an. In der Ferne hörte man es leise grummeln. Hoffentlich ist Jack nicht gerade draußen, dachte Anna. Ich sorge mich um die Leute hier, als gehörten sie zu meiner Familie, schoss es ihr durch den Kopf.

Auf einmal goss es in Strömen. Der Wind peitschte dicke Regentropfen gegen das Fenster, und es donnerte und blitzte, als würde die Welt untergehen. Der Himmel über dem Meer war rabenschwarz. Anna musste an ihre Bootstour mit Logan denken, und daran, wie er sie gerettet hatte. Ja, er hatte ihr das Leben gerettet.

Die Tür des Diners ging ein weiteres Mal schwungvoll auf. Es war Alicia, vollkommen durchnässt. Sie begann, sich mit einem Taschentuch notdürftig das Gesicht abzutrocknen, und setzte sich dann an die Theke.

»Dan, wo bleiben deine Manieren? Biete der Frau doch ein Handtuch an!«, sagte Greta.

Dan zögerte kurz, verschwand dann aber in der Küche und kam kurz darauf mit einem flauschigen Handtuch und einer Strickjacke zurück, die ihm gehörte. Alicia trocknete Haare und Gesicht und zog sich die Jacke über, die ihr viel zu groß war. Dan und sie brachen in Gelächter aus.

»Das sieht ja nach einem Flirt aus«, stellte Anna fest.

»Stimmt.« Logan schien überrascht. »Dan wirkt richtig locker. Aber um noch mal auf gestern Abend zu kommen, ich könnte deine Hilfe gebrauchen. Du könntest auf unserer Website bestimmt noch einiges verbessern.«

»Na ja, ich bin keine Webdesignerin. Aber ich schau es mir gern mal an.«

Sie wurden unterbrochen, weil Dan und Alicia zu ihnen traten.

»Darf ich euch Alicia vorstellen?« Dan lächelte leicht entrückt.

Die Schwestern begrüßten Alicia, und Anna konnte immer noch nicht glauben, dass sie schon um die fünfzig war. Kaum Falten, und Nase und Augen sprenkelten unzählige Sommersprossen. Sie war hübsch auf eine natürliche Art.

Alicia schüttelte allen die Hand. »Hab schon viel von euch gehört«, sagte sie. »Es tut mir leid, dass eure Großmutter gestorben ist. Ich kannte sie leider kaum. Bin ja erst seit ein paar Monaten hier«, fuhr Alicia fort.

»Und was hat dich nach Seaborough getrieben?«, fragte Greta.

»Hmm ... Wo fang ich da an? Man könnte mich wohl als klassische Aussteigerin bezeichnen. Ich komme aus New York, hab an der Wall Street gearbeitet, siebzig, achtzig Stunden die Woche. Mein Leben war die Arbeit. Und dann bin ich eines Morgens aufgewacht und hab mich gefragt, was ich da eigentlich den ganzen Tag mache. Zwei Wochen später hatte ich meine Koffer gepackt. Bin um die Welt gereist, Asien, Europa, Australien. In Brisbane hab ich Claire getroffen, die aus St. John's stammt. Sie hat mir von Neufundland vorgeschwärmt. Tja, und so bin ich hier gelandet. Jetzt wohn ich in einem kleinen Haus am Meer, schreibe Kurzgeschichten und baue Erdbeeren an.«

»Cool«, sagte Greta. »Klingt viel besser als Wall Street.«

»Find ich auch.« Alicia nahm einen Schluck von dem Minztee, den Dan ihr hingestellt hatte.

»Sag mal ...« Judith senkte die Stimme und sah zu Dan, der gerade ein paar Bierflaschen in den Kühlschrank räumte. »Du weißt von Dans Problemen mit dem Diner?«

»Ja. Er selbst hat mir nichts davon gesagt, aber gehört hab ich trotzdem davon. Ich würde ihm ja meine Hilfe anbieten, aber ich befürchte, er würde die nicht annehmen.«

»Stimmt. Männer nehmen keine Hilfe an von Frauen, auf die sie stehen«, stellte Greta fest, als wäre diese Tatsache ein Naturgesetz. Alicia schmunzelte, sagte aber nichts.

»Jedenfalls, um aufs Thema zurückzukommen«, fuhr Greta fort. »Das Kayman's ist zwar auf einem guten Weg, aber noch lange nicht gerettet. Ich hab mir überlegt, eine Spendenaktion zu starten. Hier in Seaborough, vielleicht auch in Petty Harbour. Wir organisieren so etwas wie eine Benefizgala!«

»Wie schön, dass wir auch davon erfahren«, sagte Anna.

»Das ist mir eben erst eingefallen«, meinte Greta leichthin.

»Das ist eine super Idee!« Alicia schien Gretas Vorschlag zu gefallen. »Ich hab früher gern Partys organisiert. Also, wenn ich für so was mal Zeit hatte.« Sie lachte.

»Ich könnte mit den Great Pretender's auftreten«, schlug Logan vor, und Alicia und Greta nickten begeistert.

»Aber Dan darf nichts davon erfahren.« Greta legte den Zeigefinger an die Lippen.

»Natürlich«, antworteten die anderen wie aus einem Munde.

Draußen war das Gewitter vorübergezogen, und schon blitzte die Sonne zwischen den Wolken hervor. Abermals öffnete sich die Tür des Diners. Jack kam herein, in einem gelben Regenmantel, Anglerhosen und Gummistiefeln. Er wirkte erschöpft. Zum ersten Mal, seit Anna ihn kannte, sah man ihm sein hohes Alter an.

Jack begrüßte die Runde und bestellte sich bei Dan am Tresen einen Tee.

»Er sieht müde aus«, bemerkte Alicia.

»Vielleicht hatte er einen schlechten Tag«, sagte Logan. »Früher gab es Zeiten, da ist er manchmal wochenlang allein auf See verschwunden. Niemand wusste, wo er war und wann er wiederkommen würde. Und dann stand er eines Tages vor der Tür und tat, als wäre nichts gewesen. Dan sagt, es sind seine Kriegserinnerungen, die ihn manchmal einholen. Er spricht nie darüber, aber es muss schlimm gewesen sein.«

»Kommt daher seine Narbe?«, fragte Alicia.

»Ja. Er musste mit dem Fallschirm abspringen, dabei hat er sich verletzt, soweit ich weiß.«

Judith räusperte sich. »Ich will ja diese Zusammenkunft nicht unterbrechen, aber ich werde mal mit Dan die Einzelheiten der Trauerfeier besprechen. Und danach fahr ich zurück, unsere Eltern kommen morgen, und es muss noch aufgeräumt werden.« Sie warf Greta einen Blick zu, der ziemlich unmissverständlich klarmachte, wer für die Unordnung verantwortlich war.

Greta schien das aber nicht weiter zu beeindrucken. »Also, ich bleib noch. Ist gerade so nett«, verkündete sie und wandte sich dann Alicia zu, um sie in ein Gespräch über die kanadische Landschaft im Allgemeinen und den Erdbeeranbau im Speziellen zu verwickeln.

Jack kam mit seinem Tee zu ihnen herüber.

»Was gefangen heute?«, fragte Logan.

»Ein paar ordentliche Kabeljau waren dabei«, antwortete Jack.

Anna betrachtete ihn aufmerksam. Sie versuchte, sich vorzustellen, wie es gewesen sein musste, damals, als Soldat. Wenn man wusste, dass der Tod so nah war und dass es manchmal nur vom Zufall abhing, ob man selbst oder der Kamerad im Kugelhagel starb.

»Anna? Du wirkst so abwesend?« Logan sah sie an.

»Entschuldigung. Was hast du gesagt?«

»Jack würde auf der Trauerfeier gern ein paar Worte sagen. Über Lou. Wäre das in Ordnung für euch?«

»Natürlich … Das würde uns freuen.« Es war schön, wenn Menschen, die Lou gekannt hatten, an sie erinnerten.

Wenig später löste sich die Runde auf. Greta hatte Alicia dazu überredet, ihr ihr Haus zu zeigen. Logan half Dan, seine Bestände zu prüfen und neue Bestellungen aufzugeben. Judith hatte sich ja bereits verabschiedet. Zurück blieben nur Anna und Jack.

»Er ist ein guter Junge«, sagte Jack plötzlich.

Wen meinte er damit? Dan? Logan?

»Ich spreche von meinem Enkel. Er ist jemand, der die Dinge anpackt, der nicht nur redet. Davon gibt es wahrlich genug Menschen. Die nur reden.«

»Stimmt. Davon kenne ich auch einige.«

»Du magst ihn, oder?«

Anna schluckte. Wahrscheinlich war das ziemlich offensichtlich. »Wir sind nur Freunde«, sagte sie.

»Es gibt Dinge im Leben, die kann man nicht beeinflussen. Die passieren einfach. Ob man will oder nicht.«

Worauf wollte Jack hinaus?

»Denk nicht zu viel nach, Anna. Am Ende wirst du da landen, wo du angefangen hast. Und das ganze Nachdenken wird dich nicht weitergebracht haben.«

Bei jedem anderen hätte sie sich über einen solchen Ratschlag geärgert, nicht so bei Jack. Fast hatte sie das Gefühl, als würde er tatsächlich wissen, was sie beschäftigte.

»Logan hat in seinem jungen Leben schon viel erlebt«, fuhr Jack fort.

»Ja?« Sie hatte geahnt, dass Logan etwas vor ihr verheimlichte. Und jetzt konnte sie ihre Neugier nur schwer verbergen.

»Er spricht nie darüber. Ich glaube, wenn einem etwas wirklich Schlimmes im Leben passiert ist, dann bleibt es oft für immer im Verborgenen. Als hätte man es in den Tiefen seiner Seele vergraben, damit es einem nicht die Luft zum Atmen nehmen kann.«

Sprach Jack von sich selbst oder von Logan? Oder von ihnen beiden?

»Jack, wir brauchen deine Hilfe, der Ofen spinnt mal wieder.« Logan war aus der Küche gekommen.

Anna fühlte sich ertappt. Es war nicht richtig, mit Jack über Logan zu sprechen. Wenn er ihr etwas sagen wollte, sollte er es selbst tun. Trotzdem, ein paar Minuten länger, und sie hätte sein Geheimnis vielleicht erfahren.

»Ich muss sowieso los.« Sie stand auf. »Kann meine Schwester ja nicht mit dem Aufräumen allein lassen.«

Judith lag mit einem Buch auf dem Sofa, als Anna hereinkam.

»Ich dachte, du wolltest aufräumen?«

»Hab's mir anders überlegt. Guck mal, das hab ich im Regal gefunden.«

Anna warf einen Blick auf den Einband. »Ein Schwangerschaftsratgeber?«

»Ist interessant.«

»Solltest du nicht langsam Carsten von deiner Schwangerschaft erzählen?«

»Stimmt.«

»Dann ruf ihn an. Du kannst es nicht ewig vor dir herschieben.«

»Du hast ja recht.«

»Wenn ich an deiner Stelle wär, würdest du mir das Gleiche sagen.«

»Ja.«

Anna musste über die Einsilbigkeit ihrer Schwester lächeln.

Die starke Judith, die alles plante und die nichts aus der Fassung bringen konnte, wirkte plötzlich so hilflos.

Doch dann fasste sie sich ein Herz. »Na gut.« Sie griff nach ihrem Telefon, und Anna sah, dass ihre Finger leicht zitterten.

Anna ging in die Küche. Judith sollte in Ruhe mit Carsten sprechen. Sie war sich sicher, dass er über diese Nachricht glücklich sein würde. Er war zwar ein bisschen steif, und seine Karriere war ihm sehr wichtig, aber im Grunde war er jemand, der sich bestimmt eine Familie wünschte. So wie doch eigentlich jeder, oder? Anna überlegte, ob sie mit Philipp je über Kinder gesprochen hatte. Sie erinnerte sich an eine Begebenheit, aber das war ganz zu Beginn ihrer Beziehung gewesen. Sie hatten Kindheitserinnerungen ausgetauscht, und am Ende des Gesprächs hatte er gesagt: »Man sollte sich gut überlegen, ob man selbst Kinder haben möchte. Schließlich hat man die für den Rest seines Lebens an der Backe.« Damals hatte sie das als Scherz abgetan, aber jetzt fragte sie sich, ob er nicht vielleicht doch so dachte. Dass Kinder eine Last waren, die man sich ans Bein band.

»Du hattest ja so recht!« Judith kam in die Küche gestürmt und umarmte Anna so heftig, dass sie fast umfiel.

Lachend befreite sie sich. »Ich deute das mal so, dass Carsten sich über das Baby freut?«

»Freuen ist gar kein Ausdruck! Er ist ganz aus dem Häuschen.« Judith ließ sich auf einen Stuhl am Küchentisch fallen. Man konnte ihr die Erleichterung förmlich ansehen, ihre Wangen waren leicht gerötet, und ihre Augen glänzten. »Ich war ja so blöd, dass ich mich nicht getraut hab, es ihm zu erzählen!« Sie schüttelte den Kopf. »Er will sofort Babysachen kaufen. Ach Anna, ich bin ja so froh! Aber jetzt muss ich mich mal kurz hinlegen. War alles ein bisschen viel.«

Anna sah ihrer Schwester nach, wie diese die Küche verließ. Aufräumen schien Judith plötzlich nicht mehr wichtig. Und so machte Anna sich daran, ein wenig Ordnung herzustellen. Mit dem Aussortieren von Lous Sachen waren sie inzwischen so gut wie fertig. Lous Kleiderschränke waren leer, und Dachboden und Keller hatten sie bis auf ein paar Koffer mit Erinnerungsstücken auch ausgemistet. Blieb nur noch die Abseite, in der Lou alles Mögliche aufbewahrt hatte. Decken, Kissen, Handwerkszeug, ihre Nähmaschine, eine kleine Kommode mit Schubladen voller Stecknadeln und Knöpfen, Bändern, Borten und Garn in unzähligen Farben, alte Zeitschriften, gebastelter Weihnachtsschmuck.

Anna räumte alles in Kisten. Vieles konnten sicher andere gebrauchen, aber Lous Nähmaschine wollte sie gern behalten. Sie hatte früher einmal Kissenbezüge genäht, vielleicht konnte sie damit ja wieder anfangen.

Sie stapelte die Magazine, bei denen es sich hauptsächlich um Koch- und Gartenzeitschriften handelte, um sie in eine Tüte zu packen. Als sie den Stapel anhob, fiel ihr auf, dass darunter ein gelber Zettel lag. Die Schrift war fast verblasst, aber doch noch zu entziffern: *Liebe Ma. Esse heute Abend bei Jane. Es hat jemand für dich angerufen. Eine Mrs Vanderbaek. Sie hat gesagt, du sollst dich dringend bei ihr melden, es gehe um etwas sehr Wichtiges. Ihre Nummer ist …* Es folgte eine lange Zahlenreihe, eine Telefonnummer mit Ländervorwahl.

Den Zettel hatte Helene geschrieben, das erkannte sie an der Handschrift. Sie musste noch hier gewohnt haben, also stammte die Notiz aus den Sechzigerjahren. Aber warum Vanderbaek? Was hatte Lou mit dieser Frau zu tun gehabt?

Greta, dachte Anna. Ich muss Greta einweihen. Sie ist doch so findig in solchen Dingen. Aber sie war noch nicht von ihrem Besuch bei Alicia zurück. Und Judith lag auf dem Sofa und schlief selig.

Anna ging in die Küche. Ihre Gedanken schweiften ab, sie dachte an Logan, an das, was Jack über ihn gesagt hatte. Es beschäftigte sie viel zu sehr, als dass sie sich weiter einreden könnte, Logan würde ihr nichts bedeuten. Seufzend nahm sie ihr Handy zur Hand und sah sich ihre Nachrichten an. Philipp bemühte sich wirklich, das musste man ihm lassen, auch wenn er sich in den letzten Tagen merklich seltener gemeldet hatte.

Sie musste ihn anrufen, lange genug hatte sie sich vor einem klärenden Gespräch gedrückt. Sie wählte Philipps Nummer, aber er hob nicht ab. Das macht er bestimmt mit Absicht, dachte sie. Lässt mich zappeln, so wie ich ihn hab zappeln lassen.

Sie ging nach draußen auf die Veranda. Das leise Meeresrauschen drang zu ihr hinüber. Sie dachte an Lou und daran, was ihr damals widerfahren sein mochte. Wie hatte sie all die Jahre damit leben können, ohne darüber zu sprechen? Ja, sie war eine starke Frau gewesen, wie man gemeinhin sagte. Obwohl Anna diese Bezeichnung hasste. Es klang immer ein bisschen so, als wäre es etwas Einzigartiges, wenn eine Frau taff und eigenständig war. Dabei war jede Frau auf ihre Weise stark.

Und was war aus Carl geworden? Anna war gespannt darauf, wie Helene auf das Tagebuch reagieren würde. Am Telefon hatte es so gewirkt, als wolle sie mit all dem nichts zu tun haben. Aber dort würden sich womöglich Antworten finden! War Helene denn überhaupt nicht neugierig? Oder wusste sie sowieso schon mehr, als sie ihren Töchtern bislang anvertraut hatte?

Kurz darauf trudelte Greta ein. Sie hatte Eddie im Schlepptau, die beiden schienen sich gut zu verstehen.

»Hab Eddie vor dem Haus seiner Mutter getroffen. Ich dachte, er könnte gleich Lous alte Kommode mitnehmen. Judith wollte sie doch Kathleen schenken«, erklärte Greta, während sie ihr Fahrrad an den Schuppen stellte.

Eddie und sie liefen die Stufen zur Veranda hinauf, und Eddie schüttelte Anna förmlich die Hand, was bei Greta große Belustigung auslöste.

»Kommt rein«, sagte Anna. »Aber seid leise, Judith schläft.«

»Judith schläft? Am helllichten Tag? Halleluja! Dass ich das noch erleben darf.«

Anna grinste nur, bugsierte die beiden in die Küche und schaltete die Kaffeemaschine ein.

»Ich muss kurz telefonieren. Ihr kommt einen Moment allein klar, oder?«, sagte Greta und war auch schon verschwunden.

Typisch Greta, dachte Anna. Lädt sich einen Gast ein und verkrümelt sich dann.

Eddie und sie setzten sich an den Tisch. »Wie geht es deiner Mutter?«, fragte Anna.

»Sie sucht für mich ein Mädchen, das ist ihre Lebensaufgabe. Hätte sie eins gefunden, ginge es ihr blendend.« Eddie zuckte mit den Achseln. Besonders glücklich schien er darüber nicht zu sein, aber welcher junge Mann in seinem Alter wäre das schon.

»Du bist viel mit Logan zusammen, nicht wahr?« Eddie kniff die Augen zusammen.

Anna rutschte unruhig auf ihrem Stuhl hin und her. Fast wollte sie wieder einmal sagen, dass sie nur Freunde seien, aber das kam ihr inzwischen selbst merkwürdig vor. »Ja«, sagte sie stattdessen.

»Ist 'n feiner Kerl. Ich mag ihn. Und seit dieser Sache damals …«

»Welcher Sache?«

»Du weißt das nicht?«

Anna schüttelte den Kopf. Jack hatte ja auch Andeutungen gemacht, aber sie wusste immer noch nichts Konkretes.

»Na ja ...« Eddie zögerte. »Logan war mal verlobt. Das Mädchen war wohl seine große Liebe. Meine Mutter sagt immer, sie sei so schön wie Schneewittchen gewesen. Hat eben ein bisschen viel Fantasie, meine Ma. Jedenfalls, Logan und das Mädchen kannten sich aus der Highschool, drüben in St. John's.« Eddie zeigte mit dem Daumen hinter sich. »Ich war da auch. Schule war aber nicht so mein Ding.« Er grinste schief. »Nach der Schule sind die beiden zusammen nach Toronto gegangen. Dan war ziemlich sauer, dass Logan fürs Studium so weit wegwollte, aber seine Freundin konnte wohl nur dort das studieren, was sie machen wollte. Irgendwas mit Mode, glaub ich. In der Zeit war Logan nur selten hier. Alle haben gesagt, dass er sich verändert hätte. Er wollte in einem großen Unternehmen arbeiten und hat immer diese Anzüge getragen. Aber ich weiß nicht. Auf mich wirkte er glücklich. Er war halt ehrgeizig. Ich glaube, die Leute hier waren nur neidisch. Oder sie konnten nicht verstehen, dass irgendwer die Großstadt dem hübschen Seaborough vorzog.«

Anna musste schmunzeln. Inzwischen konnte sie das auch nicht mehr nachvollziehen.

»Als Logan mit dem Studium fertig war, wollten Emily und er noch eine große Reise machen, bevor es ernst wurde«, fuhr Eddie fort.

Emily ... Der Name des Segelboots hatte also eine Bedeutung. Ich wusste es doch, dachte Anna.

»Sie sind mit Logans Boot los, Richtung Süden, wollten bis nach Maine runter. Doch irgendwo in der Nähe der Prinz-

Edward-Inseln wurden sie von schlechtem Wetter überrascht. Das Boot wurde gegen eine Felsenmole geschleudert.« Anna hielt sich unwillkürlich die Hand vor den Mund. »Die Wasserwacht fand Logan, er war schwer verletzt, konnte aber gerettet werden. Doch Emily …«

»Ihr konnte man nicht mehr helfen?«

»Ja. Emilys Eltern waren außer sich, sie gaben Logan die Schuld, wollten ihn sogar verklagen.«

»Wie furchtbar.«

»Logan ist daraufhin nach Seaborough zurückgekehrt, hat sich regelrecht verkrochen. Die Einzigen, die er an sich heranließ, waren seine Jungs aus der Band. Und Jack. Ich glaube, es hat ihm gutgetan, wieder hier zu sein. Irgendwann war das Schlimmste vorbei. Er hat sich sogar ein Boot gekauft und ist wieder rausgefahren, meistens allein. Aber ich finde, man sieht es ihm noch an, also das, was er erlebt hat.«

»Danke, dass du es mir erzählt hast, Eddie. Ich möchte mir kaum vorstellen, wie es ihm damit geht.«

In diesem Moment tauchte Greta auf. »Na, habt ihr euch gut amüsiert?«

»*Amüsieren* ist vielleicht nicht ganz der richtige Ausdruck.«

Anna zog sich zurück. Sie setzte sich im Wohnzimmer auf den Sessel am Fenster – Judith schlief noch immer – und beobachtete die über dem Meer kreisenden Vögel. Sie musste über das, was Eddie erzählt hatte, nachdenken. Jetzt machte alles Sinn. Deshalb hatte sie das Gefühl gehabt, dass Logan etwas vor ihr verbarg, dass ihn etwas beschäftigte, was er in der Vergangenheit zurücklassen musste. Wie diese Emily wohl gewesen sein mochte? Seine große Liebe, hatte Eddie gesagt. Schön wie Schneewittchen … Anna spürte einen Anflug von Eifersucht in sich aufsteigen. Aber auch Philipp war ihre große

Liebe gewesen … Der Unterschied war nur, dass Emily ihm einfach genommen worden war. Sie hatten keine Chance gehabt, ihr Leben miteinander zu teilen.

»Hey.« Judith war aufgewacht. »Wie lange hab ich denn geschlafen?«

»Ungefähr vierundzwanzig Stunden.«

Als Anna sah, wie erschrocken Judith reagierte, sagte sie: »War nur Spaß. Höchstens eine Stunde.«

»Sehr witzig.« Judith schlug die Wolldecke zurück und stand auf.

»Wann kommen Ma und Pa eigentlich an?«, fragte Anna.

»Ihr Flieger landet morgen Nachmittag.«

»Für die Trauerfeier ist doch alles organisiert, oder?«

»Ja. Helene weiß nur noch nicht, dass wir nicht in einem schicken Restaurant feiern, sondern in einem einfachen Diner.«

»Du hast es ihr nicht gesagt?« Anna war erstaunt.

Judith zuckte mit den Schultern. »Sie hätte ja auch selbst herkommen können, um sich um alles zu kümmern.«

Die nächste halbe Stunde verbrachten die beiden Schwestern damit, die oberen Zimmer aufzuräumen. Sie legten Handtücher in das kleine Gästebad und bezogen die Betten mit frischer Wäsche.

Als Judith gerade die Tagesdecke glatt strich, kam Greta ins Zimmer gestürmt. »Kathleen hat eben bei Eddie angerufen. Es ist was mit Jack!«

Anna und Judith folgten Greta nach unten. Eddie saß noch am Küchentisch und hielt sein Telefon in der Hand. »Er ist im Krankenhaus. Es ist sein Herz. Meine Mutter sagt, er sei im Diner zusammengebrochen, und Alicia habe ihn ins St. Clares Hospital gebracht. Dan und Logan sind mitgefahren. Er liegt auf der Intensivstation.«

»Meinst du, wir dürfen zu ihm?«, fragte Greta.

Eddie zuckte mit den Schultern. »Warum nicht?«

Judith nahm die Autoschlüssel von der Anrichte und zog ihre Jacke über. Sie verabschiedeten sich von Eddie, der später mit Kathleen nachkommen wollte.

Das St. Clares Hospital befand sich in St. John's. Es war ein helles Gebäude, das an einem hübschen kleinen Park lag. Am Empfang fragten sie nach Jack, aber man sagte ihnen, dass zurzeit nur nahe Angehörige zu ihm dürften.

Weil sie nicht gleich wieder gehen wollten, beschlossen sie, in die Cafeteria zu gehen. Am Ende einer langen Glastheke mit Kuchen und belegten Brötchen entdeckten sie Dan und Logan an einem der Tische.

»Wie geht es ihm?«, fragte Judith, während sich die Schwestern auf den freien Stühlen niederließen.

Dan schüttelte nur den Kopf.

»Nicht gut«, sagte Logan. Seine Stimme klang belegt.

Anna musste abermals an das denken, was Eddie ihr erzählt hatte. Erneut musste Logan um einen geliebten Menschen bangen.

»Können wir helfen?«, fragte sie behutsam.

»Nein. Die Ärzte waren gerade hier. Jack hatte einen Herzinfarkt. Doch für eine Operation ist er momentan noch zu schwach.«

»O nein.« In Gretas Augen schimmerten Tränen.

»Das tut mir sehr leid!«, sagte Judith. Sie sah zu Anna und Greta. »Es ist wohl besser, wenn wir wieder gehen. Wir wollen nicht stören.«

»Bleibt«, sagte Dan. »Louise und Jack standen sich nahe. Vielleicht …« Er schluckte. »Wäre es schön für ihn, ihre Enkeltöchter zu sehen.«

Sie verließen die Cafeteria und fuhren mit dem Aufzug in den dritten Stock, wo sich die Intensivstation befand.

»Wir warten hier. So viele Besucher sind nicht erlaubt«, erklärte Logan, während er neben seinem Vater im Wartebereich Platz nahm.

Jack lag in einem großen Bett am Fenster. Er hatte eine Kanüle im Handrücken, die über einen langen Katheter in einen Tropf mündete. Ein Gerät, das über einen Schlauch mit seiner Brust verbunden war, maß seine Herzfrequenz. Jack wirkte in dem großen Bett ganz klein.

»Hallo, Jack«, sagte Judith und trat vor, um leicht seine Hand zu berühren.

Er lächelte schwach. »Hallo, Mädchen. Schön, euch zu sehen.«

»Wie fühlst du dich?«

»Nun ja, der Ozean muss wohl vorerst auf mich verzichten.«

»Er hat sich auch eine kleine Pause von dir verdient«, versuchte Greta zu witzeln, aber man merkte ihr an, dass ihr Jacks Anblick zu schaffen machte.

»Anna?« Jack hob leicht die Hand und winkte sie zu sich heran. »Komm mal ein Stück näher.«

Anna trat einen Schritt vor und beugte sich zu ihm hinab.

»Es tut mir leid, dass ich so schweigsam war, als ihr mehr über Louises Leben wissen wolltet. Aber …« Er musste kurz Luft holen, sprach dann aber weiter. »Ich war mir nicht sicher, was das Richtige ist. Aber jetzt glaube ich, dass es besser ist zu sprechen.«

Anna sah kurz zu Greta, die Jack mit großen Augen anstarrte.

»Auf den Bildern meiner Frau sieht Lou tatsächlich traurig aus, auch wenn sie das immer gut verstecken konnte. Carl … Carl war ihre große Liebe. Doch der Krieg hat ihre Liebe zerstört. Ich kannte die beiden. Ich war mit ihnen in Europa, damals.«

»Carl ist unser Großvater, nicht wahr?«, fragte Anna atemlos. Sie hatte es geahnt, aber es nun von Jack zu hören war etwas anderes.

»Ja. Und ich wünschte, ich hätte mehr für die beiden tun können … Mein ganzes Leben lang hab ich mir deswegen Vorwürfe gemacht.«

»Vorwürfe?«

Jack schloss die Augen. Er schien Schmerzen zu haben.

In diesem Moment tauchte Dan auf. »Es tut mir leid, aber ihr müsst gehen. Der Arzt will gleich ein paar Untersuchungen durchführen.«

Die Schwestern verabschiedeten sich.

»Danke, dass ihr da wart«, sagte Dan. »Und macht euch wegen der Trauerfeier keine Sorgen. Ich hab alles vorbereitet, und zur Not schafft unser Koch den Rest auch allein.«

»Danke dir, Dan«, sagte Judith.

Anna sah sich nach Logan um, aber er war nirgends zu entdecken. Dan hatte ihren Blick bemerkt. »Er holt ein paar von Jacks Sachen. Wer weiß, wie lange er hierbleiben muss.«

Die Schwestern machten sich auf den Heimweg.

Als Judith den Land Rover auf den Highway lenkte, sagte Greta: »Unser Großvater ist also Carl.«

»Ja. Carl von Hohenstetten. Aber wir wissen noch immer nicht, was aus ihm geworden ist«, sagte Anna nachdenklich. Es fehlten so viele Puzzleteile. Lou und Jack kannten sich also von damals, es verband sie eine gemeinsame Geschichte. Und doch hatten sie ihn früher nie bei Lou gesehen. Hatte sie ihn gemieden, wollte sie nicht an Carl und an den Krieg erinnert werden? Und was war Carls Rolle dabei?

Sie dachte daran, wie sie Jack das erste Mal gesehen hatten, damals beim Leuchtturm. Es kam ihr vor, als wäre es eine halbe Ewigkeit her. So viel war seitdem passiert. Und sie dachte an Logan. Zu gern hätte sie ihn umarmt und getröstet. Aber was bedeutete das? Für ihr weiteres Leben? Es liegt auf der Hand, Anna, und du weißt es, schalt sie sich selbst. Hab endlich den Mut, es zuzugeben.

KAPITEL XIV

Nahe der deutsch-niederländischen Grenze, April 1944

5. April 1944
Ich gehöre zu den Menschen, die daran glauben, dass sich am Ende alles zum Guten wenden wird. Dieser Glaube begleitet mich, seit ich denken kann. Und auch in der schwärzesten Dunkelheit, in tiefster Nacht, in finsterster Einsamkeit halte ich an diesem Glauben fest. Vielleicht verdanke ich ihm, dass ich noch am Leben bin, dass mein Herz noch nicht aufgegeben hat, dass es weiterschlägt, weiterhofft.

Doch heute ist dieser Glauben untergegangen in all der Angst, die mich nicht mehr loslässt. Die Ungewissheit ist es, die mich unter sich vergräbt.

Ich frage mich, ob mein Leben fortan nur aus Flucht bestehen wird, ob meine Seele je zur Ruhe kommen wird, sich ausruhen kann.

Sie trafen Carls Kontaktmann in einem kleinen Ort, nur ein paar hundert Meter vor der niederländischen Grenze. Der junge Mann mit langem Haar und Bart sagte wenig, gab ihnen lediglich knappe Anweisungen, wie sie sich verhalten sollten.

Louise wusste nicht, wie Carl und er sich verständigt hatten, wer der Mann war oder woher er kam. Aber es klappte alles so reibungslos, dass sie das Gefühl hatte, als hätte Carl schon immer mit alldem gerechnet, als hätte er seit Jahren entsprechende Vorkehrungen getroffen.

Sie passierten die Grenze bei Nacht während der Wachablösung. Lautlos glitten sie über den Stacheldraht, als hätten sie es seit Langem gemeinsam geprobt. Kurz nach dem geglückten Grenzübertritt war Carls Kontaktmann von der Bildfläche verschwunden.

Zu fünft setzten sie ihren Weg fort. Pete und Jack sorgten dafür, dass sie zu essen hatten. Sobald sie weit genug entfernt von größeren Straßen oder Ortschaften waren, entfachten sie kleine Lagerfeuer, über denen sie Kaninchen und andere Kleintiere brieten.

Am nächsten Tag kamen sie an einem Gehöft vorbei, das völlig verlassen wirkte. Doch dann trat eine alte Frau aus der Tür, die sie zu sich heranwinkte und ihnen einen Korb mit Obst und Gemüse schenkte. Sie sagte etwas auf Holländisch, das sie nicht verstanden, aber sie zeigte auf die Uniformen von Jack und Pete, klopfte ihnen auf die Schulter und lächelte sie an.

»Die Niederländer sind gegen die Nazis«, sagte Carl, als sie weiterzogen. »Hitler hat ihr Land besetzt, und nachdem er die Altstadt von Rotterdam zerstören ließ, haben sich zahlreiche Widerstandsgruppen gebildet. Bei den Abendessen meines Vaters war einmal der Wehrmachtsbefehlshaber der Niederlande eingeladen. Er hat erzählt, wie sie alles unternahmen, um diese Gruppierungen ›auszuradieren‹. Wohl mit begrenztem Erfolg.« Er wandte sich Jack und Pete zu. »Soviel ich weiß, wär jeder hier froh, wenn ihr sie endlich befreit.«

»Sie sollten nicht zu viele Hoffnungen in uns setzen«, sagte Pete. »Von Befreiung kann im Moment noch keine Rede sein.«

»Pete hat recht«, stimmte Jack zu. »Als wir herkamen, dachten wir noch, dass wir das alles schnell beenden können. Aber jetzt … so viele Verluste, so viele gute Männer. Wer weiß, wie alles weitergeht …«

Es war mit jedem Tag wärmer geworden, überall am Wegesrand blühten bunte Krokusse, und endlich mussten sie des Nachts nicht mehr so frieren. Louise bemerkte, dass Hannah und Pete sich anscheinend gut verstanden. Auch Pete spielte ein Instrument, und die beiden tauschten sich über ihre Lieblingskomponisten und die schönsten Musikstücke aus. Er hatte stets einen frechen Spruch auf den Lippen, lachte viel und riss gern Witze. Doch war er mit Hannah zusammen, verhielt er sich ganz anders. Stundenlang liefen sie nebeneinander her, sprachen ernsthaft und ruhig miteinander. Oder sie schwiegen, ohne den anderen aus den Augen zu lassen. Einmal beobachtete Louise, wie Hannah zaghaft nach Petes Hand griff und sie so ein ganzes Stück zusammengingen. Als sie Carl davon erzählte, schmunzelte der nur und sagte: »Liebe gibt es an den seltsamsten Orten.«

Jack war hingegen ein Mann, der kein Wort zu viel verlor. Er zog sich zurück und las in einer zerfledderten Ausgabe von Betty Smiths *Ein Baum wächst in Brooklyn*. Eines Abends erzählte er jedoch von seiner Heimat Neufundland, wo er mit seiner Frau Charlotte lebte. Wunderschön sei es dort, still und friedlich. Er habe eigentlich Seemann werden wollen, sagte er, doch dann kam der Krieg und veränderte alles. Sein Cousin, der in England aufgewachsen war, sei 1943 in Afrika gefallen. »Da war für mich klar, dass auch ich in diesen Krieg ziehen muss.« Jack war gerade zwanzig und sah doch viel älter aus.

Carl und Louise lagen nachts zusammen unter ihren Wolldecken, sahen zum Mond hinauf und sprachen von der Zukunft. Carl hatte den Traum, wieder eine eigene Firma aufzubauen, und Louise wollte Lehrerin werden, das war ihr Wunsch, seit sie damals mit Frau Heibacher die zerstörte jüdische Schule aufgeräumt hatte. Oft erinnerte sie sich an diesen Tag, an dem sie das erste Mal das Gefühl vollkommener Hilflosigkeit gespürt hatte. Sie wollte Schülern etwas vermitteln, besonders Werte und Respekt vor anderen Menschen, egal, welchen Glauben sie hatten.

In dieser Nacht nahm Carl ihre Hand und sagte: »Ich weiß, es ist nicht der richtige Zeitpunkt, und wahrscheinlich hast du es dir anders vorgestellt, aber wenn wir hier herauskommen, wenn wir es wirklich schaffen, uns in Sicherheit zu bringen – möchtest du dann meine Frau werden?«

Mehr als ein leises »Ja« brachte sie nicht heraus.

Dass sie ihr Leben mit Carl verbringen wollte, das wusste sie. Ihre Liebe zu ihm war trotz der furchtbaren Dinge, die ihnen passiert waren, trotz der Zeit in der Fabrik, in der sie manchmal geglaubt hatte, Carl zu verlieren, noch stärker geworden, war gewachsen wie eine zunächst noch zarte Pflanze, die sich langsam ausbreitete, in die Höhe wuchs und doch ihre Wurzeln so fest in der Erde verankerte, dass auch ein Sturm ihr nichts anhaben konnte.

»Es ist nicht mehr weit, vielleicht noch zwei, höchstens drei Tagesmärsche. Dann haben wir es geschafft«, sagte Carl.

»Geschafft? Steht uns dann nicht noch das Schlimmste bevor? Eine Überfahrt nach England scheint mir nicht gerade ein Kinderspiel zu sein.«

»Natürlich wird das gefährlich. Aber nach all dem Unglück, das über uns hereingebrochen ist – was sollte danach wohl noch kommen?«

Louise schüttelte den Kopf. »Aber wir bleiben zusammen, Carl. Versprich mir, dass wir zusammenbleiben!«

»Das verspreche ich dir«, sagte er.

Er würde niemals zulassen, dass ihr etwas geschah. Das wusste Louise. Und doch hatte sie plötzlich Angst. Nicht um sich selbst. Nein, sie hatte Angst um ihn. Denn für sie würde Carl sterben.

Sie mieden noch immer die Ortschaften, liefen über Äcker und Feldwege, schlugen sich durch die Wälder. Pete und Jack gingen voraus. Obwohl sie die Soldaten erst seit einer Woche kannten, vertraute Louise ihnen. Sie konnte nur erahnen, was die beiden in den letzten Monaten erlebt, wie viele Kameraden sie auf den Schlachtfeldern verloren, wie viel Blut, Zerstörung, Trümmer und Tod sie gesehen hatten.

»Wartet!« Pete hatte sich zu ihnen umgedreht. »Ich hab was gehört!«, wisperte er.

Aus der Ferne näherte sich ein rasselndes Geräusch, das immer lauter wurde.

»Panzer!«, rief Jack. »Wir müssen uns verstecken.«

Sie folgten Jack und Pete zu einem Felsvorsprung und verschanzten sich dort.

»Wie viele sind es?«, fragte Carl.

»Ich weiß es nicht!«, rief Jack. »Viele.« Vorsichtig lugte er über den Felsbrocken, zog den Kopf dann aber schnell wieder ein. »Sie kommen gleich an uns vorbei. Bleibt unten!«

Die Panzer klangen wie riesige Walzen, die scheppernd über die schlecht befestigte Straße ratterten. Begleitet wurden sie von Soldaten, die im Gleichschritt marschierten.

Sie harrten noch einige Minuten in ihrem Versteck aus, bis Panzer und Patrouille vorbeigezogen waren. Als sie ihren Weg fortsetzen wollten, stand plötzlich ein Mann vor ihnen. Er trug ein abgewetztes Sakko und ausgebeulte Cordhosen und sah sie unsicher an. Jack wollte nach seinem Messer greifen, aber der Mann hob die Hände, um anzuzeigen, dass er unbewaffnet sei.

»Ich bin Maarten. Maarten Vanderbaek. Mein Bruder Willem schickt mich«, sagte er auf Deutsch.

»Willem?« Carl schien erfreut, diesen Namen zu hören. Er ging auf den Mann zu und schüttelte ihm die Hand. »Willem wird uns nach England bringen«, erklärte er den anderen.

Maarten sah genau so aus, wie Louise sich einen Widerstandskämpfer vorgestellt hatte, mit unordentlichen Haaren, einer hohen Stirn und einem ausgeprägten, leicht vorstehenden Kinn. Über seine linke Wange verlief eine große Brandnarbe.

»Du hast meine Tante Ida gerettet, nicht wahr?«, sagte er zu Carl, es war mehr eine Feststellung als eine Frage.

Carl zog die Augenbrauen zusammen. »Gerettet? Ida hat bei mir gearbeitet. Aber ich bin davongelaufen. Ich weiß nicht, was aus ihr, aus all den anderen wurde.«

»Ida ist in Sicherheit. Sie konnte untertauchen.«

Carls Miene erhellte sich. Louise war sich bewusst, wie sehr ihn die Tatsache, dass er Hunderte jüdische Arbeiter hatte zurücklassen müssen, quälte. Zu erfahren, dass sich jemand hatte retten können, erleichterte ihn offensichtlich.

»Wir müssen weiter, in diese Richtung«, sagte Maarten und zeigte geradeaus. »Der Weg, den ihr nehmen wolltet, ist zu gefährlich. Zu viel Wehrmacht. Es ist nur ein kleiner Umweg.«

Carl nickte. »Aber eins möchte ich noch wissen: Wie hast du uns gefunden?«

Maarten schmunzelte. »Man sollte keine Lagerfeuer machen, wenn man auf der Flucht ist.«

Zwei Tage später erreichten sie Hellevoetsluis. Die kleine Stadt lag am Haringvliet, einem großen Binnensee, der in die Nordsee mündete. Sie liefen an einem Deichausläufer entlang, auf dessen noch kargen Wiesen ein paar Schafe grasten, und kamen schließlich zu einer abseits gelegenen alten Windmühle.

»Das ist euer Versteck?«, fragte Pete.

Maarten bejahte. Er sah sich kurz um und klopfte schließlich viermal an die grüne Holztür. Es folgte ein schleifendes Geräusch, als würde ein Tisch zur Seite geschoben, dann öffnete sich die Tür. Eine junge Frau stand vor ihnen, sie hatte einen Kurzhaarschnitt, trug weite Männerhosen mit Hosenträgern und hielt eine brennende Zigarette in der Hand.

»Jetzt steht da nicht rum, rein mit euch«, sagte sie.

Im Innern der Mühle bot sich ihnen ein erstaunliches Bild. Auf dem Holzboden, dem Mühlstein und auf zahlreichen Hockern saßen an die fünfzehn Menschen, die meisten in Gespräche vertieft. Durch ein kleines Fenster fiel fahles Licht hinein, und die Luft war von Zigarettenrauch vernebelt.

Die Frau, die sie hineingelassen hatte, sie hieß Amalia, ging auf einen Mann mit einem blonden Bart zu, der am anderen Ende des Raums saß, und flüsterte ihm etwas zu. Etwas unschlüssig blieben sie an der Tür stehen, während sie nun neugierig gemustert wurden. Der blonde Mann stand auf, grinste breit, kam auf sie zu und umarmte Carl mit großer Geste. »Carl! Wie schön, dich endlich kennenzulernen.«

Carl erwiderte seine Umarmung. »Du bist dann wohl Willem«, sagte er und klopfte ihm freundschaftlich auf die Schulter. Willem stellte ihn, Louise, Hannah, Pete und Jack den anderen vor, und zusammen mit Maarten setzten sie sich in eine Ecke. Amalia brachte ein paar Becher mit lauwarmem Tee.

Willem war groß und kräftig, ein Hüne, neben dem Carl, Pete und Jack fast schmächtig wirkten. Er erinnerte Louise an einen Wikinger. Willem redete viel und laut, während Maarten neben seinem älteren Bruder plötzlich zurückhaltend wirkte.

»Wir hatten schon Angst, ihr seid den Nazis in die Arme gelaufen. Deshalb hab ich Maarten geschickt. Er kennt sich gut aus in der Gegend.« Willem schlug seinem Bruder so kräftig auf die Schulter, dass dieser zusammenzuckte. »Wir haben in Holland mehr deutsche Wehrmachtseinheiten als ein Fuchs Haare am Schwanz.« Er lachte dröhnend. »Die Alliierten fliegen über uns, wenn sie Deutschland angreifen, also ist hier überall Flugabwehr. Auf unseren Flugfeldern stehen massenweise Nazibomber.«

»Aber trotzdem gibt es euch«, sagte Louise leise. »Trotzdem gibt es Widerstand.«

Willem musterte sie lange, bevor er antwortete. »Nicht trotzdem. Gerade deshalb.«

Sie schwiegen, bis Maarten plötzlich aufstand. »Ich hole euch etwas zu essen«, sagte er.

»Wir haben noch einen Bruder, sein Name ist Gerrit«, erzählte Willem, während er Maarten dabei zusah, wie dieser an einem Tisch dünne Scheiben Brot und Käse abschnitt und auf zwei Teller verteilte. »Er ist vor einigen Wochen nach England aufgebrochen, um von dort aus die Nazis zu bekämpfen.« Willem hielt inne, seine Stimme wurde leiser. »Das wollten viele, seitdem es vor einigen Jahren ein paar von uns in einem kleinen Boot nach drüben geschafft haben. Engelandvaarder heißen sie bei uns, diese tapferen Männer und Frauen. Aber wir wissen nicht, was aus unserem Bruder geworden ist. Vielleicht ist er angekommen, vielleicht wurde er von den Nazis aufgegriffen, vielleicht hat das Meer ihn zu sich genommen.«

Louise warf Carl einen Blick zu. Sie traute sich kaum, es auszusprechen, aber nichts zu sagen wäre noch unerträglicher. »Aber das ist doch auch unsere Fluchtroute, oder?«

Willem sah sie an. Das Lachen war aus seinem Gesicht längst verschwunden. »Ja. Eine andere Möglichkeit gibt es nicht mehr. Eine Zeit lang sind einige von uns über Frankreich und die Pyrenäen nach Spanien gelangt, andere nach Portugal, aber dieser Weg, ein alter Schmugglerpfad, ist aufgeflogen. Und auch die Schweiz ist inzwischen unerreichbar. Wir sind abgeschnitten. Und selbst wenn ihr es bis dahin schaffen würdet, ist die Chance gleich null, von dort wegzukommen. Die Deutschen kontrollieren alles und jeden. Es ist ein Wunder, dass ihr euch überhaupt bis zu uns durchschlagen konntet. Weiter geht es nur noch über die Nordsee, das ist die einzige Route.«

»Wir danken euch schon jetzt. Für alles«, sagte Carl.

»Danken? Wir müssen dir danken. Du hast so viele vor dem Schlimmsten bewahrt. Nicht nur unsere Tante Ida.«

Carl erwiderte nichts. Louise beobachtete ihn, sah, wie sein Blick sich verengte. Sie kannte ihn. Er wollte keinen Dank. Es war selbstverständlich für ihn gewesen, und wenn es in seiner Macht gestanden hätte, mehr zu erreichen, so hätte er es getan.

Maarten kam mit den Tellern zurück, und Willem stand auf. »Jetzt esst und ruht euch aus. Amalia wird euch ein paar Decken bringen.«

Sie aßen und tranken von dem Tee, der inzwischen fast kalt war. Louise wollte reden, darüber, ob es nicht doch noch eine andere Option gab, als über die Nordsee in einem kleinen Boot zu fliehen. Doch sie war zu müde, ihre Augenlider wurden so schwer, als hätte sie seit Jahren nicht geschlafen. In dem Moment, als ihr Kopf auf einem Kissen lag, war sie auch schon eingeschlafen.

Als Louise erwachte, machten sich Pete und Jack gerade über einen Teller mit Bohnen her.

»Guten Morgen, Schlafmütze.« Carl setzte sich zu ihr und reichte ihr seinen Feldbecher.

Als sie an dem Getränk nippte, sah sie ihn mit großen Augen an. »Das ist ja echter Kaffee!«

Carl grinste. »Das ist so, wenn man mit den Engländern kollaboriert. Es gibt Kaffee!«

Louise staunte. Niemals hätte sie geglaubt, dass ein Schluck Kaffee sie einmal in solche Verzückung versetzen könnte. Etwas entfernt sah sie Willem und Maarten und ein paar andere Männer um einen kleinen Tisch sitzen. Sie diskutierten und beugten sich dabei über eine Landkarte. Über ihnen hing Zigarettenrauch.

Amalia brachte Louise ebenfalls einen Teller Bohnen. Glücklich begann sie, sich darüber herzumachen.

Und als sie Carl anschaute, der ihr lächelnd beim Essen zusah, spürte sie trotz der gefährlichen Mission, die vor ihnen lag, zum ersten Mal wieder so etwas wie Hoffnung.

Die nächsten Wochen verbrachten sie in der Mühle und warteten auf den Tag ihrer Flucht. Maarten, der sich oft zu ihnen setzte, berichtete von den Entwicklungen an der Front, Willem erzählte ihnen davon, wie die Fluchtvorbereitungen vorangingen. Amalia versorgte sie mit Essen.

Obwohl die Angst vor Entdeckung ständig gegenwärtig war und sie die Mühle tagsüber nicht verlassen durften, ging es ihnen in diesen Wochen erstaunlich gut. Ein Gefühl der Zuversicht breitete sich aus, auch wenn niemand es auszusprechen wagte. Solange es noch solche Menschen wie diese Widerstandkämpfer gab, konnte nicht alles verloren sein, das dachte Louise in diesen Tagen immer wieder.

Der Frühling hielt Einzug, und aus dem kleinen Fenster der Mühle waren Tulpen und Narzissen zu sehen, die auf einer Wiese blühten. Pete und Hannah waren inzwischen ein Liebespaar. Vorsichtig hatten sie sich einander angenähert, fast wirkten sie so vertraut, als würden sie sich seit Jahren kennen. Abends, wenn alle nach dem Essen beisammensaßen, legte sie oft ihren Kopf auf seine Schulter und schmiegte sich an ihn. Louise erinnerte sich an früher, an die Abende mit Carl im Schuppen. Die Liebe konnte so viel heilen, konnte so viel Stärke geben.

Und dann war es so weit. Es sollte losgehen. An ihrem letzten Abend vor der Überfahrt kamen sie noch einmal zu ihnen, Maarten, Willem, Amalia und Hendryk. Hendryk hatte bislang wenig gesagt, er war ein älterer Mann mit buschigen Augenbrauen und kräftigen Händen, die von viel Arbeit erzählten.

»Es gibt noch einiges für den morgigen Tag zu besprechen«, sagte Willem ernst. »Weil die Deutschen alles kontrollieren, den Haringvliet und die Küste, werdet ihr aufbrechen, wenn es dunkel wird. Das ist die beste Zeit, weil die Patrouillen dann die Wachablösung durchführen. Ihr werdet eine Weile ohne Motor fahren. Ich hoffe, ihr könnt gut rudern?«

Jack, Pete und Carl nickten.

»Wir werden Sackleinen über die Ruderblätter legen, damit sie sich nicht im Wasser spiegeln«, fuhr Amalia fort. »Erst wenn wir auf offener See sind, können wir den Motor starten, vorher ist es zu laut und könnte uns verraten. Es wird nicht einfach werden, aber wir schaffen es. Verstanden?« Sie hatte stahlblaue Augen, die jeden durchdringend ansahen.

»Du sprichst von wir. Wirst du uns begleiten?«, fragte Pete.

»Ja.« Amalia warf Maarten einen kurzen Blick zu. Die beiden schien weit mehr zu verbinden als der Kampf gegen die deutsche Besatzung. »Mein Vater war Fischer, ich kenne den Haringvliet wie meine Westentasche.«

»Amalia ist die beste Kapitänin in ganz Südholland«, sagte Maarten und sah sie liebevoll an. Sorge lag in seinem Blick.

»Ruht euch aus«, fuhr Amalia fort. »Und bedankt euch bei Hendryk. Er hat das Wunder vollbracht, aus einem uralten Wrack ein Boot zu bauen. Den Motor hat er unter Einsatz seines Lebens von einem Hafenbetreiber bekommen.«

»Eine Chevy-Maschine«, erklärte Hendryk. »Läuft noch einwandfrei.« Er grinste, wodurch seine schiefen Schneidezähne sichtbar wurden. Louise erinnerte sich, dass sie vor einigen Tagen gesehen hatte, wie Carl Hendryk einige Geldscheine in die Hand gedrückt hatte. Dafür war das Geld also gewesen.

Amalia stand auf. »Morgen Nachmittag bin ich wieder hier, mit euren Papieren. Seid dann bereit. Und denkt daran, jeder Tag kann der Anfang einer neuen Geschichte eures Lebens sein.«

Willem und Maarten verabschiedeten sich ebenfalls. In Louise breitete sich ein beklemmendes Gefühl aus. Nun wurde es also ernst. Vielleicht würden sie schon in zwei Tagen in England sein. Doch die Überfahrt war der gefährlichste Teil ihrer Flucht. Fast wünschte sie, weiter in der Mühle zu bleiben und sich hier zu verstecken. Doch es war zu gefährlich. Immer wieder hatten Willem und Maarten berichtet, dass Verstecke von Widerstandskämpfern von den Nazis aufgespürt worden waren.

Und es gab kaum etwas zu essen. Amalia war selbst schon ganz mager, wie sollten die Widerstandskämpfer noch weitere fünf Mäuler stopfen?

Sie legten sich früh schlafen, auch wenn kaum einer von ihnen wirklich Ruhe fand. Plötzlich umarmte Louise jemand von hinten. Sie brauchte sich nicht umzudrehen, um zu wissen, dass es Carl war.

»Komm mit«, flüsterte er.

Louise setzte sich langsam auf. »Wohin?«

»Das verrate ich nicht. Komm. Sei keine Spielverderberin.« Er lächelte sein Lausbubenlächeln.

Er nahm sie an der Hand, und sie schlichen auf Zehenspitzen nach draußen. Es war warm wie in einer lauen Sommernacht, obwohl es erst Mai war. Sie hörten keine Flugzeuge, keine Flakfeuer. Es war gespenstisch ruhig. Louise trug keine Schuhe und spürte das weiche, nasse Gras zwischen ihren Zehen, als sie in der Dunkelheit über die Wiese liefen. Der süßlich pudrige Geruch von blühendem Rhododendron lag in der Luft.

Carl führte sie zu einem kleinen Teich neben einer verlassenen Scheune. Er stellte seinen Rucksack ab und holte einen Schlafsack sowie eine Flasche Wein heraus.

Louise sah ihn entgeistert an. »Wein? Wo um alles in der Welt hast du den denn her?«

Carl grinste. »Das bleibt mein Geheimnis.«

Er öffnete die Flasche und goss den Inhalt in zwei Feldbecher. »Die Kristallgläser müssen wir uns denken.« Er prostete ihr zu.

Louise spürte schon nach zwei Schlucken, wie ihr der Wein zu Kopf stieg. Ihre Wangen glühten, als sie sich zu Carl in den Schlafsack legte. Sie schmiegte sich an ihn, und gemeinsam sahen sie zu den Sternen hinauf.

»Kannst du dich erinnern, wie wir das als Kinder getan haben? Nachts zu den Sternen geschaut, meine ich?«, fragte Carl. Seine Stimme klang wehmütig. »Wir haben uns gefragt, wie es wohl ist, dort oben. Das Leuchten der Sterne gibt einem Kraft, hast du immer gesagt. Weißt du noch?«

»Natürlich«, erwiderte sie und drückte ihren Kopf ein bisschen fester an seine Brust. »Ich hab dich damals schon geliebt. So sehr, wie ein Mensch einen anderen nur lieben kann.« Sie wusste, dass er lächelte, obwohl sie ihn nicht ansah. »Ich denke oft daran, was nun werden wird. Was wird aus uns, wo werden wir leben, was werden wir tun?«

»Lass uns nicht davon sprechen, nicht jetzt. Heute Nacht möchte ich nur den Augenblick mit dir genießen.«

Louise nickte, obwohl seine Worte sie überraschten. Carl war immer derjenige, der alles plante, der alles wusste, der stets eine Antwort parat hatte. Doch es war schön, einfach nur dazuliegen, an nichts zu denken.

Irgendwann knöpfte er ihre Bluse auf, und seine Hände erkundeten zärtlich ihre Haut. Er strich über ihre Brust, seine Finger umkreisten sanft ihren Bauchnabel, tasteten sich weiter nach unten. Sie genoss seine Berührungen, gab sich ihm ganz hin.

Es gab in diesem Augenblick nichts weiter auf der Welt – nur sie beide.

Am nächsten Abend brachen sie auf. Willem und Amalia hatten alles vorbereitet, das hölzerne Boot war mit Rudern und einem gefüllten Tank ausgestattet. Wenn alles gut ging, würden sie ein paar Stunden später in Lowestoft anlegen. Und wären in Sicherheit.

Das Boot bot erstaunlich viel Platz. Die drei Männer setzten sich an die Ruder, Amalia begab sich nach hinten, zum Motor, Hannah und Louise hockten sich in den Bug.

Amalia sah jeden erneut durchdringend an. »Denkt dran: Solange wir nicht auf offener See sind, kann man uns leicht erkennen. Keine unnötigen Bewegungen, keine lauten Gespräche. Lasst die Sackleinen über den Rudern. Da drüben …« Sie deutete ans andere Ufer. »… ist ein deutscher Posten. Die Kerle warten nur drauf, uns zu erwischen.«

Langsam entfernten sie sich von der kleinen Werft, wo das Boot gelegen hatte. Als sie die Sandbänke hinter sich gelassen hatten, glitten sie in tieferes Gewässer. Sie ruderten in die Mitte des Haringvliets, einer lang gezogenen Meeresbucht, die rechts und links von steinigen Ufern flankiert wurde.

Während die Männer versuchten, die Ruderblätter so leise wie möglich in die schwarzen Wellen zu tauchen, schauten die Frauen sich immer wieder um. Verfolgte sie jemand? War ein deutsches Patrouillenboot auf sie aufmerksam geworden? Willem hatte erzählt, dass die Männer oft in den Kabinen ihrer Boote blieben, um Rundfunk zu hören oder Mahlzeiten zu sich zu nehmen. Sie konnten nur hoffen, dass es in dieser Nacht nicht anders sein würde.

Die Dunkelheit umgab sie wie ein Schutzschild. Das Meer blieb ruhig, nur das Plätschern, das die Ruderblätter beim Eintauchen ins Wasser erzeugten, war zu hören. Die Ruhe vor dem Sturm, dachte Louise unwillkürlich, rief sich aber sofort zur Ordnung. Es würde schon alles gut ausgehen, diese Flucht musste ein gutes Ende nehmen, alles einen Sinn haben.

Sie kamen dem offenen Meer immer näher, der Wind wurde stetig stärker, die Luft roch schon nach Salz. Die Freiheit schien zum Greifen nah. Louise dachte an die letzte Nacht mit Carl. Sie waren sich so nah gewesen. Bald würden sie endlich frei sein.

Und dann ging alles ganz schnell, so schnell, dass Louise später nicht mehr wusste, was passiert war. Hatte Amalia Panik im Blick gehabt? War es Pete gewesen, der das Ruder fallen ließ, sodass es mit einem lauten Klatschen im Wasser landete? Oder hatte sie selbst es gehört, das Aufheulen eines Motors in der Ferne?

Sie sah das deutsche Patrouillenboot, das sich rasch näherte, erkannte schemenhaft die Umrisse der Männer an der Reling. Das Boot war noch einige hundert Meter entfernt, aber es war eindeutig, dass sie das Ziel waren.

»Was sollen wir jetzt tun?«, rief Pete.

»Wir starten den Motor«, sagte Amalia. »Wenn wir Glück haben, können wir sie abhängen.«

Es dauerte ein paar Sekunden, bis der Motor ratternd und rumpelnd zu laufen anfing. Das Boot machte einen kleinen Satz, bevor es Fahrt aufnahm.

Louise schaute sich immer wieder um. Das Patrouillenboot war direkt hinter ihnen. Es würde nicht mehr lange dauern, dann hätte es sie eingeholt.

Carl, der sich als Einziger die ganze Zeit ruhig verhalten hatte, holte eine Pistole aus seiner Jackentasche. »Wenn sich unsere Distanz noch mehr verringert«, erklärte er mit fester Stimme, »werde ich schießen. Vielleicht gelingt es mir, den Steuermann zu treffen. Dann kommen sie vom Kurs ab, und wir haben einen Vorsprung.«

Louise schüttelte vehement den Kopf. »Nein, das ist viel zu gefährlich!«, rief sie. Wieso sagten die anderen nichts? Wieso versuchte keiner, Carl von seinem Vorhaben abzubringen?

Sie kroch auf ihn zu. Sie würde sich keinen Zentimeter von ihm fortbewegen, nicht jetzt, nicht so kurz vorm Ziel.

»Louise, bitte, geh zurück zu den anderen«, sagte er leise. In der Finsternis konnte sie sein Gesicht kaum erkennen, aber der Ton in seiner Stimme war unmissverständlich. Er würde keinen Widerspruch dulden.

»Wir helfen dir«, sagte Jack plötzlich. Im schwachen Licht des Monds, der hinter den Wolken hervorgekrochen war, erkannte Louise, dass auch Jack und Pete Waffen in der Hand hatten. Willem, dachte sie, er muss sie ihnen gegeben haben.

Die Männer krochen auf allen vieren zum Heck, während die Frauen sich unter den Sackleinen im vorderen Teil versteckten. Das Patrouillenboot war nun so nah, dass Louise die Männer an Bord wahrnahm, drei dunkle Gestalten in Mänteln, einer von ihnen hatte ein Gewehr in der Hand.

Sie lugte immer wieder unter den Sackleinen hervor. Ihr Körper fühlte sich bleischwer an, ihr Kopf war leer, blanke Angst hatte sich in ihr breitgemacht. Selbst wenn sie einen der Männer trafen, es blieben noch zwei andere, aller Voraussicht nach ebenfalls bewaffnet.

Sie sah, dass Jack sich langsam aufrichtete. Das Boot der Deutschen war nur noch zwanzig, vielleicht dreißig Meter entfernt. Es schien, als ob er sein Gleichgewicht finden müsste, doch dann zielte er – und kurz darauf war ein Schuss zu hören. War es Jack gewesen, der geschossen hatte?

Das Patrouillenboot wurde langsamer, und es war zu erkennen, dass der Steuermann zu Boden stürzte. Jack hob triumphierend die Arme, dann duckte er sich, kroch mit Pete zur Mitte ihres Boots. Nur Carl blieb zurück, hockte weiter mit seiner Pistole am Heck. Die Deutschen waren wieder auf Kurs, näherten sich ihnen in rasender Geschwindigkeit.

Carl richtete seine Pistole auf einen der Soldaten, doch der dritte Mann zielte im gleichen Moment auf Carl. Sie sind zu weit voneinander entfernt, schoss es Louise durch den Kopf, sie können sich nicht gegenseitig treffen! Dann peitschten erneut Schüsse durch die Nacht.

Und während Hannahs Hand nach der ihren griff, sah sie, wie Carl sich den Arm an den Bauch hielt, wie er zuckte, wie sein Körper sich für einen Moment aufbäumte. Sie wollte zu ihm, wollte ihm helfen, aber ihre Schwester hielt sie fest. Carl schwankte, versuchte, sich festzuhalten, aber es gelang ihm nicht. Er fiel und wurde vom schwarzen Wasser verschluckt. Es war nichts zu hören, als das Meer ihn aufnahm.

Louise erinnerte sich später, dass sie geschrien hatte. Sie schrie und schlug um sich, wollte, dass man sie losließ, damit sie zu ihm konnte. Sie verstand nicht, warum niemand ihm half, warum er dort im kalten Wasser alleingelassen wurde. Unter Tränen nahm sie wahr, wie das Patrouillenboot langsamer wurde, wie sie sich von diesem entfernten. Wir müssen zu ihm, dachte sie wieder und wieder. Wir können ihn doch nicht einfach den Deutschen überlassen. Doch sie konnte nichts sagen, konnte nicht sprechen, hörte nur ihre eigenen Schreie in der schwarzen Nacht. Carl war fort, für immer.

Den Rest der Fahrt starrte Louise auf das Wasser, unfähig, sich zu rühren. Hannah sprach leise auf sie ein, versuchte, sie zu beruhigen, doch sie hörte sie kaum. Es war, als würde der Wind jedes ihrer Worte davontragen. Alles, was geschah, nahm sie wie durch einen Schleier wahr. Sie wollte aufstehen, wollte etwas tun, aber es war ihr nicht möglich, ihre Beine wollten ihr nicht gehorchen, ihr ganzer Körper fühlte sich taub und leblos an, als wäre er mit Carl zusammen auf den Meeresboden gesunken.

Irgendwann redeten alle wild durcheinander, und als Louise sich aufsetzte, sah sie den Grund: ein englisches Schiff. Es dauerte nicht lang, bis die Besatzung begriff, dass sie Flüchtlinge gesichtet hatte. Sie winkten und riefen und warfen ihnen Seile zu, mit denen Jack und Pete das Boot zu dem Schiff heranziehen konnten.

Sie kletterten an Bord, wurden freudig empfangen und begrüßt, fremde Menschen umarmten sie, klopften ihnen auf die Schulter. »Ihr seid in Sicherheit«, hörte Louise die Menschen um sie herum sagen. »Ihr braucht euch keine Sorgen mehr zu machen.«

Sie wurde in eine Decke gehüllt, jemand reichte ihr einen Becher mit einer heißen Flüssigkeit. Sie sah in fröhliche, lachende Gesichter, sah, wie Hannah und Amalia vor Erleichterung weinten. Niemand merkte, wie sie sich in eine Ecke zurückzog, um allein zu sein.

Carl war tot. Oder schwer verletzt den Deutschen in die Hände gefallen. Was würden sie ihm dann antun? Louise wurde schwindlig bei dem Gedanken. Doch eines war gewiss: Sie würde Carl nie wiedersehen.

Sie erreichten die englische Küste. Louise erinnerte sich später nur bruchstückhaft, wie sie von britischen Soldaten befragt wurde, wie sie stammelnd auf die vielen Fragen geantwortet hatte. Wie Amalia am nächsten Morgen aufbrach, um ins Konsulat ihrer Heimat zu fahren. Wie sie Louise zum Abschied an sich drückte und flüsterte: »Carl hat uns allen das Leben gerettet.«

Pete und Jack hatten sofort Kontakt zu ihrer Einheit aufgenommen und versucht, etwas über Carls Verbleib herauszufinden; doch niemand hatte etwas gehört. Erst am Abend kam ein Offizier mit Neuigkeiten. Er sagte, englische Fallschirmspringer hätten einen Toten aus dem Wasser gezogen, an der holländischen Küste. Die Beschreibung des Mannes passte auf

Carl. Und die Deutschen hätten verbreiten lassen, ein deutscher Verräter sei erschossen worden.

Louise konnte nicht einmal mehr weinen. Carl war nicht mehr da. Nie wieder würde er ihr Gesicht streicheln, sie nie mehr küssen, ihr nie mehr begeistert von etwas erzählen. Sie würde nie mehr seine Augen sehen, seine Stimme hören. War das zu begreifen? Sie war in Sicherheit, und doch fühlte es sich an, als wäre sie in eine noch schlimmere Hölle geraten als jemals zuvor.

Pete hatte Louise und Hannah geholfen, ein Transitvisum zu bekommen, das es ihnen erlaubte, für kurze Zeit in England zu bleiben. Sie fuhren mit Pete in seine Heimatstadt Liverpool, wo sie für ein paar Tage in einer Unterkunft der Armee übernachten konnten. Was danach kommen würde, wussten sie nicht.

Am nächsten Tag eröffnete Hannah Louise, dass sie bei Pete bleiben würde. »Wir wollen heiraten«, sagte sie. »Dann werde ich nicht auf ein richtiges Visum warten müssen.« Es klang wie eine Rechtfertigung. Louise merkte, dass sie versuchte, nicht zu glücklich zu klingen.

»Du musst dich nicht schämen, Hannah. Ich freue mich sehr für dich.« Sie umarmte sie fest.

»Und für dich werden wir uns auch etwas überlegen! Vielleicht finden wir eine Arbeit, irgendwas, warum die Engländer dich nicht wegschicken können!«

Louise tätschelte ihrer Schwester die Hand. »Das ist lieb von dir.«

Doch es war ihr egal, was mit ihr geschah, wo sie leben, was sie tun würde. Nichts ergab einen Sinn, wenn Carl nicht bei ihr war. Ihr Körper und ihr Geist waren taub vor Schmerz.

Während Jack, der von der Front abgezogen worden war, einige Tage später per Schiff mit ein paar seiner Kameraden zurück nach Kanada aufbrach, zerfiel Louises Welt immer mehr. Es war, als würde ein unaufhaltsamer Strudel sie tiefer und tiefer in einen Abgrund reißen, und nichts und niemand konnte sie aus ihm herausholen.

Weil sie seit Tagen nichts gegessen und kaum etwas getrunken hatte, brachte Hannah sie in ein Spital. Dort kam sie an einen Tropf, aber der sie behandelnde Arzt, ein freundlicher älterer Mann, gab ihr zu verstehen, dass sie es ohne neuen Lebensmut nicht schaffen würde. »Sie müssen leben wollen. Auch nach allem, was Sie durchgemacht haben. Vielleicht gerade deshalb«, sagte er, während er sie abhörte. »Der Krieg darf uns nicht zerstören. Die Deutschen dürfen uns nicht zerstören. Vielleicht können sie unsere Häuser in Schutt und Asche legen. Aber sie werden uns Menschen nicht vernichten. Das dürfen wir nicht zulassen.«

Es war das erste Mal, dass Louise lächelte, denn sie musste an Carl denken, der häufig vom Widerstand in anderen Ländern Europas geschwärmt hatte, von den »Standhaften«, wie er sie genannt hatte. An diesem Arzt hätte er sicher Gefallen gefunden. Doch im gleichen Moment riss die Erinnerung ein schmerzhaftes Loch in ihr Herz, sodass sie fast keine Luft mehr bekam.

Der Arzt legte ihr die Hand auf die Schulter. »Geben Sie nicht auf, junge Frau. Bitte, tun Sie das nicht.«

Hannah holte sie am nächsten Tag ab und brachte sie in das kleine Zimmer in einem Wohnheim, das Pete für sie organisiert hatte. Pete würde in einigen Wochen zurück an die Front müssen, doch vorher wollten er und Hannah noch heiraten. Louise bemühte sich, zu Kräften zu kommen, sie wollte sich freuen für ihre Schwester, ihr bei den Hochzeitsvorbereitungen helfen, doch es wollte ihr nicht gelingen.

Eines Abends unternahm Louise einen Spaziergang zum Meer. Am Hafen legten zahlreiche Schiffe mit amerikanischen Truppen ab, um in die Heimat zu fahren, viele verwundet, für immer gezeichnet. Louise ging zu einem Steg, an dem einige kleine Kähne befestigt waren. Sie spiegelte sich in dem dunklen Wasser, verzerrt sah sie sich auf den schwarzen Wellen, dünn, zerbrechlich. Sie erkannte sich kaum wieder.

Plötzlich flog eine kreischende Möwe über sie hinweg, streifte sie fast mit ihren Flügeln. Louise erschrak so sehr, dass sie ausrutschte und ins Wasser fiel. Sie versuchte, sich am Rand des Stegs festzuhalten und hochzuziehen, rutschte aber immer wieder ab. Panik stieg in ihr auf. Früher hätte sie sich auf eines der Boote gerettet, aber jetzt war sie zu schwach dafür. Sie spürte, wie ihre Kleidung sich langsam mit Wasser vollsog, sie mit immer stärkerer Kraft nach unten zog.

Doch auf einmal wurde sie ganz ruhig. Sie dachte an Carl, daran, dass er im Wasser gestorben war und dass sie vielleicht schon bald bei ihm sein würde, ihn endlich wieder in die Arme schließen könnte. Sie sehnte sich so sehr danach. Sie war es so leid zu kämpfen, stark zu sein. Louise schloss die Augen und ließ sich treiben, spürte, wie das Meer sie aufnahm, wie sie eins mit den Wellen wurde.

Ein tiefer Frieden breitete sich in ihr aus. Aber als sie weiter hinabglitt und die Dunkelheit des Meeres sie umfing, war es ihr auf einmal, als würde sie jemand schütteln und rütteln, als wolle er sie zum Aufwachen zwingen. Sie wehrte sich dagegen, aber das Gefühl war so mächtig, dass sie mit schnellen Stößen in Richtung Wasseroberfläche schwamm. Keuchend tauchte sie auf, hustete und spuckte salziges Wasser aus. Nun schaffte sie es auch, sich an der Anlegestelle mit den Armen nach oben zu ziehen. Erschöpft blieb sie auf dem Steg liegen. Dann legte sie unwillkürlich eine Hand auf ihren Bauch.

Ihr wurde bewusst, dass sie Leben in sich trug.

Alle freuten sich. Hannah, Pete, Jack, dem sie schrieb, sogar die Krankenschwestern, die sie untersuchten. Ein Kind in solch schweren Zeiten sei ein Segen, sagten sie.

Louise dachte an ihre letzte Nacht mit Carl, an das hoffnungsvolle Gefühl, das sie damals gehabt hatte. Aus dieser Nacht war nun neues Leben entstanden. Doch er war nicht bei ihr, um mit ihr zusammen über dieses Wunder zu staunen.

Und so wusste sie nicht, was sie fühlen sollte. Ja, es war Freude in ihr, aber auch eine tiefe Angst. Sie war noch voller Kummer, voller Trauer. Wie sollte sie bei so viel Schmerz ein Kind großziehen? Außerdem hatte sie keine Arbeit und keinen Wohnsitz. Wovon sollte sie leben, wie sollte sie das Kind ernähren? Doch am meisten hatte sie Angst, dass sie das Kind nicht würde lieben können. Dass die Liebe in all der Grausamkeit verloren gegangen war, dass sie mit Carl zusammen im Meer versunken war.

Am nächsten Tag erreichte sie eine Nachricht von Jack. Er war in Amerika angekommen, doch nicht auf dem Schiff, mit dem er England verlassen hatte. Der Transatlantikkreuzer war auf der Überfahrt von deutschen Kampffliegern angegriffen worden, am Ende sei das Schiff gesunken. Jack habe sich mit drei anderen Männern retten können, alle anderen seien ertrunken oder erschossen worden. Die Deutschen hätten mit Maschinengewehren auf die in Rettungsbooten sitzenden Männer geschossen. Unbegreifliches hätte er gesehen.

Dann schrieb er, wie sehr er sich auf Zuhause freuen würde, auf die raue Schönheit der neufundländischen Küste, die Labradorströme, die Eisberge, auf seine Landsleute, die auf den ersten Blick so unnahbar wirkten wie die kühle See und dann doch so herzlich waren. Das war alles, was er wollte, nach Hause kommen und Frieden finden.

Hannah und Pete heirateten an einem Samstag Anfang Juni, am nächsten Tag musste Pete an die Front. Sie waren nur zu viert, Hannah, Pete, Louise und Petes bester Freund aus Kindertagen, Hank. Da Hannah erst siebzehn war, fuhren sie mit dem Zug nach Gretna Green, ein Ort im Süden Schottlands, wo es Minderjährigen ohne elterliche Genehmigung erlaubt war, die Ehe einzugehen. Es war eine schöne, wenn auch kurze Zeremonie, und Louise war gerührt davon, wie zart und liebevoll die beiden Frischvermählten miteinander umgingen.

Nachdem Pete aufgebrochen war, war Hannah anzumerken, wie sehr sie litt, doch sie hielt sich tapfer. »Es ist bald vorbei«, sagte sie immer wieder zu Louise, wenn sie abends in der kleinen Küche ihres Wohnheims beisammensaßen. »Dieser Krieg wird nicht mehr lange dauern.«

Louise durfte noch für einige Zeit in England bleiben, im Gegenzug sollte sie dem britischen Auslandsgeheimdienst Informationen geben, die sie über die deutsche Rüstungsindustrie hatte, über Lagerkommandanten oder Pläne der deutschen Regierung. Louise war der Meinung, nicht viel zu wissen, aber der Offizier, der sie regelmäßig befragte, schien das anders zu sehen. Er zwang sie, sich an jedes kleine Detail zu erinnern, machte sich akribisch Notizen, ließ Tonbänder mitlaufen. Einmal fragte sie ihn, ob die Briten von den Arbeitslagern in

Deutschland und Polen wüssten, aber er sagte, er dürfe die Erkenntnisse des Geheimdiensts nichts preisgeben.

Schließlich hörten Louise und Hannah von der Landung der alliierten Truppen in der Normandie. Aufgewühlt saßen sie vor dem Radio im Speisesaal ihres Wohnheims, wo auch viele andere Flüchtlinge lebten. Selbst der Nachrichtensprecher konnte seine Aufregung nicht verbergen. »Operation Overlord« werde das Ende des Krieges einleiten, sagte er.

Auch Pete hatte an der Invasion in die Normandie teilgenommen, doch sie hörte viele Tage nichts von ihm. Louise sah, wie ihre Schwester sich nachts in den Schlaf weinte. Sie wollte sie trösten, ihr Mut zusprechen, aber es wurde von Tag zu Tag schwerer. Erst nach zwei langen Wochen kam Nachricht von Pete. Er sei bei der Landung leicht verletzt worden, aber es gehe ihm gut. Hannah war so aus dem Häuschen, wie Louise ihre Schwester noch nie erlebt hatte.

Mithilfe von Petes Mutter hatte Louise eine Anstellung als Schneiderin gefunden. Die Arbeit lenkte sie von ihren Sorgen ab. Glück, ein ganz neues, erfuhr sie, als Helene an einem Sonntag im Februar zur Welt kam und Louise ihre Tochter in den Armen hielt, ihr in ihre Augen sah. Plötzlich war sie Mutter, und von nun an würde alles anders sein.

Drei Monate später war der Krieg vorüber. Die Menschen feierten auf den Straßen, wildfremde Leute umarmten sich, sangen, tanzten. Soldaten kehrten heim, erschöpft, aber auch ausgelassen. Sie waren nun Helden. Pete, mit dem Hannah und Louise inzwischen im Haus seiner Mutter lebten, schrie jede Nacht. So laut, dass Helene aufwachte und zu weinen begann. Louise hörte, wie Hannah versuchte, ihren Mann zu beruhigen, doch es gelang ihr kaum. Sie wusste nicht, welcher Schmerz ihn beherrschte. Er sprach nicht darüber.

Die beiden Schwestern begannen, nach ihren Eltern zu suchen. Die Konzentrationslager wurden befreit, doch wie sollten sie sie in all dem Durcheinander finden? So kurz nach Kriegsende konnte man nicht einfach nach Deutschland reisen und nach vermissten Personen suchen. Und es gab bislang kaum Listen von Überlebenden. So blieb ihnen erneut nichts weiter, als zu warten.

Erst zwei Monate später erfuhren sie es.

Es kam nicht überraschend, nicht nach allem, was sie erlebt und gehört hatten. Und doch zerbrach es Louise das Herz. Sie trat an Helenes Wiege, sah ihrem Kind beim Schlafen zu. Dann holte sie ihre Tochter aus ihrem Bettchen und drückte sie an sich. Sie musste ihren Herzschlag spüren, musste sich immer wieder vergewissern, dass sie lebte.

Ihre Eltern waren an dem Tag, an dem die SS sie abgeholt hatte, getrennt in unterschiedlichen Lagern untergebracht worden. Ihr Vater musste in einem Außenlager, einem Steinbruch, Granit abbauen, während ihre Mutter in einer Werksküche nahe der Ostsee zur Arbeit gezwungen wurde. Dann waren beide nach Neuengamme gekommen, wo sie sich endlich wiedergetroffen hatten. Sie blieben aber nicht in Neuengamme, sondern man deportierte sie in ein anderes Außenlager. Im Frühjahr 1944 waren sie dort gestorben. Am selben Tag. Ihrer beider Namen standen in einem Totenbuch, das gefunden worden war. Todesursache unbekannt.

Es tat weh, nichts Genaueres zu wissen. Waren sie an diesem Tag beisammen gewesen, hatten sie sich an den Händen halten, sich Trost spenden können? Louise und Hannah konnten nur hoffen, dass ihre Eltern keinen allzu großen Schmerz hatten ertragen müssen.

Weiterhin erfuhren sie, dass es bis auf Rachel und ihren

Mann auch sonst niemand aus der Familie geschafft hatte. Rena und Jonathan waren ebenfalls in einem Lager umgekommen, schon kurz nach ihrer Deportation. Es gab keine Möglichkeit, sich zu verabschieden, der geliebten Menschen zu gedenken. Es gab keine Gräber. Alles, was sie hatten, war die Erinnerung an die schönen Zeiten, die unter der Ungewissheit begraben lagen.

Eines Abends saßen Louise und Hannah zusammen in der Stube und strickten, während Helene in ihrer Wiege schlief.

»Ich habe nachgedacht«, sagte Louise, ohne von ihrem Strickzeug aufzusehen. »Ich werde fortgehen. Nach Amerika.«

»Wie meinst du das?«, fragte Hannah irritiert. »Etwa für immer?«

Louise legte die Nadeln beiseite und ergriff die Hand ihrer Schwester. »Es ist das Einzige, was einen Sinn ergibt. Ich muss fort von hier. Ich bin dir und Pete und seiner Familie so dankbar für alles. Aber ich gehöre nicht hierher. Pete und du, ihr wollt euch ein eigenes Leben aufbauen, eine Familie gründen, ein Haus bauen.«

»Aber ihr könnt doch bei uns leben! Ihr habt immer einen Platz bei uns.« Hannah hatte Tränen in den Augen. »Bitte geh nicht«, flehte sie. »Amerika ist weit weg und Helene noch so klein!«

Louise tat es weh, ihre Schwester so zu sehen, aber ihr Entschluss stand fest. Jack hatte ihr von seiner Heimat geschrieben, von der Einsamkeit Neufundlands, der wilden Schönheit der Natur. Er hatte sie eingeladen, hatte gemeint, dass er Leute kennen würde, die gern jemanden wie sie einstellen würden. Dort wäre Platz für Helene und sie.

Dieser unbekannte Ort in Neufundland war ein guter Ort,

um neu anzufangen. Denn das war alles, was sie wollte. Neu anfangen, die Vergangenheit hinter sich lassen. Sie wollte vergessen, was geschehen war, wollte nie wieder über die schrecklichen Ereignisse sprechen, die sie für immer verfolgen würden. Sie musste sich ein eigenes Leben aufbauen. Und das würde sie nur schaffen, wenn sie die Narben des Krieges in der Tiefe ihrer Seele vergraben würde.

Als Louise an der Reling des riesigen Schiffs stand und ihrer Schwester zuwinkte, wusste sie, dass sie nicht zurückschauen würde. Niemals.

KAPITEL XV

Nahe St. John's, Neufundland, Juni 2016

Die kleine Pension lag am Fuße eines grünen Hügels in der Nähe von St. John's. Es war ein weißes Häuschen mit einem hübschen Garten voller Blumenbeete, an den sich eine Terrasse mit hellen Stühlen, Tischen und einem weiß-blauen Strandkorb anschloss.

Anna, Judith und Greta traten durch die Eingangstür in den schmalen Flur. Die alten Holzdielen knarrten unter ihren Füßen, an den Wänden befanden sich gerahmte Bilder, die schon leicht verblichen waren, und in einer schwach beleuchteten Vitrine konnte man Keramikfiguren und antike Puppen betrachten.

Die Schwestern blieben etwas unschlüssig stehen, bis sich eine Tür am Ende des Flurs öffnete und ihnen eine ältere, weiß beschürzte Dame entgegentrat.

»Sie müssen Judith, Anna und Greta sein!«, sagte sie freundlich. »Mr und Mrs Vanderbaek erwarten Sie bereits. Kommen Sie!« Sie machte eine einladende Handbewegung und führte die Schwestern in einen hellen Frühstücksraum. Auch dieser war gemütlich eingerichtet, die weißen Tische zierten rosafarbene Deckchen, auf denen Vasen mit einzelnen Blumen und altmodische Kaffeekannen standen.

An einem Tisch am Fenster entdeckten sie Mr Vanderbaek. Ihm gegenüber saß wohl seine Großmutter, die ein rotes, bodenlanges Kleid trug. Die grauen Haare hatte sie aufgesteckt, sodass ihre vornehmen Gesichtszüge zur Geltung kamen. Anna war so von dieser Frau fasziniert, dass sie sie ständig anschauen musste.

Als Mr Vanderbaek die Schwestern erblickte, kam er ihnen entgegen. »Wie schön, dass Sie hier sind! Darf ich Ihnen meine Großmutter vorstellen? Amalia Vanderbaek!«

Die alte Dame begrüßte sie. Sie hatte einen überraschend festen Händedruck, und in ihrem Blick lag etwas Entschlossenes, Kraftvolles. Anna bekam eine Gänsehaut.

Sie setzten sich, und die Wirtin schenkte frisch gebrühten Kaffee in kleine Porzellantassen und legte ihnen duftende Hefeteilchen auf ihre Teller.

»Ich denke, Sie sollten wissen, dass ich das Haus nicht einfach so kaufen will. Ich habe Louise sehr gut gekannt«, sagte Amalia, nachdem sie den üblichen Small Talk hinter sich hatten. Ihre Stimme war tief und dunkel und klang geheimnisvoll. »In den vergangenen dreißig Jahren war ich oft bei ihr. Ihr Haus ist wunderschön. Als ich gehört habe, dass es zum Verkauf steht, habe ich Ryan gebeten, sich darum zu kümmern.« Sie hielt einen Moment inne. »Louise … Sie war …« Tränen standen ihr in den Augen. Hilfesuchend sah sie zu ihrem Enkel, der an ihrer Stelle weitersprach. »Meine Großmutter kannte Louise nicht nur von diesen Besuchen. Sie sind sich schon früher begegnet. Im Krieg.«

Anna hielt die Luft an. Wer war diese Amalia?

»Wir haben gegen die Nazis gekämpft, Willem, Maarten – mein späterer Mann – und ich. Und so viele andere«, fuhr Amalia fort, die sich wieder gefasst hatte. »Wir haben versucht, Carl und Louise zu retten, aber wir haben es nicht geschafft.«

»Was meinen Sie damit?« Greta war die Erste, die etwas sagen konnte. »Wie wollten Sie sie retten?«

Amalia holte tief Luft. »Wir waren Widerstandskämpfer, damals in Holland. Mit einem Boot wollten wir sie in Sicherheit bringen, nach England.«

»Aber … Unser Großvater soll im Krieg gefallen sein. So hat Lou es immer erzählt«, sagte Judith.

»Das ist er ja auch. Gewissermaßen.« Amalia sah zum Fenster hinaus. »Er ist auf unserem Fluchtboot von den Deutschen angeschossen worden und wohl im Meer ertrunken.« Eine Träne lief über ihre Wange. »Er hat uns das Leben gerettet und ist dabei gestorben. Deshalb wollte Lou auch lange Zeit keinen Kontakt zu uns. Sie konnte die Erinnerungen nicht ertragen. Ich habe das verstanden. Aber trotzdem hab ich nie aufgehört, ihr zu schreiben, sie anzurufen. Ich musste mit ihr reden, über all das, was damals geschehen ist.«

Daher also die Telefonnotiz ihrer Mutter, dachte Anna. Das war diese Amalia gewesen.

»Irgendwann hat mich Lou dann doch kontaktiert, und wir sind Freundinnen geworden. Ich war neben Jack einer der wenigen Menschen, mit dem sie über den Krieg, die Flucht redete. Als ich von ihrem Tod erfuhr, war ich am Boden zerstört. Obwohl wir uns schon verabschiedet hatten. Lou wusste, dass sie sterben würde.«

»Aber …«, hörte Anna sich stammeln. Tausend Fragen schossen ihr durch den Kopf, aber sie konnte keine von ihnen in Worte fassen.

Greta schien sich damit leichterzutun. »Warum wolltet ihr denn Carl retten? Er soll ein Nazi gewesen sein und hat eine Firma geleitet, die kriegswichtige Materialien herstellte.«

Amalia schüttelte entschieden den Kopf. »Nein. So war es nicht. Im Gegenteil.« Sie holte tief Luft, bevor sie weitersprach. »Carl war einer der wenigen Industriellen, die den Juden Hoffnung gegeben haben. Er beschäftigte viele hundert jüdische Arbeiter. Es gelang ihm, zu wichtigen Männern der SS, unter anderem zu Helmuth Speth, dem ›Schlächter von Fallersleben‹, einen guten Kontakt aufzubauen und ihnen immer wieder seine ›Führertreue‹ vorzugaukeln. Es gab nur wenige solcher Menschen, die in seiner Position standhaft blieben. Und Carl war einer von ihnen.« Amalias Stimme wurde leiser, sie sah die Schwestern durchdringend an. Sie hatte die blauesten Augen, die Anna je gesehen hatte. »Lou und Carl haben sich sehr geliebt. Die beiden haben so viel riskiert, um anderen zu helfen. Sie … sie waren gute Menschen«, brachte sie schließlich hervor.

Anna hatte das Gefühl, kaum noch Luft zu bekommen. Zu viel stürmte auf sie ein. Kaum vorstellbar, was Lou alles durchgemacht hatte.

»Jedenfalls … Ich möchte das Haus nicht mehr kaufen. Mir ist klar geworden, dass ich Lou damit nicht zurückholen kann.« Amalia seufzte. »Wahrscheinlich würde ich nur an die alten Zeiten denken, und man sollte lieber nach vorn schauen. Wir hatten früher einen Leitspruch bei uns in der Gruppe: ›Morgen sieht die Welt wieder anders aus, und jeder Tag kann der Anfang einer neuen Geschichte deines Lebens sein.‹«

Viele Stunden saßen sie in dem Frühstücksraum, lauschten gebannt Amalias Worten, wie sie von Carl und Louise erzählte, von der Zeit in der Mühle und ihrer Flucht. Sie erfuhren von dem Leben ihrer Großeltern, ihrer gemeinsamen Zeit und von dem, was sie für andere getan hatten. Sie konnten kaum glauben, was sie hörten, stellten immer wieder Fragen, weinten, lachten. Und alles, was Anna denken konnte, als sie schließlich auf dem Rücksitz des Land Rovers saß und der Regen gegen die Fensterscheibe schlug, war, dass ihre Großmutter Lou und ihr Großvater Carl für immer in ihrem Herzen sein würden.

»Meine Mädchen!« Robert Berenberg ließ den Gepäckwagen, der mit zwei großen Koffern und zwei fast genauso großen Reisetaschen beladen war, stehen und breitete die Arme aus. Er war ein stattlicher Mann mit einem dunklen Vollbart und einer ruhigen, ausgleichenden Art. Es war ihm deutlich anzusehen, wie sehr er sich freute, seine Töchter zu sehen.

Judith, Anna und Greta stürmten auf ihn zu. In solchen Momenten waren sie wieder die kleinen Mädchen, die ihren Papa über alles liebten und sich darum balgten, ihn ganz für sich zu haben.

Ihre Mutter war trotz des langen Flugs perfekt frisiert und geschminkt. Nachdem sie sich alle begrüßt hatten, gingen sie zusammen zum Ausgang.

Während der Fahrt bemerkte Anna, dass ihre Mutter sie im Rückspiegel kritisch musterte.

»Wie läuft es mit Philipp, Anna? Hast du dich inzwischen bei ihm gemeldet?«, fragte sie unvermittelt.

Anna rollte demonstrativ mit den Augen. »Können wir das Verhör später durchführen, Mama? Kommt doch erst mal an.«

»Ich mein ja nur. Der arme Junge wartet immerhin auf eine Antwort. Also, wir mögen ihn sehr, oder, Robert?« Sie sah zu ihrem Mann, der aber angestrengt aus dem Fenster schaute. In einem Frauenhaushalt hatte er im Lauf der Jahre gelernt, dass es besser war, sich aus gewissen Dingen herauszuhalten.

»Das ist doch allein Annas Sache, Mama«, mischte Greta sich ein, und Anna warf ihrer Schwester einen dankbaren Blick zu.

»Ja, ja, schon gut.« Helene winkte ab. »Hier scheint sich ja niemand für meine Meinung zu interessieren.«

Beim Abendessen redeten alle durcheinander. Nur Anna war ruhig, aber das fiel niemandem auf, weil es ja immer so war. Sie genoss es, mit ihrer Familie zusammen zu sein, es fühlte sich einfach nach Heimat an.

Nach dem Essen wollte Helene über »das Organisatorische« sprechen, wie sie es nannte. Judith gab etwas zögerlich Auskunft. Für das Haus sei noch kein Käufer gefunden, und die Trauerfeier würde im Kayman's stattfinden. Helene war zwar nicht begeistert, aber das große Drama blieb aus. Vielleicht war sie einfach zu erschöpft von der Reise, oder es hatte mit der Trauer um den Tod ihrer Mutter zu tun, der ihr erst jetzt, an dem Ort ihrer Kindheit, wirklich bewusst wurde.

»Eddies Mutter, Kathleen, würde das Haus vielleicht kaufen«, erklärte Greta. »Für Eddie. Sie ist ganz scharf drauf, ihn in der Nähe zu haben.«

»Oder wir behalten es«, sagte Anna.

Alle drehten sich in ihre Richtung. Und jeder hatte einen anderen Gesichtsausdruck. Greta begeistert; Judith verständnisvoll, aber auch etwas verärgert; Robert überrascht, dennoch interessiert. Helene hatte nur ihre Augenbrauen in die Höhe gezogen.

»Ich weiß nicht«, meinte Judith, »wie oft wir das schon besprochen haben. Was sollen wir denn mit dem Haus? Niemand von uns kann regelmäßig herkommen.«

»Aber es ist doch Mamas Geburtshaus«, wandte Greta ein, und alle Augen waren nun auf Helene gerichtet.

»Das stimmt«, sagte Helene. »Aber Judith hat recht. Wir müssen praktisch denken. Und, Anna, ich hab dir schon am Telefon erklärt, dass es nur ein Haus ist. Daran hängt mein Herz nicht.«

»Wir könnten es vermieten«, schlug Anna vor. Noch hatte sie nicht aufgegeben.

»Und wer soll sich darum kümmern? Hast du eine Ahnung, was für Arbeit das macht?« Ihre Mutter schüttelte den Kopf. »Nein, nein. Wir verkaufen es. Keine Diskussion.«

Anna seufzte. Sie warf Greta einen Blick zu. War jetzt der richtige Zeitpunkt? Sollte sie erzählen, was passiert war, was sie herausgefunden hatten, was Amalia ihnen erzählt hatte? Wie würde Helene reagieren? Wusste sie von der Vergangenheit ihrer Mutter? Kannte sie alle Geheimnisse?

»Mama …« Sie zögerte. »Es gab da ja noch einen anderen Interessenten, einen Mr Vanderbaek.«

Helene runzelte die Stirn. »Ja, ich weiß, aber ich dachte, mit dem würde etwas nicht stimmen. Zumindest hat Judith das so erzählt.« Sie warf ihrer ältesten Tochter einen irritierten Blick zu.

»Wir haben uns heute Morgen noch einmal mit ihm getroffen«, sprang Greta ein.

»Aber es ging dabei gar nicht um das Haus … Oder doch, na ja, nicht nur«, stammelte Judith.

»Jetzt rückt endlich mit der Sprache raus!«, sagte Helene unwirsch. »Ich hab keine Lust auf Rätselraten.«

»Am besten, ich fang ganz von vorne an.« Anna hielt kurz inne, um sich zu sammeln.

»Vor ein paar Tagen habe ich eine Notiz von dir gefunden, Mama, einen kleinen Zettel, den du Lou vor vielen Jahren geschrieben hast. Da tauchte der Name Vanderbaek auf, und das hat mich stutzig gemacht. Jedenfalls … Wir haben uns dann mit Mr Vanderbaek und seiner Großmutter getroffen. Ihr Name ist Amalia Vanderbaek.«

»Der Name sagt mir nichts.«

»Sie hat uns erzählt, woher sie Lou kennt. Lou und Carl.« Anna ließ ihre Worte für einen Moment wirken und musterte ihre Mutter. Bei der Nennung von Carls Namen war sie kurz zusammengezuckt. Sie wusste also doch mehr, als sie zugegeben hatte!

Robert sah von einer Tochter zur anderen. »Könnte mich mal bitte jemand aufklären?«

»Entschuldige, Papa.« Anna lächelte. Plötzlich fiel es ihr leicht weiterzusprechen.

»Amalia kommt aus Amsterdam, sie ist aber oft bei ihrem Enkel in Toronto. Sie gehörte im Zweiten Weltkrieg einem Zirkel von Widerstandskämpfern an. 1944 hat sie einige Menschen über die Nordsee nach England gebracht. Carl, zwei Piloten – und Lou sowie ihre Schwester Hannah.«

Anna hielt inne. Ihr Vater blickte sie an, als hätte er einen Geist gesehen. Nur der Gesichtsausdruck ihrer Mutter verriet nicht, was in ihr vorging.

»Carl und Louise waren ein Liebespaar«, fuhr Anna fort. »Und Carl hat viele Juden vor dem Tod bewahrt, indem er ihnen Arbeit gegeben hat. Als aufflog, dass Carl Lou unter falschem Namen beschäftigt hat, mussten sie fliehen. Viele der Juden konnten sich danach offenbar in den Untergrund retten oder fliehen. Dank Carl. Es gab auch in der Nähe seines Werks eine Widerstandsgruppe, mit der er in Kontakt stand. Carl hatte das alles geplant, weil er wusste, was kommen könnte. Amalia sagt …«, Anna stockte, »… dass Carl und Lou Helden sind.«

Es war so still im Raum, dass man eine Stecknadel hätte fallen hören können.

Plötzlich stand Helene wortlos auf und ging nach draußen.

Anna überlegte nicht lange und folgte ihrer Mutter. Sie war diejenige gewesen, die das alles ins Rollen gebracht hatte, sie hatte wissen wollen, was damals geschehen war. Und wenn sie es sich recht überlegte, hatte sie dabei keinen einzigen Gedanken an die Gefühle ihrer Mutter verschwendet.

Helene stand auf der Veranda und blickte aufs Meer.

Anna trat hinter sie. »Es tut mir leid. Ich hätte zuerst allein mit dir reden sollen.«

Es dauerte einen Moment, bis Helene sich umdrehte. In ihrem Blick lag kein Zorn, sondern eher Enttäuschung, vielleicht auch ein bisschen Wehmut. »Ja, das hättest du, Anna. Das ist keine Abenteuergeschichte, die du da recherchiert hast, es ist das echte Leben, das Leben deiner Großmutter, mein Leben. Verstehst du das?«

»Natürlich. Ich hab ja versucht, mit dir darüber zu sprechen, neulich am Telefon, als ich dir von Lous Tagebuch erzählt hab.« Sie schwieg. Irgendwie kam ihr das alles auf einmal nicht mehr wichtig vor. Sie hatte sich über den Wunsch ihrer Mutter, die Vergangenheit ruhen zu lassen, hinweggesetzt.

Helene sah wieder aufs Meer. »Ich konnte es Lou nie wirklich verzeihen, dass sie geschwiegen hat. Sie hat mir damit einen Teil meiner Herkunft genommen. Aber ich war auch mal wie du. Als ich ein Teenager war, wollte ich unbedingt alles herausfinden. Ich wusste ja, dass Lou als Jüdin in Nazideutschland gelebt hatte, und wenn man eins und eins zusammenzählte, konnte man sich ausrechnen, dass sie geflohen war. Doch ich wusste nichts über meinen Vater, über meine Großeltern. Ich wusste nicht, wo ich herkam. Alles, was ich kannte, war meine Mutter. Und das Einzige, was sie mir erzählt hatte, war, dass mein Vater im Krieg gefallen sei. Als ich dann anfing, Nachforschungen anzustellen, hat Lou mich ausgebremst. Und zwar deutlich.« Helene strich sich eine Haarsträhne hinter das Ohr. »Wir konnten uns gut streiten.«

»O ja, das konntet ihr«, bestätigte Anna. Sie musste daran

denken, dass Judith genau das Gleiche erlebt hatte, als sie den Versuch unternahm, von ihrer Mutter etwas über ihre Herkunft zu erfahren. Da hatte Helene sie ausgebremst. So war das Schweigen von Generation zu Generation weitergegeben worden. Doch irgendwann war es an der Zeit, den Bann zu brechen. Sie musste ihrer Mutter die ganze Wahrheit erzählen.

»Dein Vater war Carl von Hohenstetten, Mama.«

»Ich weiß.«

»Du hast es die ganze Zeit gewusst?«

»Ja. Als ich mit Judith schwanger war, hab ich mich über Lous Wunsch hinweggesetzt. Ich musste einfach erfahren, wer mein Vater war. Ich wusste nicht viel, nur Lous früheren Nachnamen, den sie geändert hatte, als sie nach Neufundland kam. Und ich kannte dieses Foto von einem jungen Mann, das Lou in einer ihrer Kisten aufbewahrte. Außerdem hat sie mal erzählt, dass sie in Deutschland für eine Firma arbeitete, die mit Automobilen zu tun hatte. Ich hab unzählige Archive durchwühlt, und irgendwann bin ich auf dieses Bild von Carl von Hohenstetten gestoßen. Das war der Mann auf dem Foto, Lous Jugendliebe. Der Rest war dann nicht mehr schwer.«

»Dann weißt du, dass er tot ist?«

»Ja. Und ich kann verstehen, dass Lou nicht darüber sprechen wollte, weil sie sich wegen seines Todes Vorwürfe gemacht hat. Aber ich wusste nicht …« Sie fuhr sich durchs Haar. »… wer er war, es war nur überall zu lesen, dass er ein Nazi gewesen sei. Warum hat sie nur nie jemandem davon erzählt, was die beiden damals für Juden und andere Verfolgte getan haben?«

»Ich kann es dir nicht sagen. Vielleicht weil der Preis dafür sein Tod war? Oder sie dachte, niemand würde ihr glauben. Bis heute weiß ja kaum jemand, was damals wirklich geschehen ist. Abgesehen von denen, die dabei waren.«

»Das kann sein.«

Für einen kurzen Moment glaubte Anna, ein leises Schluchzen zu hören.

»Es gab diesen Tag im Herbst, ich war vielleicht neun oder zehn«, begann ihre Mutter dann, leise zu erzählen. »Lou und ich hatten den ganzen Tag Vorbereitungen für Halloween getroffen, hatten Kürbisse ausgehöhlt und verziert, und Lou hatte mir ein tolles Feenkostüm geschneidert. Als ich abends im Bett lag, hörte ich plötzlich ein Geräusch im Garten. Ich bin auf nackten Füßen nach unten gelaufen und hab ganz leise die Tür zur Veranda geöffnet.« Sie machte eine kleine Pause »Und da hab ich Lou gesehen. Sie stand am Wasser und hatte etwas in der Hand, einen Stein oder ein Amulett, ich konnte es nicht genau erkennen, aber es glitzerte im Mondschein. Ich ging vorsichtig zu ihr, und schließlich war ich ihr so nah, dass ich schon Angst hatte, sie würde mich entdecken. Und dann fing sie zu reden an. Ich erinnere mich noch genau an ihre Worte. Sie hat mit ihm gesprochen, mit Carl, hat sich erinnert, wie er ihr vor vielen Jahren einen Bergkristall geschenkt hat. Sie hat sich von ihm verabschiedet, hat gesagt, dass sie ihn mehr geliebt hat als ihr eigenes Leben, aber dass sie die Vergangenheit hinter sich lassen muss und nur ohne ihn weiterleben kann. Dann hat sie weit ausgeholt und den Bergkristall ins Meer geworfen.« Helene stockte. Sie weinte. Es war ein leises, verzweifeltes Weinen.

So standen sie eine Weile da, sagten nichts. Irgendwann legte Anna ihrer Mutter die Hand auf die Schulter.

»Sollen wir wieder reingehen?«, fragte sie vorsichtig.

Helene nickte. Sie sah verletzlich und traurig aus.

Als sie wieder in die Küche kamen, waren Greta und Judith gerade dabei, Robert von der Deportation von Lous Eltern zu erzählen, von der Amalia ihnen ebenfalls berichtet hatte.

Anna und Helene setzten sich zu ihnen, und Robert ergriff die Hand seiner Frau. In Anna tobten tausend Gefühle und Gedanken, seit dem aufwühlenden Treffen mit Amalia war sie vollkommen durcheinander. Es schien ihr, als hätte sie ihre Großmutter gar nicht gekannt. Und doch machten all die Dinge, die sie ihr gesagt, die sie ihr beigebracht hatte, auf einmal noch mehr Sinn. Sie erzählten von dem Leben einer Frau, die Schreckliches erlebt und doch nie den Glauben an das Gute aufgegeben hatte. Es war, als würde Lous Leben, ihre Klugheit, aber auch ihr Schweigen sich nun zu einem großen Ganzen, zur Geschichte ihres Lebens zusammenfügen.

Anna stand auf, ging ins Wohnzimmer und kam mit Lous Tagebuch zurück. Sie reichte es ihrer Mutter, aber die schüttelte den Kopf. »Ich bin noch nicht so weit, Anna. Aber du sollst es lesen. Ich bitte dich sogar darum.«

»Wirklich?«, fragte Anna. Am liebsten hätte sie sofort damit angefangen, aber sie riss sich zusammen und legte das Buch auf den Tisch.

Sie redeten noch sehr lange.

»Was ist aus Hannah geworden?«, fragte Judith irgendwann.

»Ich hab Tante Hannah ein paarmal gesehen, als ich Kind war«, erzählte Helene. »Sie und Pete haben uns hier besucht. Sie war eine nette, stille Frau, hat Geige in einem Londoner Orchester gespielt. Soviel ich weiß, ist sie schon vor vielen Jahren gestorben, kurz nach ihrem Mann. Sie hatten keine Kinder.« Helene erhob sich. »Ich bin jetzt müde. Es war ein langer Tag.«

Robert und Helene gaben ihren Töchtern einen Kuss und begaben sich nach oben.

Die Schwestern blieben sitzen, keine von ihnen machte den Eindruck, ins Bett gehen zu wollen.

Anna schlug die erste Seite des Tagebuchs auf. »Soll ich vorlesen?« Greta und Judith nickten.

Anna räusperte sich und begann mit leiser Stimme zu lesen: »›20. September 1935.

Seit drei Tagen liege ich mit Grippe im Bett und kann mich kaum rühren, hab Fieber und fühle mich hundeelend. So langweilig war mir das letzte Mal vor drei Jahren, als ich mit meiner Schwester Hannah ›in Quarantäne‹ war …‹«

Sie lasen und redeten die ganze Nacht. Als ihre Eltern aufstanden und in die Küche kamen, saßen sie noch immer am Küchentisch, in der Maschine lief gerade das vierte Mal Kaffee durch den Filter.

»Ihr seid die ganze Nacht aufgeblieben?« Robert schenkte sich Kaffee in einen Becher.

»Ja«, antwortete Anna und legte das Tagebuch beiseite.

»Ich kann das alles noch immer nicht fassen«, sagte Judith. Sie war ziemlich blass um die Nase. »Dass unsere Granny tatsächlich all das erlebt hat …«

»Gönnt euch eine Pause. Schließlich ist später die Trauerfeier. Eure Mutter und ich kümmern uns um alles. Wir fahren gleich ins Diner, um die letzten Vorbereitungen zu treffen. Und für die stille Seebestattung haben wir schon von zu Hause aus alles arrangiert. Sie wird genauso ablaufen, wie Lou es sich gewünscht hat. Nach altem Seemannsbrauch, nur sie und das Meer, ohne großes Drumherum. Wir übergeben die Urne noch heute Morgen an den Kapitän, der die Bestattung vornimmt, und später bekommen wir einen Ausschnitt der Seekarte mit der Position des Beisetzungsortes.«

Anna sah ihren Vater an. Nie verlor er seine unerschütterliche Ruhe. Ein Fels in der Brandung.

»Papa hat recht. Ich bin hundemüde. Wir sollten noch etwas schlafen«, gähnte Greta.

Als Anna ein paar Stunden später vor dem Spiegel stand, in ihrem schwarzen Kleid und den Pumps, musste sie wieder an Lou denken, an das, was sie ausgemacht hatte. Wenn sie doch nur schon früher gewusst hätte, was ihrer Großmutter widerfahren war!

Sie nahm ihr Handy vom Nachttisch. Als sie es gerade in ihre Tasche stecken wollte, fiel ihr Philipp ein. Der Anruf konnte nicht länger warten.

Es klingelte nur zweimal, dann meldete er sich. Er klang verschlafen.

»Hey«, sagte sie und hockte sich aufs Bett. Sie bereitete sich auf ein unangenehmes Gespräch vor.

»Hey«, antwortete er.

»Hab ich dich geweckt?«

»Ich hatte mich kurz hingelegt. War heut Morgen schon in aller Frühe im Fitnessstudio.«

»Wow.«

»Freitags öffnen die immer um fünf. Für die Frühaufsteher.«

»Ach so.« Sie schwieg für einen Moment. »Du, Philipp?«

»Hm?«

»Ich muss dir etwas sagen.«

»Ich kann's mir schon denken.«

»Bist du jetzt Hellseher?«

»Das nicht. Aber es ist doch sonnenklar. Du willst meinen Antrag ablehnen. Verschwindest nach Kanada und meldest dich nie. Was weiß ich, was du da treibst. Vielleicht vergnügst du dich ja längst mit 'nem anderen.«

»Du hast nicht die geringste Ahnung«, stieß Anna hervor.

Sie würde ihm bestimmt nicht von Lou und ihrem Tagebuch erzählen, auch wenn sie das anfangs noch vorgehabt hatte.

»Natürlich hab ich keine Ahnung. Du erzählst mir ja nichts. Und jetzt komm zur Sache. Was willst du?«

Sie holte tief Luft. »Du hast recht. Ich werde deinen Antrag nicht annehmen. Und ich denke, dass es besser ist, wenn wir uns trennen.« So, jetzt war es raus.

Es war still in der Leitung. Philipp war sprachlos, wer hätte das gedacht?

»Es tut mir leid. Ich hatte viel Zeit zum Nachdenken, und mir wurde klar, dass ich so nicht weitermachen kann. Das am Telefon zu sagen ist nicht gerade die beste Art, ich weiß. Aber ich wollte damit nicht warten, bis ich zurück bin.«

»Kein Problem.«

Kein Problem? Hatte er das wirklich gesagt?

Dann klickte es in der Leitung. Philipp hatte aufgelegt.

Anna blieb für einen Moment sitzen. Dann stand sie auf und strich ihr Kleid glatt. Ja, sie war traurig, aber lange nicht so traurig, wie sie gedacht hatte. Und gleichzeitig fühlte es sich gut an, eine Entscheidung getroffen zu haben. Die richtige Entscheidung.

Greta und Judith saßen am Tisch, als sie seltsam gelöst die Küche betrat. Fotos von Lou lagen vor ihnen, und Judith erzählte gerade eine Geschichte zu einem Bild, das Lou als ältere Dame auf einem Fahrrad zeigte.

»Wir müssen uns langsam auf den Weg machen«, sagte Judith, als sie ihre Schwester sah.

Jetzt heißt es Abschied nehmen, dachte Anna.

Dan hatte das Kayman's liebevoll mit weißen Blumen dekoriert; Nelken, Chrysanthemen, Margeriten und Orchideen schmückten den Raum. Neben der Theke hatte er das Buffet aufgebaut, mit Krabbenküchlein, Muscheln, Pasteten mit Kaninchen- und Truthahnfüllung, Würstchen, kleinen Hamburgern, Pommes, Waffeln und Käsekuchen. Dan hatte sich selbst übertroffen.

Noch war niemand da, und so setzten sie sich an den Tresen, wo Dan ihnen Kaffee einschenkte und Gläser mit Sekt und Orangensaft servierte, nachdem Helene und Robert sich ausgiebig bei ihm für alles bedankt hatten.

»Wie geht es Jack?«, fragte Greta. »Entschuldige, dass wir nicht eher gefragt haben, aber bei uns war ganz schön was los …«

»Das macht nichts. Er muss noch für einige Tage im Krankenhaus bleiben, aber er fühlt sich schon viel besser.«

»Wie schön!«

»Logan wird auch gleich hier sein«, erklärte Dan, obwohl niemand gefragt hatte.

»Wer ist denn Logan?«, fragte Robert.

»Mein Sohn.« Stolz schwang in Dans Stimme mit.

Kurz darauf erschien Mrs Patterson mit zwei Freundinnen, danach kamen ein paar Fischer, die früher einmal für Lou gearbeitet hatten, dann Kathleen und Eddie, schließlich Alicia. Langsam füllte sich das Diner. Es war erstaunlich, wie viele Menschen sich einfanden, die Anna noch nie zuvor gesehen hatte und die alle etwas über Lou zu erzählen hatten. Auch Amalia und ihr Sohn waren erschienen, worüber Anna sich besonders freute. Greta, die sich noch immer ziemlich für ihre wüsten Theorien über Mr Vanderbaek schämte, brachte den beiden Getränke und unterhielt sich lange mit ihnen.

Anekdoten wurden zum Besten gegeben, und immer wieder wurde auf Lou und ihr Leben angestoßen.

Als Anna und Greta am Buffet standen, kam eine ältere Dame mit grauem Lockenkopf zu ihnen, die sich als Faye vorstellte. »Lou war die beste Skatspielerin in unserer Gruppe«, erzählte sie. Anna und Greta schauten sie erstaunt an. »Lou hat Skat gespielt?«, fragte Greta.

»O ja! Und nicht nur Skat, sie war in jedem Kartenspiel unschlagbar. Eine leidenschaftliche Spielerin.«

»Unsere Granny steckte wirklich voller Überraschungen.« Anna schüttelte belustigt den Kopf.

Während Greta in Richtung Theke verschwand, zog Faye Anna ein Stück zur Seite. »Es gibt noch eine andere Geschichte über Lou. Ich habe sie noch nie jemandem erzählt.« Sie machte ein ernstes Gesicht. Anna musste sich ein Stück hinunterbeugen, um sie besser verstehen zu können, da Faye sehr klein war. »Vor vielen Jahren, ich war noch ein junges Mädchen, kam ein Mann zu uns in den Laden. Meine Eltern hatten damals ein Eisenwarengeschäft in der Plemrose Street. Dieser Mann ging gebeugt, er humpelte leicht und hatte etwas Düsteres an sich. Er hat nach Lou gefragt, wo sie wohnt, wo sie arbeitet, all solche Sachen.«

»Und wer war der Mann?«, fragte Anna.

»Ich weiß es nicht. Er hat sich nicht vorgestellt.«

»Und haben Sie Lou davon erzählt?«

»Nein. Ich kannte sie damals ja kaum. Und meine Mutter hat mir eingebläut, niemandem davon zu erzählen. Wer immer der Mann auch ist, sagte sie, er hat bestimmt gemerkt, dass er hier nicht erwünscht ist.«

»Sehr mysteriös.«

»In der Tat, denn seit Lous Tod muss ich immer wieder an diese Begegnung denken. Ich meine, mir war ja bekannt, dass sie kurz nach dem Krieg hierherkam, damals hat jeder Fremde eine Vergangenheit gehabt, eine, die sich stark von der unseren unterschied. Und dieser Mann kam aus ihrer Vergangenheit, da bin ich mir jetzt sicher.«

»Danke, dass Sie mir davon erzählt haben, Faye.«

Als Faye sich verabschiedet hatte, hielt Anna nach Greta Ausschau, um ihr davon zu erzählen, konnte ihre Schwester aber nirgends entdecken. Stattdessen sah sie Logan. Er stand hinter der Theke und reichte Eddie gerade ein Bier. Kurz lächelte er sie an, und sie grüßte zurück. Es war nur ein flüchtiger Moment, aber ihr Herz klopfte auf einmal schneller.

»Da bist du ja! Ich hab dich schon gesucht!« Ihre Mutter stand nun direkt neben ihr. »Ich werde jetzt wohl ein paar Worte sagen müssen.«

»Okay, ich komme.« Anna folgte ihrer Mutter in den hinteren Teil des Diners, wo neben einem großen Blumenstrauß ein Schwarz-Weiß-Foto von Lou auf einem Tisch stand. Es zeigte sie bei einem Strandspaziergang, sie trug ein weißes Sommerkleid und war barfuß. Dan hatte Kerzen angezündet, und alles wirkte feierlich und schön.

Helene stellte sich neben das Bild ihrer Mutter, während der Rest der Familie und alle Gäste sich vor ihr versammelten.

»Es freut mich, dass ihr so zahlreich erschienen seid. Ihr alle habt es ermöglicht, dass Lou hier in Seaborough ein wundervolles Leben hatte.« Sie stockte. »Lou war … Sie war meine Mutter.« Helene wirkte auf einmal vollkommen durcheinander.

Anna brauchte nicht lange, um zu begreifen, dass sie ihrer Mutter helfen, sie aus der unangenehmen Situation befreien musste. Sie ging zu ihr und legte ihr die Hand auf die Schulter. »Ich mach das«, sagte sie leise. Helene warf ihr einen dankbaren Blick zu und stellte sich dann zu Robert, Greta und Judith.

Anna holte tief Luft. Eigentlich hatte sie es immer gehasst, vor vielen Menschen zu sprechen, aber jetzt sprudelten die Worte nur so aus ihr heraus.

»Ich hoffe, es ist in Ordnung, wenn ich an Stelle meiner Mutter weiterspreche. Lou war eine bemerkenswerte Frau. Sie schaffte es, jedem Menschen das Gefühl zu geben, wichtig und wertvoll zu sein. Sie war uns eine großartige Großmutter, eine liebevolle Mutter, eine tolle Schwiegermutter. Sie hat uns zum Lachen gebracht, hat uns getröstet, uns Mut zugesprochen. Sie war jedem eine Hilfe, der darum gebeten hat. Sie konnte zuhören und unglaubliche Geschichten erzählen. Sie war lustig und ernst, und sie war etwas, das ich auch gern einmal wäre: weise. Wenn ich an Lou denke, denke ich an gemeinsames Kochen, an Spieleabende, an Singen und Tanzen. Und ich verbinde mit ihr dieses wunderschöne Haus, in dem wir zurzeit wohnen, das Meer, das sie so sehr geliebt hat, die Fischerei und natürlich Seaborough. Sie hat euch alle sehr, sehr gemocht.« Anna schaute in gerührte Gesichter. Einige Gäste kämpften mit den Tränen.

»Lou hat in ihrem Leben sehr viel durchgemacht. Sie hat ihre Tochter allein großgezogen, und das war sicher nicht immer einfach. Aber ich glaube, sie hatte ein erfülltes Leben, auch wenn es von Widrigkeiten geprägt war. Sie hat immer gesagt, dass man das Beste aus dem machen muss, was man hat. Und noch etwas hat sie uns Mädchen mit auf den Weg gegeben – immer dann, wenn wir traurig waren oder verzweifelt, weil in unserem Leben irgendwas Schlimmes passiert war und wir überzeugt waren, dass die Welt untergehen würde, meinte sie: ›Morgen sieht die Welt wieder anders aus, und jeder Tag kann der Anfang einer neuen Geschichte deines Lebens sein.‹«

Sie sah, dass Greta Tränen übers Gesicht liefen und ihr Vater ihr stolz zulächelte. Sie sah, dass ihre Mutter und Judith sich an den Händen hielten, sah Dan und Alicia, die dicht nebeneinanderstanden, sie sah Eddie und Kathleen, Amalia und Ryan Vanderbaek, in deren Augen es ebenfalls feucht schimmerte.

Helene kam zu ihr und nahm sie in den Arm. Lange standen sie einfach da, und Anna fühlte sich ihrer Mutter so nah wie schon lange nicht mehr.

Dann ging sie nach draußen, um frische Luft zu schnappen. Ein leiser Wind zog vom Meer herüber durch die Straßen. Sie wanderte ans Wasser, war sich bewusst, dass sie noch längst nicht alles verarbeitet hatte, was in den letzten Tagen, in den letzten Stunden passiert war. Jetzt, in diesem Moment, war das aber nicht wichtig. Alles, was zählte, war dieser Frieden in ihr.

Als sie sich umdrehen wollte, um zurück zum Kayman's zu gehen, legte sich eine Hand auf ihre Schulter. Logan.

Er sah ernst aus. »Das Krankenhaus hat angerufen. Ich fahr zu Jack. Dan wird später nachkommen. Möchtest du mit zu ihm?«

Anna zögerte. »Eigentlich kann ich hier nicht weg. Obwohl … die schaffen es auch ohne mich.«

Im Krankenhaus begrüßte sie eine Schwester mit besorgtem Gesicht. »Es geht ihm auf einmal nicht gut, dabei hatte er sich so gut erholt. Bleiben Sie also nicht zu lange. Außerdem hat er schon Besuch gehabt.«

»Besuch? Von wem denn?«, fragte Logan.

Die Schwester zuckte mit den Schultern. »Wohl ein alter Bekannter.«

Anna erschrak, als sie Jack sah. Er wirkte so durchsichtig, als wäre er gar nicht mehr da.

Als Jack sie erblickte, erhellte sich aber sein Gesicht. »Wie schön, dass ihr da seid. Ich wäre so gern bei der Trauerfeier dabei gewesen, hatte ich doch auch ein paar Worte sagen wollen.« Dann wandte er sich direkt an Anna. »Neulich konnte ich dir nicht all das erzählen, was ich dir noch sagen wollte.« Er richtete sich leicht auf.

»Das macht doch nichts«, erwiderte Anna schnell.

Aber Jack schüttelte den Kopf. »Doch, es ist wichtig.«

»Ich kenne inzwischen die Wahrheit. Ich kenne Lous Tagebuch. Ich weiß, was ihr durchgemacht habt, ich weiß von Carl.«

»Oh«, sagte Jack und ließ sich in sein Kissen zurückfallen. »Das ist gut. Und doch ... Ich fürchte, dass du nicht alles weißt, Anna.« Er suchte nach den richtigen Worten. »Ich vermisse Lou. Es war nicht immer einfach, wir haben zu viel erlebt, als dass es hätte einfach sein können. Früher, als deine Mutter noch klein war, haben Lou und ich uns oft gesehen, manchmal haben wir über Carl und unsere Flucht gesprochen, manchmal nur zusammen geschwiegen. Doch mit den Jahren haben wir uns aus den Augen verloren. Louise hatte ihre Firma und ich meine kleine Werkstatt in St. John's. Ab und an bin ich in Seaborough gewesen, hab sie besucht. Aber es war anders. Ich glaube, sie wollte sich nicht mehr erinnern. Oder sie wollte es alleine tun. Der Krieg hat so viel zerstört, und er hat die, die ihn erleben mussten, ständig begleitet.« Jack machte eine kleine Pause. »Louise hat Carl bis zu ihrem Tod geliebt, sie hat ihn nie vergessen. Es gab Männer, die sich für sie interessierten, viele sogar. Sie war eine Schönheit, deine Granny. Und nicht nur das. Sie war klug, fröhlich und charmant. Doch sie wollte keinen anderen Mann mehr in ihr Leben lassen.«

»Carl hat einigen Menschen das Leben gerettet, nicht wahr?«

»Das hat er. Man weiß nicht genau, wie viele es waren. Als wir zusammen flohen, sprach er oft davon, dass er sich Vorwürfe macht. Er hat Lou und Hannah gerettet, aber dafür sind viele andere gestorben.«

»Wie meinst du das?«

»Hätte er die beiden nicht bei sich arbeiten lassen, wäre er wahrscheinlich nie aufgeflogen. Dann hätte er seine Leute bis zur Befreiung durch die Alliierten weiter beschäftigen können.«

»Aber er musste Lou doch retten! Er hat sie geliebt!«

»Das stimmt. Er hat diese Entscheidung auch nie bereut. Doch es war ein hoher Preis, den er zahlen musste. Er hatte hart für all das gearbeitet, hat sich mit Menschen umgeben, die er hasste, er hat Dinge getan, für die er sich selbst verabscheute.«

»Aber seine Liebe zu Lou, die war sehr groß.«

»Du bist jung, Anna. Wenn man jung ist, sind Gefühle oft alles, was zählt. Doch Carl und Lou mussten viel zu schnell erwachsen werden. Sie haben sich geliebt, aber sie wussten auch, dass es Dinge gab, die wichtiger waren als sie selbst. Sie mussten Entscheidungen treffen, schwere Entscheidungen. Und dabei haben sie viel aufgegeben, mehr, als man sich vorstellen kann.«

»Wie ihr Leben wohl verlaufen wäre, wenn sie all das nicht hätten durchmachen müssen. Wenn sie einfach hätten jung sein dürfen.«

»Das hab ich mich auch manchmal gefragt.«

»Die Krankenschwester sagte, du hättest Besuch gehabt? Wer war denn das?«, fragte Logan unvermittelt.

In Jacks Augen standen plötzlich Tränen. »Ein guter alter Freund, den ich lange nicht gesehen habe.« Er sah aus, als wollte er noch etwas hinzufügen, aber in diesem Moment kam die Krankenschwester herein und sagte, dass Jack nun Ruhe brauchen würde.

Logan und Anna verabschiedeten sich.

»Willst du darüber sprechen? Über Lou und ihr Leben, meine ich?«, fragte Logan, als sie wieder im Auto saßen.

Und weil sie es ihm erzählen wollte, begann sie von ganz vorn. Sie war auch noch nicht am Ende, als sie schon längst wieder vor dem Kayman's parkten. Schließlich berichtete sie ihm von ihrer Mutter und davon, dass sie sich schämte, so sehr in ihr Leben eingedrungen zu sein.

»Aber es ist auch deine Geschichte. Es ist wichtig zu wissen, wo man herkommt. Es hilft einem, vieles besser zu verstehen.«

»Ja«, antwortete Anna. Sollte sie Logan beichten, dass Eddie ihr von ihm und Emily erzählt hatte? Nein, dafür war es noch zu früh.

»Lass uns reingehen, ja?«

Als sie das Kayman's betraten, stürmte Dan sofort auf seinen Sohn zu, um zu erfahren, wie es seinem Vater ging. Er band sich schnell seine Schürze ab, um Logan die Küche zu überlassen und zu Jack ins Krankenhaus zu fahren. Anna setzte sich zu ihrem Vater, der an einem Tisch am Fenster saß.

»Wo warst du denn?«, fragte er.

»Brauchte frische Luft. Sind Greta und Judith noch da, ich sehe sie nicht?«

»Ach, die hecken irgendetwas aus. Haben sich mit Kathleen zurückgezogen.« Robert deutete mit dem Kopf in Richtung Theke. »Es geht wohl um das Diner?«

»Stimmt, die Benefizsache.«

»Was für eine Benefizsache?« Ihr Vater sah sie fragend an. »Was habt ihr in den letzten Tagen denn noch alles angestellt?«

»Das Kayman's hat ein paar finanzielle Probleme. Und da

kam Greta die Idee mit einem Benefizkonzert. Und Judith hat schon mit der Bank gesprochen.«

»Aha. Ihr legt euch hier ja mächtig ins Zeug. Doch wie auch immer, wir müssen spätestens in zwei Tagen zurück. Wir können die Reederei nicht länger allein lassen.«

»Oh.« Nur noch zwei Tage. So schnell sollte sie all das hier zurücklassen? »Und das Haus?«

»Ach, das hat Zeit. Helene und ich haben Kathleen gebeten, ab und zu nach dem Rechten zu sehen. Dann kommen wir in ein paar Monaten wieder und finden einen Käufer.«

»Das klingt gut!« Anna fiel plötzlich die Sache mit Faye wieder ein. »Entschuldigung, Papa, aber ich muss Greta noch was sagen.«

Anna zog Greta mit nach draußen, zu einer Holzbank vor dem gegenüberliegenden Schuppen. Nachdem sie ihrer Schwester von dem mysteriösen Mann berichtet hatte, der vor vielen Jahren in dem Geschäft von Fayes Mutter aufgetaucht war, runzelte Greta die Stirn. »Meinst du, dass das jemand von früher war? Irgendein SS-Mann, der vor den Alliierten hatte fliehen können?«

»Klingt ziemlich unwahrscheinlich.«

»Aber trotzdem … Aus welchem Grund sollte Lou jemand verfolgt haben? Das ergibt keinen Sinn«, murmelte Greta. »Ist schon alles sehr komisch. Vielleicht war es einer von den Widerstandskämpfern? Jemand, der sie noch einmal sehen wollte und sich dann doch nicht getraut hat?«

Anna schüttelte den Kopf. »Klingt auch nicht wirklich plausibel. Na ja, das wird wohl auf ewig ein Geheimnis bleiben. Zumal es bald nach Hause geht.«

»Du willst nicht weg, oder?« Greta sah ihre Schwester mitfühlend an.

»Es ist, wie es ist.«

»Sehr pragmatisch.«

»Ich hab mich übrigens von Philipp getrennt. Heute, am Telefon.«

»Wie bitte?«

»Es war an der Zeit.«

»Moment mal, Anna. Ich komm gerade nicht mehr mit. Hast du nicht vor ein paar Tagen noch überlegt, ihn zu heiraten? Und jetzt machst du einfach Schluss?«

»So einfach nun auch nicht. Drüber nachgedacht hab ich schon länger. Und dann wusste ich plötzlich, dass ich es tun muss. Manchmal muss man auf den Boden der Tatsachen zurückgeholt werden. Ich bin jetzt also wieder Single.«

»Mal sehen, für wie lange!«

»Was soll das heißen?«

»Na ja, Logan und du …«

»Logan und ich? Es gibt kein Logan und ich! Wir fliegen bald nach Hause, schon vergessen?«

»Natürlich nicht.« Greta stand auf. »Aber ich habe das Gefühl, dass du länger bleiben möchtest.«

Anna folgte ihrer Schwester zögernd. Greta hatte recht. Sie wollte hier nicht weg. Nicht so abrupt. Sie wusste nicht, ob es Lous Leben war, über das sie noch mehr herausfinden wollte, oder ob es doch eher Logan und ihre Gefühle für ihn waren, warum sie sich nicht vorstellen konnte, bald in einem Flugzeug nach Deutschland zu sitzen. Panik stieg in ihr auf, das Gefühl, etwas Wichtiges viel zu lange unerledigt gelassen zu haben.

Im Kayman's war es inzwischen ruhiger geworden. Sie ging direkt in die Küche. Logan stand am Herd, in der Pfanne brutzelte Speck, den er gerade vorsichtig auf Küchenpapier legte.

»Hey«, sagte sie, nachdem sie ihn eine Weile beobachtet hatte.

Als er sie sah, breitete sich ein Lächeln auf seinem Gesicht aus. Dann wischte er sich die Hände ab und ging auf sie zu.

»Wollen wir rausgehen und uns auf den Steg setzen?«

Anna nickte.

Eine Weile hörten sie schweigend dem leisen Plätschern des Wassers zu. Schließlich sagte sie: »Morgen Abend steigt also das große Konzert?«

Er lachte. »Ja, deine Schwestern waren ziemlich hartnäckig. Mit denen ist nicht zu spaßen, wenn sie sich etwas in den Kopf gesetzt haben.«

»Wohl wahr. Aber es wird sicher toll. Ich bin davon überzeugt, dass das Kayman's eine Chance hat.«

»Judith will morgen noch mal mit der Bank sprechen. Ich wäre ziemlich erleichtert, wenn wir einen weiteren Aufschub bekämen.«

»Judith bekommt das hin, ganz bestimmt.« Sie brauchte einen Moment, um das zu sagen, was sie jetzt sagen musste: »Wir werden übrigens in zwei Tagen zurückfliegen.«

»Oh. Schade.« Er machte keinen Hehl aus seiner Enttäuschung.

»Es wird Zeit. Auf mich wartet zu Hause eine Menge Arbeit.« Sie merkte selbst, dass sie nicht gerade begeistert klang.

»Klar.«

Eine unangenehme Pause entstand. Sollte sie Logan erzählen, dass sie sich von Philipp getrennt hatte? Sie wollte auf keinen Fall, dass es so wirkte, als wäre sie jetzt für Logan »frei«. Andererseits wäre es schön, ihm sagen zu können, dass nichts mehr zwischen ihnen stand. Auch wenn sie bald fort sein würde.

»Ich weiß von Emily«, hörte sie sich plötzlich sagen.

Logan schien nicht überrascht. »Ich hab's mir schon gedacht. In Seaborough gibt es nicht viele Geheimnisse.«

»Es tut mir sehr leid, Logan.«

»Danke. Inzwischen habe ich aber meinen Frieden damit gemacht. Auch wenn schwere Jahre hinter mir liegen.«

»Das kann ich mir vorstellen.«

Sie schwiegen wieder. Dann nahm Anna Logans Hand. Sie beide wussten, was nun passieren würde. Lange sahen sie sich in die Augen, bevor ihre Lippen sich fanden. Der Kuss war anders als ihr erster Kuss, leidenschaftlicher, fordernder, aber auch liebevoller, inniger.

Als sie sich voneinander lösten, war ihr ganz schwindlig. Sie wollte etwas sagen, aber in diesem Moment erschien Judith am Steg. »Anna? Wir müssen bald los. Kommst du?«

Anna warf Logan einen Blick zu, aber dieser zuckte nur mit den Schultern.

»Es war schön«, flüsterte er noch, als sie Judith ins Diner folgten.

KAPITEL XVI

Seaborough, Neufundland, September 1953

15. September 1953
Seit ich in Neufundland lebe, bin ich wetterfest geworden. Zimperlich war ich in dieser Hinsicht ja noch nie, aber hier bei einem richtigen Herbststurm auf dem Meer zu sein ist schon noch etwas anderes, als bei uns zu Hause bei Regen mit einem Boot auf dem See herumzupaddeln … Zu Hause … Ob ich jemals Neufundland als mein Zuhause bezeichnen werde?

Es war kühl geworden, und ein heftiger Ostwind hatte eingesetzt. Louise hatte die undichte Stelle auf dem Dach mit ein paar Brettern abgedichtet, aber der Wind rüttelte heftig daran, und sie befürchtete, dass die ganze Konstruktion bald zusammenkrachen würde.

Helene schlief seelenruhig in ihrem Bett, Louise hatte eben noch nach ihr geschaut. Sie mochte es, ihrer Tochter beim Schlafen zuzusehen, wie sie dort lag und ruhig und gleichmäßig atmete. Sie war Carl wie aus dem Gesicht geschnitten, die gleichen Augen, die gleiche Mundpartie. Und sie hatte das Lächeln ihres Vaters, dieses lebenslustige Lächeln, das Louise an Carl immer so geliebt hatte.

Louise machte sich einen Tee und setzte sich ans Fenster. Dies war ihr Lieblingsplatz, sie mochte den Blick über das weite Meer, egal, ob es stürmte und die Wellen mit Wucht ans Ufer klatschten oder die Sonne die Wasseroberfläche glitzern ließ. Manchmal stellte sie sich vor, dass Carl dort draußen war, seine Seele irgendwo im Meer zu Hause. Sie hatte inzwischen die Kraft gefunden, sich an ihn zu erinnern, konnte ihn wieder vor sich sehen. Viele Jahre hatte sie nicht an ihn denken können. Sie hatte die Trauer verdrängt und sich eingeredet, dass es besser so sei. Doch sie war von Tag zu Tag unglücklicher geworden. Bis der Schmerz sie einfach übermannte, schließlich aus ihr herausbrach. Zunächst war es schrecklich gewesen, sie hatte gar nicht gewusst, wohin mit all der Wut, all der Trauer, der Verzweiflung. Doch dann wurde es besser. Sie entschloss sich, den Schmerz anzunehmen und zu trauern. Sie entschloss sich, Carl in ihrem Herzen zu tragen. Für immer. Aber über ihn sprechen, über alles, was sie zusammen erlebt hatten, das konnte sie nicht. Es war, als hätte sie das Leid so tief in sich vergraben, dass jedes Wort, das darüber über ihre Lippen kam, erneut ein tiefes Loch in ihr Herz reißen würde. Ein Loch, bei dem sie befürchtete, dass es sich nie wieder schloss.

Sie würde niemals einen anderen Mann lieben. Charlotte, Jacks Frau, sagte schon seit einiger Zeit, dass Louise sich wieder verabreden solle, ihr Cousin Steven, der im Nachbarort wohne und noch Junggeselle sei, wäre eine wirklich gute Partie. »Du kannst doch wenigstens mal mit ihm ausgehen! Nur auf einen Kaffee.« Aber Louise ließ sich nicht überzeugen. Sie war zufrieden mit ihrem Leben, so wie es war.

Seit mehr als vier Jahren arbeitete sie bei Salthurst, einem großen Fischereiunternehmen, als Sekretärin des Geschäftsführers, und es machte ihr Freude. Ja, sie hatte einst andere Träume gehabt, Geschichtslehrerin hatte sie werden wollen. Aber das war früher gewesen, als sie noch geglaubt hatte, dass sie ihr Leben zusammen mit Carl verbringen würde. Doch nun hatte das Schicksal ihnen einen anderen Weg beschert, und in Neufundland gehörte die Fischerei zum Leben dazu. Sie hatte einen guten Draht zu den Fischern, die sonst eher schweigsame Gesellen waren. Sie hatte viel von ihnen gelernt, war sogar ab und zu mit ihnen aus reinem Interesse heraus hinausgefahren. Sie hatte sich von den Fischern alles zeigen lassen, jede Fangart, jeden Trick. Und sie hatte schon bei Carl viel über das Wirtschaften, Importieren und Exportieren gelernt. Mit Zahlen konnte sie umgehen. Besser als viele andere. Vor gut einem Jahr hatte sie sich von ihrem Ersparten ein abgelegenes Stück Land kaufen und darauf mithilfe von Nachbarn und Freunden ihr eigenes Haus bauen können. Endlich ein friedliches Heim für ihre Tochter und sich zu haben bedeutete ihr viel.

Am Abend zuvor waren Jack und Charlotte zu Besuch im Sea Garden House gewesen. Louise hatte ihren berühmten Zwiebelkuchen gebacken, und sie hatten dazu eine Flasche von dem guten Weißwein getrunken, den Charlotte ab und an von ihrem Onkel aus San Francisco geschickt bekam. Jack und Charlotte waren ihre einzigen Vertrauten, die verstanden, warum sie so war, wie sie war.

Waren Jack und Charlotte bei Lou, hatten sie ein Ritual: Nach dem Essen ging Charlotte mit ihrer Staffelei in eines der oberen Zimmer, wo sie in Ruhe malen konnte. Sie sagte immer, der Blick über das Meer würde sie inspirieren. Louise kochte derweil starken Kaffee, und Jack und sie setzten sich zusammen auf die Veranda. Oft schwiegen sie einfach oder sahen aufs Meer. Es beruhigte Louise, Jack in der Nähe zu haben, zu wissen, dass er das alles miterlebt hatte, dass er sie verstehen konnte. Doch an diesem Abend war Louise nach Reden zumute gewesen. Sie erzählte Jack von ihrer Idee, ein eigenes Geschäft aufzuziehen, und er hörte ihr aufmerksam zu. »Du solltest das machen, Lou. Ich hab dich schon lange nicht mehr so begeistert von etwas reden hören.«

»Aber ich bin keine Fischerin.«

»Das ist auch nicht nötig. Alles, was du noch nicht weißt, kann ich dir beibringen. Viel wichtiger ist, dass du dich mit dem Geschäftlichen auskennst.«

»Es ist ein großer Schritt«, hatte sie gesagt, und dann hatten sie für einen Moment geschwiegen.

»Er hätte dich sicher dabei unterstützt. Ganz sicher sogar.«

»Ja. Das hätte er.«

»Amalia hat mich angerufen, vor ein paar Tagen«, hatte Jack dann plötzlich erzählt. »Sie lässt dich grüßen. Es geht ihr gut, Maarten und sie erwarten ein Kind.«

»Wie schön. Das freut mich für sie«, hatte Louise gesagt und es auch so gemeint. Sie wünschte den beiden alles Glück der Welt, doch sie hatte es noch immer nicht geschafft, mit Amalia, Willem, Maarten und den anderen Kontakt aufzunehmen. Sie hatten Hannah und ihr das Leben gerettet, ja. Aber sie hatten Carl sterben lassen. Nein, das war ungerecht, sie hatten keine Wahl gehabt, sie alle wären gestorben, wenn sie versucht hätten, Carl zu retten. Doch ein letzter Zweifel blieb. Hätten sie nicht umkehren können, hätte es nicht doch irgendeine Möglichkeit gegeben? Es nagte an ihr, auch wenn sie wusste, dass es nichts änderte. Carl war tot. Und nichts würde ihn zurückbringen.

»Louise? Ich habe dich eben gefragt, ob du Hilfe wegen des Lochs im Dach brauchst? Ich kenne einen guten Dachdecker.«

Louise hatte abwesend genickt. »Ja, das wäre nett.«

Sie war ins Haus gegangen und kurz darauf mit einer Zeitung in der Hand zurückgekommen, der *London Tribune*. »Hier.« Sie hatte auf einen Artikel getippt, ganz unten auf der ersten Seite. Jack hatte den Beitrag aufmerksam gelesen, und als er fertig war, die Zeitung auf den Tisch gelegt und die Hände im Schoß gefaltet. »Es war ja zu erwarten, dass er stirbt. War er nicht schon viele Jahre krank?«

»Ja. Aber Meydrich war zäh. Ich denke immer noch, dass sie ihm damals zum Tode hätte verurteilen müssen. Nach allem, was er getan hat.«

»Wenigstens ist er überhaupt gefasst worden. Andere haben sich über die Rattenlinien nach Kriegsende in die entlegensten Winkel der Welt verkrochen und konnten sich so ihrer gerechten Strafe entziehen.« Jack hatte betrübt vor sich hin gestarrt. Lange hatte er versucht, die Menschen, die damals seinen Fliegerkollegen Dave umgebracht hatten, zur Rechenschaft zu ziehen, aber es war ihm nicht gelungen. Es hatte zu viele Kriegsverbrecher gegeben und zu viel Schweigen in der Bevölkerung.

»Ich bin erleichtert, dass Meydrich tot ist. Auch wenn mir das Carl nicht mehr zurückbringt.«

Jack hatte sie von der Seite angesehen. »Dich bedrückt doch noch etwas anderes, oder?«

»Helene hat nach ihrem Vater gefragt. Schon wieder. Sie wird älter, Jack. Irgendwann werden meine Antworten ihr nicht mehr genügen.«

»Willst du ihr nicht doch die Wahrheit sagen?«

Louise hatte den Kopf geschüttelt und gespürt, wie Wut in ihr aufstieg. »Niemals! Sie wird denken, dass ihr Vater ein Nazi war. So wie ihr Großvater. In allen Zeitungen kann sie das nachlesen.«

»Aber du kannst ihr die ganze Wahrheit erzählen. Immerhin ist er von den Nazis umgebracht worden. Wäre er selbst ein Nazi gewesen, wäre das kaum geschehen.«

»Aber sie haben es anders dargestellt. Dass er ein feiger Verräter war, der Gelder veruntreut, der sich auf Kosten der Bevölkerung bereichert hatte. Kein Wort darüber, was er alles für uns Juden getan hat. Nicht ein einziges Wort!« Louise stiegen Tränen in die Augen. Carls Andenken war beschmutzt worden. Niemand interessierte sich dafür, wer er wirklich gewesen war.

Jack und Charlotte waren wenig später aufgebrochen, Charlotte hatte ein wunderschönes Aquarell gemalt, eine Meeresansicht, die sie Louise geschenkt hatte. »Und bald möchte ich auch wieder ein Porträt von dir in Angriff nehmen. Du hast so unglaublich ausdruckvolle Augen«, hatte sie beim Abschied gesagt und Louise fest an sich gedrückt. Louise hatte nichts geantwortet. Sie mochte Charlottes Porträts, aber sie zeigten ihr Innerstes, ihren Schmerz, ihre Trauer. Gefühle, die sie vor anderen möglichst verbarg.

Auch jetzt, an ihrem Platz am Fenster, spürte sie, wie die Trauer von ihr Besitz ergreifen wollte. Sie öffnete den Brief, der schon seit Tagen auf dem Fenstersims lag. Hannahs Handschrift, klar und schnörkellos, hatte sich nicht verändert.

Liebe Lou,
bitte entschuldige, dass ich so lange nicht geschrieben habe, aber es ist viel passiert. Pete hat seine Prüfung zum Schreiner erfolgreich bestanden, eine Anstellung hat er auch schon in Aussicht! Das ist wirklich schön, weil wir dann endlich das Haus kaufen können, von dem ich Dir erzählt habe.
Wie geht es Dir, Lou? Und wie geht es meiner Nichte Helene? Die Fotos, die Du geschickt hast, sind wunderschön. Sie sieht Dir sehr ähnlich! Ich wünschte, wir könnten euch bald einmal besuchen kommen, aber leider müssen wir für die Reise erst etwas ansparen.
Ich habe gelesen, dass in Neuengamme ein Mahnmal errichtet

wurde. Pete hat gesagt, dass wir hinfahren können, aber ich glaube, ich will nicht. Ich möchte nicht dort stehen und mich erinnern, an diesem schrecklichen Ort, wo sie unseren Eltern diese furchtbaren, diese unaussprechlichen Dinge angetan haben. Mein einziger Wunsch wäre ein Grab zwischen blühenden Rosen und Nelken, irgendwo, wo Mama und Papa sich wohlgefühlt hätten.

Louise ließ den Brief sinken, sah zum Horizont. Wünschte sie sich das ebenfalls? Wünschte sie sich, dass es ein Grab geben würde, an dem sie sich erinnern könnte? Nein. Sie erinnerte sich an ihre Eltern, jeden Tag. Dafür brauchte es keinen Ort, an dem sie sie begraben wusste.

Sie las weiter.

Jedenfalls bin ich hier sehr glücklich, Lou. Ich bin so froh, Pete zu haben, er ist ein guter Mensch. Und er versteht mich. Wirklich und wahrhaftig. Ich wünschte, Du hättest ihn noch besser kennenlernen können. Und ich wünsche Dir so sehr, dass Du auch noch einmal eine Liebe findest, eine, wie Du sie mit Carl hattest. Lass nicht zu, dass das, was wir erleben mussten, für immer Dein Leben bestimmt.
In Liebe
Deine Schwester Hannah

Louise legte den Brief zur Seite und warf einen Blick auf die Uhr. Es war kurz nach neun. Vielleicht sollte sie schlafen gehen. Ihr Tag begann schließlich meist um halb sechs. Dann machte sie Frühstück für Helene, brachte sie zum Schulbus und fuhr nach St. John's, wo sich die Hallen von Salthurst befanden.

Sie wollte gerade nach oben gehen, als ihr Telefon klingelte. Es war Jack.

»Ich hab den Dachdecker gefragt, er kann morgen nach Feierabend vorbeikommen, um sich dein Dach anzusehen«, sagte er.

»Danke.«

»Alles in Ordnung?« Irgendetwas in ihrer Stimme schien ihm Sorgen zu bereiten.

»Ja.« Sie wollte sich schon verabschieden, doch dann kam ihr etwas über die Lippen, was sie vorher noch nie ausgesprochen hatte. »Glaubst du, dass Carl ein glückliches Leben hatte?«

Es war für einen Moment still in der Leitung. Dann sagte Jack: »Glücklich? Wer kann das schon sagen? Es war … voll. Mit Schmerz, Verlust und Leid, aber auch mit Liebe. Einer Liebe, die größer war, als viele andere sie je erleben.«

KAPITEL XVII

Seaborough, Neufundland, September 1953

Er hatte nicht lange überlegt. Und wenn er es recht bedachte, hatte er überhaupt nicht nachgedacht. Das war eigentlich nicht seine Art. Normalerweise war er nicht impulsiv, sie war es doch immer gewesen, die spontan gehandelt hatte, die ihren Gefühlen gefolgt war, anstatt auf ihren Verstand zu hören. Sie hatte ihren Instinkten vertraut, und rückblickend musste er zugeben, dass sie damit oft richtiggelegen hatte. Dass sie damit oft weiter gekommen war als er selbst. Wie sie wohl reagieren würde, wenn er ihr berichtete, dass er zu dieser Erkenntnis gelangt sei? »Siehst du, Carl«, würde sie sagen, »ich hab es dir doch immer gesagt! Hör auf dein Bauchgefühl!« Und sie würde lachen in ihrer unverwechselbaren Art.

Und nun stand er hier, in diesem kleinen Eisenwarenladen mitten in Kanada. Die Verkäuferin, eine Frau mit hagerem Gesicht, sah ihn misstrauisch an, nachdem er nach Louise gefragt hatte. Dass dies eine gute Idee gewesen war, bezweifelte er jetzt. Und auf ihre Nachfrage zu erwidern, dass sie »alte Bekannte« seien, war wahrscheinlich auch nicht sehr klug gewesen.

Das Dorf war nicht groß, kleiner, als er gedacht hatte, und sicher kannte hier jeder jeden. Und die Frau im Laden kannte Louise, da war Carl sich sicher. Die Frage war vielmehr, ob sie ihm Auskunft geben wollte, ob sie ihm traute.

»Louise wohnt oben am Waldrand«, sagte sie knapp. Sie

hatte einen starken Akzent, irisch oder schottisch, das konnte er nicht ausmachen. Dann drehte sich die Frau zu einem Mädchen um, das vielleicht dreizehn oder vierzehn war und die Auslagen in den Regalen sortierte. Sie hatte Carl schon die ganze Zeit beobachtet. »Faye, geh in den Keller und hol mir neue Papierrollen für die Kasse«, befahl die Frau, und das Mädchen gehorchte.

Dann wandte sie sich wieder Carl zu, ihr Gesichtsausdruck noch unfreundlicher, als er ohnehin schon war. »Mehr kann ich Ihnen nicht sagen.« Ihre Augen verengten sich. »Ach ja, eins sollten Sie noch wissen: Louise lebt dort nicht allein!«

Carl schluckte. Was sollte das bedeuten?

Der Blick der Frau ließ jedoch wenig Zweifel daran, dass weiteres Nachfragen zwecklos war, also verabschiedete er sich und ging zur Tür. Er war sich bewusst, dass die Frau ihn mit Blicken verfolgte, seinen leicht gebückten Rücken, seinen schleppenden Gang. Er musste ihr vorkommen wie jemand, dem man besser aus dem Weg ging.

Er spürte seine Narbe am Bauch, wie immer, wenn er sich aufregte, und er zwang sich, ruhig und langsam zu atmen, während er hinunter zum Meer ging. Er erinnerte sich, dass Louise früher oft vom Meer gesprochen hatte, wie sehr sie es liebte, obwohl sie nur einmal mit ihren Eltern an der Nordsee gewesen war. »Irgendwann werden wir ein Haus am Meer haben«, hatte sie gesagt. »Wir und unsere Kinder!« Er hatte gelächelt, weil diese Vorstellung sie so glücklich machte. Obwohl er schon damals ahnte, dass ihre gemeinsame Zukunft ungewiss war.

Er blieb stehen und blickte aufs Wasser. Vor einigen Jahren hätte er große Lust verspürt, sich jetzt in die Wellen zu werfen und mit ein paar kräftigen Zügen nach draußen zu schwimmen. Doch das war lange her. Es kam ihm vor wie ein anderes Leben, ein Leben, das ein anderer Mensch geführt hatte.

Es war schwierig gewesen, Louise ausfindig zu machen. Doch er hatte nicht aufgegeben. Sie war das Licht gewesen, der leuchtende Stern in seinem Leben. Vielleicht, fände er sie, würde all das zurückkehren, die Freude, das Strahlen, die Zuversicht. All das, was er verloren hatte. Aber war das wirklich so? Konnte er ihr nach allem, was geschehen war, überhaupt noch etwas geben? War noch etwas übrig von dem früheren Carl, dem Carl, mit dem sie auf Bäume geklettert war, sich gebalgt hatte, mit dem sie gelacht hatte, geweint, gestritten und sich wieder versöhnt? Der sie innig geliebt hatte? War noch etwas da von diesem Carl, von dieser Leidenschaft? Er wusste es nicht. Alles, was er wusste, war, dass seine Liebe zu Louise niemals aufhören würde, bis er irgendwann für immer die Augen schloss.

Er hatte Briefe geschrieben, zuerst an die englischen Behörden, weil er dachte, dass Louise vielleicht in Großbritannien sei. Erst nach zahlreichen Anfragen hatte er eine Mitteilung erhalten. Sie war nicht in England. Er dachte daran, nach Hannah und Pete zu suchen, verwarf den Gedanken aber wieder. Er war noch nicht so weit, wollte nicht, dass sie von seinem Überleben erfuhren.

Schließlich hatte er sich Passagierlisten von Schiffen angesehen, die nach Kriegsende von England aus nach New York aufgebrochen waren. Vielleicht wollte sie zu ihrem Onkel Aaron nach Manhattan? Doch auch auf den Listen fand er sie nicht, und seine Briefe an Aaron, ob er etwas über Louises Verbleib wüsste, blieben unbeantwortet.

Lena hatte er alles erzählt. Er wollte sie nicht anlügen, nicht nach allem, was sie für ihn getan hatte. Sie wusste von Louise, und obwohl es sie schmerzte, ließ sie ihn gewähren. Sie wusste, was Louise ihm bedeutete, und sie würde ihn ziehen, ihn zu Louise zurückkehren lassen. Weil sie ihn liebte und das Beste für ihn wollte. So ein Mensch war sie.

Eines Morgens wachte Carl schweißgebadet auf. Lena war mit ihrem Sohn Mats zu Besuch bei ihren Eltern in Rotterdam, und er war allein in der Wohnung. Es war früher Morgen, fast noch Nacht. Er hatte unruhig geschlafen und erinnerte sich dunkel, dass irgendetwas Wichtiges in seinem Traum passiert war, an das er sich unbedingt erinnern musste. Er stand auf, zog sich an und ging um den Block, um einen klaren Kopf zu bekommen. Die Straßen waren menschenleer. Die Stadt hatte sich noch nicht vom Krieg erholt und würde wohl auch nie wieder diesen besonderen Glanz von früher versprühen. Die grauen Häuserfronten schienen noch immer das Grauen des Krieges widerzuspiegeln, die Verbrechen, die Zerstörung stumm anzuklagen. Es würde Jahre, vielleicht Jahrzehnte dauern, bis man wieder frei würde atmen können.

Er lief weiter, streifte rastlos umher. Er musste sich unbedingt an diesen Traum erinnern, er würde ihn zu Louise führen, da war er sich jetzt sicher! Es hatte mit ihrer Flucht zu tun. Er zermarterte sich den Kopf, doch es wollte ihm nicht einfallen. Und dann, als er vor dem alten Bäckereigebäude stand, das früher der Familie Hansen gehört hatte, kam die Erinnerung zurück. In seinem Traum hatten sie wieder am Feuer gesessen, Pete und Hannah, Carl, Louise und Jack. Jack, der sonst so wenig gesprochen hatte, hatte plötzlich erzählt, von seiner Heimat, er hatte vom Meer, von der Natur, den grünen Hügeln und den satten Wiesen geschwärmt. Und Louise hatte gesagt: »Es muss schön sein, so mit der Natur zu leben. Wenn das alles hier vorbei ist, kommen wir dich besuchen. Und dann lehrst du uns das Fischen.« Und er hatte in seinem Traum Louise gesehen, wie sie aufs Meer fuhr, in einem Fischerboot, allein.

Das war es. Er musste nicht länger grübeln. Sie war in Neufundland.

Er buchte eine Passage nach New York und fuhr von dort mit der Eisenbahn nach Toronto. Amerika gefiel ihm, Kanada nicht minder. Das weite Land, die atemberaubende Natur, die freundlichen Menschen. Obwohl auch hier der Krieg seine Spuren bei den Menschen hinterlassen hatte, war es lange nicht so bedrückend, nicht so düster wie zu Hause.

Von Toronto aus nahm er einen weiteren Zug nach Neufundland, nach St. John's. Neufundland war unglaublich wild. Nichts schien hier vor den Naturgewalten sicher, das Meer, heftige Stürme, sie schienen alles im Griff zu haben. Die Einwohner der Stadt wirkten auf den ersten Blick mürrisch. Viele waren Fischer mit von Wind und Sonne gegerbten Gesichtern, und er war sich sicher, dass einige von ihnen im Krieg gekämpft hatten und die bösen Geister in ihren Köpfen auch auf See nicht hatten vertreiben können.

Für einige Tage wohnte er in einer kleinen Pension am Fuße eines Hügels, etwas außerhalb des Orts, bei einer Wirtin, die ihm jeden Morgen ein Spiegelei auf einer Scheibe Brot und frisch gebrühten Kaffee brachte. Sein Zimmer war einfach, aber sauber, und von seinem Fenster aus konnte er über weite grüne Wiesen und Felder bis zum Meer sehen, wo die Fischerboote über die Wellen schaukelten.

Er war erschöpft. Die letzten Jahre waren nicht spurlos an ihm vorübergegangen. Jahre voller Wut, voller Angst, voller Trauer. Er hatte gekämpft. Er wollte Gerechtigkeit, wollte seinen Namen reinwaschen. Doch es hatte nichts genützt, es hatte alles nichts genützt.

Und niemals würde er den Tag vergessen, an dem er Louise verloren hatte. Niemals würde er den Schmerz vergessen, den er gespürt hatte, als die Kugel ihn in den Bauch traf, als sein Körper in das kalte Wasser tauchte. Er hatte sie vor sich gesehen, als er immer tiefer sank. Für sie hatte er leben wollen. Für sie war er wieder an die Oberfläche gekommen, später, als die Scheinwerfer des Patrouillenboots nicht mehr suchend über die Wellen blitzten. Alles andere wusste er nicht mehr. Wie er es geschafft hatte, schwer verletzt an Land zu gelangen, sich in einen Bootsschuppen zu retten. Wie er dort tagelang ausgeharrt hatte, ohne Wasser, ohne Essen, fast verblutend.

Schließlich hatte Lena ihn gefunden. Lena. Sie hatte ihn gerettet. Sie war damals mit einem kleinen Baby auf dem Arm auf dem Weg zu einem Bauern gewesen, um dort um ein wenig Milch und Brot zu bitten. Sie hatte Carl mit zu sich genommen, in ihre kleine Wohnung, hatte seine Wunde gesäubert und verbunden. Sie hatte ihm zu essen gegeben, obwohl sie selbst kaum etwas hatte, und sie hatte ihn versteckt, wochenlang, monatelang. Draußen tobte der Krieg, noch schlimmer und erbarmungsloser als zuvor. Doch dort, bei Lena, in diesem winzigen Zimmer unter dem Dach, wo er mit den schlimmsten Schmerzen kämpfte, war er sicher gewesen. Einmal, an einem kalten Herbstmorgen, hatte es an der Tür geklopft, und er hatte gehört, wie Lena geöffnet hatte, wie deutsche Stimmen Fragen stellten, in diesem schneidenden Tonfall, den er so gut kannte. Doch Lena ließ sich nicht das Geringste anmerken. Ja, sie hatte ihn gerettet, und dafür würde er ihr auf ewig dankbar sein.

Als die Niederlande schließlich weitgehend befreit wurden, hatte er geglaubt, er sei in Sicherheit. Doch so war es nicht. Für die Alliierten war er ein Verbrecher, ein Nazi, jemand, der wichtige Informationen hatte. Und er kooperierte. Er sagte ihnen alles, was sie wissen wollten. Aber es reichte nicht. Für die Alliierten blieb er ein Industrieller, der aus dem Leid der Juden Kapital geschlagen hatte. Sie hatten kurz zuvor seinen Vater geschnappt sowie Geier, den Vorarbeiter. Beide belasteten Carl, indem sie behaupteten, er wäre der Schlimmste gewesen, hätte Juden erschossen und gefoltert.

Es gab nichts, was seine Unschuld hätte beweisen können. Nachdem Carl die Hohen-Werke verlassen hatte, hatte Geier alles vernichtet, was ihn hätte entlasten können. Die Alliierten hielten Carls Verhaftung geheim, und er wurde schließlich zu einer Haftstrafe verurteilt. Viele Jahre saß er im Gefängnis.

Die Zeit dort war hart, und doch fragte Carl sich manchmal, ob er diese Strafe nicht vielleicht auch verdient hatte. War er wirklich unschuldig? Immerhin hatte er von Dingen gewusst, die so furchtbar und unmenschlich waren, dass sie ihn selbst jetzt noch, viele Jahre später, im Schlaf verfolgten. War man dann wirklich unschuldig?

Lena hatte ihm geschrieben und ihn besucht, so oft sie konnte. Er wusste nicht, womit er das verdient hatte, warum sie ihm, einem verurteilten, gebrochenen Mann immer noch beistand, dabei half, dass er den Lebensmut zurückgewann. Was erwartete sie von ihm? Sie sagte, er sei ein guter Mensch, das würde sie spüren. Dann schüttelte er den Kopf, wollte erklären, was passiert war, warum seine Vergangenheit stets einen schwarzen Schatten über sein Leben werfen würde. Doch sie wollte nichts hören. Vergangen ist vergangen, so erklärte sie, und er müsse versuchen, das Erlebte ruhen zu lassen.

Es gab Tage, an denen er sich schuldig fühlte, dass sie so oft den weiten Weg auf sich nahm. Dann bat er sie, nicht mehr zu kommen, machte ihr klar, dass er ihr nicht das geben könne, was sie sich erhoffte. Doch sie erschien immer wieder, ließ sich nicht beirren. »Du bist stur wie ein Esel«, sagte er einmal, und es war das erste Mal, dass sie zusammen lachten.

Als er im Sommer 1952 plötzlich entlastet wurde, war das wie ein kleines Wunder. Es waren Sarah und Joscha, die Kinder aus dem Lager, die schon lange keine Kinder mehr waren. Carl wusste bis heute nicht, wie sie von seiner Haft erfahren hatten. Aber auf einmal waren sie da und erzählten alles, berichteten von dem, was er für die Juden getan, wie er sein eigenes Leben riskiert hatte. Der Prozess wurde neu aufgerollt, und schließlich wurde Carl freigesprochen.

Lena bat ihn, zu ihr und Mats zu ziehen. Und Carl tat es. Er hatte Lena so viel zu verdanken, und er schätzte sie. Er würde tun, was er konnte, um sie zu unterstützen. Doch seine inneren Dämonen ließen ihn lange nicht zur Ruhe kommen. Jede Nacht sah er im Traum Leichenberge, die verbrannt wurden, und es gab Tage, an denen er kaum etwas tun konnte, außer rastlos durch die Straßen zu wandern. Er fühlte sich ausgebrannt und leer.

Dann fing er wieder zu arbeiten an, erst in einem kleinen Handwerksbetrieb, danach in einer Maschinenfabrik. So konnte er Lena und Mats finanziell unter die Arme greifen. Mats war inzwischen fast zehn, ein schmaler, schmächtiger Junge, der viel las oder Musik hörte. Carl war einer der wenigen Menschen, zu denen er Vertrauen hatte. Lena hatte nie erzählt, wer Mats' Vater war, und er hatte nie gefragt. Es gab Dinge, die besser im Verborgenen blieben, wer wusste dies besser als er.

Und nun war er hier, so weit weg von den beiden, auf der Suche nach etwas Vergangenem, das ihn doch niemals loslassen würde. Zuerst fragte er in ein paar Geschäften in St. John's nach Louise, zeigte ein altes Foto von ihr, und ein Mann, der einen Kaufmannsladen betrieb, sagte ihm, dass er die Frau, die er suchen würde, schon ein paarmal im Geschäft gesehen habe. Sie habe ihm erzählt, dass sie in Seaborough wohne, das sei nur ein paar Meilen entfernt.

Und nun stand er am Meer, sah den Wellen zu. Er wusste jetzt, wo sie war. Er brauchte Zeit, um zu begreifen, dass er sie vielleicht in ein paar Minuten sehen, dass er sie endlich in seinen Armen halten würde. Er war so müde, so schrecklich müde. Was würde passieren, nach der ersten Wiedersehensfreude? Sie würde Fragen stellen, wissen wollen, was passiert, wo er so lange gewesen war. Sein Herz klopfte schneller. Er ließ sich auf einer Bank nieder, der Wind blies durch sein Haar. Würde sie ihm je verzeihen, dass er Hunderten Menschen hatte helfen können, aber nicht ihren Eltern? Dass sie auf grausamste Weise hatten sterben müssen? Vielleicht war er es ja selbst, der sich nicht vergeben konnte.

Es war inzwischen früher Abend, und der Weg zu Louises Haus war länger, als er gedacht hatte. Als er ankam, war es fast dunkel, und er spürte die Erschöpfung in jedem einzelnen Knochen.

Das Holzhaus hatte einen roten Anstrich und war wunderschön. Dazu die Lage dicht am Wasser, mit dem kleinen Steg, an dem zwei Boote befestigt waren. Auf der schwach beleuchteten Veranda stand eine Hollywoodschaukel, und er musste daran denken, dass sie eine solche einmal in einem amerikanischen Film gesehen hatten. Louise hatte damals gesagt, dass sie irgendwann auch eine Hollywoodschaukel haben würde, in der sie jeden Abend sitzen und aufs Meer blicken würde. Sie hatte sich diesen Traum erfüllt, wie es schien.

Als Carl ein paar Meter vor dem Haus im Schatten eines Baumes stehen blieb, war es ihm, als könnte er sie spüren, als wäre er ihr ganz nahe.

Und dann sah er sie. Sie trat auf die Veranda, mit zwei Bechern in der Hand, die sie auf dem Tisch abstellte. Sie sah schön aus, so wie er sie in Erinnerung hatte. Sie trug eine Jeans und ein weites Hemd, dessen Ärmel sie hochgekrempelt hatte, sodass ihre gebräunten Arme zur Geltung kamen. Ihr dunkles Haar hatte sie zu einem lockeren Knoten zusammengebunden, ein paar Strähnen fielen ihr ins Gesicht. Ihm fiel auf, dass sie tatsächlich hierherpasste, dass sie inmitten dieser gewaltigen Natur noch schöner wirkte. Hier war eindeutig ihr Zuhause, ihr neues Zuhause.

Er trat unwillkürlich einen Schritt zurück, als sich die Verandatür erneut öffnete. Ein Mann trat heraus, groß und kräftig, dem sie einen der Becher reichte. Sie blieben auf der Veranda stehen, tranken, unterhielten sich. Der Mann war vielleicht um die dreißig und hatte ein breites, kantiges Gesicht. Als er zu einer Stelle im Dach zeigte, wo ein dickes Brett angebracht war, lachte Louise und warf dabei den Kopf in den Nacken. Wirkten sie vertraut? Waren sie ein Liebespaar? Er konnte es nicht ausmachen. Louise war immer zu allen Menschen freundlich gewesen. Vielleicht war der Mann ja nur ein guter Freund?

Noch einmal öffnete sich die Verandatür, und ein kleines Mädchen kam heraus. Es war ungefähr sieben oder acht, und sie sah Louise mit ihrem dunklen Haar aus der Ferne ein wenig ähnlich. Louise schien überrascht, das Mädchen auf der Veranda zu sehen, wahrscheinlich sollte die Kleine schon längst schlafen. Nichtsdestotrotz mischte Louise sich nicht ein, als der Mann das Mädchen hochhob, sodass es auf dem Verandageländer sitzen konnte. Der Mann hielt es fest, und so sahen die drei zusammen aufs Wasser. Das Mädchen zeigte auf etwas, das sie entdeckt hatte, und Louise und der Mann lachten.

Carl sah ihnen eine ganze Weile zu. Das Mädchen lief irgendwann wieder ins Haus, und Louise und der Mann unterhielten sich noch, wobei der Mann erneut zum Dach zeigte. Wenig später ging auch der Mann ins Haus. Louise blieb allein auf der Veranda zurück und sah plötzlich in Carls Richtung.

Er trat einen weiteren Schritt zurück. Louise konnte ihn unmöglich gesehen oder gehört haben, dafür war er zu weit entfernt. Dann war auch sie im Haus verschwunden.

Zitternd lehnte er sich an den Baum, Tränen liefen ihm übers Gesicht. Sollte er zu ihr gehen, einfach die Tür öffnen, Louise in seine Arme nehmen, ihr sagen, wie sehr er sie liebte, wie sehr er sie vermisst hatte? Das war doch das, was er all die Jahre gewollt hatte! Warum aber konnte er es nicht tun? Was hielt ihn zurück? Sie war es gewesen, die ihn all die Jahre am Leben erhalten hatte, ihn glauben ließ, dass die Welt wieder besser werden würde, wenn sie nur wieder zusammen wären. Warum schaffte er es nicht, dort weiterzumachen, wo sie damals aufgehört hatten?

Weil du nicht mehr derselbe bist, antwortete eine Stimme in ihm. Weil das Leben dich gebrochen hat, und das schon vor langer Zeit.

Er atmete tief durch und machte sich auf den Weg zurück ins Dorf. Die Septembersonne senkte langsam ihr Haupt und warf ein paar letzte flackernde Strahlen auf den modrigen Waldboden, auf dem er seine Fußspuren hinterließ. Ein kühler Herbstwind zog auf, und er dachte an ihre Flucht durch die Wälder, an die Kälte in der Nacht, an das klamme Gefühl am Morgen, an die Angst, die sie begleitet hatte. Doch damals hatte er trotz allem noch an das Gute geglaubt, an das Leben, an die Liebe. Daran, dass man gemeinsam Hindernisse überwinden kann.

Er ging weiter, erreichte das Ende des Waldes, konnte wieder das Meer sehen, das schwarz war und langsam eins wurde mit dem dunklen Himmel. Er wusste nicht, wer der Mann war, der dort mit Louise auf der Veranda gestanden hatte, er wusste nicht, ob er Louises Mann war und das Mädchen die Tochter der beiden. Aber Louise hatte glücklich gewirkt, zufrieden, mit sich im Reinen. So wie er es sich für sie gewünscht hatte. Sie lebte ihr Leben, so wie sie es verdient hatte. Und er, Carl, hatte nichts, was er ihr noch geben konnte. Er würde zurückkehren, zu Lena und Mats, die ihn brauchten, für die er da sein konnte.

Ja, er war ein anderer Mensch geworden. Sie würde ihn nicht retten können, dies wurde ihm plötzlich bewusst. Er musste sich selbst retten. Und vielleicht, irgendwann, würde er sie wiedersehen.

Denn lieben, lieben würde er sie für immer.

KAPITEL XVIII

Seaborough, Neufundland, Juni 2016

Anna schaute aus dem Fenster, während ihr Vater den Land Rover über den holprigen Waldweg lenkte. Greta und Judith saßen neben ihr und sahen ebenso wehmütig aus, wie sie sich fühlte. Sie drehte sich um und sah, wie das Sea Garden House in der Ferne immer kleiner wurde und schließlich ganz aus ihrem Blickfeld verschwand. Sie blickte auf die Postkarte in ihrer Hand, die sie auf dem Hinflug gelesen hatte. »Liebe Grüße aus der Bucht der Lupinen«, hatte Lou geschrieben. Anna musste lächeln, als sie über das Bild auf der Vorderseite der Postkarte strich. Die Bucht der Lupinen hatte sich wie ihr Zuhause angefühlt und war gleichzeitig zu einem Sehnsuchtsort geworden, der in ihr Dinge angestoßen hatte, die schon lange in ihr schlummerten.

Es fühlte sich nicht richtig an, Seaborough zu verlassen. Ganz und gar nicht. Sie wollte nicht fort, wollte nicht all das, was sie in den letzten Wochen lieben gelernt hatte, verlassen. Ja, es lag an Logan, aber nicht nur. Es war die Herzlichkeit, die Freundlichkeit der Menschen hier, die Ruhe, der Frieden, das Rauschen des Meeres, was sie vermissen würde. Und das, was sie über Lous Leben erfahren hatte, ihre Liebe zu Carl, all das hatte so vieles verändert. Vielleicht sogar ihren Blick auf die Welt.

Warum Helene und Lou über so vieles geschwiegen hatten, konnte sie noch immer nicht ganz begreifen. Aber sie hatte nicht das Gefühl, darüber urteilen zu dürfen. Sie war nicht dabei gewesen, sie hatte all das nicht erlebt, was Lou erlebt hatte. Nicht den Feuersturm, nicht die Deportation der eigenen Eltern, nicht die Ermordung des Geliebten, der, von einer Kugel getroffen, vor den eigenen Augen im Meer versank. Sie wusste nichts über den Wunsch, den inneren Schmerz zu betäuben, ihn für alle Zeiten wegzusperren. Sie wusste nicht, wie es war, fast nichts über die eigene Herkunft zu wissen und auf so viele Fragen keine Antworten zu finden.

Nein, sie konnte, sie durfte es sich nicht anmaßen zu urteilen. Nicht über Lou und Carl. Und nicht über Helene. Denn über ihr lag kein Schatten. Ihr stand alles offen, sie musste keine Furcht haben. Nicht vor dem Leben, nicht vor ihren eigenen Entscheidungen.

Sie dachte an den gestrigen Abend, an Logan. Das Konzert der Great Pretender's war ein voller Erfolg gewesen, Logan und seine Band hatten den Gästen im Kayman's so richtig eingeheizt. Sogar ihre Eltern hatten getanzt, das hatte Anna das letzte Mal vor Jahren erlebt.

Greta und Judith hatten sich um die Spenden gekümmert, und am Ende war so einiges zusammengekommen. Es war ein unvergesslicher Abend. Und es wurde eine noch schönere Nacht, die Anna und Logan gemeinsam verbrachten. Zunächst waren sie bei den anderen geblieben und hatten Würstchen auf den Grill gelegt. Logan hatte auch sein Eis verkauft, dessen Erlös an die »Kayman's-Stiftung« ging, wie alle Gretas Projekt inzwischen nannten.

Doch irgendwann hatten Anna und Logan sich davongestohlen, waren in der lauen Nacht mit ihren Fahrrädern an den Strand gefahren. Sie hatten die Schuhe ausgezogen und waren am Meer entlanggelaufen, nur das schwache Mondlicht hatte ihnen den Weg gezeigt. Irgendwann hatten sie sich in den Sand gelegt, hatten sich geküsst, und Logan hatte angefangen, sie immer leidenschaftlicher zu berühren.

Ihre Träumereien wurden durch das Klingeln ihres Handys unterbrochen. Logan!, war ihr erster Gedanke. Vielleicht wollte er sich noch einmal verabschieden … Sie holte tief Luft und tippte auf »Annehmen«, ohne genauer auf die Nummer zu schauen.

»Hallo, Anna, hier ist Amalia. Entschuldige, dass ich dich störe. Doch es ist etwas geschehen. Du musst herkommen, zu mir, nach St. John's.«

»Aber wir sind auf dem Weg zum Flughafen, unser Flug geht in zwei Stunden. Worum geht es denn?«

»Das kann ich dir nicht am Telefon sagen. Bitte, komm einfach her, ja? Es gibt jemanden, der dich kennenlernen …«

Dann brach die Verbindung plötzlich ab, die Leitung war tot.

Anna sah auf ihr Handy. »Mist, der Akku ist schon wieder leer«, fluchte sie.

»Wer war denn das?«, fragte Greta.

»Amalia. Sie wollte mir etwas erzählen. Ich soll dringend zu ihr nach St. John's kommen.«

»Das ist ja komisch.« Greta kramte in ihrer Tasche nach ihrem Handy. »Bei mir hat sie es nicht versucht«, stellte sie nach einem Blick aufs Display fest. »Hast du ihre Nummer?«

Anna schüttelte den Kopf. Auf ihrem Handy konnte sie nicht mehr nachsehen. Sie wusste nicht, was Amalia ihr erzählen wollte, aber so aufgeregt, wie sie geklungen hatte, musste es etwas Wichtiges sein.

»Anna?« Das war ihre Mutter. Sie saß auf dem Beifahrersitz und drehte sich zu ihr um.

»Entschuldige. Was hast du gesagt?«

»Ich hab gefragt, ob du nicht für eine Zeit lang bei uns in der Reederei aushelfen willst? Robert und ich haben gestern Abend darüber gesprochen, wir brauchen dringend jemanden für unsere Website.«

Anna warf Judith einen Blick zu. Das war doch sicher auf ihrem Mist gewachsen. »Danke, das ist lieb. Aber ich hab ja meine Kunden.«

»Die könntest du doch nebenbei betreuen.«

Sie spürte, wie sie wütend wurde. Ihre Mutter wusste mal wieder alles besser. Aber im Moment hatte sie keine Lust auf weitere Diskussionen. »Ich denk drüber nach, ja?«

»Gut.« Helene schien zufrieden.

Robert parkte den Mietwagen und ging fort, um die Schlüssel abzugeben und die Rechnung zu begleichen. Die anderen schoben das Gepäck ins Flughafengebäude.

»Da drüben ist der Check-in für unseren Flug«, sagte Helene und steuerte auf einen Schalter zu, vor dem sich schon eine ziemlich lange Schlange gebildet hatte.

Während Greta und Judith verschwanden, um sich einen Kaffee zu holen, sah Anna sich um. Vor ihnen stand eine Gruppe Backpacker mit großen Rucksäcken, Wanderstöcken und dicken Stiefeln. Sie wirkten, als hätten sie eine anstrengende Tour hinter sich. Weiter vorne wartete eine junge Familie, der Mann klappte gerade den Kinderwagen zusammen, seine Frau gab ihm leicht genervt entsprechende Anweisungen.

»Ich hab dir einen Kaffee mitgebracht.« Greta war neben Anna aufgetaucht und hielt ihr einen Pappbecher vor die Nase. »Dachte mir, dass du das nach dieser anstrengenden Nacht wohl gebrauchen kannst.« Sie zwinkerte so auffällig, dass Anna lachen musste.

»Vielen Dank, Schwesterherz. Du denkst wirklich an alles.«

»Und?« Greta musterte sie besorgt. »Du wirst ihn vermissen, oder?«

»Sehr. Ich komm aber nächstes Jahr wieder. Und wir wollen uns schreiben.«

»Hm. Also doch Brieffreunde.«

Anna wich Gretas forschendem Blick aus. Es war auch so schon schwer genug.

Sie seufzte. »Warum flieg ich eigentlich nach Hause?«

»Keine Ahnung.« Greta nippte an ihrem Kaffee. »Weil es eben zu Hause ist. Wohin solltest du denn sonst fliegen?«

»Das mein ich nicht. Ich meine, warum will ich wirklich zurück? Was erwartet mich da?«

»Deine Wohnung? Deine Arbeit? Freunde?«

»Freunde, ja. Aber der Rest? Es ist Philipps Wohnung, da muss ich eh ausziehen. Und meine Arbeit? Ich hab in der letzten Zeit nicht viele Aufträge bekommen.«

»Dann weiß ich auch nicht, Anna. Und wenn …«

»Wenn was?«

»Wenn du einfach hierbleibst? Nicht für immer, erst mal nur für ein paar Monate. Du könntest Lous Haus renovieren. Oder du hilfst Logan bei seinem Online-Shop, das wolltest du doch sowieso. Manchmal muss man einfach tun, was man tun muss.«

Anna rieb sich nervös mit der Hand über die Stirn. Ihr Herz raste plötzlich. Ja, es wäre gelogen, wenn sie behaupten würde, dass sie nicht auch schon darüber nachgedacht hätte. Aber war das nicht ziemlich impulsiv? Waren solche Aktionen nicht eher Gretas Art? Es war doch unvernünftig hierzubleiben, ohne zu wissen, wie die Zukunft aussehen würde, oder nicht? Andererseits: Was hatte sie schon zu verlieren?

»Ich habe das Gefühl, dass du dabei bist, eine Entscheidung zu treffen.« Greta grinste.

»Stimmt. Und ich glaube, du hast genau das Richtige gesagt. Erst einmal für ein paar Monate. Das ist die Lösung.« Entschlossen hievte sie ihr Gepäck vom Trolley.

»Was machst du denn da?« Helene hatte sich umgedreht und sah ihre Tochter an.

»Ich bleib hier.«

»Wie bitte?«

»Ich bleibe hier. In Neufundland.«

»Wo?«

»Soll sie es dir buchstabieren? Sie bleibt hier«, mischte Greta sich ein.

»Aber …«

»Nicht für immer, Mama«, beruhigte Anna sie schnell. »Ich kümmere mich ein bisschen um Lous Haus, vielleicht kann ich es sogar verkaufen. Und dann sehen wir weiter, okay?«

Helene sah sie noch immer verständnislos an.

»Es ist im Moment gerade das Richtige.« Und dann umarmte sie ihre Mutter.

»Pass auf dich auf, ja?«, flüsterte Helene.

»Das mach ich. Versprochen.«

Anna verabschiedete sich von Judith und ihrem Vater, die ebenso sprachlos waren wie Helene, und gab Greta einen Kuss auf die Stirn. Dann verließ sie das Flughafengebäude und mietete sich einen kleinen Fiat. Sie fühlte sich unglaublich glücklich.

Sie brauste mit offenem Fenster über den Highway. Schließlich hielt sie mit quietschenden Reifen vor dem Kayman's. Sie nahm die Gäste kaum wahr, ihre Augen flogen durch den Raum, auf der Suche nach Logan. Da kam er aus der Küche, ein Geschirrtuch über der Schulter und zwei Teller in der Hand. Sie lief auf ihn zu, und er schaffte es gerade noch, die Teller auf die Theke zu stellen, bevor sie ihm stürmisch um den Hals fiel.

»Was machst du denn hier?«, stieß er hervor, während er sie küsste.

»Tja, das Leben besteht eben nicht nur aus traurigen Abschieden. Es geht auch anders«, sagte sie, obwohl sie selbst nicht genau wusste, was sie damit eigentlich meinte. Dann erzählte sie Logan von ihrem Plan, Lous Haus zu renovieren.

»Das ist ja Wahnsinn, Anna!« Er lachte, hob sie hoch und wirbelte sie herum. Ihr Herz machte einen Hüpfer, als sie merkte, wie sehr er sich freute, dass sie blieb.

»Und ich hab auch gute Neuigkeiten«, erzählte er, als sie sich gesetzt hatten. »Die Bank gibt uns einen Aufschub von einem Jahr. Mit dem Spendengeld und den bisherigen Einnahmen von meinem Online-Shop haben sie ausreichend Sicherheiten. Dan ist ganz aus dem Häuschen. Er und Alicia sind übrigens gerade bei Jack im Krankenhaus. Es geht ihm endlich besser, er wird wohl in ein paar Tagen entlassen!«

»Wie schön!« Anna freute sich. »Ich muss dir übrigens auch noch was anderes erzählen.« Sie berichtete ihm von Amalias mysteriösem Anruf.

»Und worauf wartest du dann noch?«

»Ich dachte, du würdest mich vielleicht begleiten?«

»Wenn du das möchtest?«

»Ja, das möchte ich.«

»Dann hol ich schnell meine Sachen und sag José Bescheid, dass er für ein, zwei Stunden allein klarkommen muss.«

Anna sah ihm nach, wie er in der Küche verschwand.

Sie war sich sicher, dass ihre Entscheidung, in Seaborough zu bleiben, bislang die beste ihres Lebens gewesen war.

KAPITEL XIX

Sea Garden House, Seaborough, Neufundland, Mai 2016

Sie erwachte früh, lange bevor die Morgendämmerung einsetzte, wie immer in letzter Zeit. Die Schmerzen wurden von Tag zu Tag stärker, manchmal fast unerträglich, raubten ihr den Schlaf. Ihr Körper war müde, schwach und kraftlos. Wie viel Zeit blieb ihr noch? Ein Monat, eine Woche, ein Tag?

Mit geschlossenen Augen lag sie da, dachte an früher, an ihre Eltern, an Hannah, an ihre Tochter, ihre geliebten Enkeltöchter. Sie hatte ein gutes Leben gehabt, trotz allem, und sie bereute nichts.

Vorsichtig richtete sie sich auf, setzte die Füße nacheinander auf die Holzdielen, drückte sich nach oben, bis sie endlich stand. Sie zog ihren Morgenmantel über, schlüpfte in die warmen Hausschuhe, ging zur Tür, hielt sich immer wieder fest, an einer Stuhllehne, einem Türrahmen, einem Regal.

Im Wohnzimmer setzte sie sich in den Ohrensessel am Fenster. Sie hatte diesen Moment am Morgen immer geliebt, wenn die Sonne aufging und die Welt um sie herum noch in einem Schwebezustand war. Erst dann arbeitete die Sonne sich in jeden Winkel vor, als könnte sie mit ihrem Strahlen alles Dunkle, alles Böse, jeden Schatten der Nacht vertreiben.

Plötzlich durchzuckte sie etwas, als würde auf einmal das Leben in sie zurückkehren. Ihre Augen flogen suchend über das Wasser, über das Ufer, den Waldrand.

Und da sah sie ihn.

Er trat aus dem Schatten eines Baumes hervor, blieb neben dem Steg stehen und blickte zu ihr herüber, hob leicht die Hand, als wolle er sie grüßen.

Sie erstarrte. Spielte ihr Verstand ihr einen Streich? Sah sie schon Dinge, die nicht da waren?

Doch dann bewegte er sich, machte langsam einen Schritt nach dem anderen auf das Haus zu. Sie konnte noch immer nicht begreifen, was gerade geschah. Mit aller Kraft stützte sie sich an der Armlehne des Stuhls ab, machte einige Schritte, schaffte es mühsam zur Verandatür.

Doch, er war es wirklich, Carl, ihr Carl. Er umschloss sie mit seinen Armen, küsste ihr Gesicht, ihr Haar, strich über ihre Wangen. Sie spürte seine Berührungen auf ihrer Haut, er war ihr so vertraut, wie es kein anderer Mensch je gewesen war, auch nach all den Jahren. Tränen liefen über ihr Gesicht, Tränen der Freude, der Erleichterung. Sie wollte etwas sagen, Fragen stellen, aber es gelang ihr nicht.

Sie nahm sein Gesicht in ihre Hände, sah in seine Augen. Sie hatten nichts von ihrem Strahlen verloren. Sie schüttelte wieder und wieder ungläubig den Kopf, berührte ihn, konnte nicht fassen, dass er wirklich bei ihr war. Die Sehnsucht, die sie all die Jahre in sich getragen hatte, schien sie zu überwältigen.

Irgendwann nahm er ihren Arm, führte sie ins Haus, und sie setzten sich an den Küchentisch. Carl begann zu reden. Atemlos hörte sie ihm zu, nahm jedes Wort in sich auf. Er erzählte von dem schrecklichen Überlebenskampf, von seiner Verhaftung, der Zeit im Gefängnis und schließlich dem Freispruch, er erzählte von Lena und ihrem Sohn Mats, mit denen er sein Leben geteilt hatte, die seine Familie gewesen waren. Er erzählte von seinem ersten Besuch in Seaborough, von seiner

Angst, seiner inneren Zerrissenheit. Ab und an lief ihm eine Träne über das Gesicht, und er ließ es geschehen, versuchte nicht zu verstecken, dass er genauso ergriffen, glücklich und aufgeregt war wie sie. Schließlich erzählte er von Lenas Tod, ihrer Krankheit, die sie schon vor Jahren zu einem Pflegefall gemacht hatte, und dass er stets versucht hatte, ihr beizustehen, bis zum Schluss.

Louise hörte zu. Sie verspürte keine Wut, keinen Ärger, sie war nur dankbar und glücklich. Sie hätte niemals zu hoffen gewagt, dass ihre Herzen sich irgendwann wiederfinden würden, nachdem der Krieg sie für so lange Zeit auseinandergerissen hatte.

Als Carl geendet hatte, berichtete auch sie, von ihrer Arbeit, von ihrer Tochter, die auch die seine war, von ihren Enkeltöchtern. Sie sah, wie die Gewissheit, dass er nicht nur Louise, sondern auch seine Tochter über so viele Jahre verloren hatte, ihm die Luft zum Atmen nahm. Sie nahm ihn in den Arm, strich ihm sanft über den Rücken, sprach beruhigend auf ihn ein. Sie würden sich finden, Helene und er, schon bald, dessen sei sie sich sicher, sagte sie, und er nickte.

Irgendwann standen sie auf, sie führte ihn ins Schlafzimmer, sie legten sich zusammen aufs Bett, nahmen sich in den Arm, spürten die Nähe des anderen. Nichts stand zwischen ihnen, sie fühlten nur die Liebe, diese Liebe, die niemals erloschen war.

Und als Louise die Augen für immer schloss, war sie glücklich.

EPILOG

Sea Garden House, Seaborough, Neufundland, August 2016

Anna trat auf die Veranda und blinzelte in die untergehende Abendsonne. Ein paar Kolibris flatterten mit schnellem Flügelschlag durch die Sträucher vor dem Haus und zwitscherten laut. Der Duft von Holzkohle und gegrilltem Fleisch stieg ihr in die Nase. Es war noch warm, nur eine leichte kühle Brise stieg vom Meer auf, eine Ankündigung der heraufziehenden Nacht.

Sie beobachtete sie, wie sie alle um den großen Gartentisch saßen, der zwischen Veilchen und Wildrosen stand. Sie lachten und unterhielten sich, wirkten vertraut, und doch war es anders als früher, als würden sie alle sich noch zurechtfinden müssen in einer Welt, in der es nun Carl gab. Carl, ihren Vater, ihren Großvater.

Greta, in einem ärmellosen Sommerkleid und barfuß, das blonde Haar offen, sodass es über ihre braun gebrannten Schultern fiel. Judith, ganz ungewohnt mit Brille und lockerem Pferdeschwanz, in Shorts und T-Shirt, unter dem sich schon ein kleiner Babybauch abzeichnete. Ihre Mutter Helene in einer von Lous Lieblingsstrickjacken, saß neben Robert, beide wirkten glücklich und gelöst. Und Carl. Carl, mit seinem vollen grauen Haar und dem aufmerksamen Blick, der in manchen Momenten so verloren schien. Er war der Mann gewesen, den sie damals nach ihrem Segelunfall an den Klippen gesehen hatte, er war es gewesen, der einmal im Kayman's gesessen hatte. Deshalb war er ihr bekannt vorgekommen, das wusste sie jetzt.

Da war sie also, ihre Familie. Wie sehr sich die Welt verändern konnte, in so kurzer Zeit.

»Ich hab im Keller noch zwei Flaschen Merlot gefunden. Sieh mal.« Logan war neben sie getreten und hielt ihr den Rotwein hin.

Sie nickte abwesend.

Er zog sie zu sich heran, küsste sie auf den Scheitel. »Mach dir nicht zu viele Gedanken. Es wird sich schon alles finden.«

Sie dachte an die letzten Wochen, wie Logan Wände tapeziert, wie er mit ihr im warmen Gras gelegen, ihr aus einer alten Shakespeare-Ausgabe vorgelesen hatte. Wie er morgens mit verstrubbeltem Haar neben ihr auf der Veranda in der Sonne gesessen und seinen Kaffee getrunken hatte, dieses strahlende Leuchten in den Augen, das ihr Herz zum Klopfen brachte.

»Schau mal, wie großartig die Lichter aussehen!« Logan zeigte stolz auf die vielen bunten Lampions, die das Geländer der Veranda zierten.

»Ja, wunderschön. Da muss ein wahrer Meister am Werk gewesen sein.« Sie lächelte.

Dann liefen sie die Verandastufen hinab und setzten sich mit an den Tisch. Robert verteilte die letzten Steaks auf den Tellern, und Logan schenkte Wein ein.

»Lou mochte diesen Rotwein. Sie hat immer gesagt, dass er sie an früher erinnert. An einen besonderen Moment«, sagte Helene und strich gedankenverloren über das Weinglas.

Alle sahen zu Carl.

»Ich kann mich auch an diesen Moment erinnern. Das war in der Nacht, bevor wir aufgebrochen sind.«

»Aufgebrochen?«, fragte Anna. Obwohl sie inzwischen so viel über das Geschehene wusste, gab es immer noch Einzelheiten, die sie nicht kannte.

»Ja, bevor wir nach England flohen. Es war eine schöne, eine ganz besondere Nacht.« Carl warf Helene einen kurzen Blick zu, und sie lächelte leise.

»Also, ich hab auch schon so einige Momente mit Rotwein erlebt«, mischte Greta sich ein. »Aber ich weiß nicht, ob ich mich gern an die erinnern möchte.«

Es wurde langsam dunkler, graue Abendwolken drängten sich am Horizont vor den blutroten Himmel. Anna stand auf, um die Kerzen auf dem Tisch und in den Laternen anzuzünden. Als sie sich wieder gesetzt hatte, holte Helene eine kleine weiße Schachtel aus ihrer Tasche und öffnete sie. Zum Vorschein kam ein glänzender, durchsichtiger Stein an einem Lederband.

»Was ist das?«, fragten Anna und Judith fast zeitgleich, aber Helene antwortete nicht, sondern reichte Carl den Stein.

Carl betrachtete still den fein geschliffenen Kristall in seiner Hand.

Verwundert schaute Anna ihre Mutter an.

Und dann fiel es ihr ein.

»Aber hast du nicht gesagt, Lou hätte den Bergkristall ins Meer geworfen?«

»Nun, die Geschichte war noch nicht zu Ende. Am nächsten Morgen habe ich den Stein am Ufer zwischen den Kieselsteinen gefunden, er war in der Nacht zurück an Land gespült worden. Als wolle er zurück zu Lou. Ich wusste nicht, was ich damit tun sollte. Lou wollte doch nicht, dass ich etwas über ihre Vergangenheit erfuhr. Und sie selbst wollte auch nicht daran erinnert werden. Also habe ich ihn aufbewahrt. Bis heute.«

»Der Stein war ein Geburtstagsgeschenk für Lou. Sie hat ihn

immer getragen, auch in jener Nacht«, erklärte Carl und reichte ihn Anna.

»Er ist wunderschön«, flüsterte sie.

»Er gehört dir«, sagte Carl. »Du solltest ihn tragen, Anna. In Erinnerung an Lou.«

Anna sah ihn überrascht an und blickte dann zu Helene, doch diese nickte nur zustimmend.

Greta hob Annas Haar, legte ihr das Lederband um den Hals und verknotete es in ihrem Nacken.

Anna spürte den kühlen Kristall auf ihrer Haut.

Dann sah sie in die Runde. »Erinnert ihr euch noch an Lous Lieblingsspruch? ›Jeder Tag kann der Anfang einer neuen Geschichte deines Lebens sein.‹ Daran musste ich oft denken.«

»O ja. Sie hat mir damit geholfen, über so manchen Liebeskummer hinwegzukommen«, meinte Greta.

»Und mir, wenn ich schlechte Noten hatte«, sagte Judith. »Ich habe dann gemerkt, dass ich es selbst in der Hand habe, mein Leben zu verändern. Niemand anderer wird das für mich tun. Und ich kann jeden Tag damit beginnen. Es liegt nur an mir.«

»Sie selbst hat auch nach diesem Motto gelebt. Sie hat aus jedem Tag das Beste gemacht. Immer«, fügte Helene hinzu.

Carl sah auf, die Lichter der Kerzen warfen Schatten auf sein Gesicht. »Man ist verantwortlich für sich und sein Leben. Und doch fühlt man sich dem Leben manchmal ausgeliefert, glaubt, die Zügel nicht mehr in der Hand zu halten. Ich habe das selbst erlebt. Aber jetzt bin ich hier, bei euch, und ich weiß, dass ich mir für meinen Lebensabend nichts Besseres hätte wünschen können. Lou hat immer an die Liebe geglaubt, und daran, dass man etwas verändern kann, wenn man nur dafür kämpft. Vielleicht habe ich zu spät gekämpft, aber nun bin ich hier und spüre, es ist der richtige Moment, die richtige Zeit. Das neue Kapitel meines Lebens seid ihr, meine Familie.«

Nach einer kleinen Pause fügte er hinzu: »Lasst uns auf Lou anstoßen. Und auf das Leben.«

Sie hoben ihre Gläser, und als sie anstießen, klirrte das Kristall.

Autorin

Johanna Laurin wurde in Hamburg geboren und studierte in Münster, Pamplona und Norwich. Sie arbeitet heute als Juristin in einem Unternehmen und lebt mit ihrem Mann und ihrem Hund in einem kleinen Ort in der Nähe der Ostsee.